文成天縱

访问拉美日记

阮章競手稿二种

阮援朝 编

GUANGXI NORMAL UNIVERSITY PRESS
广西师范大学出版社
·桂林·

访问拉美日记：阮章竞手稿二种
FANGWEN LA-MEI RIJI RUAN ZHANGJING SHOUGAO ER ZHONG

图书在版编目（CIP）数据

访问拉美日记 ：阮章竞手稿二种 ：影印 / 阮援朝编. --
桂林 ：广西师范大学出版社，2023.9（2024.11 重印）
ISBN 978-7-5598-6243-3

Ⅰ. ①访… Ⅱ. ①阮… Ⅲ. ①日记－作品集－
中国－当代 Ⅳ. ①I267.5

中国国家版本馆 CIP 数据核字（2023）第 153275 号

广西师范大学出版社出版发行
（广西桂林市五里店路 9 号 邮政编码：541004
网址：http://www.bbtpress.com）
出版人：黄轩庄
全国新华书店经销
三河弘翰印务有限公司印刷
（三河市黄土庄镇二百户村北 邮政编码：065200）
开本：787 mm × 1 092 mm 1/16
印张：29.5 字数：389 千
2023 年 9 月第 1 版 2024 年 11 月第 2 次印刷
定价：900.00 元

阮章竞像

1961 年 4 月 14 日在古巴松树岛，左一为阮章竞

1961年4月20日在吉隆滩采访击落美制B-26军机的民兵，右后完整侧面为阮章竞

1961 年阮章竞画

题款：拉斯哥罗拉达斯是卡斯特罗等八十二人登陆处。丛林茂密地覆被着漫长的海滩，树根奇特地从深海盘出水面，丛林像生长在巨大的藤排上。因丛林险阻，从来荒无人迹。由于这样，使远征人员得到天然掩蔽体，战胜了美国走狗巴蒂斯塔的天空、海面、陆地围击。古巴革命胜利后，在此修了栈桥、滨海平台，以便游人。然已远非当时的恶境了。

此画根据一九六一年五月参观时所画的速写拼接移绘，以惠小川同志教正。

六一年八月章竞。

四月的哈瓦那

阮章競

初版《四月的哈瓦那》封面（作家出版社，1964年）

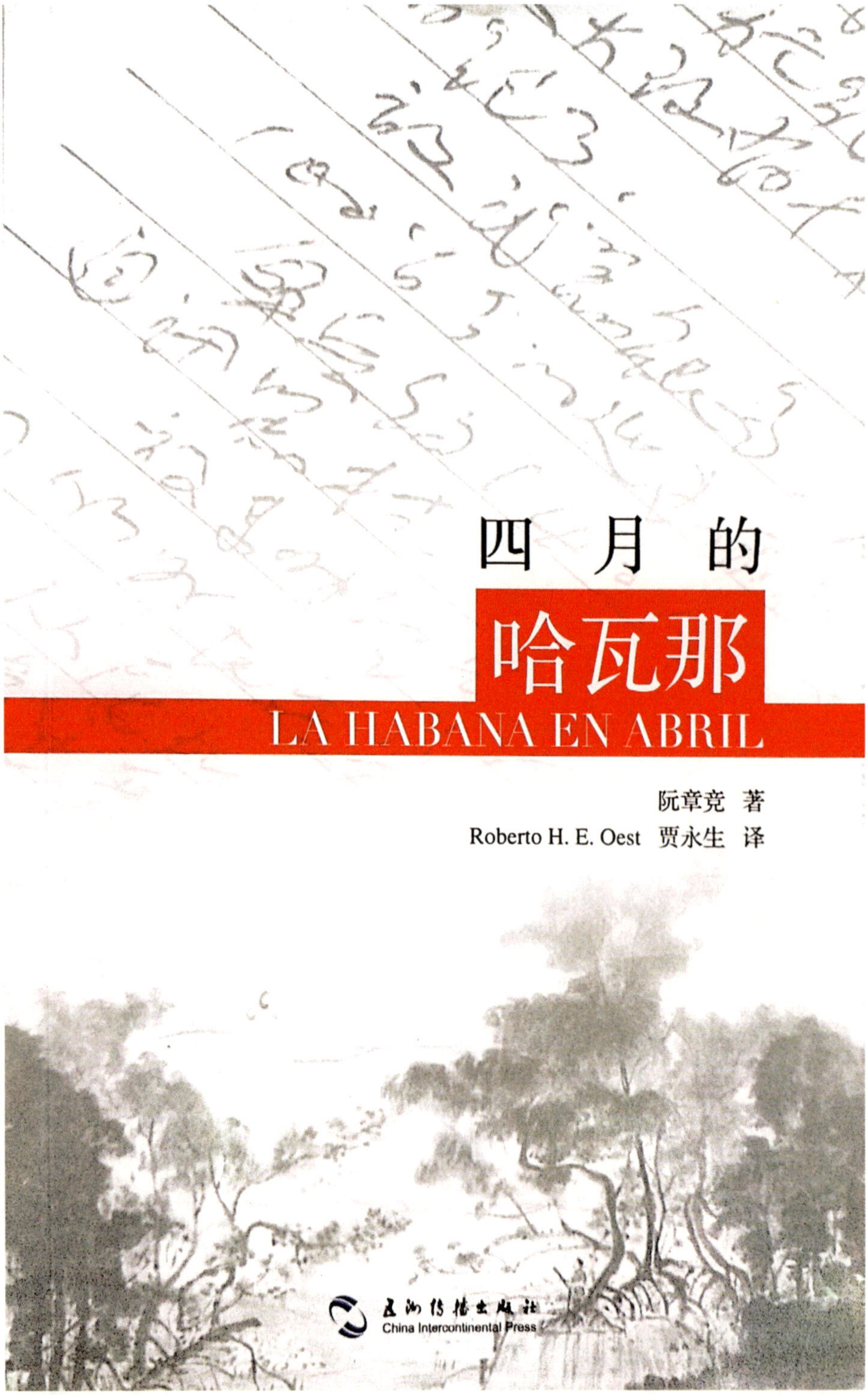

中西对照版《四月的哈瓦那》封面（五洲出版社，2015 年）

2015年9月21日下午15:00 在北京南河沿欧美同学会.
举办了庆祝中古建交55周年的陆章铭《四月哈瓦那》中西文
对照版首发式.

Alberto（白诗德大使）
21/09/2015

三军武官 Juan Betancourt (Agregado Militar)
21.09.2015

Anabel Mariño López 文化专员
安娜贝 21/09/2015

Osvaldo Ruiz Cuego
5/05/2016
前任文化专员

中西对照版《四月的哈瓦那》环衬（五洲出版社，2015 年）

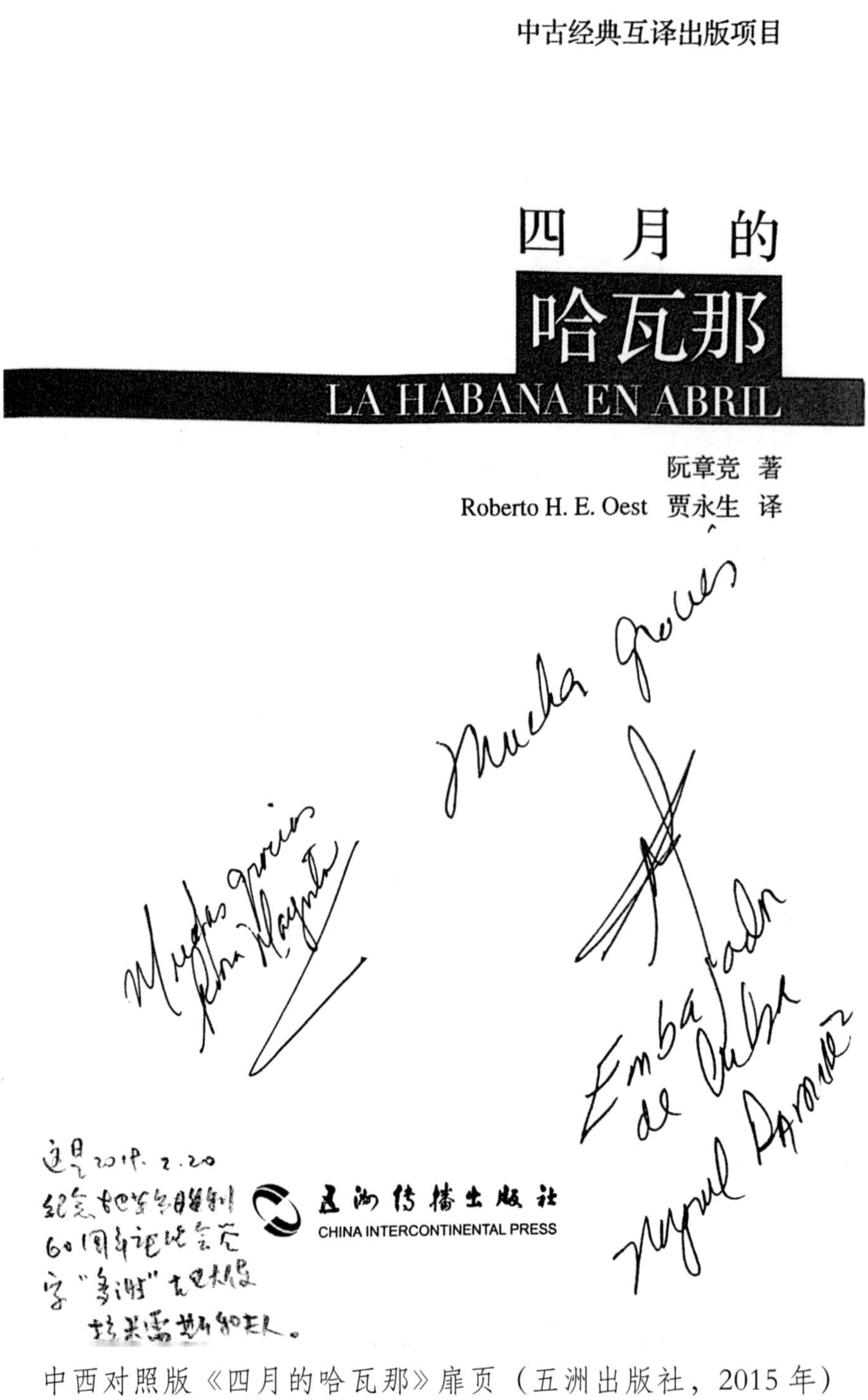
中古经典互译出版项目

四月的哈瓦那

LA HABANA EN ABRIL

阮章竞 著

Roberto H. E. Oest 贾永生 译

五洲传播出版社

CHINA INTERCONTINENTAL PRESS

中西对照版《四月的哈瓦那》扉页（五洲出版社，2015 年）

（代序）年轻的共和国与拉丁美洲
——对话新华社前副社长、著名记者庞炳庵

万戴（中央广播电视总台记者、中国拉丁美洲学会理事）

中国著名诗人、作家阮章竞出访墨西哥、古巴日记即将得以影印出版。作为八路军太行山剧团团长，阮章竞的创作生涯与中国革命史紧密交织。而他随团出访墨西哥、古巴，也是年轻的新中国与拉丁美洲探索交往方式，展开共同命运蓝图的一次尝试。

与驻外记者动辄数年、数十年的海外经历相比，与阮先生自己波澜壮阔的前半生相比，这次数十天的出访只能算是对拉美史和中拉关系史的切片式观察。但历史赋予了诗人见证那个时代最具代表性的一瞬的契机：世界和平大会、猪湾事件……在本书出版前夕，笔者受阮先生之女阮援朝女士之托，拜访了当时新华社派驻古巴的记者庞炳庵先生，倾听他对这段历史与这部文献的回忆和评价。

万戴：庞老师您好！我们这次的对谈的契机，是阮章竞先生出访拉美日记完整影印版的出版。这段出访旅程在1961年年初。在这个时期前后，拉丁美洲的国际环境是怎样的？您最初与拉美的接触是如何进行的？

庞炳庵：您好，万戴同志！这是一段60多年前的记忆了。阮章竞同志日记影印本的出版，也让我重新记起在拉丁美洲的往事。我首次访问拉美，是在1958年由广播事业局借调给重庆杂技团，作为随团西班牙语翻译在1958年8月至1959

年4月访问巴西、阿根廷、乌拉圭、智利4国。这是我从1955年被调入广播事业局参与开创西班牙语广播后，第一次踏上拉丁美洲的土地。

杂技团由几十人组成，又先后去到4个国家，其中事务之庞杂可想而知。但这对我的职业生涯而言依然非常重要。在这次访问中，我首次亲眼观察到了拉丁美洲的现实，见到了拉丁美洲天堂与地狱的两个侧面，对拉美产生了感性认识与现实感情。在1959年1月的乌拉圭首都蒙特维的亚，我在拉普拉塔河畔看到了狂欢的拉美人走上街头，挥舞"七·二六"运动红黑两色的旗帜，庆祝古巴革命的胜利。就在那次旅程中我下定了决心，要为中国人民，也为拉美人民奉献自己的一生。

对于当时的年轻中国记者来说，这个决定依然是奢侈的。其时虽然距离中华人民共和国成立已经过去9年，但拉丁美洲和加勒比国家中，尚未有一个国家与我国建交。杂技团并不是新中国派往拉丁美洲第一个民间团体，此前也有过其他访问团去到过拉美，但都没能实质性打开局面。但这种情况随着50年代末古巴革命的胜利，逐渐出现了变化与突破。

在完成对4国访问后，我们本来希望可以继续沿安第斯山脉北上，取道委内瑞拉去往古巴。虽然在初期取得了一些突破，但最终遭到了美国政府的阻挠，没有能够成行。杂技团的成员们退到了意大利等国等待消息，而我与新华社的随团采访记者孔迈则经巴拿马退到加勒比海上的一个小岛，等待情势变化。1959年4月，新华社派我陪同孔迈奔赴哈瓦那，建立新华社在拉丁美洲第一个分社——哈瓦那分社，同时报道这场激动人心的革命。从这个特殊的时间点开始，新中国与拉美、加勒比各国的交往逐渐加深，而我也开始了与古巴人民同呼吸、同命运的7年驻外时光。

万戴：依照可考的史料，上世纪50年代末的古巴，应算是拉美和加勒比地区对新中国最为友好的国家之一，但将相对友好的环境转化为实际交往工作依然存在难度。作为最早进入到拉美开展工作的记者，您和孔迈先生是否还面临着一些现实困难？

庞炳庵：确实，哈瓦那分社的建立，作为新中国在拉丁美洲和加勒比地区最初的新闻活动，依然面临着很大的挑战。革命刚刚成功的古巴，其内部还存在着主张不同路线的几派团体，一时间难以在对华议题上形成完整共识。严格来说，当时的古巴还不是一个社会主义国家，但人民社会党中的左派人士正在朝着建立社会主义国家而努力。同时，革命前残留的美国势力与亲美政治力量，在古巴也依然保持着相当的活动能力。

为了能够顺利进入古巴开展工作，我们在智利诗人万图勒里与乌拉圭友人罗德里格斯的先期帮助下，以华侨商人的身份进入了古巴。而后我们辗转多处，后暂落脚在哈瓦那医疗保险大厦的房间里。人民社会党多位高层与我们保持了良好关系与频繁沟通，乃至常常到我们房间里来品尝中餐。但这种与当地友好人士逐渐热络的交往也引起了美国人注意。我们所居住的房间，地板的花纹中存在一些金属质地，大概是铜丝的金属线。在我们不知不觉中，美国人借助房间的插头、金属线等原有的设施搭设了线路，窃听我们在房间内与友好人士的对话和采访，通过设置在楼内的设施将信息传回美国使馆。人民社会党发现了这种情况后，设法截断了这条线路。

在这种复杂的背景下，我们逐步推进着最初的涉拉美与加勒比地区新闻报道工作。时至今日，我还记得自己在四月的哈瓦那（恰好阮章竞也有同题的诗作与诗集），写下新中国第一篇以“新华社哈瓦那”为电头的新闻报道的情景。加勒比海畔的城市，雨季尚未来到，室外暑气蒸腾。在万图勒里的介绍之下，我们与旅居华侨区的诗人纪廉进行了会面，他向我们介绍了古巴革命政府在土地改革方面进行了准备与努力，以及古巴民众对土地改革的支持。在哈瓦那的街头巷尾，也能够看到大量的标语与捐献活动。因此，在孔迈指导下，我写下了《古巴首都人民开展捐献运动支持土地改革》。由于当时国际电报的高昂价格（3 个字约合 1 美元，可以在国际市场购买 29 斤面粉，几乎是当时一个中国家庭整月的口粮），我们审慎地选择古巴历史进程中的本质面貌，将地球另一端的新闻现实传递回祖国。

万戴：阮先生的此次出访，是为了参与在墨西哥举行的拉丁美洲争取国家主权、经济解放与和平会议。他在他的日记里，也用了大量篇幅讲述了参与大会的各国代表团与文艺界代表。您是否还对这场大会留有印象？

庞炳庵：虽然时间已经过去很久，细节已经有些模糊，但我对这次大会仍然有印象。对于拉丁美洲乃至整个世界而言，这次大会的举行都非常重要。当时，中国媒体也关注到了此次大会的筹办和举行，针对大会的筹办情况进行了介绍：

> ……这次会议，是由墨西哥前总统卡德纳斯、巴西议员多明戈斯·贝拉斯科和阿根廷前拉普拉塔大学校长阿耳贝托·卡塞利亚联合发起的。世界和平理事会主席团的这三位拉丁美洲国家委员在去年年底发表的号召书中指出，拉丁美洲人民“拒绝承认依附外国、受外国掠夺和大规模使用暴力的局势是命中注定的”；这次会议将就争取国家主权、经济解放和和平问题“采取一个立即和有效的决定”。号召书还呼吁声援和保卫古巴革命……*

自 1492 年哥伦布发现美洲开始，拉丁美洲和加勒比地区的人民就深陷殖民主义与帝国霸权的泥沼。包括古巴、巴西在内的多个国家甚至由于大规模屠杀和传染病的扩散，原住民大量死亡，不得不借由黑奴贸易补充殖民地劳力；而随着美国的崛起和“门罗主义”的提出与施行，新时期的拉丁美洲国家再次受到了新霸权国家自地缘政治和经济角度的剥削和压迫（也包括对拉丁美洲国家的直接武力干涉，这种现象直到 20 世纪末依然时有发生）。因此，作为拉美最大三国的巴、墨、阿向整个拉丁美洲发出呼吁，希望可以走上自主、自强，反对外国掠夺和干涉的道路，具有重大时代意义。这是拉美多国人民共同的要求和期待，也“在古巴、墨西哥、阿根廷、巴西、智利、委内瑞拉、哥伦比亚、秘鲁、乌拉圭、哥斯达黎加、厄瓜多

---

* 见《人民日报》1961 年 2 月 28 日第 6 版。

尔、洪都拉斯、萨尔瓦多、巴拿马、危地马拉、多米尼加等国中引起了广泛反响”，拉美地区超1300位各界代表参与大会。尽管参与者背景和立场可能不同，但他们来自同一个拉丁美洲，也对这一地区的未来怀有同样的期待。最终，大会通过了拉丁美洲争取国家主权、经济解放与和平会议宣言。

墨西哥有支持革命者的传统，无论是何塞·马蒂还是菲德尔·卡斯特罗，都从墨西哥城积蓄了力量，并且得到墨西哥社会各界的理解与帮助。前总统拉萨罗·卡德纳斯在墨西哥国内民望颇高，对拉美左翼群体也保持着号召力。他对大会的支持与呼吁，大幅提升了会议的实际国际影响力。作家周而复、诗人阮章竞与译员蔡桐国一行，作为社会主义中国的代表，参加了这次大会，并宣读了周总理对大会的贺信，充分表达了中国政府和人民对于拉美人民争取民族独立与国家主权、摆脱外国经济控制、维护世界和平的支持与期待。

万戴：日记中记述了对刚刚革命成功的古巴经济建设状况的考察，是出于什么原因？年轻的古巴经济与社会实际状况如何？当时除古巴，大多数拉美国家都还没有和新中国建立外交关系，双方的了解也相对有限。此次在墨西哥和古巴集中与拉美左派政治领袖与知识分子接触，对于推进中拉互信、建立交往渠道有过怎样的作用？

庞炳庵：对于古巴的考察和交流，应当是除了参加墨西哥会议之外，诗人一行最重要的议题之一。1960年9月6日，在哈瓦那反对臭名昭著的《圣约瑟宣言》的百万人集会上，菲德尔·卡斯特罗公开宣布，与中华人民共和国建交，古巴也由此成为了第一个与新中国建交的拉美和加勒比地区国家，两国友谊绵延60多年直到今天。在这种背景下，中方开展对古巴各领域交流和经济建设情况的考察正应其时。

1961年诗人一行对于古巴的考察，包括了对于古巴革命历程的考察：对重要地点的探访、重要事件的回溯以及和古巴相关人员的交流；也包括对于革命成功后古巴经济建设成就和民生改善领域的考察。在日记中可以读到，由于阮章竞一行以及同期在古的中方人士（如楚图南等)均曾投身于中国革命历程与经济建设，积累了相当程度的治理经验，对于古巴问题的观察和评价也就更为客观。他们肯定年轻的古巴昂扬的进取精神，也观察到一些建设问题（如投入产出比不足、所有制模糊、农业技术选择失当等），这些问题也在古巴未来的发展中有所呈现。中国人是良友，更是真诚的诤友，这一点在考察过程中亦有所体现。

而无论是墨西哥的国际会议，抑或在古巴的访问经历，都让阮章竞接触到了如卡斯特罗兄弟、格瓦拉、卡德纳斯、纪廉、阿本斯夫妇等重要的拉美政治与文化人物，实现了与他们的初步交往，也让他们更深入地了解到了新中国成立 12 年后的中国现状，以及中国政府和人民对拉美人民维护独立发展的正义事业的支持。静水深流，中拉之间的理解和互信，也在一定程度上经由这种交往而逐步加深。

万戴：拉美日记的核心，相信也是您新闻生涯中的一个重点，应算是 1961 年的“猪湾事件”。可以说这次代理人战争的失败，完全改变了拉美当代史格局，而到访的阮先生一行和作为驻外记者的您，都是这次事件的亲历者。当时的国际形势和具体情况如何？您和阮先生在古巴经历如何？您的感受呢？

庞炳庵：我们已经谈到过古巴革命胜利后，国家面貌的变化。亲美的巴蒂斯塔政权覆灭，对美国在古巴利益造成风险；而古巴如火如荼的土地改革，则会对美国企业在古利益造成直接损害。而美国立足于两国实力对比，策划对革命政权的颠覆行为就不难理解了。

“猪湾事件”的前奏发生在 1961 年的 4 月 15 日，我至今记得也很清楚，那是一个星期六。当天拂晓，6 架美国 B-26 轰炸机从尼加拉瓜起飞，分 3 批同时轰炸首都哈瓦那、卡马省的圣安东尼奥和奥连特省的圣地亚哥 3 座城市，我们也从睡梦中惊起。事后得知，在此次空袭中有 7 位古巴人罹难。

古巴政府对袭击反应迅速。我们从古巴新闻局局长门多萨处获得了菲德尔·卡斯特罗总理就美制飞机空袭事件发表的告人民书。告人民书说："假若这次空袭是侵略的前奏的话，我们的国家将起来进行斗争，抵抗和用铁拳摧毁任何企图在我国土地上登陆的力量。"新华社驻哈瓦那分社立即向总社发回了告人民书与相关新闻。古巴外交部随即召开发布会，代理外长奥利瓦雷斯向各驻外使团展示美制炸弹残片等证据，并向全世界告知这可能是大规模侵略的前奏；劳尔·卡斯特罗与切·格瓦拉分别在古巴东西部发表讲话，号召群众拿起武器。15 日当晚，新华社驻哈瓦那分社也遭到了反革命分子的炸弹袭击。所幸由于袭击者下手仓促，没有造成中方人员伤亡。*

4 月 16 日，古巴为空袭中牺牲的 7 名烈士举行了隆重的葬礼。在哈瓦那长达 7 公里的海滨大道和附近的街道上，站满了送葬的群众。菲德尔·卡斯特罗向群众发表演讲，向他们发出询问："你们是否宣誓为保卫这场穷苦人的、由穷苦人进行的、为穷苦人的革命而流尽最后一滴鲜血？"十多万群众高举着步枪和砍刀，齐声高喊："是！"卡斯特罗在演讲中最后说："从昨天的卑鄙袭击可以看出，雇佣军的侵略迫在眉睫，各个部队开往所属的营地，准备好迎击敌人！"

中国记者也进入了临战状态，从社长到一般人员每晚轮流通宵值班。我的武器是一支有 6 粒子弹的左轮枪。17 日凌晨，古巴《今日报》社长拉斐尔·罗德里格斯打来电话，通知我们美国雇佣军已在吉隆滩登陆，情况非常危急，卡斯特罗已亲临前线。我们立即行动起来，抢发有关的消息和报道。但从当天上午 7 时起，古巴实行戒严，切断了与外界的电讯联络。

直到 19 日晚，我们才接到古巴总统府新闻局通知，同意我们上前线采访。翌日清晨，孔迈、我和摄影师牟森乘一辆车，周而复、阮章竞与蔡桐国乘另一辆车赶往前线。在经过马坦萨斯省省会后，我们驱车向南，横穿古巴岛，在下午 2 时到达距前线仅 20 公里的大哈圭镇，这里已经呈现出战时状态，换防的军人和民兵来往其

---

* 阮章竞日记所记载的对新华社哈瓦那分社炸弹袭击是 12 日，团组本应于 15 日早起飞回国，但由于猪湾事件滞留古巴，故未经历 15 日分社再次遇袭。

间。继续南行七八公里，到了一座名叫“澳大利亚”的榨糖厂，古巴前线指挥部就设在这里。雇佣军入侵后，卡斯特罗亲自赶到这里指挥作战。糖厂向南是一条长约4公里的公路，可直达科奇诺斯湾北端的长滩——那里的战斗仍未结束。经过一番交涉后，我们得到准许，成为了首批进入前线战场的外国团组。

甫一过糖厂，就看见美制轰炸机的残骸，战斗的痕迹铺满了一路。我们在下午5时抵达长滩，这里的战斗已经结束。第108民兵营营长哈辛托向我们讲述了战斗经过：17日凌晨2时，雇佣军在美国军舰护航下登陆。正在执行警戒的5位民兵立即奋起抵抗，并迅速将敌人入侵的情况向上级报告，驻扎在附近的西恩富戈斯民兵营和马坦萨斯民兵干部营迅速驰援。天亮后，第180民兵营也赶到战场。雇佣军受过军事训练，装备良好，美国飞机也配合发动空袭。在古巴军民顽强抵抗下，18日上午10时，美国雇佣军被赶出长滩，被迫向吉隆滩撤退。

在我们赶往吉隆滩的路上，依然不时地传来零星的枪声，流弹在头顶嗖嗖地穿过。当我们到达吉隆滩时已近傍晚，战士们把缴获的各种美制武器、弹药和通信工具分类堆放起来，把俘虏编队押上卡车。吉隆滩的战役稍晚于长滩，美国飞机将雇佣军伞兵投放在吉隆滩北面的公路上，接着步兵在伞兵掩护下登陆。古巴军民攻克长滩后，敌人以吉隆滩为据点死守，双方展开了殊死决战。19日下午，古巴军民向雇佣军发动猛烈进攻，支援的美国飞机也被击落，雇佣军残部退入沼泽。他们的头目想从海上逃命，结果两艘驳船都被古巴守军的炮火击沉，雇佣军头目圣拉蒙也落入水中。接应的美国军舰见大势已去，随即退走。雇佣军被围困在沼泽地里，只好缴械投降，古巴革命军民最终取得了战役的胜利。

诚如您所言，这次战役是当代拉美史乃至美古关系史中非常重要的一页。在此之前，几乎在拉美和加勒比地区予取予求的美国，第一次在筹划的代理人战争中铩羽而归。应当说，当时的美国政府严重低估了古巴革命政府的战斗力，但更为严重的错误，是误判了古巴人民的革命决心和守卫国土的意志：这并非是统治阶级为了争夺政权的战斗，而是人民守护革命果实的战斗，每一位古巴人民乃至身处古巴的异国革命者，都不会对来袭的敌军袖手旁观。因此，其结果也就不言而喻了。

万戴：和我们在文献记录中了解不同，您亲身在工作中与阮先生接触过，您眼中的其人其作到底如何呢？

庞炳庵：阮章竞同志随团对古巴进行访问，又恰逢古巴处于非常关键与特殊的历史时期，更加考验了他作为中国革命者的成色。当60年后我又一次听到他的名字时，我脑海中呈现出的，是这位革命诗人站在吉隆滩上一架被古巴击落的飞机旁边的场景。

我们年纪略有差距，但在遥远的拉丁美洲，都代表着年轻的中华人民共和国。阮章竞同志经历过革命血与火的考验，也因此在吉隆滩战争爆发时，表现出了出色的勇气与坚定的革命意志。他在日记里写道："在古巴未取得胜利之前，我们不能离开，也不应离开。我想应该是这样。我倒很怕现在忽然有条件而必须走掉。"

尽管由于战斗的迅速胜利，我们都没有真的走上前线进行战斗。但在许多国际访客态度各异的众生相中，阮章竞同志一行人所表现出的镇定、勇敢和国际主义精神，一定给古方留下了更为深刻的印象。作为毕生致力于中拉交往和报道的新闻工作者，我欣赏和感谢其在关键历史时刻的思想和行为，为中古友谊和信任添砖加瓦。

他的诗作，尤其是关于拉美的诗作，则是后来慢慢了解的。我记得其中有一首《四月十六日》这样写道："愤怒的海风卷潮来！泼上岩岸，卷上大街！人群涌上哈瓦那大学，古巴母亲的铜像来。'恨我没有第八个儿子，为祖国的自由而战死！'这句英雄母亲的话，像不灭的火焰照着古巴。"对于亲历者和阅读者而言，这既是文学咏怀，也是记录历史，每当读起这些作品，那座战火中的英雄岛屿就会再次浮现在我眼前。

万戴：时间已经过去一个甲子。世事沧海桑田，从第二年的古巴导弹危机到如今后疫情时代的世界局势变化，您也从年轻的驻拉美记者，变成了行业内广受尊敬的前辈。您如何看待这部日记的出版及其历史价值和文献价值呢？

庞炳庵：对我而言，这部书所记录的是历史的潮流。阮章竞同志是曾经亲身参与过抗日战争与解放战争的作家、诗人，本次出版的拉美日记只是其所留存文字材料中的一隅。但对于中国对外交往历史、对中拉关系史乃至当代世界史，它都展示出了特定历史时期的信号。

我比阮章竞年轻20岁，如今也已经90岁了。我的人生与记者生涯，也和当代中国与世界的历史紧紧联系在一起。我年轻时曾经经历过国民党政府，看到了百姓们苦难的生活，经历了日本对中国的侵略和占领，直到我们战胜侵略者，最后解放全中国。在中华人民共和国建立前，我也经历过十几年的时光，我知道这条道路并不是一蹴而就的。

这部文献的出版价值，恰恰也在于此。人们读到这些文字，能够了解到历史不会是一天两天能够走到的，但一定有其要走的道路，在将来的某一天，可能会以激烈的方式，也可能会以平和的方式进入到自己的轨道中。这一点，我在中国与拉丁美洲都亲眼见证过。

世界的面貌是参差多样的，人与人、国与国乃至地区之间的关系也是纷繁复杂的。这就导致世界的变化会是缓慢、反复和难以预测的。我们曾经非常急，希望全世界人民能够尽快获得理想生活。但正是这一个个的历史片段告诉我们，不要急，历史终究会走向其应有的方向，反对历史发展的人终究会徒劳无功。我已经是耄耋之年，无论未来能不能看到社会主义理想在全世界的进一步发展，我都抱持着乐观的心境。我相信，中国、拉美和世界的年轻一代一定可以见证理想成为现实。

目　录

墨西哥日记

1960
1961年1月
26日赴墨
西哥.起的
记录

作家出版社赠

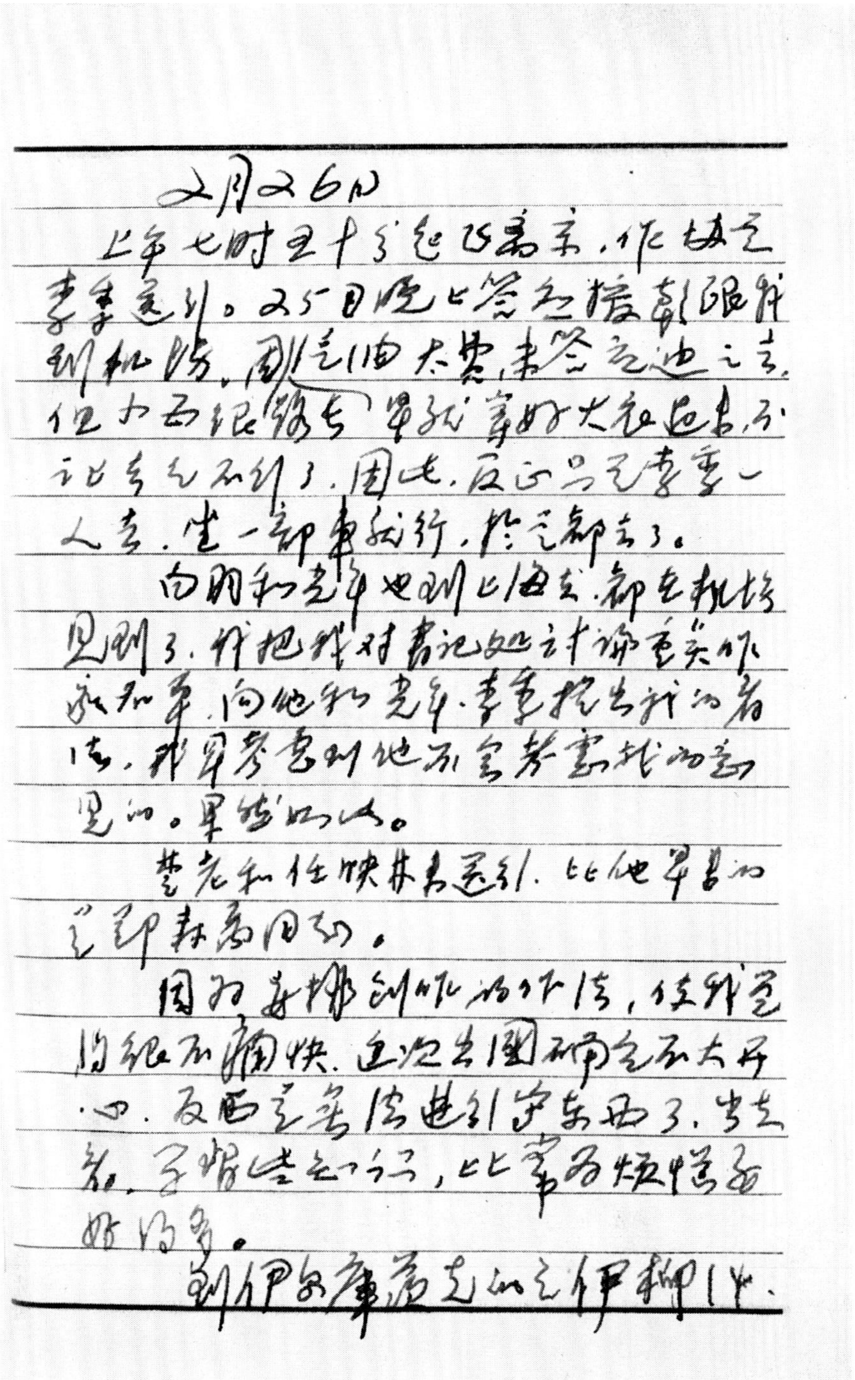

2月26日

上午七时三十分起飞离京，作协之李季送行。25日晚上签证[illegible]跟我到机场，因汽油太贵，[illegible]。但[illegible]，[illegible]大衣[illegible]，不[illegible]不行了。因此，[illegible]只[illegible]李季一人去，坐一部车就行，[illegible]都去了。

白朗和光年也到上海去，都在机场见到了。我把我对书记处讨论[illegible]，向他和光年、李季提出我的看法。我只考虑到他不会考虑我的意见的。果然如此。

[illegible]和任[illegible]林来送行，比他早[illegible]即[illegible]回[illegible]。

因为安排到机场的工作，使我觉得很不痛快，这次出国[illegible]不太开心。反正[illegible]东西了。当然，[illegible]，比常为烦恼要好得多。

到伊尔库茨克[illegible]伊柳[illegible]。

中途在乌兰巴托停了四十分钟。到达那里是花了六小时。

下午五时多，乘图104飞莫斯科。六时之后到鄂木斯克，那里真冷，经飞下飞机一会儿就顶不住。那天是零下30度。

大使馆罗股人在机场迎接。和我们同机去的还有一个到古巴的代表团（六人），和到智利、埃及两个贸易代表团。所以在机场等了好几个钟头才换好第二天的飞机票。

我们住在大使馆招待所。新建的使馆在列宁山上，在莫斯科大学附近。

大使馆的招待所，据说不久要有不多少钱，因为到苏联各国许多都经莫斯科，伙食在这里很贵。

十一点多钟，洗了澡，睡觉。

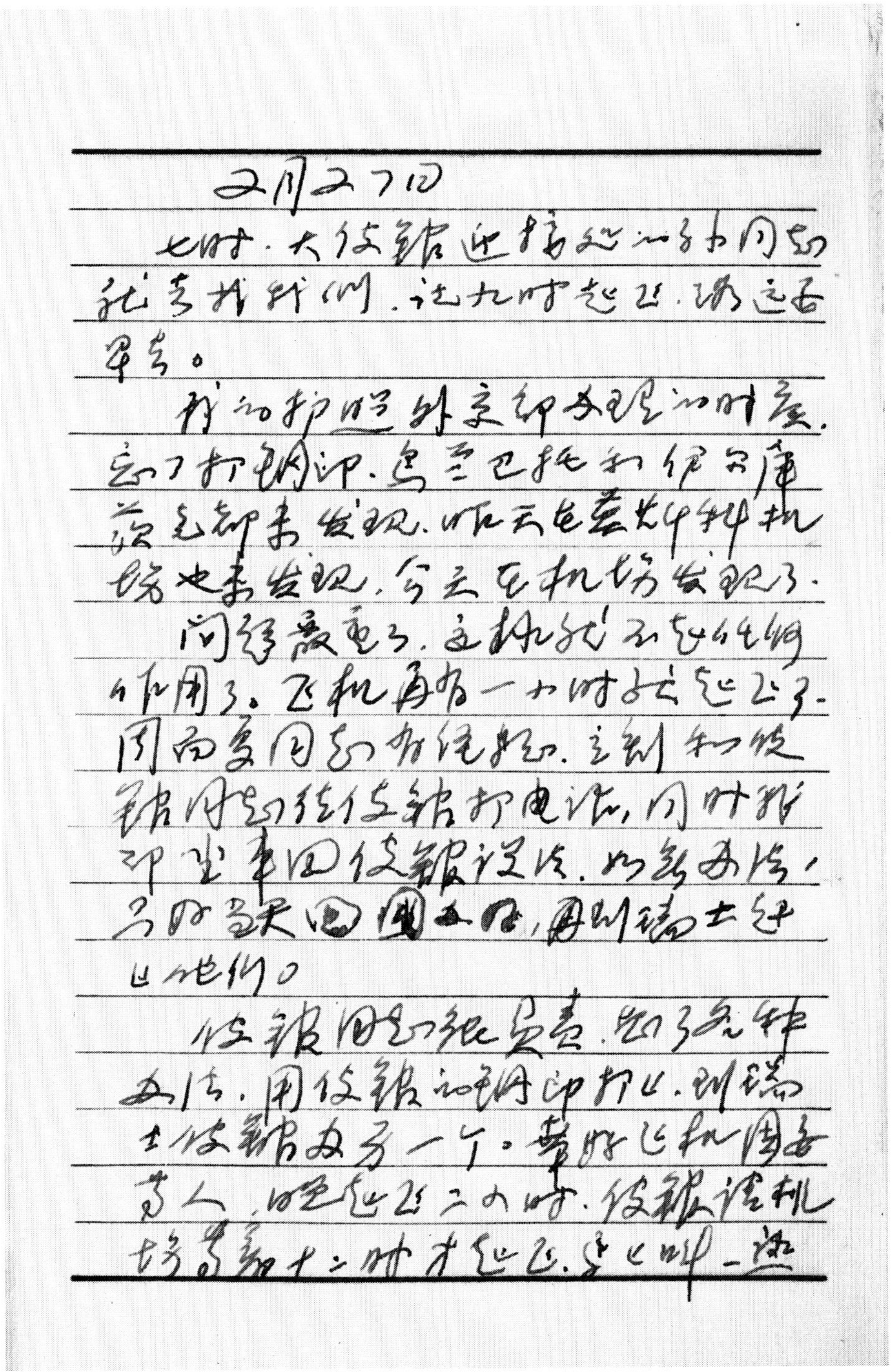

2月27日

七时，大使馆送接我们的孙同志开车来找我们，说九时起飞，请送去军营。

我们护照外交部办理的时候，忘了打钢印。乌兰巴托和伊尔库茨克都未发现，昨天在莫斯科机场也未发现，今天在机场发现了。

问题严重了，这样我就不能继续作用了。飞机再有一小时就要起飞了。同两位同志商量，让刘和使馆同志往使馆打电话，同时我即坐车回使馆设法。如无办法，只好改天回国，同时请大使送走他们。

使馆同志很负责，想了各种办法，用使馆的钢印打上，则请大使馆写了一个。幸好飞机因等客人，晚起飞二小时。使馆请机场等到十二时才起飞。当晚[illegible]

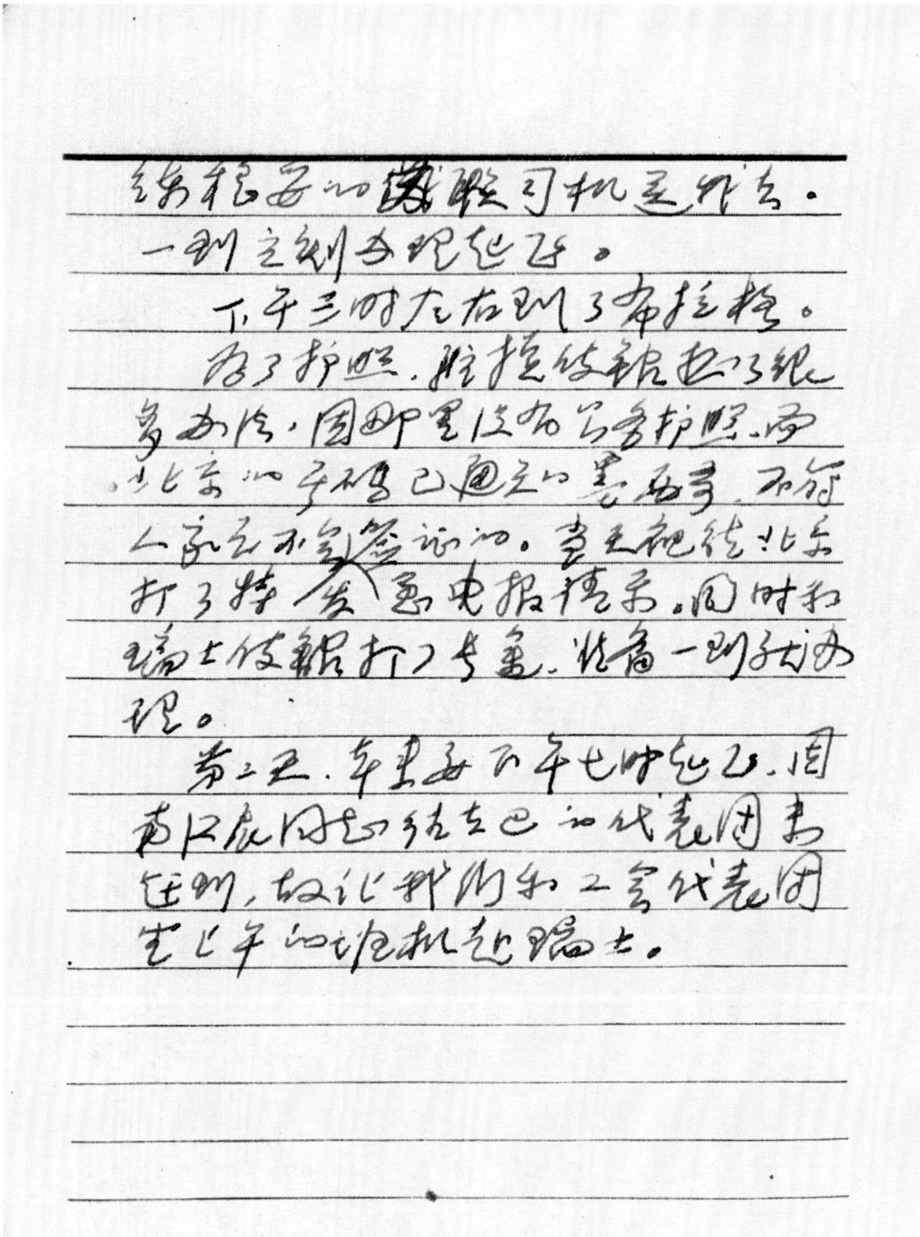

给维安的驾驶司机送给去。
一到立刻会把他飞。
下午三时左右到了布拉格。
验了护照，驻捷使馆告诉组
员办法，因护照里没有写有护照。而
北京的手续已通知了墨西哥，不符
人家是不能签证的。立刻给北京
打了特急电报请示，同时和
瑞士使馆打了专电，准备一到就办
理。
第二天，本来每下午七时起飞，因
为巴西同志的结去巴西的代表团来
迟到，故让我们和工会代表团
坐上午的飞机赴瑞士。

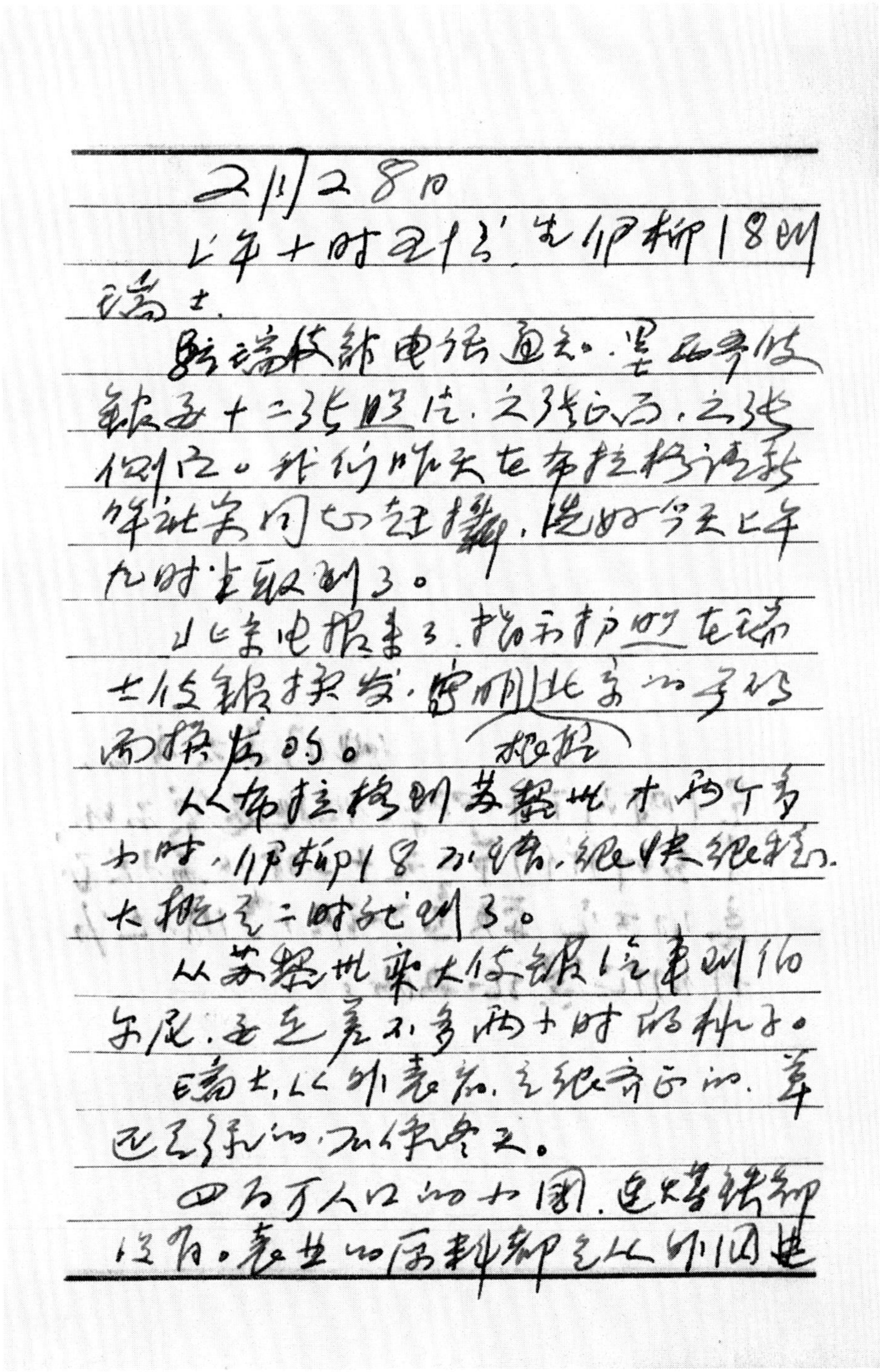

2月28日

上午十时动身，坐伊柳18到瑞士。

驻瑞使馆电话通知，墨西哥使馆要十二张照片，六张正面，六张侧面。我们昨天在布拉格请新华社吴同志拍摄，说好今天上午九时半取到了。

北京电报来了，指示护照在瑞士使馆换发，说明根据北京的手续而换发的。

从布拉格到苏黎世飞两个多小时，伊柳18不错，很快很稳。大概是二时就到了。

从苏黎世乘大使馆汽车到伯尔尼，要走差不多两小时的样子。

瑞士，从外表看，是很齐正的，華丽了得的，不像冬天。

四百万人口的小国，连煤铁都没有。工业的原料都是从外国进口的。据说前还发现化石。
树木很多，保护得很好。有些
水力发电。
　　近两年情形不大友好，由于美国
压力。
　　一到大使馆就交到护照，
交给主到到墨西哥驻瑞使馆签证。
　　进行的还是顺当。墨大使也出
来和我们招呼一番。他说
点约他主他的好朋友。这
时的主个号太太。她们每天办公，
早十时到下午四时。但她还算不坏，
答应叫我们第二天十二时以前取得签
证，何等不足要办一办，当时就为
我们把签证办好。她丈夫是个记
者，她来了。他说主要找她太太去
新电影的。人很能打扮漂亮，而且
谈得很进步的样子。二人写了两个上
刚结点。叫我们常到墨西哥。如有
什么问题，可找他的律师和她

的姊姊和姊夫。这个人说他对阿拉伯问题很有研究，说他曾是西班牙人，又说是社会党的好朋友。他自己是因反对佛朗哥而被迫离开祖国的。曾在法国做过事，现在是记者的说。 回国时，从那里知道中国的一些情况，很想向中国报纸写文章。此人到底是什么人？是否他们会要来对付我们呢？他也说，墨西哥，有的人你可以同他谈话，但有的人，你们最好不同他谈话。

一进入瑞士，就感到了已进入西方世界，彼此的情况完全不一样了。我去到底是这位太太，所有人都下班了。她确是很留神地替我们在不多的小时工作，把几十张签证打出来，最后说，对不起，根据内政部的电文，只能给我们在墨西哥逗留十天。

最后我们送了条中华香烟和一个盘子给她。

晚上在使馆见到了王建邦，我竟一点都记不起他了。从华北局结束，他就到了外交学院学习。王[illegible]学会了法语，现在使馆做文化工作。他送了两条了"555"香烟给我在路上抽。

从墨西哥[illegible]使馆知道，那里并不很热（很冷），故把毛衣也带走。

晚上收拾东西，冬天的衣服都留在使馆去。留了几本书给王建邦和劳华同志们。

3月1日。

八时到了使馆。一切都由使馆给我们办好了。感到有使馆就有依靠。从今天起，不能不单独作战了。

十时由伯尔尼起飞。一早李清泉同志就和我们在一起。我们的大使，都是很平易近人的。

王建勋同志送我们到苏黎世。

苏黎世，白天已看清楚了。晚天阴沉沉，又下着雨和雪花。

机场很灯火明亮，各色各样人物来来往往。感到真是到了另一个世界——资本主义世界。

荷兰航空公司的飞机是从阿姆斯特丹来的。因为吃饭太拥挤，费了时间，我们一上飞机就起飞了。那时是0时45分。

飞行到墨西哥是(13)17点50分。

那里已经是快黑了。里斯本，阴沉沉，葡萄牙的碧瓦楼房一片雨后烟雨丝，使人觉得更加阴沉。18点35分又从那里起飞。天色已全黑了。大西洋的北面，很快就看不见。20点25分到圣塔玛利亚。这是大西洋中的葡国的小岛。和里斯本一样，使人一到就想离开。在那里喝了一杯~~（涂去）~~咖啡之后，在机场候机室~~（涂去）~~看了一会，21点10分起飞。

横渡大西洋是在夜里。我们是朝着西方飞，感到时间特别长，餐饭也不想用了。

飞机是比较稳。服务工作也做得不错。但一下就是不着陆的十几小时飞行。坐在椅上求睡而睡，总难以睡着。面对这样的方位前后左右都是一个颜色小孩，常打扰我们，又不懂西班牙语言。

飞行在月夜，有时能看到海面，但也看到东方微明的天边云彩。吃了早饭，很长的时间过去，天亮。

康拉[illegible]到了，从飞机看到海边远方，蓝蓝的海水和彩云中，看到一条白色闪烁的白线，这就是海边冲起浪花的颜色。

这里是一个热带海岛，前几天他们有万吨的炼油厂，石油工人是委内瑞拉来的。

下了飞机，这是一个美丽的机场（离城市远了，坐汽车要不少要五十分钟的路），天气热得很，身上穿的几乎都是多余了。

候机餐厅有冷气，眺向外面是大海。

8时40分钟从康拉[illegible]临飞

玛加利特的主要机场齐奋比亚飞到，是在白天。它是可以看到加勒比海。

在哥伦比亚停了35分钟，这是我们第一次在墨斯希那机场，但机场比较小，有美国的大型客机，美国的泛美航空公司的飞机。

机场中的候机室内，挂着的是美国的广告画、报刊，可以看见美国资本的垄断。

约停了廿多分钟就往巴拿马飞去，都不是直达的。

离开巴拿马很快到了哥斯达黎加，哥斯达黎加的机场在[illegible]。

机场候机室内的大厅，画着一幅大壁画，内容是半裸的妇女在[illegible]，设有为[illegible]捐款的箱子，大概是为了建机场由于这个空（重出）间之来的安排，当然有限了。

因此，在那里停的时间很短，只停了25分。到那里，飞机坐在地面上，换了地面的加油。以后飞了约5个小时，到了墨西哥。（比原定快）快到的时候，天已有雷雨的样子，不时闪着电。

我们下飞机时，已是天黑了。前来欢迎接的有马卡斯（前代总统），墨中友协的书记，和卡帕夫人，哈拉特将军等，在机场举行了简短的仪式，很不平静了。

墨西哥朋友很热情，只是检查证件时间长，但从他们检验上看，墨西哥人的热忱，也不是打折扣，从来没有出。

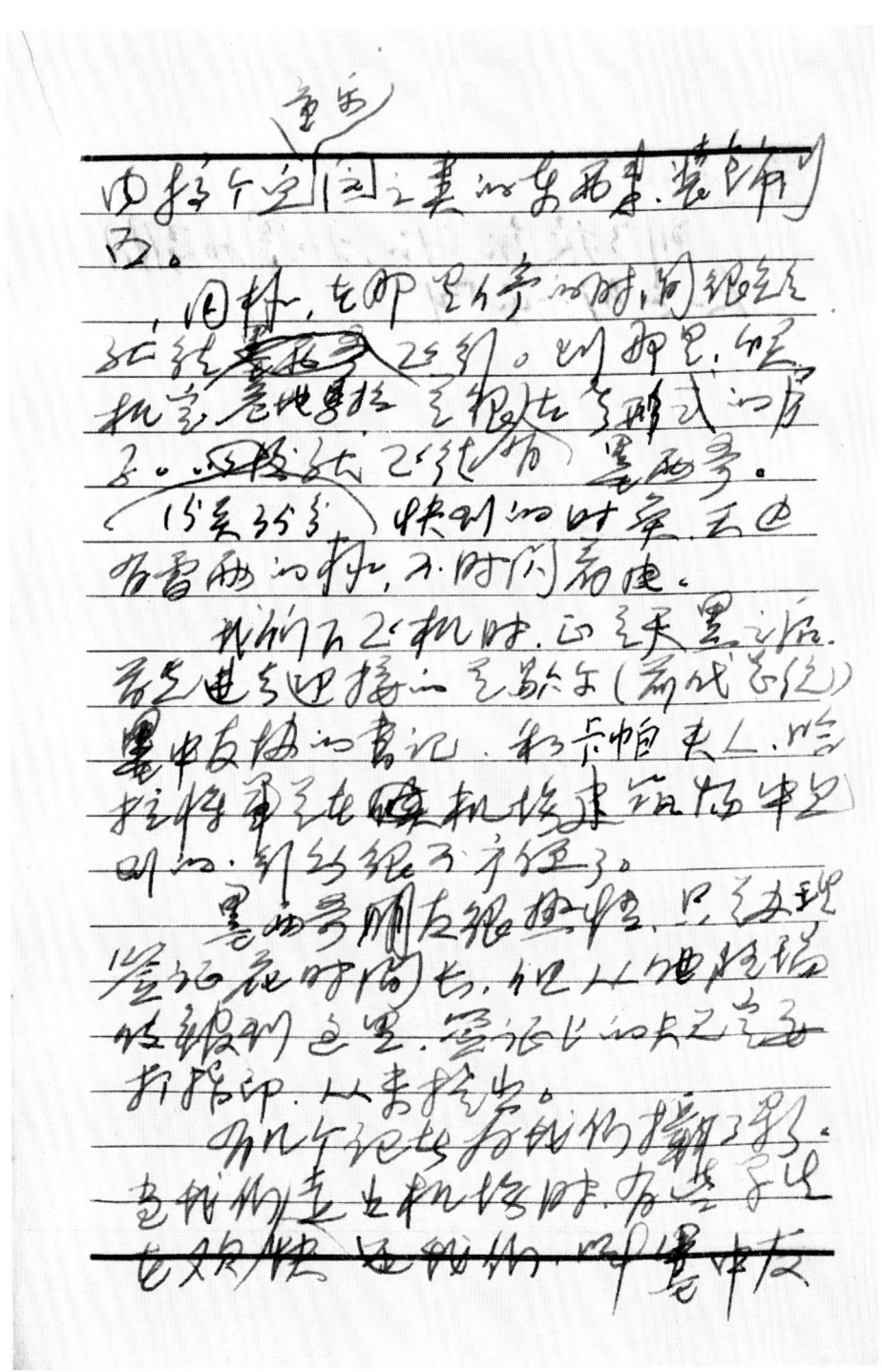

那几个记者为我们摄了影。在我们走出机场时，有些记者追着我们，也我们……墨中友

旅店叫盖太和.

的日子。

到了旅店之后，和墨西哥朋友一起到一家叫"中国"的广东饭馆吃饭。

在这一带旅途每出一个机场外看陪伴的对话.

许多黑人在墨西哥的机场上工作.推行李车,扫地.餐厅服务。很多衣服破烂的孩子.在贩报.擦皮鞋.

而在机场的送往迎人.真是多为机。

在哥伦比亚机场.前面什么都有.而且还有中国的象牙雕刻手工艺品.机场候机的地方不很小。那里大概有一个日本人.带着照相机.一直看着我们.最后他问是不是日本人。

各地巴拉圭的机场相当混乱,

候机休息室不大，我们一进去就被几个衣服破烂的黑孩子包围，去买他的报纸。

三月二日和一日一样，都是在飞机上度过的。那是没有白天黑夜的两天。

三月三日

一早，政治报的记者来，给我们补拍照片。是他在昨天夜里同人家约好的。可是他在十时还在洗澡间，人家等了很久才出来。

吃了早饭之后，阿柯士达告诉我们，由跟着法纳斯工作的一个青年三兄弟来陪我们去市内参观。

我们沿着改革路兜车去。墨西哥的雕刻纪念碑，象这类的东西很好。他们一路开着车，一路介绍。

前访问过我国的女指挥家（北京人）克拉么夫（丈夫是墨西哥指挥家）是昨天夜里在"越园"见过的，当年在国内时，我也做过请谈。她今天也来陪同我们去参观。

看了雕塑公园，这是印地安人时代就已经有的一个美丽的遗迹。树林都有五六千年了，他们特别介绍这一点让我们知道。

这个公园有一座山，山上是总统府，现在是博物馆，里面陈列着很多历史资料和文物、出土的东西。西班牙统治时期的各届总督的画相即占了两个房间。他们对这些人物并不尊敬，因为是外国统治的关系，但也不怀恶感，照原样地陈列在博物馆里。

除了一些大的画之外，也还绘制也有。

有一个房子，陈列中国去的东西，如瓷器、红木家俱、丝绣等等。朋友们特别告诉我们这是中国的。

有一间不很大的会议室，说是当年志士进行独立活动时，在此秘密发动战争的地方。

在这房子的外面，绕着七

勇士的铜象。还有铜象脚下立在山边的栏杆上，有开枪作战的姿态。这就是有名的1846年抵抗美国侵略者的战斗。这七个勇士是在全部~~被敌~~敌人围攻至这村子时，只剩下七人（有说是6人，但实是七个）最后全部壮烈牺牲。这些勇士都很年轻，其中有一个是尉官。

博物馆的门口，有卖资料册子的，我买了一本，价是比索十元。

市长夫人到机场接古巴代表团，访纪廉来。我托她向纪廉问好，并说我明天去看他。

三月四日

上午，有一华侨吴文滢来见我们，他是大会代表。他来墨西哥已四十五年了，十五岁时来的。只会讲四邑话。我听不很清楚。他不在墨西哥城，离此地还有好几小时火车才能到。他妻子是墨西哥人（他说是吕宋籍），有四五个小孩，大的儿子和女儿都在大学毕业，现儿子是工程师。

上午去看纪廉和智利的万徒勒里夫妇。我给纪廉带了中国出版的他的诗选。并送了《迎春橘颂》和英文的《漳河水》和《风箫颂》书。他很高兴。他说我如到古巴，他会带我到他家去。他送了前几个墨西哥画家的铜雕给我作纪念。

我们一起到一家墨西哥餐厅吃饭，今天陪我们的去找纪惠考兰·中8夫人和一女教员，她说我们应当去墨西哥"保护的司机"。在那里照了象。

下午去新马德里的墨西哥革命展览会，是蒙特军队来的那位委员开车给我们去的。

展览会的女说明员很热情地欢迎我们，讲解也好。展出了人们和她本人谈话，一生的西班牙人和反对独立战争，她笑着说"我们的历史都是战争"。

因为时间不够，不能详细看。当经她和我们到进口处去签字，同很多字，签了一大片，要写了自己是什么单位。但我以中国字签的，写了我们的大家都签了字同志，她看好好的。她是很喜个人崇拜，今天印了照片也如此。

3月8日

上午的预备会，同我们坐主席台，被选出席。

据说华侨代表五个人和他们来参加大会的代表，九时许去接不来，大概因为他们去拜访他们来过的朋友。谈了一些的事情，如巴西部队，介绍情况为奇。

据说有一个代表，墨西哥给他的签证是1个月。他是在西班牙的。

他们邀请我们坐他们的车子去找苏代表团。到了那里，苏代表团已出门了。

苏代表团团长是北斗的付主席，代表有毕克列夫等多名。

我们到了会场，是剧院之类的院子，一些主席和代表已在那一间房里等……

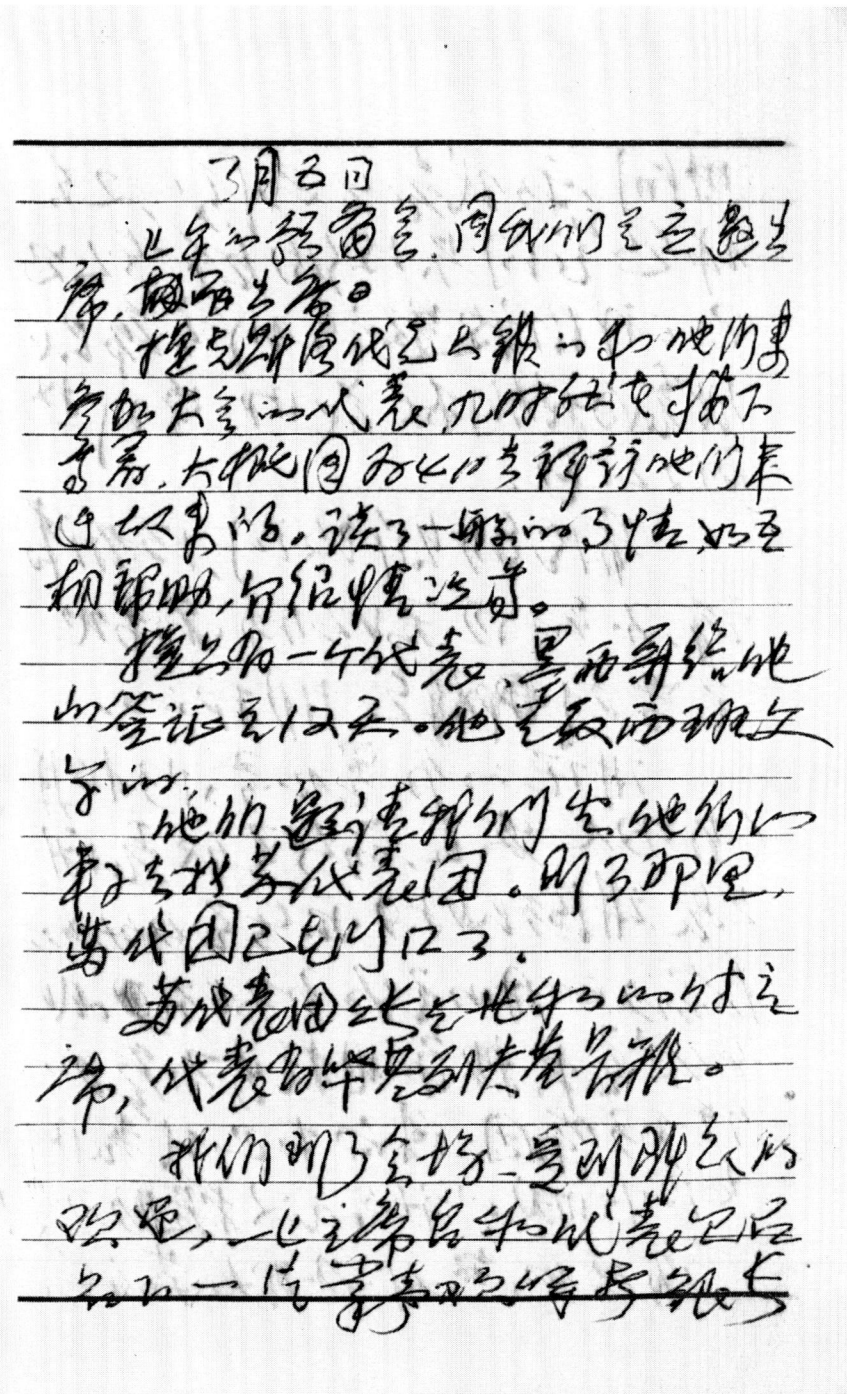

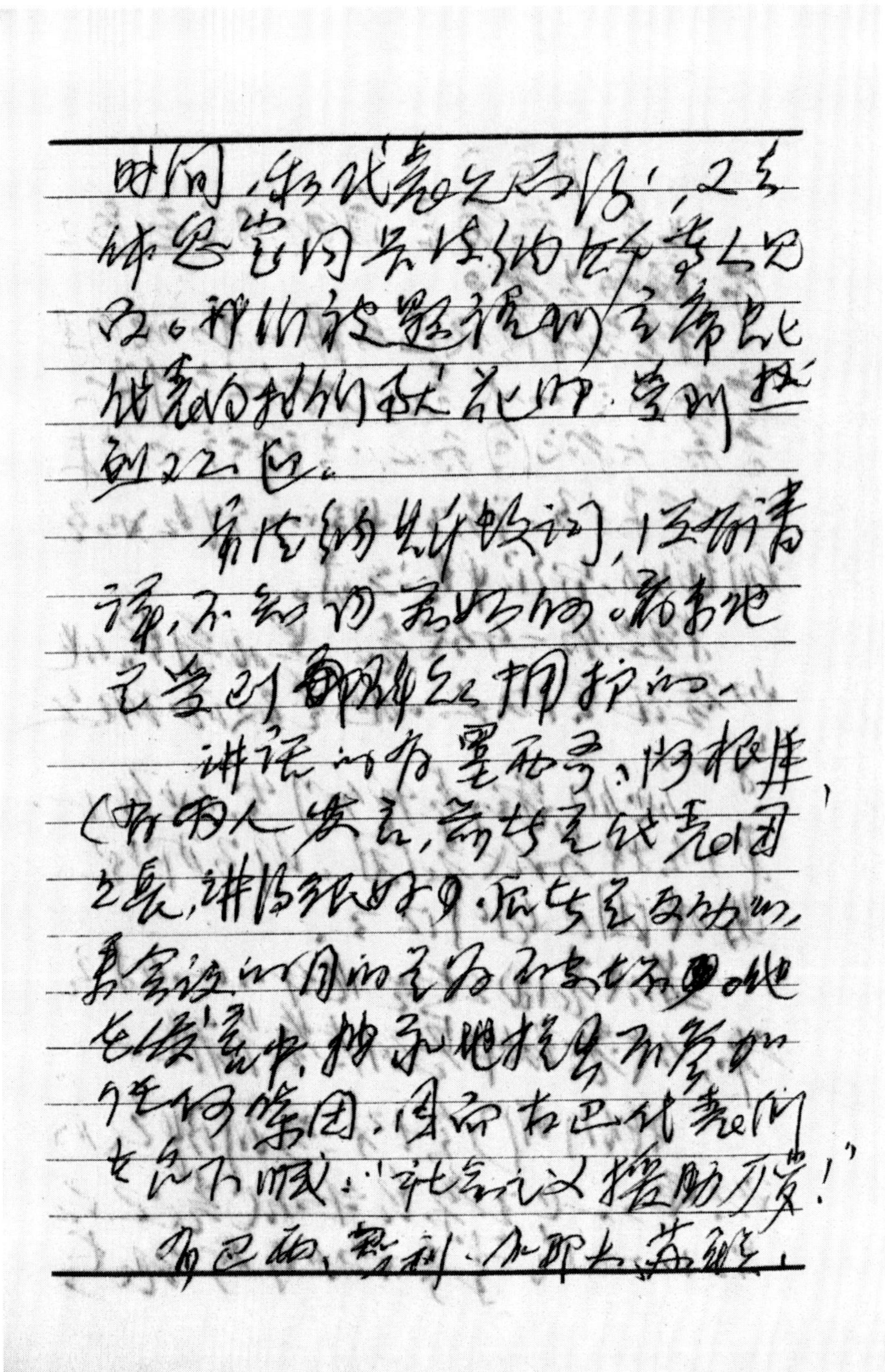
时间，缩短代表们的发言后，又去
休息室内会谈的热烈气氛，令人
的。晚上被邀请到主席台上，代表
代表们热情欢呼花环，坐到
到22点。
首先是纳斯特先生致词，江南请
译，不知讲得好不好。前者把
它当成翻译之一样打开的。
讲话的有墨西哥、阿根廷，
巴拉圭两人发言，高塔是代表团
之长，讲得很好的。后来是委内瑞拉的，
真实谈到国内革命和农村的地
区情况中，特别讲到不参加
任何集团。再有古巴代表们
全员下喊：“社会主义援助万岁！”
有巴西、智利、厄瓜多尔、苏维埃，

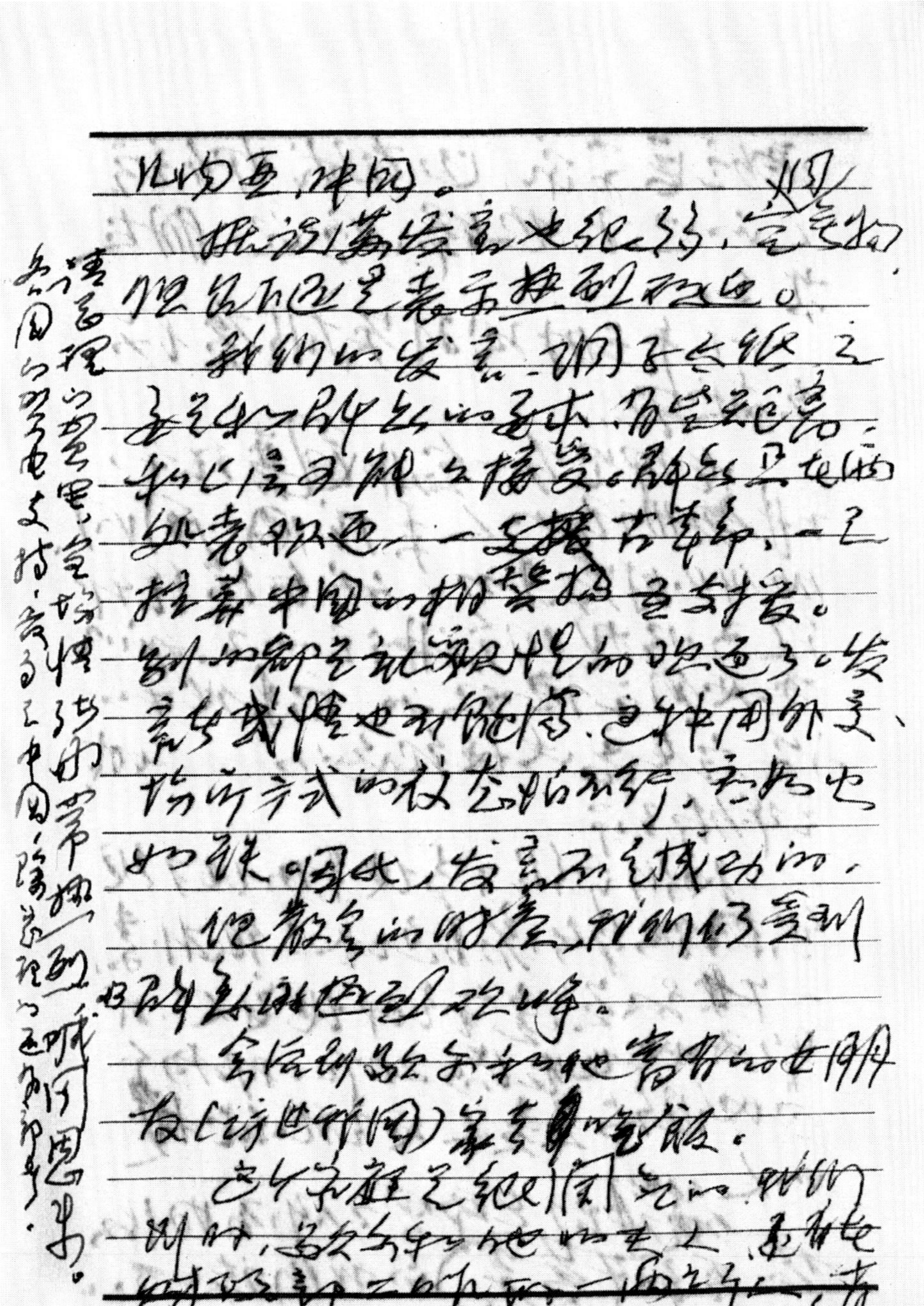

[illegible]拉医学院，因为我们印第安人的儿子、媳妇、姑娘、朋友等等。

下午三时访问英雄广场去献花。

在那里有一会讲西班牙话和讲英语的人来找我们，问他们从哪里来的，然后介绍[illegible]我们会讲话的了。我们[illegible]他们之[illegible]，后来他和[illegible]谈，[illegible]

他们介绍了当地集体地方组织[illegible]一个[illegible]印第安人[illegible]

[illegible]

那个会讲中文的话的拿出一封信，说他是那里的教办员。

他要找我们谈，因为这边人太多，他们又听不清全部谈话的内容，不管确实不确实，暂不去管。也那里说话不方便，故和他们到后面人较少的地方问细地想知道我们来。

谈了不大一会，就分手了，就去参观糖业区。

糖业区无偿解决职工住宅，样子确不很好，有的房屋也分喷水池、动物园，人们需要也是周到，小学，医院，商店等。

住宅的部分不算很大，但很干净，但他们房租比我们最低的每月付150元比索一个月，大的每月付二十多比索。我们问了一个职工说工人工资少，要储蓄买车子，都能在当房子、纪念（指别的地区）回住在原来的地方。

天快黑时才离开那里。我和李惠明太太去取文件，未取到。后往到登叶饭店去和一个朋友一起吃晚饭。

今天送我们到各地的青年[illegible]，她自己开的。她丈夫是意大利人，流亡意大利。她家房子很古[illegible]她先生祖[illegible]子的[illegible]。[illegible]地[illegible]服务。

智利的一部分代表很坦率，是[illegible]和佛朗哥时期来的，在开会前见到我们，[illegible]叫我们[illegible]，他和[illegible]是合得来的。我们参加小组会也是不适的，也不对我们表示友好，都用[illegible]。

见到我们来了就退会(据记者透露,次日已定到他们)。

正在开幕的时候,破坏分子在全场抛了臭弹。次日的美国人办的此间报大肆吹了一番。

首先介绍了阿根廷反动成员的讲话,强调他提出反对一切集团。对种别说话为利用此会宣传中国威胁。

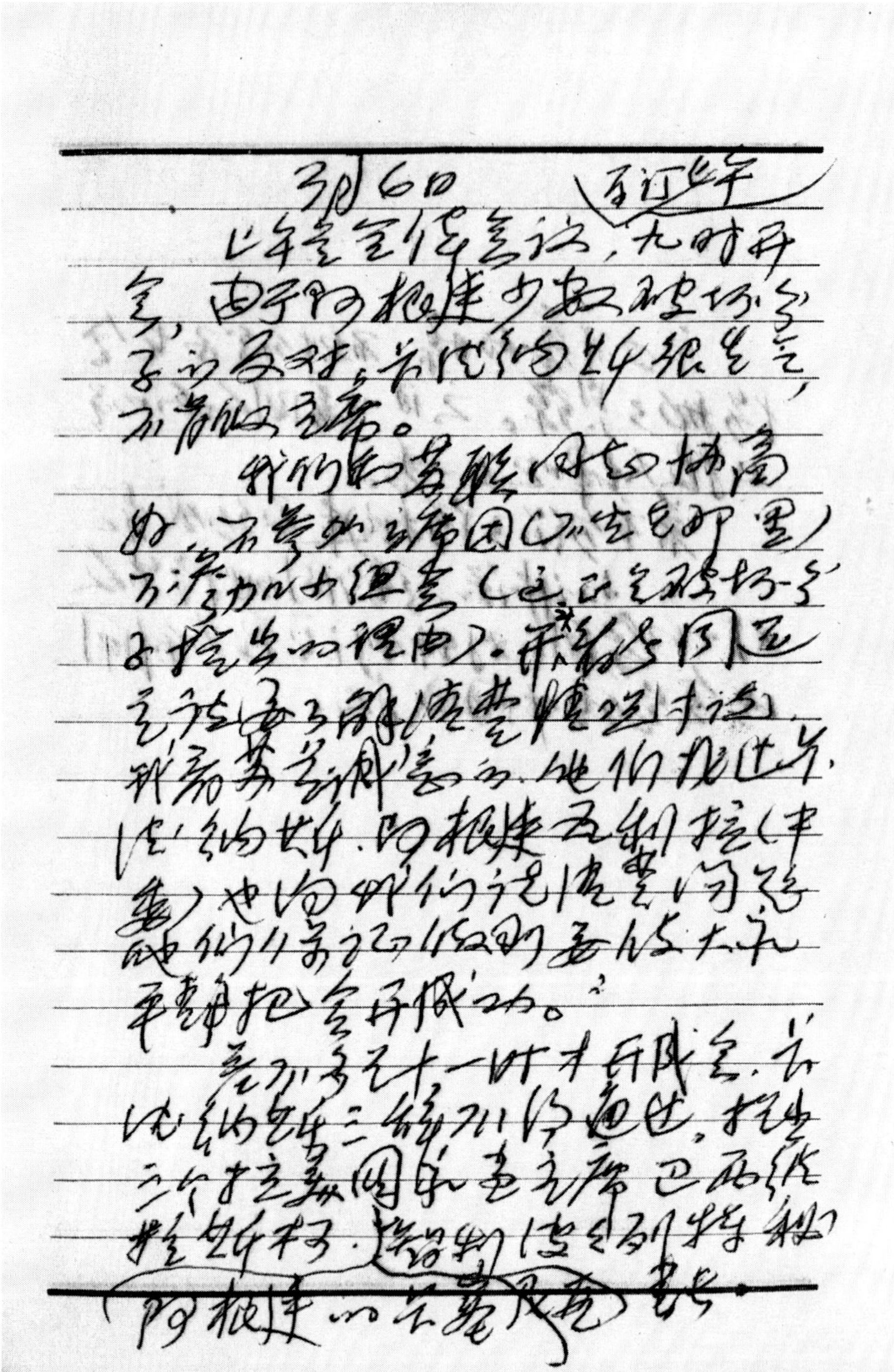

3月6日 （至下午）
上午是全体会议，九时开
会，由于阿根廷少数破坏分
子的反对，苏代表的地位很是[illegible]，
不能做主席。
我们的苏联同志协商
好，不参加主席团（不坐主席里）
不参加小组会（这是破坏分
子提出的理由）。我们同意
主席团[illegible]讨论，
我帮苏[illegible]会。他们提出了
[illegible]纳的代表，阿根廷的组织（中
委）也向我们说情，要同意
他们[illegible]的要求，大家
平静把会开成功。
差不多是十一时才开成会，古
巴的代表三项决议通过，拉美
二十个主要国家都主席，巴西代
表[illegible]。[illegible]
（阿根廷的[illegible]）

今天安的节目不错，古巴很受欢迎。英格兰人做的发言。

巴拉圭的女诗人讲我们的文工队很受欢迎。

与智利的谈得不错。这个人是"美国——贪婪之鹰"的作者，原来是共产党人，据说犯有错误，还是共产党员，已开除出中委或是党内处理不很清楚。他的谈话富于辩论的口吻，但有一点也是很有阶级性的："卡斯特罗是拉丁美洲的希望"。

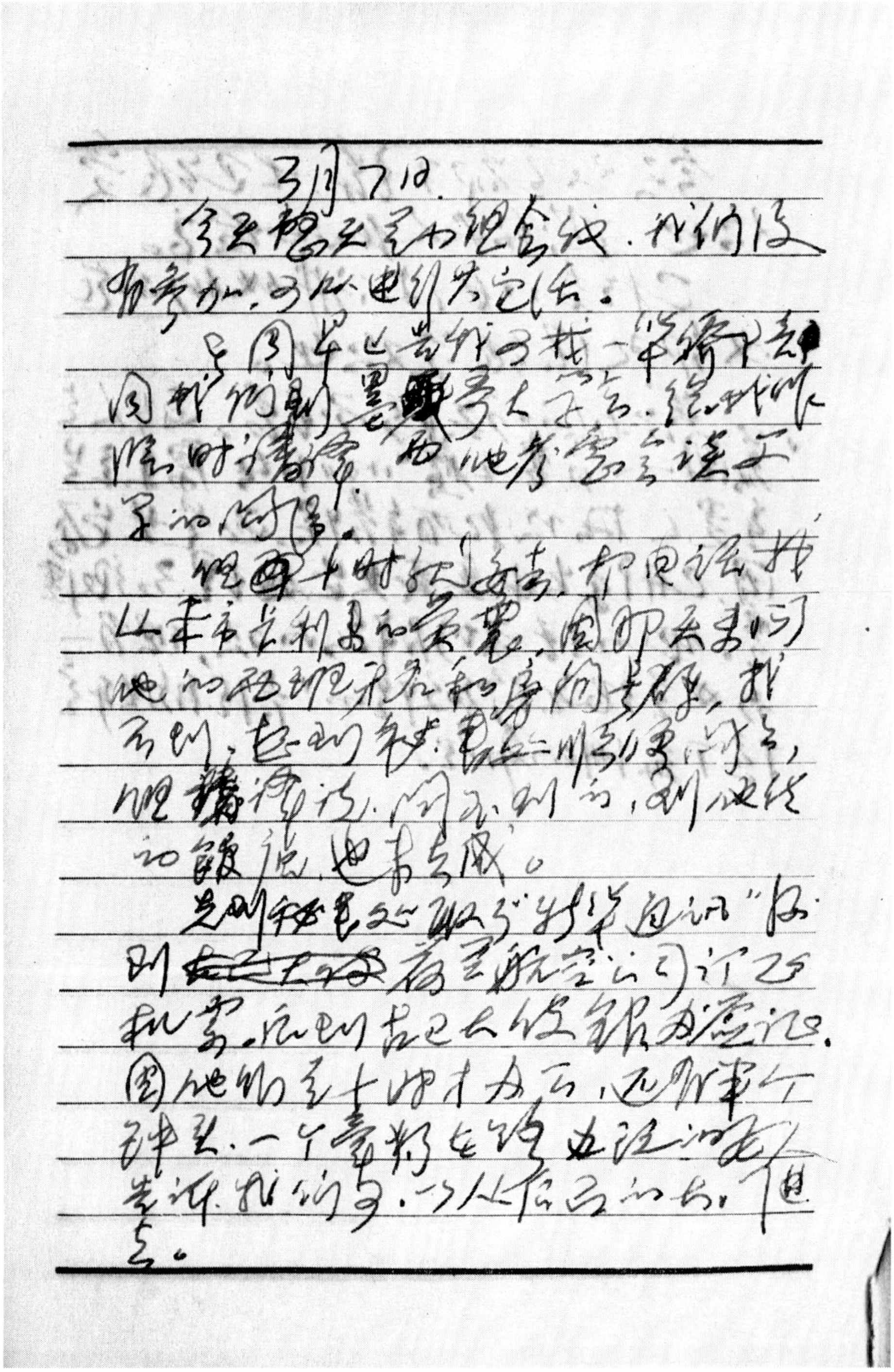
3月7日。
今天是[illegible]纪念会。我们没
有参加，可以避免失言。
[illegible]
[illegible]
[illegible]
[illegible]
经过十时[illegible]，打电话找
从本市[illegible]利马[illegible]，然后去访问
他的经理不在[illegible]的先生，我
们[illegible]
[illegible]
[illegible]也未完成。
[illegible]
[illegible]航空公司订飞
机票[illegible]
[illegible]他们至十时才去[illegible]
[illegible]一个[illegible]
告诉我们[illegible]

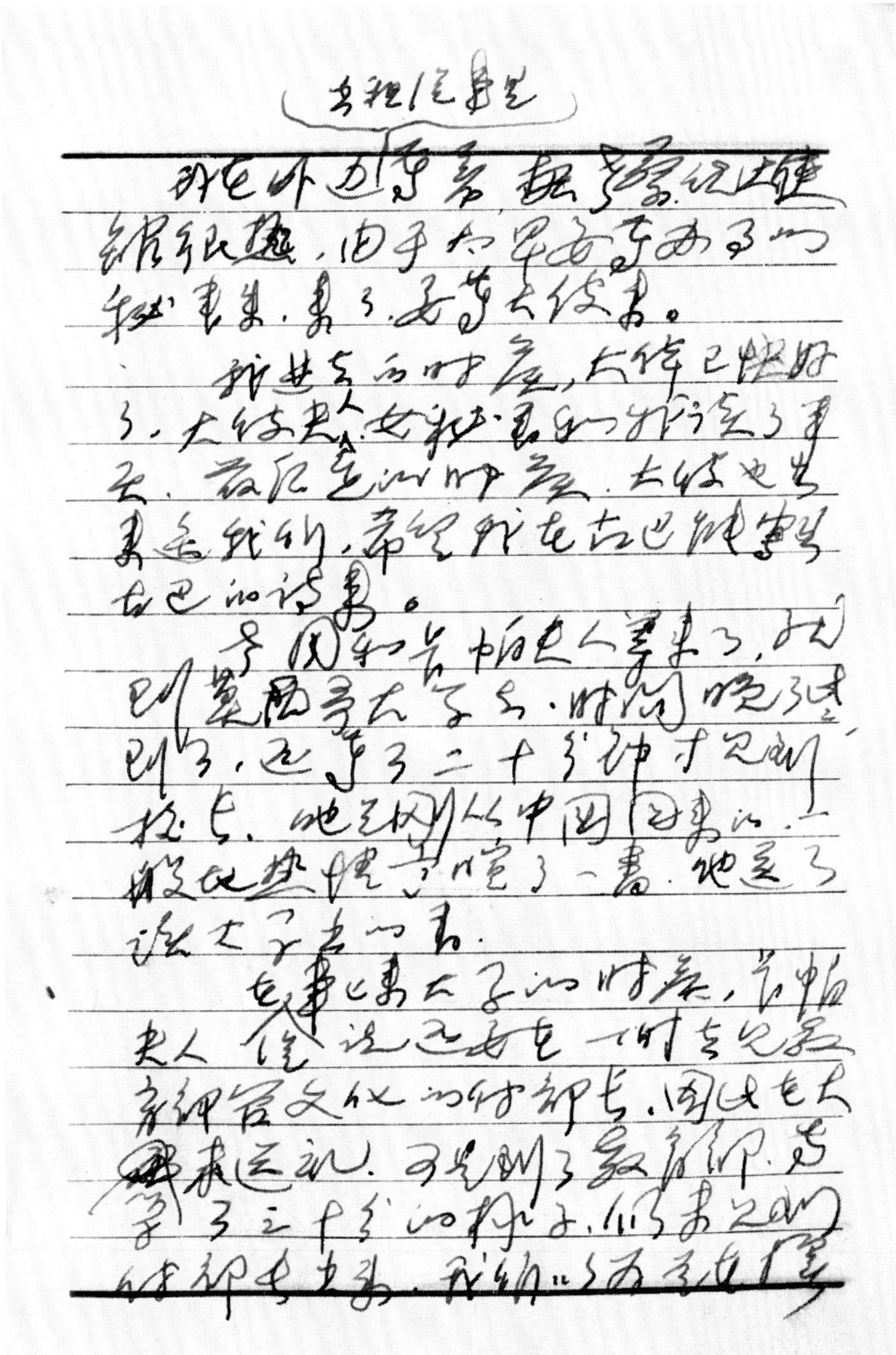

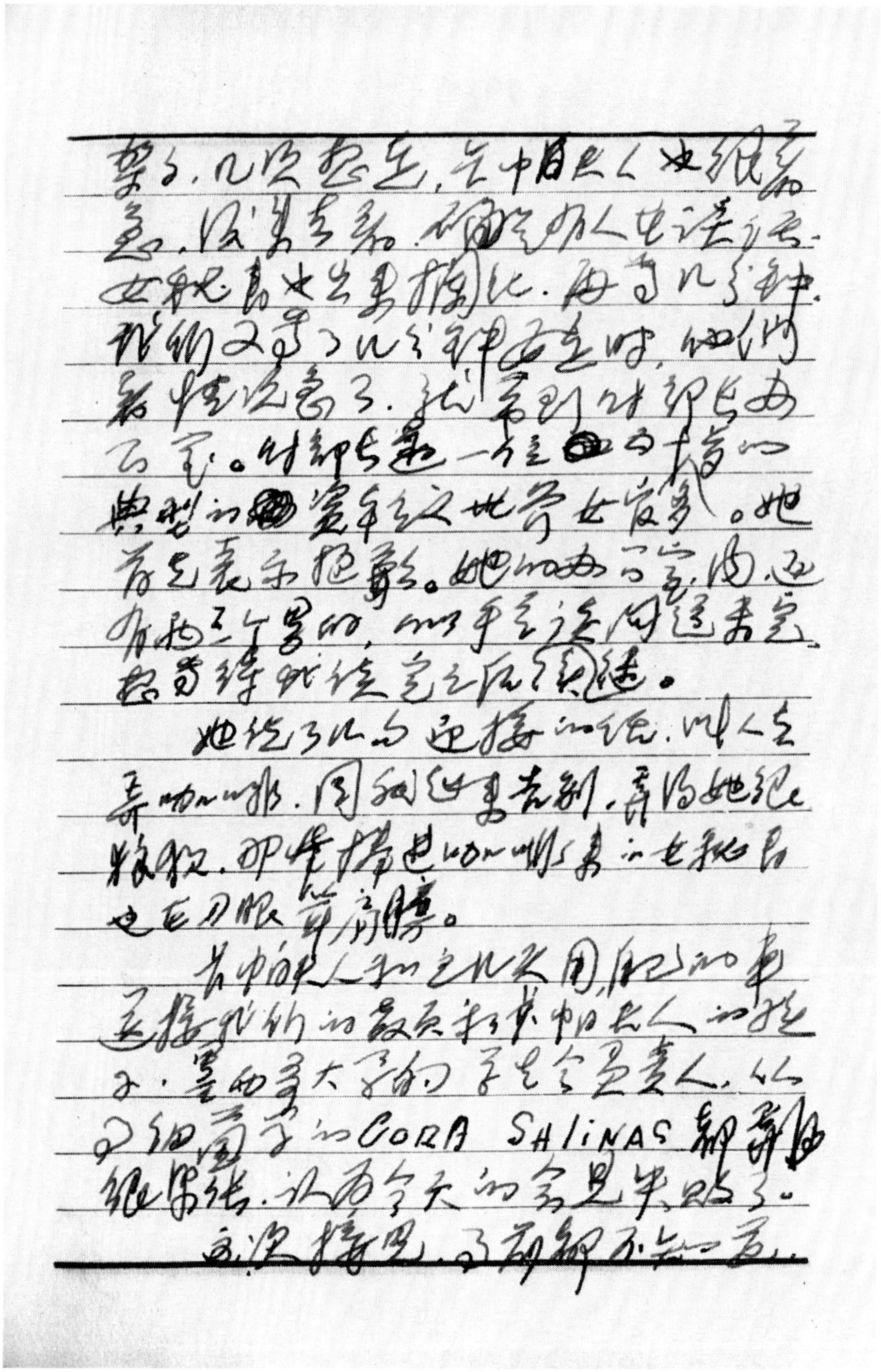
[illegible]。几次[illegible]，[illegible]中国人[illegible]
[illegible]。[illegible]女[illegible]
女秘书也出来[illegible]。每[illegible]几分钟
我们又[illegible]几分钟[illegible]，她们
[illegible]。我[illegible]到外交部[illegible]
[illegible]。外交部是一[illegible]
典型的[illegible]。她
[illegible]。她[illegible]
[illegible]
[illegible]

她[illegible]的[illegible]，叫人去
弄咖啡。[illegible]告别。[illegible]她[illegible]
[illegible]。那[illegible]咖啡[illegible]女秘书
也[illegible]。

[illegible]中国人[illegible]几次[illegible]
迎接我们的[illegible]中国人的[illegible]
子。[illegible]大学的学生会负责人。以
及[illegible]的CORA SALINAS[illegible]
[illegible]。[illegible]
[illegible]

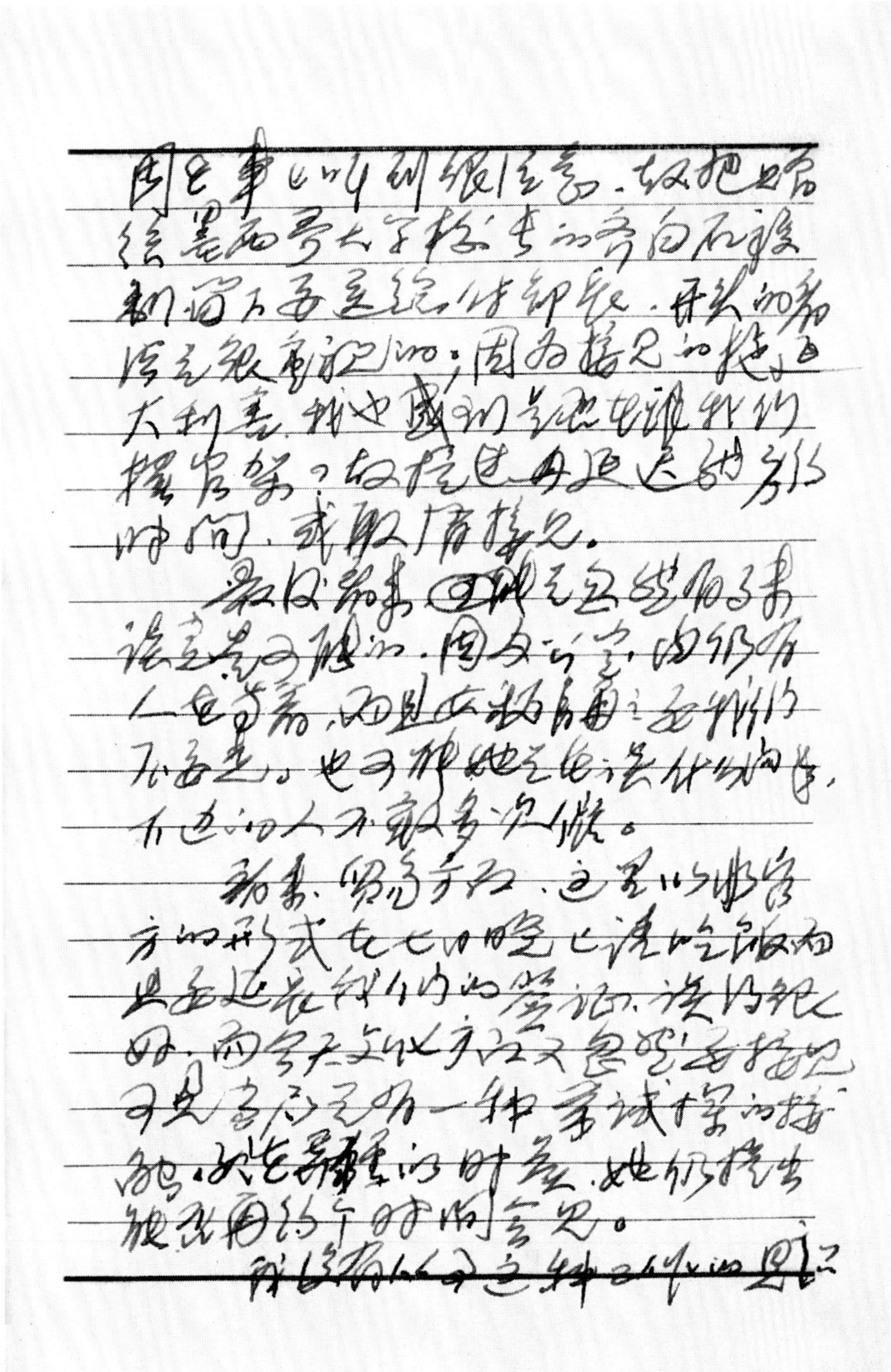

他们当时表示了态度：一、不是
国体，也不理睬它们。最近政
变不过如此。二、它对我们中国
事不闻不问了。我说：谈的时间多
的话，不要紧。但不要使人觉
得我们很傲慢。

我感觉这机关的工作，还要
交换意见才决定好一些。相反
的也好到了接见时，我们仍不
一定是这机关的。若能够
宣传我们的政治及教育主张呢？确也
拉美各国一条路的胜利。

展览馆内国的革命壁画都有
历史壁画。这里的壁画描绘了，都
是自由解放斗争之英雄们的事。墨西
哥这个国家和它是一样美丽，确是
与众不同。

晚上七点墨西哥记者协
会参加宴会，大多数都是访问过中
国的记者作家。他们回来写

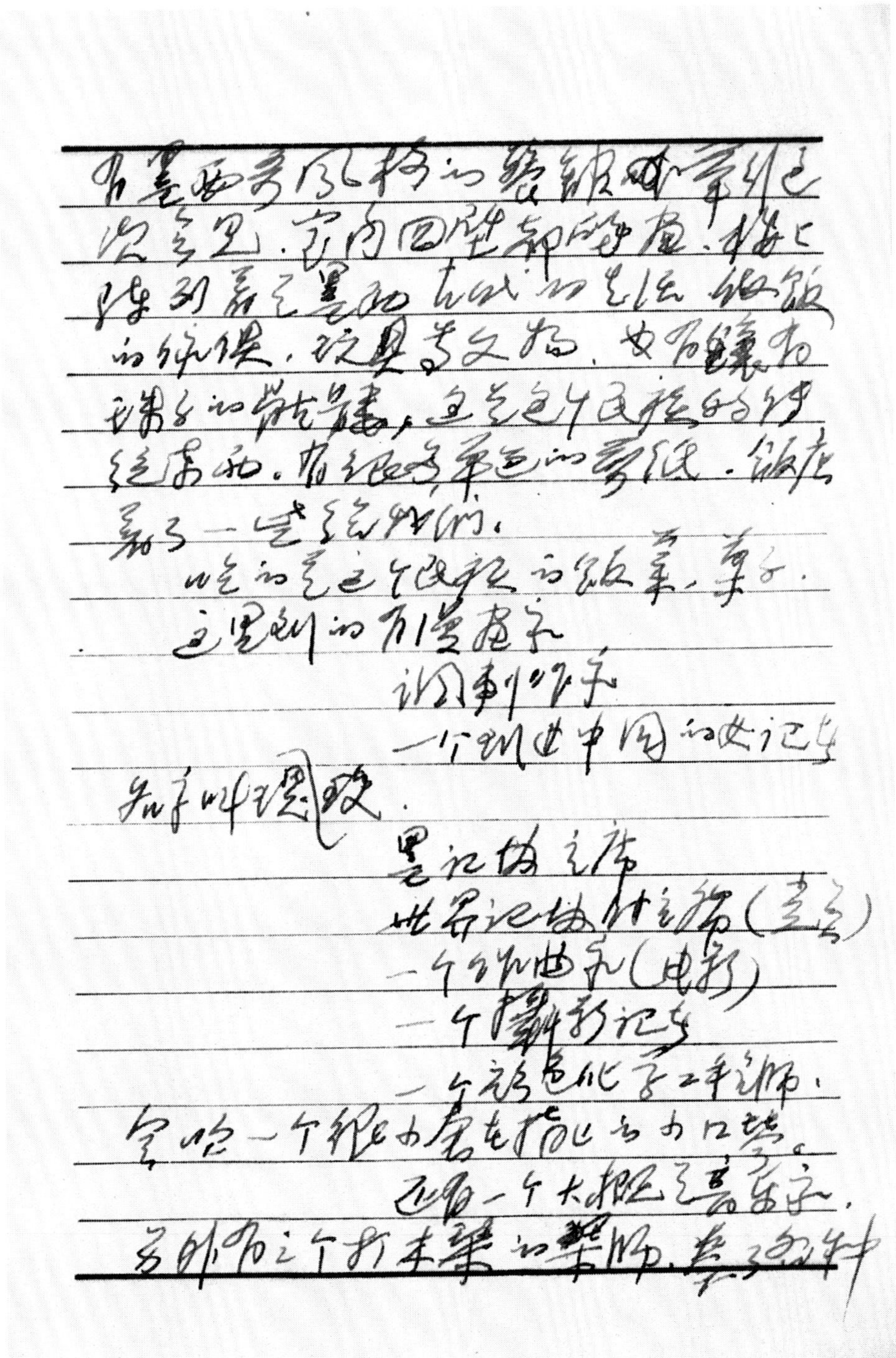

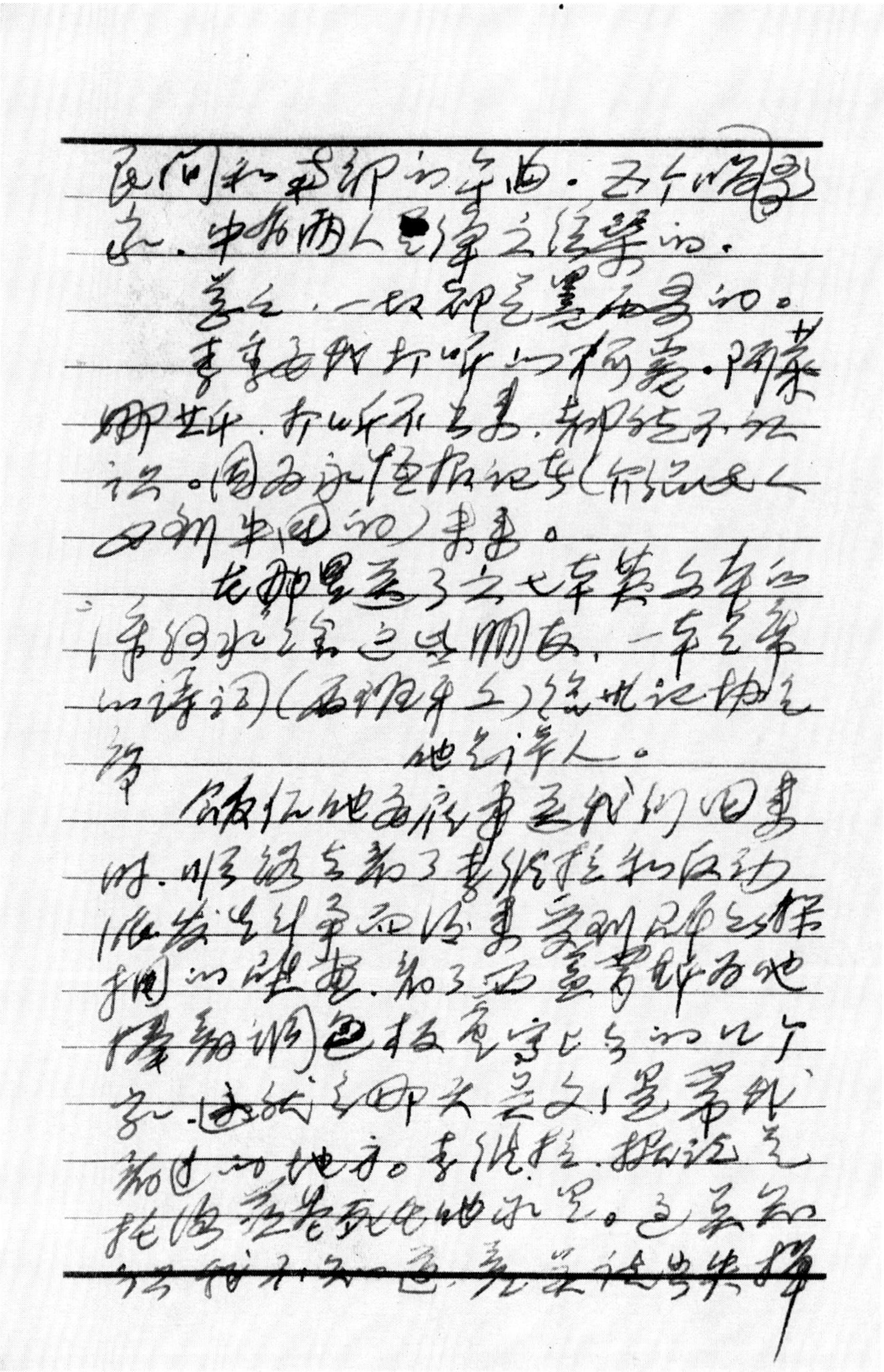
民间和印第安的乐曲。五个唱歌家，中有两人是华人之后裔的。

基本，一切都是墨西哥的。

[illegible]

[illegible]

东部的话。秦闰章告诉我他们是了。李继桂的签名，墨西哥很有影响。新华社的[illegible]了他们的。他经[illegible]中从了解工作，不知如何做结果。

周恩来总理告诉，记得他们[illegible]去[illegible]，我[illegible]在中国会见[illegible]，[illegible]剧团，[illegible]不去，而此人[illegible]为[illegible]。

3月8日

今天是最后一天会议。

上午七八时，有一份用西班牙文印的反宣传件送到各会客室和我们的房间。书中提了四个问题。

今天是38"节，早上[illegible]陪我们的吴[illegible]和维拉夫人去花市买了鱼缸。

董[illegible]一早打电话来，发现一些情况，大概是他们会议的反革命分子发的文件。

我们到大会的时候，有几个朋友也告诉我们有反动传单。一个从[illegible]加入的[illegible]代表告我们，[illegible]他们的绝了。

[illegible]

了我们，我们向他们赠送了毛主席像。他告诉我们，会议还要开三周左右。我们明天到外地去参观吧。

大会开始已经很不景气，已经不行了。

因为他们分别找了各国代表，参加会的只有他一个人在那里，前几个钟头同传翻译，但他讲一般话还可以，一讲较深的政治、经济、文字的翻译就难懂。

下午侨委同志介绍了一些华侨情况。大批华侨的情况，最近大批华侨由于历史原因的来到墨西哥，共二万多人，其中有二百多人是不会讲……

看墨西哥事情的，K以二千美
金一人通过各种方法混入
的。这是花钱买出钱了。
这些人则分向华侨借钱
去偷渡祖国。
华侨[illegible]也比较和，每回[illegible]
民[illegible]约一万元之，[illegible]
生 [illegible] 检查、收到了签字证
同志[illegible]来的，他们过
邮检查，他就把她[illegible]
[illegible]一起，给来了。
黄先生6年来的，他今天
[illegible] K。他说他离开
[illegible]一个人在
这里（[illegible]6年[illegible]一次国
他说过[illegible]）[illegible]
市[illegible]（[illegible]），[illegible]
中[illegible]他们不[illegible]

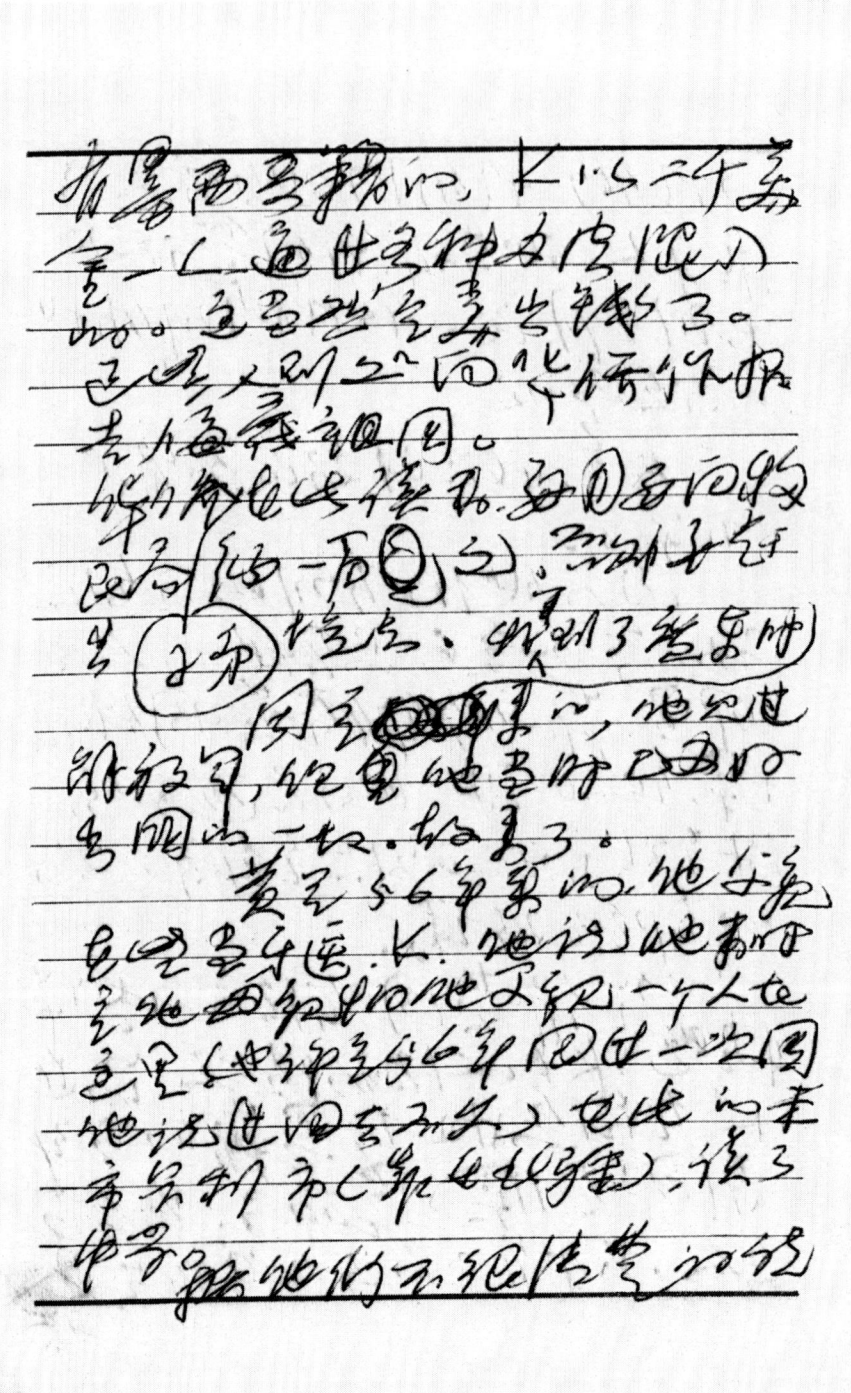

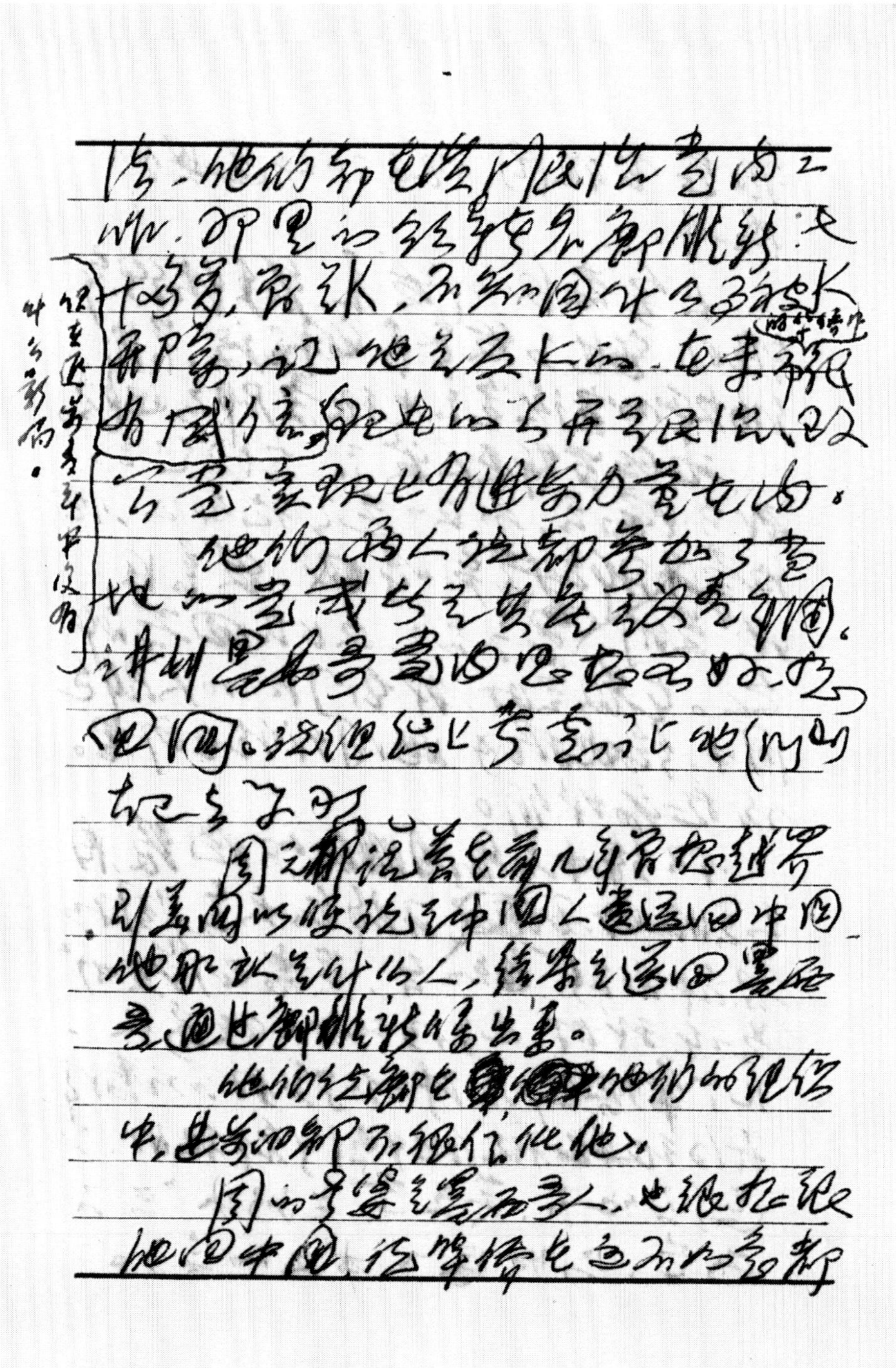

很想回祖国。但又不知道是什么情形。

大会最后的发言，给我情绪的很好。经过了发言后的[illegible]，当我们[illegible]的宣传室去也很多人都来过问。

西班牙老人发言，会场上，我不懂话，不知道说了些什么，但给我们很大的掌声、呼喊。发言后，她[illegible]我们[illegible]，又长久回答那么么。在散会时，我在门口的人群包围中，给她握手，她问我住在哪里。给我拥抱和亲吻。

招待中苏友团的晚宴，周[illegible]大会临时召[illegible]开的给大会，周扬等都不能[illegible]去，黄震（？）对我们告诉我们，已有了[illegible]人一几个章信都不能给我好的[illegible]看得很郑重，他情绪都很好。我送给他书，英文本[illegible]两本，同时写了中文的签名。

他们为我们朗诵诗，我朗诵了一首"沁园春"。和主席的"娄山关"。尼瓜拉瓜的一位朋友，即席以西班牙文请读了崇之的一首。太和谐了太美。

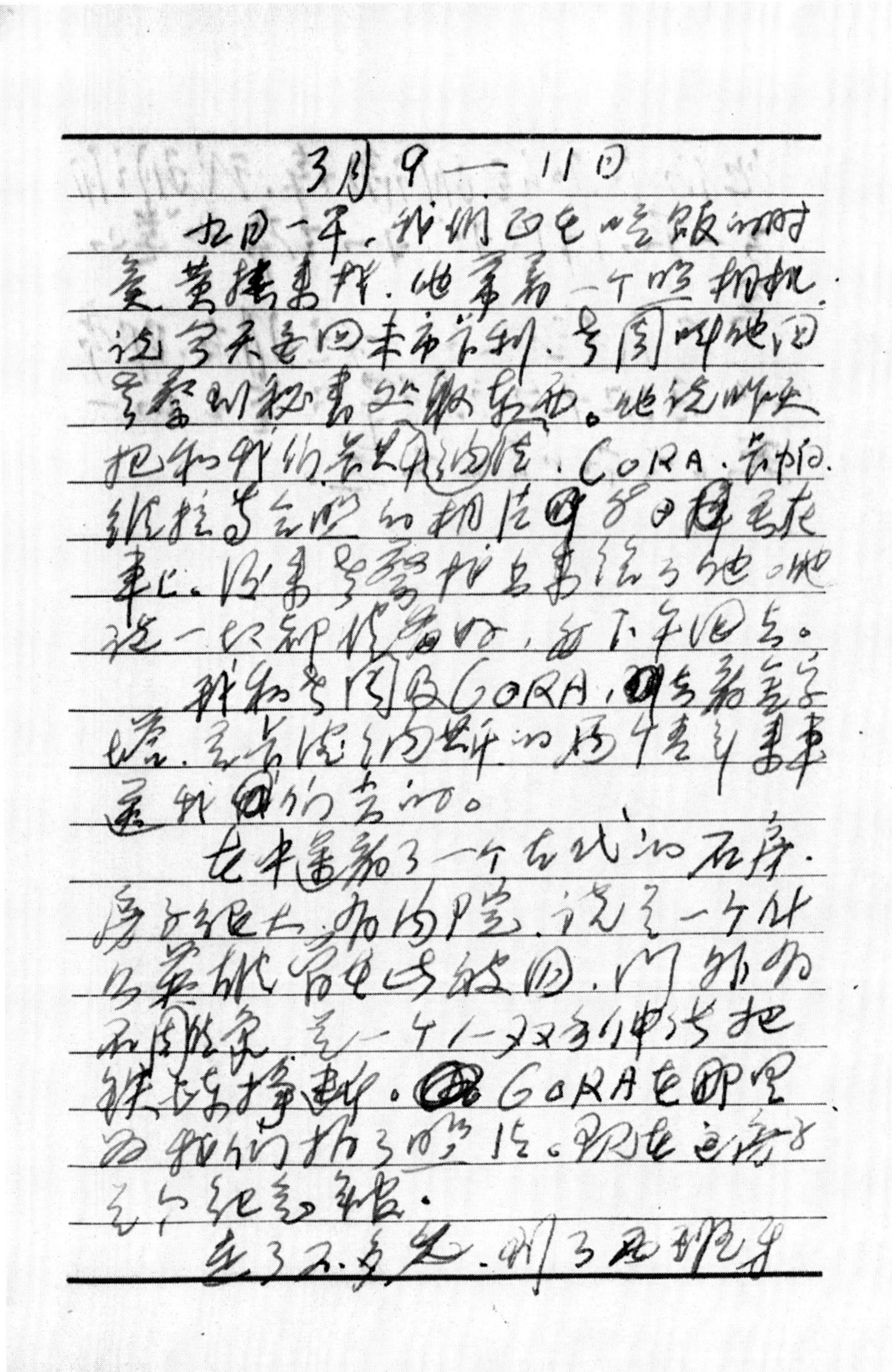
3月9—11日

九日一早，我们正在吃饭的时候，黄樵来找。他拿着一个照相机，说今天要回[illegible]。李同叫他回去拿[illegible]秘书[illegible]东西。他说明天把和我们的[illegible]、CORA、[illegible]维拉等合照的相片[illegible]8日[illegible]来。[illegible]给了他。他说一只[illegible]，在下午回去。

我和李同及CORA，[illegible]

在中途看到了一个古代的石房。房子很大，有内院，说是一个[illegible]。门外有[illegible]，是一个[illegible]把[illegible]。CORA在那里为我们拍了照片。[illegible]

走了不多久，[illegible]

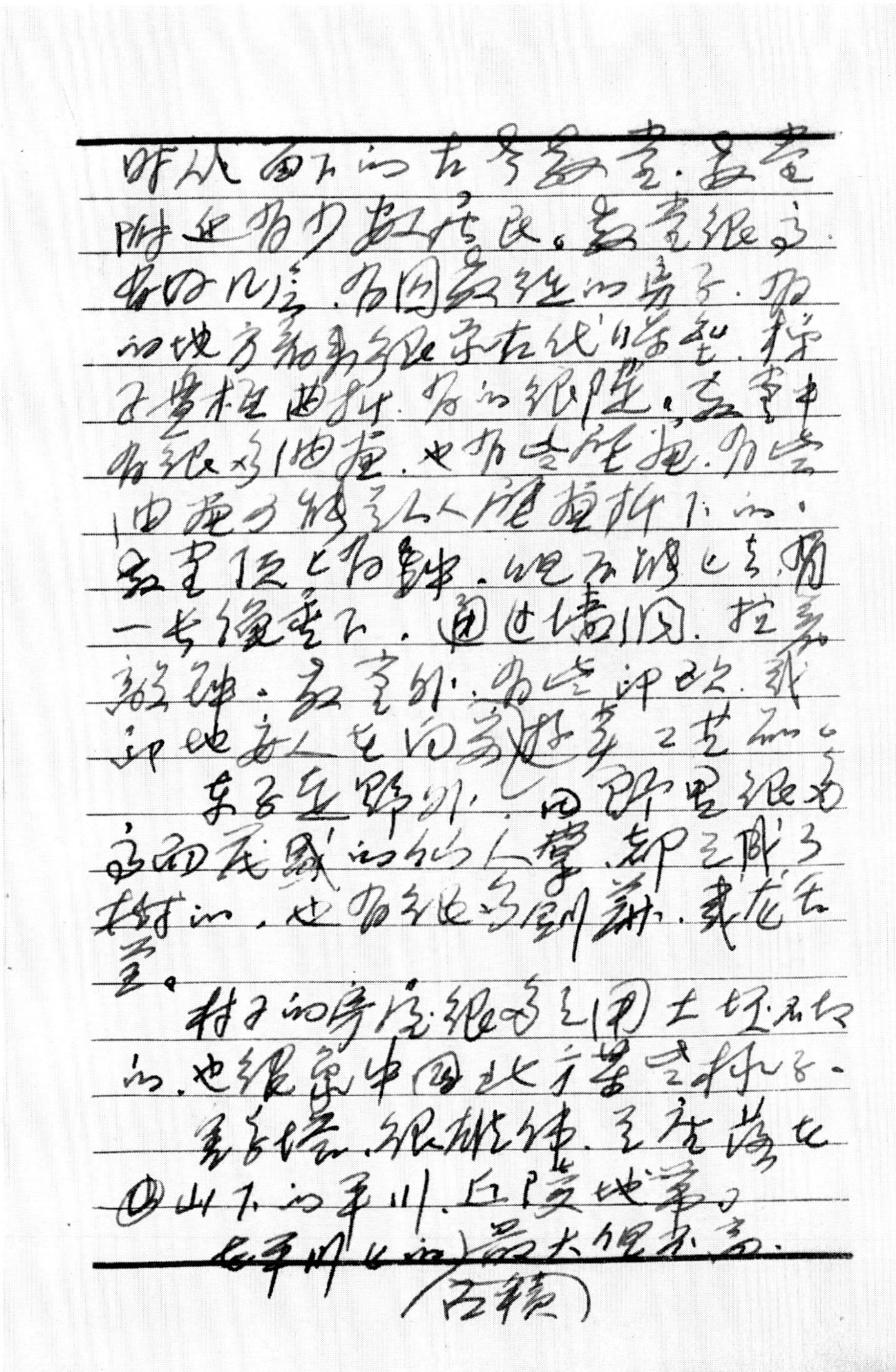

昨从西下的古老教堂。教堂
附近有少数居民。教堂很高
有的几层，有圆拱形的房子。有
的地方和我们很像古代的建筑。柱
子[illegible]西班牙[illegible]。有的很陡。教堂中
有很多油画，也有[illegible]。有些
油画是从西班牙人那里拿过来的。
教堂顶上有钟，绳子挂在上面，有
一条绳垂下，通过墙洞。拉着
就响钟。教堂外，有些[illegible]。我
们也[illegible]

在乡下野外，田野里很多
高而茂盛的仙人掌，都是成了
树的，也有很多剑麻，或龙舌
兰。

村子的房屋很多是用土坯砌
的，也很象中国北方农村样子。

墨西哥很雄伟，又有高
山下的平川，丘陵地带。

在平川上的[illegible]最大仙人掌。

（石[illegible]）

完全是对称的。周围是很多的石阶。上去之后，象到了城垣，俯视像女墙。西边有同样的阶形的四个窗子，窗的墙形屋顶像四个箭头。四个角里，又有一座坊，左边的围墙，有几个门洞，过去是神道的。坊正中有一个的墙形屋顶。他用东西搁着。它的右侧有一口水井，井中有水。

再走进去是比较高大的两座，但都很破了。这两座是对着，一前一后。中有一座桥的走道。走下去可看见许多有台阶的，都是蛇头。

这两座比前一座高多了。

周围之个比高处更了一些照片。但用去拍都出了毛病。这样的话我再不敢要去看了。

离开这一座，就到了太阳宫

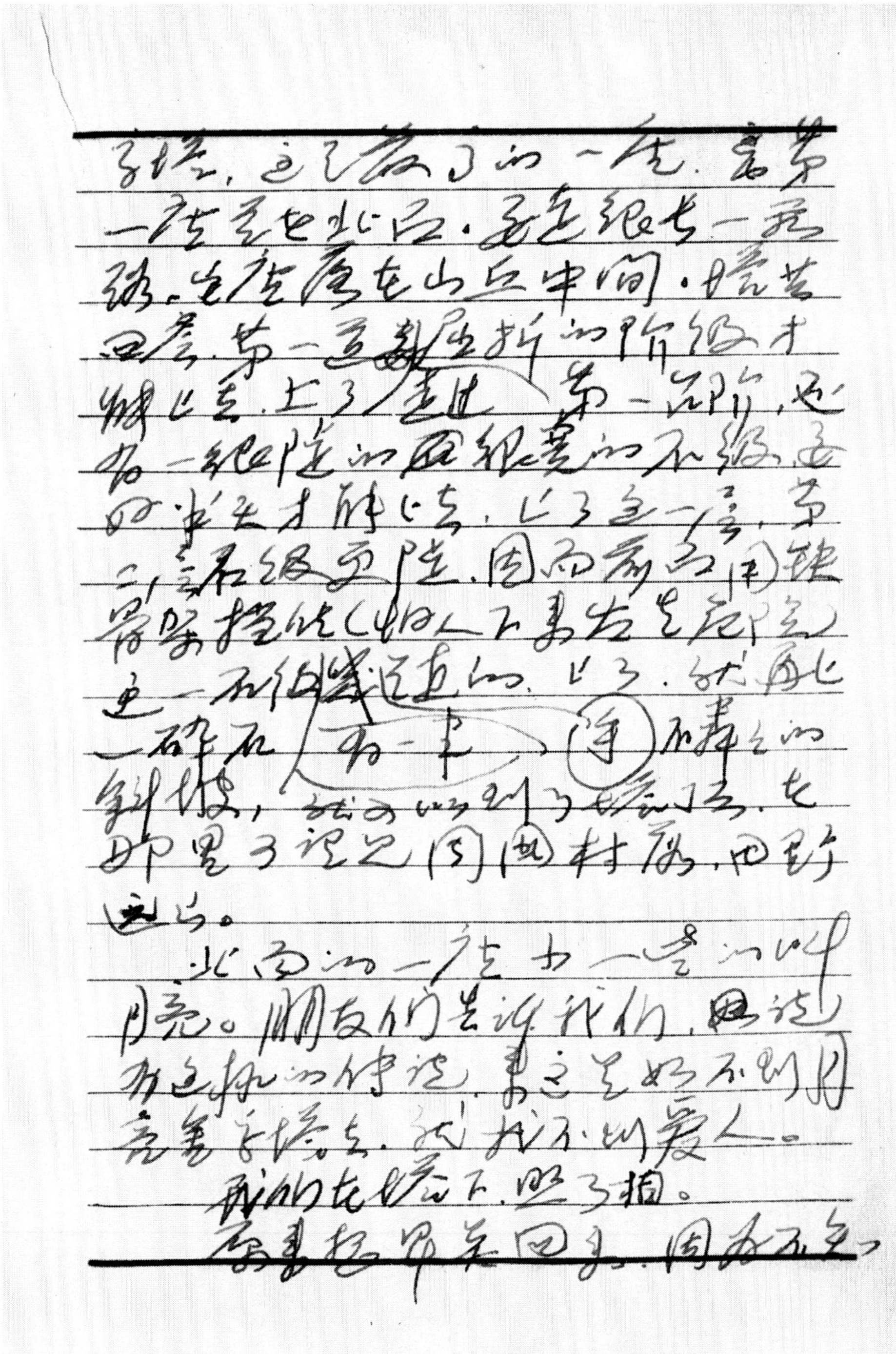
了塔，这是底下的一座，高第
一座叫它北塔，这座很长一条
路。这座底在山丘中间。塔共
四层。第一道新的阶级才
能上去。上了第一部分，还
有一组陡的而很窄的石级，要
四肢着地才能上去。上了是一层，第
二层石级更陡，因而前面用铁
管架栏杆（供人下来也是在陡
这一石级上的）。上了，就看见
一群石雕着的
斜坡，然后又到了塔顶。在
那里望了望周围村庄，四野
远山。
北面的一座为一座叫
月亮。朋友们告诉我们，因为这
有这样的传说，来这里的不到月
亮塔去，找不到爱人。
我们在塔下照了相。
后来打车回来，同去……

这是在一个叫洞的饭店举行宴会。

到了那里，是一个很大的山洞（在地面之下），下山洞是一级一级的石级，下面有椅、桌子，备有饮食。

午餐在大的地下洞中举行，从上面可以看到天空和洞外的绿树（洞口是个大树林，有了些飞鸟）。

首次的对中大使主持午餐，各外宾也在旁边，我是坐在是大会秘书长贺利的朋友旁边。

表演了墨西哥古代民间舞蹈，和演唱民歌。

我们同晚饭了，随坐汽车回来，稍休息四五个小时。

七时去见了这里的文化部长，等了一个多小时，真叫人不耐烦。当他接见时，他说了多少种措施，我们同中国贸易，以及各种之事

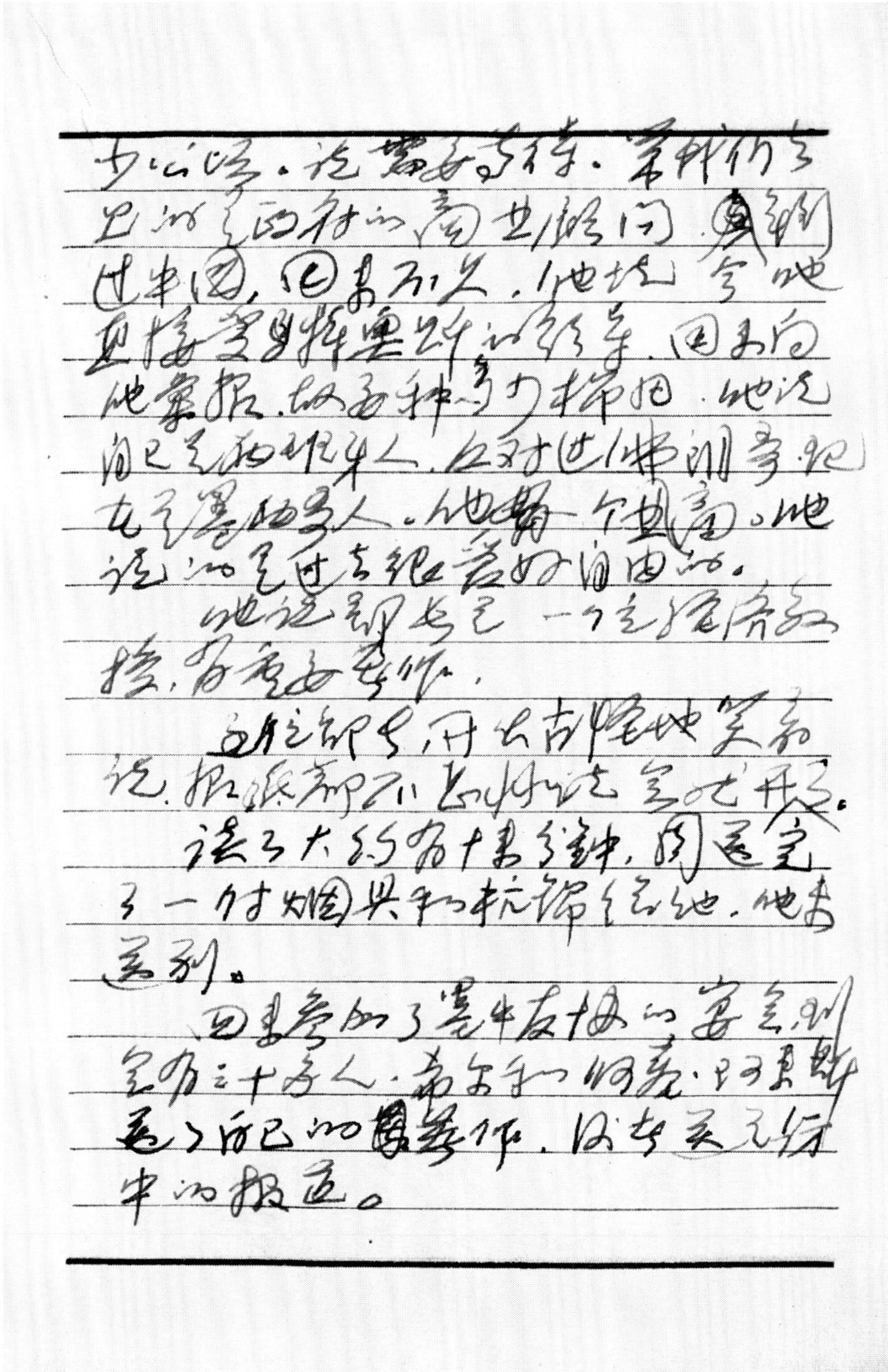
办公呢。说需要多谈。第一件问了
巴斯之西班牙的看世界问题。[illegible]
世界问题，回国不久。他说会见
更接受多样墨西哥的经济。回来向
他汇报。做了种种努力协调。他说
自己是西班牙人，反对佛朗哥。他
在墨西哥的多人。他是一个共产党。他
说的是过去很长的自由的。
他说部长是一个主张经济
接，有意要合作。
这位部长，用古怪地笑着
说，报纸都不应如此说，否则开了。
谈了大约有十多分钟，我送
了一付烟具和杭锦给他。他表
送别。
回来参加了墨中友协的宴会，到
会有三十多人，弟子和何嘉、贝[illegible]
送了自己的书作，[illegible]
中的报道。

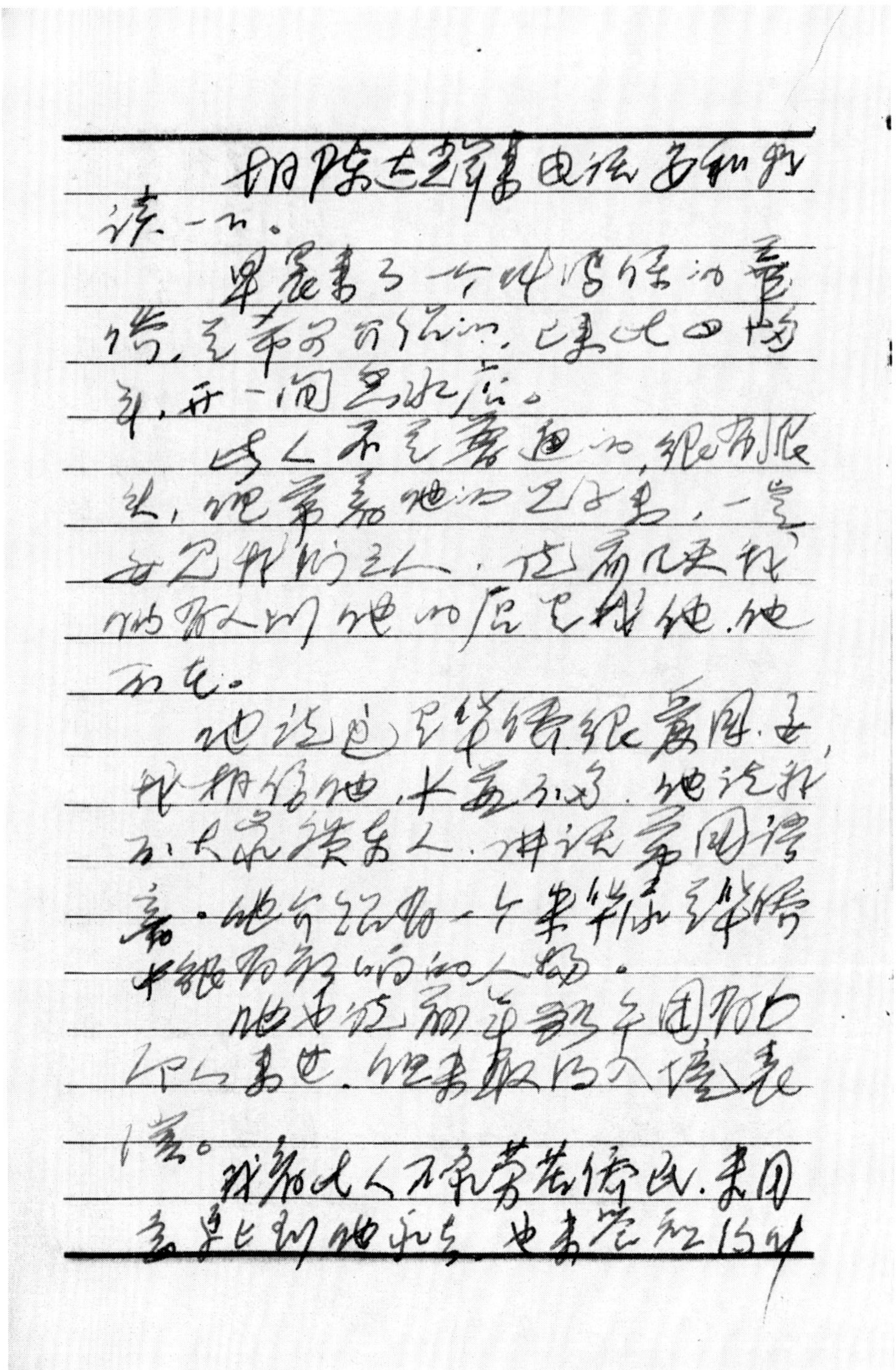

胡陈大使[illegible]由[illegible]多和我
谈一下。
早晨来了一个[illegible]华侨[illegible]
侨，[illegible]，已来此四十多
年，开一间杂货店。
此人不会普通话，[illegible]
[illegible]，[illegible]他的[illegible]，一[illegible]
[illegible]的主人，[illegible]
[illegible]他[illegible]他，他
[illegible]。
他说[illegible]华侨[illegible]，
[illegible]他，[illegible]。他说我
[illegible]人，[illegible]
[illegible]。他介绍[illegible]一个[illegible]华侨
[illegible]的人物。
他[illegible]
[illegible]
[illegible]。
我[illegible]人[illegible]侨民，[illegible]
[illegible]

小时和我们会见，只给两小时间。

陈迪大使和陈达辉来，带我们到一画廊馆参观去。

陈迪大使说他从朝鲜战争开始，参打了两个战役，现在把这里的军衔（军部之指挥部的）送出去，这一套有多人出来说很像好色和俗。

陈说美国人曾召开"大同书柜议"，以反映祖国情况，陈和某华侨都跟他支持。他有次被捕去，花钱去赢了出来，来看对陈说过，这一笔是，花了两千美元。有的后因被捕，花了一千多，说是中国领事馆出来两人去了解，把剩下的钱带回去。

此事说法是否不对头，这是一般人看法。

加回

路过他的5如 手华侨联合会的是作·访问会会报纸，太主席帮助他宣传做宣传。

他在开一个小的咖啡店。

路过主席他说5、3月来的，原也是常开车，参加工会，调回国也常来粗推局做司机，接送客人，同他认识他太太，后来阳地太多他来，费用自己出，情意面包开车保险。他说那费，用二倍的照顾，还有他为说起到大大生又不肯离开他是和好的朋友。

他们说了是反x抗x会的主人之一。说他有二百多了。新会的大多对。

说也这里的有都有12000多华侨，在未有的利有1.4000多华侨。

这里有一个叫吴铁汉的人，是

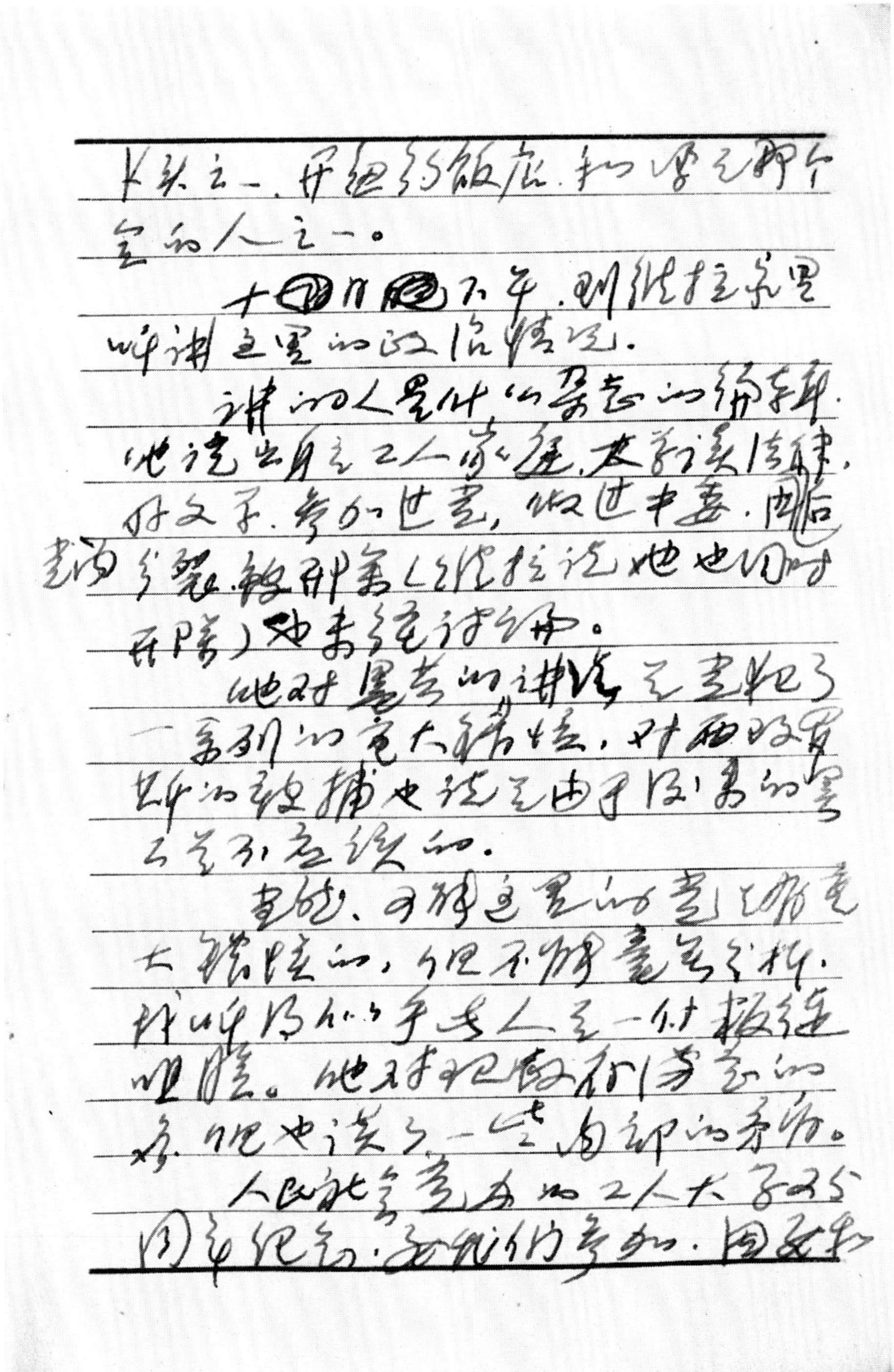

大头之一，开过的饭店，和她是那个家的人之一。

十日下午，叫维拉来家里以讲这里的政治情况。

讲的人是什么公务员的翻译。她说出身工人家庭，本身读法律，好文学，参加过运动，做过中委，因后分裂，被开除（维拉说她也同时开除）就未继续讨论。

她对墨共的讲话，是肯定了一系列的重大错误，对西班牙的被捕也说是由于领导的是不坚定的。

也说，可能这里的党是犯过大错误的，但不能毫无分析。我以为他们争取人是一件极难的事情。她对托派有偏见的看法。她也谈了一些内部的矛盾。

人民社会党与工人大学的同年纪念，要我们参加，国庆和

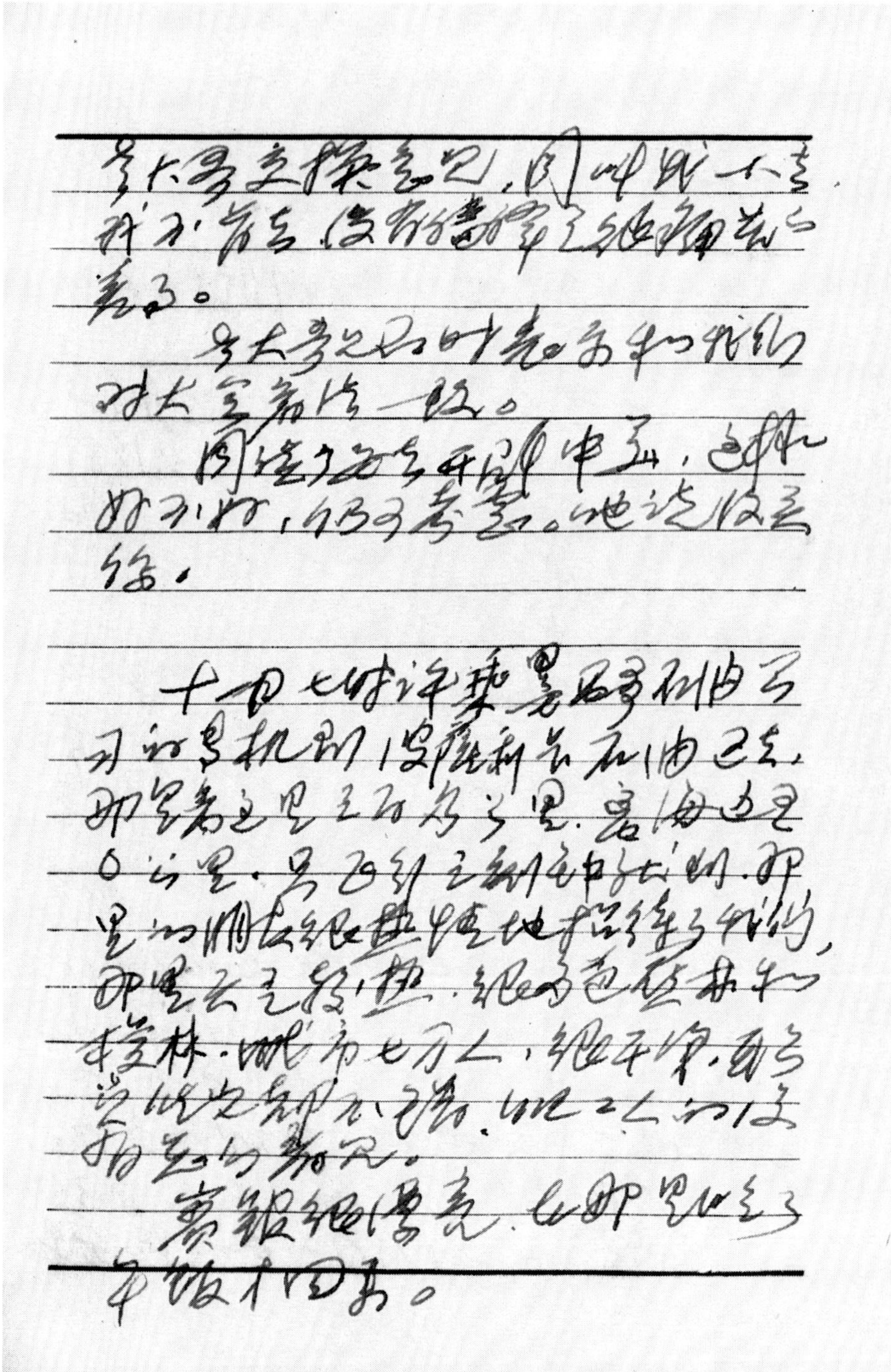

与大家交换意见，同时我们一个[illegible]
并不肯去。后来[illegible]
[illegible]了。

与大家吃饭时，老人家和我们对太空谈论一段。

同志们在会场中玩，与外地好不好，他们来参观。他说很高兴。

十月七时许乘墨西哥石油公司专机到波萨里卡石油区。那里离这里二百多公里，离海边是0公里。[illegible]新石油城[illegible]，那里的州长很热情地招待了我们，那里天气很热，很多芭蕉林和椰林。城市七万人，很干净。每个地方都有电话。城里工人的住宅[illegible]新宅。

宾馆很漂亮，在那里吃了中饭才回来。

皮隆利先生在机场迎接我们，是公司的几位工程师。一位是管化学的，一位是管采油的。在参观工厂时是管化学的陪着。还有其他两位。在参观油井的时候，是管采油的和他的助手陪着。

在午餐休息时，他们的总经理来会见了一会。请他们在一个旅馆内吃饭，客来请的。图经理写了一付。

晚上陈书电话，谈宫轩的情况。

到瑞士餐馆，吃了一些很好吃的烤肉和火腿。

三月十二日

早上打电话给吴陈，周在劝日。都晚上说，几次来都通。我们一起[redacted]出去逛了几条街，买了些报纸。回到旅馆，没来电话。

吃了早饭再给陈打电话，约他们来我这里。

我和他夫妇俩在屋里会客厅谈话。

K使馆已通知K同志，说听侨民说，如果有人再跟着我们上街或吃饭，拍照，以后就要驱逐出境。因此，这几天华侨都不敢说话了。

小陈跟怀疑黄、周，说九日中午（即我同他俩去吃饭的时候），黄问到他们在哪里找他们，都在那里吃饭，但又不肯告诉真名字，只说姓，而周又说了姓名"。我告他以后如再去找他们，打电话告我。

陈说他们爱国并不怕什么，但估计长很好，会威胁他们，问我们是否有可能时到北京。我说这是很好的，中国朋友很多的，可以做到。

他们走后不久，时间是一十一点钟了。我们要去吃拉维尔的女儿家里吃午饭。黄来电话，我很奇怪，他曾说九日要走的。他在电话中说，他未走，明天走了。问他住哪里，他说已搬到民族宫总部。说要送一批材料给我，说傍他走时来。我想考虑一下，他到底是什么人？可惜，因新华社来回去晚了。他未出已经走。过了一会马丁来的民族报的内容接连发动。还有前几天的简报。其它都在巴拿马的（油印）大公报，内容八号手中有的。

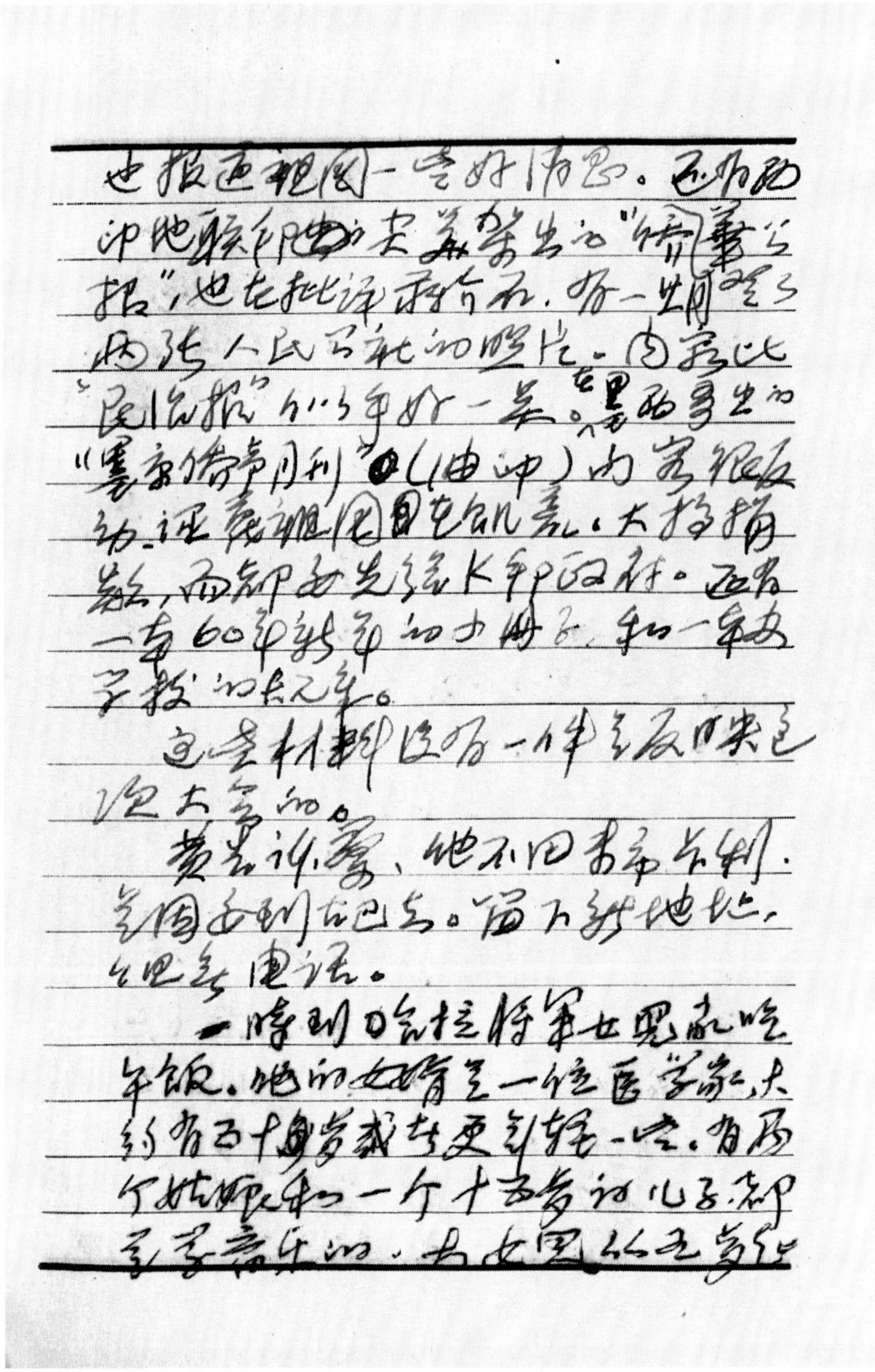
也报道祖国一些好消息。西班牙
文的[illegible]发表出的"修养
报"也在批评[illegible]。有一期登了
两张人民公社的照片。内容比
"民论报"似乎好一点。墨西哥出的
"墨京侨声月刊"(曲冲)内容很丰
富,[illegible]。大[illegible]
[illegible],而却[illegible]。还有
一本60年新年的小册子,和一本女
学校的纪念集。
这些材料没有一件是反映[illegible]
[illegible]的。
黄君[illegible]、他不回[illegible]。
[illegible]到古巴去。留下新地址、
[illegible]电话。
一时到哈拉将军女儿家吃
午饭。她的女婿是一位医学家,大
约有五十岁或者更年轻一些。有两
个姑娘和一个十五岁的儿子,都
是[illegible]的。大女儿从[illegible]

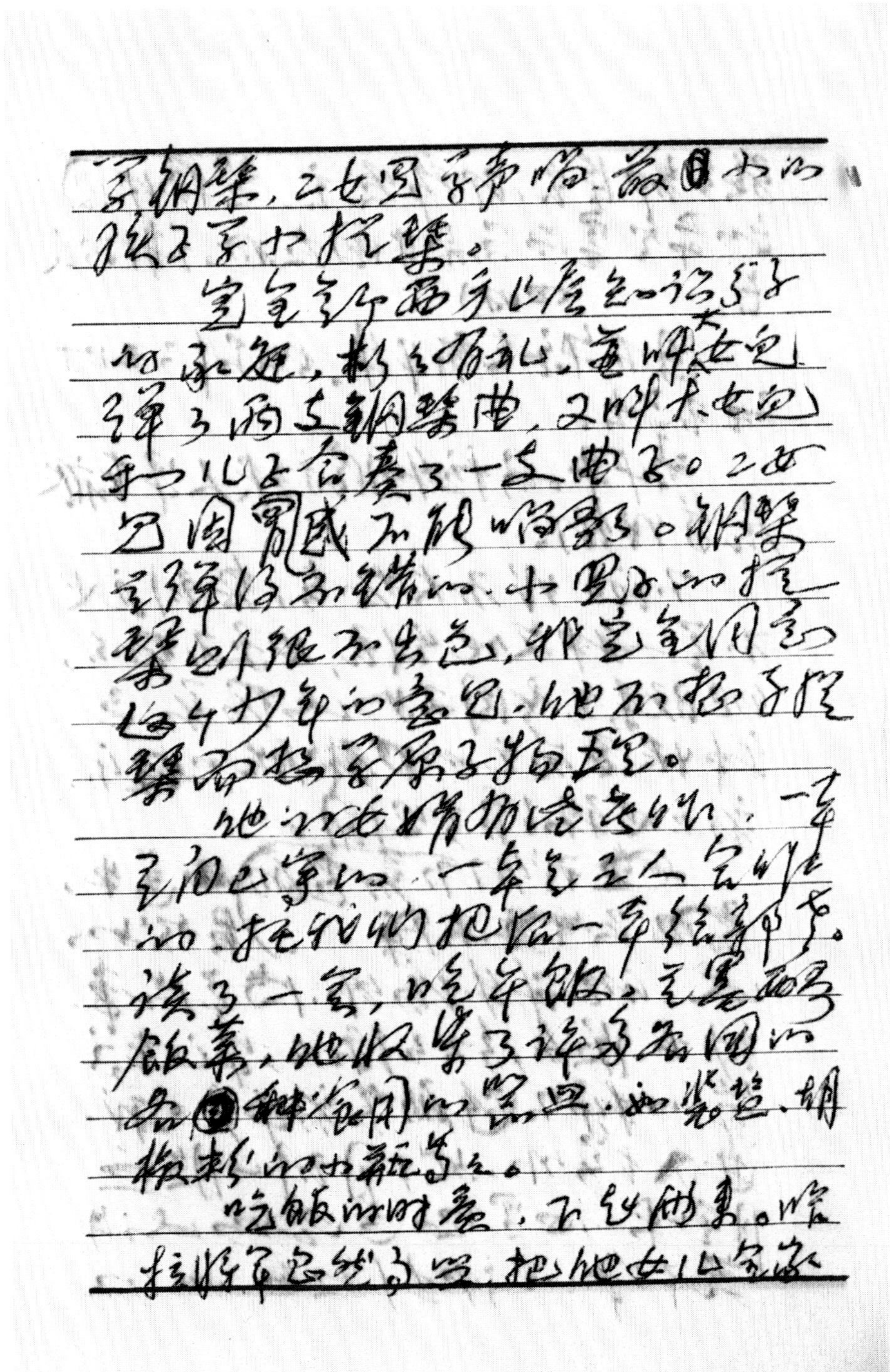

子钢琴，二女同子弟唱，最小的
孩子弹小提琴。
宴后我们在客厅谈了好
的家庭，彬彬有礼。主人叫大女儿
弹了两支钢琴曲，又叫大女儿
和儿子合奏了一支曲子。二女
儿因为感冒不能唱歌。钢琴
弹得不错的。小男孩的提
琴则很不出色，我觉得用了
四个小时的练习，他不想学小提
琴而想学原子物理。
他的女婿和他在一起，一个
是白人家的，一个是主人家的
的。拉我们把酒一杯给郭军。
谈了一会，吃午饭，主要的
饭菜，他收集了许多各国的
各种餐用的器皿，如瓷器、胡
椒瓶的小瓶等等。
吃饭的时候，下起雨来。喻
将军忽然有兴，把他女儿写家

称号部长委会，即席发言，赞扬中国和平共处五项原则与中国友好。讲得很长。（四时）

回后午餐去新华书店，约到了三时始离去。

六时半。哥拉和维拉夫人来旅店看我们。

下雨，我不大想去，想到这也不是一种文化生活，也是不想去，但既来了，去开又如此难得，这种快要灭亡的斗牛艺术的娱乐我们也领略一下吧。

我们下车的时候，进斗牛场竟然如此，观斗牛场外，停满汽车，绅士、淑女，红红绿绿，早已去了等的场下避雨等斗牛表演。我进入场外，就闻到一股血腥味，心里想，这些如此讲究干净的绅士淑女，如何与其说我是来看斗牛，不如说我是来看人。

对此却有了意外的兴趣。

斗牛场是一个椭圆形的建筑物。大门前的围墙上，塑着斗牛的场面。进入斗牛场要先走向下的坑道。我们的座位是较好的，不太近，也不远。斗场是用红木板围成的一个圆形黄沙场。东北角，是野牛出场的门口，正东，是斗牛士出场的门口，正西的红色围板外，是评判员们坐的地方，有一长方桌，后面坐着几位衣冠楚楚的评判员。我们的坐位正好也在倒下了的牛退场的门口。

场子的东南西北，都有一个口子，前面有一块红挡板，和周围的围板一样坚固。这个缺口是斗牛士的掩护体，只能容纳一个人出进，牛就是追过去也进不去的。

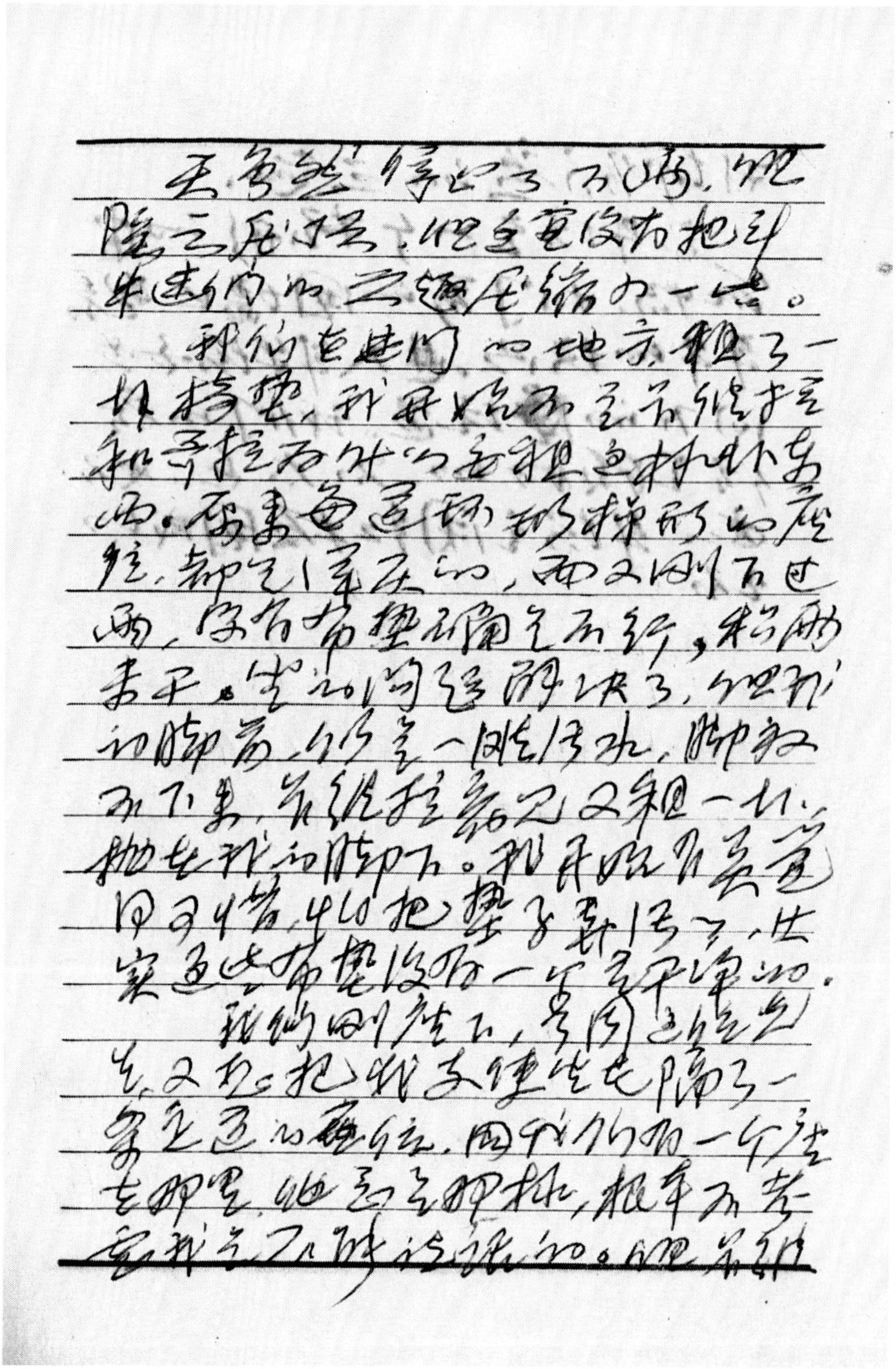

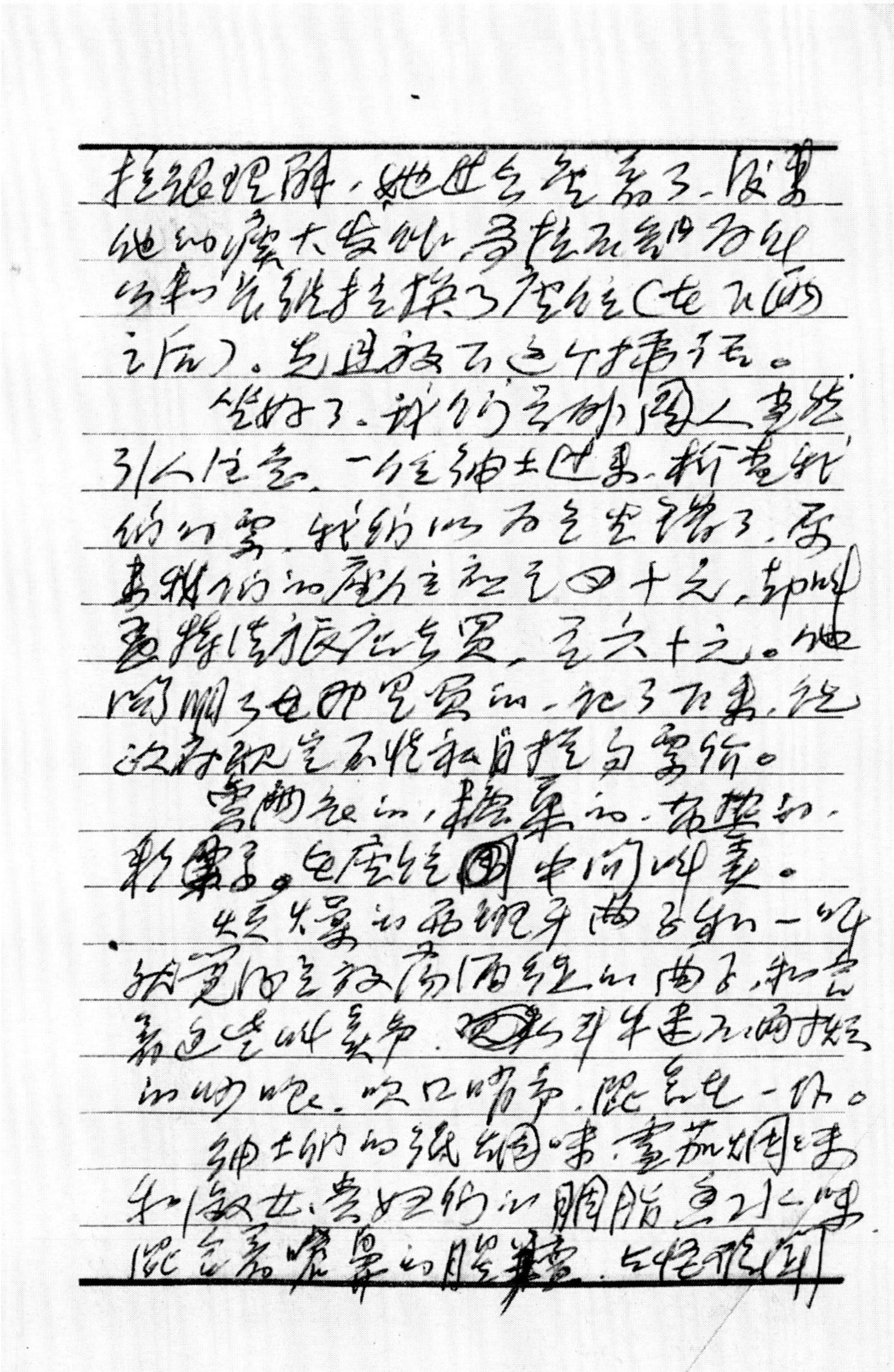

才能理解，她也会觉着了。后来
他们[illegible]大学以后，[illegible]不会[illegible]
[illegible]和[illegible]换了座位（在飞机
上后）。并且[illegible]这个情况。

坐好了。我们这个团人多，很
引人注意。一位绅士过来，打听我
们的事。我们[illegible]了。原
来我们的[illegible]是四十元，我们
[illegible]是六十元。他
问明了[illegible]，说了下来，说
这样[illegible]不能私自换座位。

雪茄烟的、橘子的、[illegible]的、
新鲜了。飞机在云层中间[illegible]。

[illegible]一件
[illegible]的房子，和
[illegible]不[illegible]
的[illegible]。吃口[illegible]，跟着走一阵。

绅士们的纸烟味、雪茄烟味
和淑女、贵妇们的胭脂香水味
混合着浓烈的脂粉香，[illegible]

的奥秘，使人窒息吧。

我在买票之前，因为早就听说墨西哥斗牛是一个野蛮的娱乐，但当我观光结束，与中和一男的朋友认为这不比他们好的东西之后，我觉得不去看了。但有人有兴趣，不能妨碍人看它。但是天的天色加上特别加之斗牛场是非常色和完美，实在不想看。

四点开始。接着腾腾的响彻云霄的管乐的声音和奔流的喇叭似的鸣叫声。我们已进入了场内，人们都"勇士"热烈鼓掌欢呼斗牛士的上场式开始。

一个骑马的武士先来的是引领的，持着长枪，跟着出来了，是他的主骑马者同他们了，盖不住快乐的绝活。到了梅子斗牛场前，双骑向入场，振奋、至此斗牛开始。接着出来了的是斗牛士和助手们以骑马的来的斗牛士，和另外抱着枪插（紧接后有公立。）

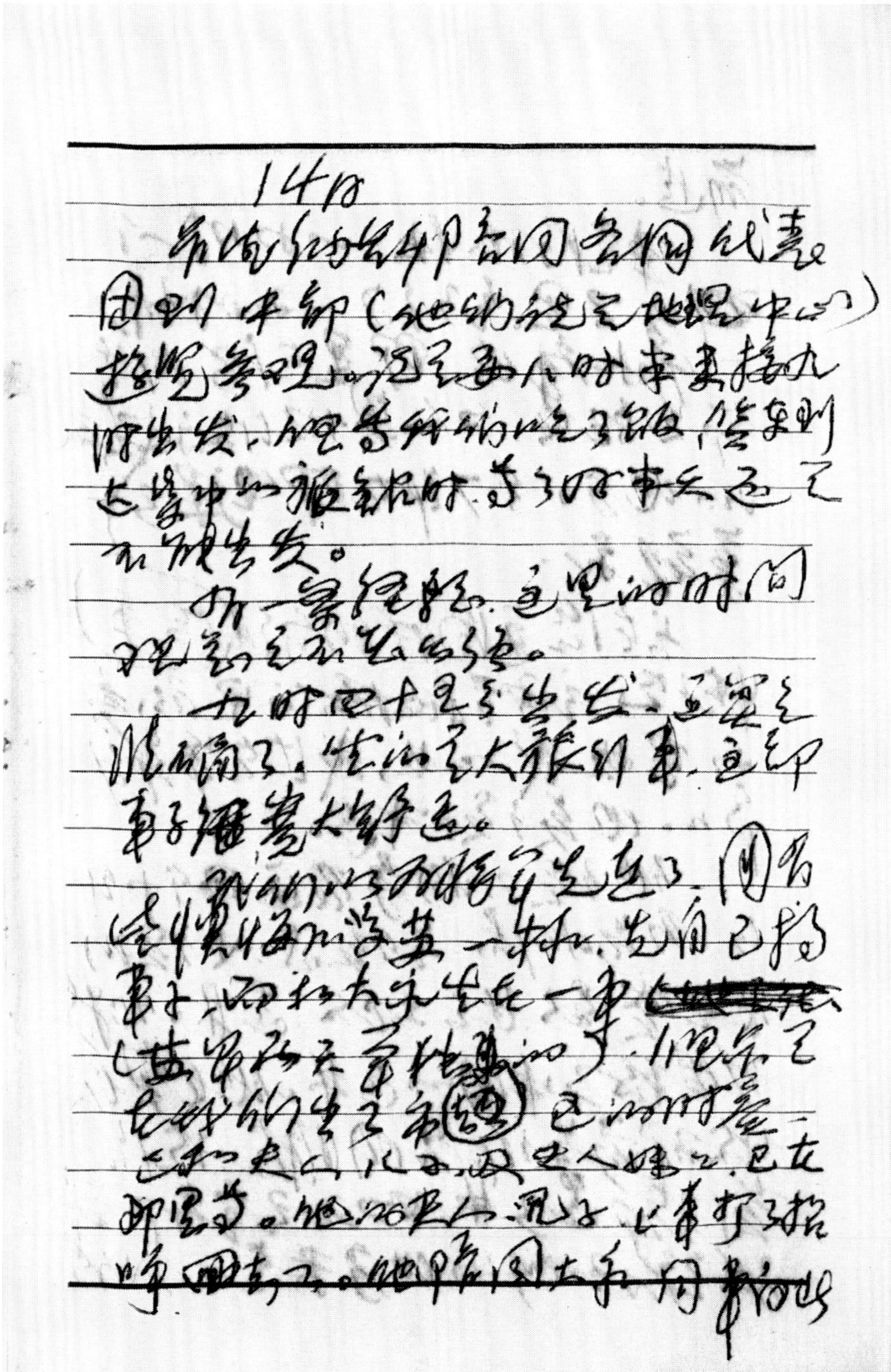
14日

前进。

车走得很快，一小时一百多公里。走了约一小时到了一个小市镇，那里是18世纪革命党起事的地方，有人要认识这个起义的地方。今年在那里建了一座纪念馆。

省长陪送向科纳介绍农业情况，主要是根据公里的农业武工，或过去革命斗争的地点介绍问题。

他谈了两方农运的种种计划，有农田水利、灌溉等，也谈到农业机械、改良土壤、造林。他特别赞扬了中国的造林。他说要学习中国的造林经验，在全国开展造林，让全省都造了林，好了，全省都能看到那样的绿色森林，他说

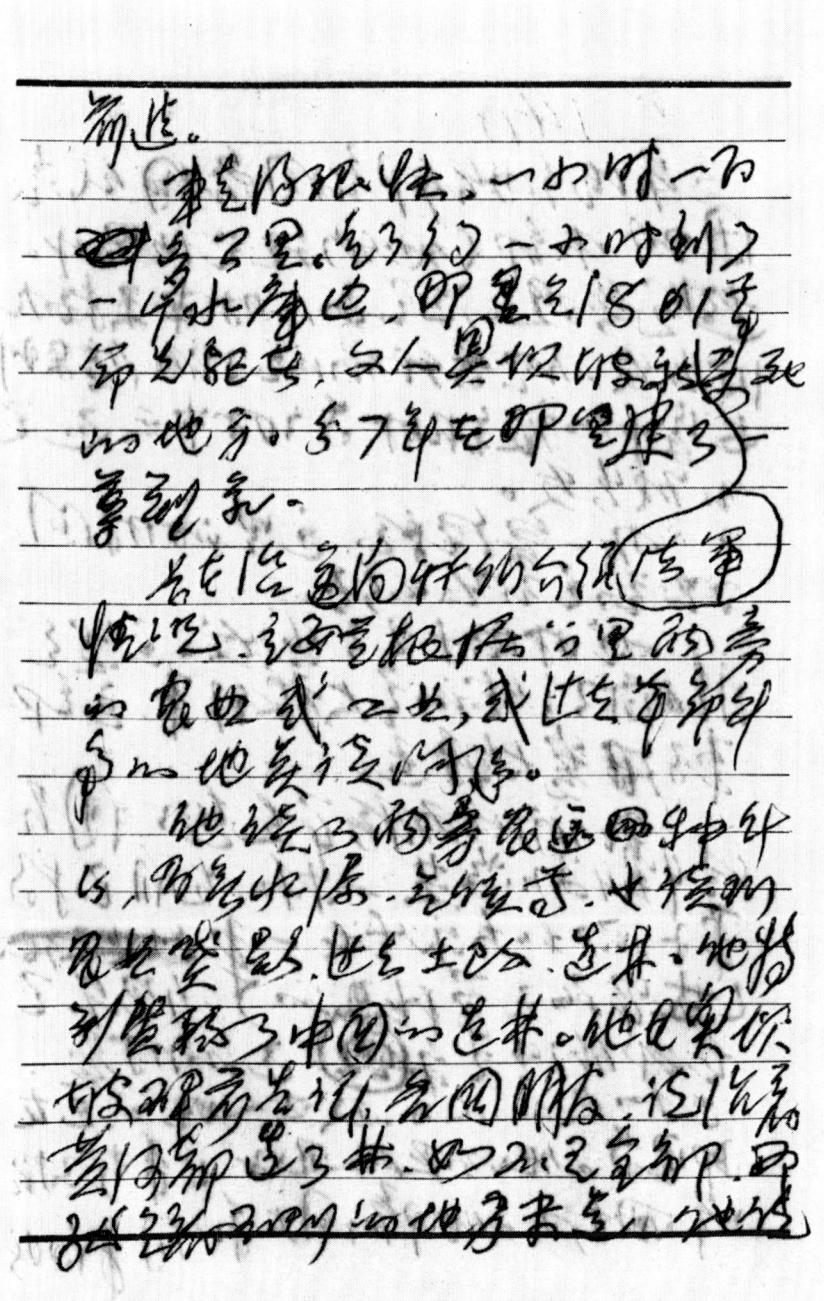

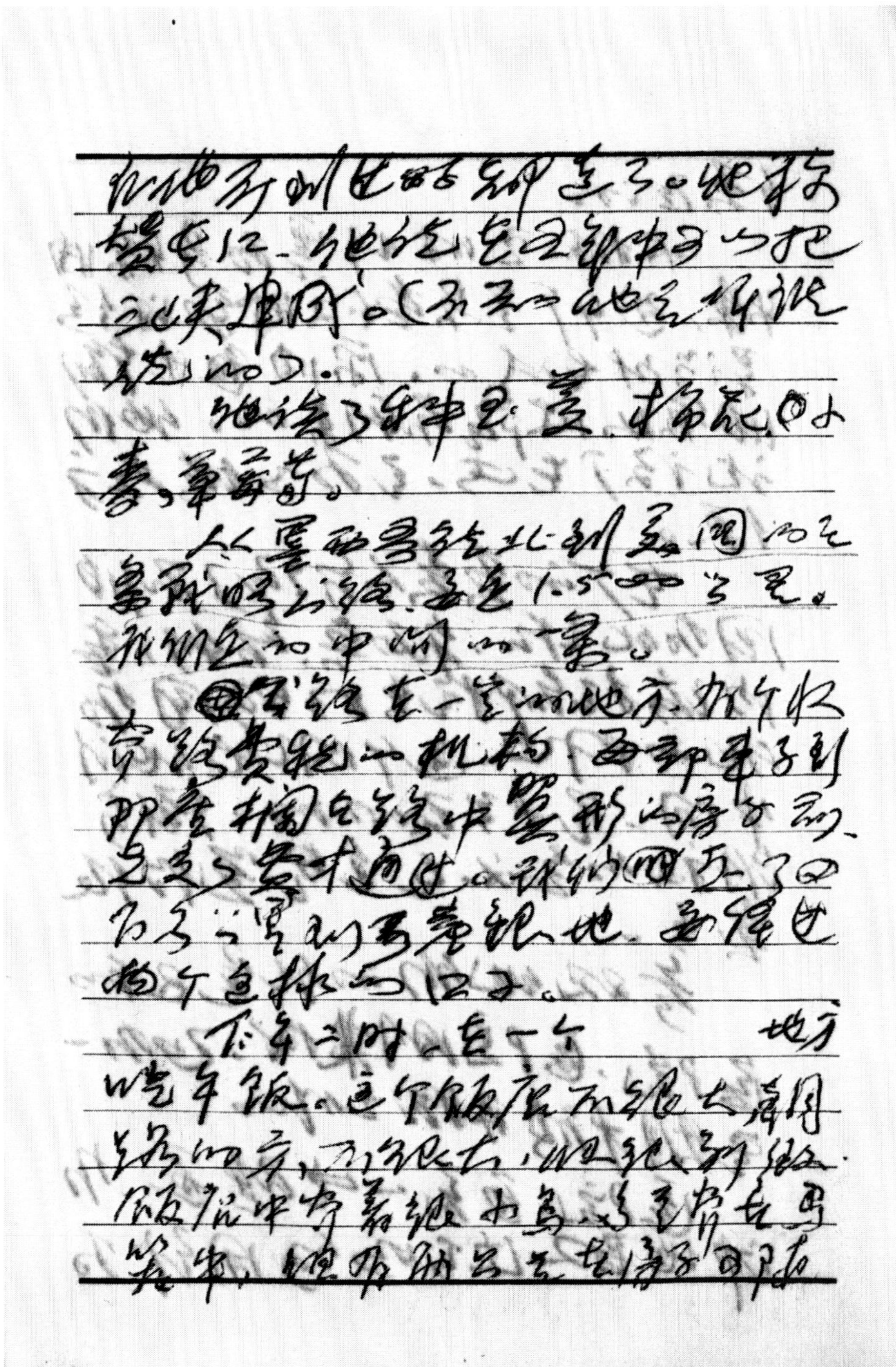
在墙上刻过好多钟点了。比较
简单的。他说这里每中国人把
这种大庙用。(不知他是什么说
法的)。
他说了乡里是意、棉花、白小
麦、草莓等。
从墨西哥往北到美国的公
路称明的路，长达1.5000公里。
我们走的中间的一段。
国家的某一些的地方，都有收
费路费的机构，每部车子到
那里都留点路中罚形的房子前
边交了费才通过。我们交了四
百多公里到蒙特雷地，要得过
两个这样的口子。
下午二时在一个　　地方
吃午饭。这个饭店不很大，开阔
的地方，不很大，但也到饭
饭店中有着很好的鸟，这里有各
笼中，但外面也有房子四周

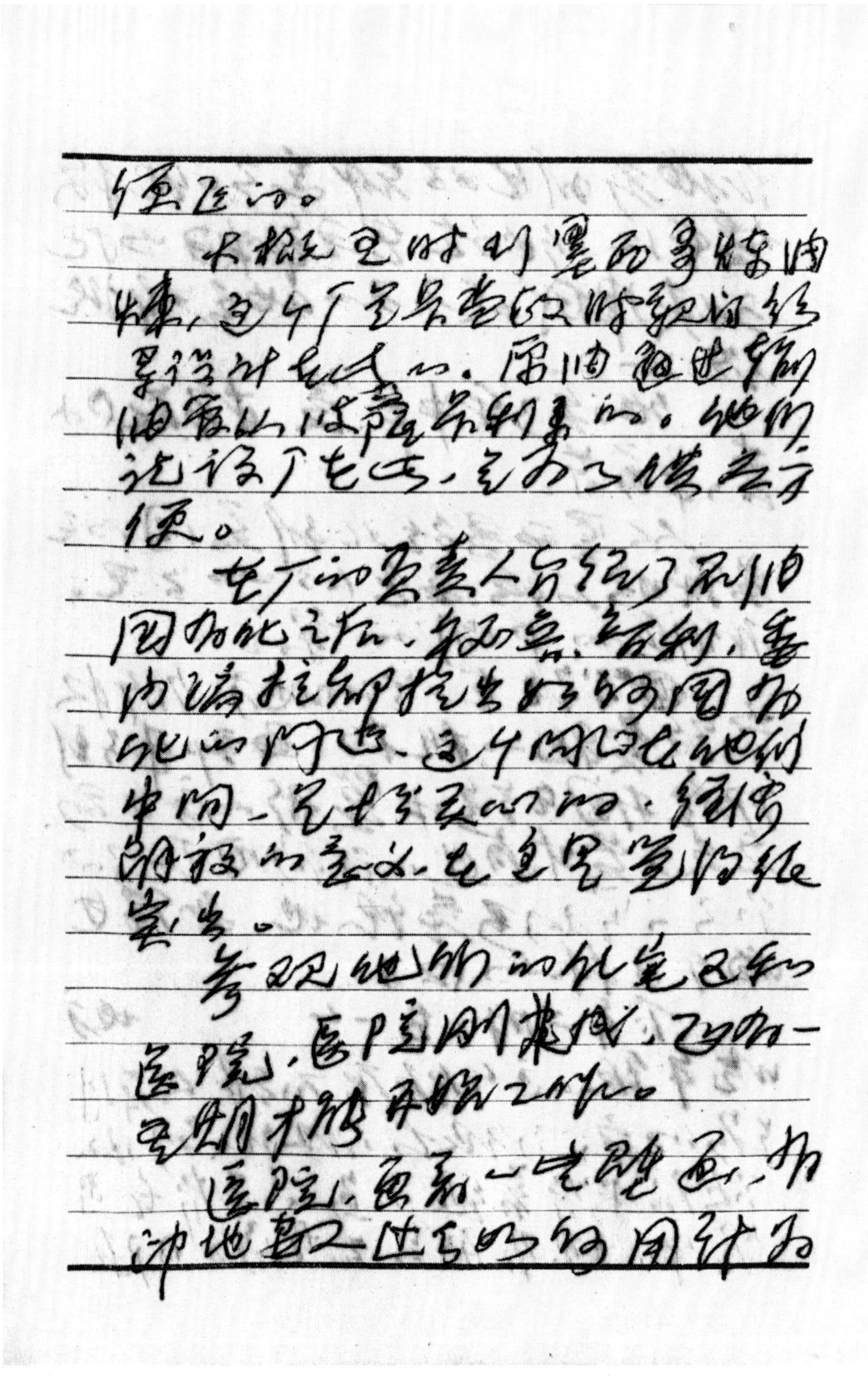

便医的。

大概是此时墨西哥特殊的情况，这个厂是当初设计时就照顾到设计生活的。厂内通道都比较宽敞明亮的。他们设置了托儿所，是为了使妈妈方便。

在厂的负责人介绍了石油国有化之后，秘鲁、智利、委内瑞拉都提出好的国有化的问题，这个问题在他们中间一定是要解决的，经济独立的意义也是这里管理的组织完善。

参观他们的托儿所及和医院，医院刚建成，还要有一些时期才能开始工作。

医院、医药一些设备，都就地买了，以前的同样为

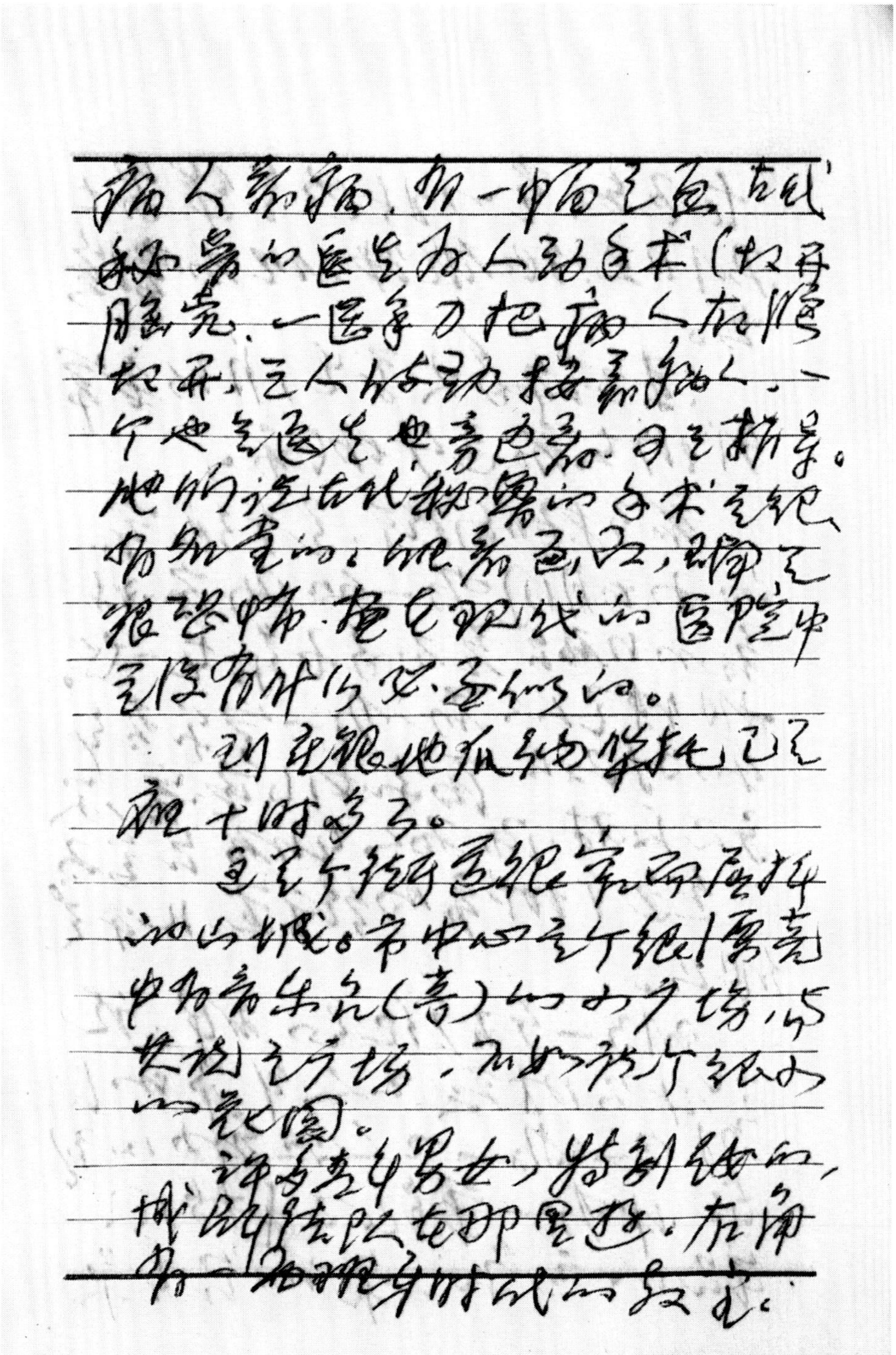

病人家属。有一幅是画古代秘鲁的医生为人动手术（切开脑壳。一医拿刀把病人左脑切开，三人协助按着病人。一个也是医生也拿着[illegible]。十分精采。他们说古代秘鲁的手术是绝对有名的：[illegible]

[illegible]

[illegible]市中心是个很漂亮[illegible]中有音乐台（亭）的大广场，与其说是广场，不如说是个很大的花园。

许多青年男女，[illegible]左角有一[illegible]

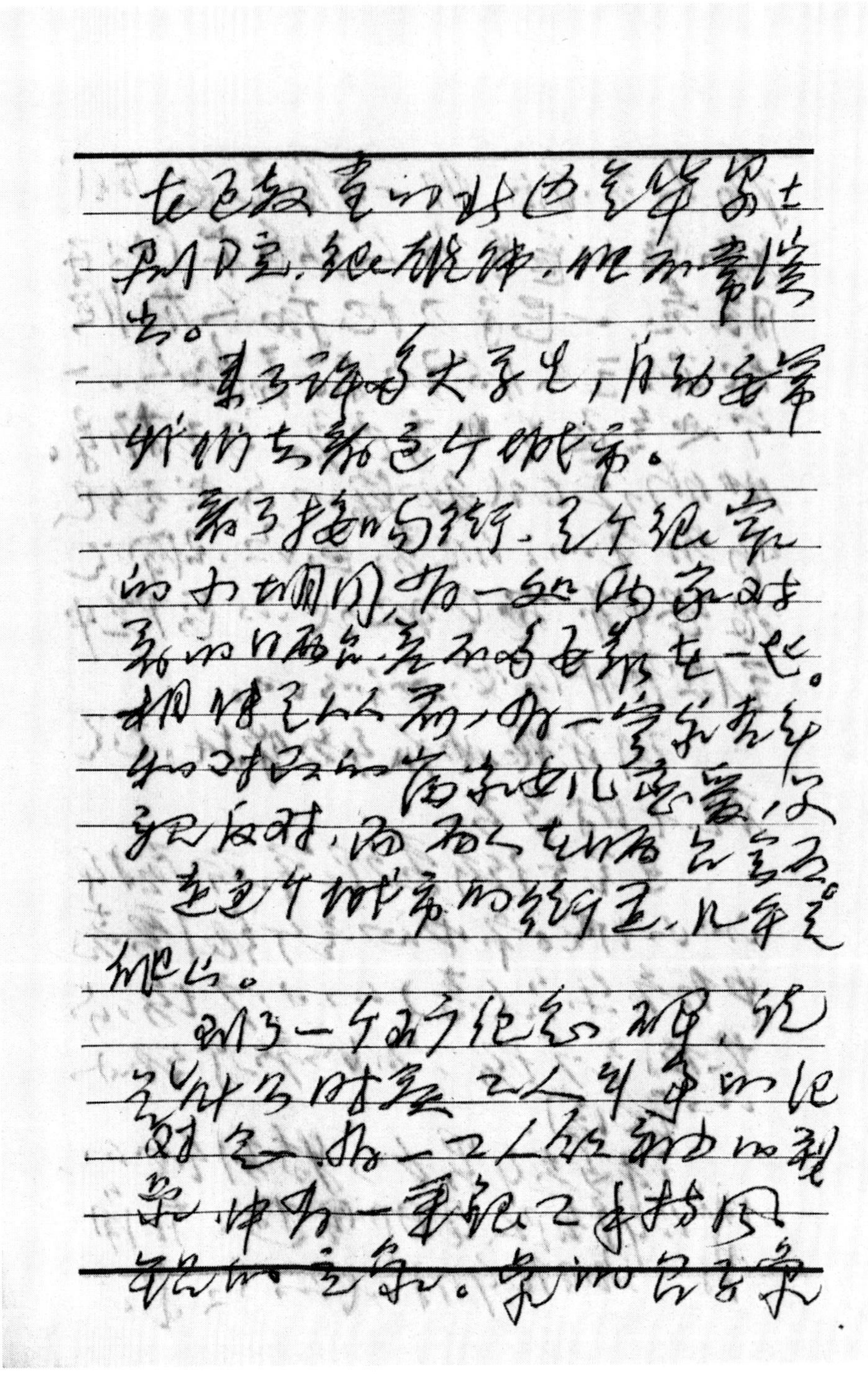

[illegible]和他本人的[illegible]。有人反对，说[illegible]不会[illegible]风格。有人说这已经是反对他不想在这里搞个纪念碑，而不是其它的。

[illegible]的[illegible]是[illegible]维托的出生房子，但不知道在哪里，而到了一个[illegible]剧场。

我们太累了，因为[illegible]城中心找到了[illegible]维托的出生房子。

而到墨西哥旅馆已经一时了。

一天的旅行，十分疲倦，吃了两片安眠药睡觉。

阿根廷[illegible]的朋友都[illegible]半夜两点到三点，[illegible]，又说又笑，使人无法入睡。

又吃了两片镇静片，仍是睡不着。只是快天亮时，才合上眼睡了一小会。

昨夜通知，今早八时离开饭店，出去参观。原来是自由参观。一辆大客车停在楼下等我们，自愿去者我们去参观。

我们要到银行去参观。他们问我们到会计和组织去对外国人的。我们说想到合作社。他们打了个电话服务员说可以去。

一个大学生陪着我们看了一部宣传银行的电影。

白天都已开出城外，本安排和同志，下午会和各个合作社的银行访谈，已一一~~可靠~~相好，文才去接了，看车小车接在这旁，送到住处。

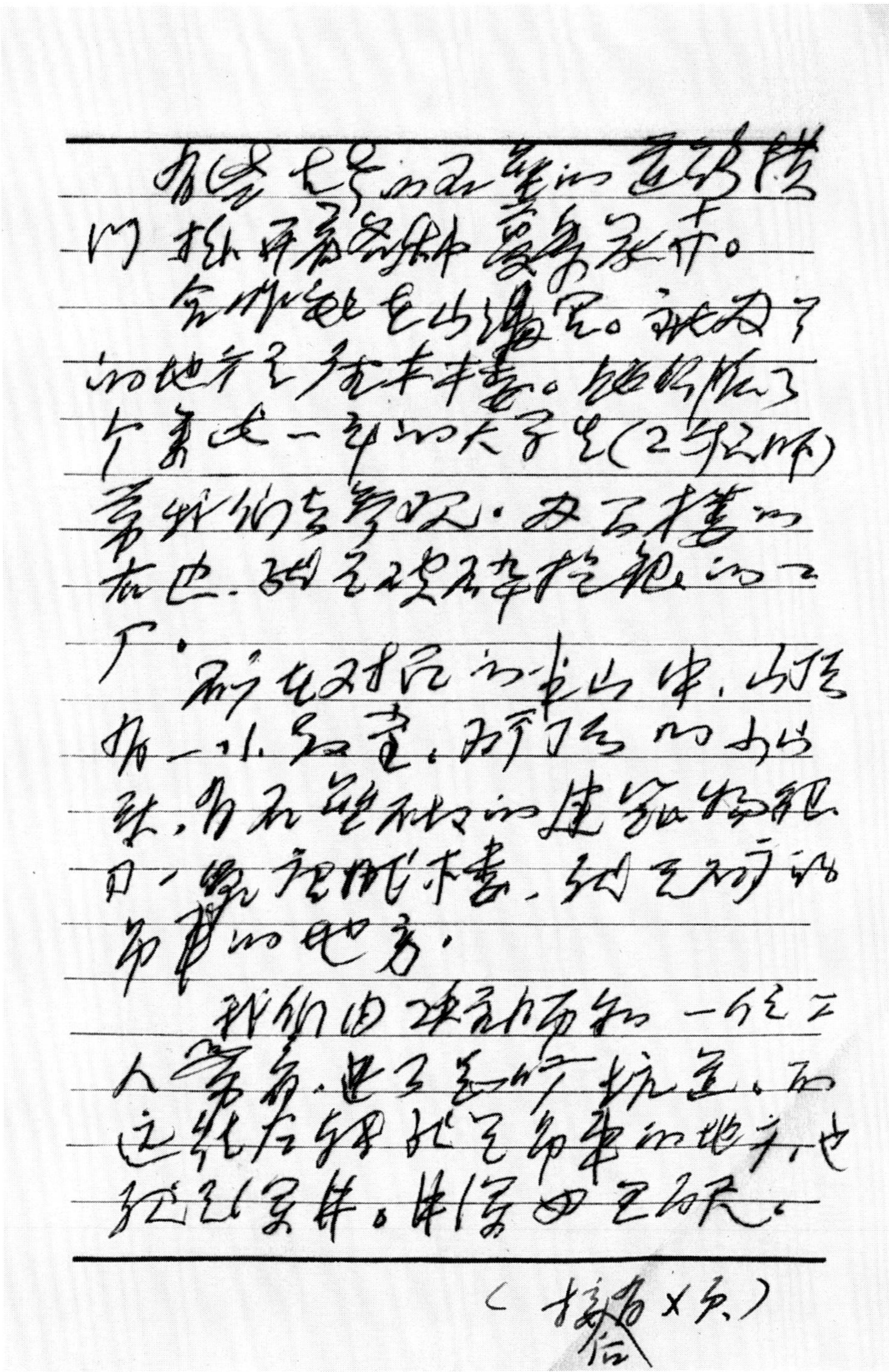

有些大学的各系的[illegible]楼
门按[illegible]各科[illegible]。
[illegible]也是[illegible]。我们到了
的地方是[illegible]楼。[illegible]了
个系大一年的大学生（2年级师
范科的专业[illegible]。另有楼的
东边，那是[illegible]的工
厂。
[illegible]山中，山[illegible]
有一小[illegible]室，[illegible]
[illegible]建筑[illegible]
[illegible]楼，[illegible]
[illegible]的地方。
我们由[illegible]一行三
人带着，进了[illegible]室，[illegible]
这[illegible]的地方，也
[illegible]。[illegible]

（[illegible]）

X（接前页）

设备差不多的一节车里有一圆桌，贴着车的控制图纸。主人问我们要不要看看。我看懂得了，觉得不其高。安娜和同伴都感到不敢下去，我就先下去。工程师去换了衣，穿了一套，穿了几件安全防护。

由于井的设备简陋，通知不了已经下了，是要能下去和备些提心吊胆，摇摇摆摆地下去。到了八十公尺的着口井中，墙已经是的水流，而且有风在墙上。到了三井下，从一个平台（梯搭的），进入坑道。在交叉的洞中，用许多的木柱支着，一个神坛，矿工的休息的地方，有圣母像。

参观完了这个坑道，他们又要到另一个坑道去，我提出去看採矿。他们说今天不开工。到出井时再回，就走了，以后了。我们同伴也只好去了。进入採矿坑道，那里了。地上是拖车的小铁轨。我们是靠矿灯进，我们进入了右边的坑道。当时才看到木头支架。但支得很不牢固的样子。进了一会儿，就听到风钻钻的声音。但给我们的工人，带我们回头，因为它在我们的（开头）了。最后我们到达在不远的（个别）地方，在支架的上面有一个斜漏斗口，就是从这里爬进。工人爬进去了，因他说要拿探矿灯，要我先进去，我一下就上去了。他费了很大功劳最后才上来，因他太胖。这个采掘点，有两个工人在那里工作。矿洞很大，大概过去已经挖空了的，看来很多人去过，一点安全的设备也没有，不知道如果发生事故如何解救。

工人告诉我们那里有铁，那里银，那里金。这些我们两位

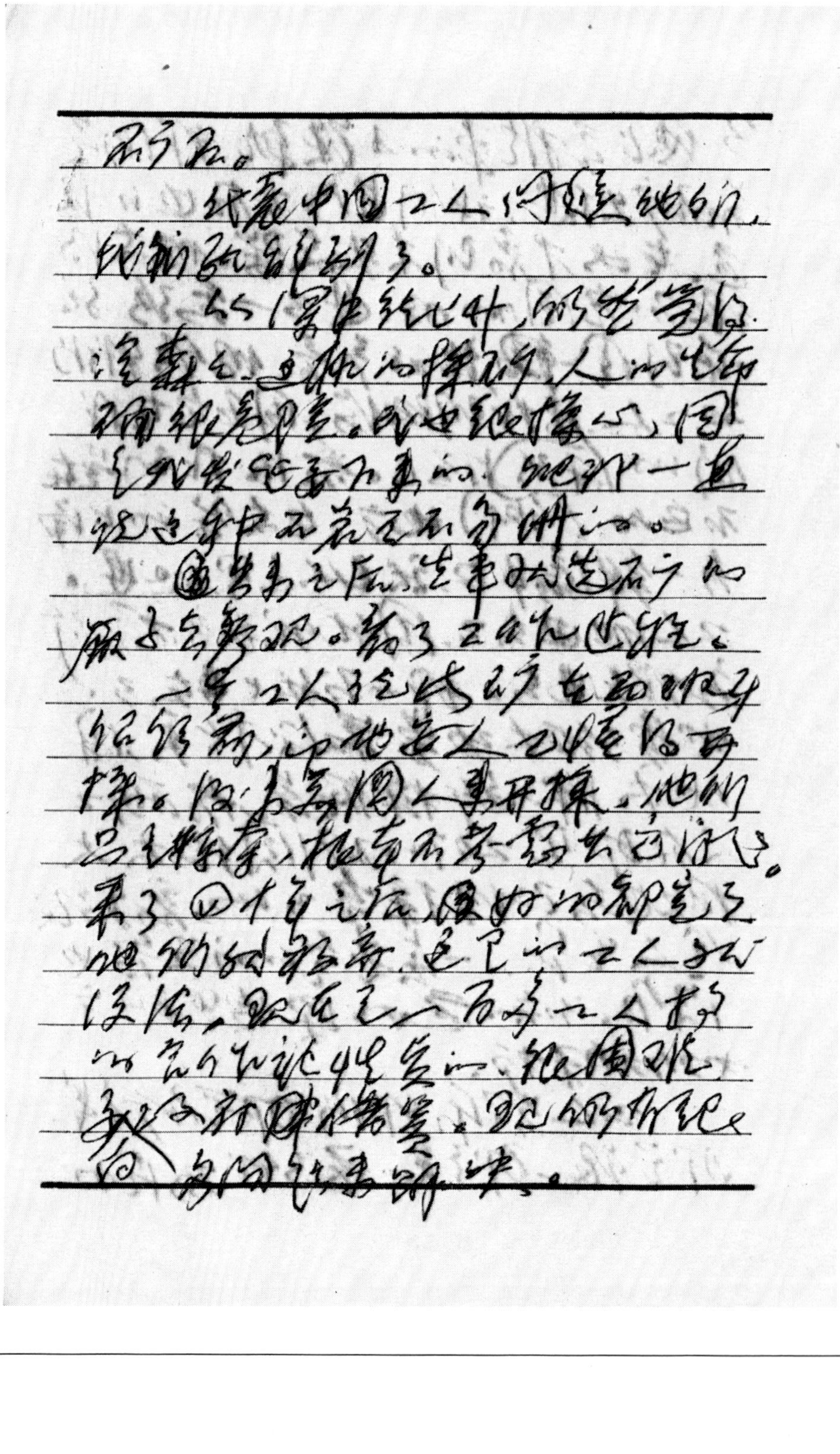

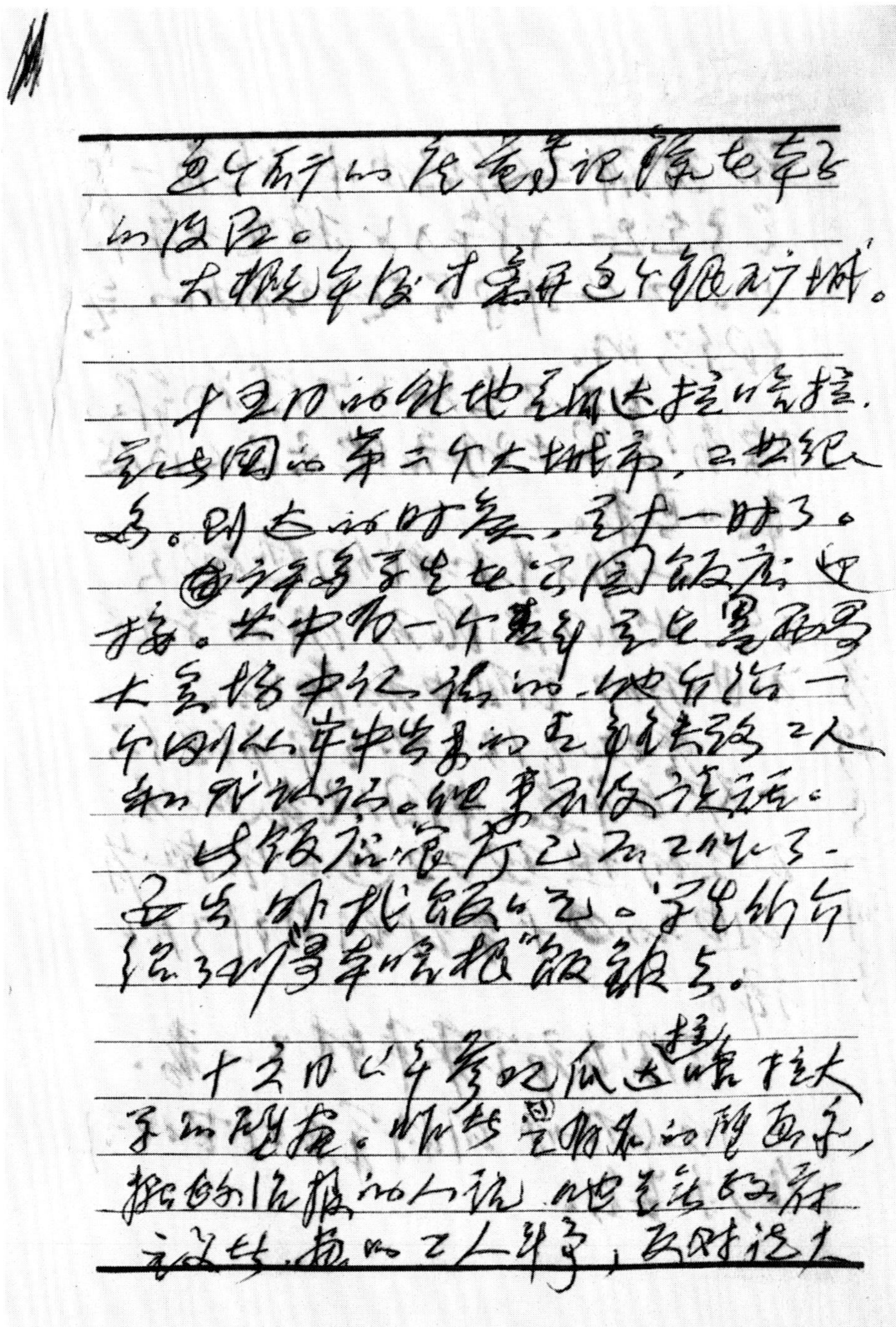
这个厂的党委书记陪同我们参观。
大概半夜才离开这个银矿城。

十五日的飞机飞往瓜达拉哈拉，这是墨国的第二个大城市，工业很多。到达的时候，已十一时了。许多学生在饭店迎接。其中有一个是在墨西哥大学中文系的，他介绍一个刚从牢中出来的青年铁路工人和我们谈话。很多谈话。

吃饭后饭店已不工作了，去外找饭吃。学生们介绍了“墨西哥根”饭馆去。

十六日上午参观瓜达拉哈拉大学的壁画。这是墨国有名的壁画家，据介绍的人说，他是……工人斗争，反对……

谈，那些工人经济斗争，说有一个工会领导，手持刀子接受一年审讯。工人斗争是经济斗争的，缺组织的。

谈又去看了个博物馆，陈列着殖民者到各地去的人民起来的事。

一群学生和我们座谈。他们说银矿城的学生是不进步的，受国中产影响。

参观公路，然后市长组织的欢迎宴会。中国代表的发言受到热烈欢迎。其把肯尼迪的十年计划进行了批评。

会后在市里乘车转了一圈。

晚上九时到将军家去（驻地司令）参加宴会。

肯特曼（副县）

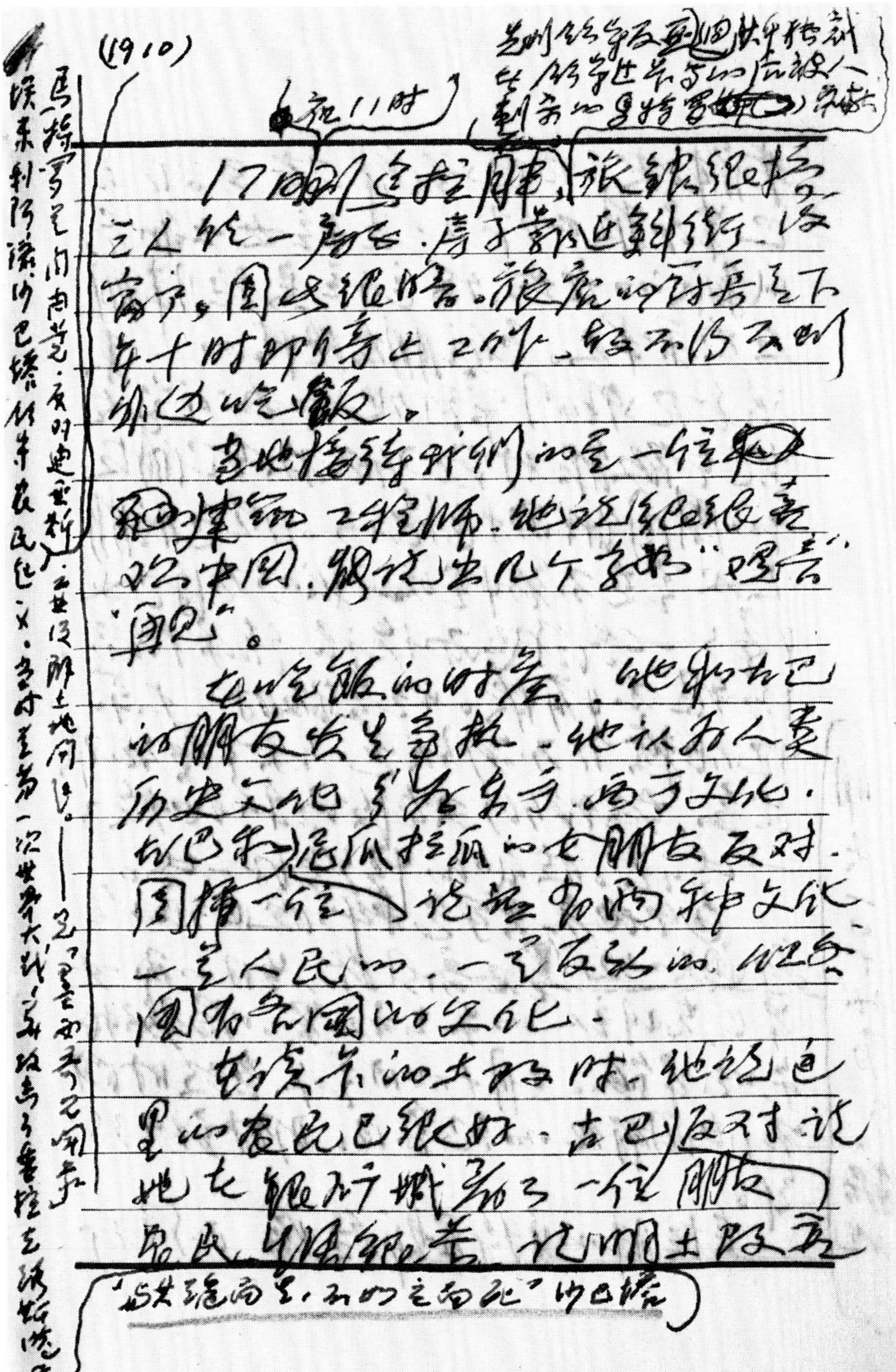
(1910)

夜11时

17时到达[illegible]，旅馆很[illegible]，二人住一房间。房子靠近银行，没窗户，因此很暗。旅馆的餐厅要到下午十时即停止工作，故不得不到外边吃晚饭。

当地接待我们的是一位[illegible]建筑工程师。他说很愿意去一次中国，能说出几个字如“谢谢”“再见”。

在吃晚饭的时候，他和自己的朋友发生争执。他认为人类历史文化分为东方、西方文化。[illegible]的女朋友反对。同桌一位说有两种文化，一是人民的，一是反动的。但各国有各国的文化。

在谈[illegible]的土改时，他说这里的农民已很好。[illegible]反对说她在银行找到了一位朋友，农民[illegible]

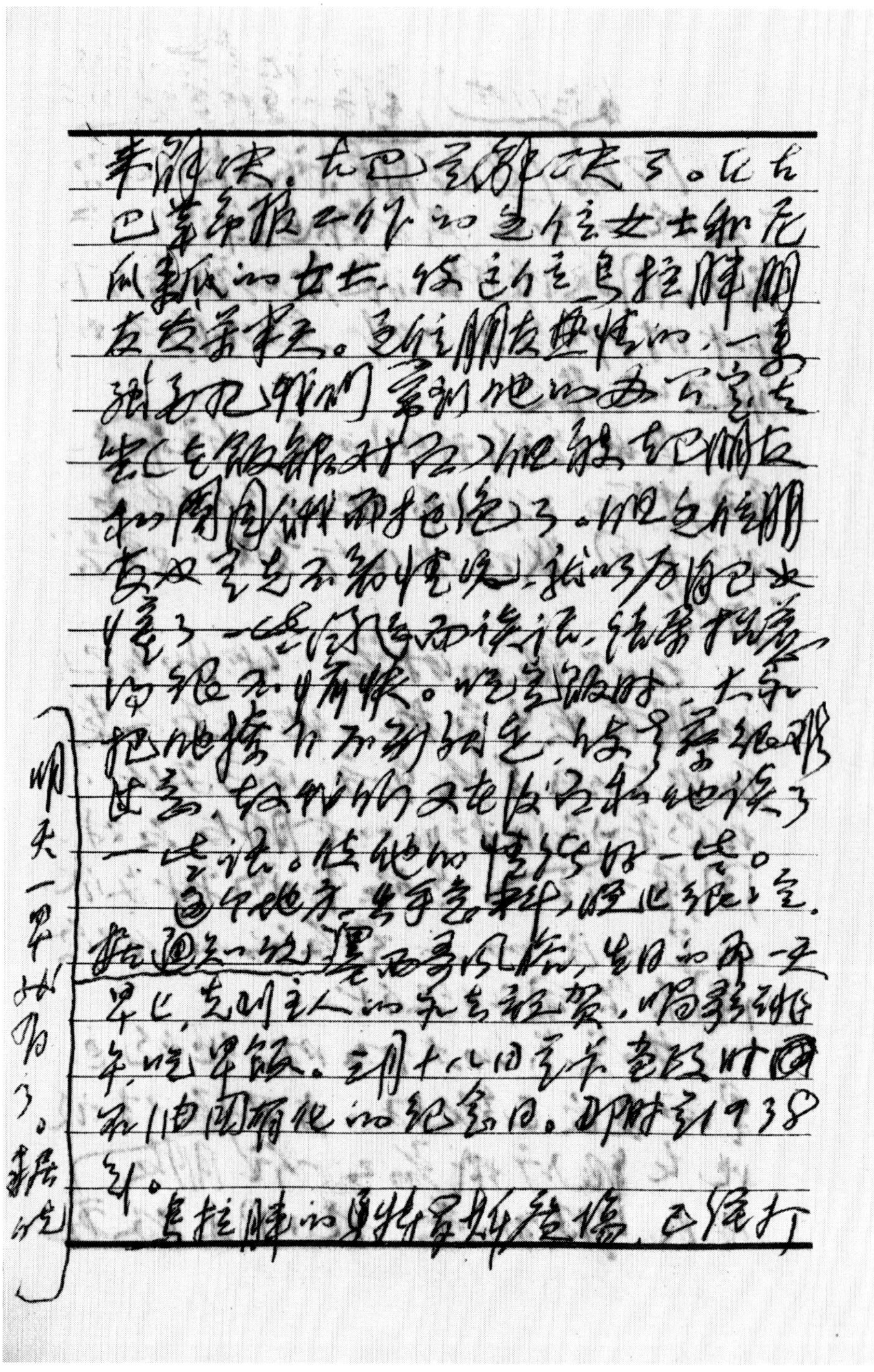

来解决。古巴已解决了。见古巴革命后工作的鲁佳女士和尼风勇的女士。她们是乌拉圭朋友的学者。这位朋友热情的，一来就要把我们拿到他的办公室去坐（马路旁边的办公室），他就去叫朋友和同团的而拒绝了。但这位朋友又是有名的情况，我们又自己也谈了一些关于古巴的谈话，结果结束得很不愉快。吃完饭时，大家把他推到第一，除了我很难过外，我们又在没有和他谈了一些话。给他的情况好一些。

国外地方，关于意料，晚上很迟。接通知说：墨西哥风俗，生日的那一天早上，要叫主人的朋友去祝贺，唱歌跳舞，吃早饭。明十八日是墨西哥政府国有化的纪念日。那时是1938年。

乌拉圭的贝特里斯依德，已经打

明天一早出发了。据说

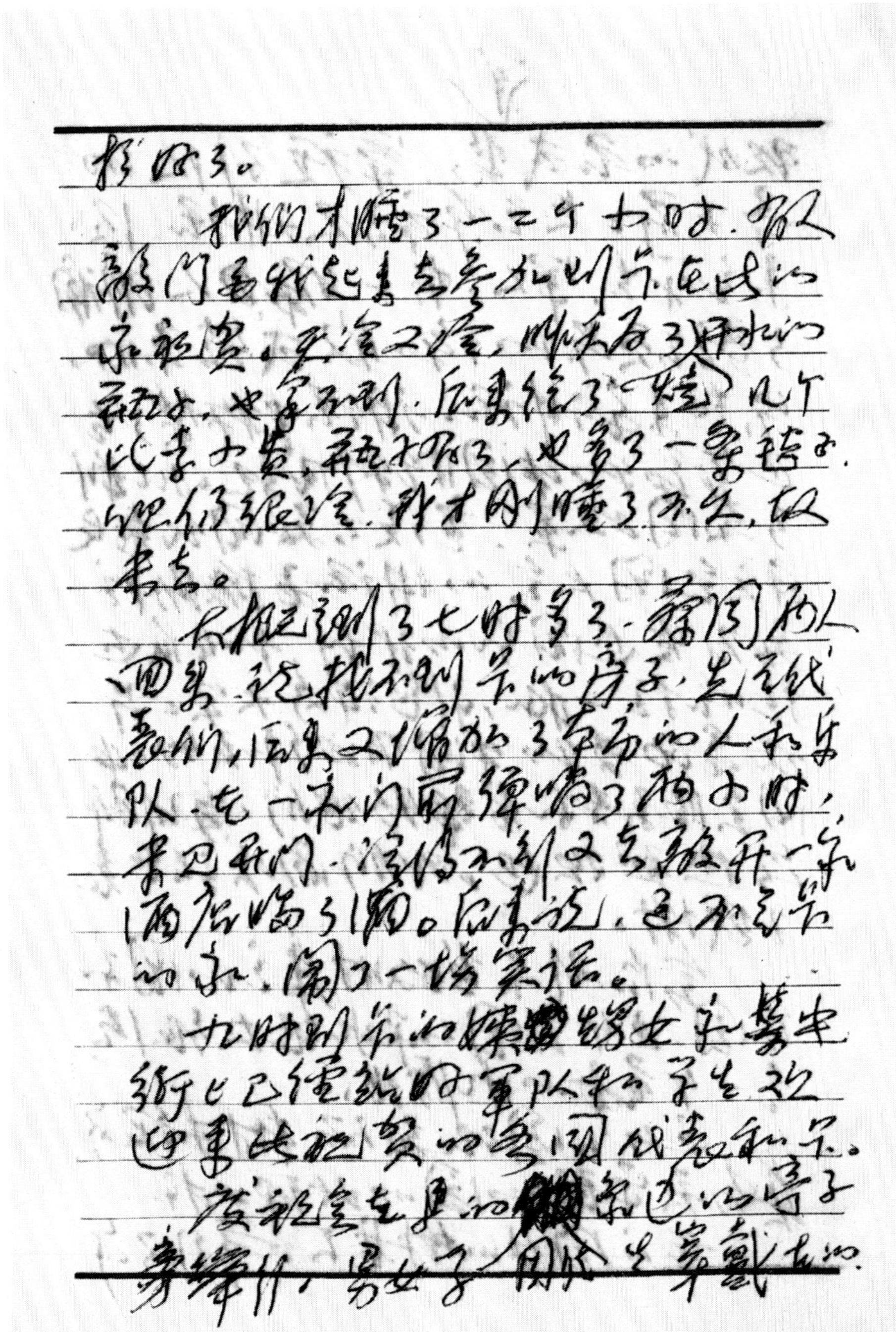

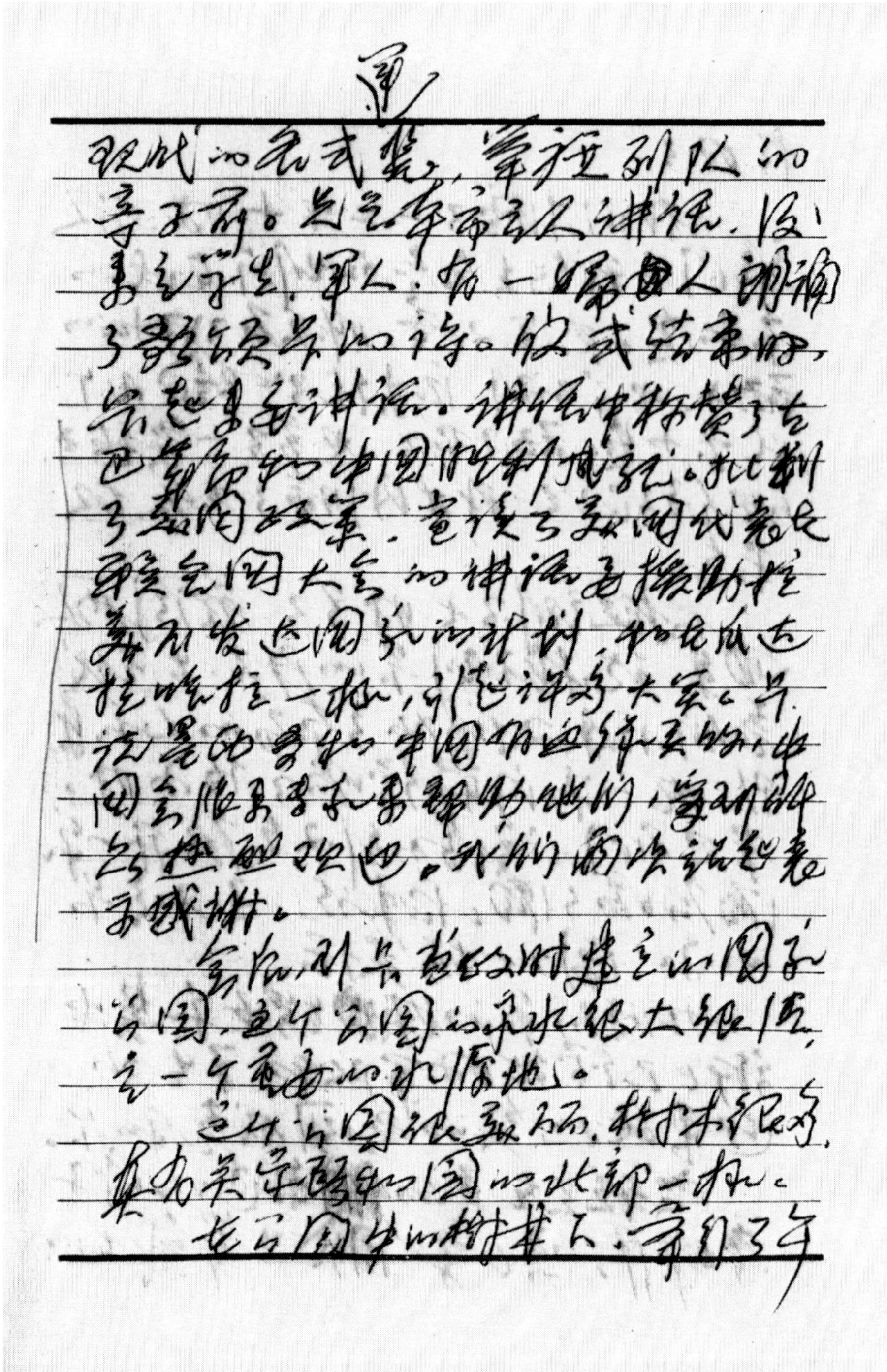

[illegible]

现代的仪式毕，掌枪列队的亭子前。先是年青人讲话，后来是学生、军人，有一妇女人朗诵了歌颂英雄的诗。仪式结束时，总统来讲话。讲话中称赞了古巴革命和中国胜利成就。批判了美国政策，重复了美国代表在联合国大会的讲话是援助拉美而发达国家的计划，如果成立拉美[共同]一样，引起许多大家公认的，这里面有和中国相近的，中国会很愿意来帮助他们，[illegible]我们的同志说起来表示感谢。

会后，到早先总统时建立的国家公园，这个公园的景观很大很广，是一个有名的风景地。

这个公园很美丽，树木很多，真有点像我国的北部一样。

在公园中的树林下，[illegible]

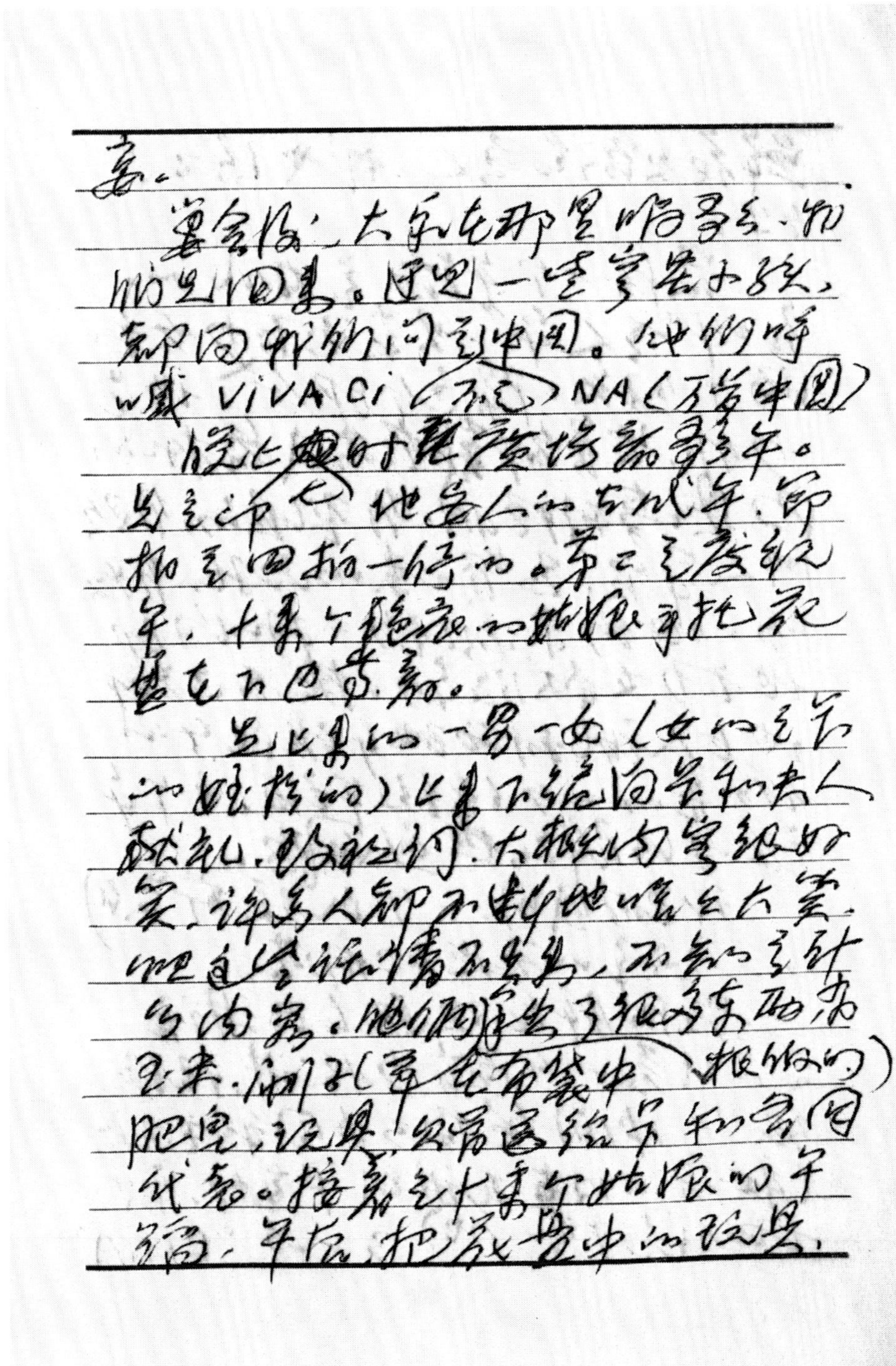
家。
晚会后，大家在那里唱歌，把
们出国来。这里一些学生小孩，
都向我们问到中国。他们呼
喊 VIVA CI（不已）NA（万岁中国）
晚上的时候广场挤满青年。
当主席人地名人的古代年，节
和主回指一样的。第二天度假
年，十来个漂亮的姑娘手拿花
篮在下边等着。
当上来的一男一女（女的是主席
的姑娘的）上来不停向苏和夫人
献礼，致祝词，大概内容很好
笑，许多人都不断地喊与大笑，
但是会议情不出来，不知道讲什
么内容。他们拿出了很多东西
来送，例子（草包布袋中很好的）
肥皂，玩具，纪念品给苏和全国
代表。接着这十来个姑娘的手
篮，手拿，把花篮中的玩具，

鲜花花篮给每人。我也得了三个半。

最后一个节目是古城的舞蹈"每人年"，一共是两个少女和两个小孩。除这个印第安人外，其余都戴着各式各样的面具。奇形怪状，有象狐的，有象欧洲人官员，有象贵妇的面孔，有象牧师。他们象[illegible]一样向印地安少女献殷勤。据说这是印地安人讽刺西班牙殖民者的一个传统舞蹈。这个舞蹈是作为剧的结尾的。

我当时感到：一个民族，所受到了三百多年的屈辱和痛苦。

最后[illegible]在古巴讲话，古巴代表一个医学少校讲，很好。中间赞扬了中国和毛主席（毛泽东）的[illegible]讲到[illegible]。古巴代表[illegible]了一句"CINA"

他的话受到很大的欢迎。
他讲屈原的可悲之处。同
印共讲话，赞扬和平五项原则，指出
他们到中国，屈原的不朽，欢呼中国。
他在同我讲时，他说要去同这
些中国集体诗人。[illegible]也去[illegible]的。
他同我讲得去（要请译）。在也有
少数学生绅士，资本家的人给他
[illegible]。他去年也到[illegible]。
十一时了，才坐着。[illegible]
年。我真此[illegible]，又不[illegible]
[illegible]一人不[illegible]，
[illegible]。第二天她问我[illegible]
[illegible]。我说[illegible]一切都好，她说[illegible]
[illegible]。大概这个年[illegible]到三四
时才散。我[illegible]，你们听到
[illegible]。
十七日上午十时离开[illegible]
拉，沿途经过了一个湖区。[illegible]
[illegible]这个湖，有二[illegible]
水。水深10公尺左右。[illegible]（[illegible]）

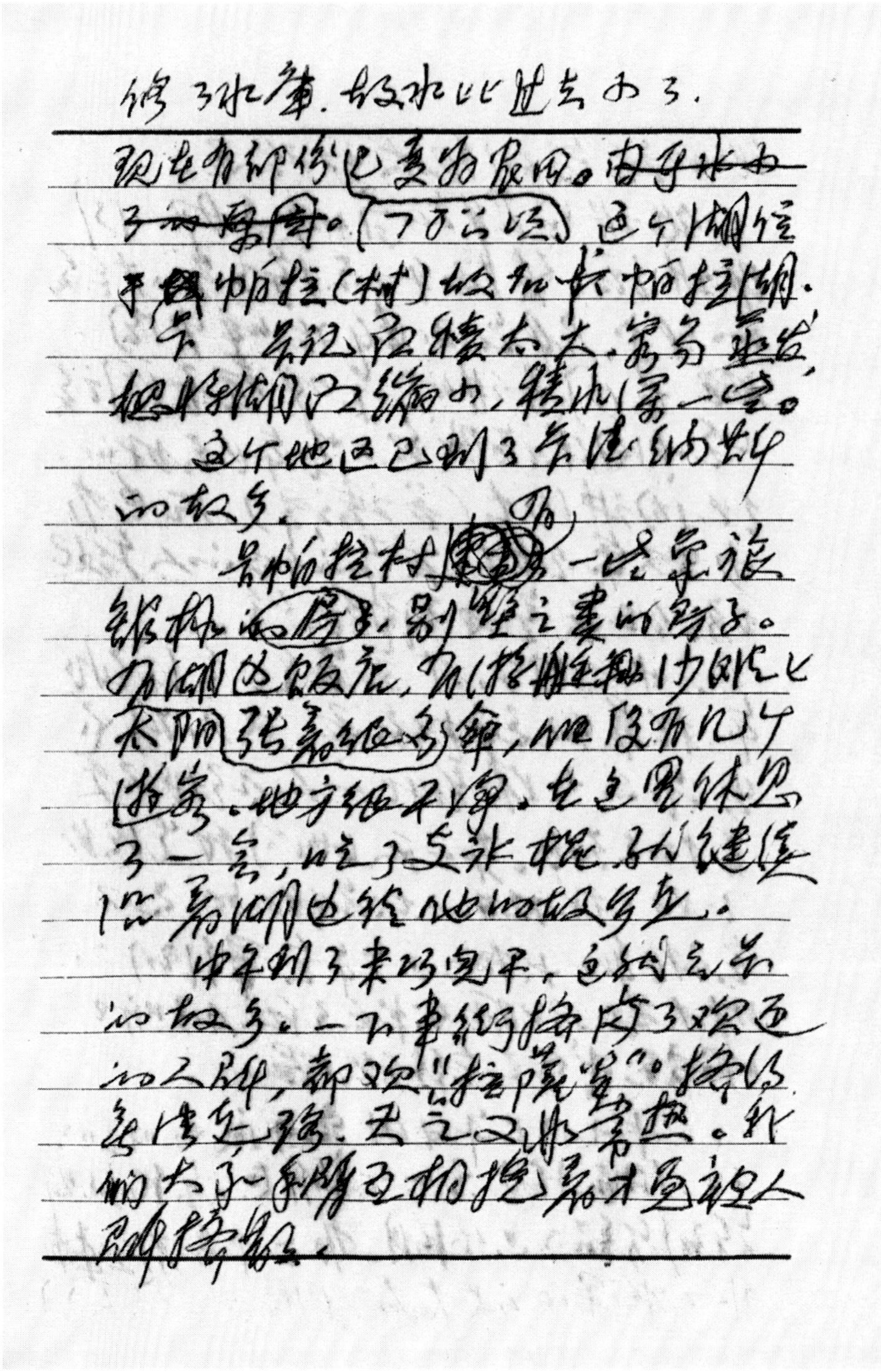

修了水渠，故水比过去好了。

现在有那条已变为泉眼。~~由于水不好了的原因~~。（了不少话）这个湖位于帕拉（村）故知长帕拉湖。

县社区楼台太，家家盖楼，修湖门编办，精心写一字。

这个地区已到了聂鲁达的故乡。

是帕拉村一些泉旅馆林的房子，别墅之类的房子。有湖边饭店，有小的……太阳张嘉……多余，没有几个游客。地方很干净。在这里休息了一会，吃了支冰棍，就继续沿着湖边往他的故乡走。

中午到了来玛奥尔，这就是聂鲁达的故乡。一下车就被挤满了欢迎的人群，都欢迎"拉丁美洲"。挤得气候更热，天气又非常热。我们大家手臂互相挽着才算被人群挤散。

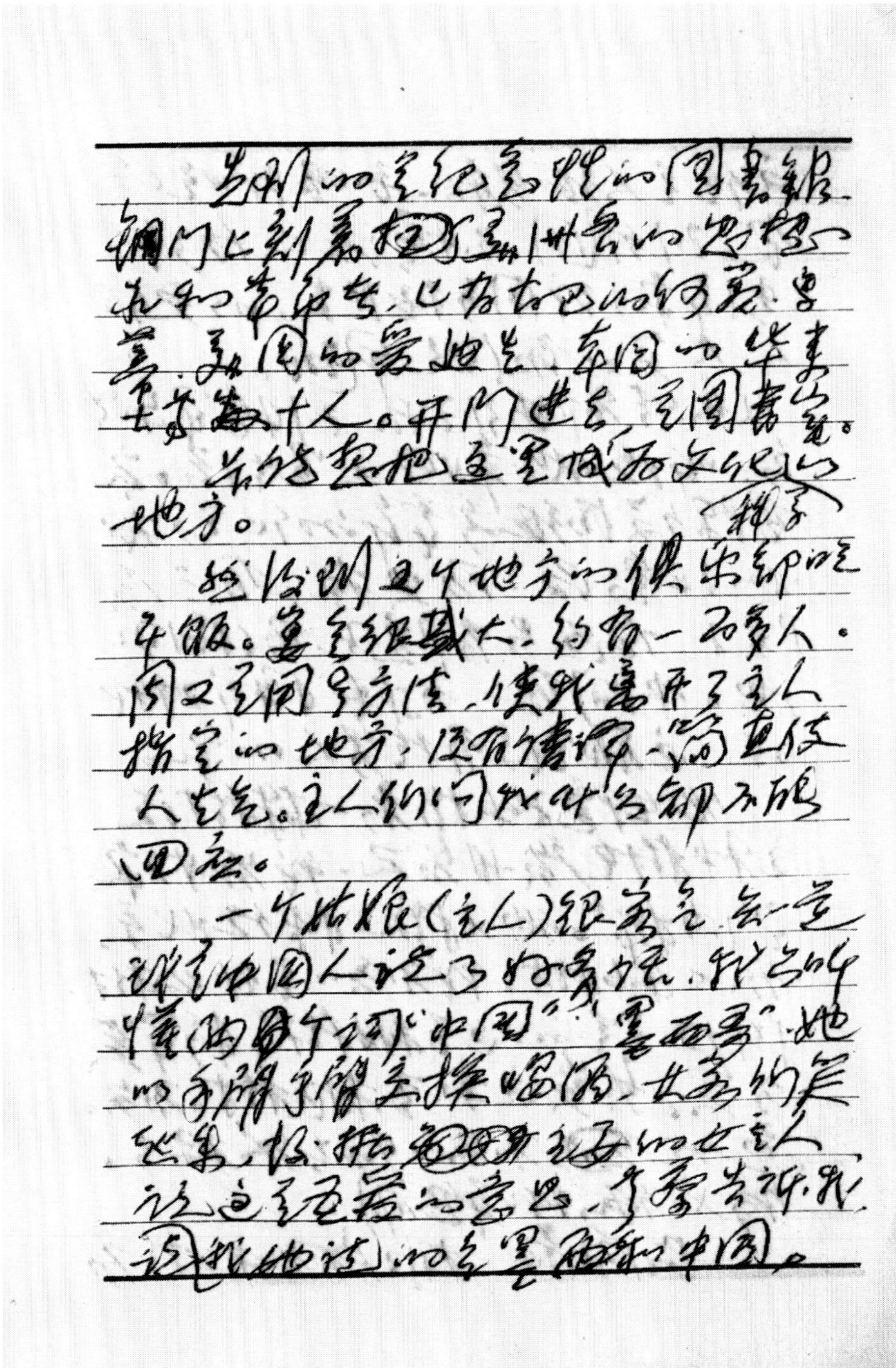
参观的是纪念性的图书馆，铜门上刻着拉丁美洲各国的思想家和革命家，也有自己的诗篇。墨西哥的爱迪生，本国的学者共计数十人。开门进去，是图书室。

当然要把这里看成为文化的神圣地方。

然后到这个地方的俱乐部吃午饭。房子很大，约有一百多人。门口是间会客室，使我离开了主人指定的地方，没有人管理，简直使人生气。主人们问我为什么不能回去。

一个姑娘（主人）跟着我，会一些跟中国人说了好多话。我只听懂两个词"中国"、"墨西哥"。她的手臂在摇摆着，女主人们笑出来，指着主人的女主人说这是可爱的意思，才告诉我说我说的是墨西哥和中国。

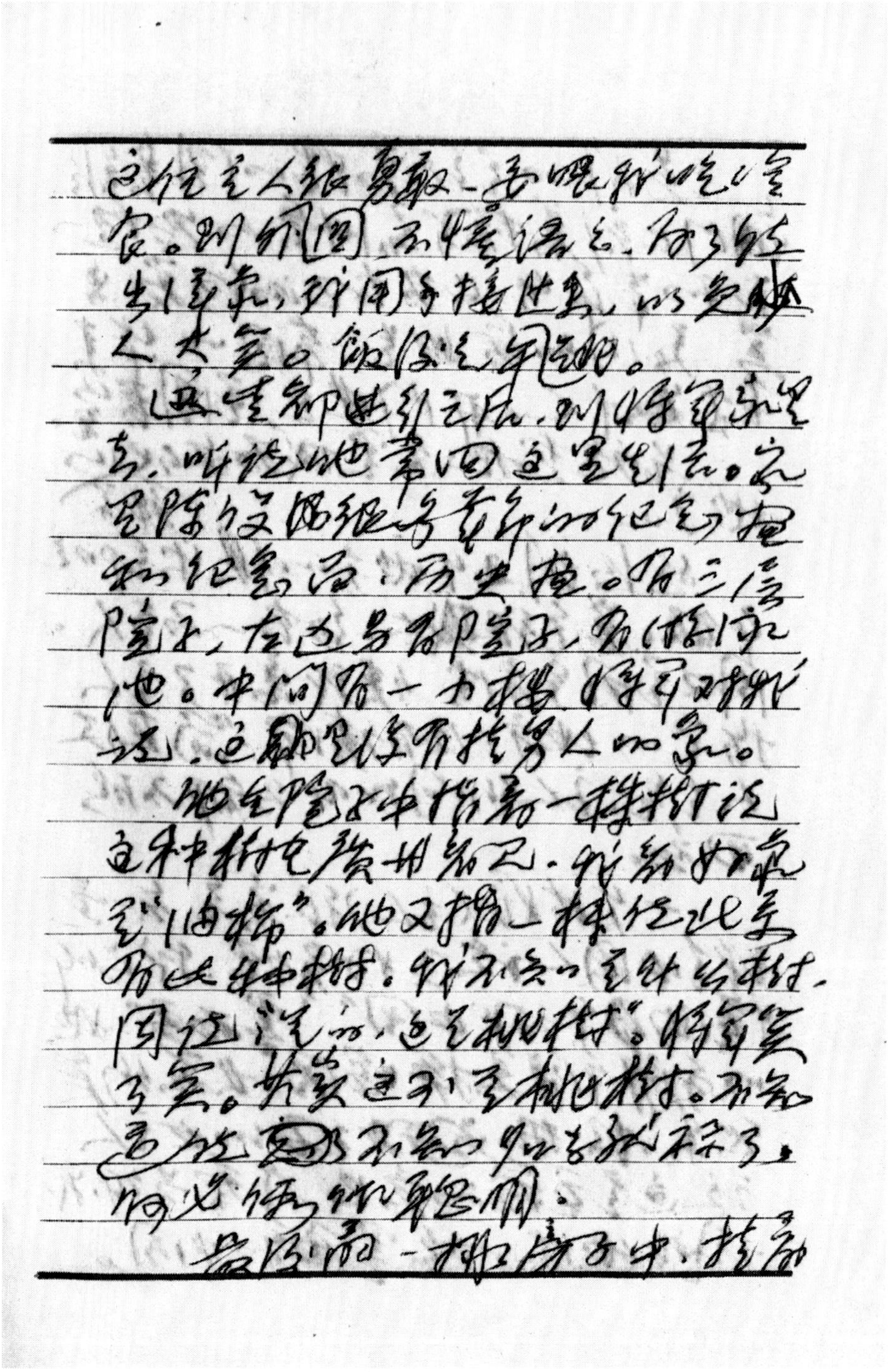

这位主人很勇敢，要跟我吃晚餐。虽我们不懂语言，仍了解彼此情意，我们手拉着手，以免使人失望。饭后又咖啡。

还去参观外之后，到将军家里去。听说他常回这里生活。家里除设政治组织的纪念馆和纪念品、历史档。有三层院子，左边是前院子，右侧游泳池。中间有一个楼，将军对我说，这就是保存着人的家。

他在院子中指着一棵树说这种树也广州有见。我们叫它“油棕”。他又指一棵，在此处有这种树。我不知叫什么树。同行说，这是桃树。将军笑了笑。我说这是枇杷树。不知道谁对，不知他是否我说对了。何必管他聪明。

最后在一个房子中，指着

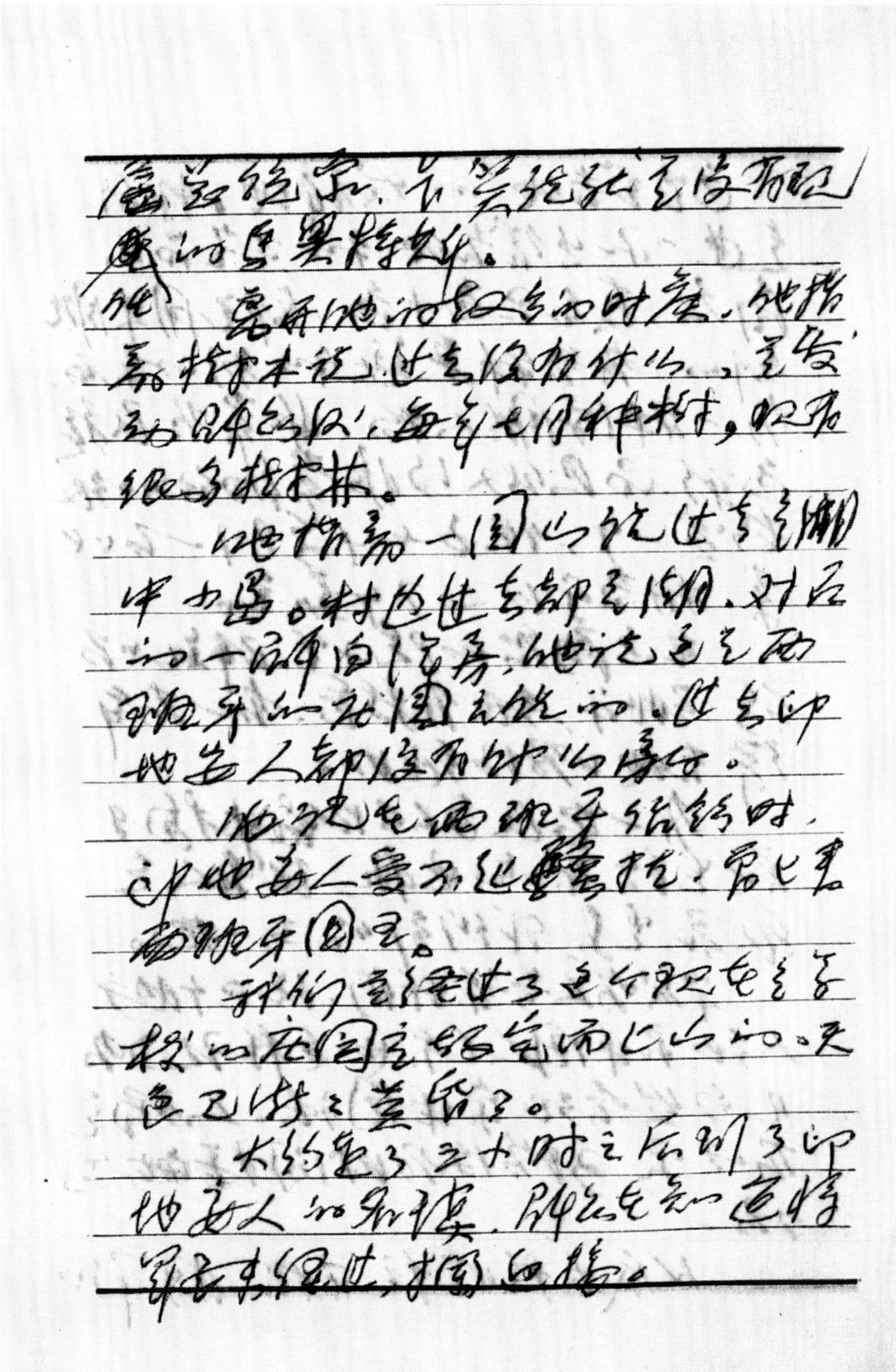
墨西哥宗，不是说就是学者所说的原墨桦树林。

他 离开他的故乡的时候，他指着树木说，过去没有什么，是发动群众，每年七月种树，现在很多树林。

他指着一个山说过去是湖中小岛。村边过去都是湖。对面的一座白色房屋，他说这是西班牙人在这里盖的。过去印地安人都没有什么房子。

他说在西班牙统治时，印地安人受不住压迫，曾赶走西班牙国王。

我们曾经过了这个县的各学校，在周围的各个山上。天色已渐渐黄昏了。

大约走了三个小时之后到了印地安人的农场。那些人知道情况，军来经过，搞的很好。

这里是"吉他"的发祥地。我们先进一家出售"吉他"和工艺品的商店，真是五光十色，都是用木雕刻的，各色各种鸟兽和别的东西，有一种仿用脸人物，非常有民族色彩，而且做得非常细致。很想买一个，但要七十多到一百比索，相当于6—7个美元。

在这商店的院子里，碰到唱歌、跳舞，很有特色。有一老年弹吉他的弹得绝妙。

另一家民间的小馆里摘生花生给我们吃也好，还有人去取来生果，我们都吃了一把。

翻译有人告诉我们，这个地方人很爱中国人（不也这样说）他们的发音很象中国话。人们也常常说了嘴像我们时间接触过话。

从瓜达拉哈拉开始，将军的

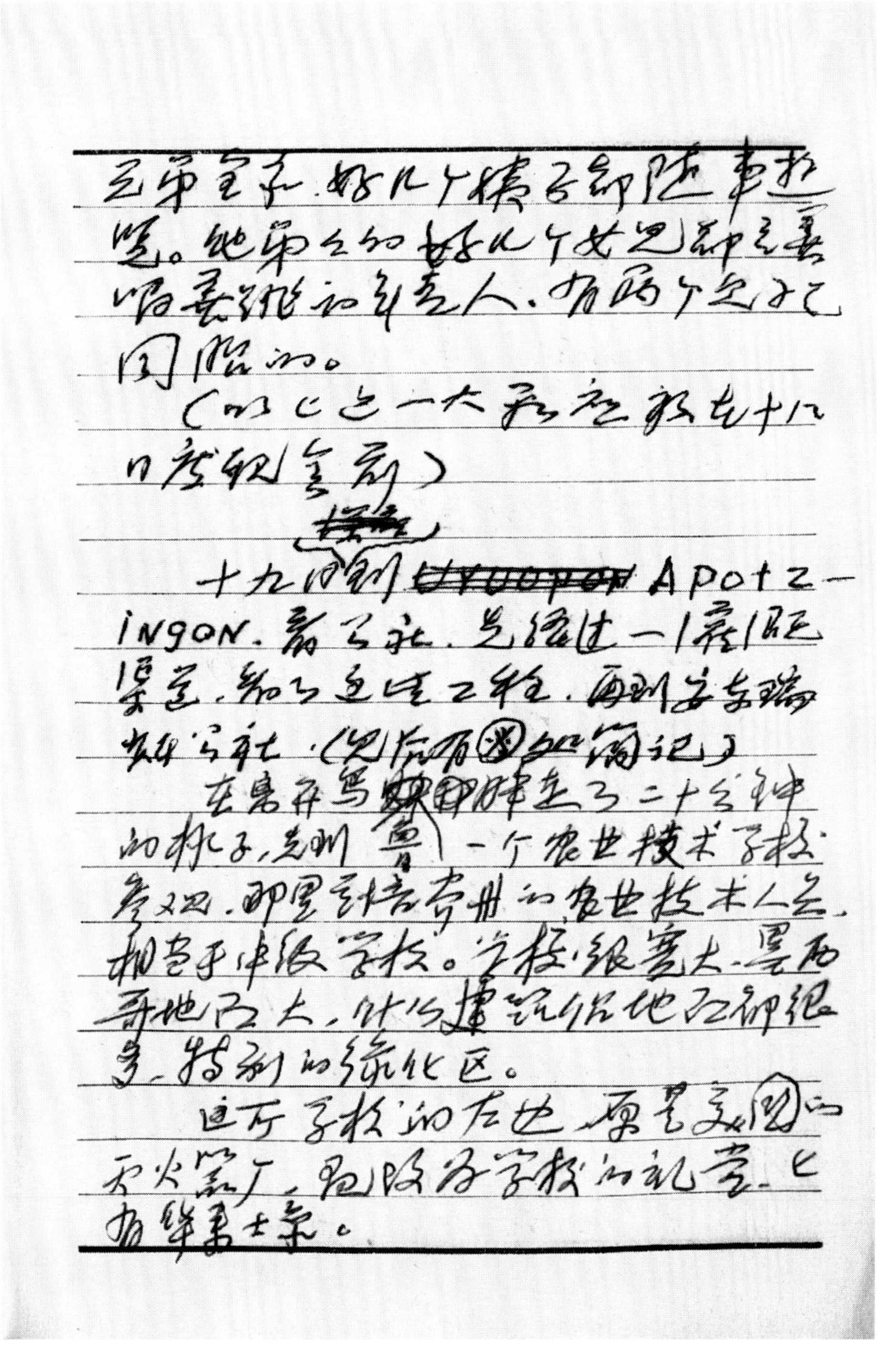

三弟室和，好几个椅子都陈于走廊。她弟弟和好几个女儿都是要唱要跳的年青人。有两个是孩子们同胞的。

（以上是一大段应插在十八日度纸之前）

十九日到~~[illegible]~~Apotzingon，前往社，先经过一座农民学堂，参观过生产工程，再到安东瑞斯公社。（见后面的简记）

在墨西哥驾驶了二十分钟的车子，先到曾一个农业技术学校参观。那里训练专门的农业技术人员，相当于中级学校。学校很宽大，墨西哥地方大，什么建筑地方都很宽。特别的绿化区。

这所学校的原地原是美国的一个火药厂，现改为学校的礼堂，已有些军士气。

看了水坝工程之后，爬上山头远眺公社全景。人们骑着马，穿着拉人长裳（黄深色）了[illegible]。

这个公社的领导人，首先大会向我们赠送一张毯子，同时送朋友了。

学校的负责人，召集大家去开会。同时，学生列队欢迎，向我们代表们询问。这会的意思和当地农民为主，约有一百二十人，每人问我报告了自那里来，知道些什么。这些意见也是学开始[illegible]。

参观了学校，经过了一个意大利人的庄园，就在这个小镇。

到了这里，已经很热，觉会夏天了，和大马鲁时节不一样，那里白天热，夜里却非常冷。

在小镇休息了几分钟，我们向山坡开去，在那里看了1814年独立战争的纪念馆，很多人知道们的乐队围着他们，很快活地热情欢迎。
以后我们又乘车去一个公园，在路
上许多牧民骑马、骑着骏马在园
前欢迎。

在一个林子里进行了午宴。我
们的老朋友过来，曾经到北京，他
把过去我们送的东西给我看（在
天安门上来时，他又把东西送来）。
这是午宴而不是晚宴，那时
差不多四点半钟了。吃的是烤
馅饼和烤羊肉和烤猪皮。

宴中，当地农民牧民唱了歌
跳了舞，当地特色的舞蹈，身穿服装
新鲜，每次两回，能在台上舞蹈。
有一只又是跳快步的，一只是跳
慢步的。唱歌，当地的女唱歌手唱
了歌。两个只是跳了舞。

宴会后是看斗牛。我只看了一
心，不想看了，他们都去了，不去不
礼貌了。

斗牛场的传统艺术围的花边，四周都是树林。场子不大，而且很简陋，没有看台。两面是竹围墙的墙，只有东、西有看台。看台也只大一些，地都是用木头搭成的，看的木板已经朽了，人走在上面摇动。可是印第安人都可以坐人，而且女人带孩子去。

这里的斗牛是不杀死牛，比在墨西哥看的，要舒服一些。也是惹怒了牛，斗牛的一人骑马将牛套住，然后放回牛。惹怒之后又把牛套住而结束。最后惹了牛，牛的绳子断了，到一家农家的，有些女人孩子吃惊。

我当看了两场就不看了。

转眼都在六点半了。

我们在机场看落日以后，七时乘危地马拉的国家公司班机向墨西哥城飞行。

3月20日

考虑到我们的日程，我们提出20日回到墨西哥。希德尔加斯将军同意了，並在十九晚征求我国代表的意见。20日的晚饭提前了一点，即当晚回墨西哥城。

在本地参观了一座三○年印第安人塑像——伊加珊第二在此曾经抵抗西班牙人的地方和他的纪念亭。在这个地区有中高原的壁画。他是[illegible]为了一个留到一个说明，把它画下来的意识阐明内容。他从画中可以看到西班牙侵略者如何残酷镇压，和用各种手段来屠杀印第安人。画的左角有一幅女绘像，胸前血迹如注，据说是这个印第安女人丈夫，被杀了，都为自由而牺牲。另一边的墙壁上画有一女人骑马冲进西班牙军队，据说

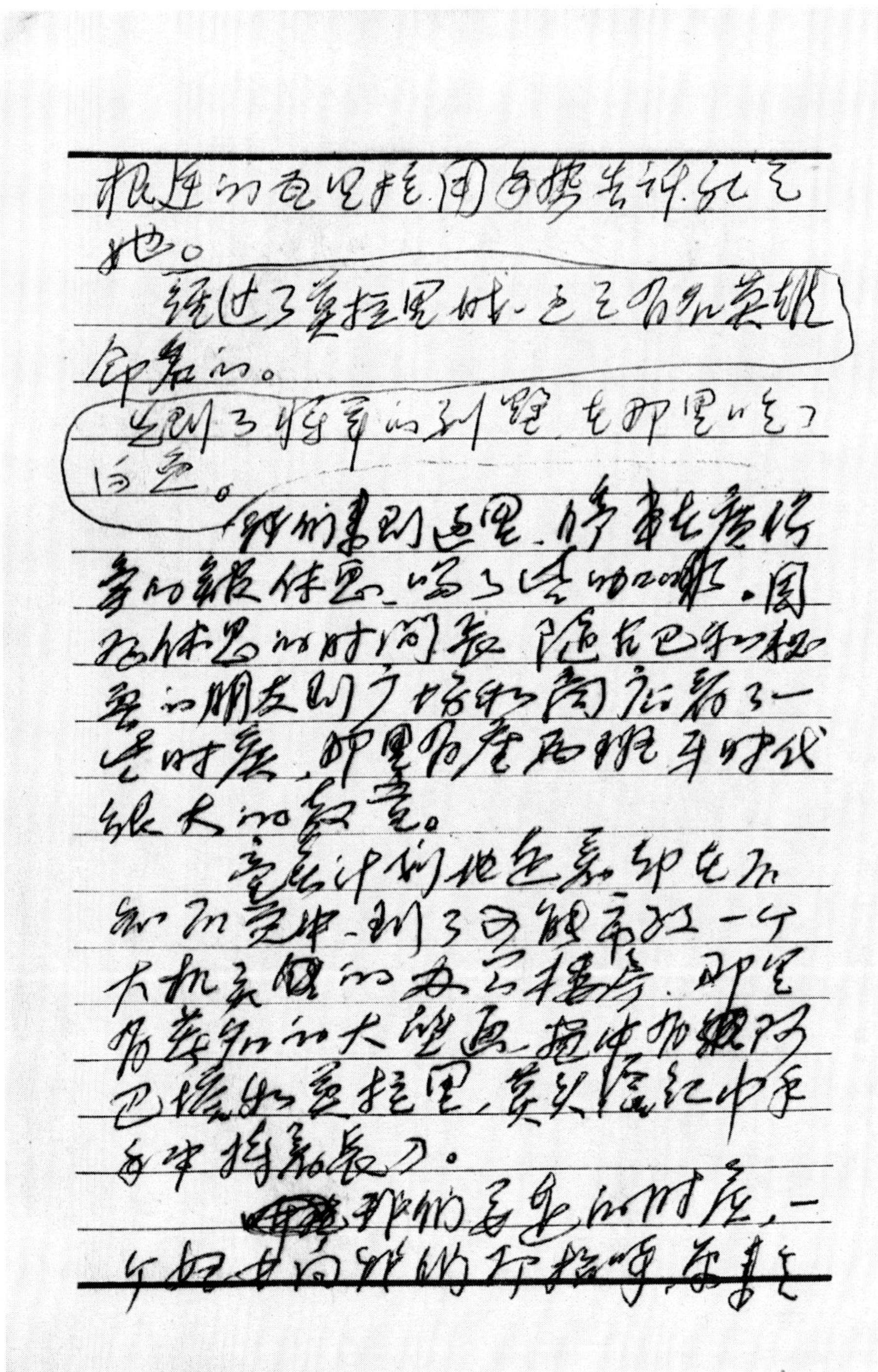

根廷的克里托，用手势告诉我们了
地。
经过了莫拉里城，这是为纪念英雄
命名的。
去到了将军的别墅，在那里吃了
午饭。
我们来到这里，停车在广场
旁的舞厅休息，喝了咖啡。用
于休息的时间最短，随古巴和秘
鲁的朋友到广场商店看了一
些时装，那里有农民独立时代
很大的纪念章。
意思沙利地道来到布宜诺斯
和平宫中，到了玫瑰宫外一个
大机关的办公楼旁，那里
有著名的大壁画，描绘着阿
巴塔和莫拉里，黄头戴红巾手
手中持着长刀。
我们离开的时候，一
个妇女向我们打招呼，高声

墨中友协会的人，陪着我们到这里来。向我们读贺词。

我们继续向墨西哥城的方向前进。飞越了蜿蜒的高山，穿越天已是很晚了，看到前面的来路黄昏。经过了一些小的城市。

很黑九时多，在中途的一个小城吃了些点心。这就是旅行的结束点了。

饭后吃什么不知道，但大家都很疲倦。恰好地方也好了，但黑得不得。

晚饭宴时，会里主席致了感谢的讲了话，我国代表团部长讲了，某某也讲话。

向墨西哥前进，还有250公里。

到了墨西哥城，是廿一日早晨一时半。

旅店改住在Bosque，这样和会同代表住在一起了。

三月二十一日 十时才起来。

上午去帕夫斯基去到酒会的[illegible]和[illegible]说话了[illegible]的。

岛东和我们在旅店前谈好，廿三日下五时和我们谈话，并说只谈廿多分钟。

去到南美订不到23日的机票，而订了去24日。请帖已打好，并已发了八十多封。

帕帕夫人和CORA来谈此事，同意酒会和餐会名，很不同意。她的意见很不够。她提出了几个方案，据要后来讨论，帕帕夫人不肯去，也要请了力维，受实的检查，同意她去统明会廿四的。

下午三时吃了中饭，我和

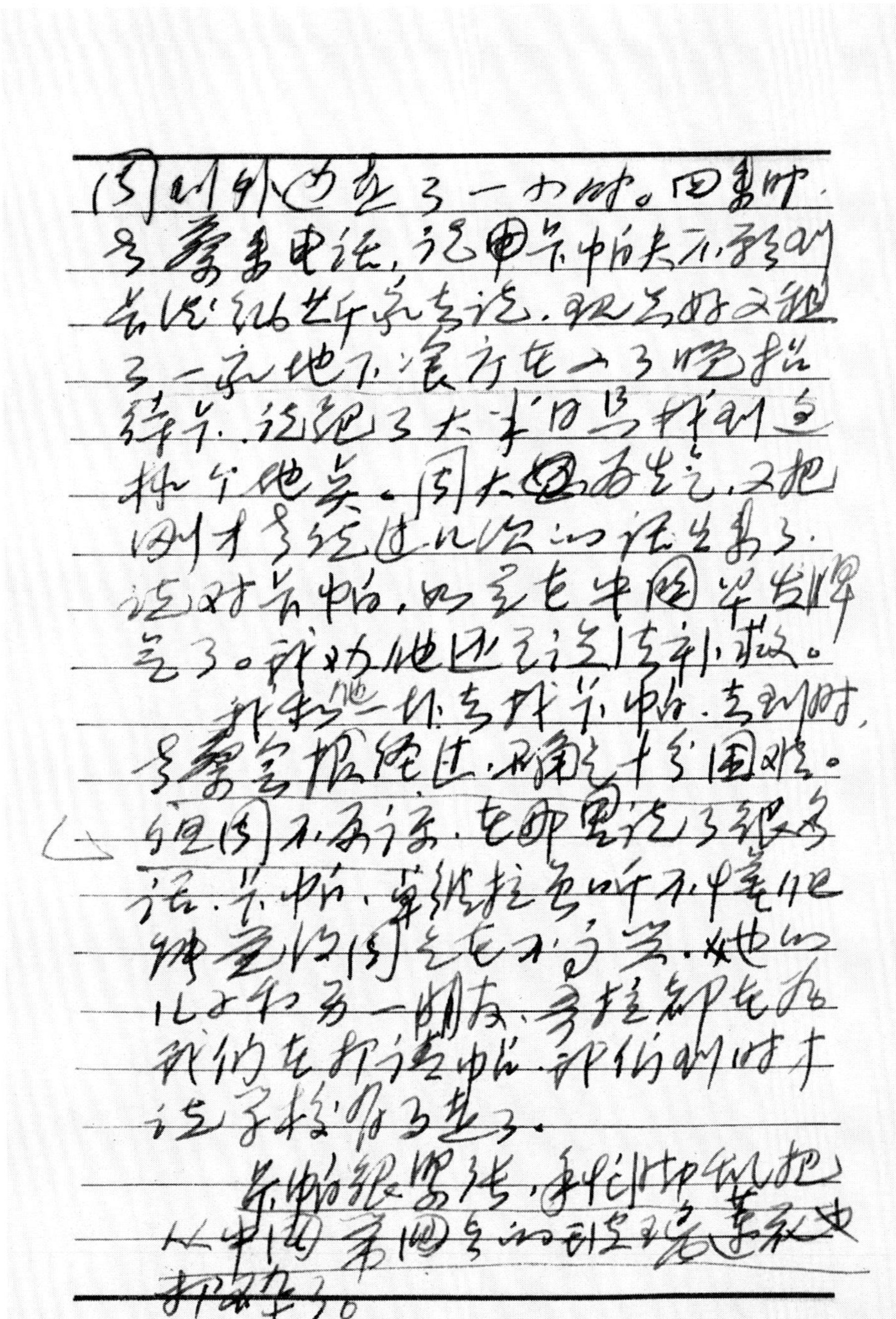

间到外边去了一小时。回来时
乡蒙来电话，说[illegible]帕夫人[illegible]
[illegible]去说。[illegible]好友组
了一家地下[illegible]在[illegible]
[illegible]，说[illegible]了大半日[illegible]到这
样个地点。周太太[illegible]，又把
刚才[illegible]
这对吴帕，如果在中国早发挥
完了。我劝他还是说清楚补救。
那天他一[illegible]去找吴帕。去到时，
乡蒙[illegible]，[illegible]十分困难。
但周不承认。[illegible]说了很多
话。吴帕、[illegible]
[illegible]
儿子和另一朋友、[illegible]在
我们[illegible]。[illegible]那时才
[illegible]了。
吴帕很紧张，[illegible]
从中国[illegible]
[illegible]了。

我说她们没有功劳也有苦劳。那么我们直接把周总理的话给[illegible]纳斯们说清楚，如他真不到[illegible]加，那有什么办法呢？

同夜去说接待委员会书记和[illegible]。我只好和书记长(?)去。他一人不敢去。

刚才说纳斯家的[illegible]，天都定墨墨了。[illegible]，他已约好明天去门[illegible]州去开水利会议。却只好等他在国二十六日晚[illegible]了。他[illegible]，[illegible]不能[illegible]，而[illegible]一些。

在她送我们走的时候，她夫人在[illegible]，我问她[illegible]，她不[illegible]我[illegible]她把中国[illegible]的[illegible]说明是什么，主要是[illegible]在[illegible]一中[illegible]的[illegible]牡丹。

我[illegible]她们[illegible]是什么人，[illegible]是什么，[illegible]她的

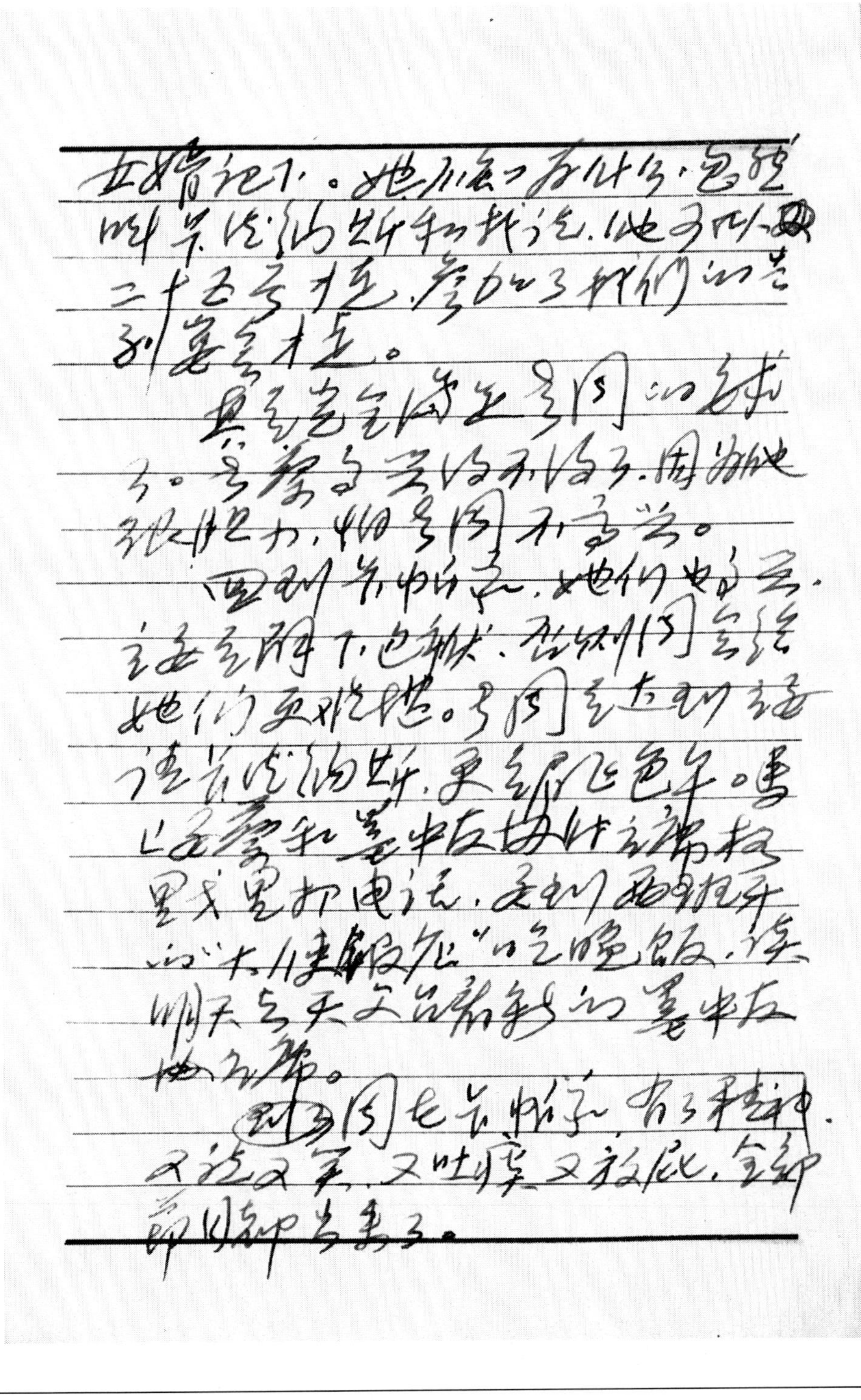
在婚礼上。她原来有什么也经
叫菲洛门斯和我说。她今年四十
二十五岁才走，参加了我们的告
别宴会才走。
其余完全用上了门的钱
和了。家务活都不做了。因为她
很能干，她们不会学。
回到家中的时候，她们也都去。
这是要离开墨西哥城，所以门会经
她们受难堪。只门去找到这
位菲洛门斯，要去飞回来。遇
上过家和墨西哥城总统府
里打电话，去到西班牙
的"大使馆餐厅"吃晚饭，按
明天后天又出前往新的墨西哥
城了。
到了门也是帐子，有了精神。
又说又笑，又吐痰又放屁，全部
用脚步去了。

我很同情这位老太太和莱维拉，她们都感到有我们走了不好办。

在"大使饭店"吃了很贵的菜，阎一定要明天去天文台然后去钓鱼，这当然是多好。去玩去，阎一定要去，结果定在明天约好，二十三日去。

← ① 接上面三月十二日日记斗牛部分

世界最佳之大曼底迪的斗牛士。~~有~~ 主要助手之后跟着著名首席斗牛士，共三个人，每人斗两牛。最后是两匹骡子拉着一具。

~~这~~些西班牙式之（穿插）各异的"勇士"，头戴着褶扇形的扁帽，头发亮的闪光，脑袋后卷着一个黑发的团。身穿着白色的、粉红色的、红色的、黑色的镶着银丝金镶的短衣服装，腿穿着桃红色袜子，穿着无后跟的黑鞋子。在他脚下的跟场一直向斗牛走进去的时候，在欢呼声中，我觉得这些人很可怜，并不强壮，而是很渺小。

第一场斗牛开始了。首席斗牛士是身白衣的，组持着红色的主边。说他是勇士？他们却躲在掩护体内。一牛不知死活的雄壮的野牛，从东北角的大门冲出来。原路比周什么穿

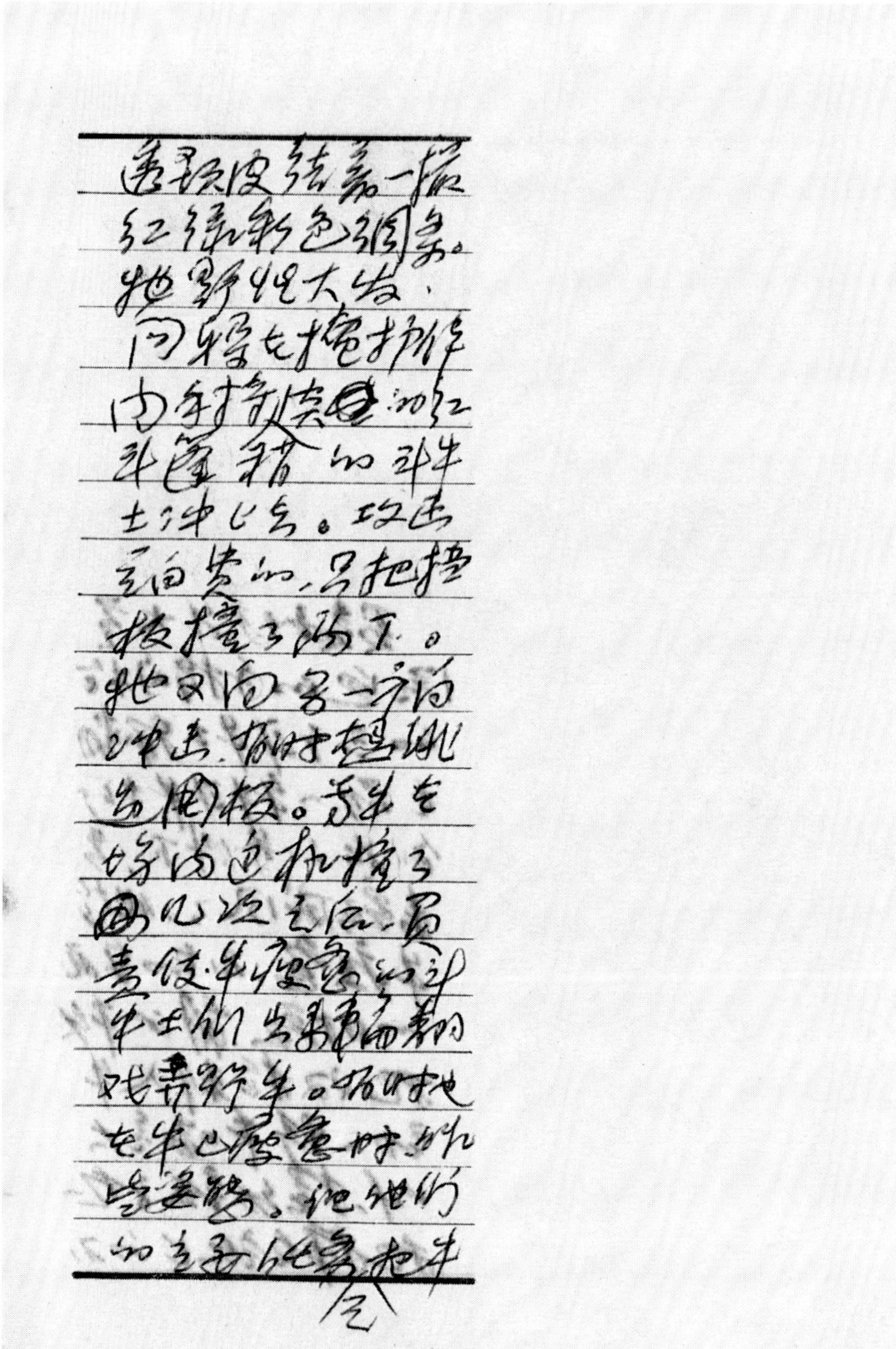

送给彼德罗一根
红绿彩色绸条。
他舞起大旗，
同骑长枪插作
内手持[illegible]的红
彩[illegible]箭的斗牛
士冲上去。攻击
马的是的，只把插
枪插了满下。
他又向另一方向
冲去，顿时挂跳
出圈栏。斗牛在
场内追赶插了
围几近之后，负
责使牛疲惫的斗
牛士们出来[illegible]翻
戏弄野牛。顿时他
在牛已疲惫时就
出来[illegible]。他们
的主要任务是把牛
[illegible]

弄鬼。

牛进时他们的态度有些好，也有些坏，弄得观众叫"啊哩"。

结尾时，牛在四五个对手弄中，弄得气喘吁吁。

要表演使牛大量流血的手持的枪和三个斗牛士轮番去逗一阵斗牛士所创造的条件下，斗牛者已威风了，他整牛疲惫，不知所措的时候，朝着牛头把双枪刺入牛颈。野牛嗷嗷大叫，摆动强了起把插在颈上的双

不知什么东西闯下来。"勇士"的马
不会给牛角从侧面冲过的机会，又
来用斗篷把牛逗过去，第二个持白
枪的又乘机上来。

六把短枪都插在牛颈了。当第
"勇士"骑上马了。他先和同伴拥抱，祝
好运气，响了锣鼓。然后把帽掷给牛迷，
进场用红斗篷戏弄野牛。他突然把牛的
视线引开。他有时站在牛前不动，表示
不怕，然后把牛引向的攻击
中他的躲闪动作。这时看客齐喝彩，也
鼓掌和"勇敢"。当牛从他的身边擦过，
或从胁下穿过而不动摇，"呵哩呵
哩"和掌声欢呼声如同风雨的袭来。

戏看了一半，才知斗牛士开始是从人
助手中观察牛性，现在又从自己的经
验中摸到牛的性格。

这时该休息一下了，同时也得使
牛再度紧张与兴奋才行（只是斗牛
时已比较差了，大大下一档了，不若
秘鲁的斗牛士。稍差
（接后页△△页）

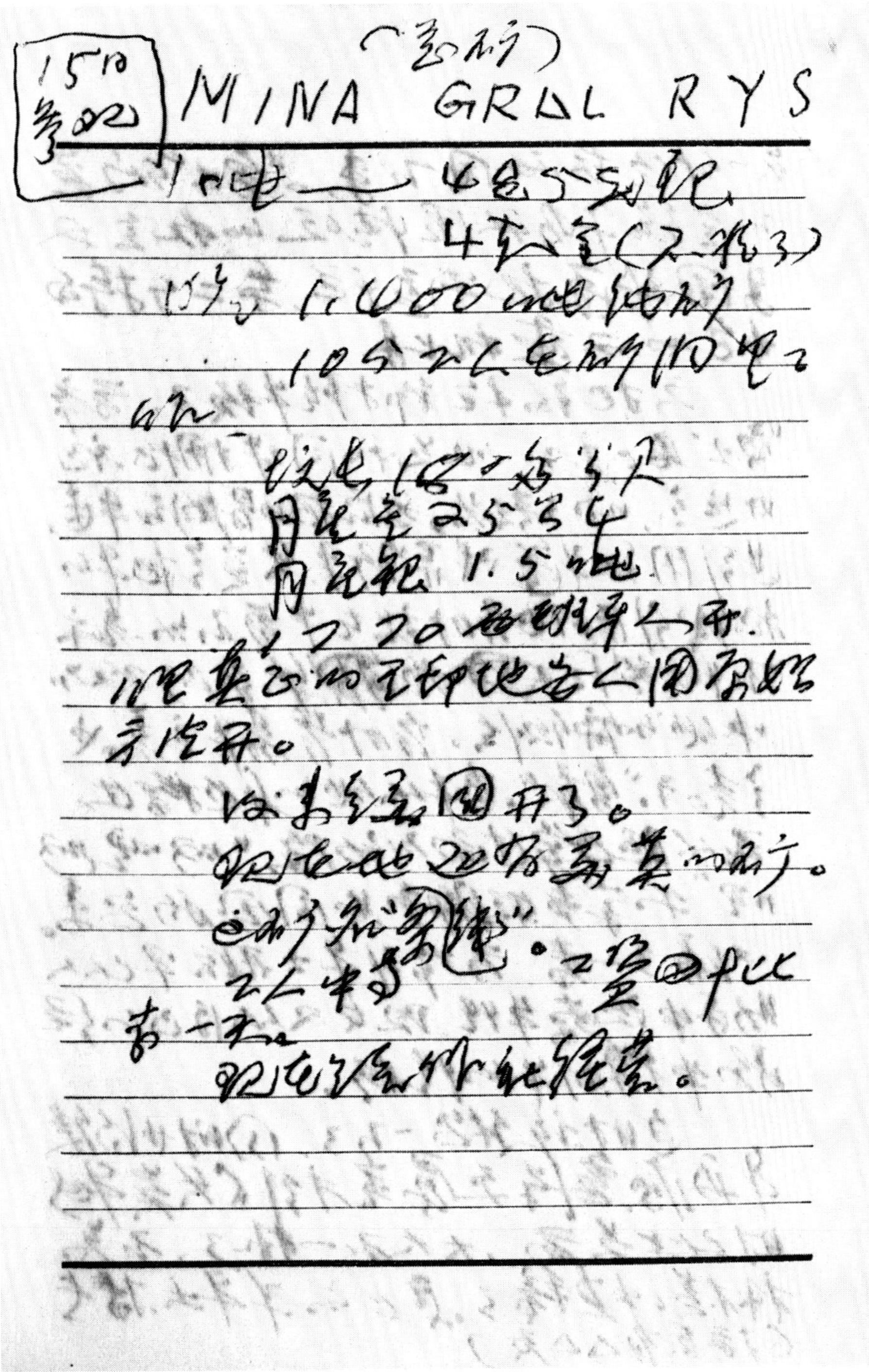
MINA GRAL RYS

当飞机到了空中，就看到了无数的油井，有的油井在湖泊。

但比利有的大的炼油厂。

全国年产1,5000万公吨。

国营的不多：发电、运输、电业等。也都有外销。

全国有40,000石油工人。

沙莱州有1,0000多，加上临时工人约0000多，其余0000人。

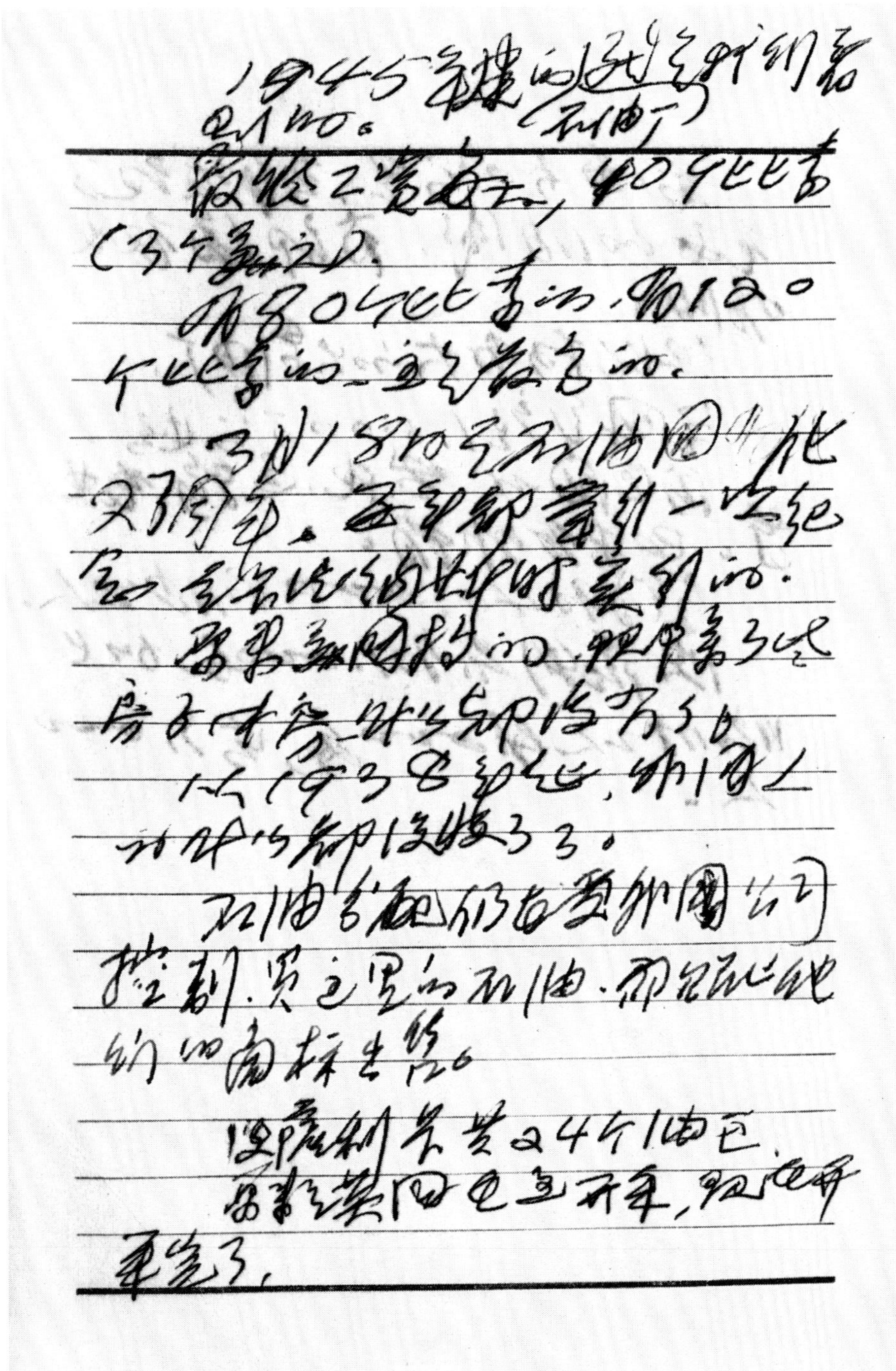
1945年[illegible]的[illegible]（石油）

[illegible]，400公里

（3个基地）。

有80公里是新的，有120

个公里的，其余是新的。

3月18日是石油国有化

[illegible]，是到那里第一次纪

念，[illegible]的时候看到的。

[illegible]的，那里有[illegible]

房子[illegible]

从1938年到现在，外国人

对[illegible]都没收了。

石油公司仍在受外国公司

控制，买这里的石油，[illegible]

的[illegible]高标[illegible]。

[illegible]24个油区。

[illegible]开车，[illegible]

[illegible]了。

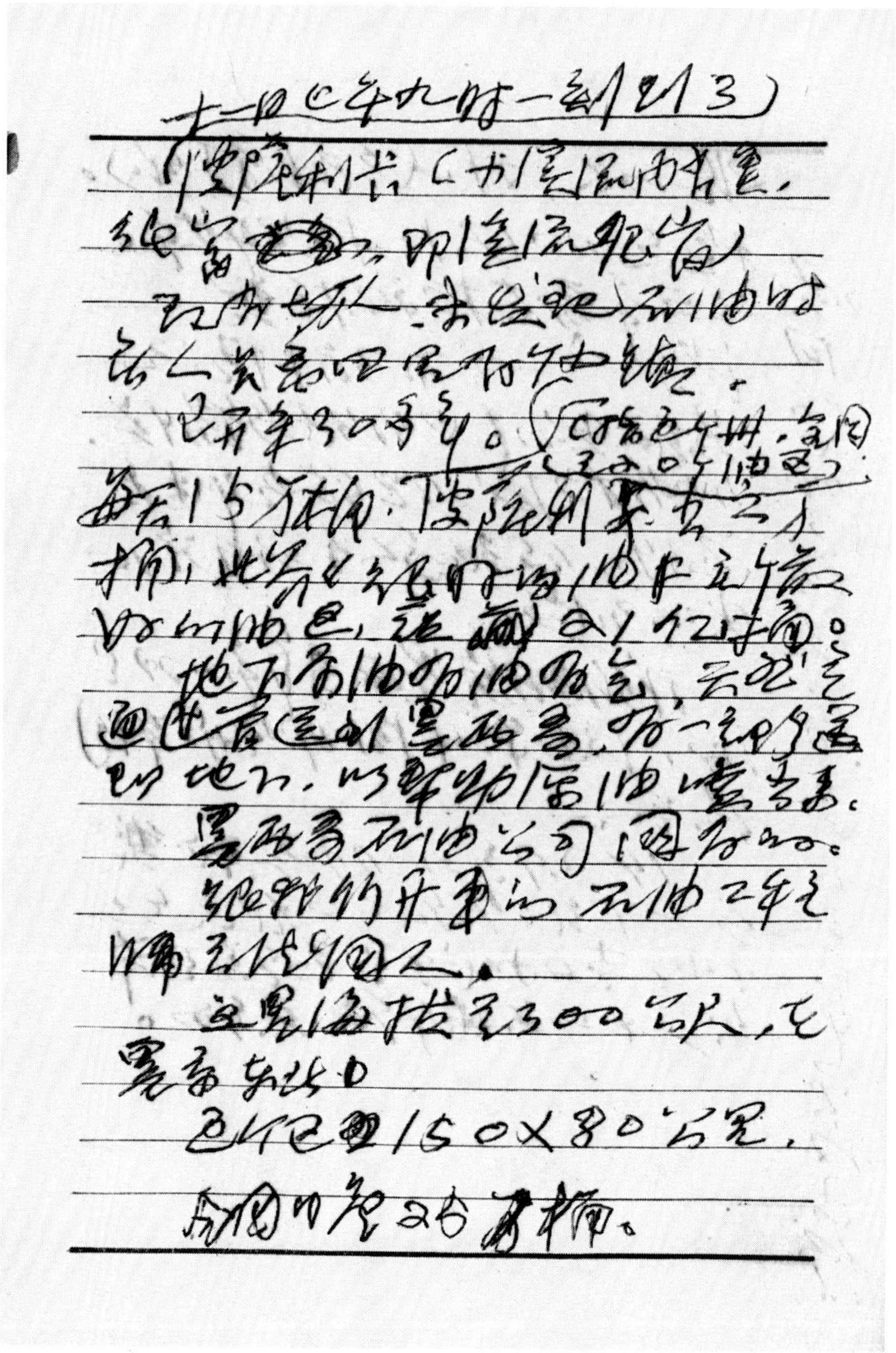
十一日上午九时一刻到[illegible]
[illegible]
已开采30多年。[illegible]
每日15万桶。[illegible]
[illegible]
地下有油[illegible]
[illegible]
墨西哥石油公司国有化。
[illegible]
这里海拔2300公尺，在墨西哥东北。
[illegible]150×80公里。
[illegible]

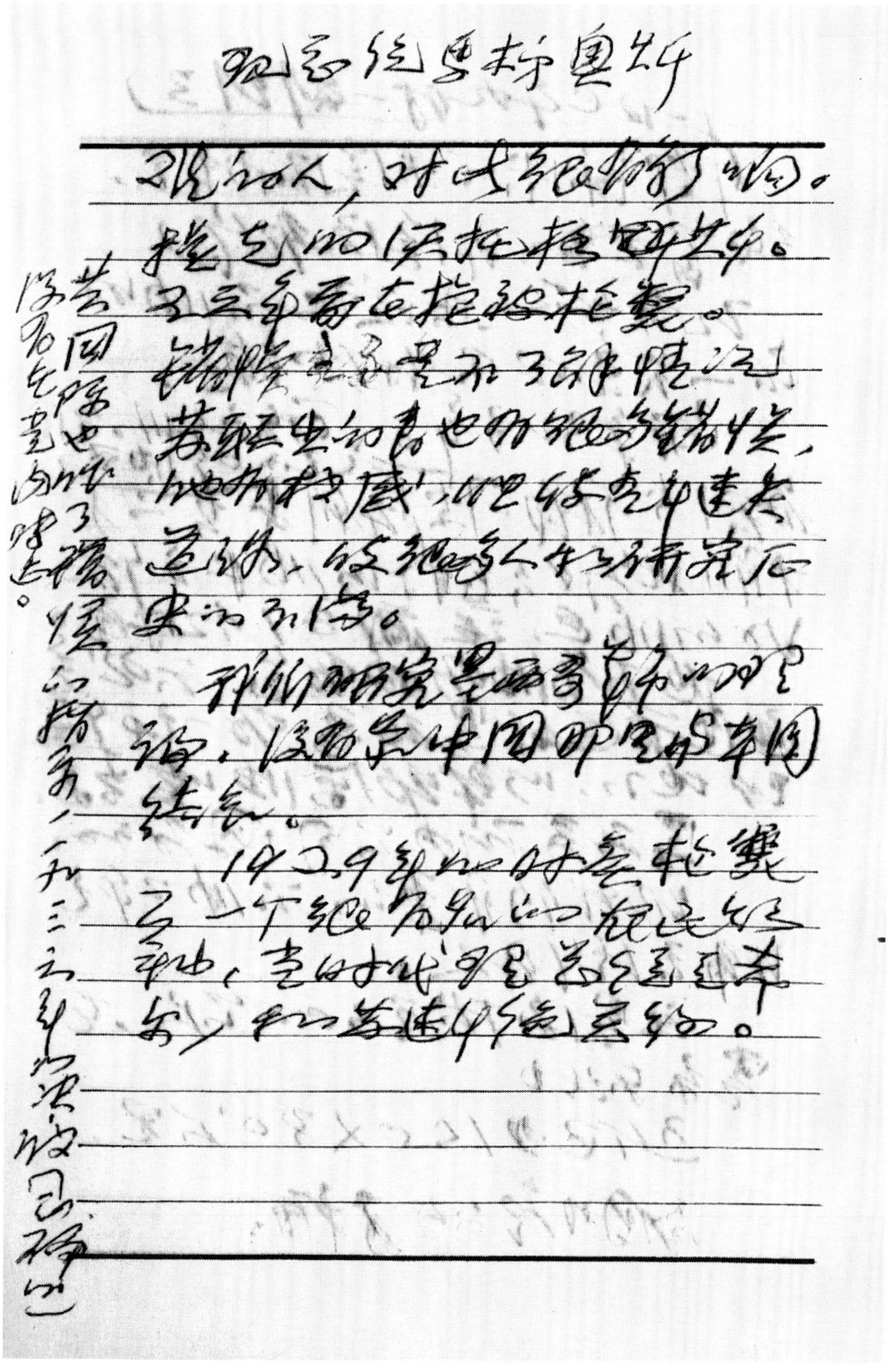

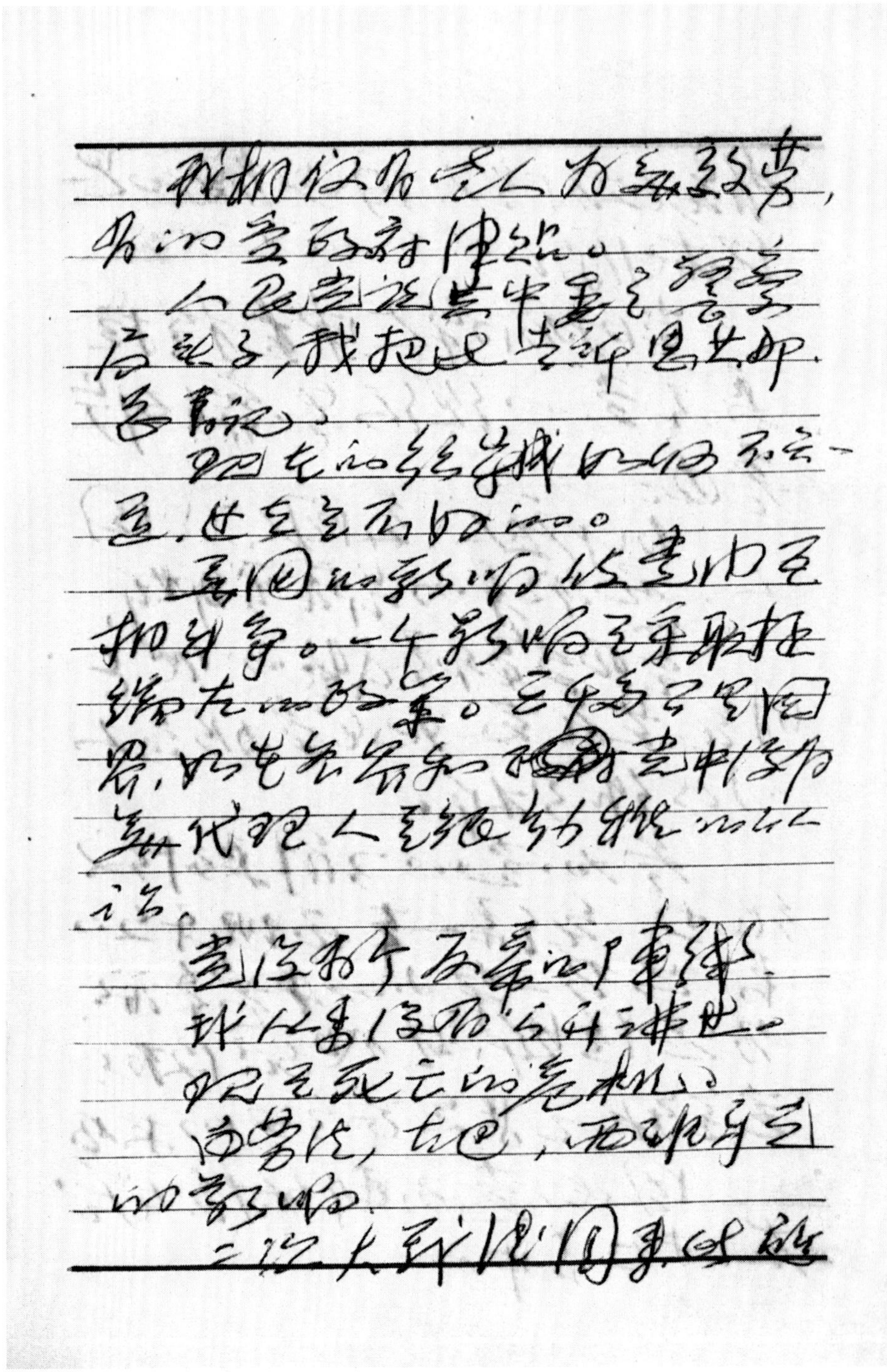

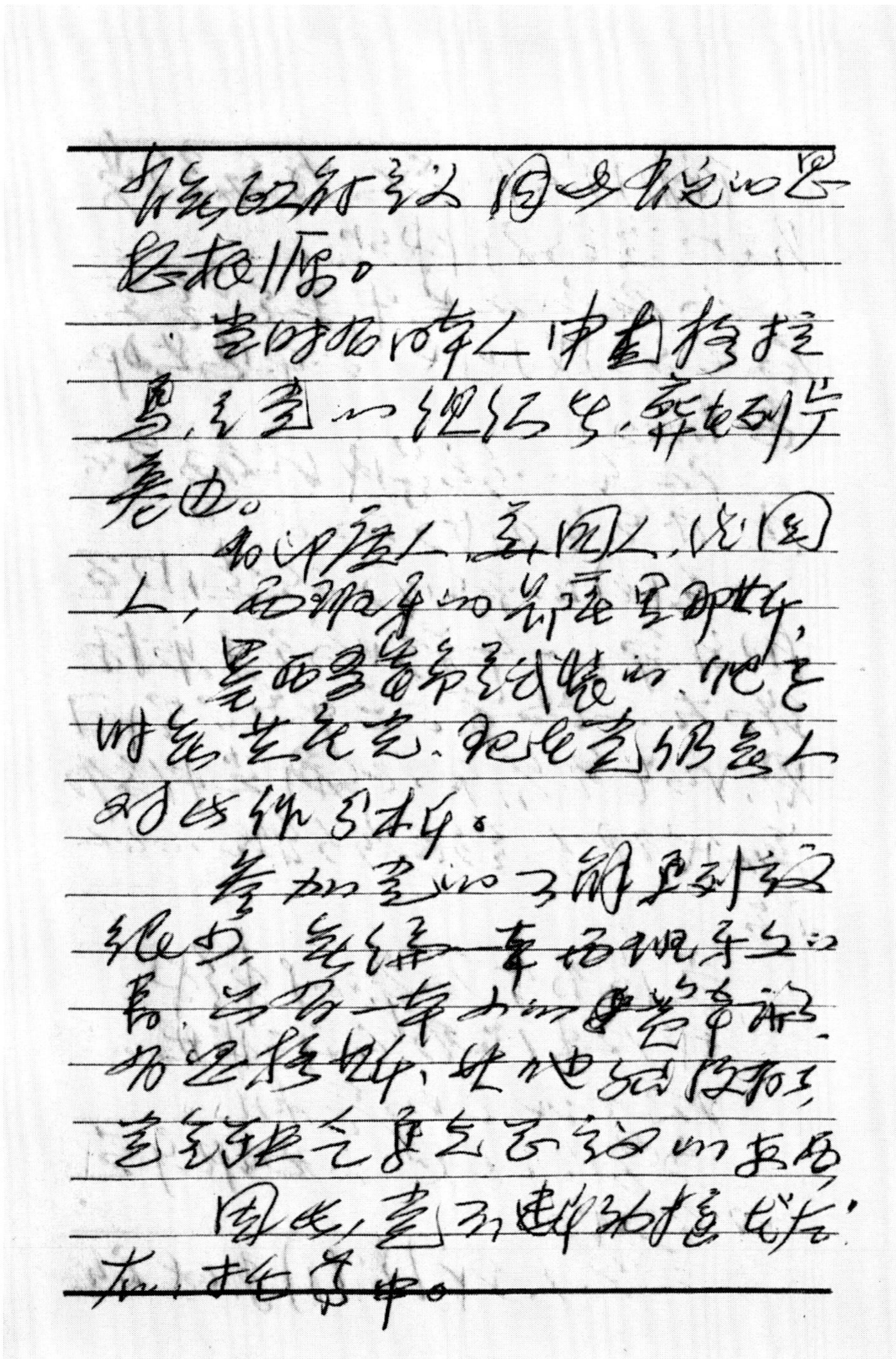

开除了腐化[illegible]。要双方同意，
结婚问题要互相了解。我们参
加了[illegible]的[illegible]在墨西哥。有
很多工人、学生、妇女和知
识人员也参加。他们为了自由而
斗争，在这斗争中也会[illegible]执[illegible]
行党的路线。他是老师工会
书记，而且很积极，特别
她的死了的之前。
[illegible]20个都进去的党
的同志们。
农民的[illegible]书记进去了这[illegible]，
他和[illegible]都[illegible]党[illegible]中[illegible]的，
[illegible]节[illegible][illegible]同情他
[illegible]的。
[illegible]的[illegible][illegible][illegible]根
[illegible]时大部分[illegible]世
[illegible]、农民、[illegible]。

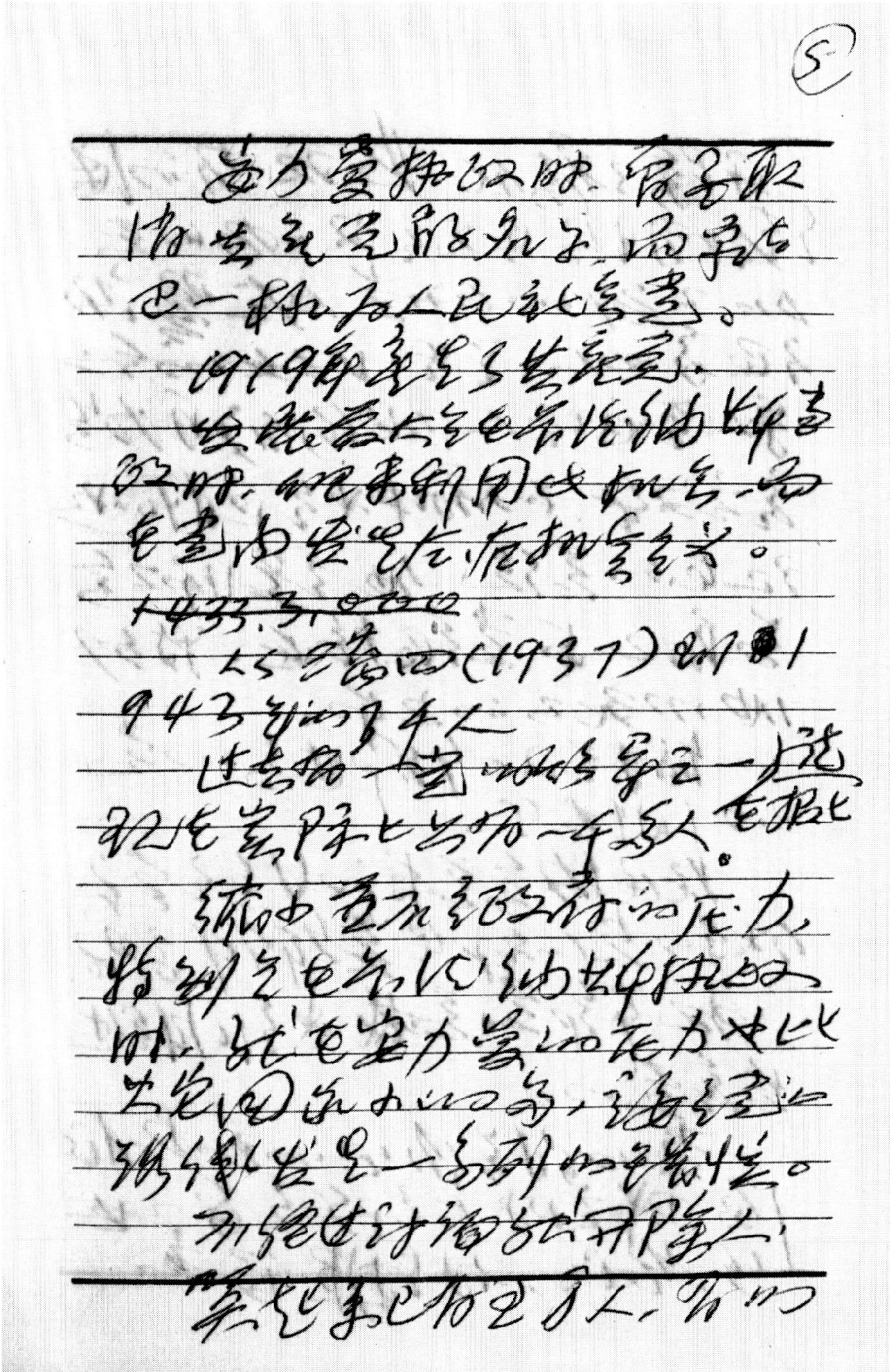

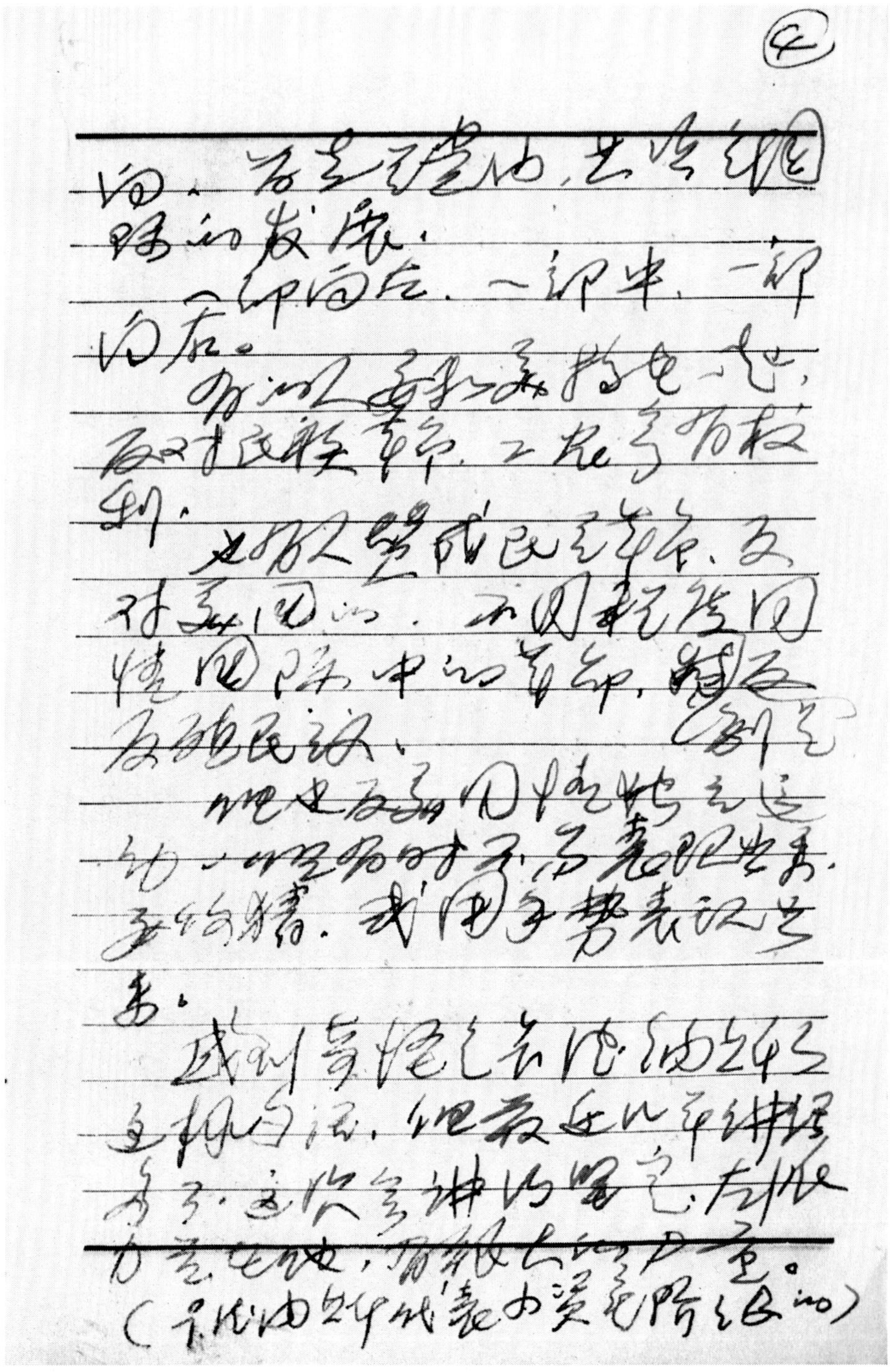

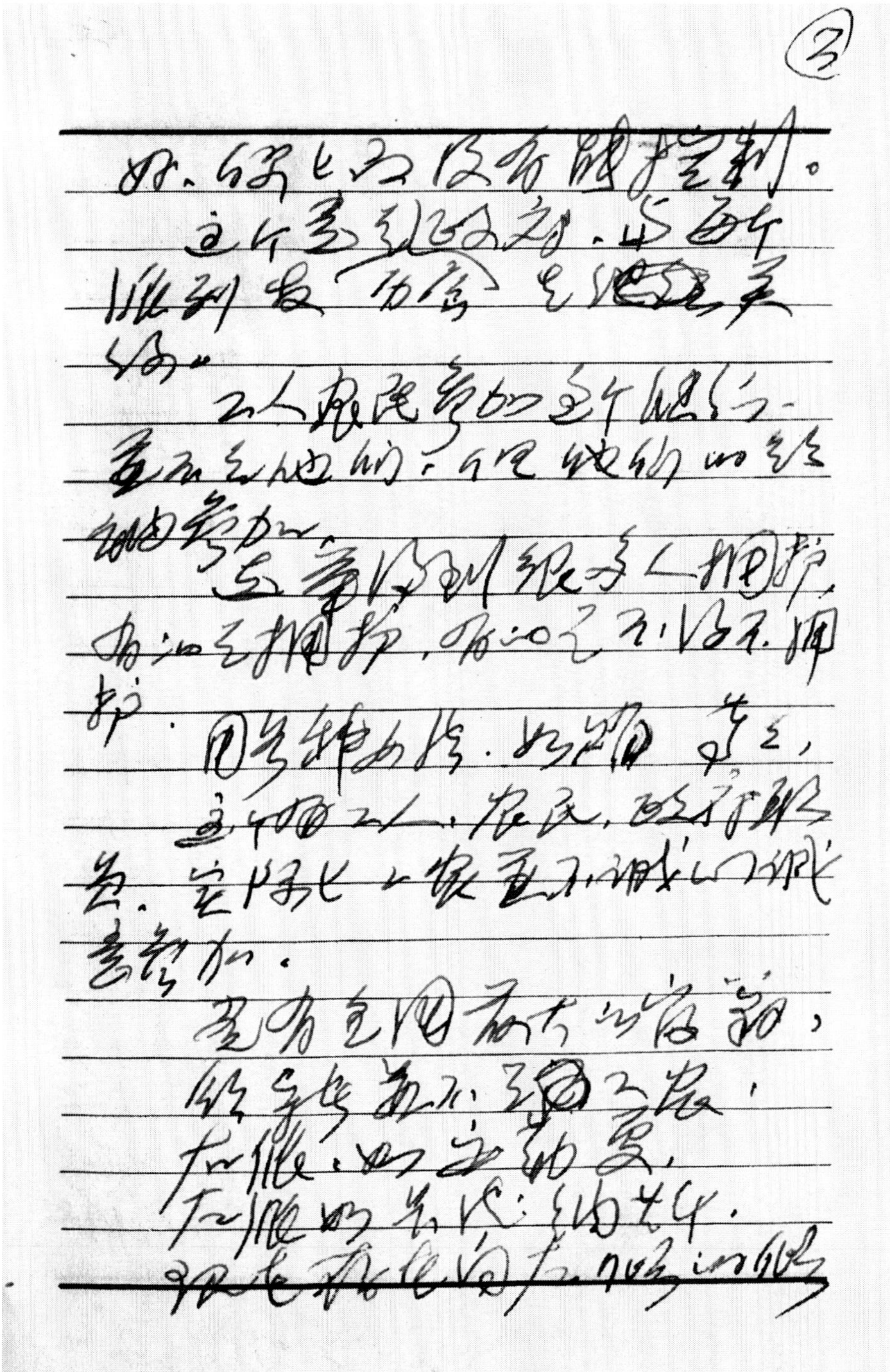

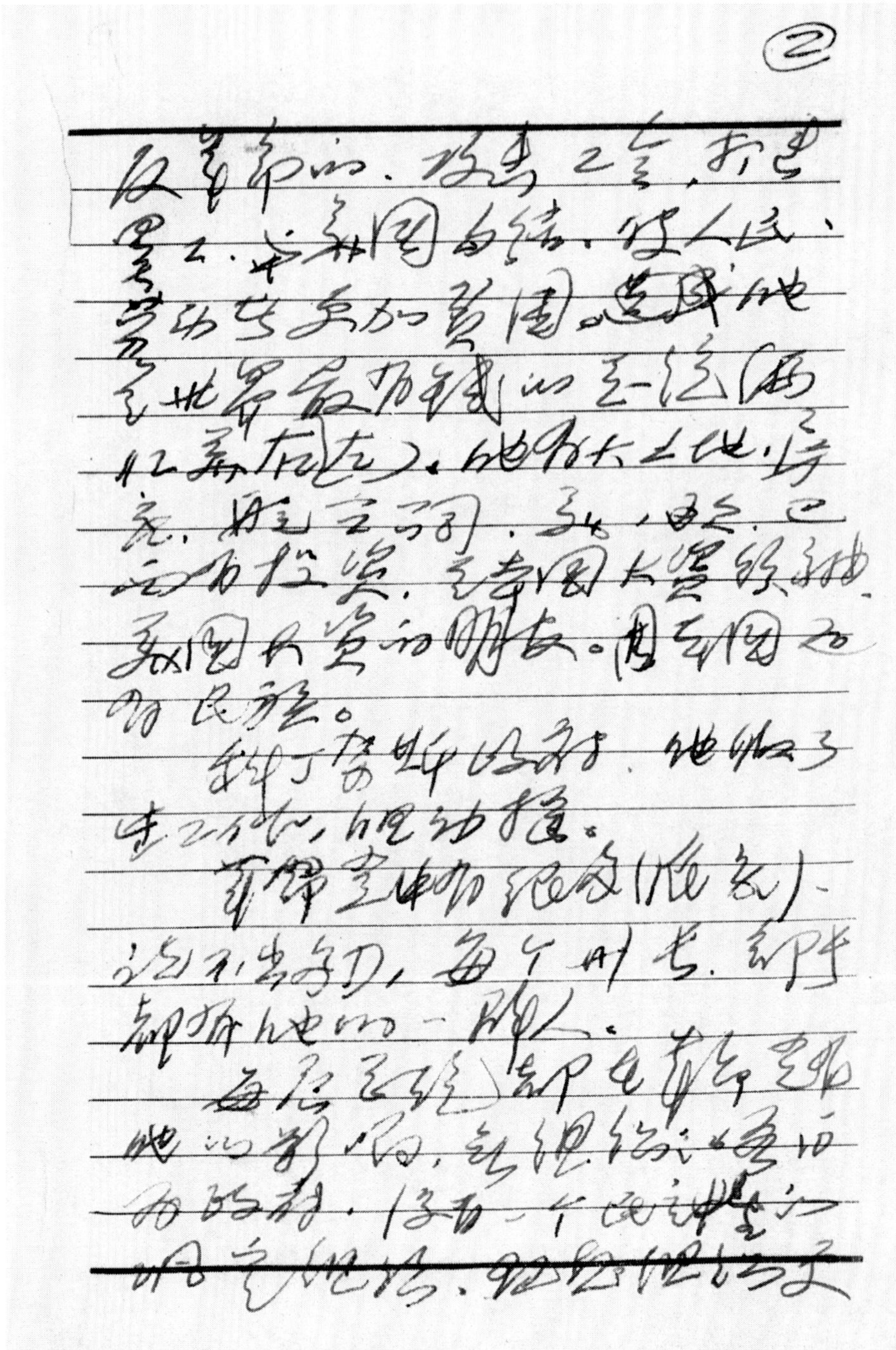

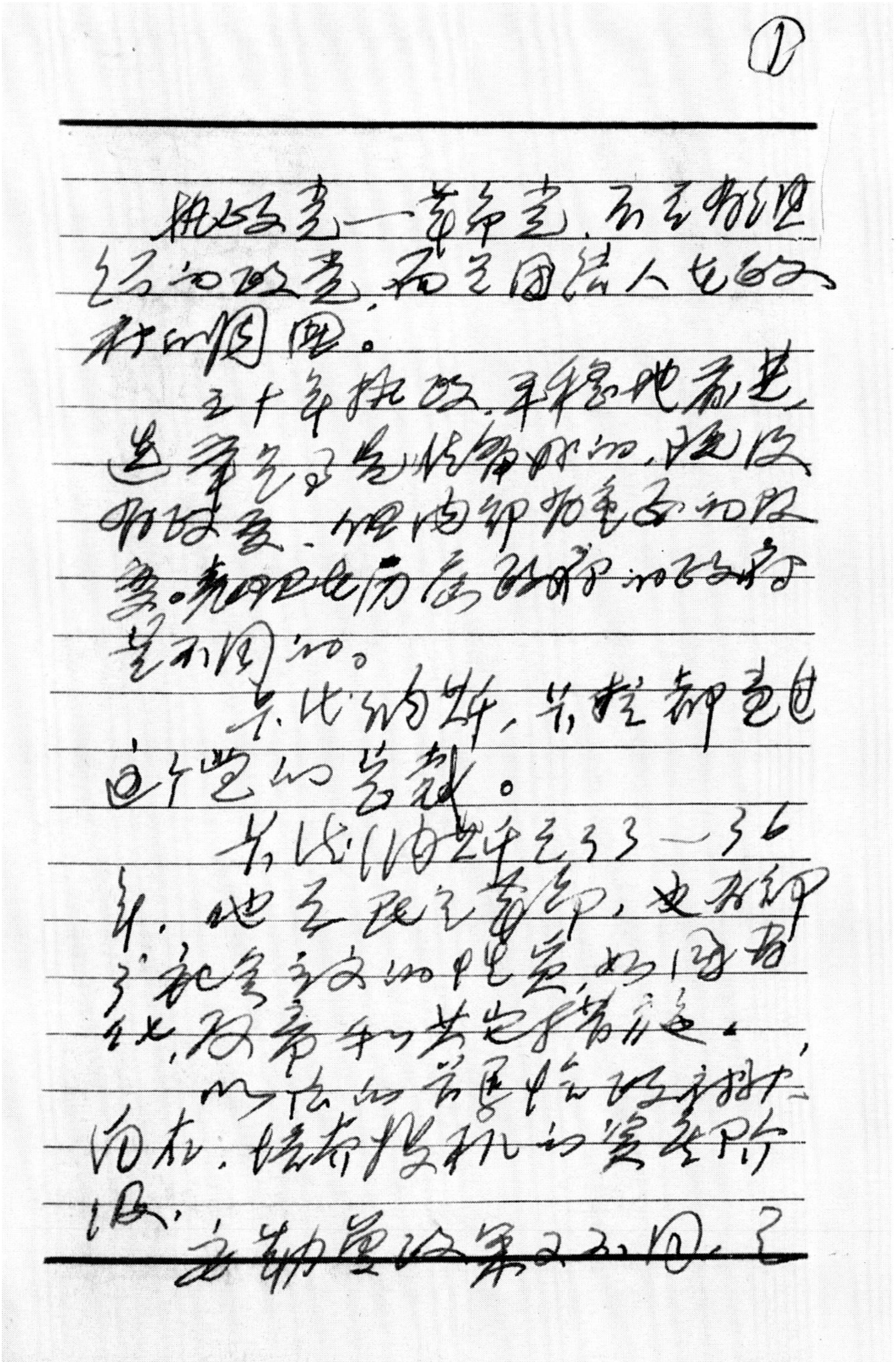

①

批判主义——革命主义，不主张推倒旧的政权，而是同情人民的利益问题。

三十年代批判，平稳地前进，[illegible]……[illegible]。

[illegible]……[illegible]。

卡比纳斯、卡德纳斯都是过渡世的[illegible]。

卡氏从1934年至33—36年，地主阶级[illegible]，支持[illegible]……[illegible]。

以后的[illegible]向右，培养[illegible]资产阶级，阿勒曼政策又不同了。

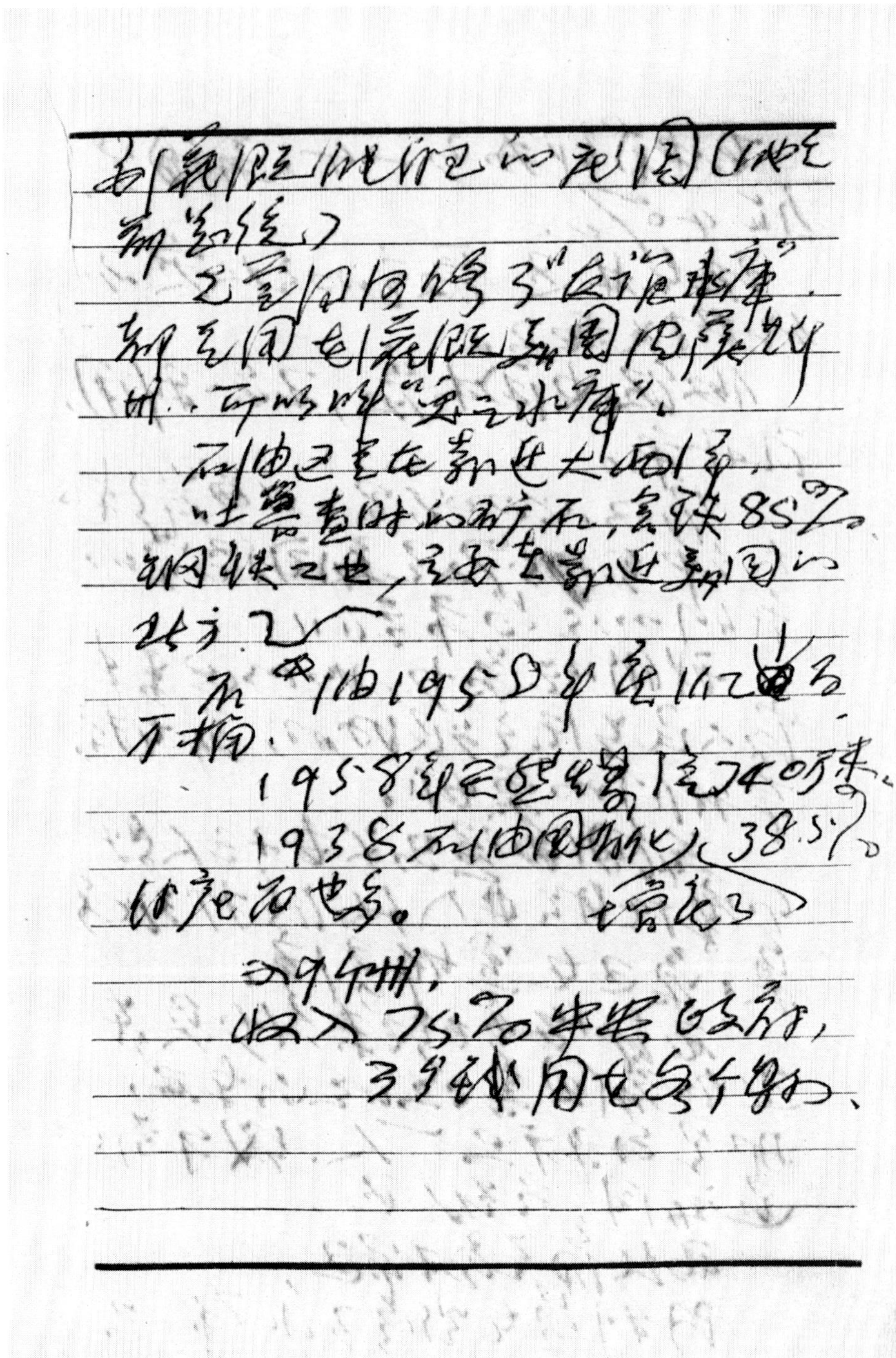

到委内瑞拉的范围（以上
都是绕了）
这里同时修了"友谊水库"，
都是因为委内瑞拉与周围及美洲
州，所以叫"美洲水库"。
石油已是在新近大面积，
吐露专时的矿石，含铁85%
钢铁之世，这要是新近美国的
北方了
石油1955年在1亿吨
不稿。
1958年已经增长74亿吨，
1938石油国有化，38.5%
纯属石油世界。 增长了
29个州，
收入75%来自石油，
三分钱用在每个人身上。

在中南部办了一个美国宾馆40%。

到处林立，最重的是大宗加代替汽车了。

做饭也用木炭，不会利用瓦斯气。

有了1800公里的海岸线，大部分都是美国经营的，我们的运费太贵!!!

我们吃美食，如此墨西哥人民生活是很好的，等也接受我们的美元。

美国给墨西哥兵去入驻的摩托船进入，打破了奥、墨边区塞拉马德雷。

西部便是墨西哥，他奥地在美国享有的东西，那里的耕种只一人，我们都是美国去美人区，

西域商业贸易区

阿利曼德里德了法康，二

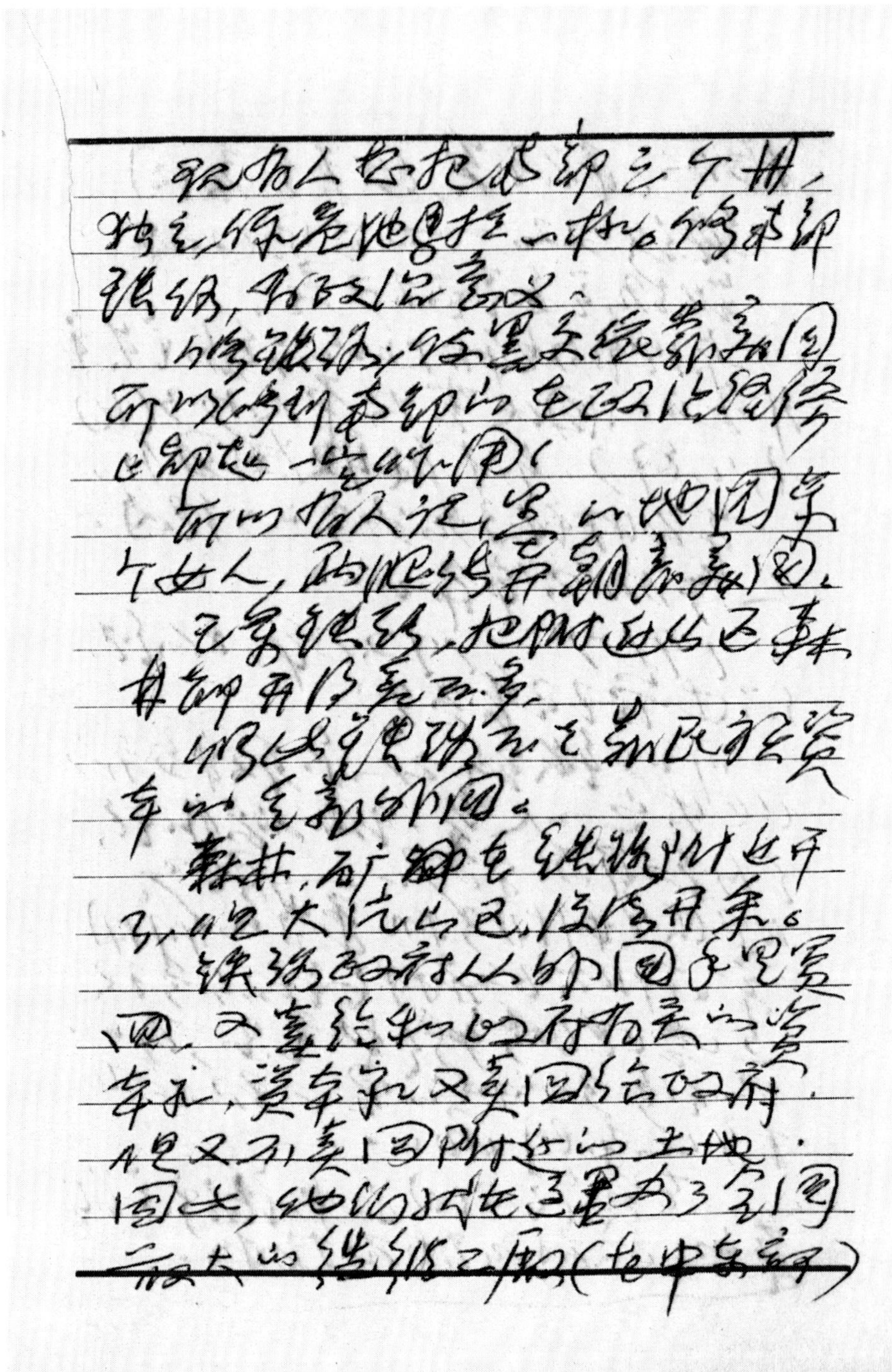

⑨

构的。开始是英资，后来是美国

控制。22,000公里（现在）

铁路全是美资所有。

在修铁路时的劳动力主要是

外来的。因此当时华人去了（国

有公约），卡德纳斯时国有，

革命时铁路工人的一部分工

人参加了革命。

1917—1920年，工人组

织管理委员会。

所以铁路工人取得较高

比其它工人多，铁路工人依铁

路已有了8000—8500

[illegible]利用了机车与新用

等。所以公路有较快，公路

已比铁路多了，所以

已修了20000公里。现正在

修几条新路的。

在资本主义国家中，铁路已被

挤，[illegible]

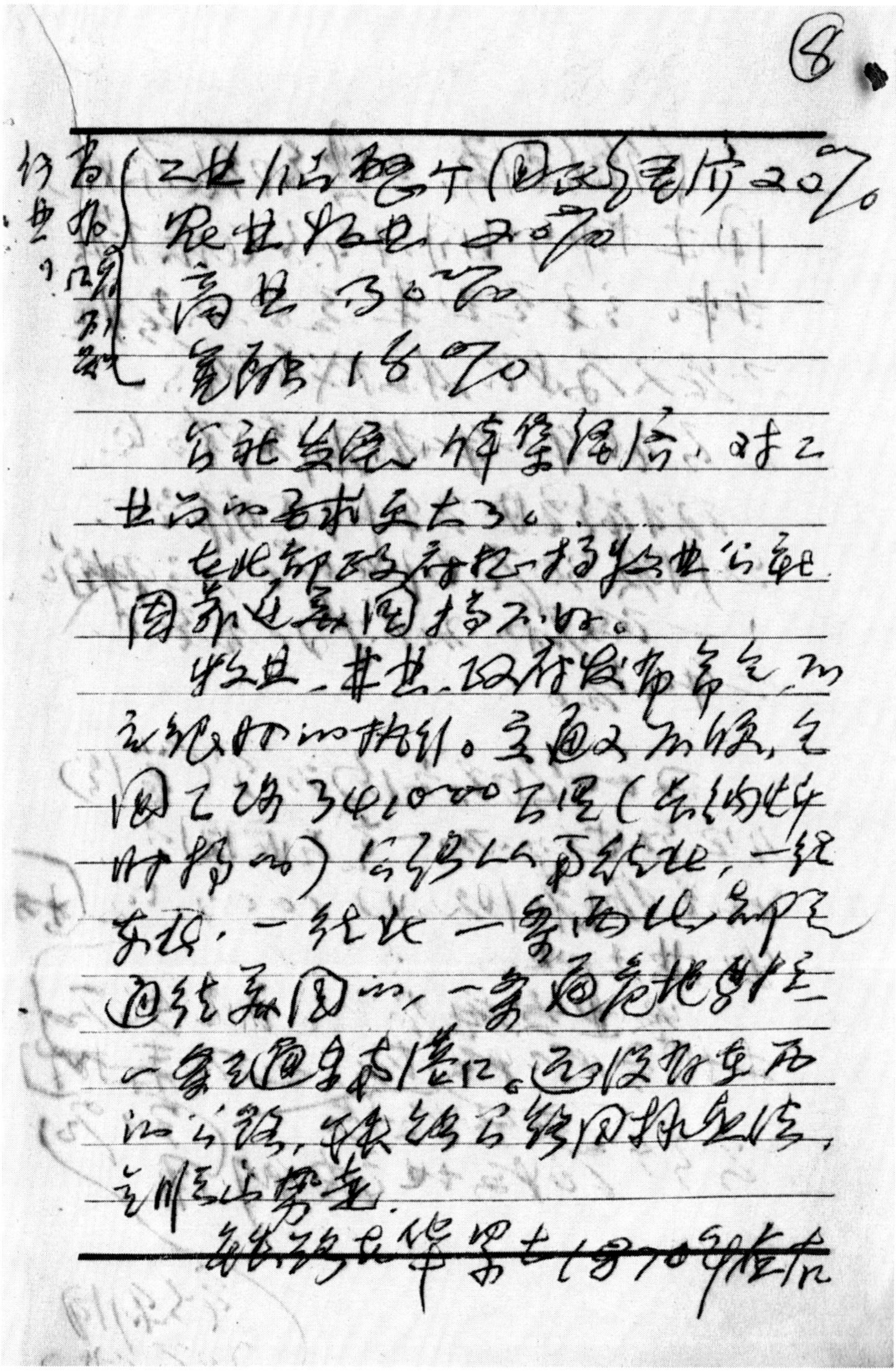

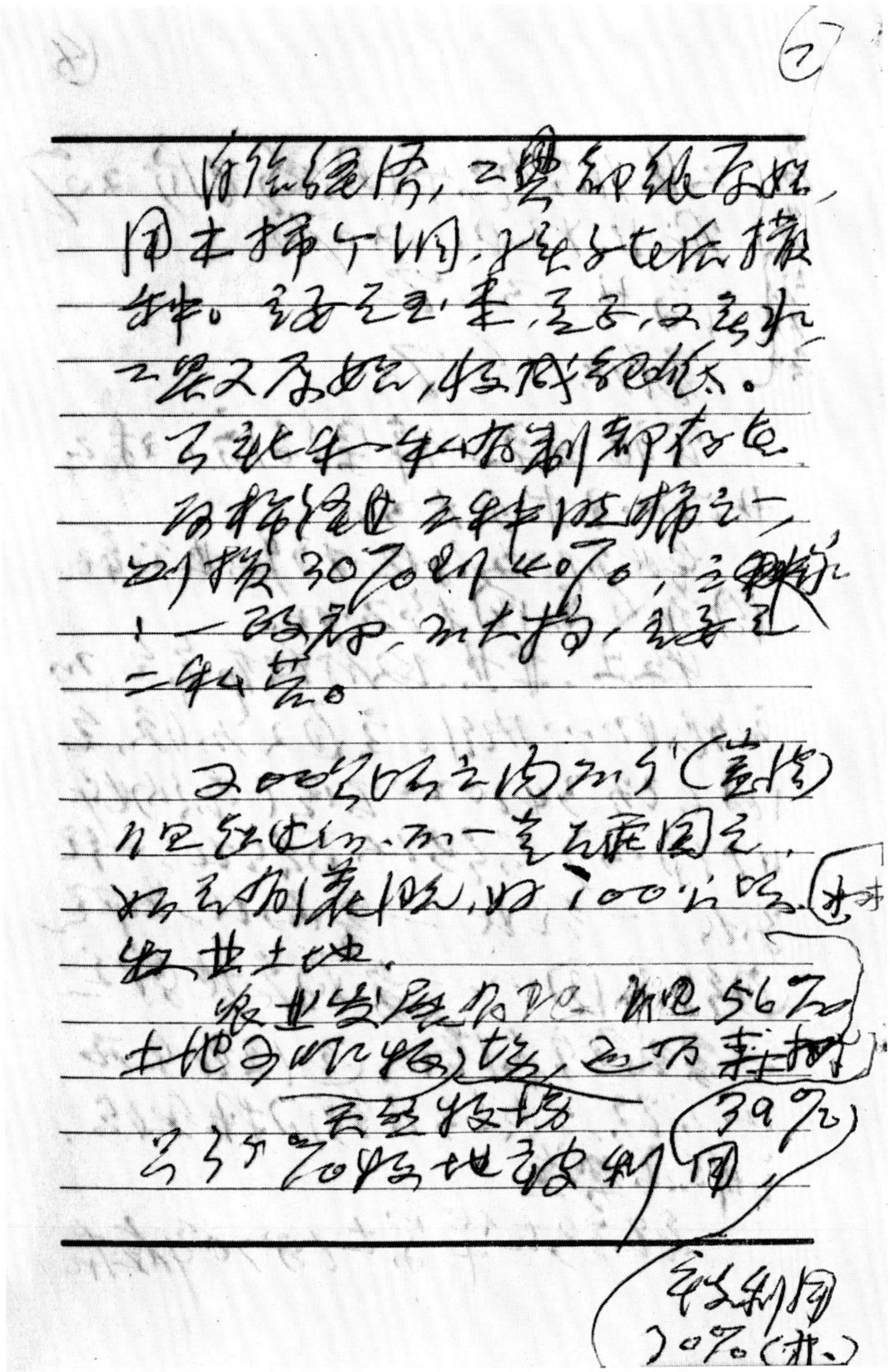

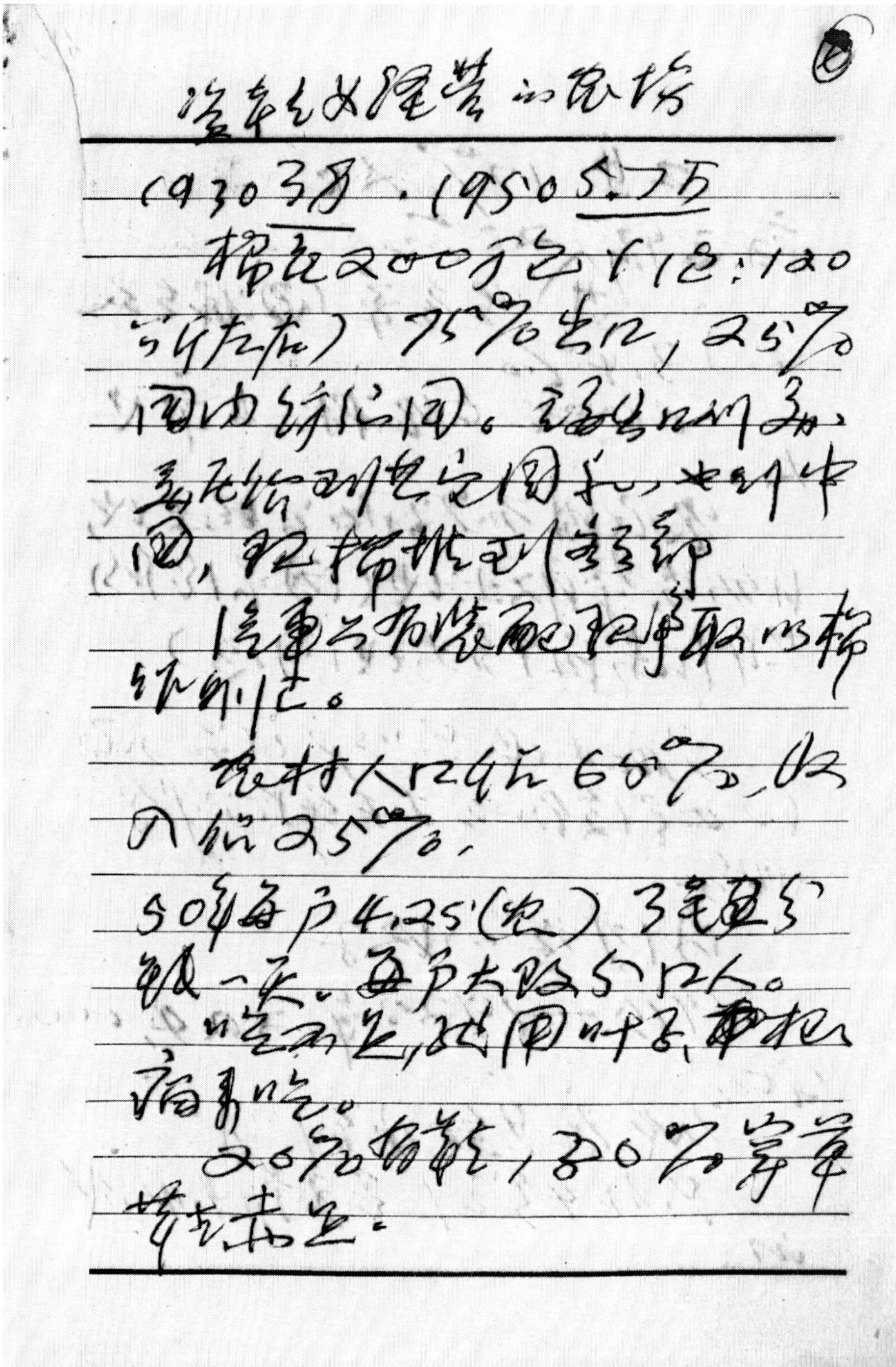

埃及之农业经营与农场 6

1930 3万 · 1950 5.7万

棉花200万包（1包：120公斤左右）75%出口，25%国内纺织用。运出口的多，多是给到英国去，也卖中国，把棉花卖到……

埃及主要为农业国家，以棉织为业。

农村人口占68%，收入占25%。

50年每户4.25（镑）3元至5镑一天。每户大致5口人。

吃不足，就用叶子、草根糊口吃。

20%占有耕地，80%为穷苦农民。

工业17%人口
商、运输人口20%
其生产率（国民收入之）3.4%
65%在农村，生产也大。
农民因不知道西方的土地，庄园主夺取土地（因其没有共有、自由持有土地问题）
分配土地只以户主（男）为，妇女是没有的，土著民族则更困难。
因此才说的改革
1915—1925年224,000公顷
发展农业与水利工程
只有4%是可靠灌溉的。

(4)

5970公顷村中主

1500万公顷私人土地，

每公社户主拥有五公顷。(30公顷)

公社是土地归公的，这是

卡德纳斯时1934—1939)

西北地区有85%的农田

已经解决，中部45%，南部

75%有庄园主。

8500万公顷中，50%是

玉米，58豆子，70%为种人民吃粮。

最大庄园180万公顷土地

在科阿韦拉州。是最大庄园主的

地方。

农民自耕自生的保障

1500万人是依劳动的

农业信贷[人民]中心

③

政府的干预，国营的占绝大。

98%的电，72%的钢铁。

52%土地被分配自1862年来。

3,500万人，50%在中央高原，只占15%土地。

农村劳动力5000万人口

可耕土地占全土地中6%，至于可耕的山地（55%或56%）

城市、公路、机关占去9,000万公顷。

很大的部分，荒土地外，可耕的3,000万公顷可种，现在只有20万公顷。

另很大的周围全不好耕种。

在1,080万土地中，公顷

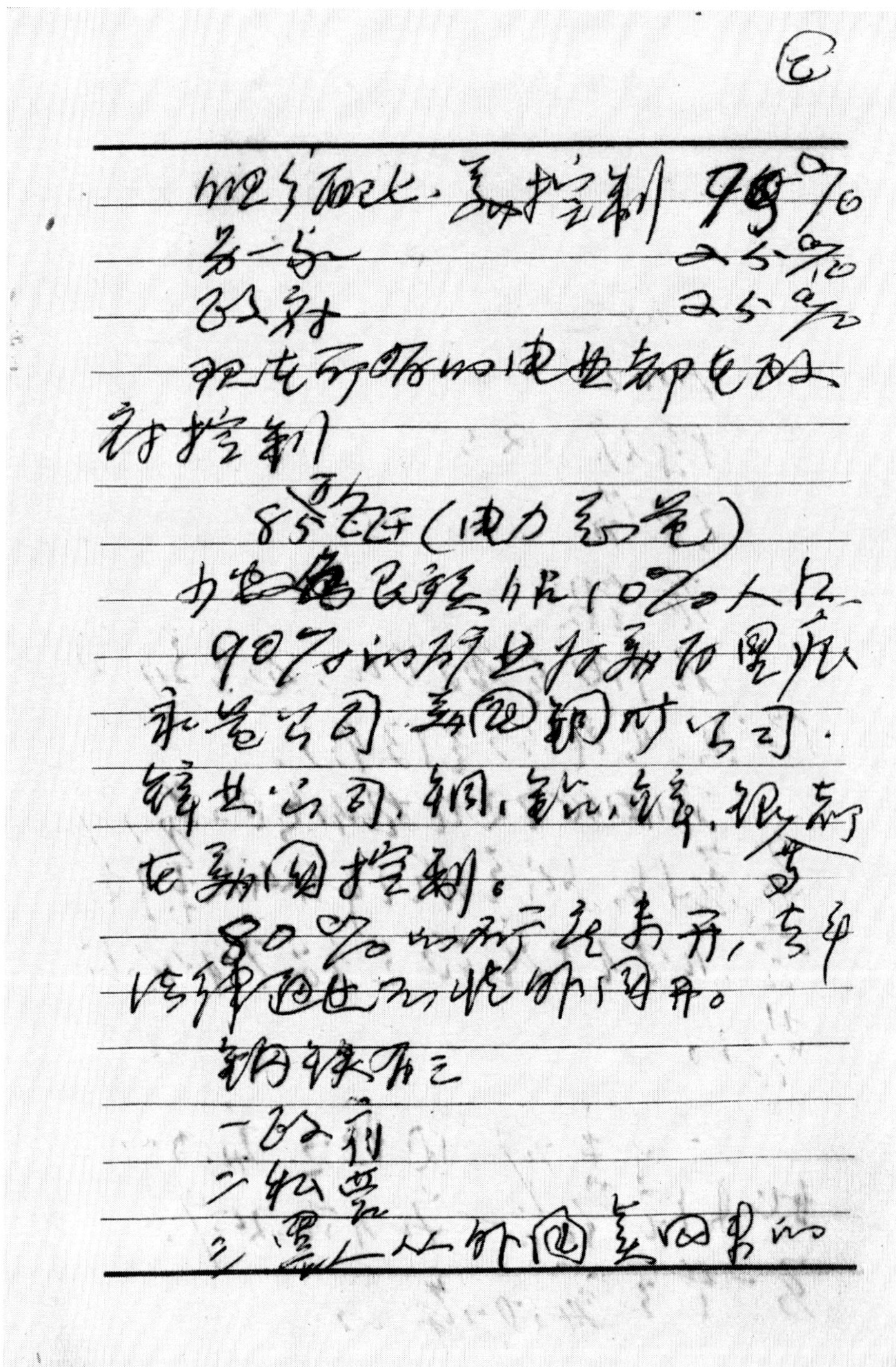

⑫

墨西哥给外国投资90%

总额15亿美元。

金融

加工 30%

採矿 25

经营

旅馆

在石油全部国有，过去美国

投资。总统说是没有了。

石油化工现在根据路第17

条宪法，只是政府准许私人来经

营，但仍然不准许外国私人经

营的

一律禁止。电话也是美加

拉美经营的一家占投资90%

另一个是美加拿大的

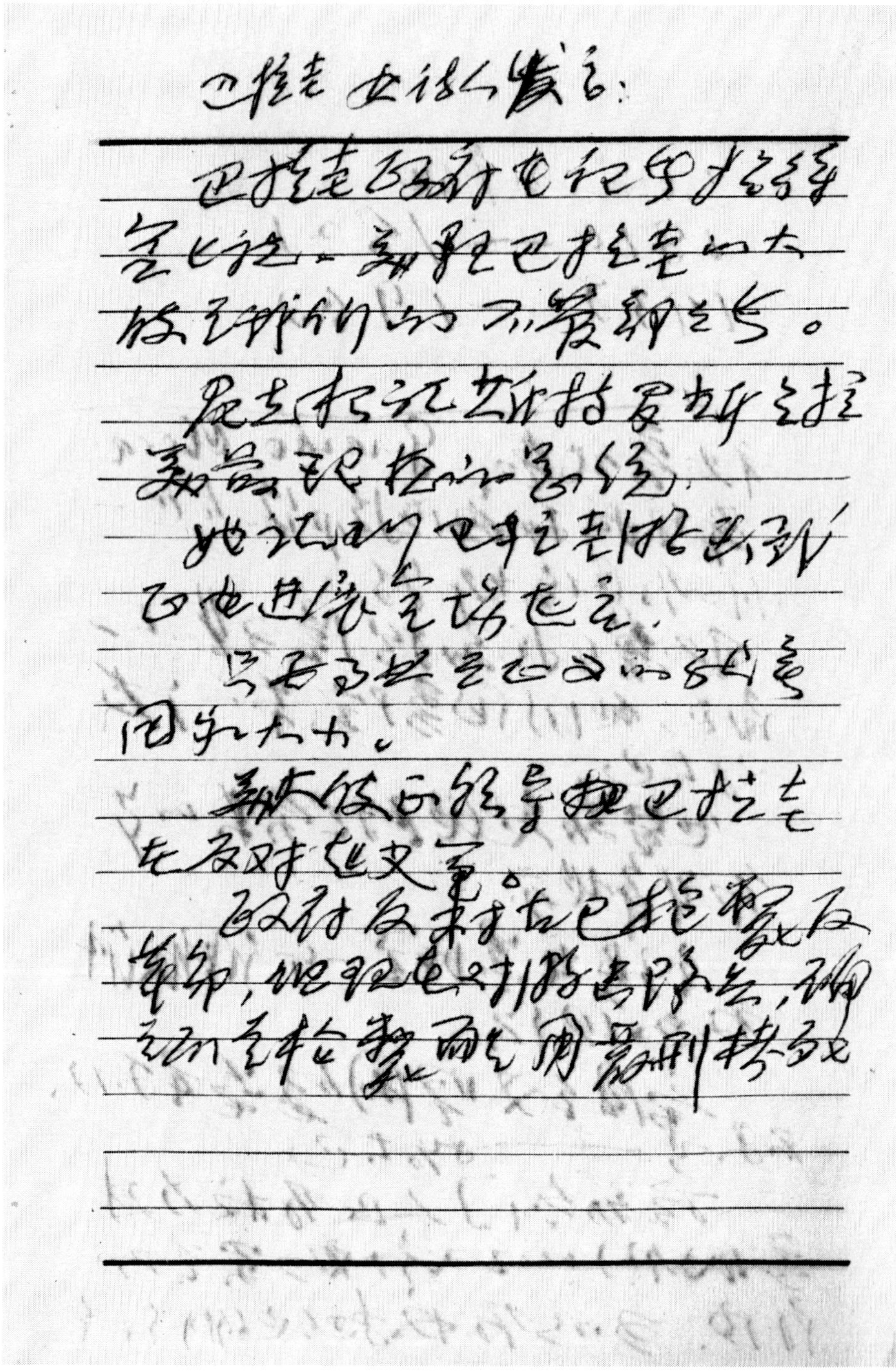
巴拉圭 女代表发言：

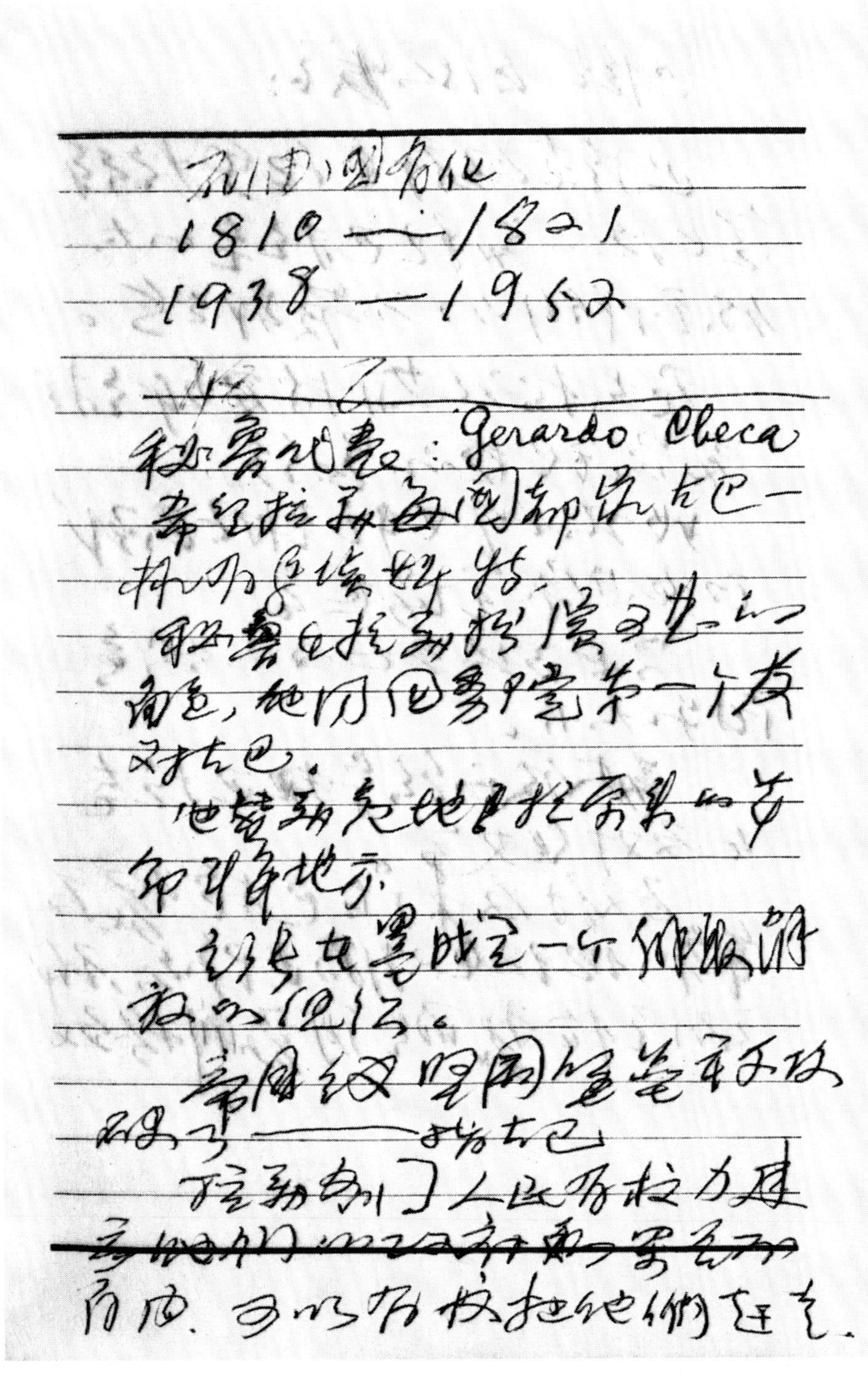

石油国有化
1810—1821
1938—1952

秘鲁代表：Gerardo Checa
希望拉美各国都像古巴一
样不屈服坚持斗争。
秘鲁与拉美[illegible]
[illegible]，他们同墨西哥是第一个[illegible]
古巴。
他赞[illegible]墨西哥是拉丁美洲的革
命斗争地方。
这次在墨成立一个[illegible]
[illegible]。
帝国主义[illegible]
[illegible]——古巴
拉美各国人民[illegible]
[illegible]
[illegible]，可以有效[illegible]。

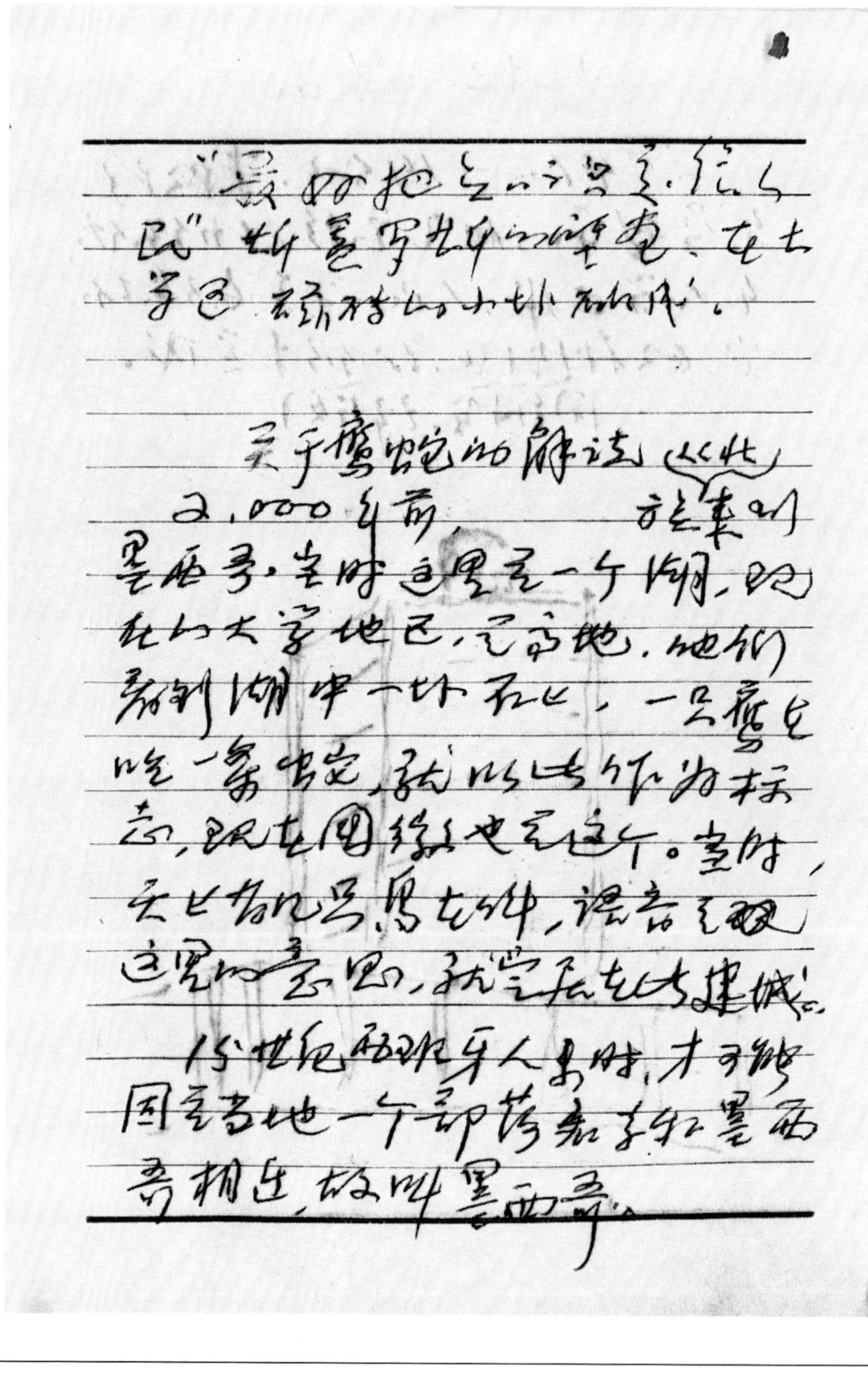

"最好把它叫作墨西哥人民"，墨西哥人写出来的华章，在大学区拉丁美洲的小山坡上。

关于鹰蛇的解读（以北）

2,000年前，从北来到墨西哥。当时这里是一个湖，现在的大学地区，是高地。他们看到湖中一块石上，一只鹰叼一条蛇，就以此作为标志，现在国徽也是这个。当时，这些部落只是在此，语言是说这里的意思，就是在此建城。

16世纪西班牙人来时，才与这个国家当地一个部落和墨西哥相遇，故叫墨西哥。

[illegible]拉拉女画家

1941—1952. 来[illegible]
[illegible]，他们[illegible]，[illegible]，
在大学已[illegible]，人民、学生要破坏
它，所以[illegible]，现仍未完成。
(用钢架，玻璃板)

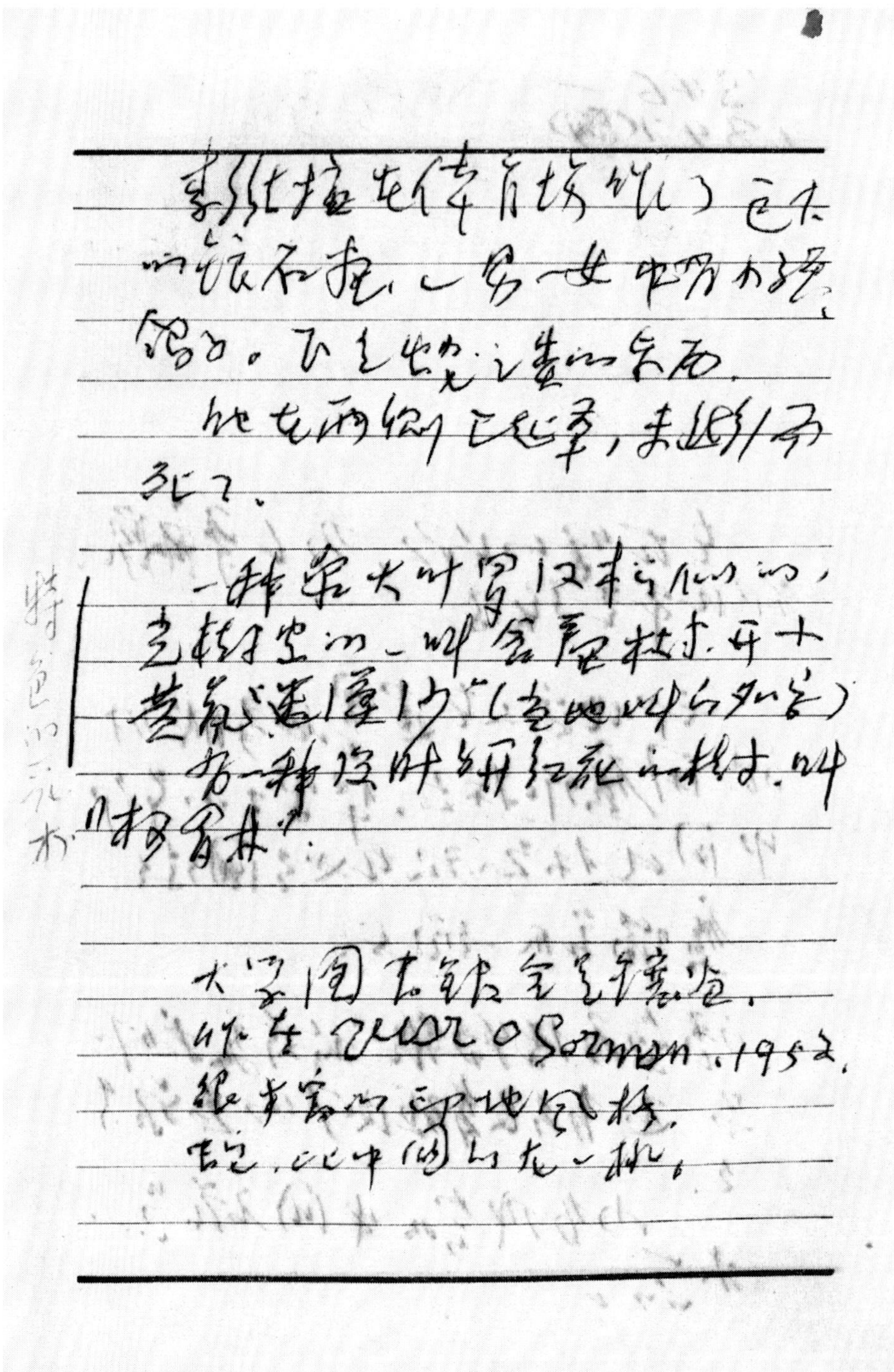

[illegible]已太
的[illegible]，一男一女也都[illegible]
[illegible]。[illegible]
他在两个[illegible]，[illegible]
死了。

一种宽大叶子像[illegible]似的，
[illegible]，叫[illegible]树。开十
[illegible]（[illegible]）
另一种落叶开红花的树，叫
"火焰木"。

特色的花木

大学图书馆金色镶嵌。
作者 Juan O'Gorman，1952。
很华丽的印地安风格，
[illegible]，比中国的[illegible]。

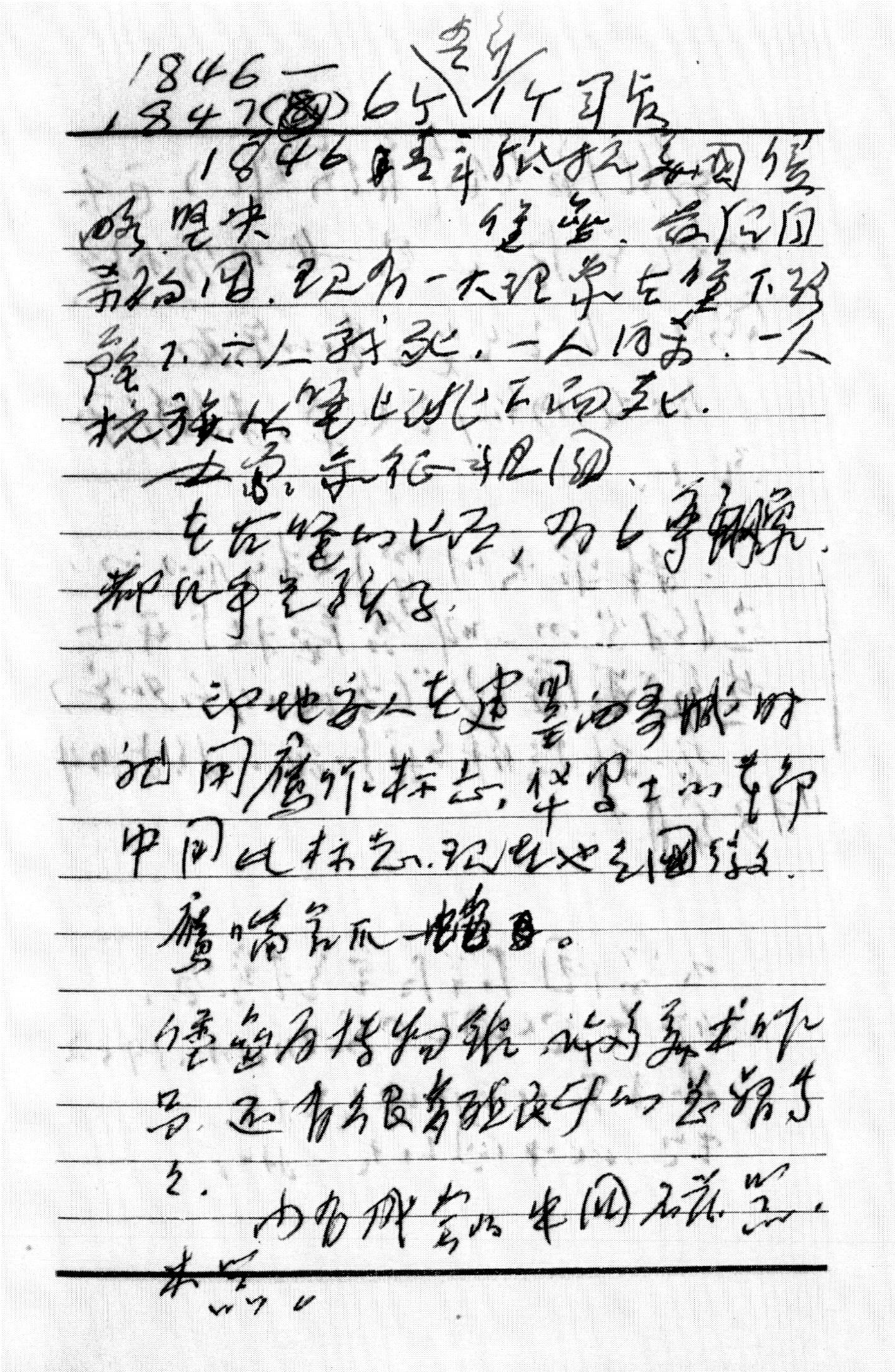

月　日

中華人民共和国（[illegible]）
护照——1961年2月20日颁发
第S.022108号护照
驻瑞士使馆换发号码
012114号．1961年2月28日
换发。

墨西哥"永恒"杂志记者何塞·罗隆莱斯推荐名诗人、作家何塞·阿莱那斯。

墨西哥现任总统也竞选的时候，妇女代表去见他，要求承认中华人民共和国。马特奥斯回答说：这是复杂之事。妇女代表们说：那你也慢慢去吧。

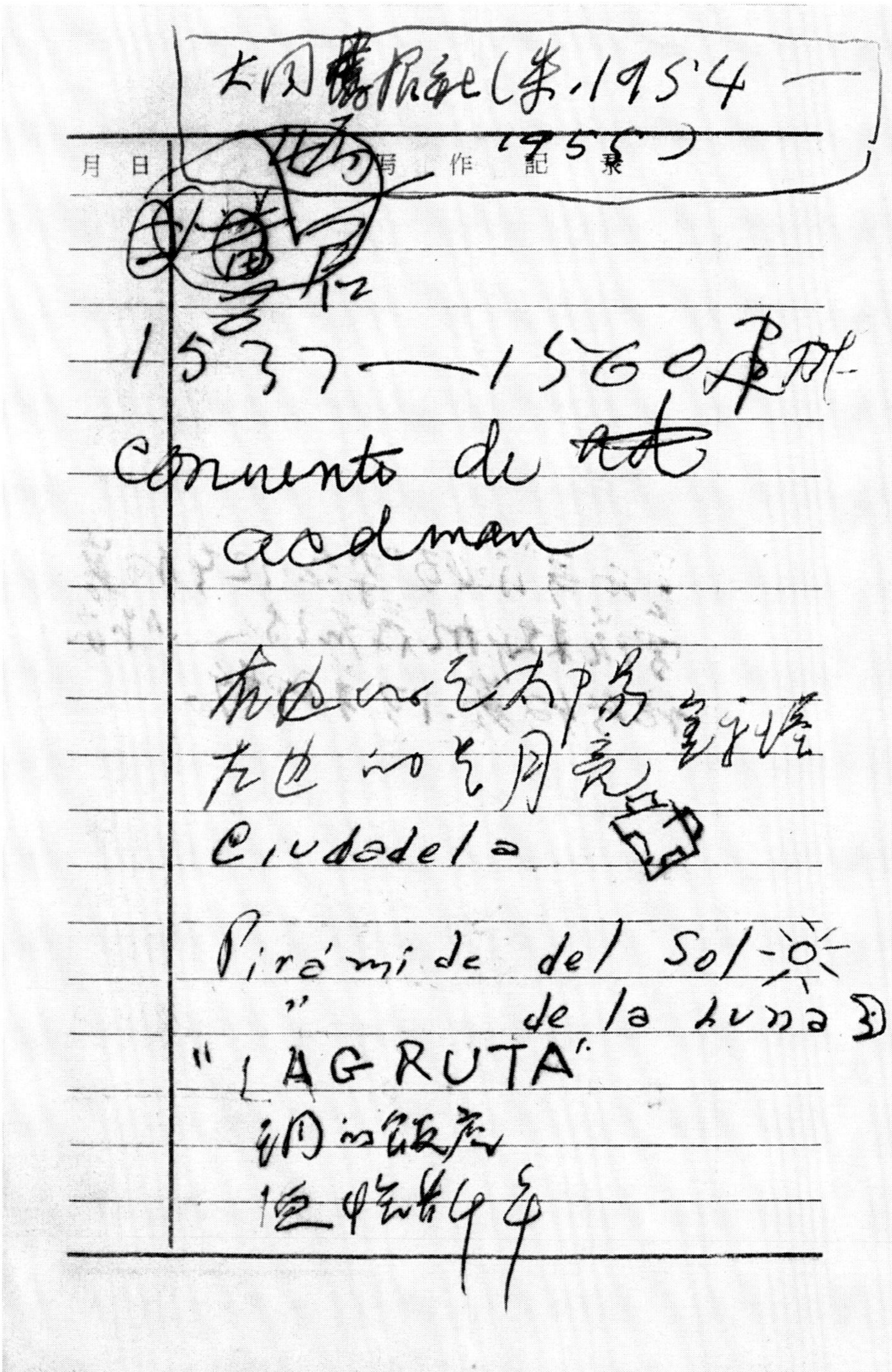
月 日 写作記录

1537—1560

Convento de acolman

Ciudadela

Pirámide del Sol
" de la Luna

"LA GRUTA"

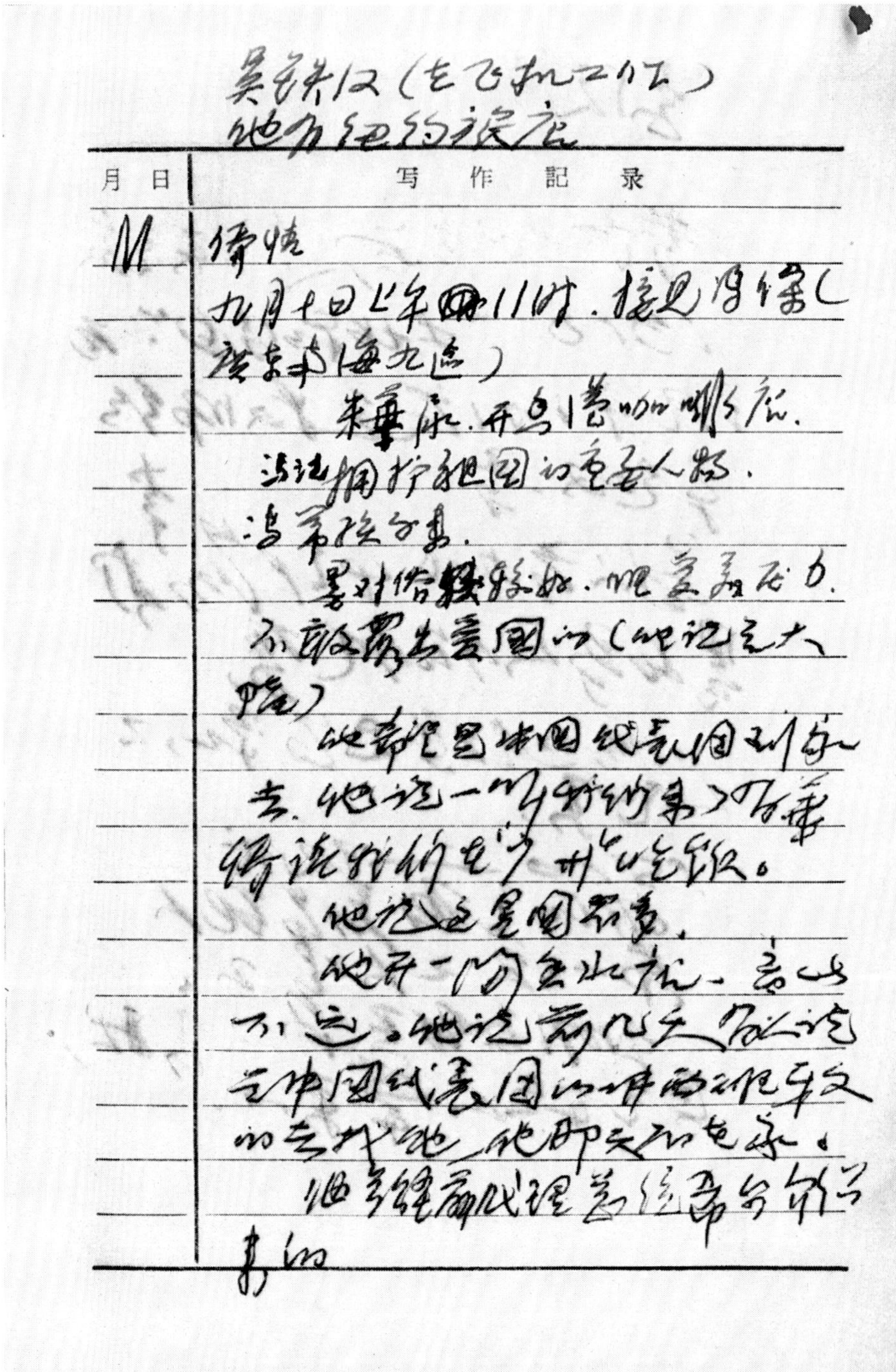
月 日
写 作 記 录

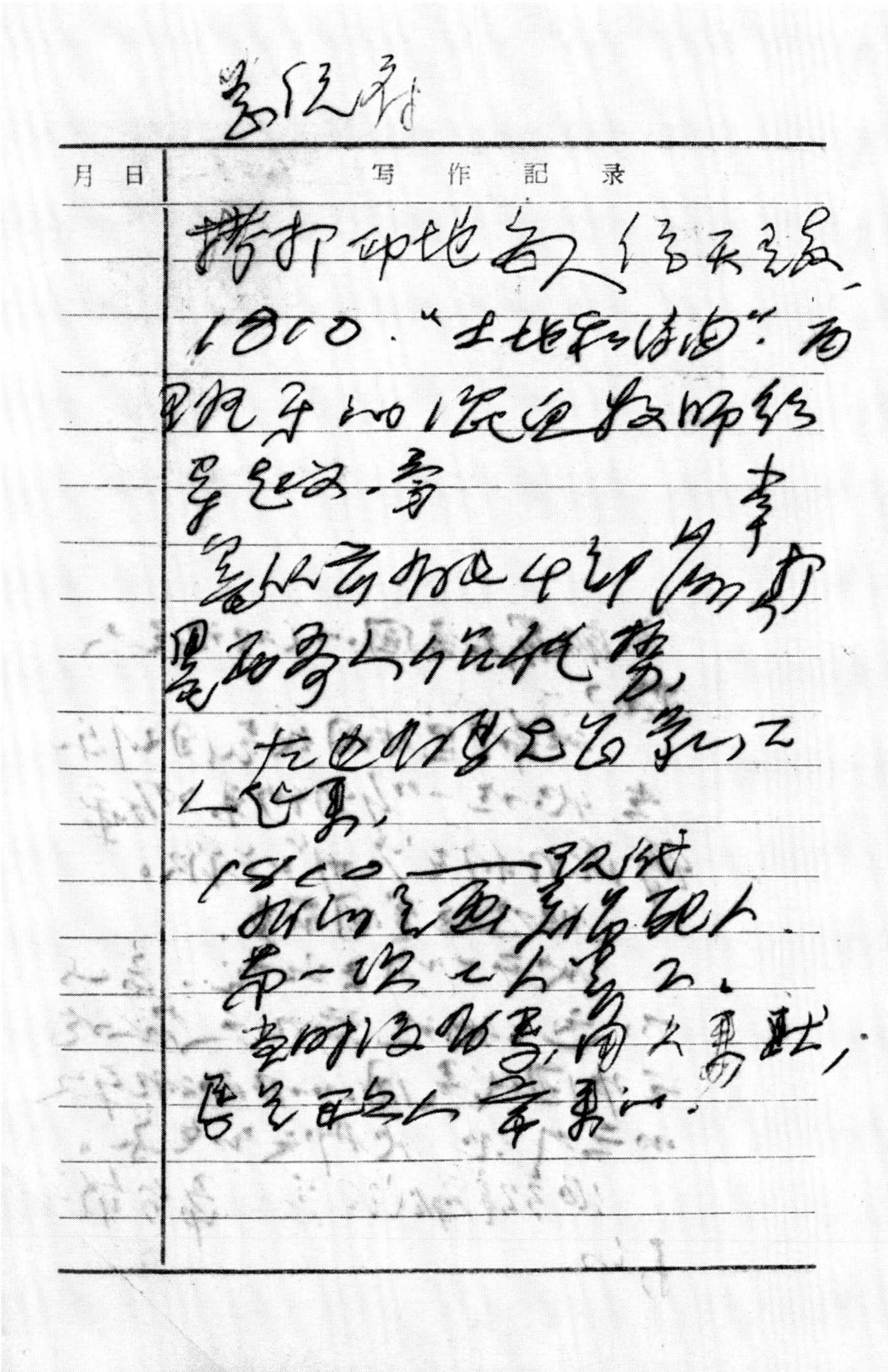
月 日
写 作 記 录

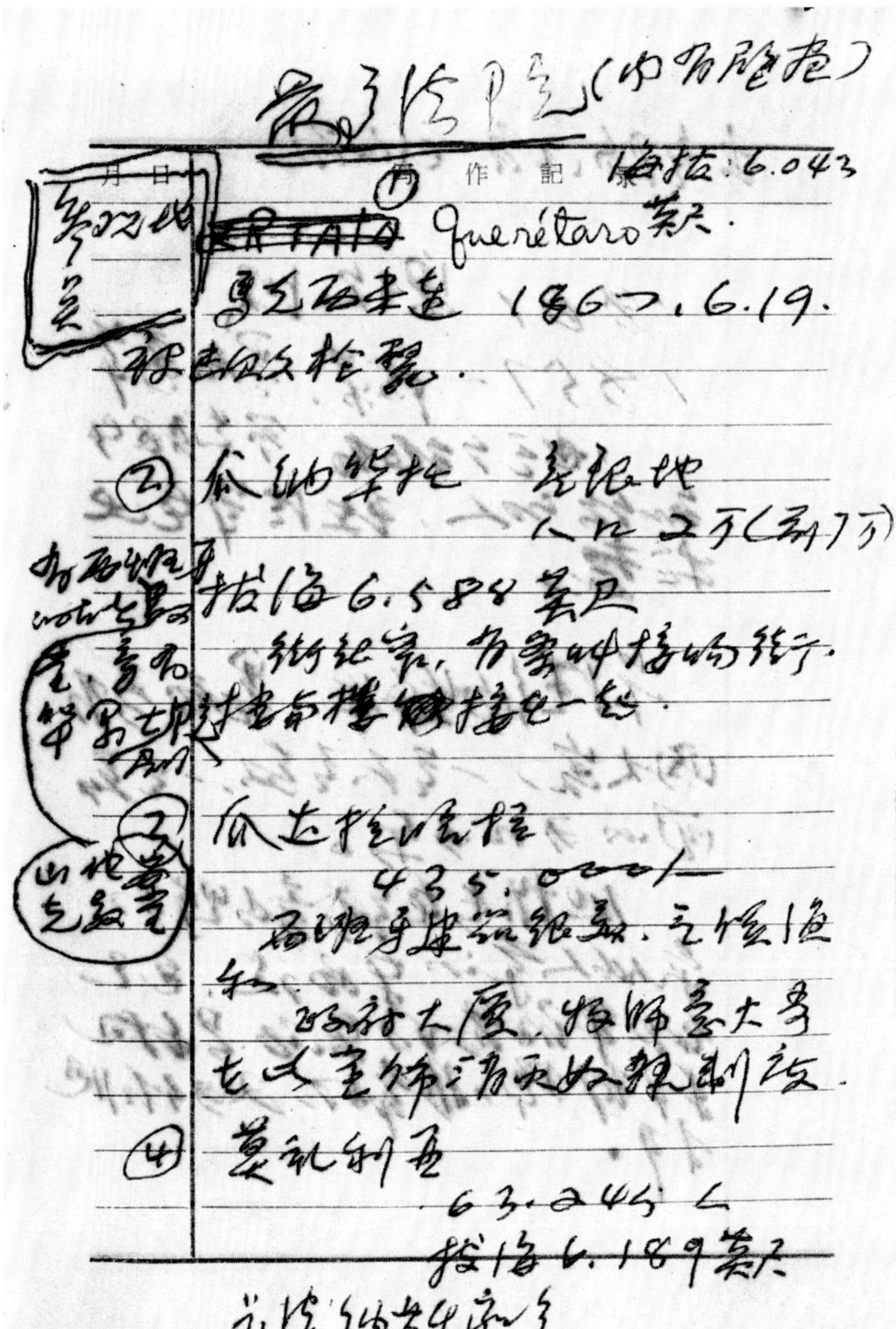

月 日 工 作 記 录

海拔 6.043

① Querétaro 英尺

1867.6.19.

②

人口 二万

海拔 6.588 英尺

③

435,000人

④

63,245人

海拔 6.189 英尺

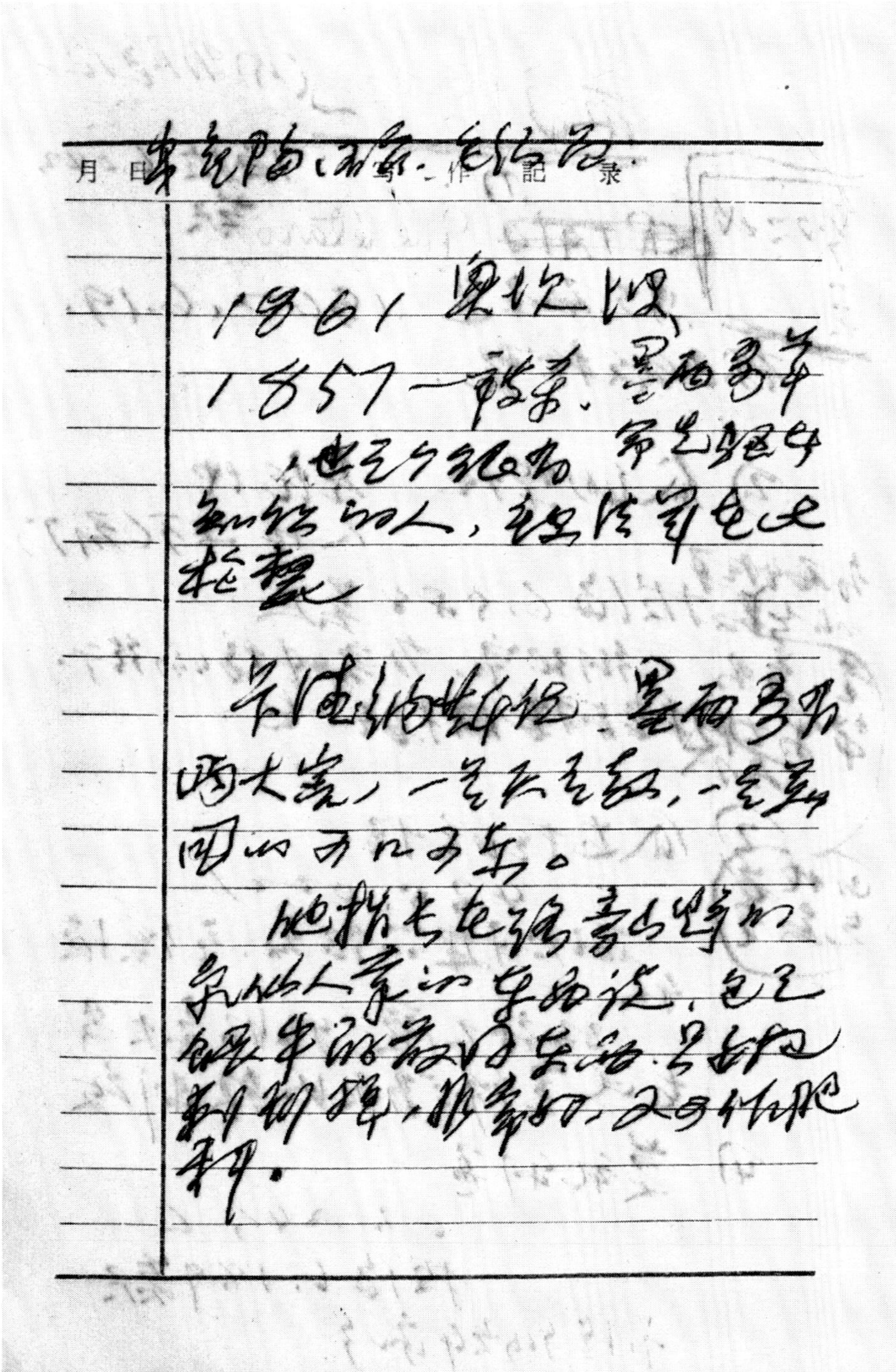

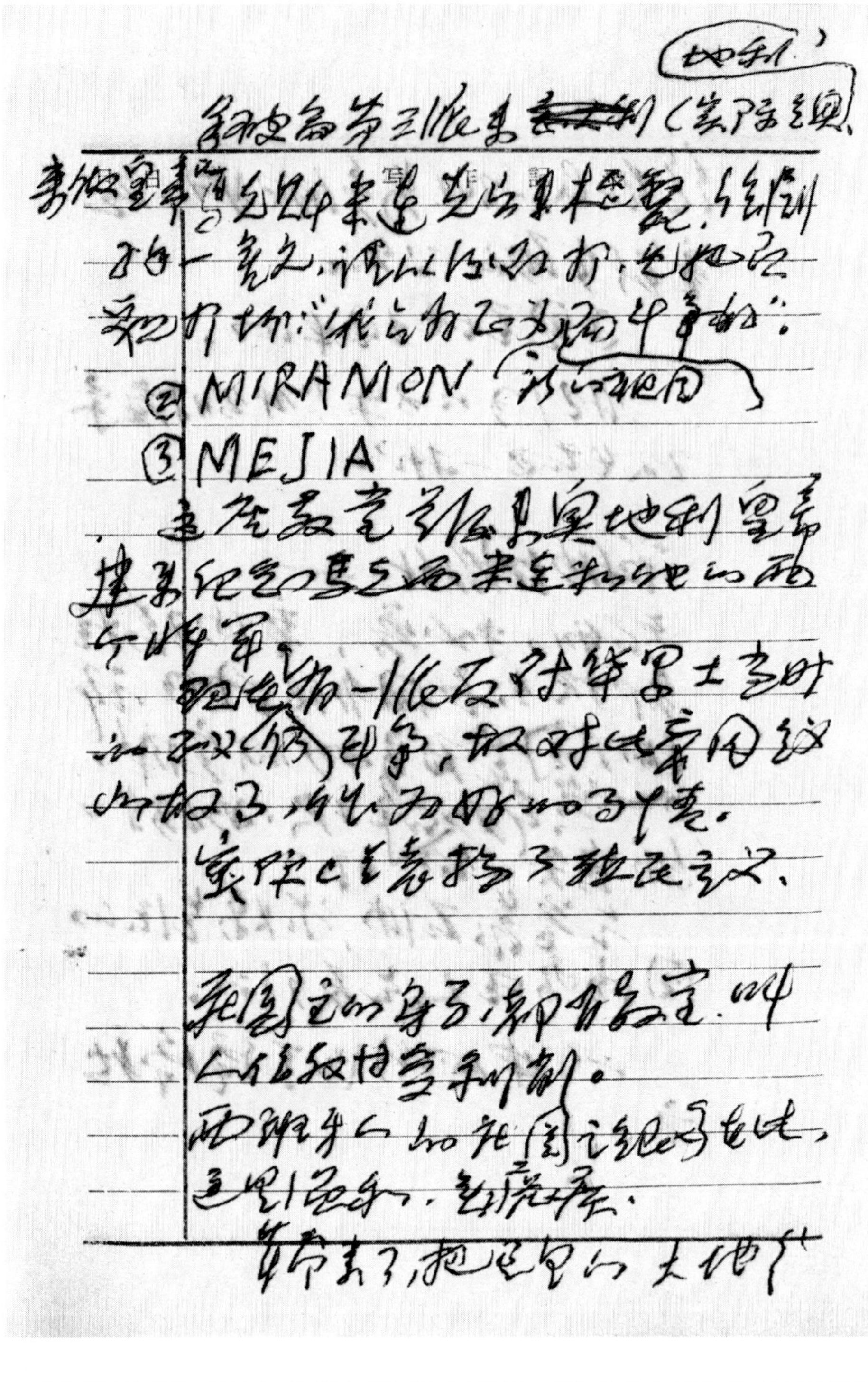

② MIRANON

③ MEJIA

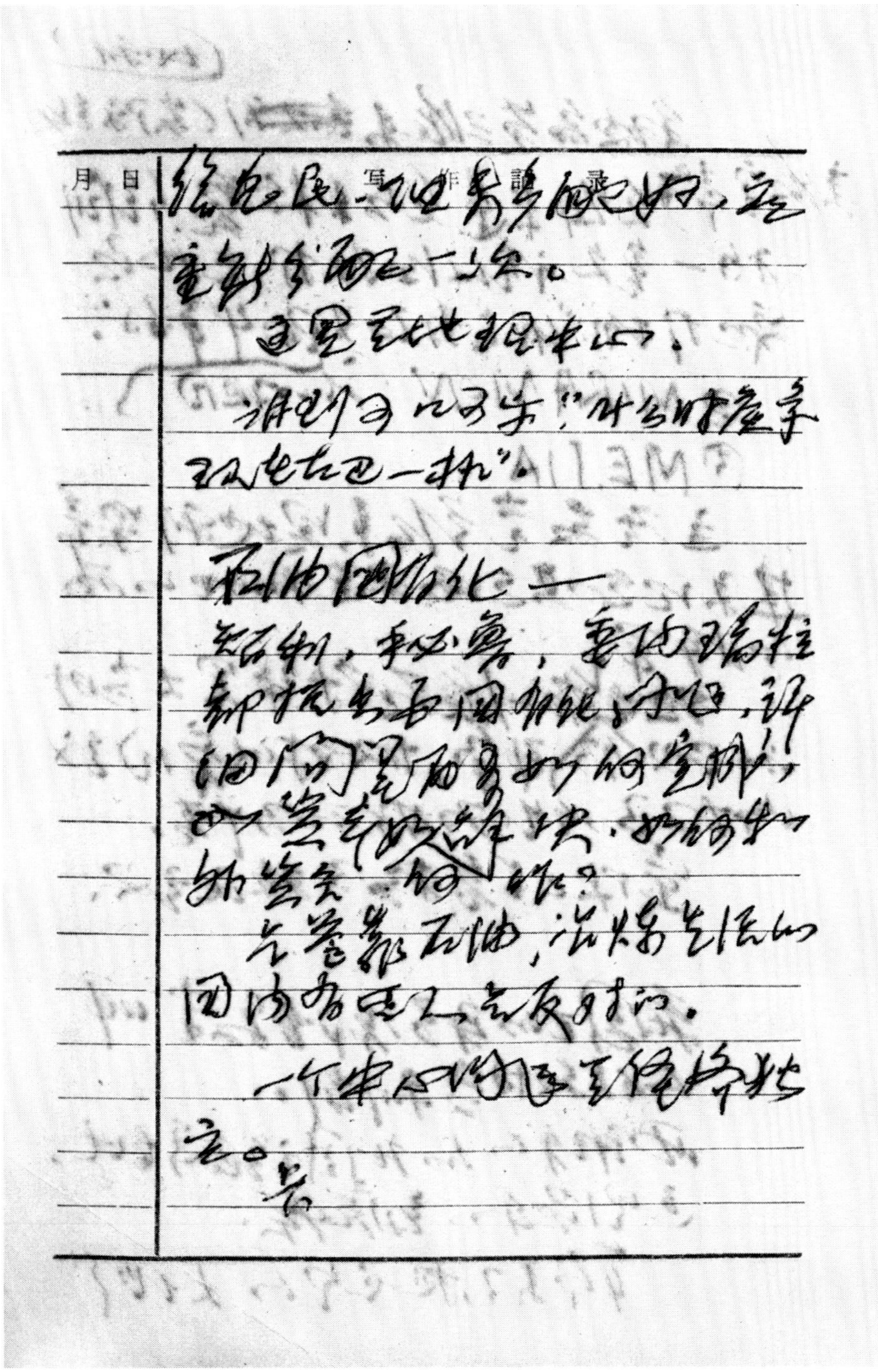
月 日 写 作 记 录

给克民：但考虑欠好，应重新考虑一次。

这里已比较平山了。

讲到"可以呀！"什么时候来玩也在这一机"。

石油国有化——

墨西哥，秘鲁，委内瑞拉都接着出来国有化，好了，许多国家是否多如何受剥削，西方资本如何解决，如何能够维持下去的呢？

光靠石油，没有发展生活的国内各项工业是不行的。

一个半小时的谈话受益非浅言。

岩

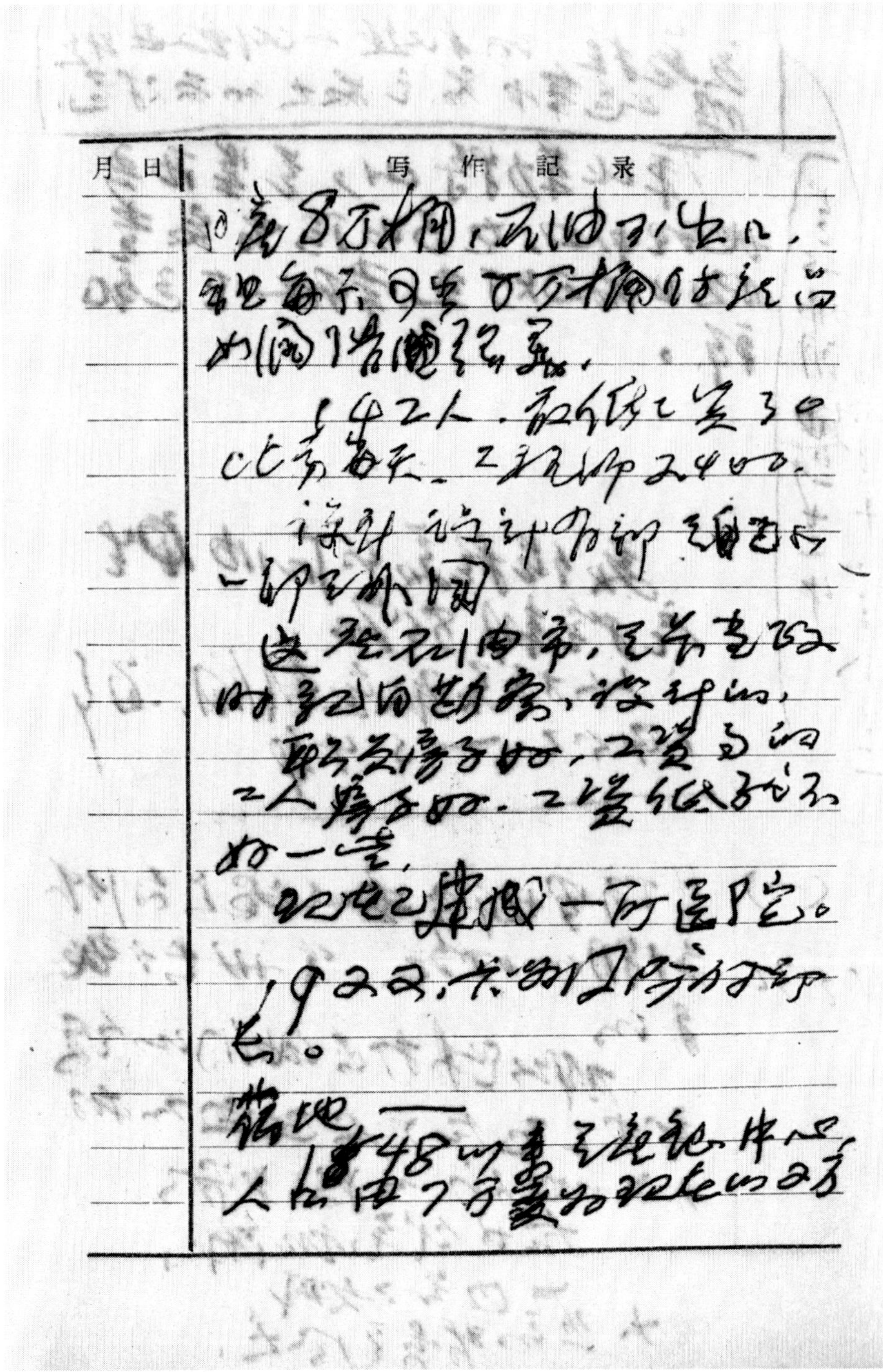

月日 | 写作記录

10产8万桶，石油出口。
[illegible]每天可生产万万桶[illegible]的[illegible]
[illegible]。

1.4万工人。有[illegible]30
[illegible]。工程师2400。

设计 设计部[illegible]
一部在外国

这是[illegible]，[illegible]
[illegible]，设计的。

[illegible]，工资高的
工人[illegible]。工资低[illegible]
好一些。

这里已建成一所医院。

1922，英国[illegible]开采部
长。

基地——

1948以来[illegible]中心，
人口由7万[illegible]现在的2万

墨[illegible]拉的根廷人的像[illegible]
[illegible]中[illegible]最大的[illegible]。

库比莱特山，是墨西哥地理中心，它高出了[illegible]
晚上有[illegible]灯光，常有人在这朝
拜。

是LS佛朗西斯[illegible]之一

[illegible]的[illegible]
[illegible]85%。
[illegible]
1[illegible]—54[illegible]

(一) [illegible]
1836 [illegible]，[illegible]
[illegible]
[illegible]
[illegible]（[illegible]）人[illegible]
[illegible]。
[illegible]，
[illegible]
[illegible]。

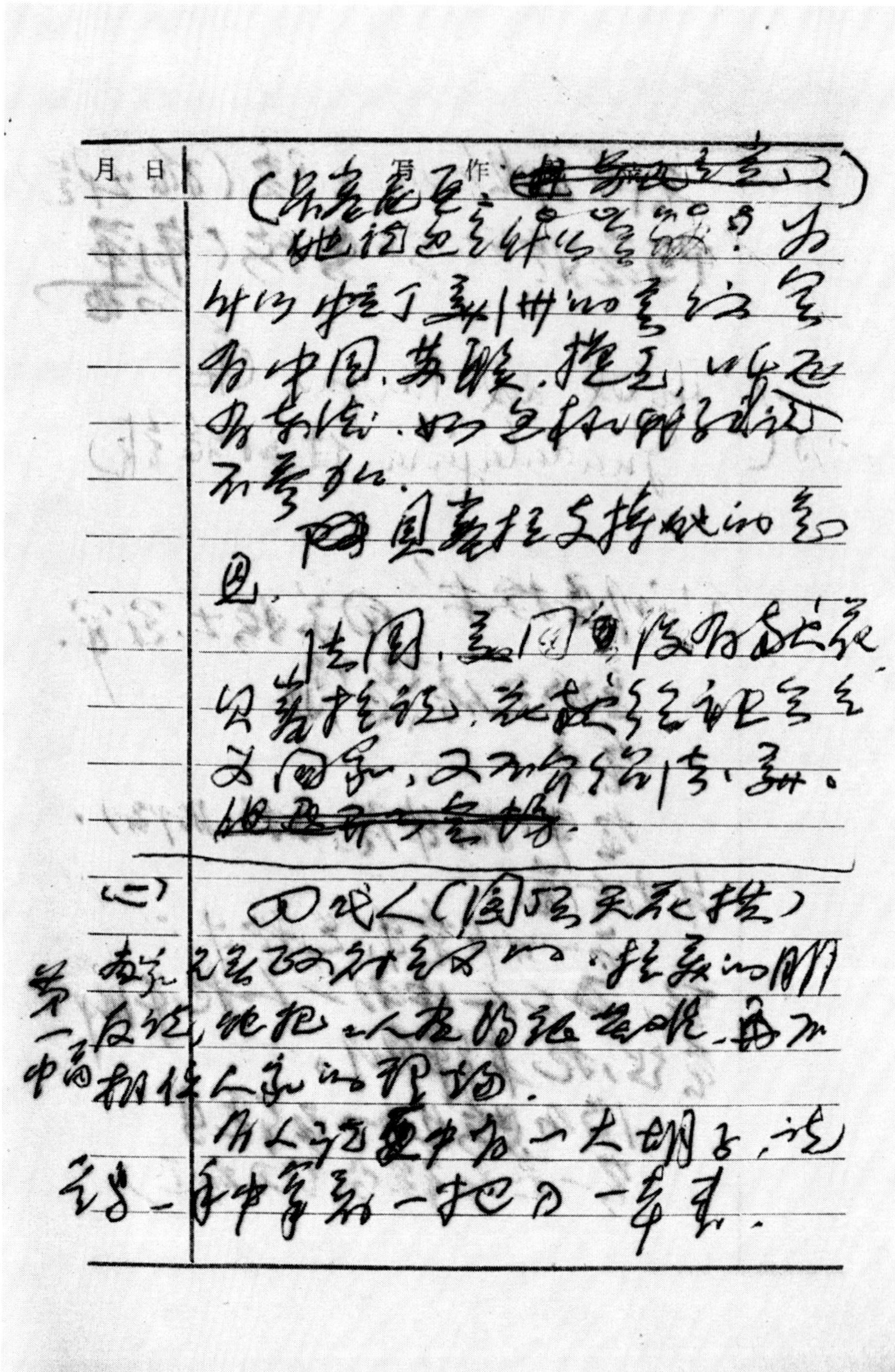

月 日
写作

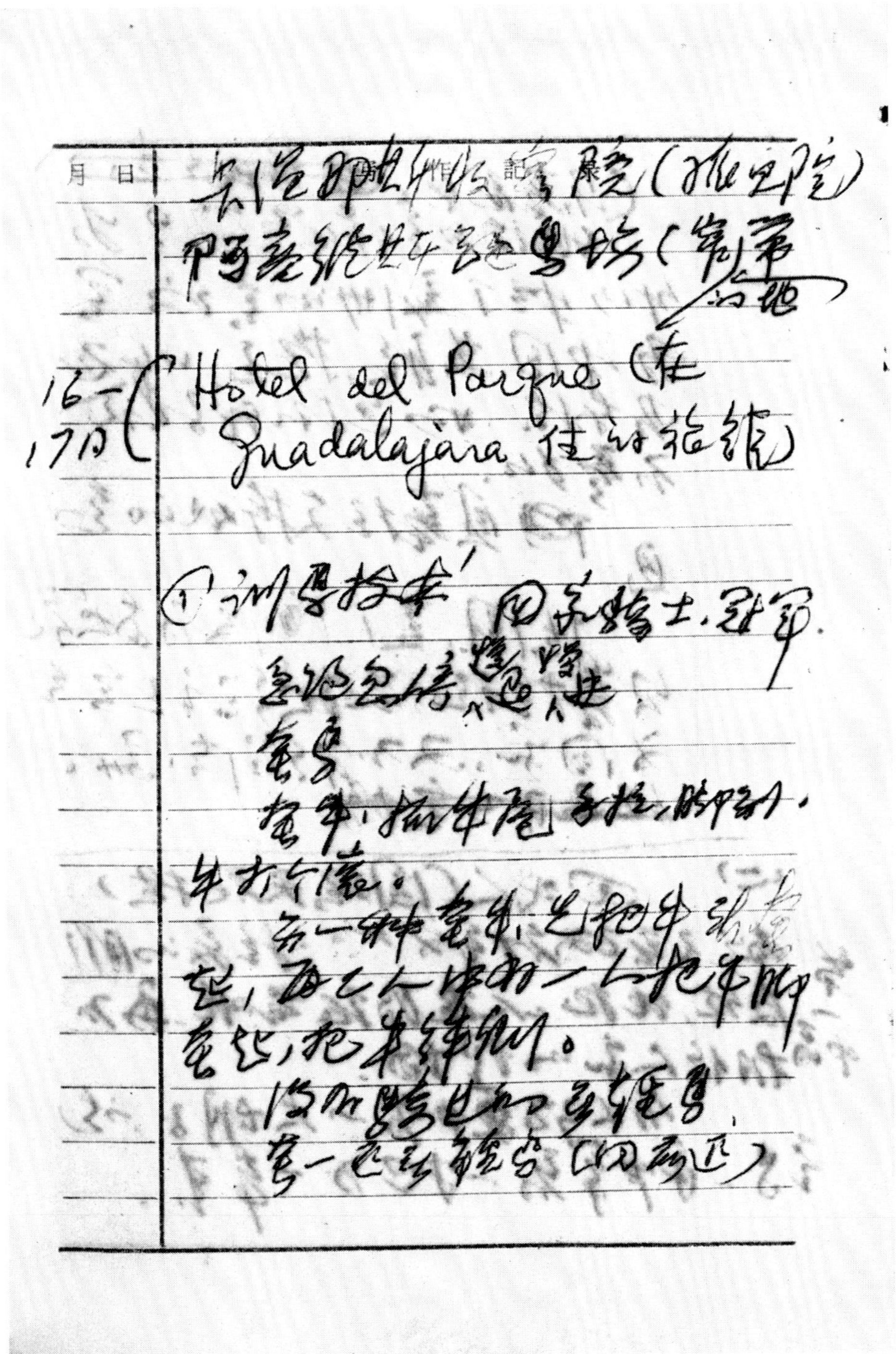
月 日
16—17日
Hotel del Parque (在 Guadalajara 住的旅馆)

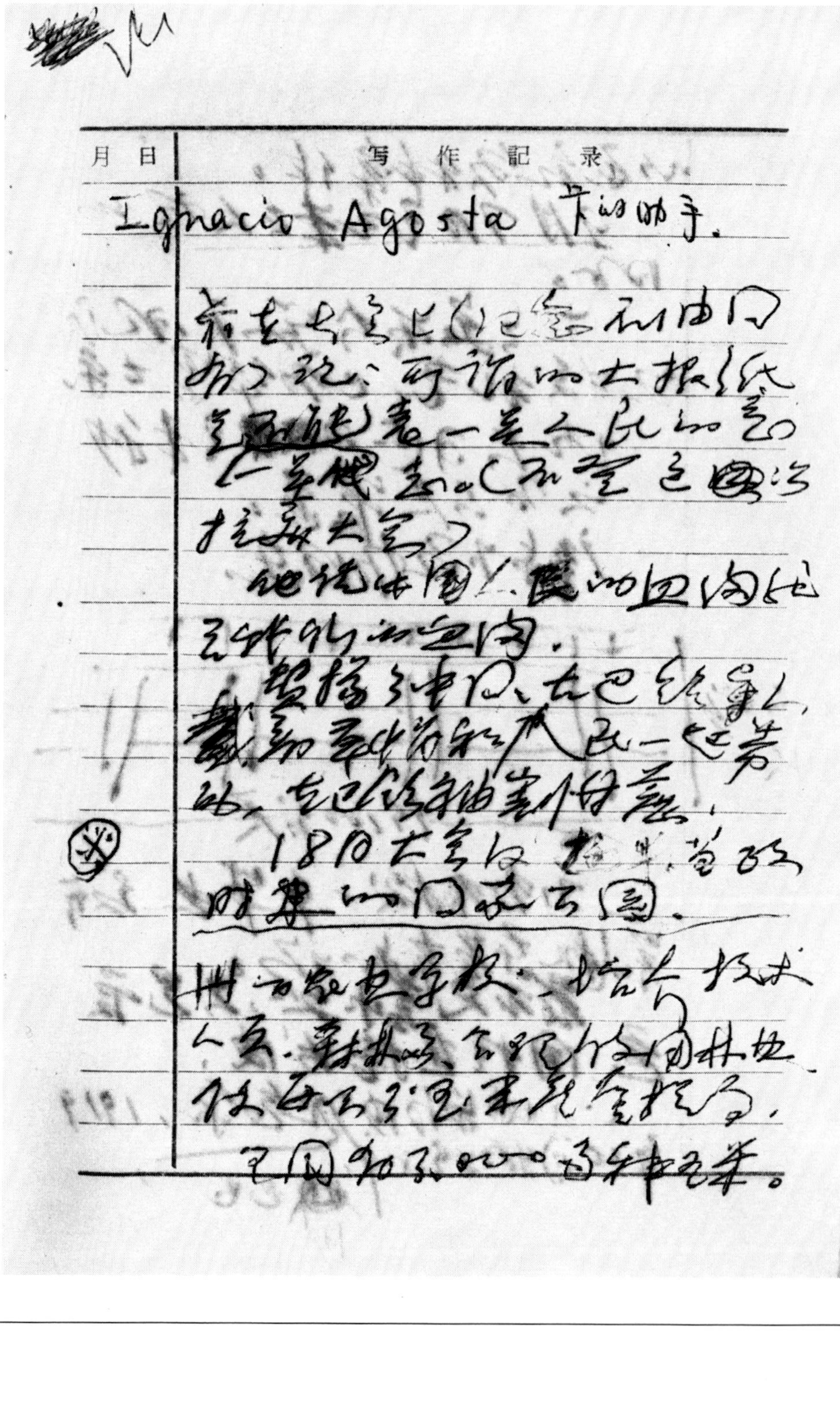
月 日 写 作 記 录

Ignacio Agosta

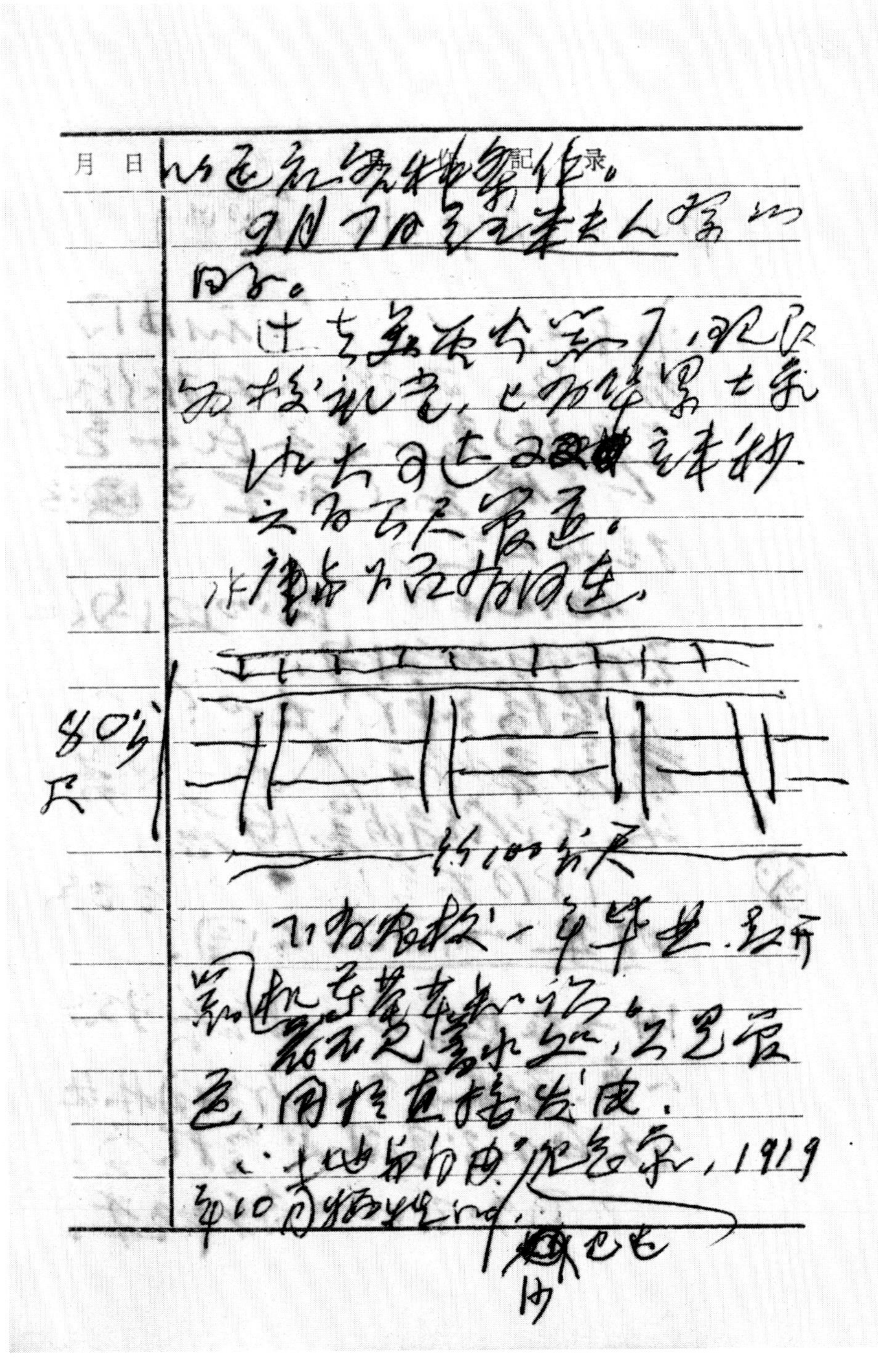
月 日
記 录
80公尺
约100公尺
1919

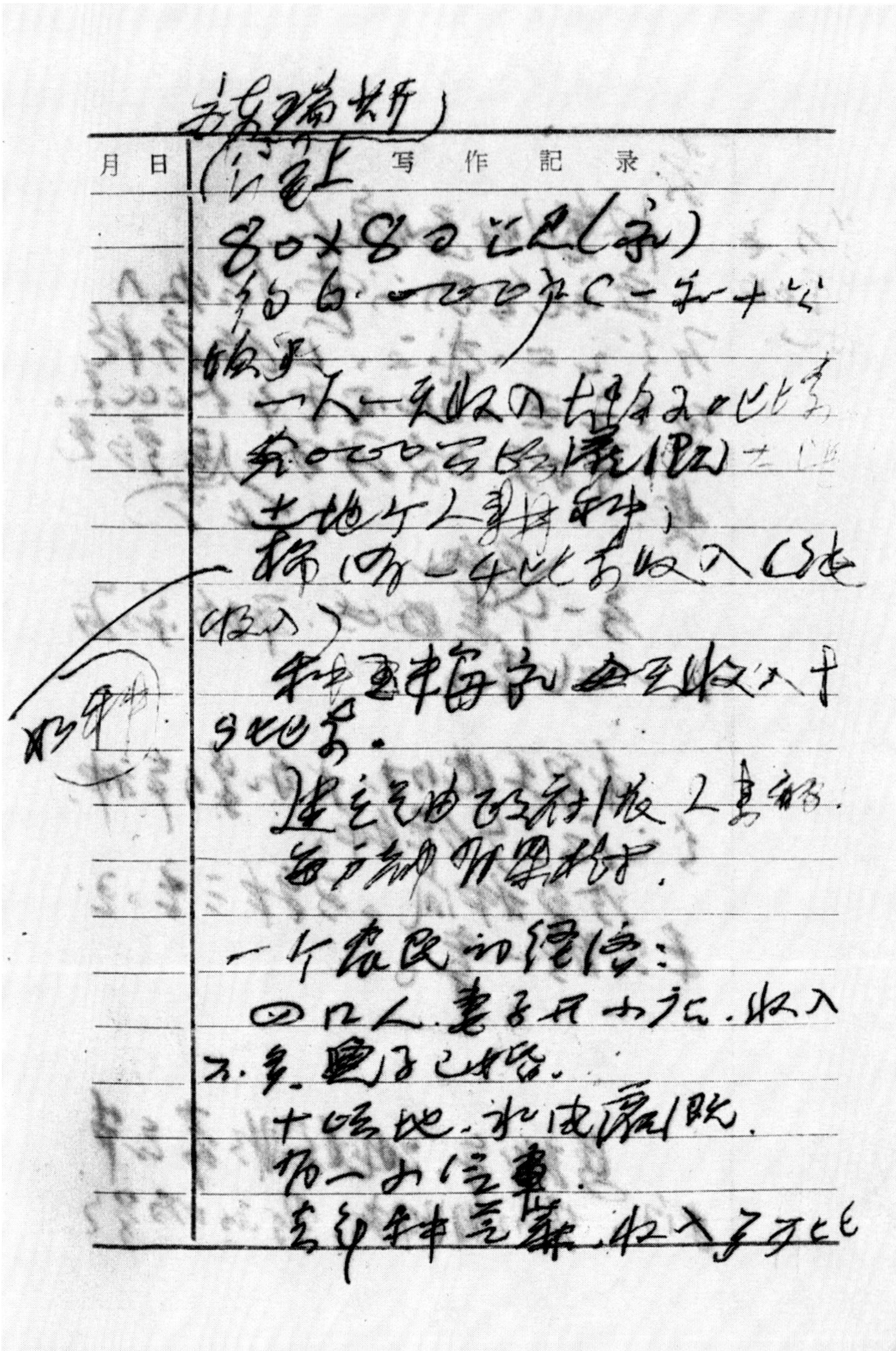

(委瑞[illegible])
(公社)

月 日	写 作 記 录
	80×80公尺(方)
	约合[illegible]一年一十[illegible]
	收入
	一人一天收入为[illegible]
	[illegible]
	土地个人耕种;
	棉田一年收入[illegible]
	收入)
收[illegible]	种玉米每家[illegible]收入十
	[illegible]
	建立[illegible]
	每户[illegible]
	一个农民的经济:
	四口人. 妻子和小孩. 收入
	不多. 儿子已婚.
	十亩地. [illegible]
	有一小汽车.
	[illegible]收入[illegible]

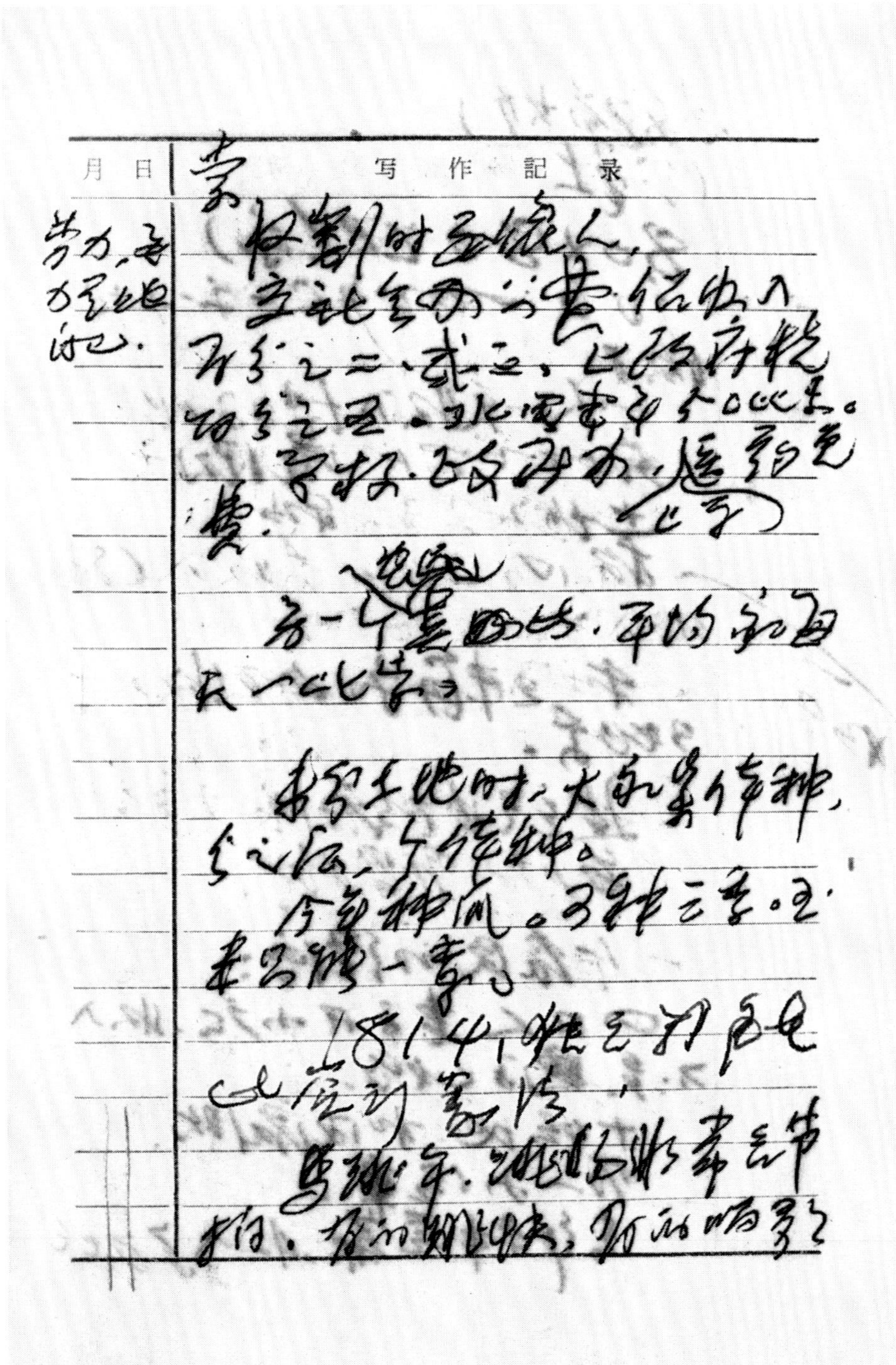
月 日
写 作 記 录

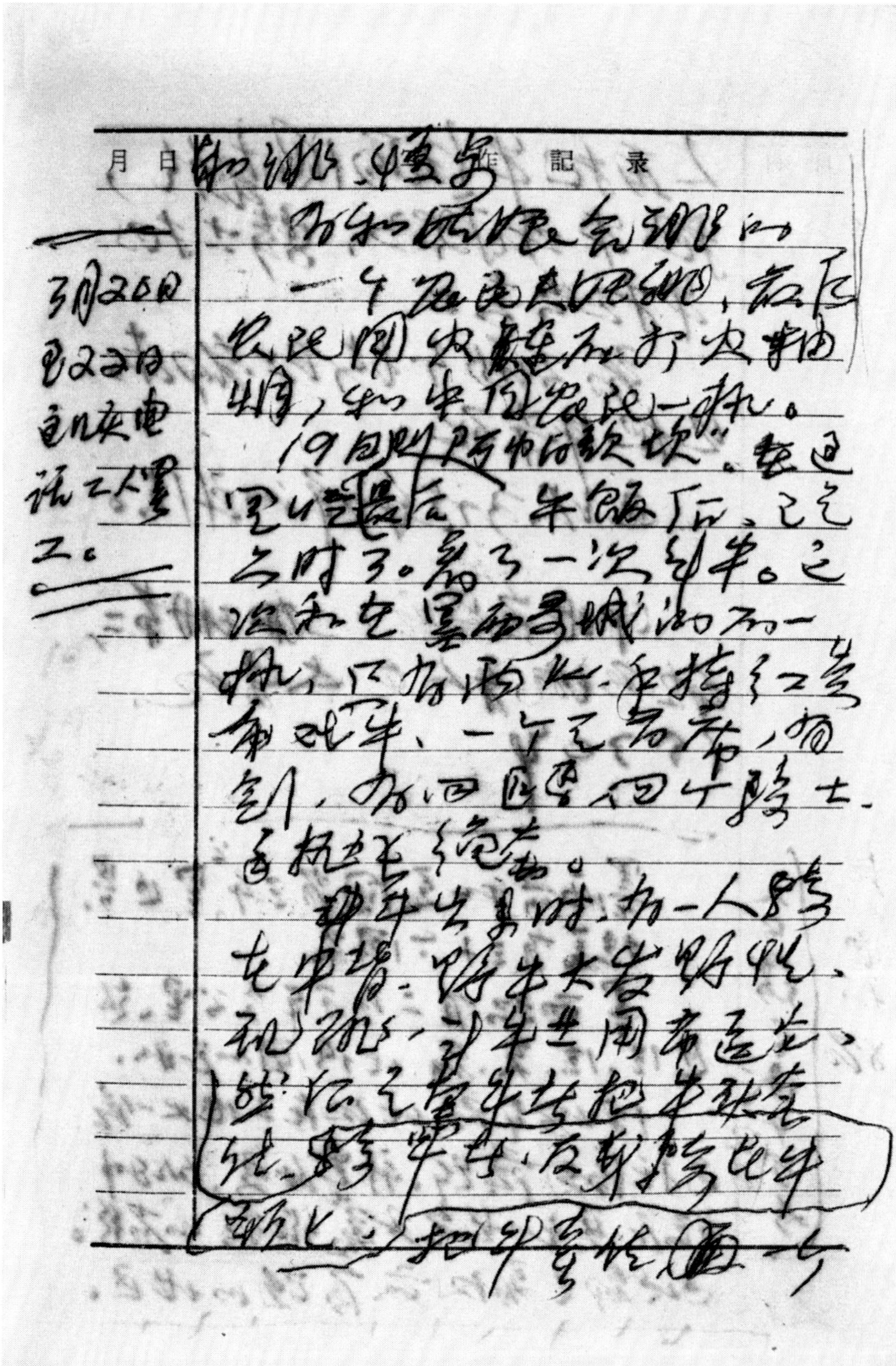

月 日
記 录

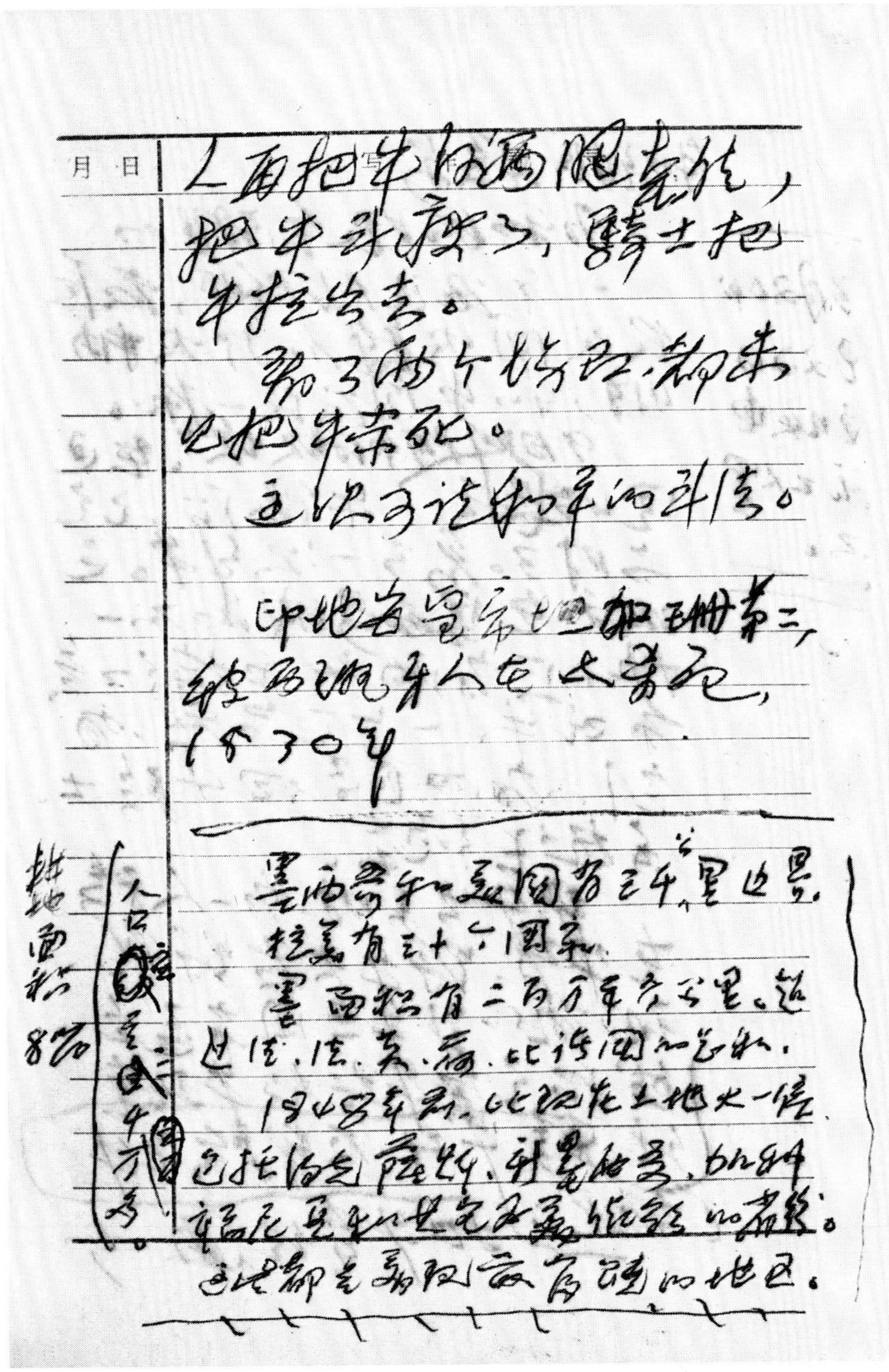

人再把牛的[illegible]，把牛斗疲了，骑士把牛拉出去。

杀了两个[illegible]，都[illegible]把牛杀死。

这次可说和平的斗法。

印地安皇帝[illegible]第二，给西班牙人[illegible]害死，1870年

墨西哥和美国有三千公里边界。拉美有二十六国家。

墨西哥有二百万平方公里，超过法、德、英、意、比诸国的总和。

1848年前，比现在土地大一倍，包括加利福尼亚、新墨西哥、[illegible]和[illegible]的土地。这些都是美国政府霸占的地区。

耕地面积8%

人口[illegible]万

月 日

有28个州，一个联邦区和二个地方组成的合众国。

工矿业97%属于外国资本。

银产量占世界40%

1956，石油产量5,900万桶以上。（一桶等于163.565公升。

龙舌兰纤维占世界一半。是加勒比印地安人的一收入来源。

墨有很多可贵的木材，例如桃花心木。

全部矿产差不多在美国的垄断之下，特别是石油。墨西哥所出产的就是如此。

美国飞机能在全国自由升降。

墨福力帮助民主主义 宣传力量。

Moxico 印第安人意"仙人掌 地"

1910—1920年 是墨西哥革命年代

根据统计99%住宅是土坯屋 3至5个人住在一起的是一家。

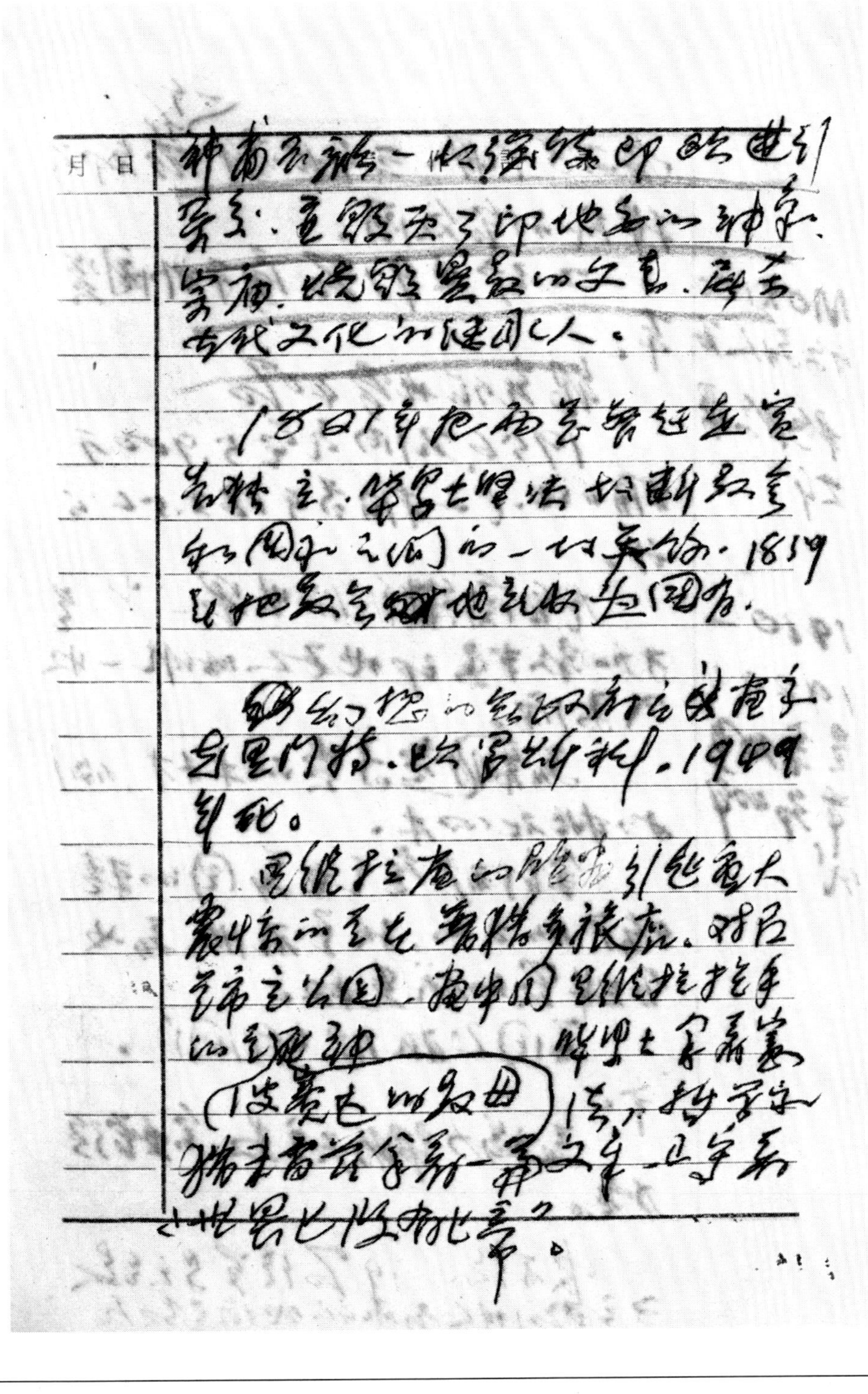
神庙是纪念一[illegible]印地安世界
宗教、重现了印地安人的神秘
宗教、战争、墨西哥的文明。展示
古代文化和[illegible]人。

1857年[illegible]宣
告[illegible]主，[illegible]
[illegible]之间的一场战争。1859
年把教会的土地收归国有。

[illegible]的纪念碑献给[illegible]
[illegible]里门特，[illegible]，1944
年死。

里维拉画的壁画引起重大
震惊的是在普拉多旅店，对面
是阿拉梅达公园。画中间里维拉拉着手
的是[illegible] [illegible]
(波萨达的发明) [illegible]
[illegible]
[illegible]世界[illegible]。

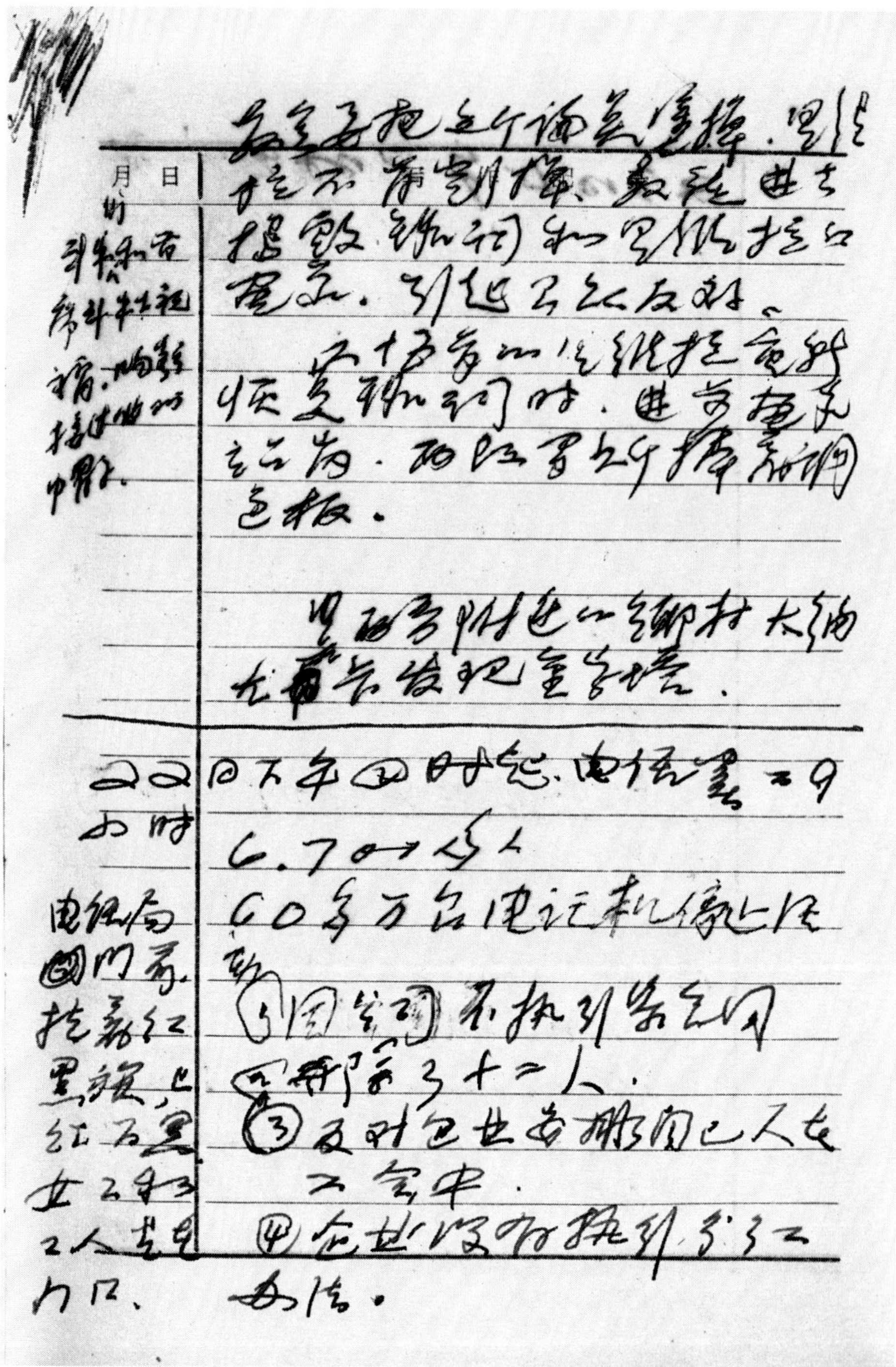

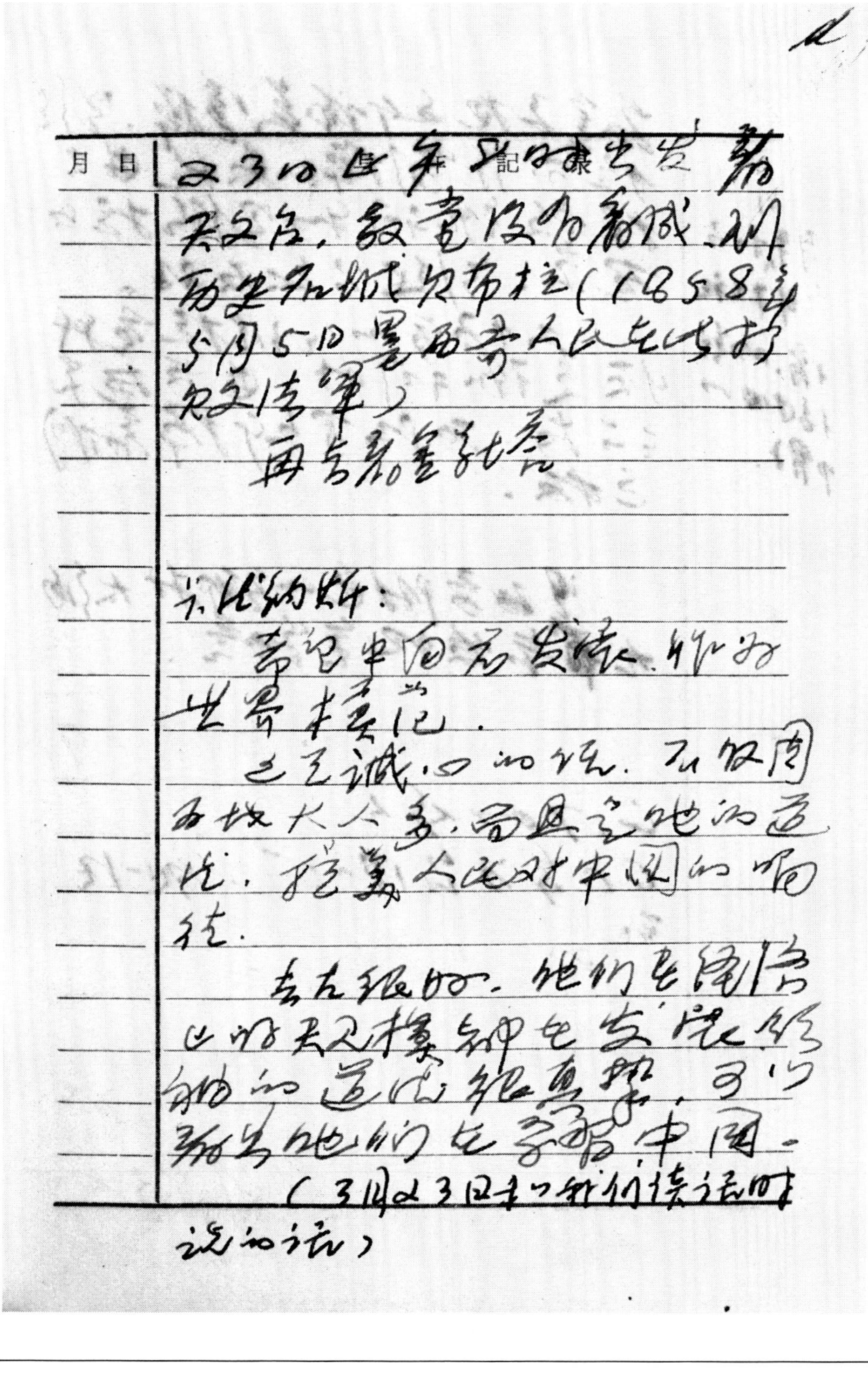
月 日 23日上午参观 記 錄
天文台、教堂、修道院后参观历史名城普埃布拉(1862年5月5日墨西哥人民在此打败法军)
[illegible]

苏比纳斯:
希望中国发展,作为世界榜样。
毛主席的话,不仅因为场大人多,而且是他的道理,提高人民对中国的向往。
[illegible]
(3月23日和我们谈话时说的话)

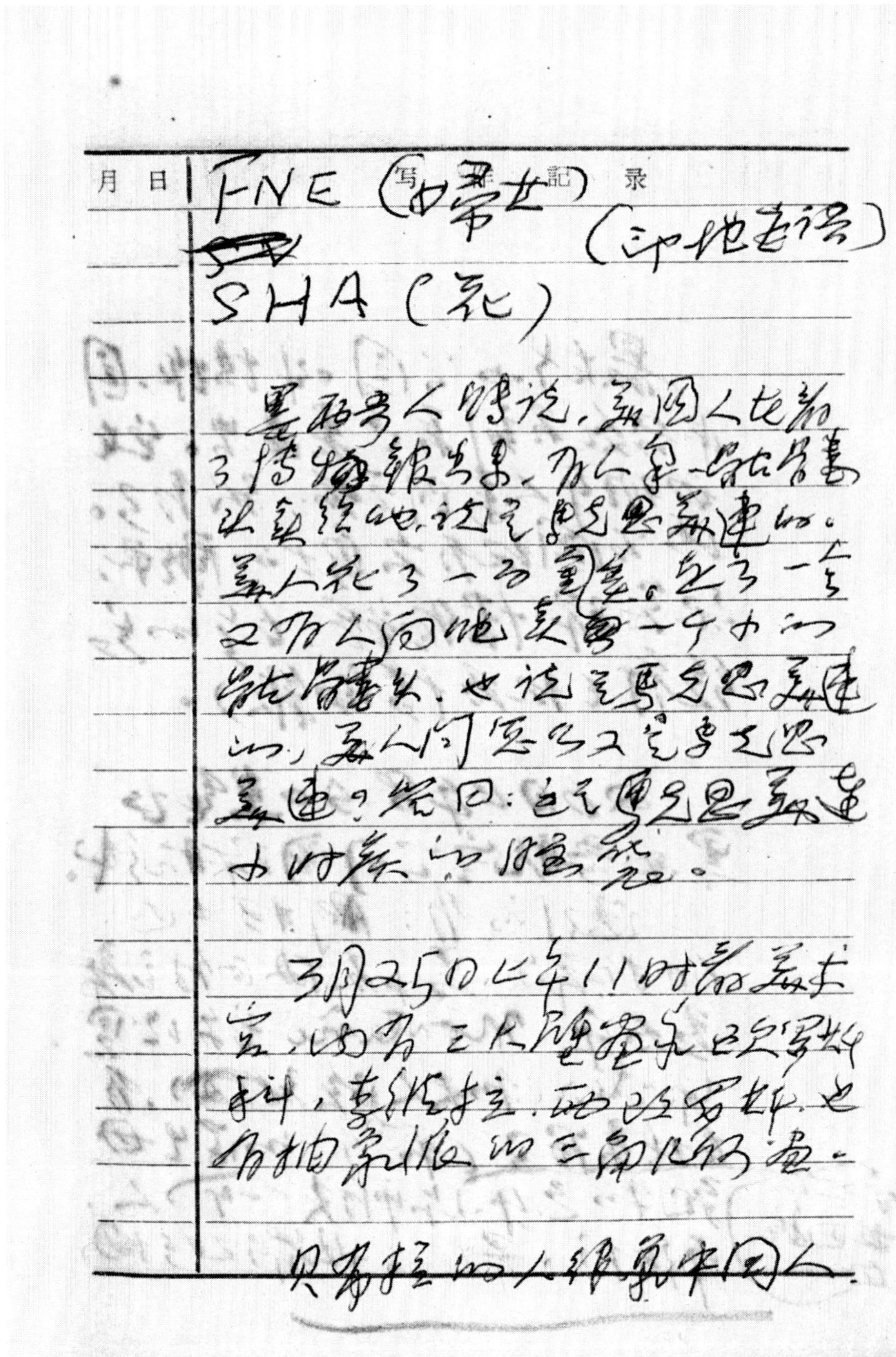

月　日　　　　写　作　记　录

FNE（中帝女）

（印地安语）

SHA（花）

墨西哥人时说，美国人花钱了博物馆出来，有人拿一只古骷髅出售给他，说是马克西米连的。美人花了一百金元。过了一年又有人向他兜售一个小的骷髅头，也说是马克西米连的，美人问怎么又是马克西米连？答曰：这是马克西米连小时候的骷髅。

3月25日上午11时游美术宫，内有三大壁画家，奥罗斯科，李维拉，西盖罗斯，也有[illegible]的三角几何画。

贝布拉的人很象中国人

月　日

这衣服还是我的。他们的小女孩叫"小中国"。

最后去的公园叫蚂蚱。园中各处有刻着这类昆虫。它在西班牙人来到之前，就有了。此公园现有六勇士的雕像，纪念碑、博物馆，去年加盖好《现代博物馆》。

26日上午8.50乘坐墨西哥航空公司国际航线。

送行的有：阿柯士达、伯托希尔、墨中友协正副主席马太尔 Montaño 夫妇、Gortari 和夫人孩子（[illegible]），有在北京留学（第二个）的学生母亲、那里和之乐、和中国大使一个人、韦维拉、贝拉、世界记者协

和第二个古巴姐妹，

[illegible]

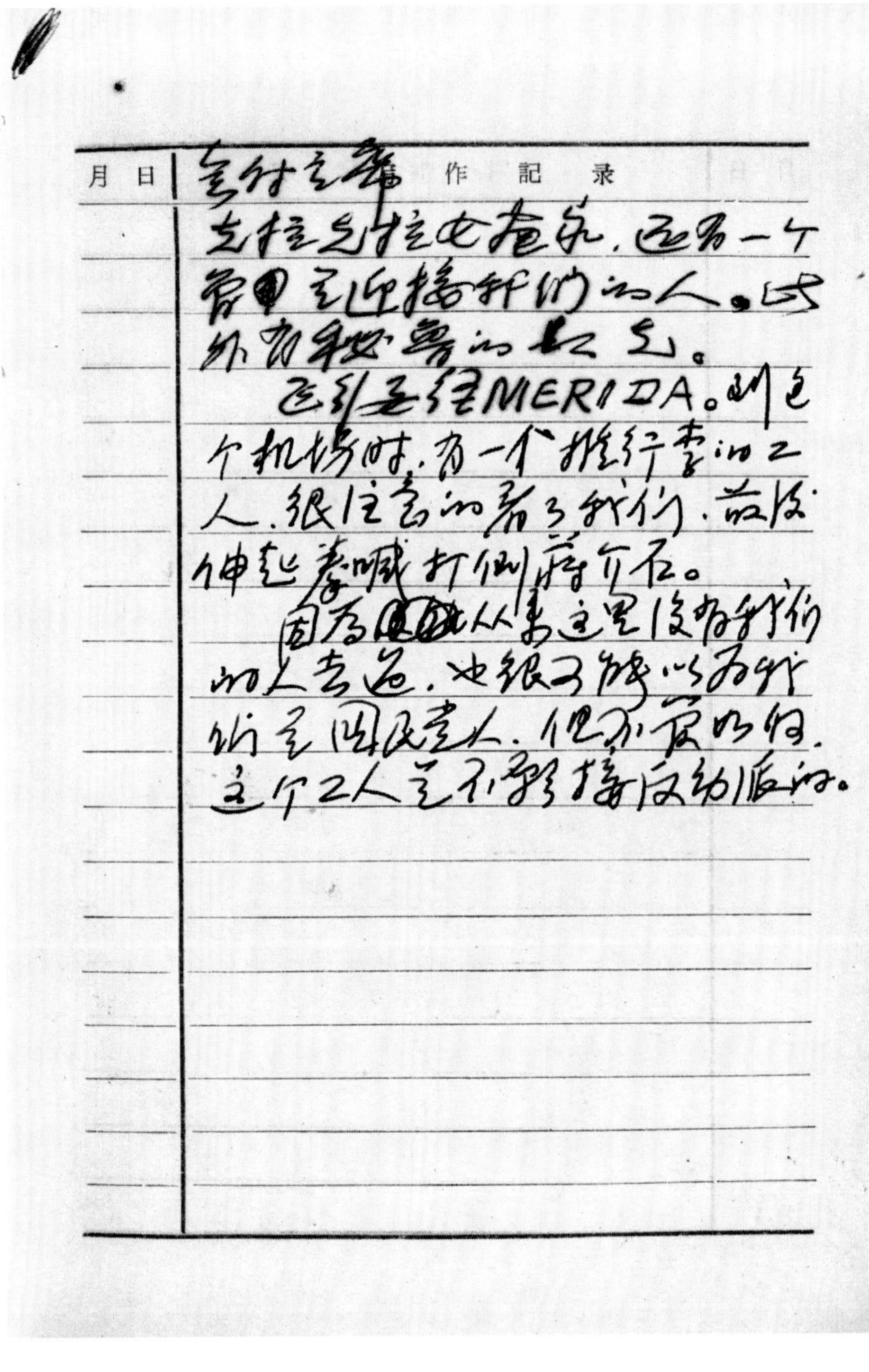

月 日　工作記录

多付主席

去拉丁美洲也看见，还有一个管理宣传接待我们的人。此外有秘书的接见。

飞到途经MERIDA。到这个机场时，有一个推行李的工人，很注意的看了我们，最后伸起拳喊打倒蒋介石。

因为台湾人来这里没有我们的人去过，也很了解，以为我们是国民党人。但不管如何，这个工人是不能接受反动派的。

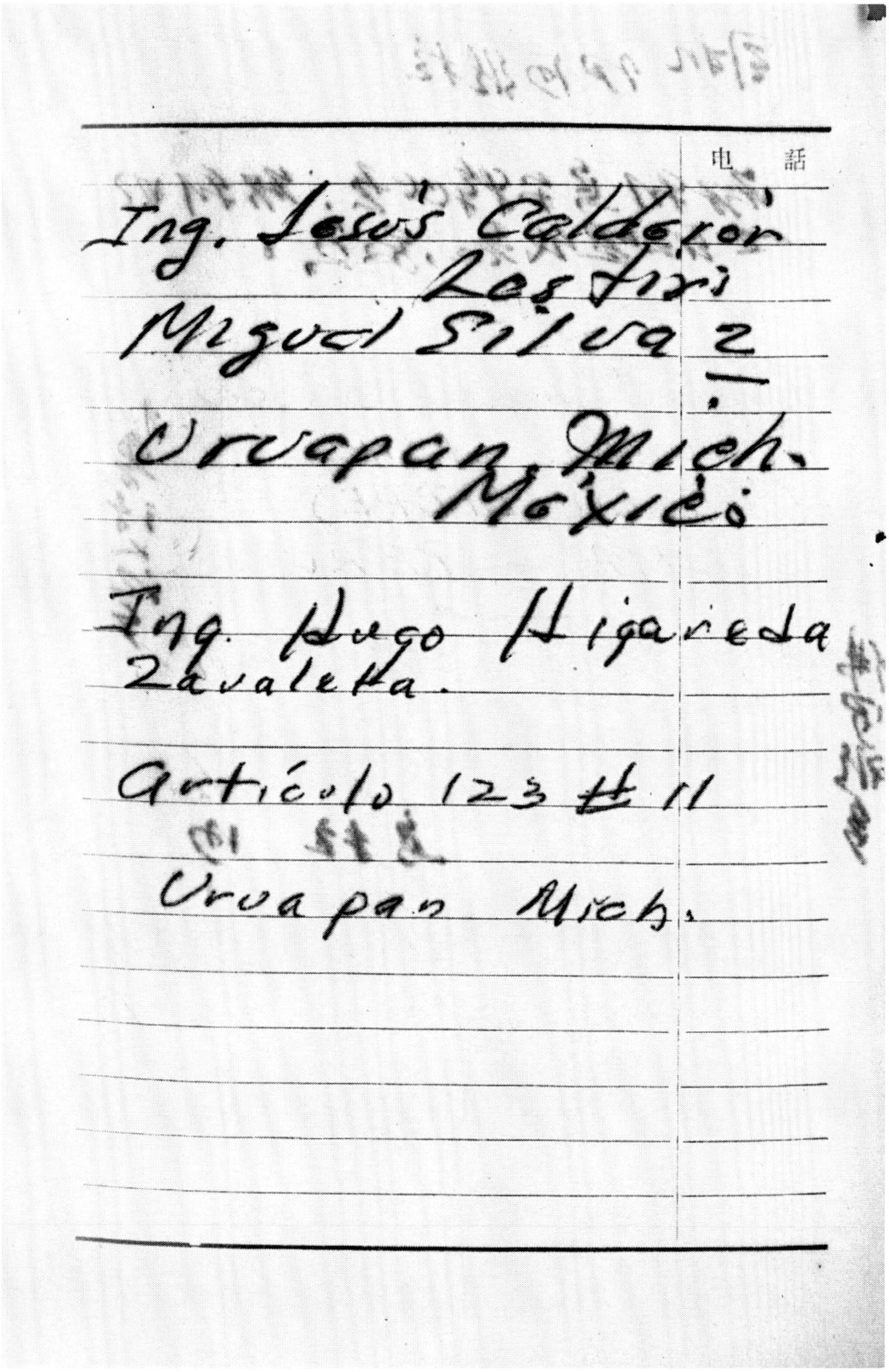

电 話

Ing. Jesús Calderón
Lestiri
Miguel Silva 2
Uruapan Mich.
México

Ing. Hugo Higareda
Zavaleta.

Artículo 123 # 11
Uruapan Mich.

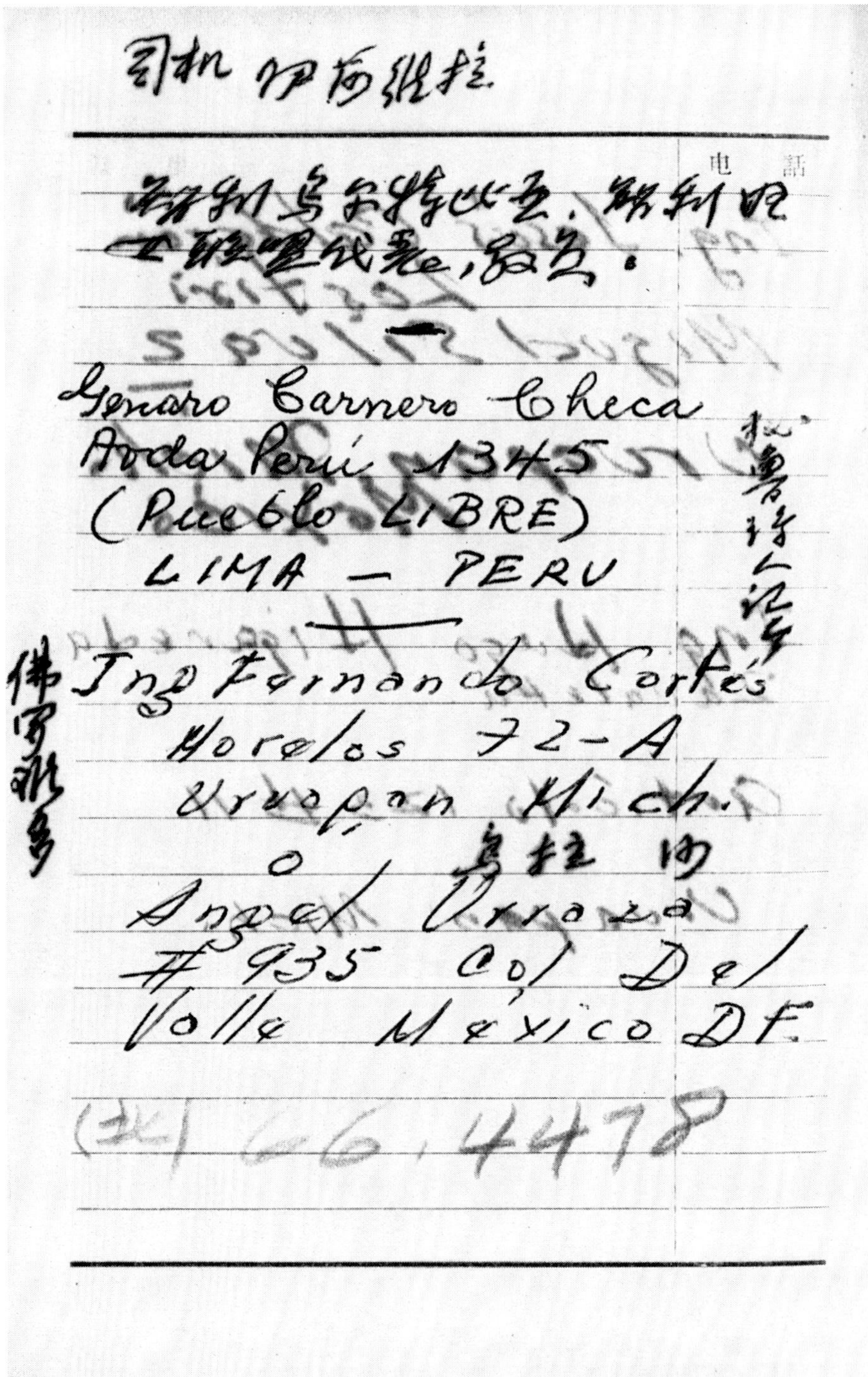

司机 伊南维拉

电話

Genaro Carnero Checa
Avda Perú 1345
(Pueblo LIBRE)
LIMA — PERU

秘鲁诗人记者

Ing Fernando Cortés
Morelos 72-A
Uruapan Mich.
o
Angel Urraza
#935 Col Del
Valle México DF

佛尔南多

乌拉沙

(51) 66.4478

古巴日记

1960
1961年3月
26日到古
巴的记
录

阮章競

1961.3.26.

作家出版社贈

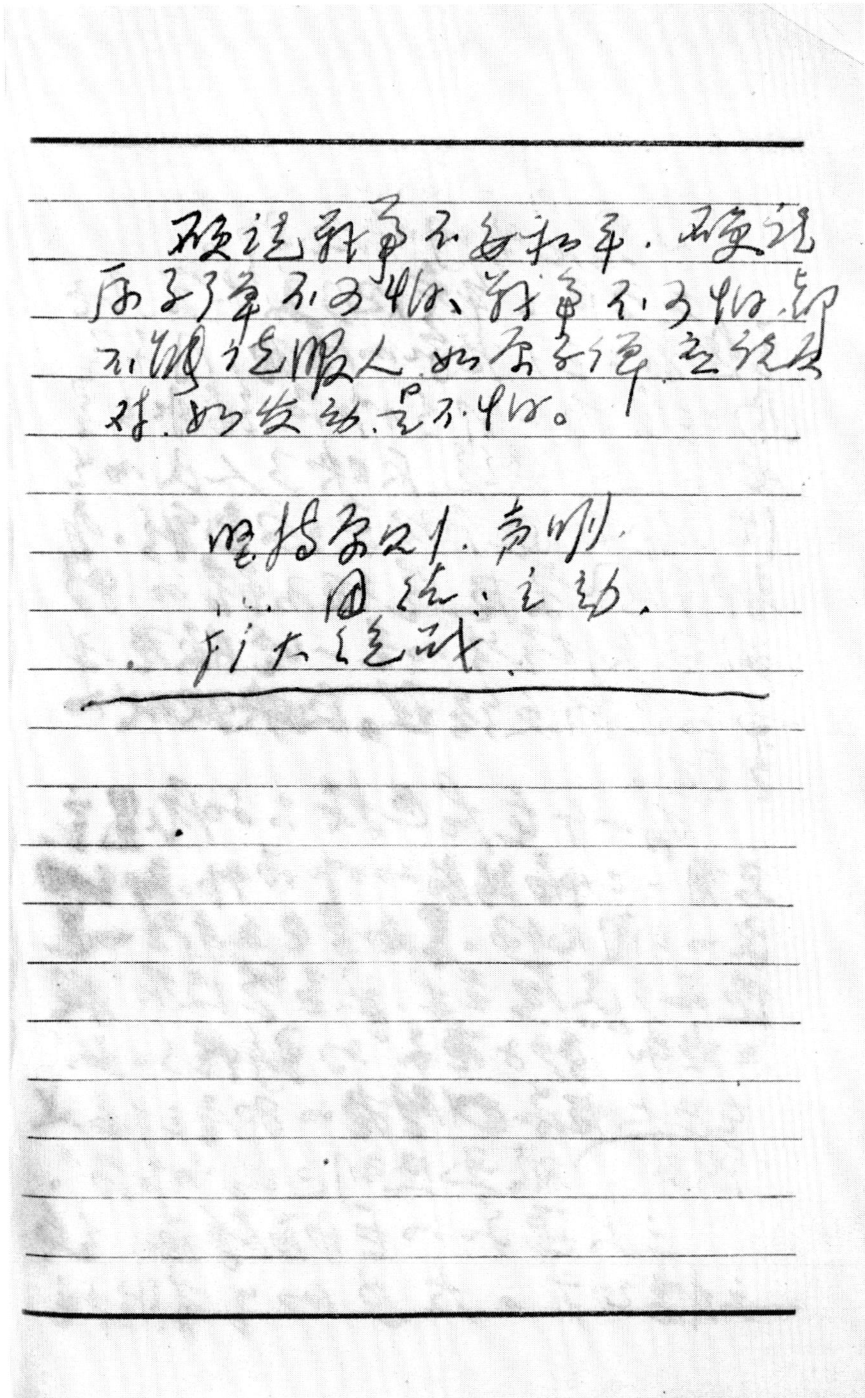
硬说战争不会和平，硬说原子弹不可怕、战争不可怕，却不能说服人，如不停止这种反对，如发动是不怕。

坚持原则，声明，
团结、主动。
扩大统战。

三月二六日

从墨西哥到哈瓦那。

二五日上午参观了美术宫，这里藏着三大画家的壁画。同时还有比索。有一部分作品，继承了墨西哥美术传统，反映了人民的生活、痛苦，富有民族主义色彩。有部分风景画，是很不错的。特别突出的是一些版画，非常的色彩与线条，反映现代的主题。

另一个在底层楼下的展览室，只有一二幅较新的作品外，都是抽象派的几何图形。墨西哥也在走向堕落的西方资产阶级艺术，就要失去"猴子画家""鸽子画家"的野性了。在三位大画家的壁画那层三楼，又陈列着难看的所谓"抽象"。

三大画家的巨幅壁画，是在三楼四方。左右两边是李维拉

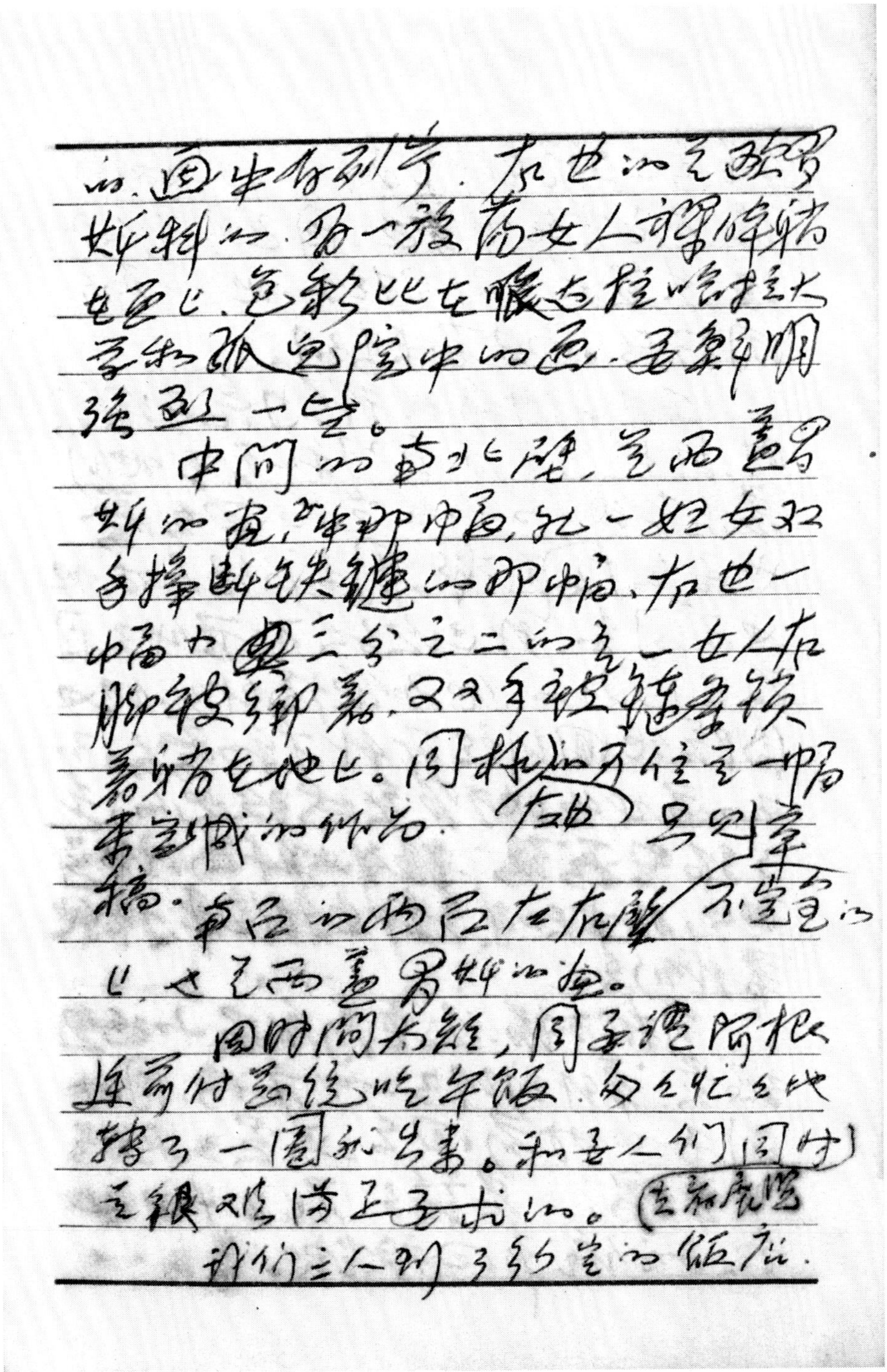
的。画中有列宁。右边的是西班牙妇女的。另一张画女人挣碎锁在画上。色彩比在瓜达拉哈拉大学的礼堂中的画更鲜明强烈一些。

中间的南北壁是西班牙妇女的画，半身的那幅画，是一妇女双手挣断铁链的那幅。右边一幅占画三分之二的是一女人右脚被绑着，双手被铁链锁着躺在地上。同样的不幸是一幅未完成的作品。左边只是草稿。南面的两面左右壁下面窗的上，也是西班牙妇女的画。

因时间太短，同圣地阿根廷两位作家去吃午饭，匆匆忙忙地转了一圈就出来。和主人们同时参观的还有王子成的。

我们三人到了马尔堂的饭店。

该党人已经在那里去等。周又对我
说，不要管他们意见。周让该党人写
信，失望就立即电告和他的两个
同行者，而且尚未来到。

下午一时多了，我们离开饭馆
时，我提出去看陶明和李季他们
帮着买当地的手工艺品回去看，
也要去换点港币。周却很反对，但
也不大同意。我这次就不管他了。周
看完陶明的，他不便说什么，但也
陪他回到住所，我才和李季去，不
知道什么地方有卖民族工艺的，走
了很长的路，银行也休息，都是
不正，好不容易叫了部出租汽车，让他
带我们去。

司机不错，他在商店买小玩意
很贵，带我们到了一个市场。因时
间是四时前回去，只买了两顶
草帽，一架镜子，花了十四比
索，就坐车回旅馆。

整个下午都是搬迁，我要求总了一包房子收拾东西。

一共分四五批，拉来三家。送来了六个宾馆的地点不同。同样多的给我，给篓的篓不要，这不好，把包换一个分给白的学。我不好给。同自己拿了个大的，也把小的拿去了。其他三个国家主席、总理、陈总的。

在北京留学的墨西哥学生母亲来了，送给我们三个很好的皮包。并托给她儿子带点东西。同时，一个不知名的但很热情的墨西哥妇女来找我们，我们的写了几个字给讲员在宾馆里的三个同志，同学了。很是一人宣言。这批是很实在的。她的儿子在中国访问过“中国建设”和他在工作的地区在一直和她给我们的人民宣传给中华人民……

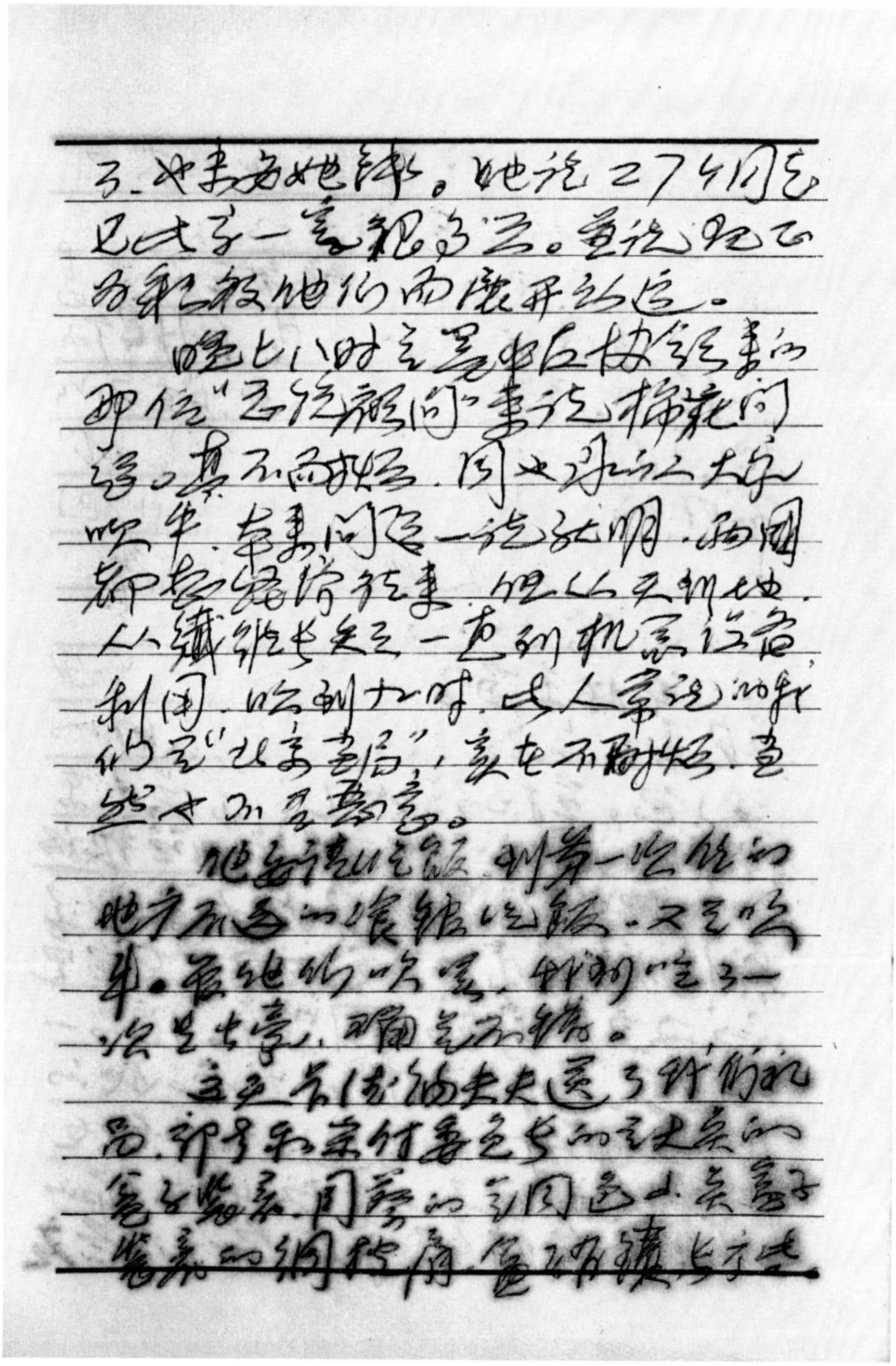

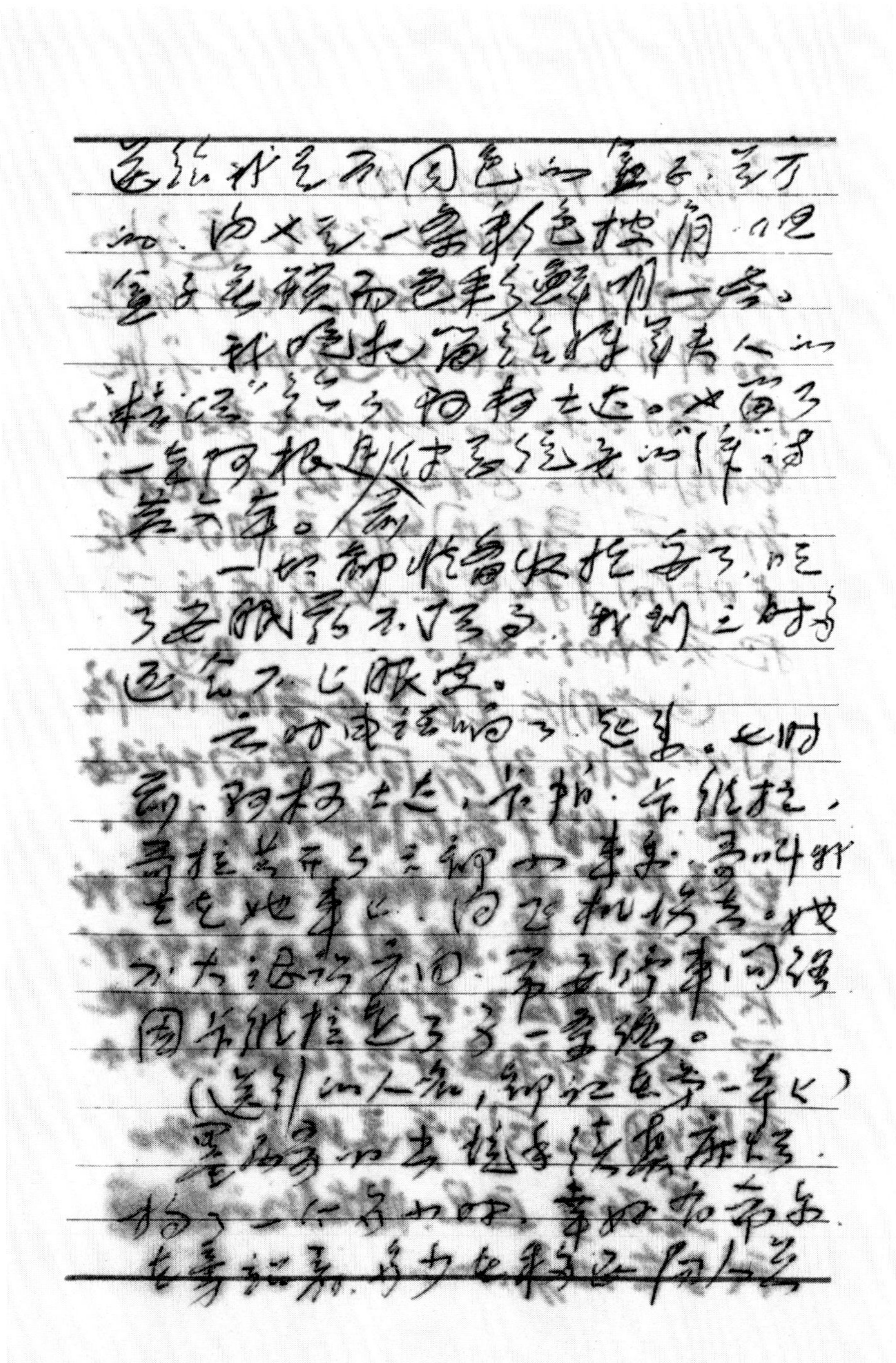

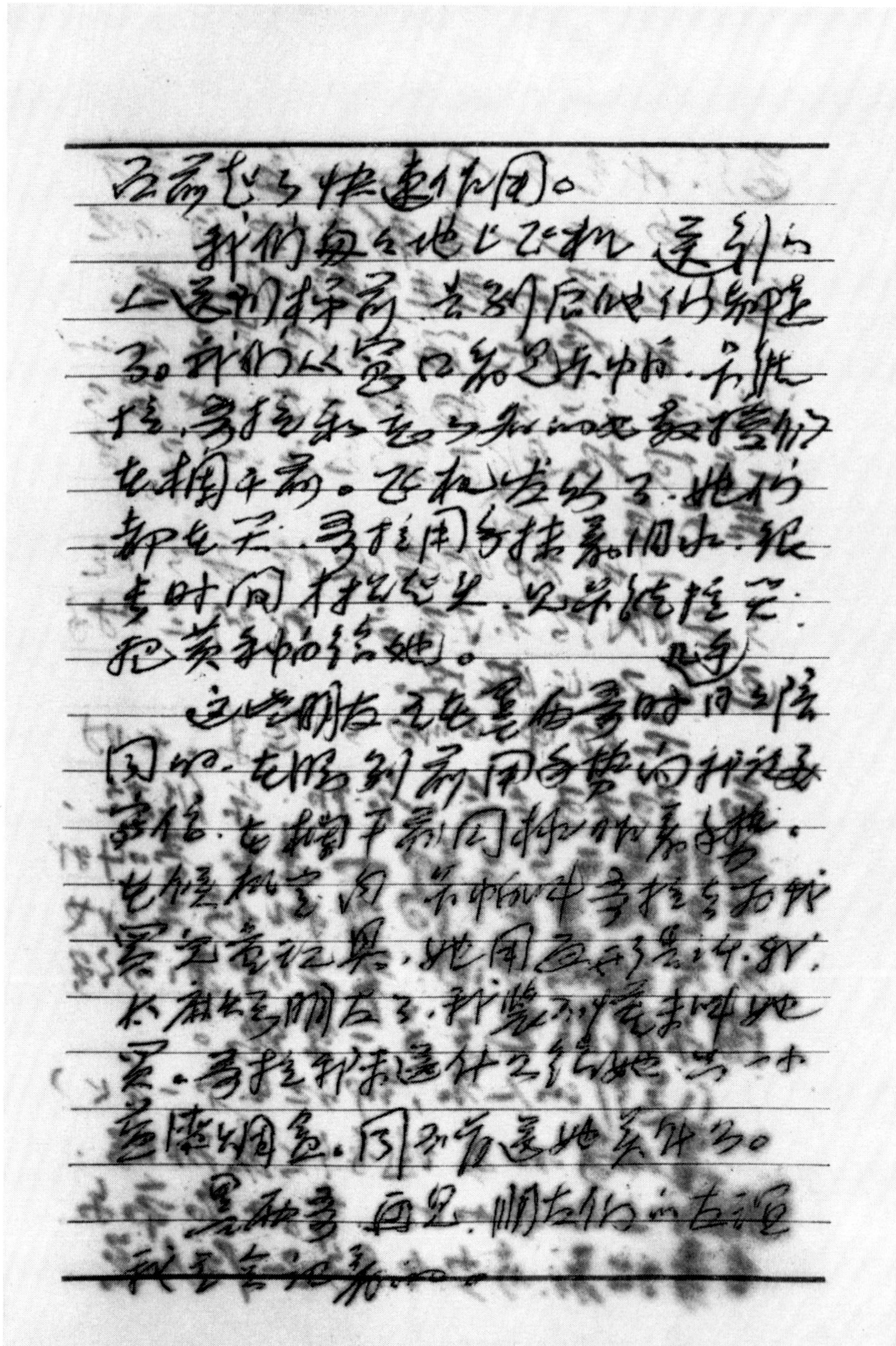
可能起了快速作用。
我们要在此上飞机，送别的
人送到机前，告别后他们就走
了。我们从窗口看见东中同、齐纯
拉、普拉和其他的女友们都
在机翼下面。飞机开动了，她们
都在哭。普拉用手抹着泪，低头很
长时间才抬起头来，只是流泪哭。
把黄手帕给她。（迟了）
这些朋友在长长的等待时间之陪
同的，在临别前用手势向我们表
示后，在机翼下同样的表示着。
在候机室内，告别时，普拉告诉我
买完东西买具，她用西班牙语说：hr.
太麻烦朋友了。我坚决不让去给她
买。普拉都未送什么给她，只一个
蓝绣的图画，同我要送她买什么。
墨西哥，再见，朋友们的友谊
我会永远记着。

九时三十分转机飞了。很快就飞过加勒比（墨西哥湾），在机上吃了早点，十一时多到了MERIDA。在那里停了半个多钟头。在机上吃了午饭，下午二时到了哈瓦那。

在机场上迎接的有古巴各国友协的主任和我们使馆的文化处两个同志。

这是个炎热的夏天，我们即坐车到了刚刚搭好的城外招待所的"人民友谊之家"(?)。

我国从墨西哥来古访问的代表[illegible]陈同生等于几天之后，今晚举行告别宴会。

我们先到大使馆，在那里和申健夫[illegible]和大使馆的同志吃了午下午的午饭。申健同志谈了古巴的情况和安排了我们的访问

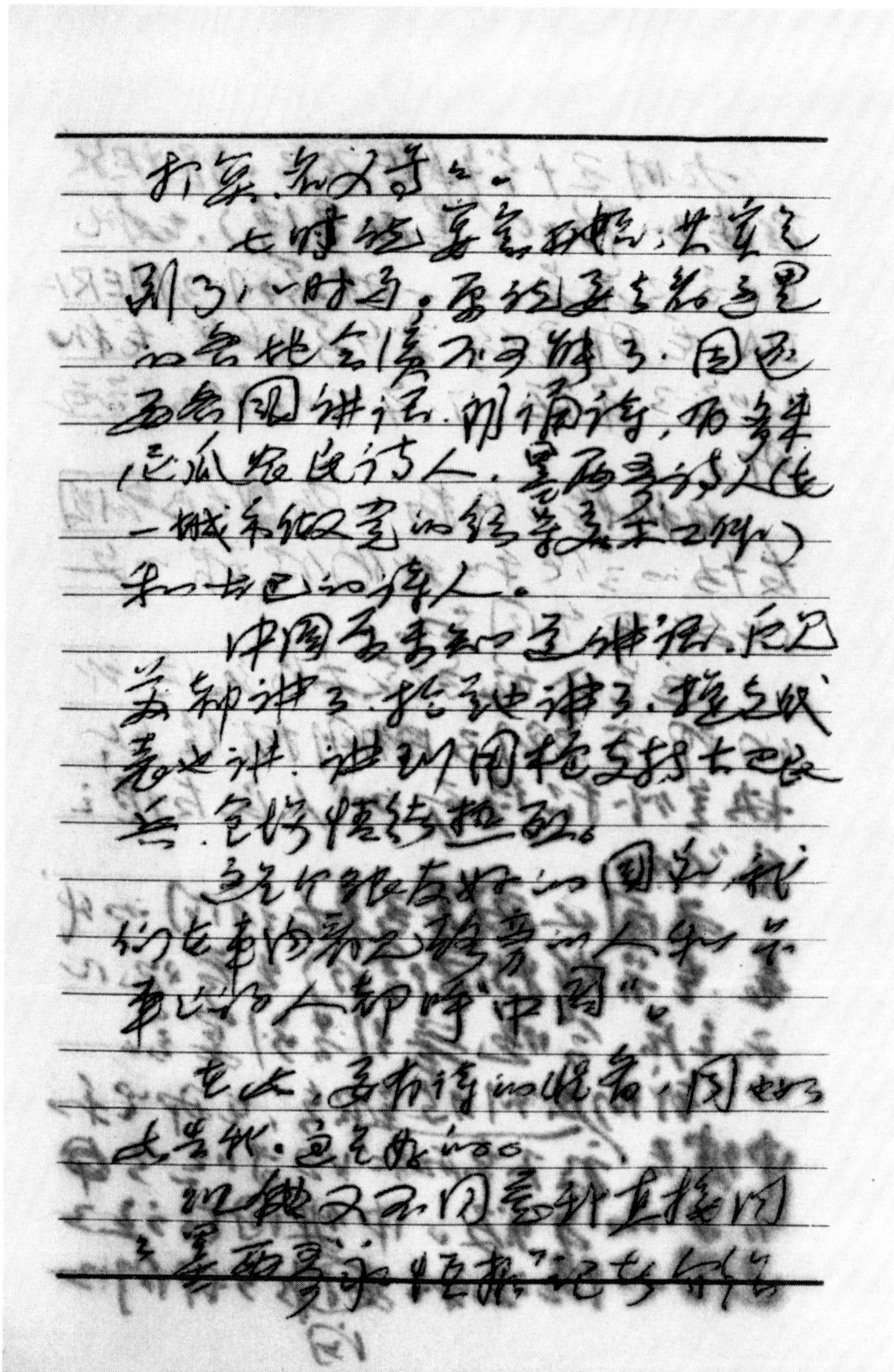

一诗人访中的事。委托我办些事，几次会谈莫记。他是说过是给名的、一个对我的甘蔗收割的主人，也要我转成表达意思。他是善意的，如(?)的。

通过同志们
说到组织[redacted]。如果纪和在墨西哥的做法，我不赞成了。同不同意，说出来后的相同的利动。以个人为中心的活动，我是十分厌烦的。我还是觉得大家应该一个团结的高贵精神。所以还有的东西，不一定对，比如跟牙买加民族最早独服古巴，接了美洲最先独立古巴。也是可笑，但这是不能保留那些同意的。应该只作后考。

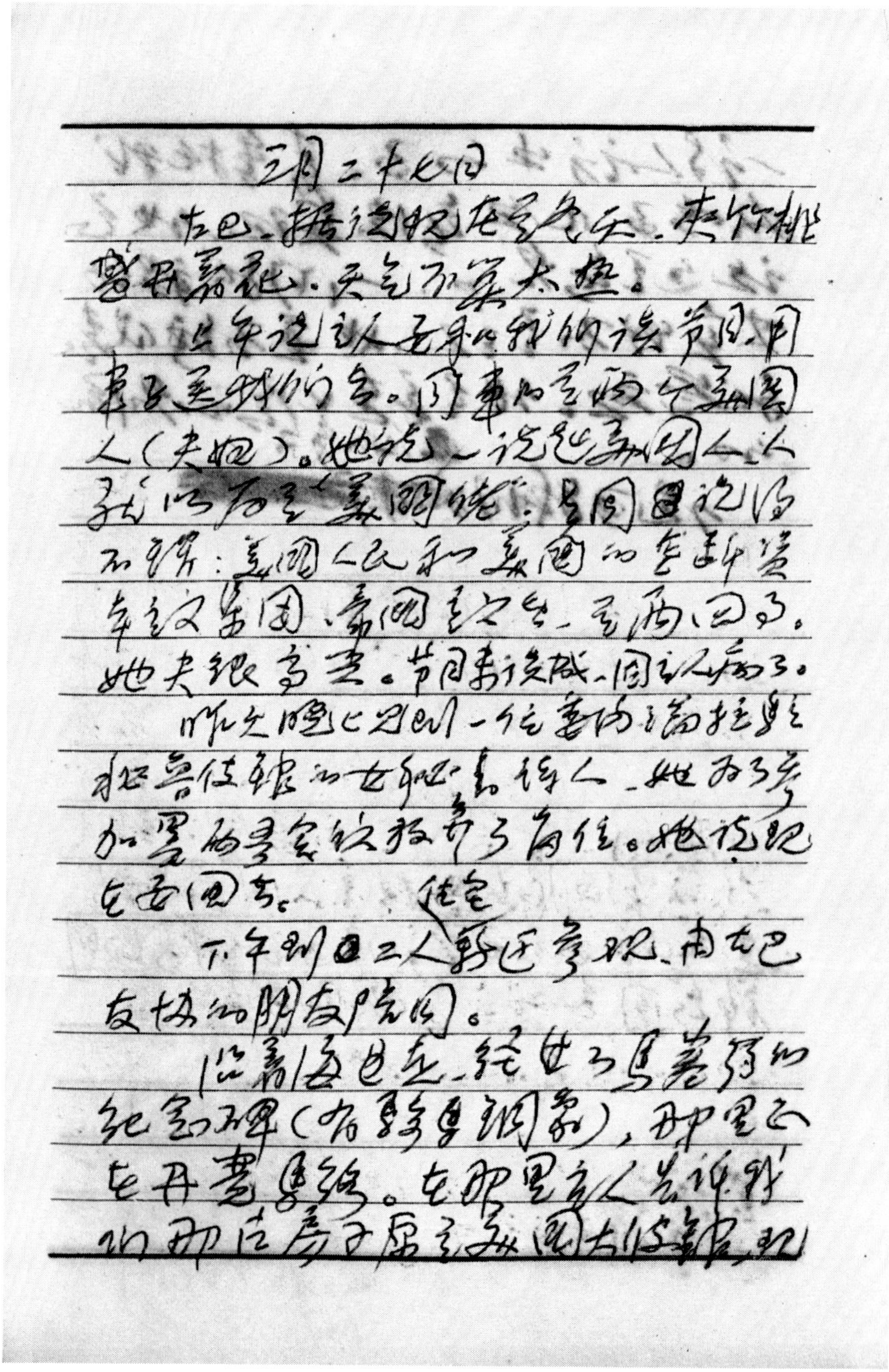

三月二十七日

古巴，据说现在是冬天，夹竹桃盛开着花。天气不算太热。

上午访问人民和我们谈节目。同来还是我们的人。同车的是两个美国人（夫妇）。她说：说起美国人，人们有"美国佬"；美国自己说得不错：美国人民和美国的垄断资本主义集团、帝国主义者，是两回事。她丈夫很高兴。节目录后，我们认识了。

昨天晚上见到一位善于演讲的拉美通讯社的女秘书工作人员，她为了参加墨西哥会议放弃了前往。她说现在要回去。

下午到二人（住宅）郊区参观，由古巴友协的朋友陪同。

沿着海边走，经过了马蒂诞辰的纪念碑（有缅怀的铜像），那里正在开着展览。在那里有人告诉我们那边房子原是美国大使馆，现已关闭。那些都是美国人的房子，现在已交给了人民。

从那里能见突出在海角的西班牙人的堡垒，是用~~[illegible]~~奴隶，也有中国人在十七世纪完成的。为防海盗侵略用的刚(?)。的要塞，高台设炮台。现在那里建了一座灯塔。

我们穿过一个海底隧道，到了东哈瓦那。那里原来是荒地，已建成结构新的住宅区。美国组织的借钱买了这些地，开了隧道，建了一些新的房子，声价十倍，大发了财。现在革命政府利用新的形式在这里建筑工人住宅区。我们参观前年刚完工的一所，设计不错，很有趣。付款办法，是工人按工资、人口申请，管理房子的部门批。二十年付清，交给工人所有。这种是国家的。

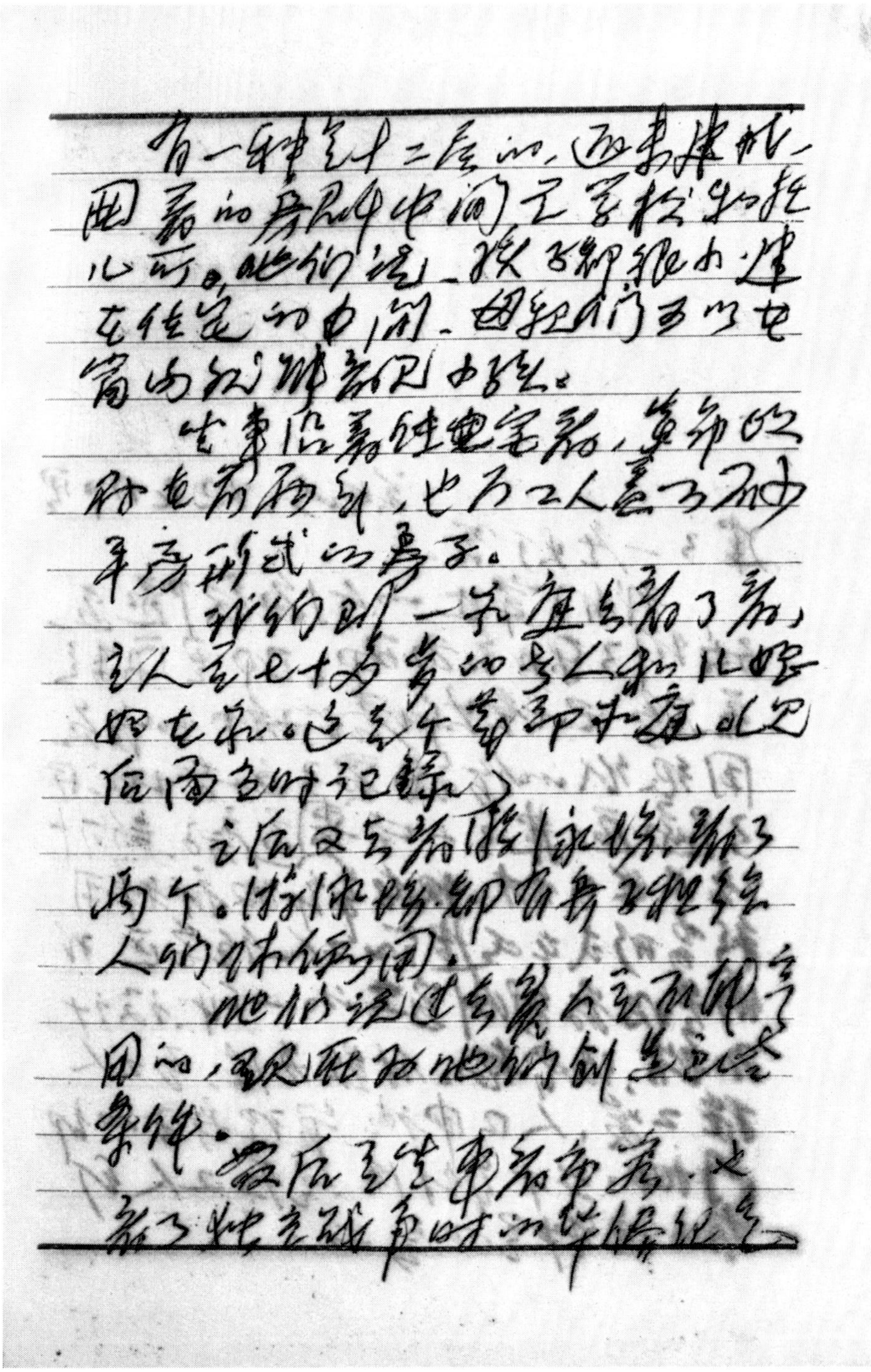
有一种是十二层的，还有集体[illegible]图书的房屋中间是学校和托儿所。她们说，孩子都很小，是在住宅的中间，母亲们可以在窗内就能看见小孩。
学生有[illegible]宿舍，革命的[illegible]，也有工人盖了一种平房形式的房子。
我们到一家庭去看了看，主人是七十多岁的老人和儿媳妇在家。这家人革命前[illegible]（后面另时记录）
之后又去看[illegible]家庭，看了两个。[illegible]都有[illegible]人的[illegible]。
她们说[illegible]
[illegible]
最后去学生宿舍。[illegible]

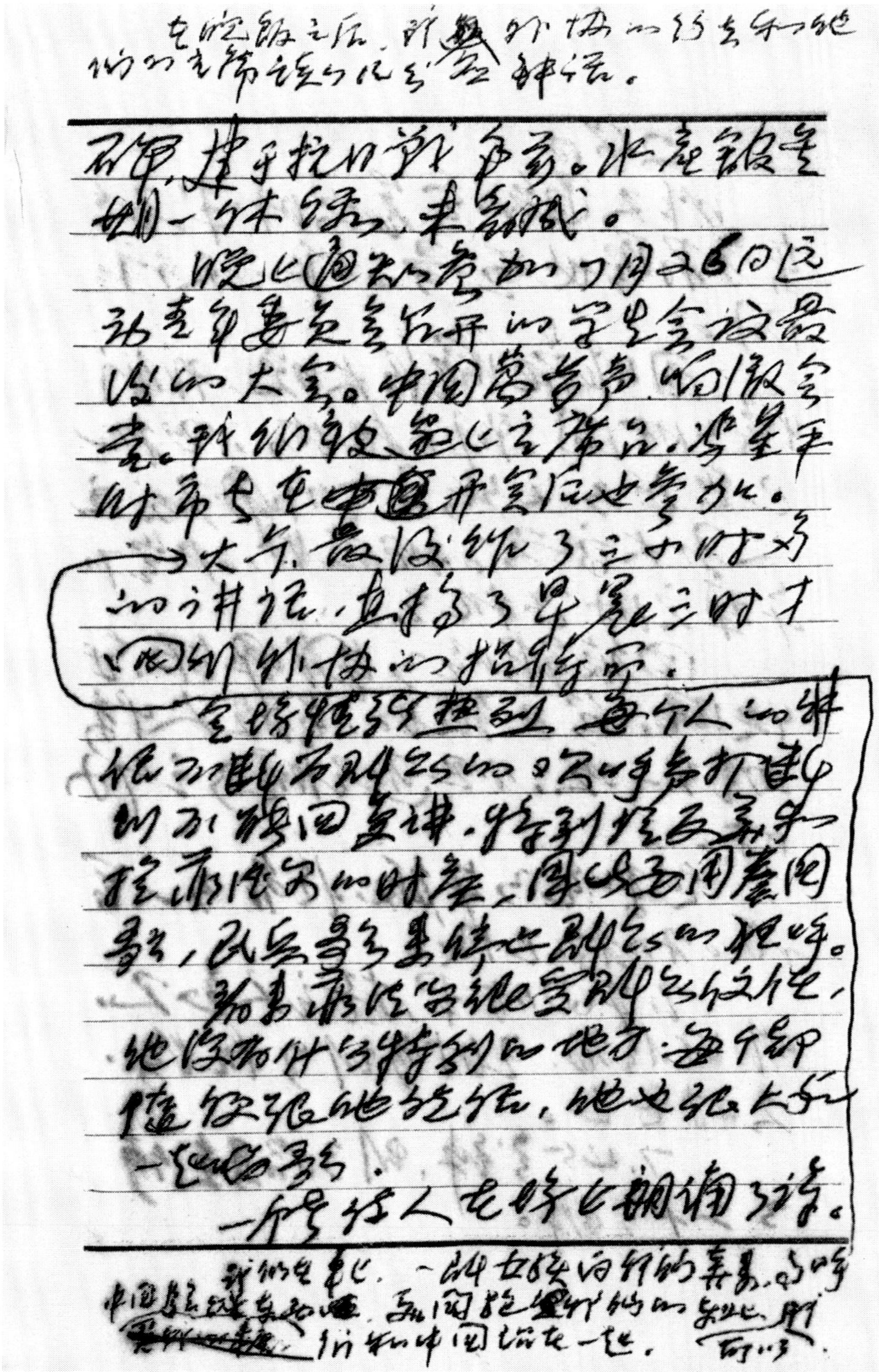

在晚饭之后，我们外协的代表和他们的主席谈了几分钟话。

古巴[illegible]，建于抗日战争[illegible]。[illegible]

晚上通知参加7月26日运动青年委员会召开的学生会最后的大会。中国代表团作为贵宾。我们被邀上主席台。[illegible]开会后也参加。

大会最后作了二小时多的讲话，直到了早晨二时才回到外协的招待所。

会场情绪很热烈，每个人的精神[illegible]，欢呼声打断了讲话，特别提到[illegible]的时候。[illegible]

[illegible]

一位诗人在场上朗诵了诗。

[illegible]

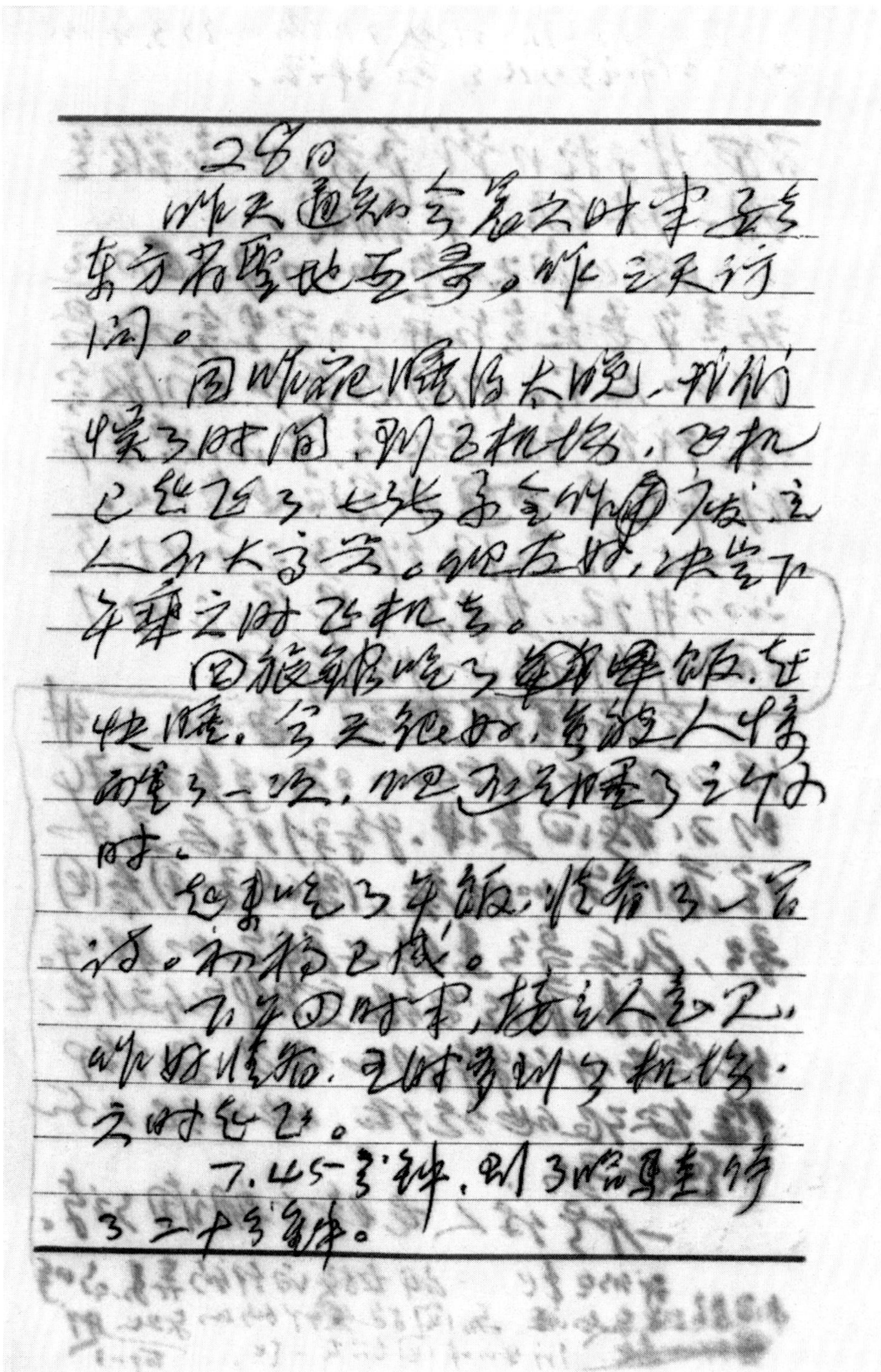
2月8日

昨天通知今晨六时半出发去东方省圣地亚哥，作三天访问。

因昨晚睡得太晚，我们误了时间，到了机场，飞机已经飞了。与张子金同志陪同主人和大家商量，还是决定下午乘六时飞机去。

回旅馆吃了早饭，赶快睡。今天绝好，多数人惜醒了一次，但还是睡了六个小时。

起来吃了午饭，修改了一首诗。初稿已成。

下午四时半，接主人通知，收好行李，五时半到了机场，六时起飞。

7.45分钟，到了卡马圭停了二十分钟。

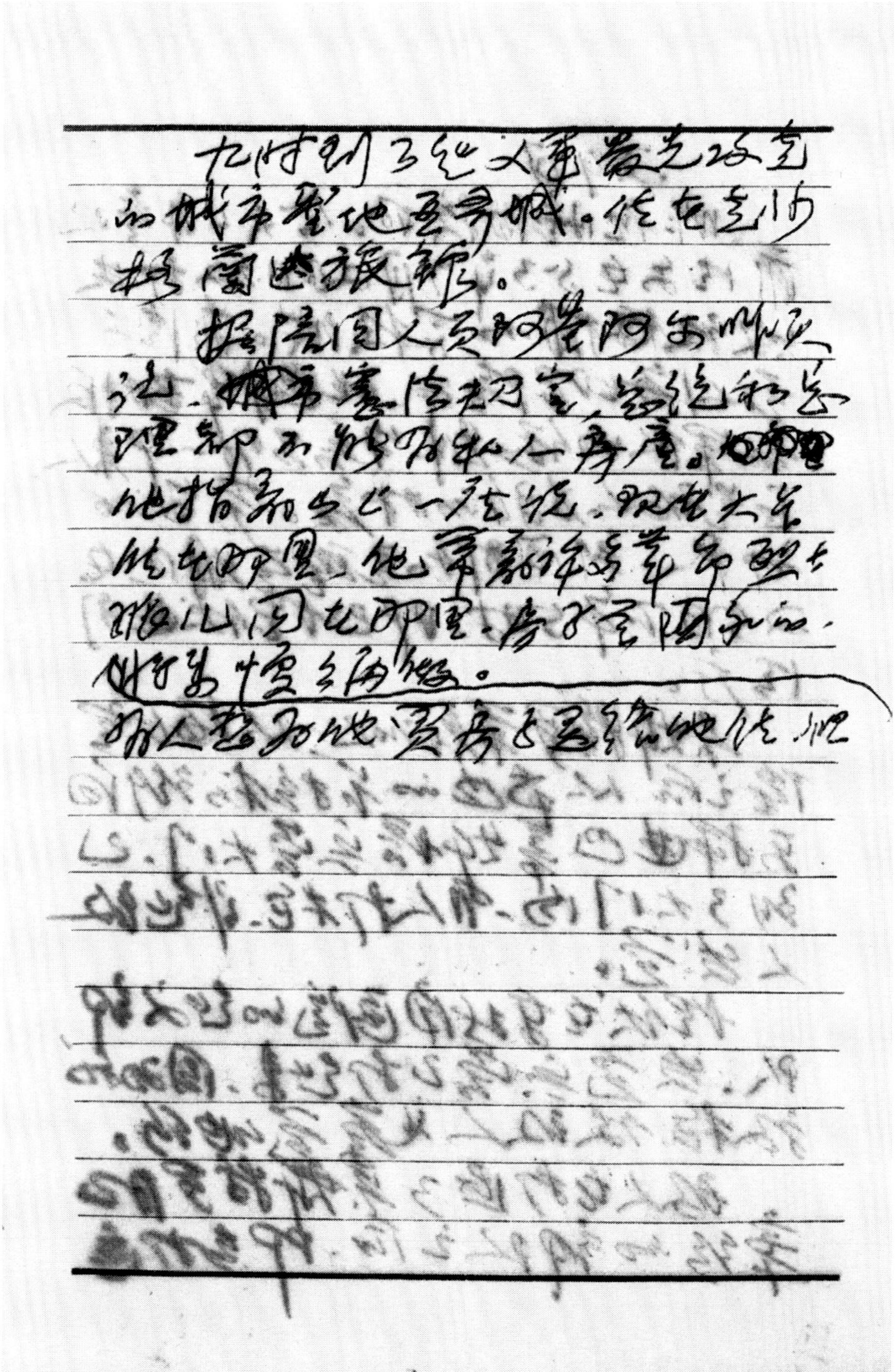

九时到了[illegible]革命发源地的城市圣地亚哥城。住在卡萨格兰德旅馆。

据陪同人员阿[illegible]阿尔贝托说，城市[illegible]。总统和总理都不能有私人房屋。他指着山上一座说，现在大家住在那里。他曾经为革命[illegible]同志那里。房子[illegible]阿尔[illegible]。

[illegible]人[illegible]他[illegible]给他住。

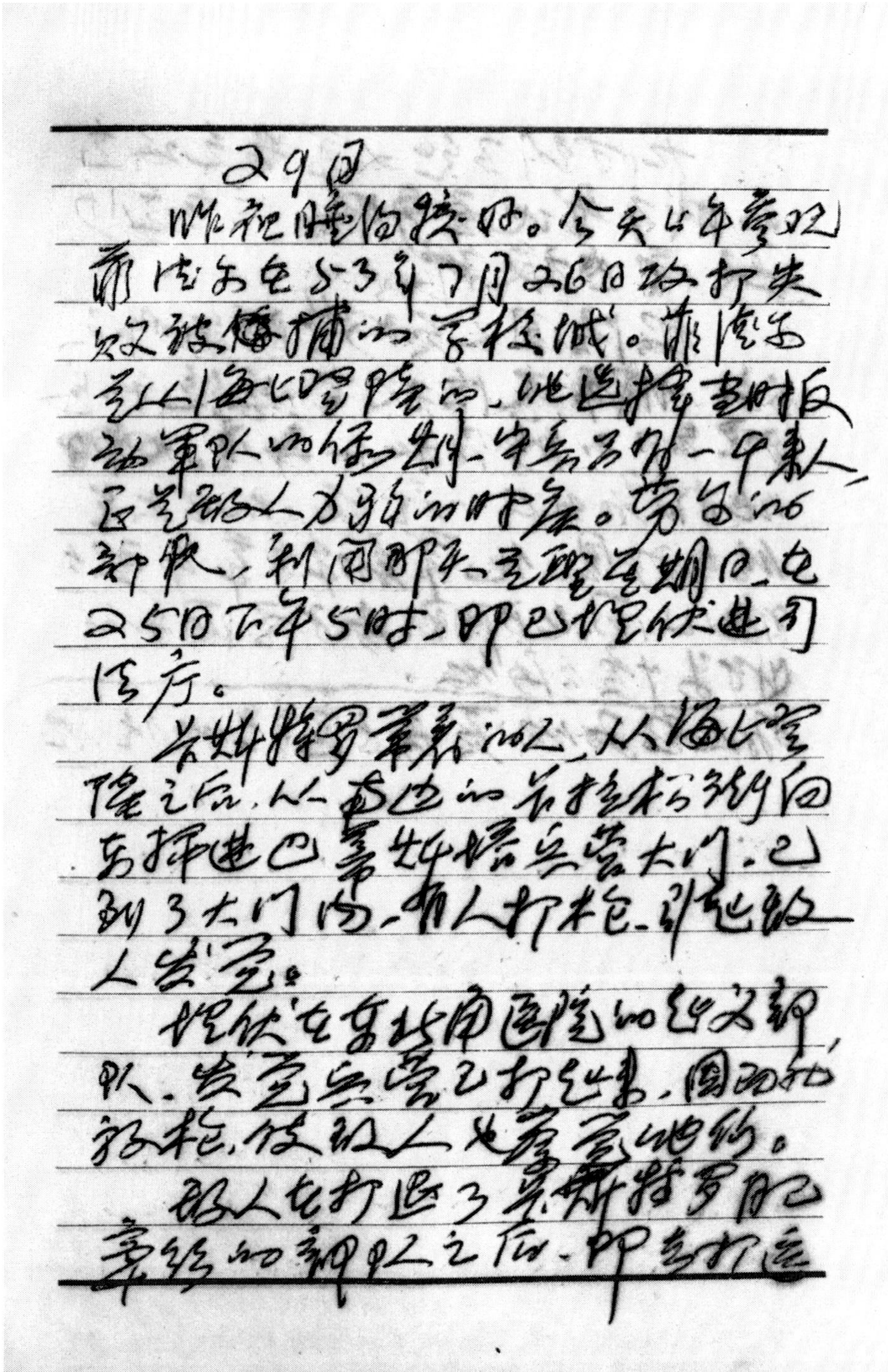

29日

昨夜睡得较好。今天上午参观菲德尔1953年7月26日攻打失败被逮捕的学校城。菲德尔等人从海上登陆后，他选择当时政府军队的休假期——宗教节的一个晚上，正是敌人力弱的时候。劳动的新战、新闻那天是星期日，在25日下午5时，即已埋伏进司法厅。

菲德尔·卡斯特罗率领的人，从海上登陆之后，从东边的第三条大街向东挥进巴蒂斯塔兵营大门，已到了大门内，有人打枪，引起敌人发觉。

埋伏在东北角医院的战斗部队，发觉兵营已打起来，因而开始打枪，使敌人也察觉他们。

敌人在打退了菲德尔·卡斯特罗所率领的部队之后，即去打医

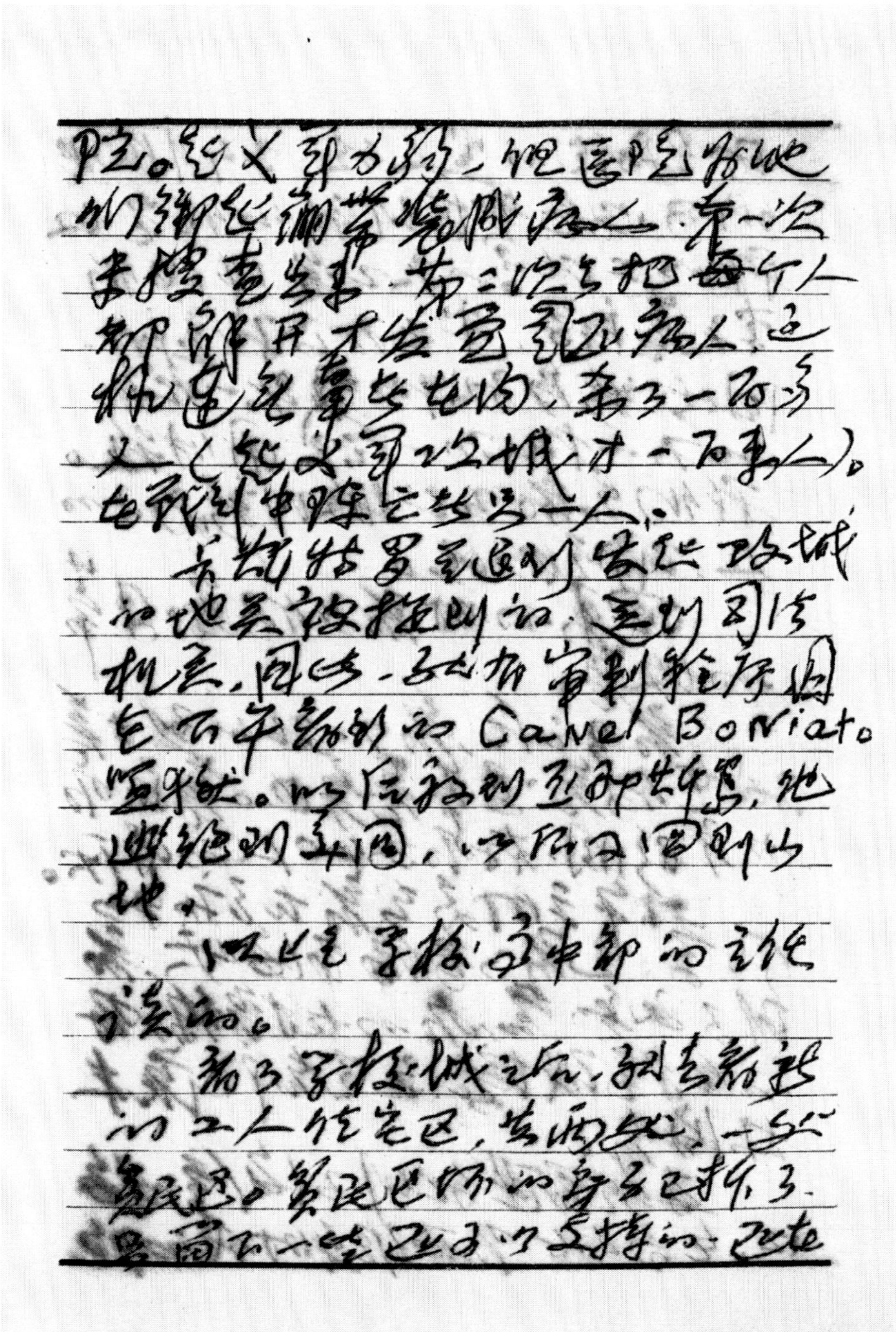
陆。维文郭为[illegible]，但[illegible]将他
们[illegible]成病人。第一次
来搜查[illegible]，第二次只把每个人
都解开才发觉[illegible]病人。这
样[illegible]在内，杀了一百多
人（维文郭攻城才一百多人）。
在我们中[illegible]只一人。
[illegible]攻城
的地点[illegible]。[illegible]
机关。同时，[illegible]
[illegible]的 Canel Boniato
监狱。以后[illegible]，他
[illegible]，[illegible]山
地。
以上是学校[illegible]中部的主任
谈的。
离了学校城之后，[illegible]新起
的工人住宅区，[illegible]，一处
是贫民区。贫民区的房子已拆了。
只留下一些[illegible]支撑的。[illegible]

那里据说的黑人說，這个月后他
们可以自费住到新的住宅。政
府的二比三一天工资，叫他们
来盖房子，求出为公家盖房。
因此新房就特别气派一些，新
的不一样。不一会又用时寒。
我们先参加了已搬到新房子的
人，确有此事。
回来的时参了何塞·马蒂[illegible]
的故居。
参马之后，看了7·26的烈士墓
就在何塞·马蒂墓旁边。墓前有
山方形洞，放有40人的骨灰。
下午三时参观古老的炮台
风景，这是当年布海峡，看
到了政府[illegible]，有的在撑棕，有
的在挖战壕，这是为了应付未
来的海盗。
再往前进就到了海湾的海
江，在台山上，有西班牙时代的炮

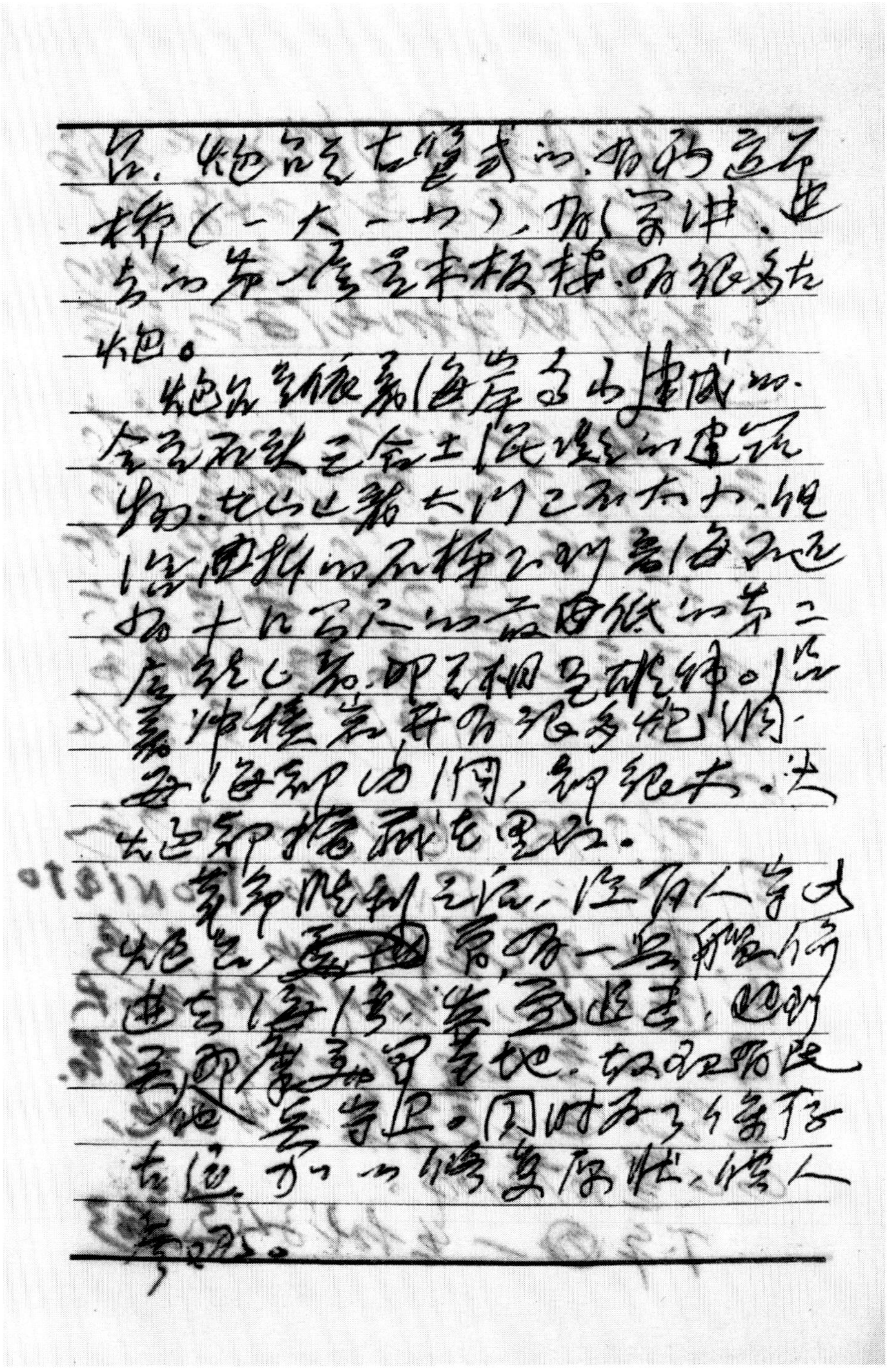

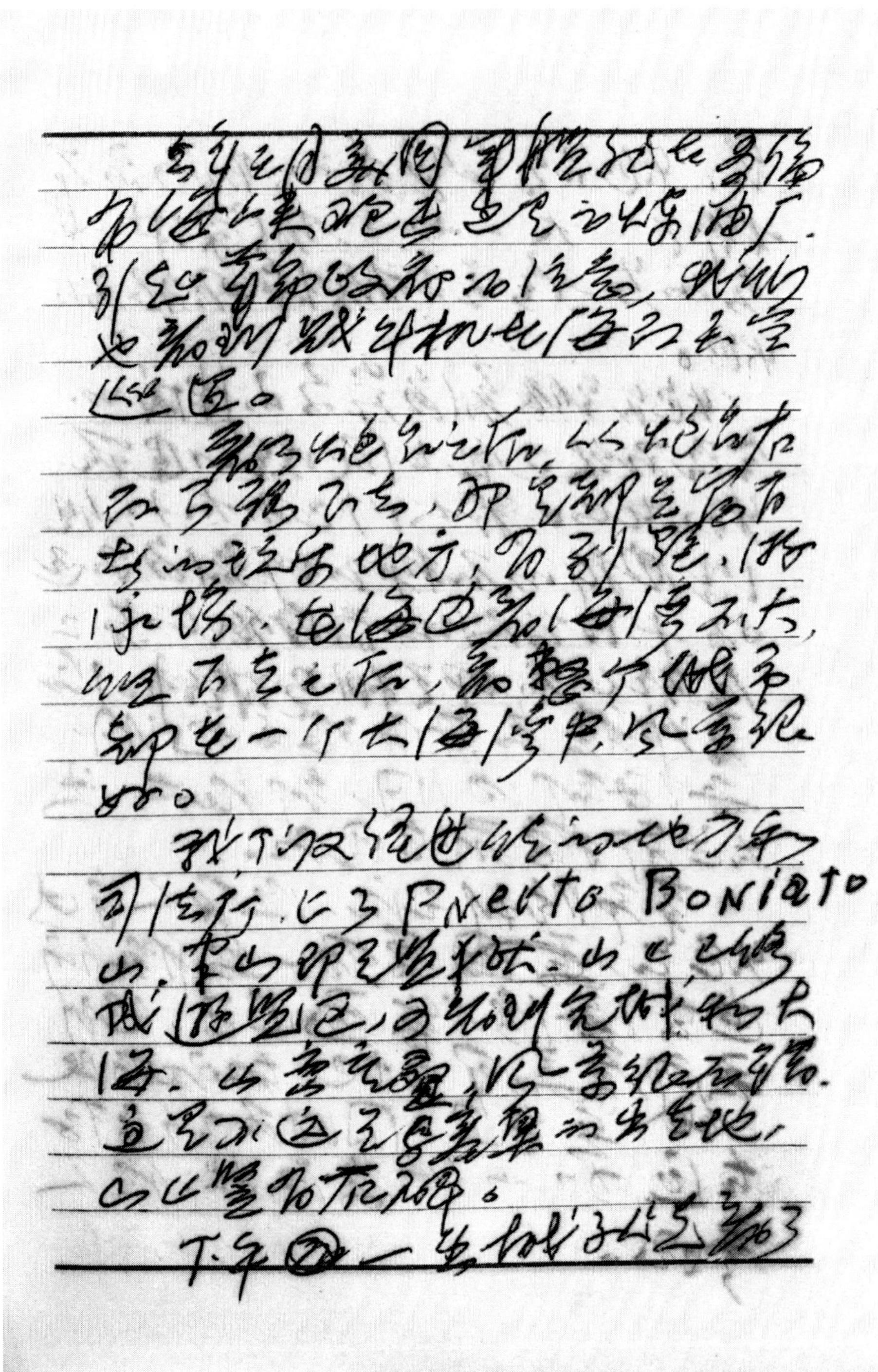
[illegible]

[illegible]一个大海湾中，风景很好。

我们下午又经过的地方有司法厅，上了 Puerto Boniato 山，[illegible]山上已经[illegible]大海。[illegible]风景很不错。[illegible]

下午②一[illegible]

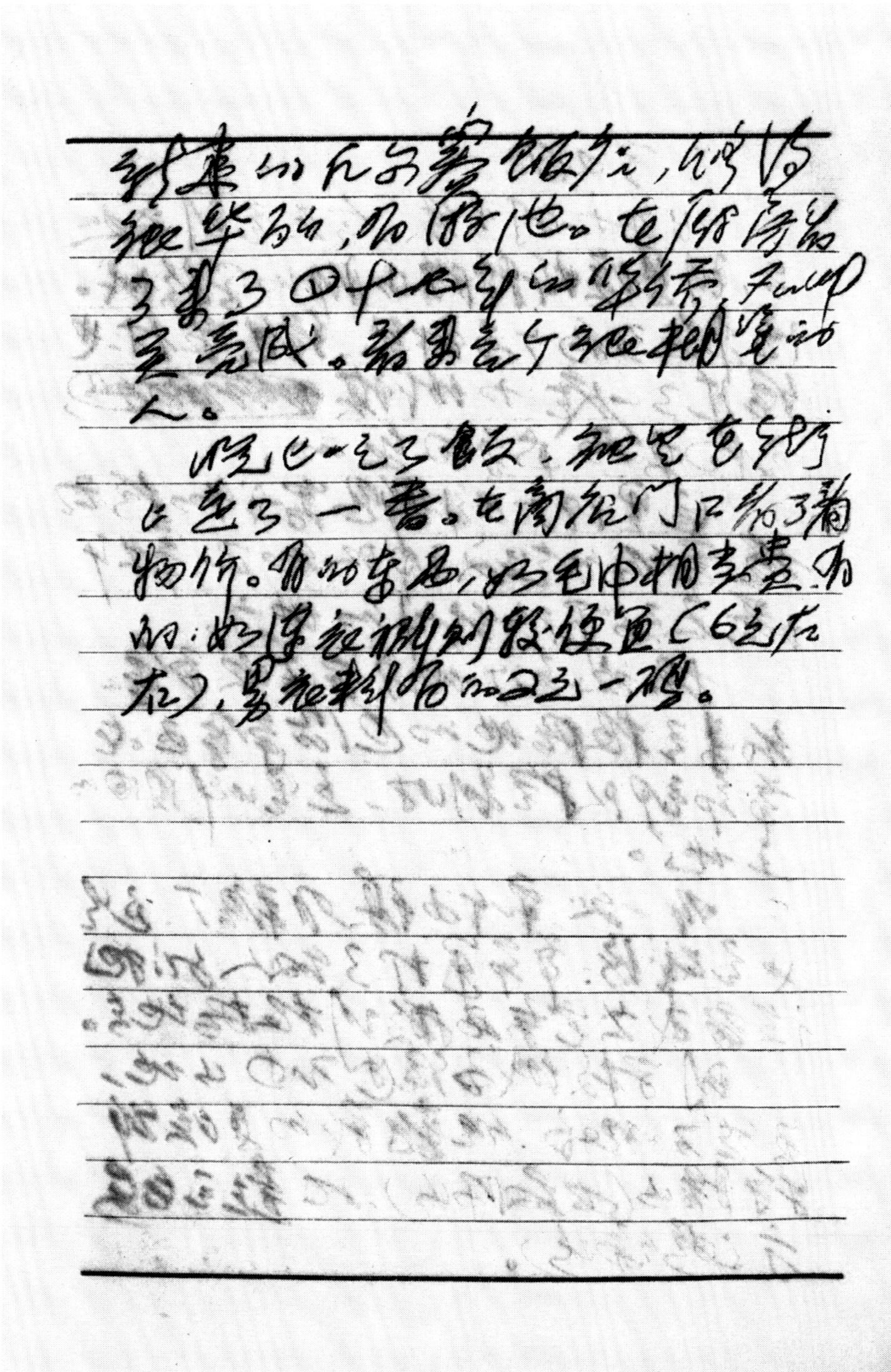

晚上吃了饭，和它在街上走了一圈。在商店门口看了看物价。有的东西，如毛巾相当贵，有的如某些衣料则较便宜（6元左右），男衣料为20元一码。

30日

上午九时出发，今天是到边加去，到马埃斯特腊山脚的学校城。汽车走了两个多钟头，经过农村，也经过了一座小城镇[illegible]，是向东南方向走的。

这里1958年是菲德尔·卡斯特罗领导的起义部队和巴蒂斯塔反动军队战斗的地方。

据说这个地方首先成为革命者根据地的也有这里。在革命部队控制时，这里收回的土地。

那一处，有个小镇叫赖丁，这里也是战场，革命军打了胜仗，就把设备或者其它东西搬到根据地去。

到学校城要经过不少山地，当然不很好走。但看到有名的马埃斯特腊山（也叫师山），就是在它的东方（略偏北）。

在这里劳动的有很多学生和民兵、东方省、国外各队也在这里修建这个学校五部分。

学校城是在一山前(较平地)上。面积很大，共有四十多所。现在一多所已使用，二多所在修建。这个学校城，有国际劳动队参加建设，我国驻古巴的李名高(劳模)也曾来此参加工作几个月。古人告诉我们国际劳动员修建的国际友人宿舍，说了赞扬中国。地方不够用。

在学校城的大路边有一座长形饭店，那里有很多学生在吃饭。

陪我们介绍的是一位向导少尉。

这个学校城，是受奥连特省胜军区司令(一位上校)领导的。这是东方省革命时代(包括纪念革命遗址)。

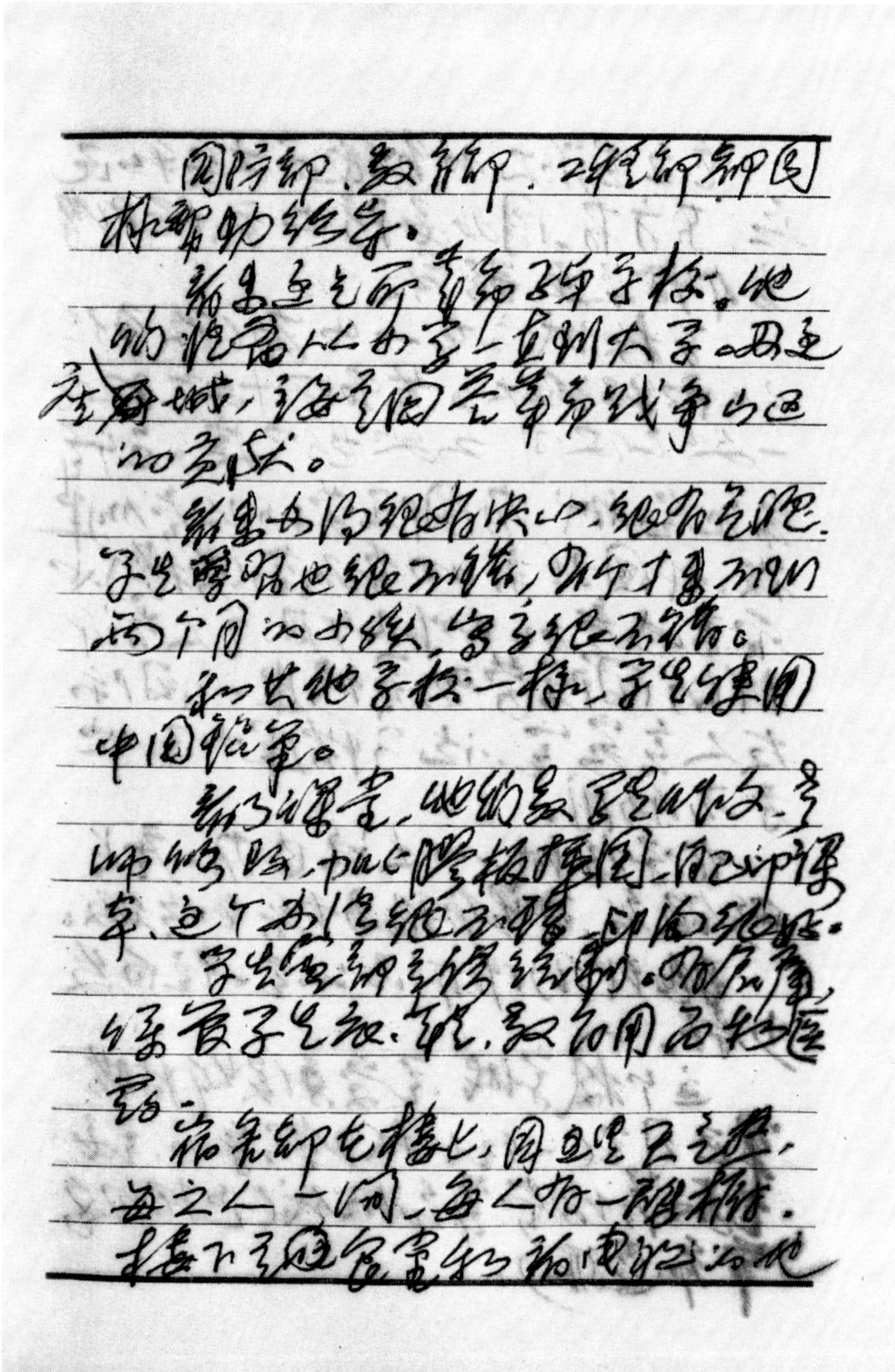

国防部、教育部、工程部和国机部协助修建。

新建这所高等师范学校。他们的学生从小学一直到大学。这座城，记录了国家革命战争以后的建设。

该校女同学很有决心，很有志趣。学生学习也很不错，有个才来不到两个月的学生，学得很不错。

和其他学校一样，学生也使用中国铅笔。

参观课堂，他们的数学课由他们老师编写，加上黑板挂图，自己印课本，这个办法很不错，印象很好。

学生宿舍和学校结合。他们在种植绿豆子、生菜、蔬菜，都由同学们种植。

宿舍都在楼上，房间里很干净，每二人一间，每人有一张床。楼下是厨房和新建的浴池。

方。

我们一到的时候受到那位少尉的介绍，之后再见了一位少校和少尉的太太们会同，走去军人饭店吃了午饭，十分受欢迎！

因为雨很大，天气又坏，我们只好在这地方和大伙相见的，好象了一种家的团圆，她们在一起坐了。太太们介绍的也很有情味，什么都叫好。

之后我们离开那里，去参观战场，我们还进入山区山丛了，椰子林中，各样美丽，这都有一个或好多个弹痕，战斗当年很激烈的。有很多农民房子被烧了，革命胜利后，政府都为他们建筑了房子。我们则一直看了一下，现在也没有电灯，将来要从城的电厂接通过来就有电灯了。房门都留有装电线的眼口。

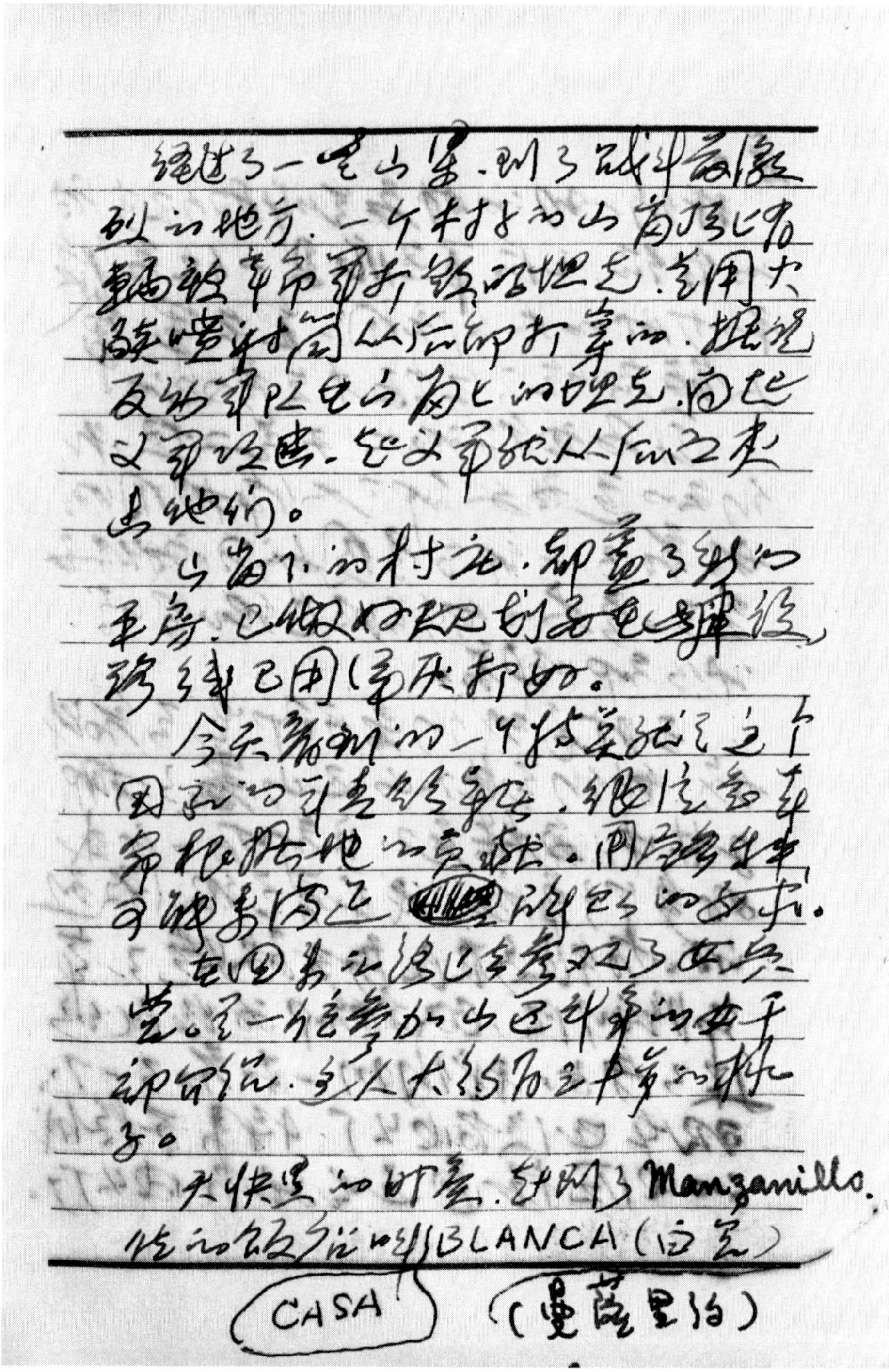
经过了一些山寨，到了战斗最激
烈的地方。一个村子的山前坡上有
当年被革命军击毁的碉堡。当时大
庄园主的武装从后面打来的。据说
反动军队占了前坡上的碉堡，向起
义军攻击。但义军从后面[illegible]
占地的。
山前下的村庄，都盖了新的
平房，已做好规划[illegible]
路线已用[illegible]打好。
今天看到的一个拉美任何一个
国家的革命战争，很值得我
[illegible]根据地的建设。[illegible]
[illegible]的东西。
在回来的路上，参观了女兵
营。这一位参加过战争的女干
部介绍，这个大约有[illegible]的样
子。
天快黑的时候，到了Manzanillo。
住的饭店名叫BLANCA（白宫）
CASA （曼萨里约）

晚饭后到街上走了一个钟头。在广场的俱乐部楼上，看了我国民间艺术展览。朋友们很欢迎我们。有一张齐白石的葵花倒挂了，我们告诉她。

在楼上守的有位女兵和一位男民兵。

曼萨尼约是座靠海的城市。我们晚上出去看了海。海边有个公园，绿树成荫，棕榈椰子铺，景色宜人的地区。

公园旁有水上俱乐部、咖啡屋、游艇。

城市周边没有别的地方，比较安静。我们回来的时候，还下了阵雨，但很快就天晴月朗。

今天访问的女兵，有的参加过拉巴那里的几座山头的战斗。

Las Mercedes 拉斯·梅塞德斯

（参加战斗的地名）

31日

今天早晨八时去附近的渔民村参观。渔民生活在荒凉的海边。在一些较好的房子的后面，藏着一个非常贫苦的人民。我们到时，看见一个空地，渔民在那里出售鱼类。有几部小汽车停在那里，主要是鱼商的。穿过曲折的破板房中的小巷，看地上都是污泥水，发出很难闻的臭味。

渔民男女老少都坐在门口，有的在劳动，房子都建在潮湿、又很肮脏的地方。

有些小孩较瘦的大肚子，可能是一种病。

临水的地方放着一网子和小船停在海边的[illegible]。

今根据陪同的阿[illegible]阿[illegible]说，以前渔民是租船去打鱼，租很贵，但鱼却被卖得很便宜。

让人们去那里参观，说我们的[illegible]

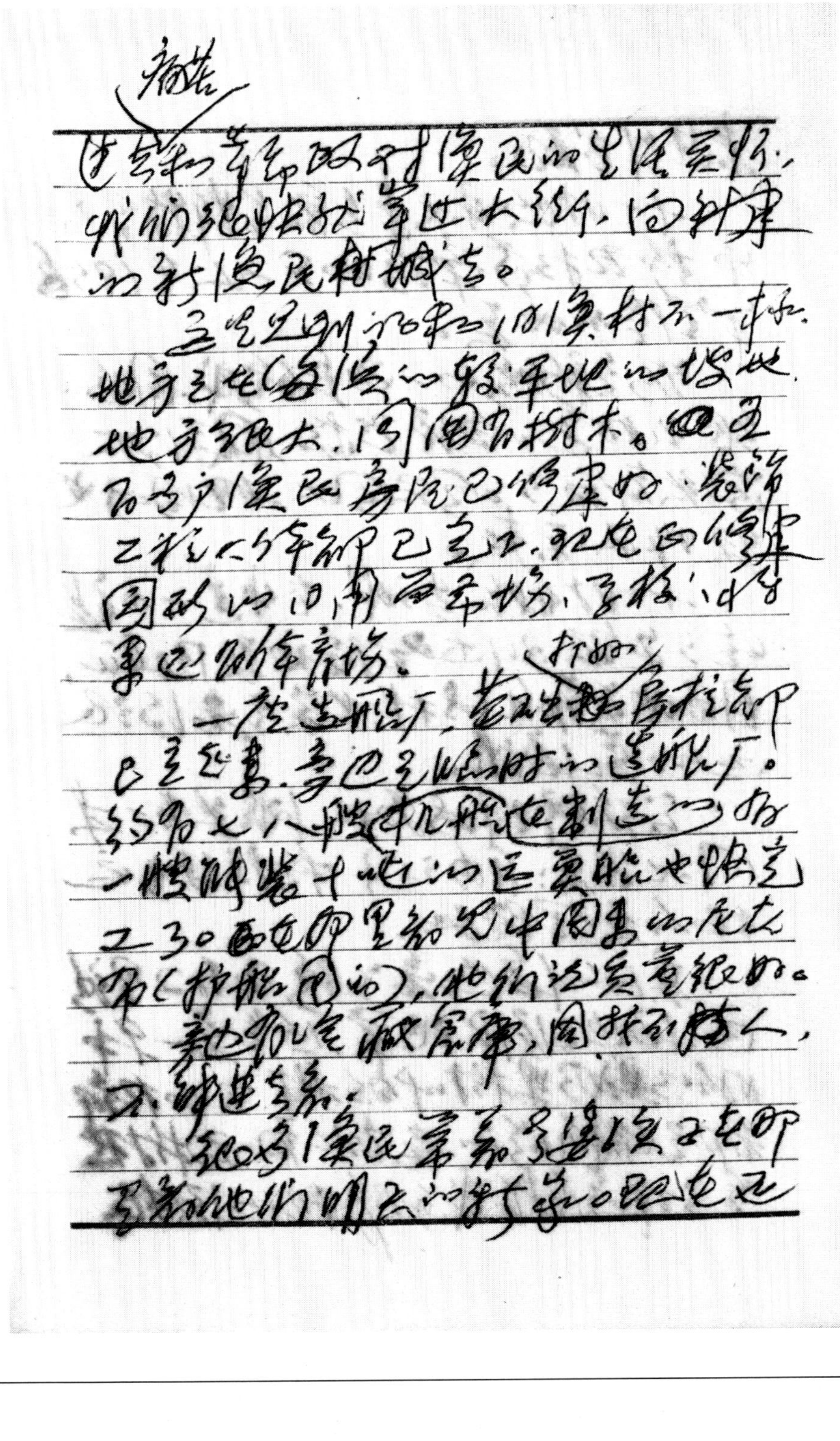
生活和革命政府对渔民的生活关怀，
我们继续往前走出大街，向新建
的新渔民村城去。
这里是刚建好的[illegible]渔村不一样，
地方选在海滨的较平地的坡地，
地方很大，四周有树木。两百
多户渔民房屋已修建好，装饰
工程大部分已完工，还在修建
[illegible]的[illegible]广场、学校、小学
[illegible]已动工广场。
一座造船厂，扩建工程都已完成
已完成。古巴[illegible]的造船厂。
约有七八艘机帆船在制造中，有
一艘较大的运输船也将完
工，30吨[illegible]中国来的友人
(机船同志)，我们觉得很好。
参观完毕，[illegible]
继续出发。
很多渔民都[illegible]
[illegible]他们[illegible]

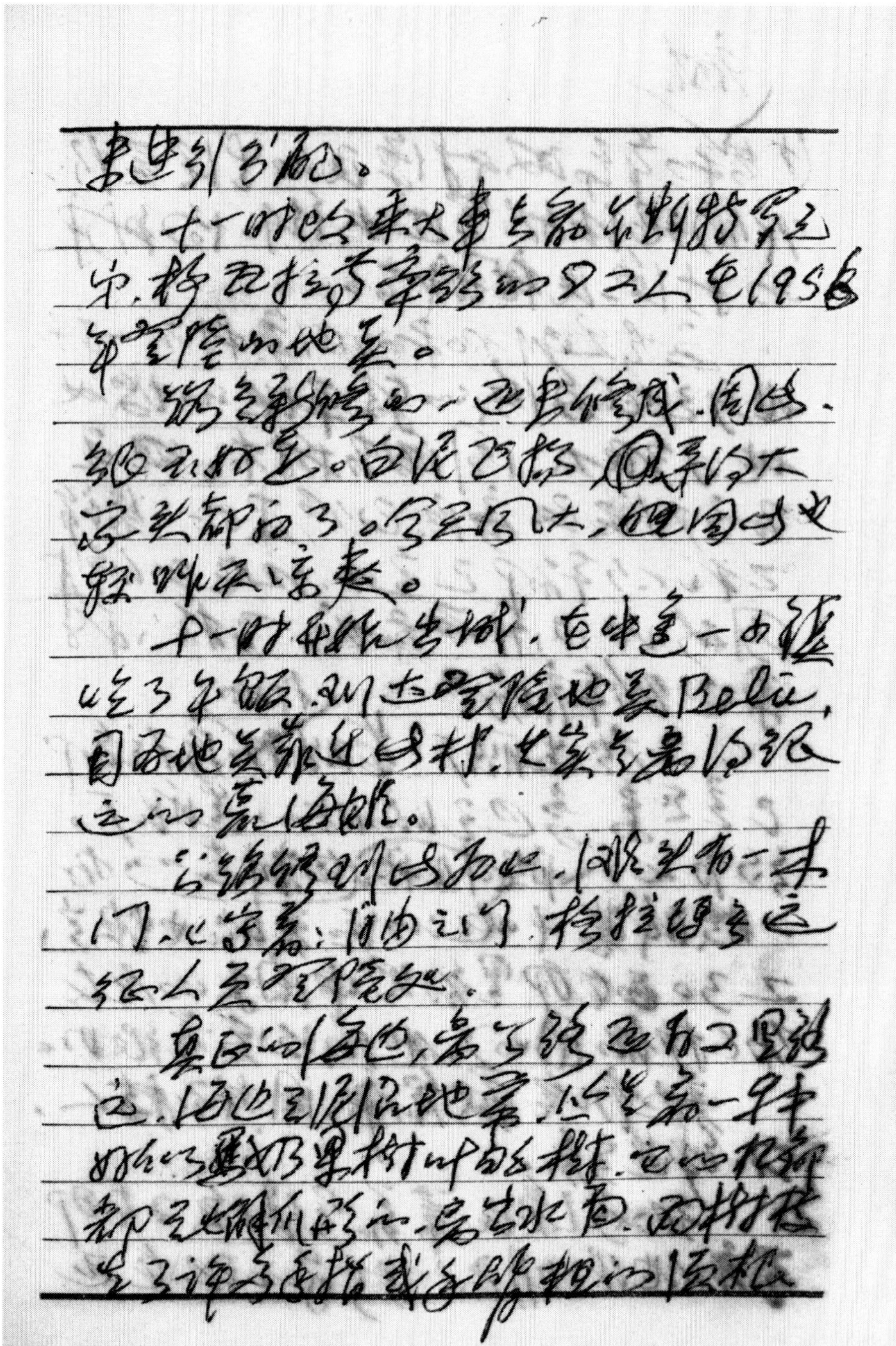

[illegible]

十一时[illegible]

[illegible]在1956年[illegible]

[illegible]

十一时[illegible]

[illegible]Belic，

[illegible]

水

蒙丛中去。林子密得穿不进人，而且都是水，马蹄陷[illegible]的泥沙[illegible]形成了之后的表层，树干最大也是大腿粗细，很难穿入。有的地方空出来一所树林的洞。

这片丛林相当大。新手登陆人员一直经过相当艰苦的路程才得穿出来。

当时大家[illegible]看[illegible]的[illegible]朋友的帮助（他们现在是土路委员会工作），搞到一只小船，这个地区人已经很[illegible]，而且常[illegible]食品[illegible]，[illegible]从[illegible]到[illegible]一个什么地方出发，要[illegible]我们[illegible]年轻的地方[illegible]，被反动政府军[illegible]发现，[illegible]，[illegible]人[illegible]，[illegible]军队去[illegible]，[illegible]近[illegible]的[illegible]村[illegible]被烧过的。

[illegible]队长[illegible]死二人，[illegible]

打了好几天才会结束。另有十二人逃进了山里拿起武器斗争，当然都在战斗中牺牲了。

现在是原来的墓地，可以看到修好的坟墓，椰树和花都围着古巴国旗。

从公路围那个亭子走到海边，这块墓地的其他出来的路，有一半是桥，从那里走出海边很远。

一到海边，从其屋外，是一大木板桥头，可容一百人的地方，可以望到远处的加勒比，风景很好，又加上战斗的意义。

有一个黑人民兵在此守卫。

急忙由翻译人为我们拍了两张照片。

临海的桥头的墓地上还有一排木牌，上写：自由古巴在此诞生。

这是很有意义的地方，可想见当

时我们的不安场。

现在过一村，即路旁人民家院。司机为主人来叫我们下去访问一下，马上在车上看。

过去游击队在山区活动，反动政府为对付，放火烧掉椰林，过去的椰林都被砍很多，比当初少还要好。现在许多椰树都是新栽的。

主人和一些朋友在此摘了很多椰子，并给我们喝椰水。

回到旅店已七点了。这时我又去洗澡。

在晚饭时吃饭后，一个中年的妇女（是那里的职工），知道我们说她是个热烈的中国人。她问新古巴的人民是不是有自由，帝国主义和反动派都说古巴人民不自由。除我们的朋友说，中国比我们还得到自由。她们了解，给与

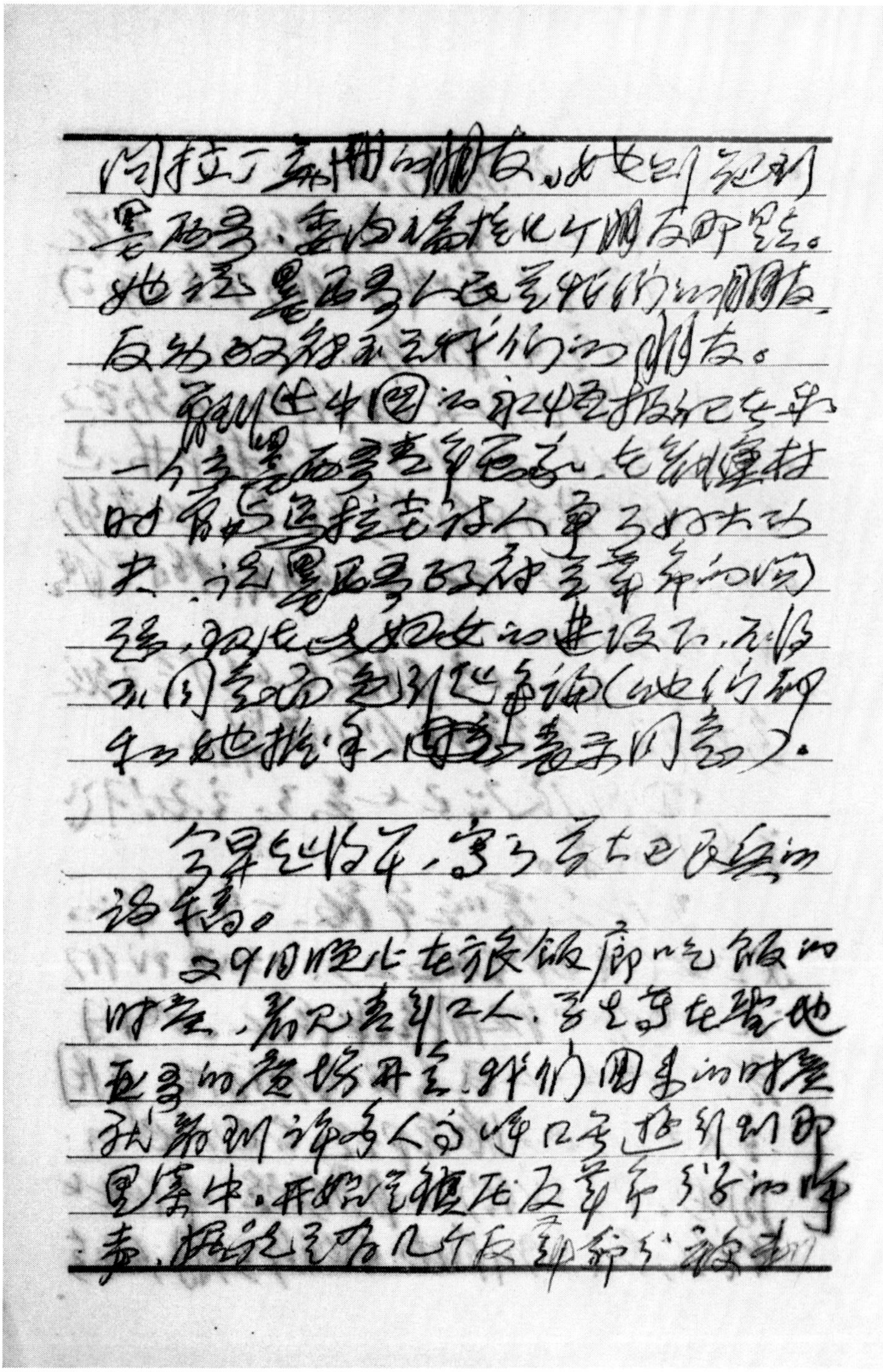

到。那些报纸登着高地哈瓦那的群众举了一幅[illegible]像，[illegible]到高及[illegible]了了主人的胸怀和武器。只有一位人在台上讲话，群众不断的呼"枪毙他，一定要枪毙他"。

会快结束时，大概是讲到扫盲问题，扫盲是这几天的重要主题。讲到中国帮助的煤汽灯，群众高呼"乒乒乒，viva毛泽东"，同时许多人拿起煤汽灯来。

在妇女营的时候，因林的情况也随意的。为我们介绍情况的妇女呼唤一个女战士，让她们用有中国的煤汽灯来进行扫盲，她两人相互拥抱和脸。

4月[redacted]日

今年去看卡斯特罗等82人在1956年12月2日登陆所乘之游艇格拉玛号。此艇是革命海军接管来和了恢复的。

游艇放在附近一个像村庄的海边。它的旁边有好些船艇。艇身保存很完善，有遮顶盖的木结构一层客舱艇身。

水上码头，有几个人在那里钓鱼。也有几个民兵和艇的海军。

我们登上码头，先走经过游艇，然后通过一块木板才跳上船去。跳板很软，巴拉圭朋友是我们的第二个去的。驾驶艇的民兵说先生掉在水里。

艇长六十英尺，驾驶台旁有个床，舱下三个，是平时的卧舱，可以八个人睡。艇不大，82个人真相当挤了，加上武器、弹药

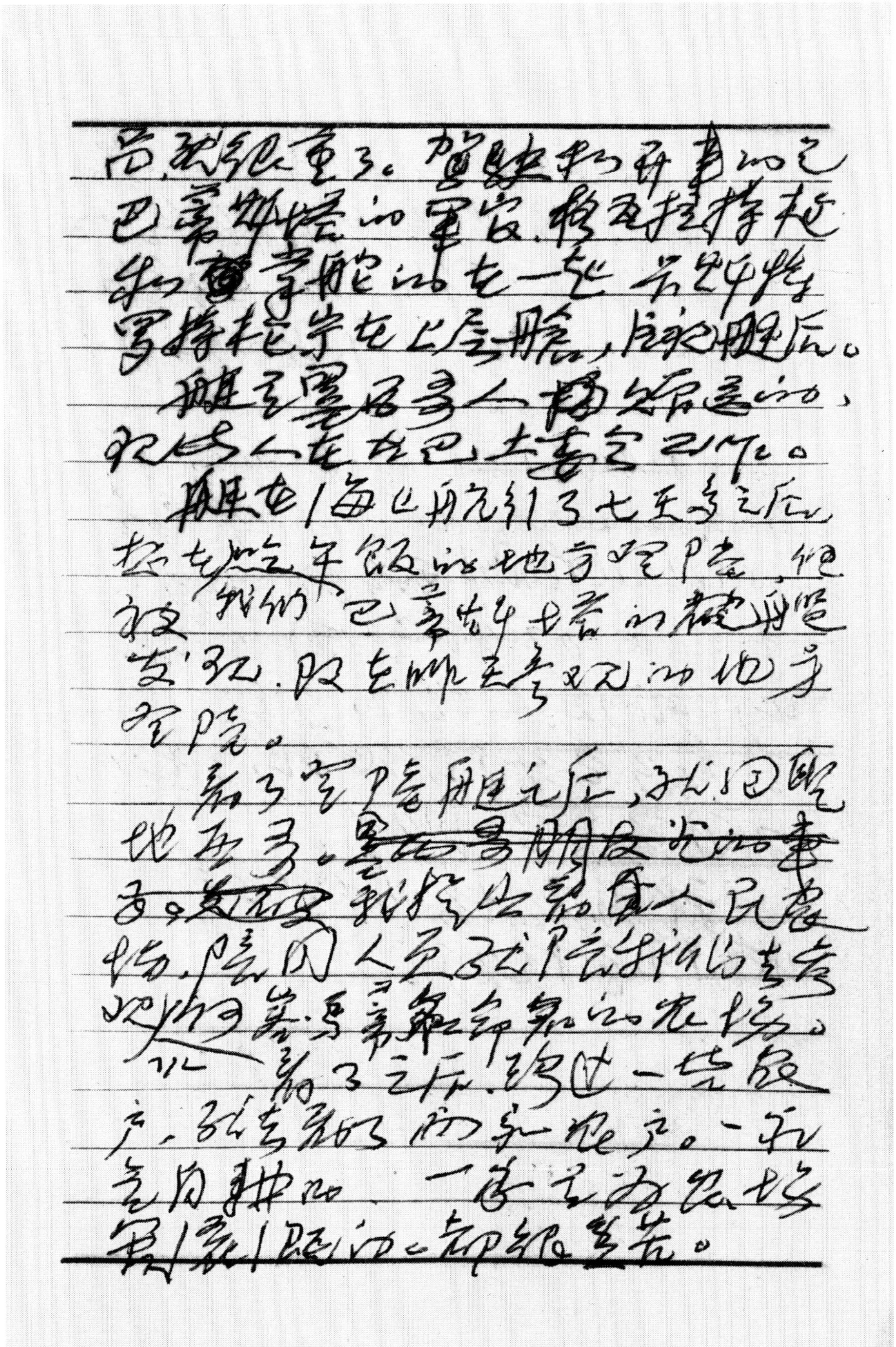

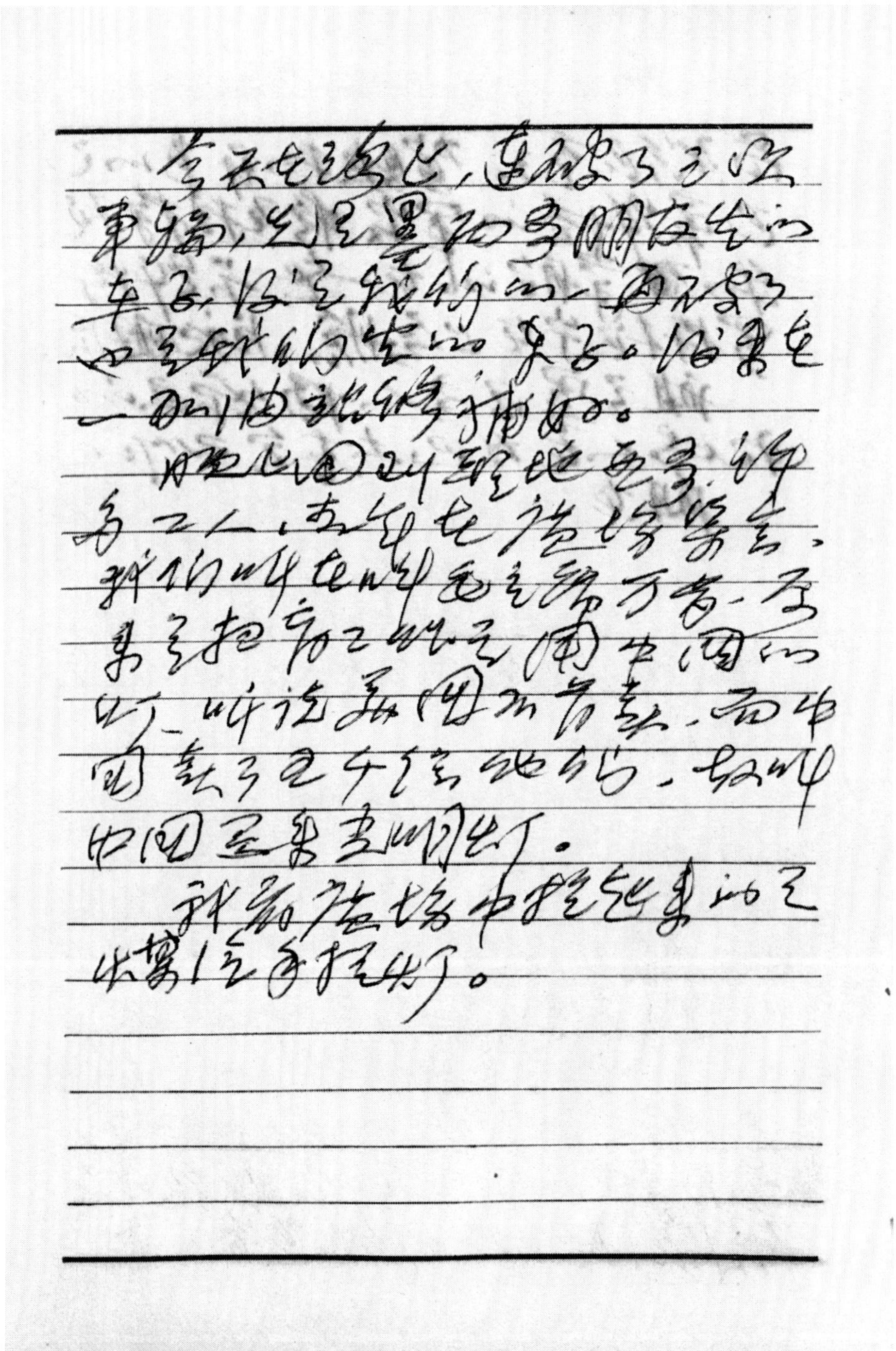

4月2日 晴

上午看节目，二时乘飞机回哈瓦那。到达时已经是晚餐时了。

7时以后，和[illegible]到大使馆去，[illegible]访问[illegible]情况。回来时下着暴雨，雨很大，有时打在身上[illegible]。

4月3日

今天没有参观节目。

晚饭后与郑经朋友[illegible]。~~[illegible]~~。他会去[illegible]。晚上到大坡电影院看美国电影，[illegible]最[illegible]的片子，但是看了[illegible]

（什么内容的片子。）

4月4日

由郑[illegible]与卢克同志参观[illegible]农场。这是一个[illegible]。[illegible]的红棉[illegible]的农场。

据说是她们的[illegible]较好的农场，但很不节约，[illegible]的[illegible]，[illegible]也很讲究。

为红棉是美国人设计的，投资600万，以大面试种，以能把[illegible]，但结的果实却不很大。但她们很赞美这园圃。

看了画装的红棉的工厂。

去山上看了宋水风景区，五个小河游泳通览地区。我在东哈瓦那吃的一样，那房子不出租。在那里吃了午饭。

下午去看合作社，去时专路过是一军队的大车，说是部下不在，不认识，又回哈瓦那。去参观了水族馆。很不错，有很多人来看世界的热带海洋鱼类。

晚上看书会来宾加拿大的电影剧团，指的中学毕业。是在美国古巴中学的，他的女儿不理我的新年会。

在水族馆，认识国会大楼图，我们去把剧会看的学习纪念馆博物馆"古巴的独立"。

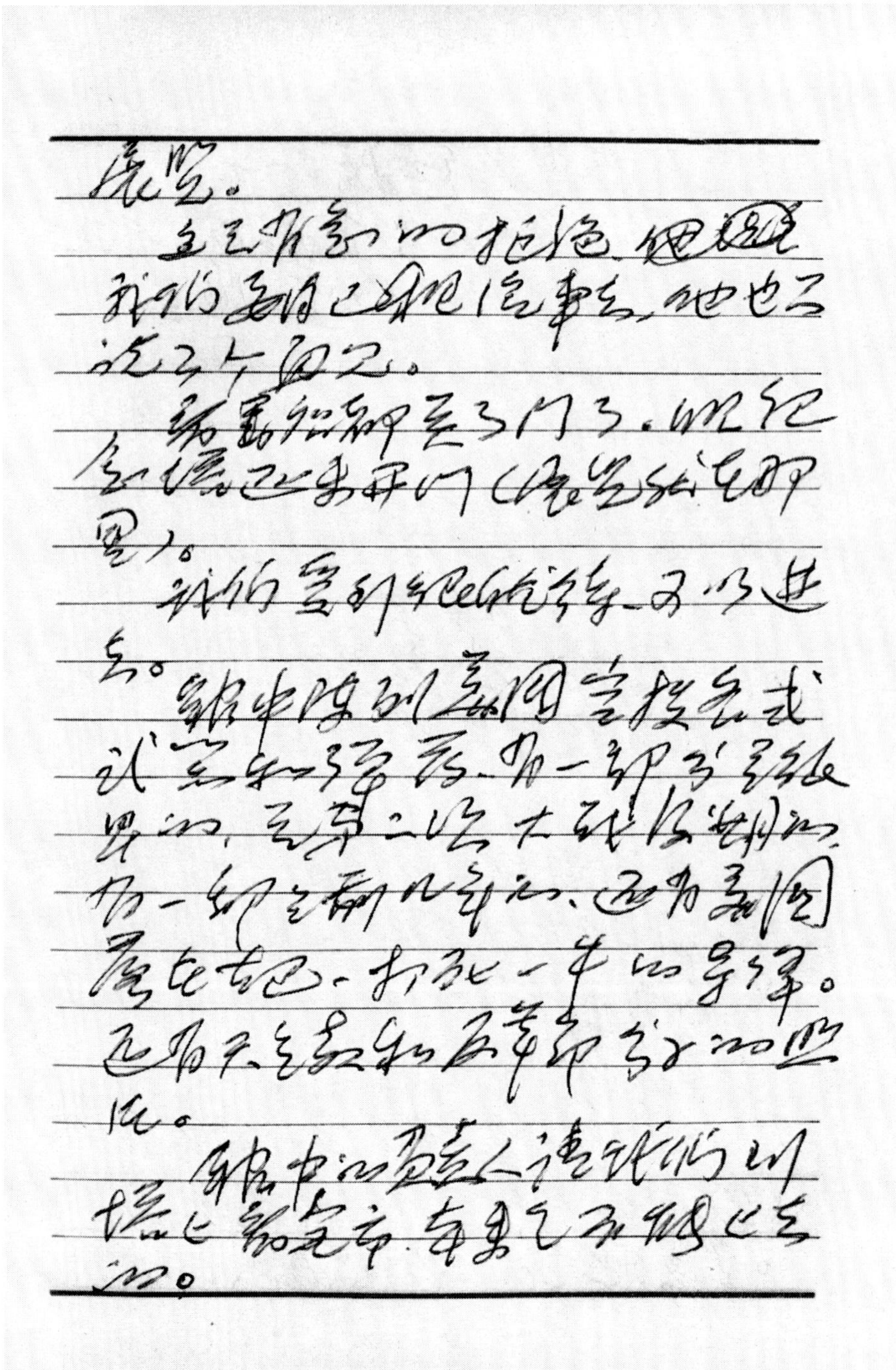

展览。

立三看了我们的拒绝，他说我们要自己把信寄去，他也不说这个回答。

第二天船卸完了货了。明天纪念馆还要开门，展览就在那里了。

我们要到纪念馆参观，可以进去。

船中陈列着中国官员在武汉写的诗和字画，有一部分是很好的，有革命及大跃进时期的，有一部分是翻印的。还有中国展览馆，打死一半的资料。还有大字报和反革命分子的照片。

船中的马来人请我们讨论[illegible]。

借给350美元。用了后
手屋。

借去巴黎华侨时（5、6年）
开始住库。

另王又把钱给一美元抗
抗议。王拒绝陪同。

我们包饭任商量3—五、过路
友谊宴会的（松大人的领导家都闻知）
陪同都是有功劳，不是一般子打
死（拒绝陪同）。

后来在和对外协会指导工作
的秘书谈的时候，他是多年的朋
友。他说现在他们出国也成
了问题，因为国家航空公司不让
他乘飞机。

我们去找这里的负责人谈
话，未找到。

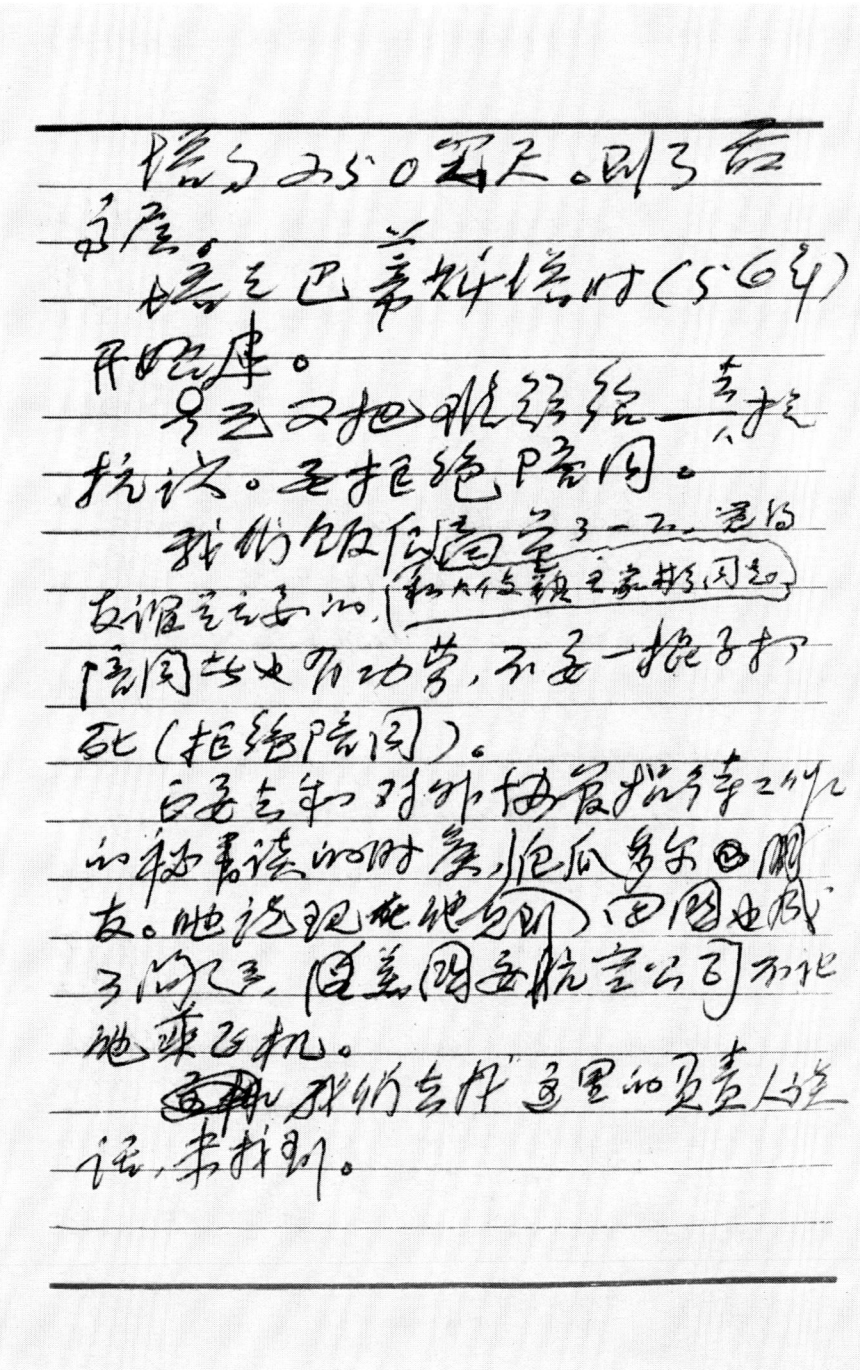

七月廿日

上午，到作协开会，研究拉美的统一战线之所形成问题。我只参加了两点。大家的意见是否已是一致的，就是拉美的民族统一战线，必然会广泛而且大结合。墨西哥会议明确提出了反美的口号。而资产阶级的开明人物参加了这个运动，并说明了拉美人民的能力不可忽视，因而也有些变化。形势是好的，发展很快。但党的力量较弱，把它团结在以工农为中心的周围。

我和李季到[illegible]大使馆去[illegible]，上午会见[illegible]，十时半才散。十一时又去访[illegible]，[illegible]使馆[illegible]。[illegible]问[illegible]。[illegible]

参观好，据说是第三次到那里。

我们参观了前哨部队，他谈到不久要去过他。因此我们去大炮阵地，由大炮阵地直至那里去找他。事实我们的国家，为了……他是开我们的宝贵的同志，据说他不一定去过大炮。这确是……他们开始的是去过大炮，这是不好，因由他们去讲。只好快去看车去。

大炮组长给我们介绍古巴殖民时代的海边炮台。

这个炮台是殖民统治者用奴隶们的劳动建成的。

接待我们的是位海军中尉，他曾在海军学校读书，曾参加了革命活动。

这位中尉很热情，很耐心地向导我们。

炮台一进门，有吊桥，再通过一道门，通过炮台的围墙，长廊才能到向

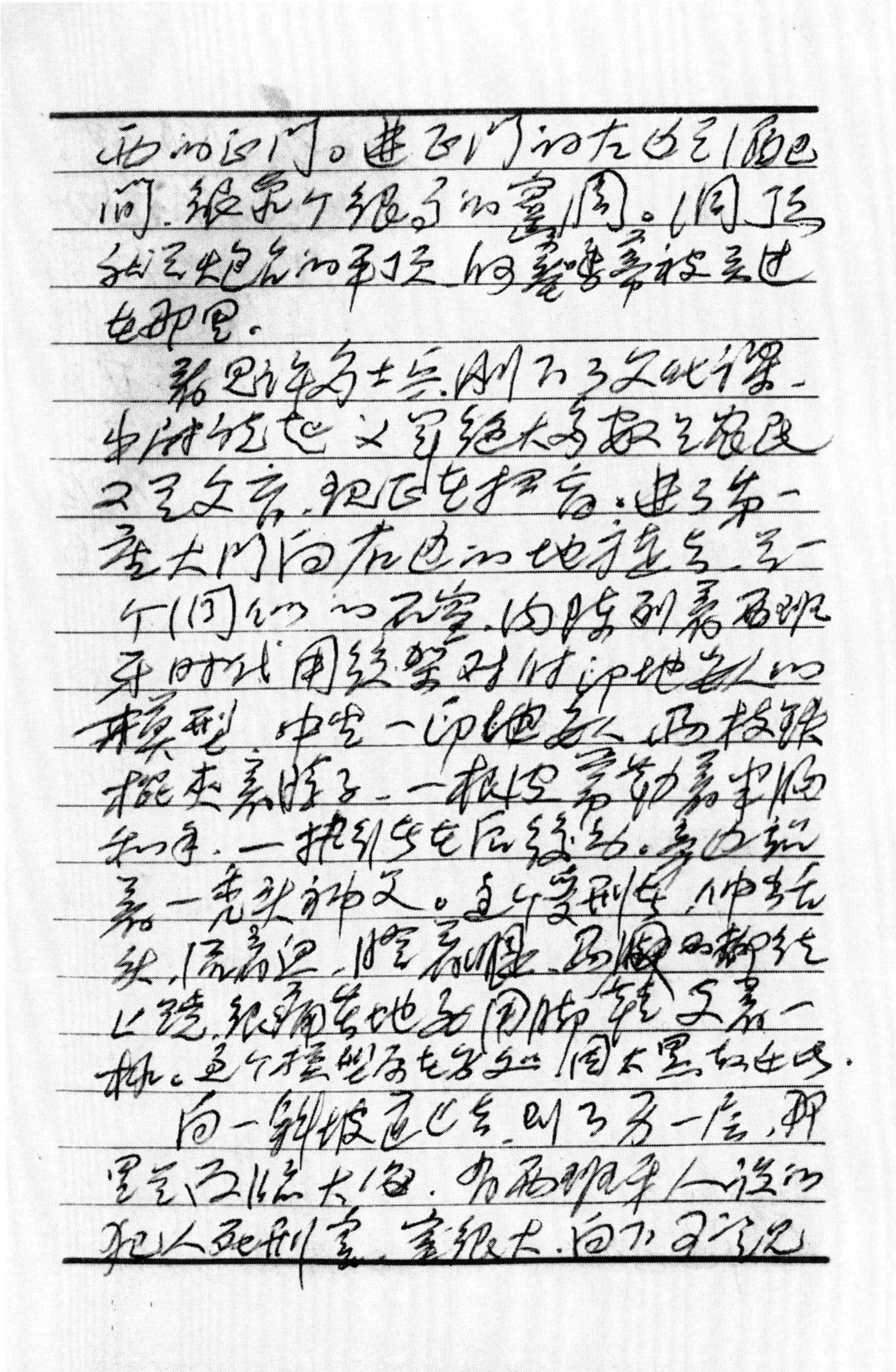

西面的正门。进正门的左边是1间色
间，很窄很低的牢房。1间面
积只够容纳的牢房，阿塔瓦尔帕被关过
在那里。
新巴许多士兵刚刚到了这地方。
中间说也只是绝大多数是农民
之子女家，现在也打扫。进了第一
座大门向左边的地方走去，是一
个阴暗的石室，内陈列着西班
牙时代用铁器对付印地安人的
模型，中有一印地安人，两枝钢
棍夹着脖子，一根绳索勒着脚
和手，一把刀子在后边等着，旁边站
着一个斗篷神父。这个受刑者，伸出
头，后看过，嘴在喊叫，两眼都往
上瞪，很痛苦地用脚登着又在一
机。这个模型存在当年之的同大黑红色的。
向一斜坡道上去，则到另一层，那
里是审判大厅，有西班牙人设的
犯人死刑室，室很大，向下可见

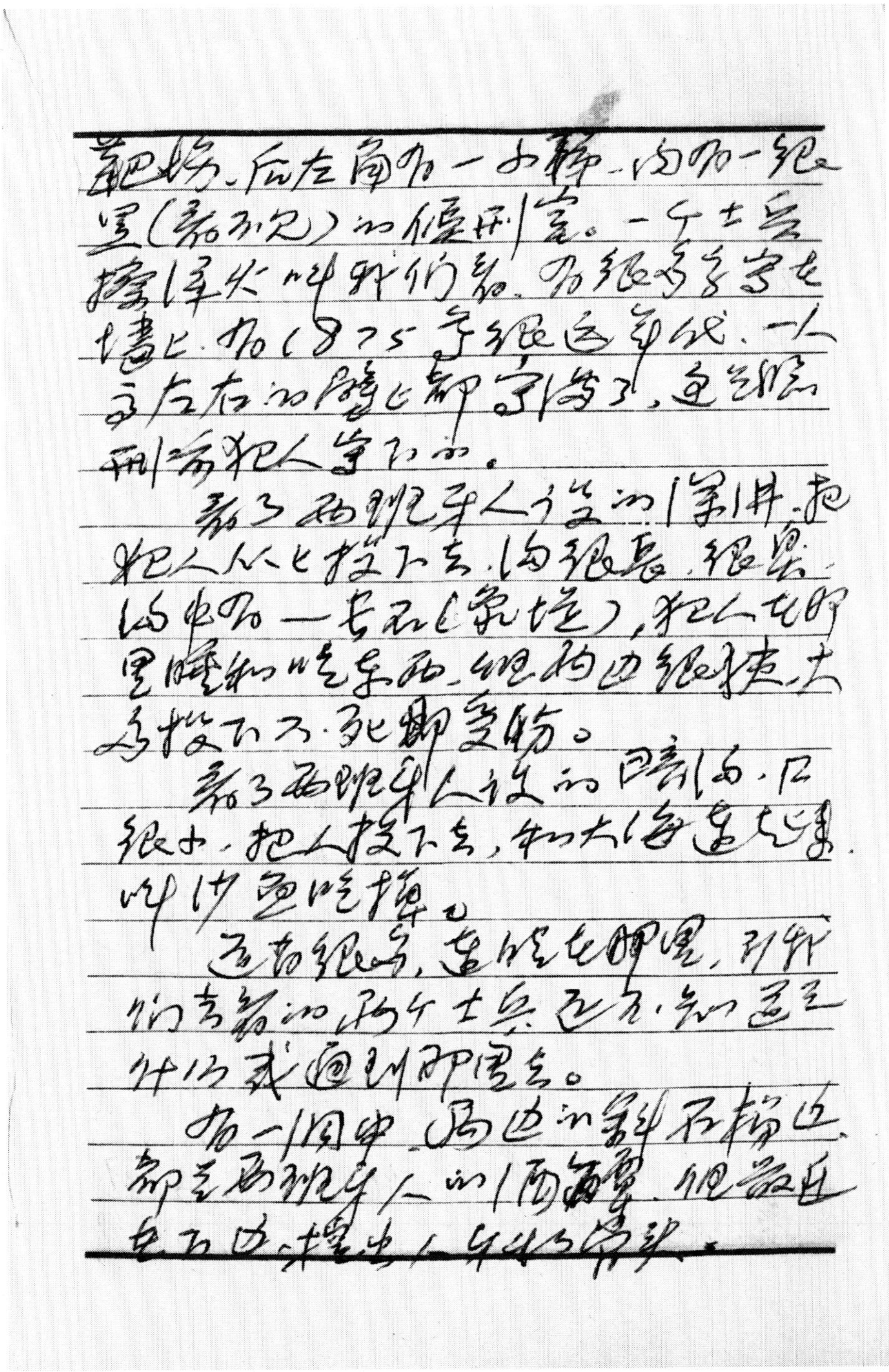
靶场。后左角有一小房，内有一组
黑(看不见)的绞刑室。一千七百
擦洋火叫我们看。有很多字写在
墙上。有1875年很远年代。一人
高左右的墙上都写满了。这是绞
刑前犯人写下的。
葡萄牙西班牙人造的陷阱，把
犯人从上推下去。内很高，很黑。
内中有一长石(气墙)，犯人在那
里睡和吃东西。很高的很快去
为推下不死都受伤。
葡萄牙西班牙人设的陷阱，口
很小，把人推下去，和大海是通连的。
叫沙鱼吃掉。
这些很多，是修在哪里，引我
们去看的两个士兵也不知道是
什么或通到哪里去。
有一间中，马边的斜石梯边，
都是西班牙人的酒窖，但最近
在下边，挖出人头骨骨头。

看了马蒂的塑像。在加勒比海的要塞炮旁照了相，又在莫罗堡前的大炮旁照了相，那是西班牙殖民时期的古老大炮，临进入城市的港口、要冲。

看了监狱、囚禁的房间，先进一道门向右，有铁门，门里很小很小，有一板铺，有一小桌。都是原来的样子。

陪同我们参观的人之一有一位是中国血统的古巴人，很热情，给我们用旧记录纸叠了一艘椰壳船。

[illegible]下午三四时到六时半二次，与使馆高丹那见。到了大使馆，看了二十多张照片。又到一位老二等秘书处，个人表示同意，但由于五月要开代表会议，尝试很慢。叫留下姓名，打电报向他们国内请示，什么时候能回答，他说不能肯定，十多天之内可能

的。

从大使馆出来，即驱车到[illegible]展览馆。展览馆包[illegible]美术宫。时间太短，简直是走马看花。[illegible]之后又到大使馆去参加申大使[illegible]。[illegible]差不多快十一点，又到使馆文化处[illegible]反动电影"蜂"，[illegible]的电影，[illegible]，乱七八糟，只能使人[illegible]。[illegible]看不下去，[illegible][illegible]。

一时多才回来睡觉。

今天中午和外协秘书谈话，[illegible]问题。[illegible]她的工作没有做好。[illegible]计划是[illegible]。

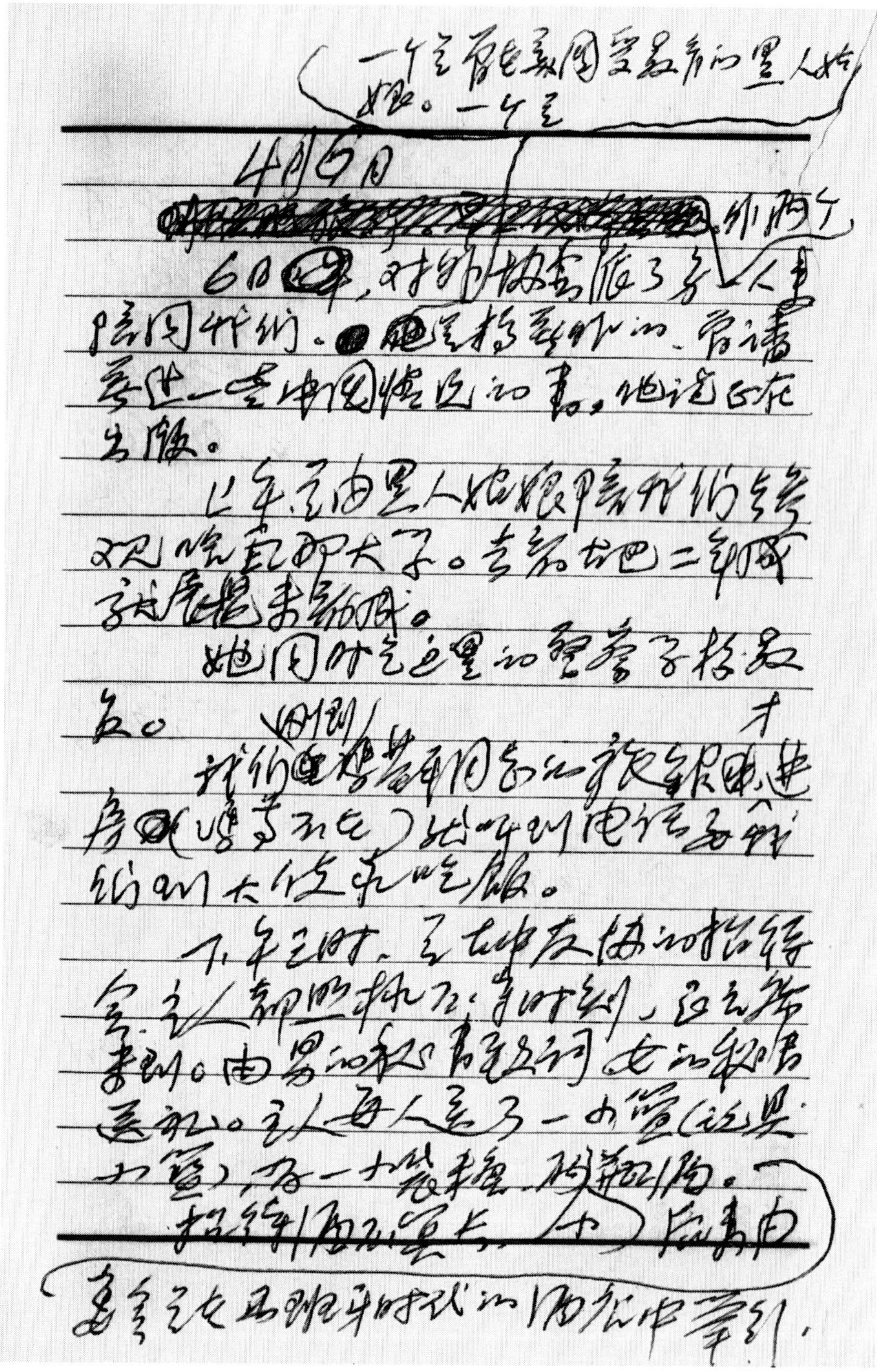

4月6日

[illegible]

6日上午，[illegible]陪同我们。[illegible]出版。

[illegible]大学。[illegible]

[illegible]

我们[illegible]

下午三时，[illegible]招待[illegible]

让人感到我们的古中友好要传下去。我们一路，让人能更加了解我们的心意。

4月7日

上午八时出发，今天到沼地改良田地区参观。

出了哈瓦那市往东南走，先经过马坦萨斯省，再到拉斯维利亚斯省。这个省在中部，沼地就在这里。这是一大片平地的灌木林和水草地带，有时可看到一些棕榈树、椰子树。

进入这大片沼地，可以看到有的地方已经烧掉林子和丛草，有的大树已拔掉。有些拖拉机和推土机，正在工作。水田的模样已开始见了。

过去这里没有道路，这大片地方只有铺在草地上的一条窄轨铁路，交通很不便，因此也很少看到居民。

现在新修的公路已代替窄轨火车，古巴政府说以后要把这林茂阔的土地，盛产水牛烟、玉米等作物良田。

沿着铁路的公路前进，中午到了多宝湖，他们到了铁路的终点地，因为没有船，不能进湖去。

这里的地名Guamá，是印地安人的名字。西班牙侵略者来到古巴时，他带一个组来反抗，跟着他抵抗敌人的人很多，许多知名的部落都跟他一起来反抗西班牙人。

Guamá在1532年战死。

19世纪初，考古学家们在此地留下发现印地安人住房的木本桩，每根长达三米，行列很整齐，现在的沼泽之中也发现这种的房桩，同时发现很多有孔的石头子，是渔民捕网用的。

这里是一个沼泽区，地面会发生险况状态。

古巴革命政府在此开辟了个很

大的建筑已。按印第安人原来房子的样子，也建造了很多木房和一些亭子。这些房子，都是用木头、柳树干、棕榈叶做房架、墙壁和屋顶，很象了当地土人的茅屋。

有一个很宽大的饭店，大屋顶，顶是下垂，用三角形搭成支城的大门支柱，四面无墙围，因此很凉快。

这里开了很多有鳄鱼的池塘，据说有了三千多条鳄鱼，现在没有这样多。我们看见池里很大的鳄鱼，象枯木头一样露出水面上，偶而惊动一下，突然动起来。

有的则在沙上晒太阳。

有卖鳄鱼以下的用品：鳄人头和鱼皮制品。

我们在那里的饭店吃了午饭，

炒饭有点像广东炒饭，好像广东炒饭做得不错。只是太咸了。这湖出鲜鱼，味道鲜美。可惜，鲜鱼油炸失去鲜味的。有一种花生米似供佐下口。

他那里蚊虫很大很多，和小樱桃一般，叫人生畏。

古巴的通货膨胀已太多了。他赶人意不很多，我想，这是他们节省费用于工业发展的开支。这一点在我们看来是很难理解的。

没有船不能到宝湖去。据说湖很是印地安人的酋长史部。周末前往，很难寻到印象。

我们改变了计划，先去参观合作社，这是要了解的一项主要内容。

到马丁尼斯林区，参观烧木炭的地方。这里出木材和原木，烧木炭是重要生产。

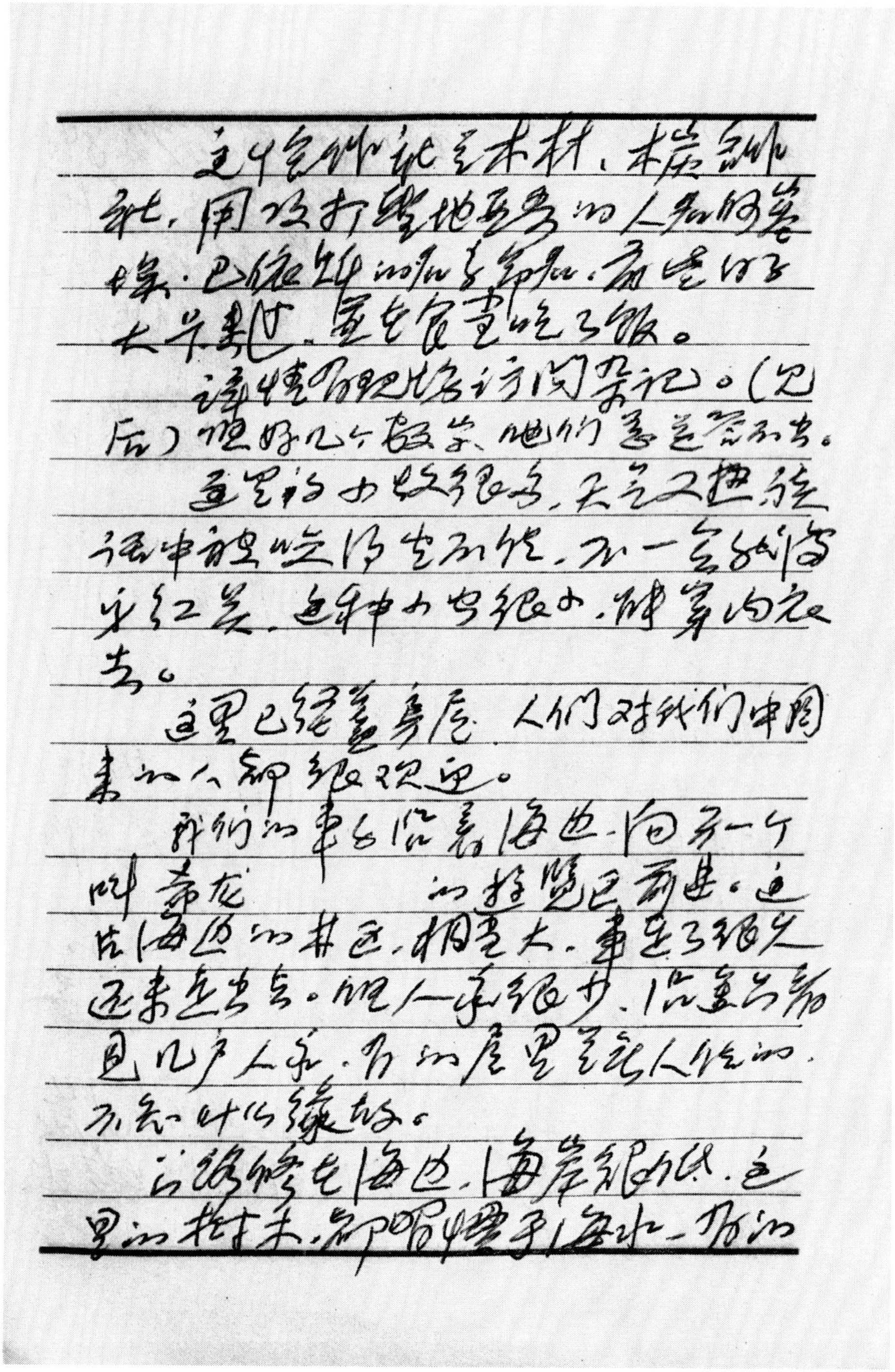

这个合作社是木材、木炭合作社，用砍打整地主多的人参加的墓埃。已经组织的社员有……。前些时大学来此，还在食堂吃了饭。

读他们的访问笔记。（见后）唱好几个歌曲，他们喜欢笑不去。

这里的小孩很多，天气又热，赤脚在活中吃得也不能，不一会就赏来红花。这种小花很小，就穿肉衣去。

这里已经是乡区，人们对我们中国来的人都很欢迎。

我们的车子沿着海边向另一个叫 帝龙 的村庄前进。这片海边的林区相当大，车走了很久还未走出去。但人家很少，沿途只有几户人家，有的房里还无人住的，不知什么缘故。

公路修在海边，海岸很长。这里的椰子树，都喝椰子海水，有的差不多已经在海水里。岸和水位之差不到几寸。这条铁轨的路，许多这些部未铺沥青的、铺是黄沙碎石垫的。有的现在铺着，进行工作。看到推土机和压路机在工作的。

下午五点多钟左右，到了海边游览区。共有这一个大的海边浴场和别的地方一样，建造了一批供游人租用的小房子[illegible]整个地区。租的房子都不大。有卖东西的地方，每个房子里有卫生间、衣橱、厨房（和卧室连在一起）都是用电炉。

海滨浴场旁边海边有一很长的桥横过海滩子。桥孔不窄很宽，大概是两个作用。一是挡住海浪以免发生危险，一是挡住沙流进到。桥的长度和浴场一样。

约五六百米了。

除游泳的人外，但底下石头很多，很搁脚。游泳场东南方（靠风浪）有一水井在海水包围中，涌出淡水。有水桶汲水的，岸上一个管子的淋浴池，也。把已经淡水，把水去处理了使用。

海岸上白花缀着大树林。夏季游泳季节尚未开始。现在游人很少。

我们也下海游泳。只有一妇女带着一女孩和一男孩在游泳。她们三人都不会水性。多少有两个少年，看见我们是外国来的，小学校的学生，很友好，请我吃生鸡蛋。那个女人的小男孩却很不礼貌，用沙子打我们。

晚上到公共食堂吃饭。食堂建立木子火。有一些侍应代表那里来服务员，不会讲中国话。

食堂富丽，晚8时以后开饭，饭却不怎样特殊。

在那里吃饭的有工人、农民、扫盲工作者。

在那里，我们向陪同的主人代表祝贺他的四十岁生日，送了一本书给他。他说陪我们出来时曾考虑到此事，女儿本来为他庆祝生日的安排，可能把它也改去了吧。在走前，他还要去书店，但想到陪我们更重要。他今天和我们交谈很多话。

同时认识了两个扫盲工作的女学生，一个是师范学生，一个是研究化学的。前一个是这个扫盲队的中队长。

由于纪念节的作用，她们请我们去参观她上课。我们同意去。

那里的农民家庭都在亮

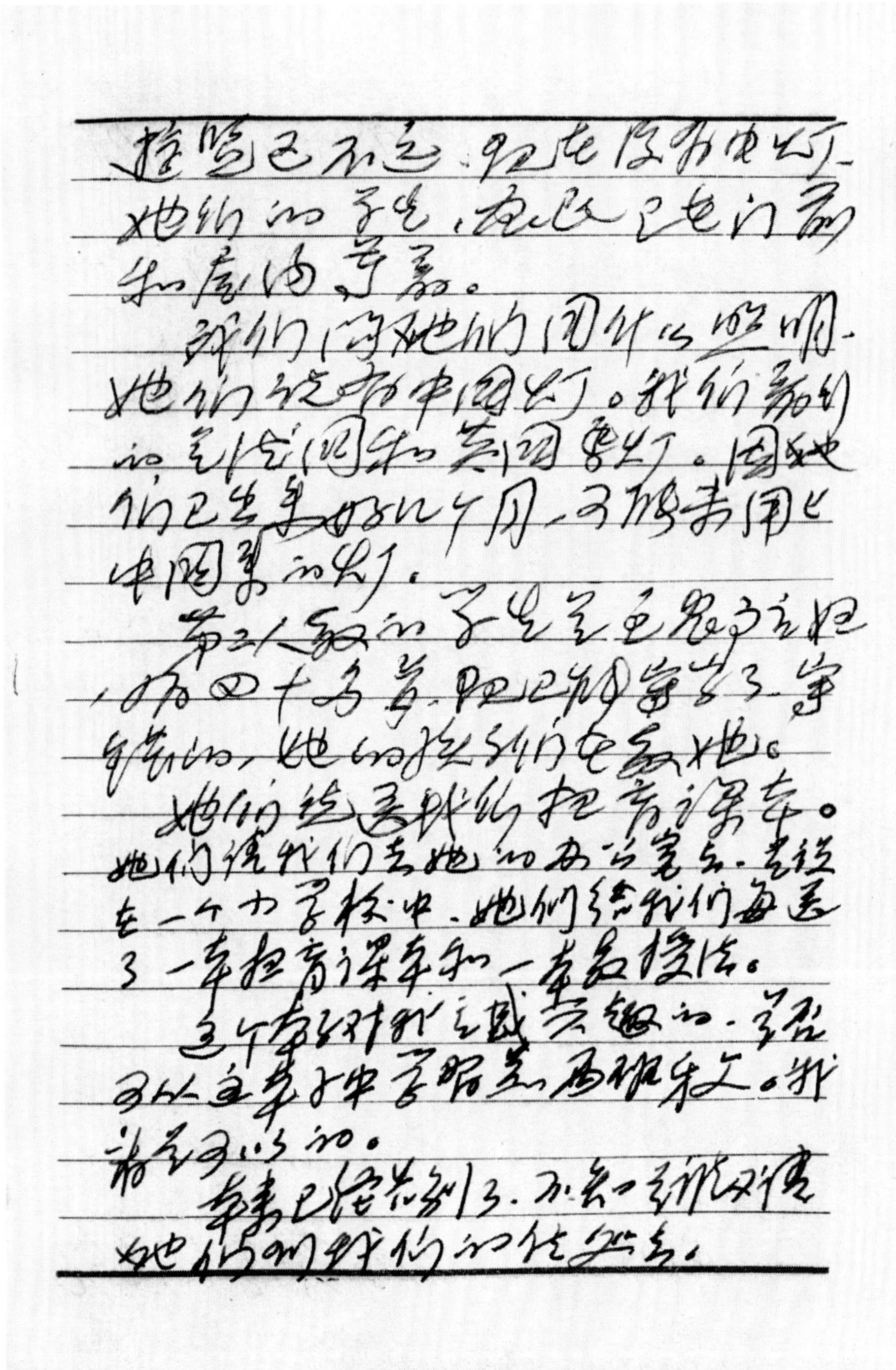
[illegible]已不远，但[illegible]她们的学生，[illegible]和[illegible]。

我们问她们为什么要学[illegible]，她们说[illegible]中国的。我们[illegible]的[illegible]和[illegible]。[illegible]她们已学了好几个月，可能[illegible]用[illegible]中国[illegible]。

第二[illegible]的学生[illegible]，有四十多岁，但已[illegible]学[illegible]了。[illegible]她[illegible]。

她们给送我们拉丁课本。她们请我们去她们的办公室去。[illegible]在一个中学校中。她们给我们每送了一本拉丁课本和一本[illegible]。

这个[illegible]对我们[illegible]感兴趣的。[illegible]可以[illegible]。我[illegible]可以[illegible]。

本来已经告别了，不[illegible]又请她们[illegible]我们[illegible]。

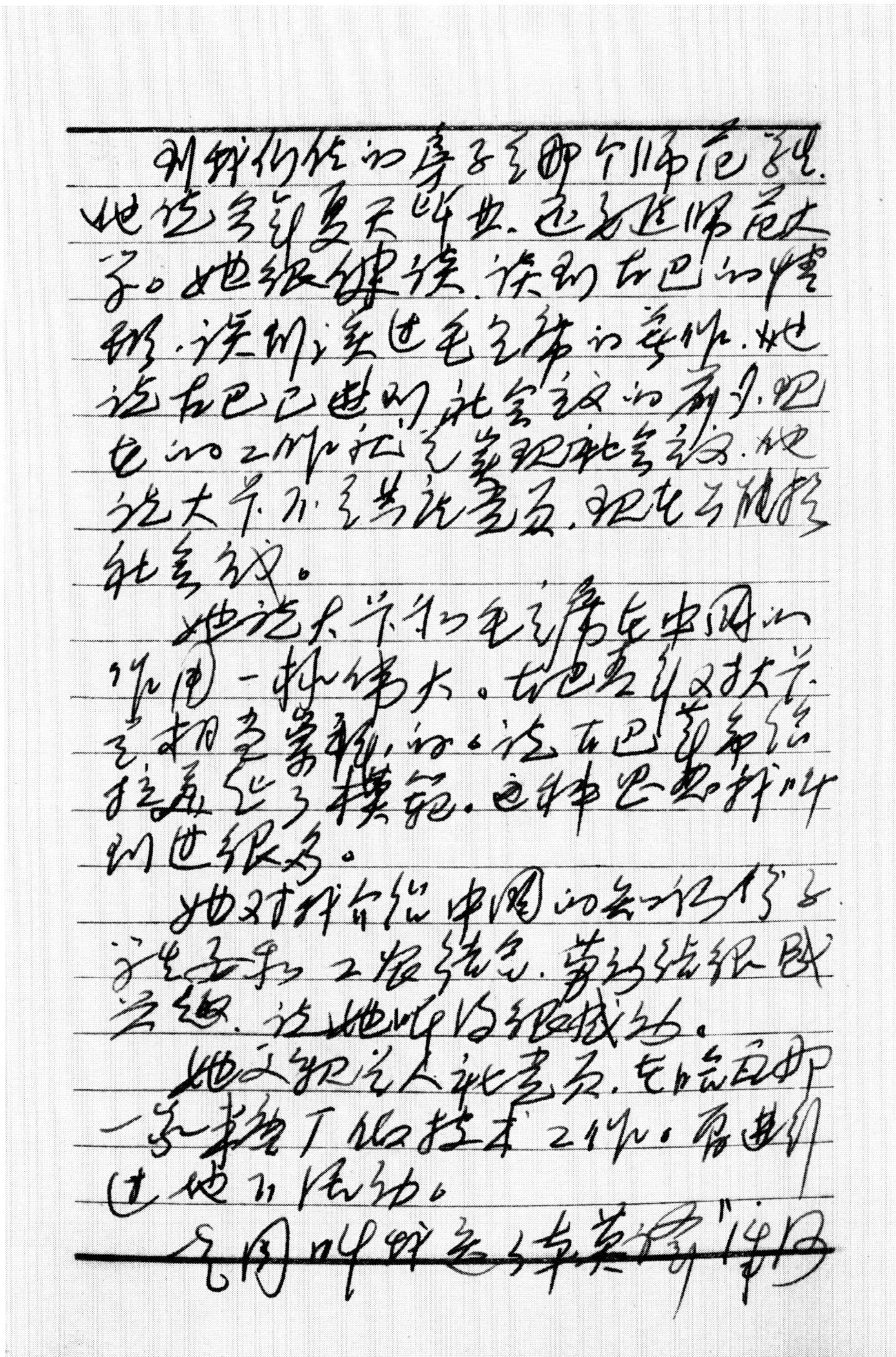

到我们住的房子去那个师范生。她说今年夏天毕业，还要进师范大学。她很健谈，谈到古巴的情况，谈到读过毛主席的著作。她说古巴已进到社会主义的前夕，但它的工作还是实现社会主义。她说大学不是共产党员，但也在拥护社会主义。

她说大学和毛主席在中国的作用一样伟大。古巴青年反对大学是相当紧张的。说古巴革命给拉美做了模范。这种思想我听到过很多。

她对我介绍中国的各种行业学生子和工农结合，劳动结合很感兴趣。说她听得很感动。

她父亲是老人社党员，在哈瓦那一家书籍厂做技术工作。看过她们的活动。

下周叫我去编辑英语讲稿

水给她。她的一直坐到快十一点钟也不想走。

她一出我们房门时，刚把我们的通用东西挂在门上的毛巾通通拿掉挂在卫生间。这个女子生得热情而古怪，她也在我们回屋吃饭前得房子不想离开，她说客人都不会理睬，却总热情。

同时她又叫一个女同伴到门的房中谈到十二点才回去。

一些在体验的人，和农民在弹六弦琴，唱歌。墨西哥民歌，很好听。但唱得时间太长，吵得不能睡觉。

我忘了拿安眠药来。弄到三时还不能入睡。

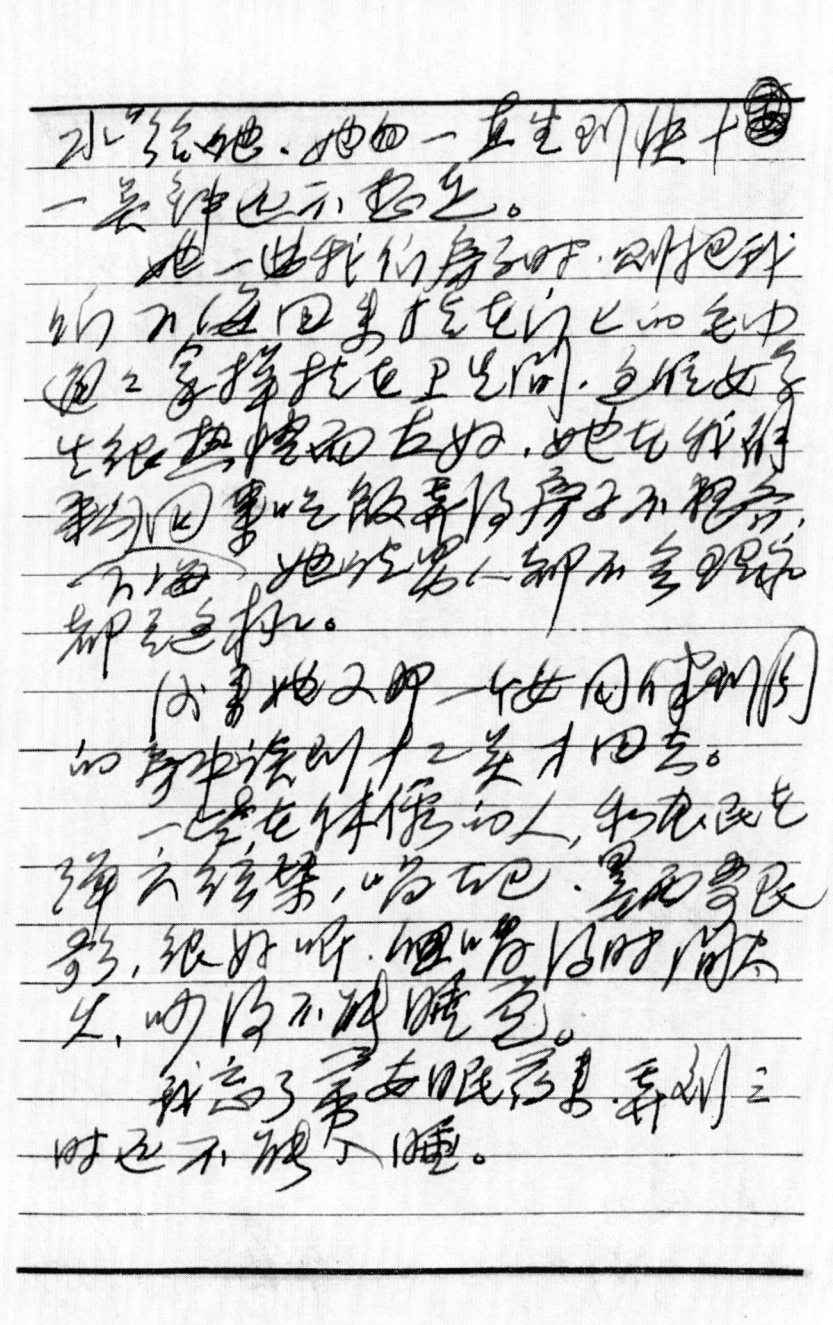

4月8日。

夜时起来，到海边走了一阵。等太阳却起来后，决定今早出发，去参观合作社。不到十一点多了。

事先路过另一条路，到了一个名叫Aguada de Pasajeros的地方吃早饭。

天气非常热。到了合作社的地点，因为正在建新房子说不了事务。但来访问多少和合作社的主要负责人谈话。陪同的翻译以为我们不需要了，走了很远的时候才发觉走不能再谈话了。于是走了很远。而且下午之时约好要去对外协会主席。只好回哈瓦那。因很不满意，却想什么办法。

回到哈瓦那是二时半。人民报的要我们去当地。谈了一般的友好话。谈到他要我们过了五一节很长久了。我们告诉他们太久了。

会长说，如果私人基金会负责人大家尊重艺术联系好好，就请私人之艺术布置定了。但和我们有不一致之处。他们说我们面临宣传时候要好办，我们要很快办，以便手续。

他们送了三张唱片和一盒雪茄给我们。

那么，我们不能十八日走了。但哪天节目都未决定。

4月日

上午是节日。中午去古巴哈瓦那大学电影系主任罗梅斯请吃午饭，在1830饭店吃了很好的海味午饭。这饭店是豪华饭店，原来是私人，原为政府时代的一个部长住宅。临海，有很漂亮的花园。

在过去西班牙时代的小炮台。把它改为住宅。

1830年美国进攻古巴在此建炮台，故名"1830"。在那里拍了几张照片。许森拍的，在那里有人问了我对电影发行的两个问题。

饭后到何塞·马蒂纪念塔照相。我们三人和王永彬一同去。

下午休息。晚间到古巴文化局长维森蒂·奥托尼亚家里吃饭。他介绍了他的夫人（律师）和到过中国的古巴图书馆馆长（女）。

4月10日

上午王文彬和方晓参赞陪我们到国家公园游览去。

园有三道门，一道已关了门，由于我们是中国来的，所以（上午）特许让我们进去。

这个公园林木很多，有许多人造的有一道瀑布（不很大），从园中流过，有人工堆成的梯田模拟，是仿照印加帝国的习惯设计的。

园中最大的特点是1910年修的一座小小的王城，城堡有吊桥，瞭望台，守卫楼，地窖和皇帝的住房。园内的空地中，植有一些花木。

这完全是欧洲古代的城堡，但很小，道路只能容下一人通过。

后来在园中的餐厅谈话，餐厅是十二点才开始营业，只有很多绿色树荫的草地里，我们……

危害。

古巴将近50%是人民农场和合作社，购货的界限不很明确。实行部分工资和供给制（指福利），按需分配的。个体耕种的50%。

大革命开始时强调人民当家的权力，从事不比[过去的剥削阶级]不当干部、党员，强调他们是了穷人。那时刚刚没收了帝国主义和反动资本家的财产，已有钱，他们也不知道自己有钱，通货膨胀已经出现，有什么缺什么，那时他们说没有钱。

工业的能源耗费很大，如石油每天耗一万多吨，而自产的只有一万吨。为了一系列的经济困难，出了个很大的问题。自己发电要用石油，电气化一般说（除了农村）是很高的。

他们说现在（古巴）是社会主义的第三个国家。旅游业对古巴有很大作用，要经过多的考虑。

人民对他很有兴趣，希望向社
会发展。独裁的条件已是当的。但
他们还不足如此。
在参观中国展览，他们有一部
长见到中国去来。我们放在也了
的运输机，但国会还不同。大来
了由中国修建。
美的希来，学习好的方面发展。
明年地理问题不少。
我们下午去看老战时，老也很
爱党地说到此点，如我们也希望
的种西红柿，运过日常的方法。学
马党了了数十个。土地也少又瘦。
同时没有土地的外国，以是在，别不
然很多地方是荒寂，而且又是贫瘠
土地。用800多万比索（这里等于
800多万美金），买公墓的几千公顷。
我们天也见过向已采村和学校
别的地方的新闻。
晚宴，跟他和共产党书记部长谈话。

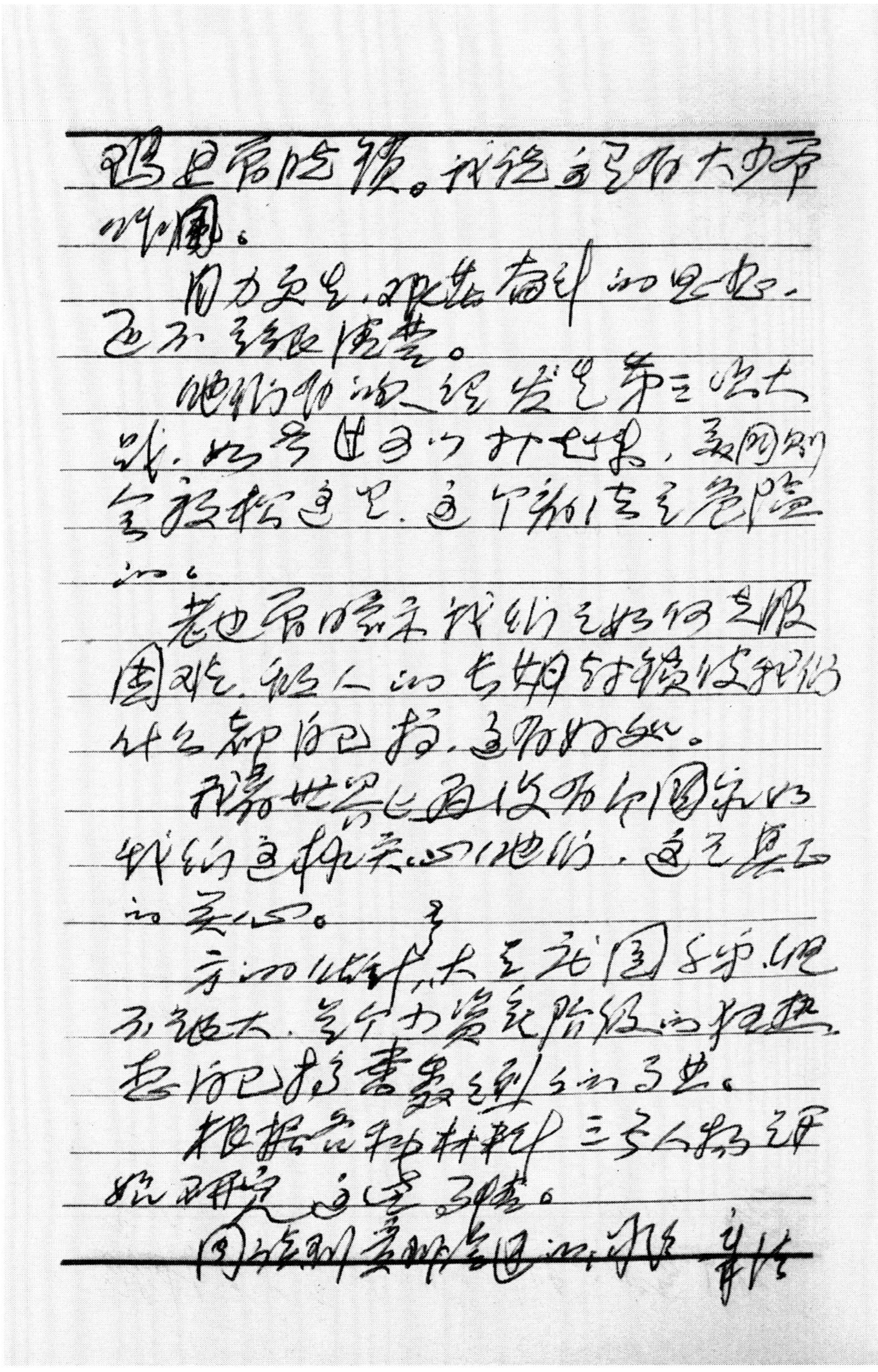

就连它的阴暗面，都是工作不同国别
至它的阴暗面，一般政府，党员对中
国是友好的，真诚的。若谈，总是
友好谈他们，都是些自由人，不懂
不会管了，不如我们。在本国闹
社会，我们的所有部都被它，各方面工作
都有。我总是对我们很有用，就是
老和尚一样，却是有个好东西的，它
平静和谐它的阴暗面，不从个人的角度
出发，而是从人类利益出发。我
很受感动。我觉得这个意见是
意见的。

老时[illegible]商店。在他们的女权
获得才讲话同志，日本拿到的收
两年我们每收2500元。每月
都是，去年的结果，而是每月
都是把那些的国际主义者去办中。

老挝[illegible]，他们的妈妈的收入
等各国，民主的[illegible]，女人商量，
不懂的为什么大家事精神很

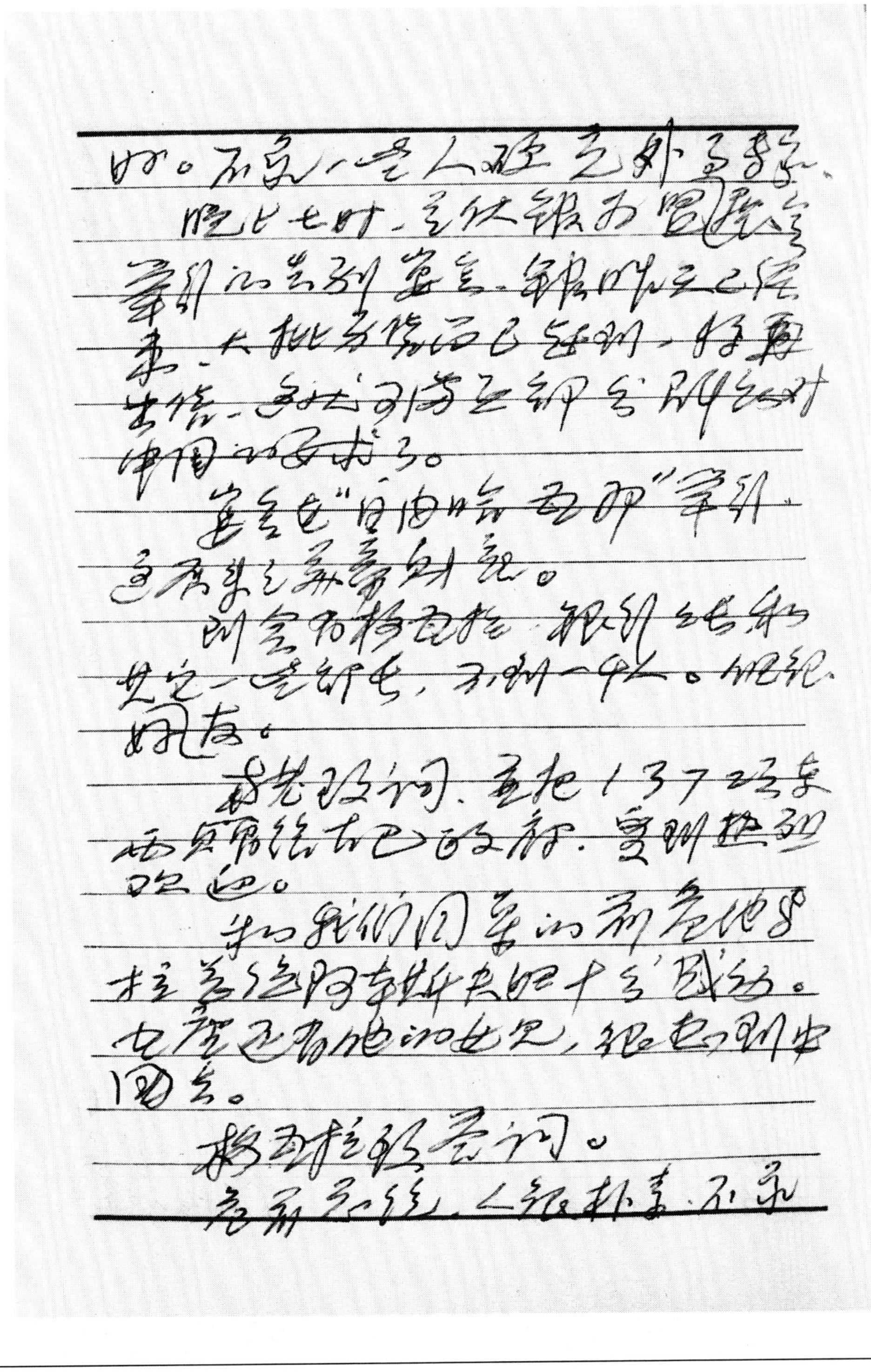
时。[illegible]人[illegible]之外[illegible]。
晚上七时，至[illegible]
[illegible]
来，大批[illegible]已[illegible]，将[illegible]
出售，[illegible]
中国的[illegible]。
宣告"自由哈瓦那"[illegible]
[illegible]。
[illegible]
[illegible]一个[illegible]。[illegible]
好友。
我先致词，并把137[illegible]
[illegible]给古巴的信，受到热烈
欢迎。
和我们同车的前任[illegible]
[illegible]阿[illegible]。
也[illegible]他的女儿，[illegible]
回去。
[illegible]致答词。
[illegible]

那位意大利籍的政治家、史
人很健谈，对于赞扬中国。他
来过到中国（56年），走过不少
的地。他很喜欢中国艺术。谈
了很多，也谈到意的中世纪
文化和中国的相似。
谈得很好，他给我们到他
书房的家里。
宴会十时才结束。
会之中间，工会招待我们。中
国工会代表团访问，要我
们参加招待各国工会（代表团），
因此他又单独招待我们。会
中提到工会，请他谈意大利，
同我们交换的意见。

在结束会的时候，他谈了很多关
于他的书法。古巴人对中国的艺术非
常欢迎，在展览期间所出售的都是
从飞机运来的十五件。临走的是

过面，但是十三四日时期，已经
了解之一部分需要。

由于喜欢抢购的货品，市面黑
市。如一个肥皂，原定一毛，商店售
价是三元，但黑市是十元。因此古巴政
府不让出售的东西都去到黑市
活动。

十一日晚上去看了古巴革命的歌剧
演出，地点在华人区国人开的宿舍
自助餐厅吃饭。

[illegible]

4月12日
上午度有告去。下午把带西送
到美术宫我国展览会，请他们
代我们把一部分东西送回国。
晚上到文化局长维森·菲纳·奥
托尼亚寓文化界的宴会。也都见到
到了"今日报"社长、"革命报"社长、
"革命报"社长维恩·特洛·居和我们
会口一谈。
奥托尼亚是位明友显不错的
组织者，宴会是按中国式排，
有主客席位，每桌有主。
大号的一位文化局长和二个
秘书，不像日本。二秘书和图
书馆付馆长谈俄语，她不懂
英语，问我她说俄语"我爱你"
"的是我的爱人"。付馆长会说一点
说"我很好"，她却一句不懂。最后
她们是拿工作的。
晚上新闻三报负责人宴请

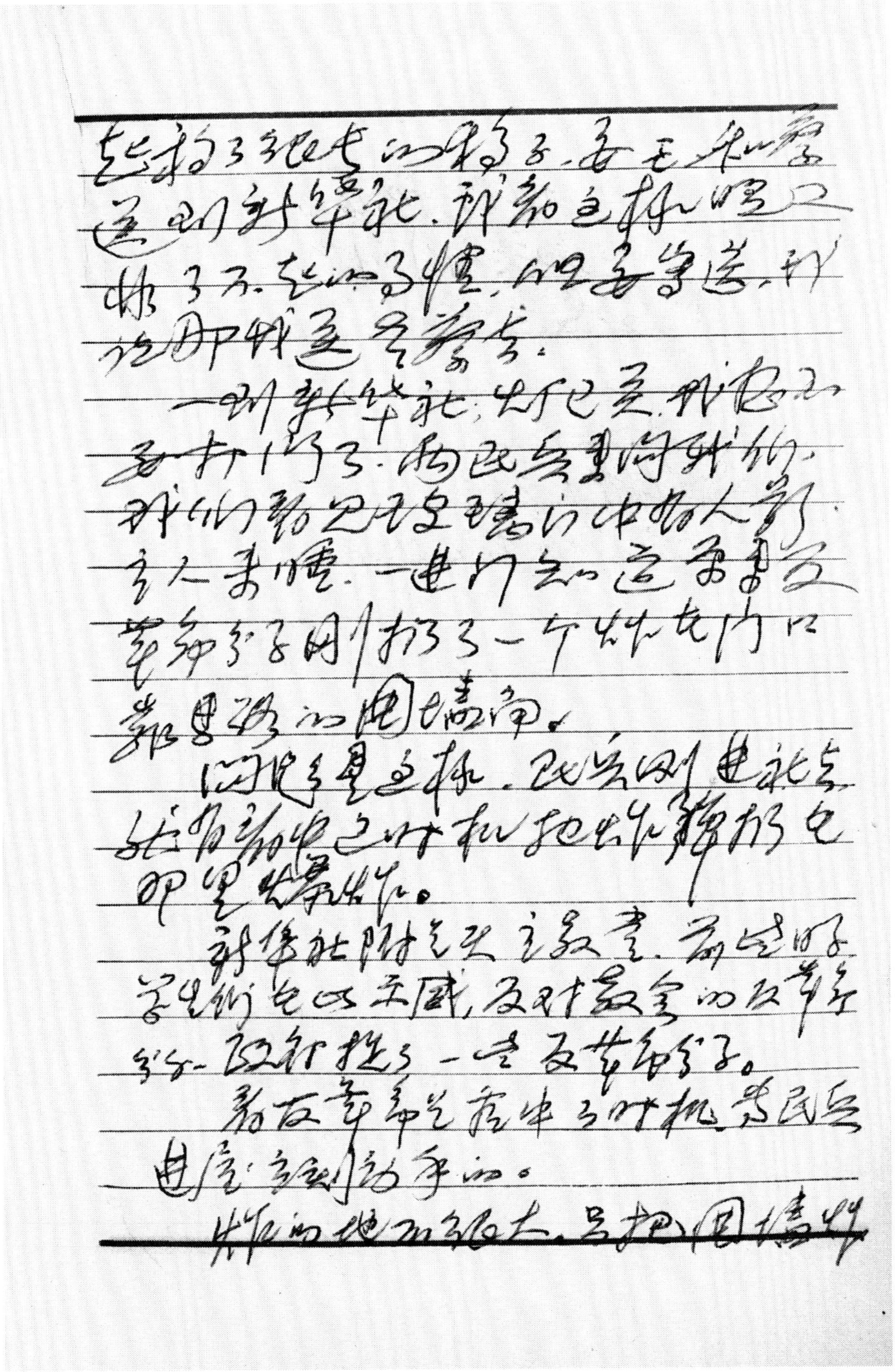
这稿了3张长的稿子。要王朱孙写
送到新华社。我知道桥梁已
坍了，不能的了。慢，但要寄送。我
让那些送去发表。
一到新华社，出了已是。我们正
要打1号了。两民兵来向我们。
我们郭巴民兵打进中国人的
主人来了。一进门知道两小时
革命分子刚打了一个炸弹在门口
靠马路的围墙角。
阿尼多是这样。民兵刚进社
时看到中国的时机把炸弹的包
那里发现炸作。
新华社附近有主教堂。前些时候
学生街道以示威，反对教会的反革命
分子。政府拆了一个反革命分子。
看后革命党在中之时机，当民兵
进屋之前引起手的。
炸弹的地方很大，是把围墙炸

了一个角色。

据说鱼叽是，把各山地剿匪的最好的民兵调到哈瓦那。其后又派[illegible]一些。

4月13日

上午没有出去，下午3时到国立图书馆参观。

图书馆是在政府时盖的，是为纪念马蒂的而盖的。副馆长曾访问过中国的女付馆长，按时在楼下等待我们。这和参观[illegible]时的少[illegible]一样，很遵守时间。她引我们进上二楼会见正馆长。正馆长是个约五十来岁的女人。

图书馆是在巴蒂斯塔时代建的，是美[illegible]用的。据说从每包糖中扣回多少钱，把这个建馆的钱凑一个整了起来就造成了。她来介

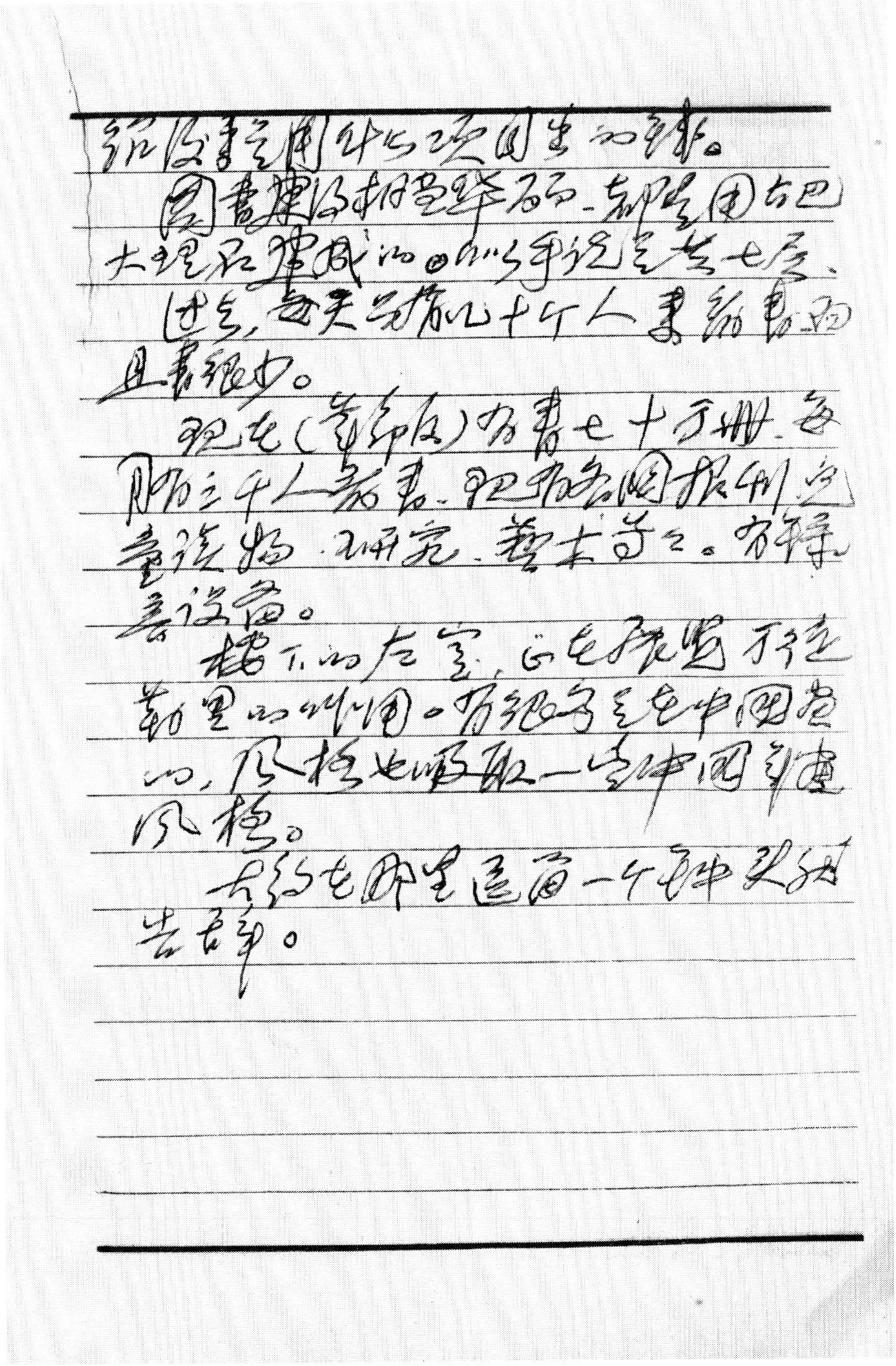

[illegible]。

图书馆的相当壮丽，全部是用古巴大理石建成的，四八年设立，共七层。过去，每天只有几十个人来看书，而且书很少。

现在（革命后）有书七十万册，每月有三千人来借书。现有各国报刊，有专门的阅览室、研究室、艺术室等。有音乐欣赏设备。

楼下的左室，正在展览[illegible]勒里的作品。有很多是在中国画的，风格也吸取一些中国画的风格。

大约在那里逗留一个钟头后告辞。

4月14日

早晨六时起来，七时半起飞去松树岛访问（[illegible]PINES）。有七位领导和秘书（请缨）同来。有三位亲自陪我们到岛上。[illegible]的故她留在这里机场，加在[illegible]女校长在岛上迎接我们。今天早上又说陪送岛即回去，后又陪同到明晨一起回去。

在哈瓦那机场吃了早餐，时间还早，有人来得早来不了三、四时，说七时半才起飞，又引起话来。

从哈瓦那到PINES岛飞行20分钟，听说乘船要八小时。

在岛上机场欢迎的还有两个岛上的加尔维斯女校长、和[illegible]军官。告诉我们有一位[illegible]女教授来。

几分钟后，少校来了，同已开了都是青年第三个警卫的少民兵，小胖子十二岁，小瘦子十三岁，还有一个稍大一点的。他们是哈瓦那人，原来在他们进了26运动学校（培养青年的学校）他们不能去，能当勤务兵。年纪人太小，故留在少校身边。少校说这就是他的卫兵。说他们枪打得很好。

加尔维斯少校又是这个岛的军区最高司令官。主席同他和夫人访问过中国，在郑州，主席接见拉美国家代表时一起接见过他们和别的国家代表一起接见之后谈话，他留下不走，呆在旅馆不出来，后来主席请了他的夫妇，单独接见，谈了两小时（主席问他的），很多事。包括国际问题，除外也都谈了的。

郭沫若、向往人民广播电台，

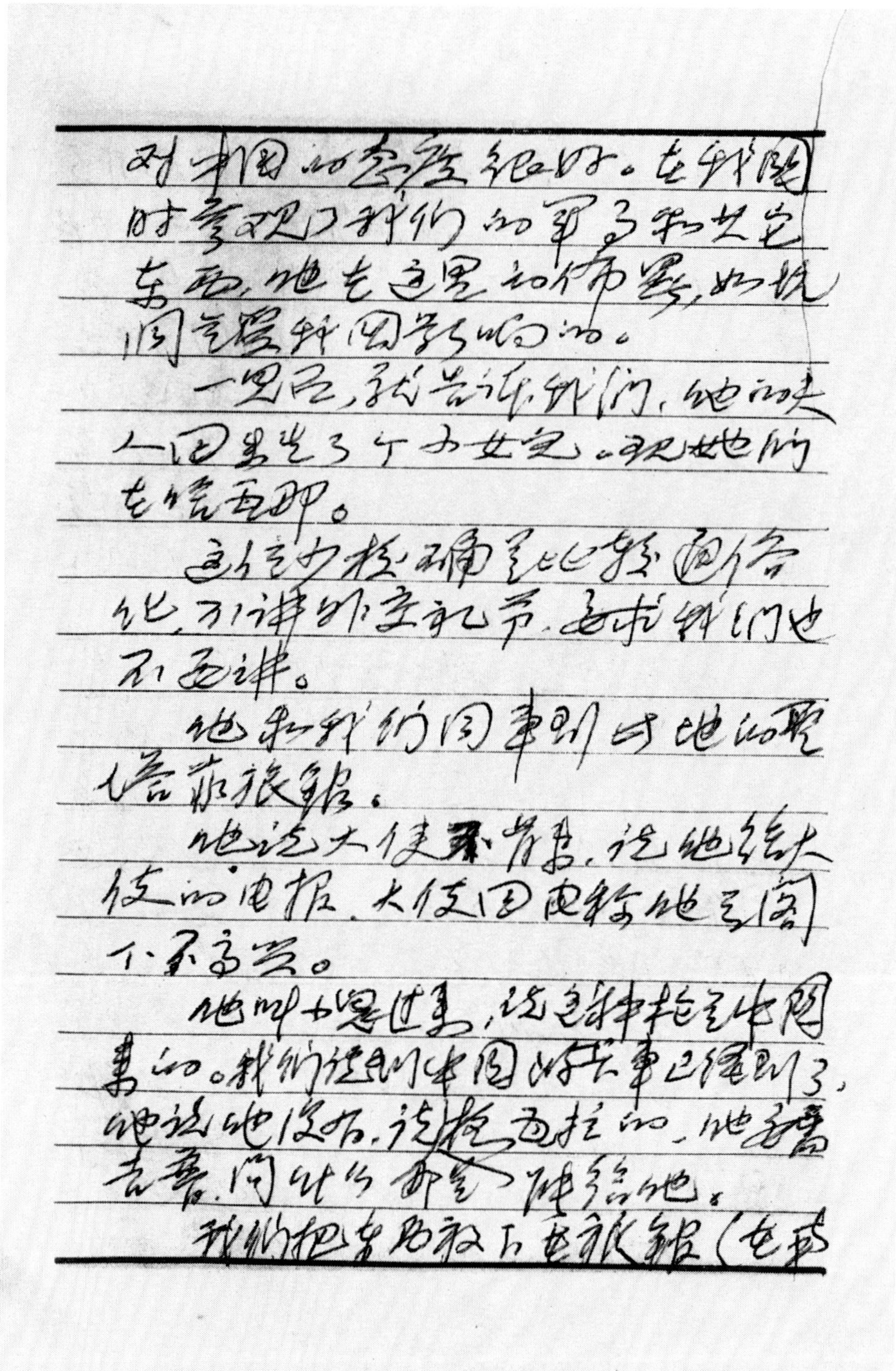

对中国的态度很好。在我国时曾观察我们的军事和其它东西，他在这里的佈置，如抗问言证我国学习的话。

一见面，就告诉我们，他的夫人因生了个小女儿，和她们在伦西那。

这位少校确是比较随合的，不讲外交礼节，要求我们也不要讲。

他和我们同车到了他的圣塔菲旅馆。

他说大使曾来，说他给大使的电报，大使回电给他已阅个不多学。

他叫士兵过来，说这种枪是中国来的。我们说到中国的兵事已经到了，他说他没有，说枪是拉的，他每喜吉普，问什么都陪给他。

我们把首届赦下在旅馆（在我

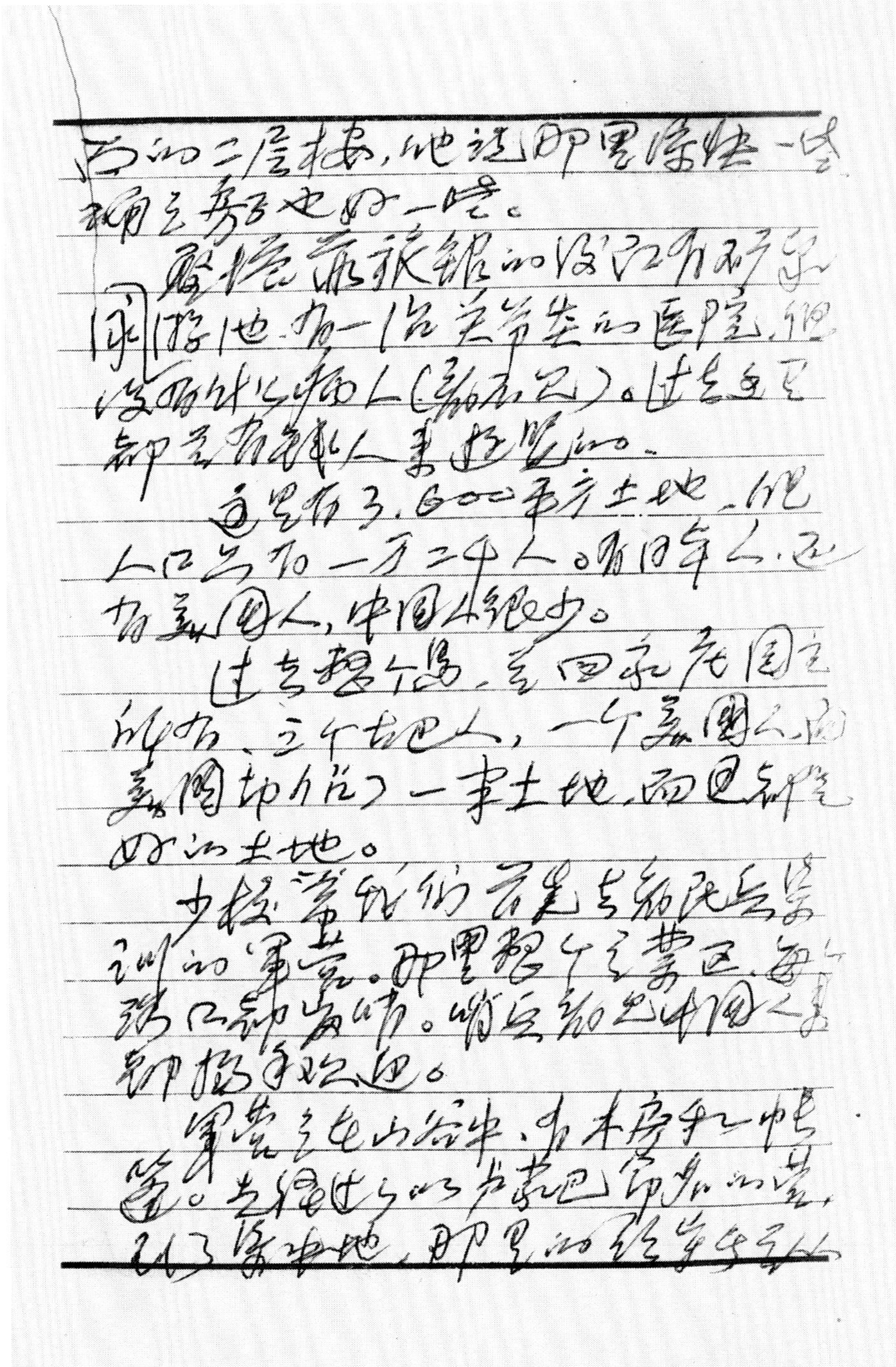

高的二层楼，他说那里除陆一些
病房条件也好一些。
离开旅馆的路上有所联
国际性的一所美国的医院，他
只有外国病人（包括古巴）。过去这里
都是有钱人来这里的。
这里有3,600平方土地，他
人口共有一万二千人。这里多人是
古美国人，中国人很少。
过去好几个是美国来管理的
比如，三个古巴人，一个美国人的
美国却占了一半土地，而且都是
好的土地。
少校带我们去看专为民兵受
训的军营。那里有个营区，每个
路口都有岗哨。哨兵知道中国人来，
都招手欢迎。
军营在山谷中，有木房和帐
篷。去很远的声音巴蒂斯塔的军
队驻扎地，那里的住房有

[illegible]的老战士。少校指着他的大肚子说：现已成了资本家了（说他胖）。

看了营的地下办公室，已建好紧急发电厂，但未迁入办公。他说如敌人轰炸，在此仍可以指挥。又去看了医院。

民兵组成了组织同山区（新迁的）和理果之建设的组的联系。也检阅民兵队，还给我们每人一件。

他叫少尉去集合民兵，很快就集合好，约有好几十人。

少校请我们检阅。他向民兵讲话，欢迎伟大的中国人民代表。他讲话很热情，对毛主席很敬佩。民兵们不断举起枪，或枪上挂着帽子，呼喊着他不了解的口号：我们一定胜利，毛泽东万岁，中国万岁，菲德尔万学习日子。

在参观了，在比那尔德里奥的山谷中革命卫生机关医院，使人很感动，的是我想起抗日战争的太行山上。周[illegible]也讲了话。

我们走的时候，民兵夹道欢呼。十分雄壮。

他们引我们（换了去处）去参观地洞医院，他说如发生战争，病员可以在那里住。地下医院是用钢和木支架，上盖十公尺土。他说这些都是在中国访问时参观了学的。但这里不如中国，挖下几尺就出地下水。

他和农民很友好，叫四一农户给我们煮咖啡，与我们同喝。

回来在那个农民家喝咖啡。这是个革命前的贫农，很受欢迎，他已有三十多年的耕龄了，有好几个大的儿子。他分得了三十公顷土地。他能做木匠活

其中有十个在中国学医。

在他讲到中国和古巴的战斗友谊历史时，

了，是木板的，顶上盖叶棕，很有印第安的气氛。

木屋的中间是主人住的地方（地板离开地面，很像古巴印地安原来的木房板子搭成），左右两间都是卧房。中间空的那个地方，也是一间大的房子，再进去就是厨房。屋外还有走廊。

主人的两个姑娘姐妹，热情地给大家送来咖啡。我们向他全家送了纪念章。

喝了咖啡出去，吉普车走了。走了一段长路，我们换回原来坐的小汽车。

沿着公路，向Rola海滨进发，一路上遍野是松树。不过松树都不大。古巴说这里的松树都不很大。风景很幽美。我告诉他，松树在中国是一种用作耐寒的植物，它是一种英雄树。

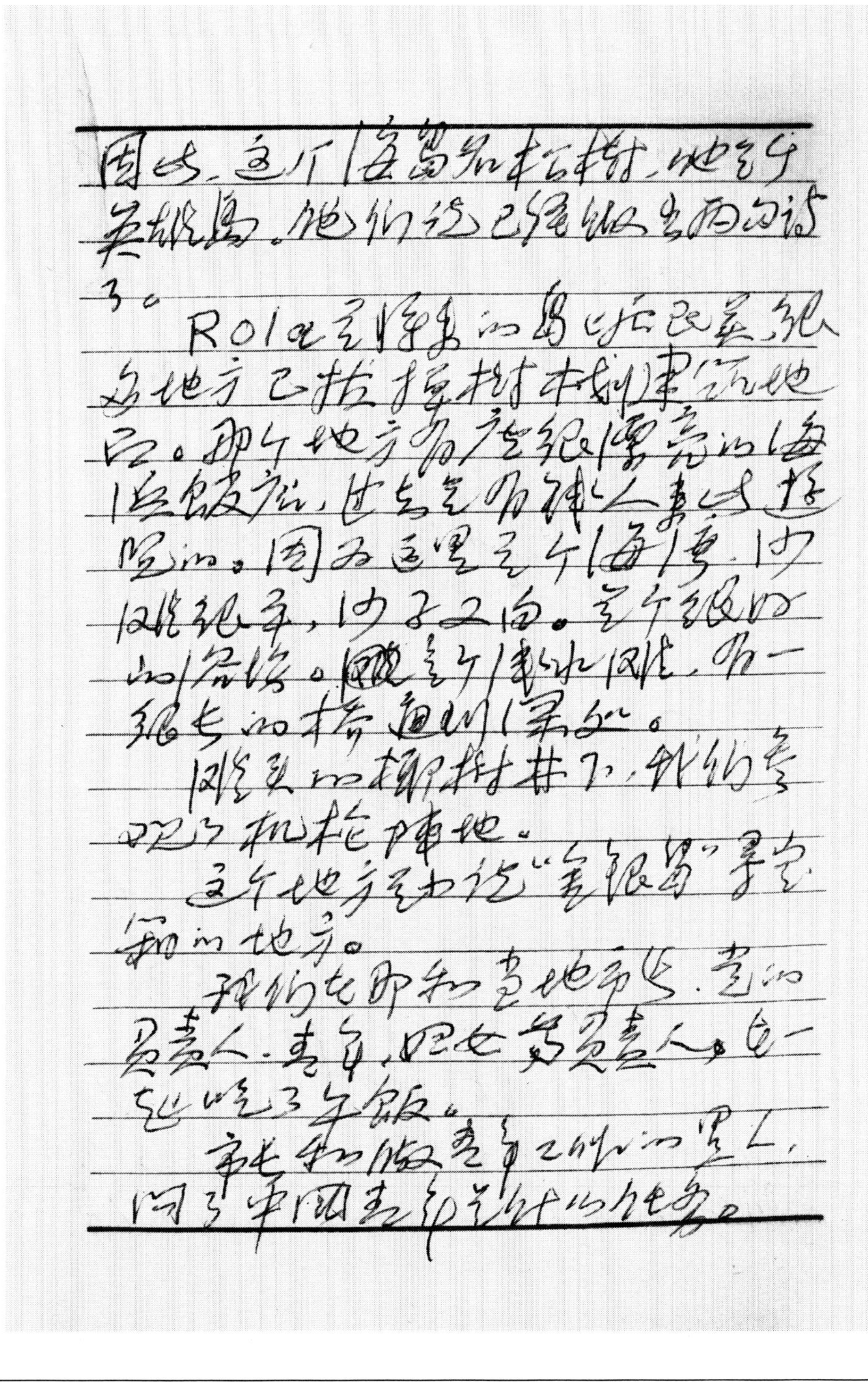
因此，这个岛名叫松树，也是个英雄岛。他们说已经做出两句诗了。

Rola是随便的岛比较美丽的地方，已搭接树木划建筑地区。那个地方有一座很漂亮的海滨饭店，过去是有钱人来此度假的。因为这里是个海湾，沙很细、很平，沙子又白。这个很好的海滨。这是个很小的风景，有一条长的木桥通到深处。

阴凉的椰树林下，我们参观了机枪阵地。

这个地方就是说“金银岛”著名的地方。

我们在那和当地市长、党的负责人、青年、妇女负责人一起吃了午饭。

市长和很多青年工作的男人，问了中国青年的什么任务。

他们说，这里人太少，只有一万一千多人，要很多人来。

他听到我说中国人多不够用，说真是能会这么的优越。

吃了午饭之后，少校陪同到这里的新居民点。看了一所由犯人劳动修建的房子。这些房子的形式，和各地看到的新的都差不多。新宅还未给人住，房间里已装好水管。只有一家人住进一所新房。少校说即将周内决定这房子给谁是抽签定。

车子在回来的路上经过西班牙给的一小时到了1870年何塞·马蒂被逐居住的地方。那里风景不错，房子的后面是个果树林的山。马蒂在1870年10月下旬从哈瓦那被解到松树岛。他得到何塞·玛利亚·萨尔达的帮助，住在他家里。主人的儿子现已87岁

3. 名画家内西·赫内罗奇·米塔尔。

这个人介绍：马蒂在那里住到同年12月18日，就回哈瓦那，到了西班牙去。

现在的房子，仍保留原来的样子。有一座纪铺的院子，房后也一个后院，院外便是山林。现在的主人，带了几只狗住在这里。

右墙上，右边是马蒂童年时代的油画像，左边是留他住在这里的主人的油画像，中间是马蒂母亲的画像。

后面的墙上有7岁的马蒂画像。

屋内有三门，一门通主人住的地方，一门通后院。左后角是原来的衣橱，右前角是一张挂帐子的铜床。

屋内中间有一个小书桌，大

门左右侧是专为捆来用的木桥。

主人的后代，仍住在原来的地方。我们参观两个大的地牢，一是那前楼梯已无存。

现在这里可通的地方（路进口处），从前是做什么工作的，也是什么管理站。

我们去参观了马来的新市区纳，这里有8.000人。那里有盖海的通到市中去。我们参观和游在那里停泊的轮船和炮艇。到了海边就加入用往这方去了。那里有士兵守卫。

我们回来过了一道大桥，穿过黑河的险道过回去。路过好树林及监狱。

黑河的河水是黑色的，是因为河底腐烂的，那里比前花树多，城市也大一些。有个海边的园。在那里休息，吃他们主人的

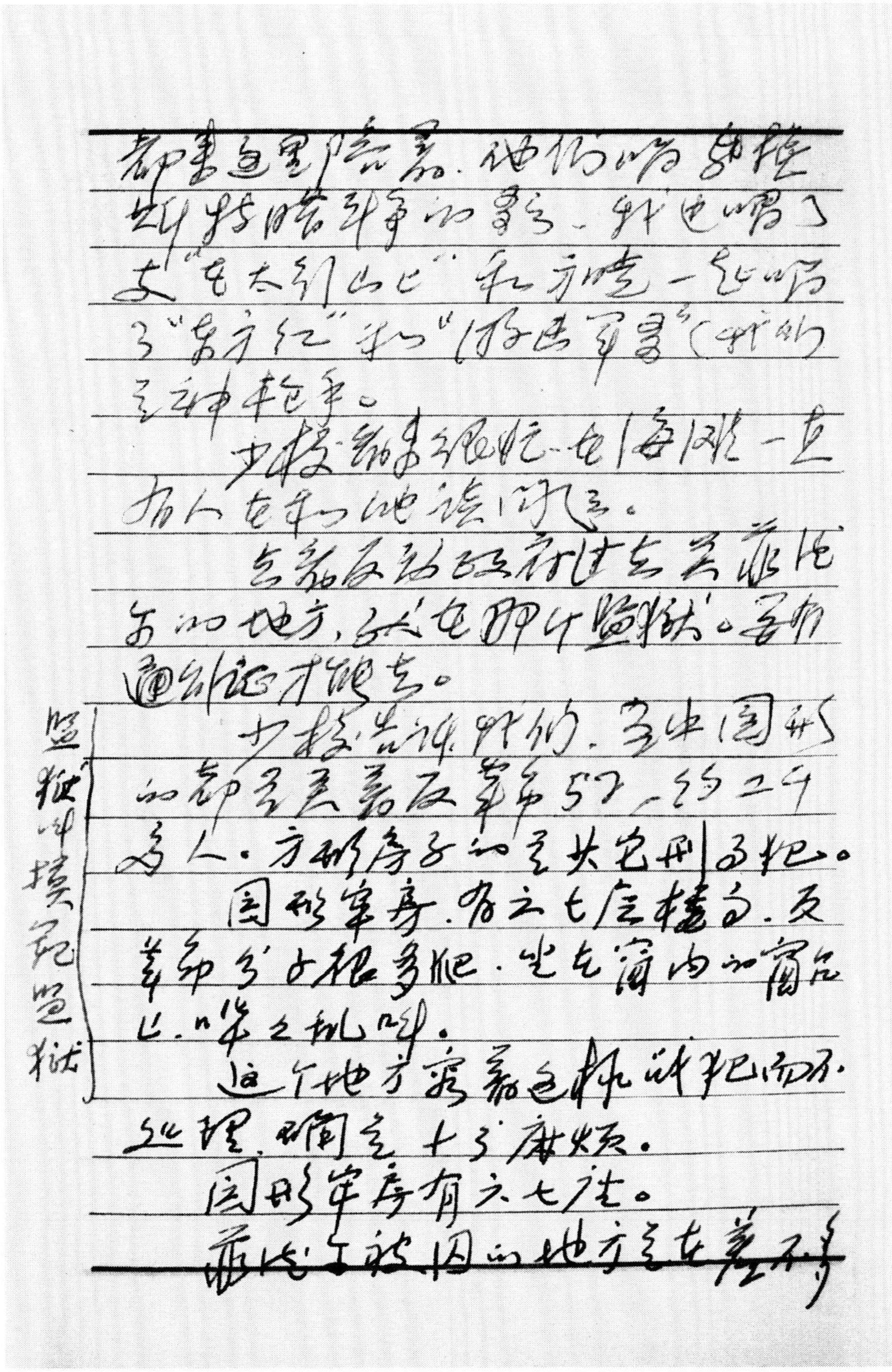

都是这里阴森。他们唱的是歌颂坚持游击斗争的歌。我也唱了支"在太行山上"和方谨一起唱了"东方红"和"游击军歌"（我们都是神枪手。

少校和我们很忙，在海滩一直有人在和他谈问题。

当我们路过关过菲德尔的地方，那就是那个监狱。要有通行证才能去。

少校告诉我们，这个圆形的都是美国原样的57，约二千多人。方形房子的是关死刑犯的。

圆形牢房，有六七层楼高。每革命者十几个人，坐在窗内的窗台上，唱着歌呢。

这个地方容易逃犯人而不处理，确实十分麻烦。

圆形牢房有六七座。

菲德尔被关的地方是在房子……

监狱叫模范监狱

新墨尔多的（巴西最大的城市·和工业中心）

最后到的方形广场下，那里有两栋
高一些的楼，都不是历史的样
子。
我们离这里时，已经快要黑了。
都已燃灯在路的两边。
我们回到望塔前旅店，然后洗
澡。
少校和同志谈国际运动英
雄和战争与和平的前途问题。
晚间去鱼里的宴会方向纪念
人举行的宴会。
这里天气很热，房子里打开冷
气仍感到热。
参观很有意思，也很累。

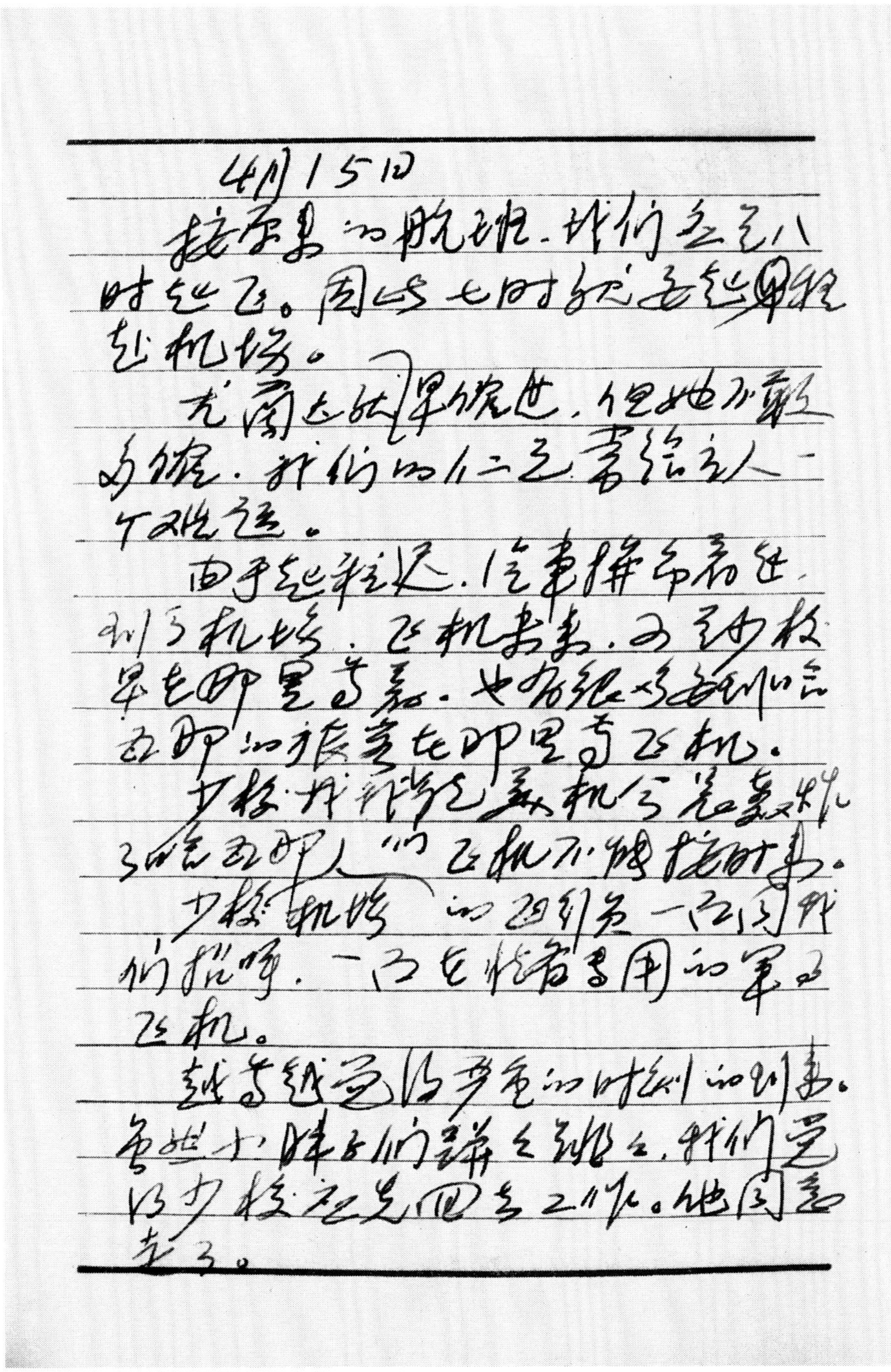

4月15日

按原来的航班，我们应于八时起飞。因此七时就去起程赴机场。

尤兰达[illegible]，但她不[illegible]。我们的[illegible]给主人一个难题。

由于起程早，汽车将[illegible]到了机场。飞机未来。[illegible]少校[illegible]。也[illegible]的[illegible]飞机。

少校[illegible]机[illegible]西那人的飞机不能按时来。

少校机场的[illegible]一面同我们招呼，一面在忙着[illegible]用的军用飞机。

[illegible]的时刻的到来。[illegible]我们[illegible]少校[illegible]回去工作。他同意了。

电话、电报都完全由于罢工中断了。只好回到旅馆等下午再去飞机场。

飞机场已和旅馆一样。哈瓦那的全国联合会广播。什么都停止，只播音乐作品和战争影片。电视也是这样。

大家都很沉默。

在旅馆等飞机，一个钟头都过去了。旅馆的人们都在注意广播。

主人显然已为了节约不带我回开会去了。午饭后，前来飞机已不可能了。乌拉指示只好乘船来，坐船回去。

我觉得没有什么了不起，顶多走不出来。我提出去游泳，今同和兴常都同意去。游了一个多小时，回旅馆休息。

人们都在收听广播，可是我

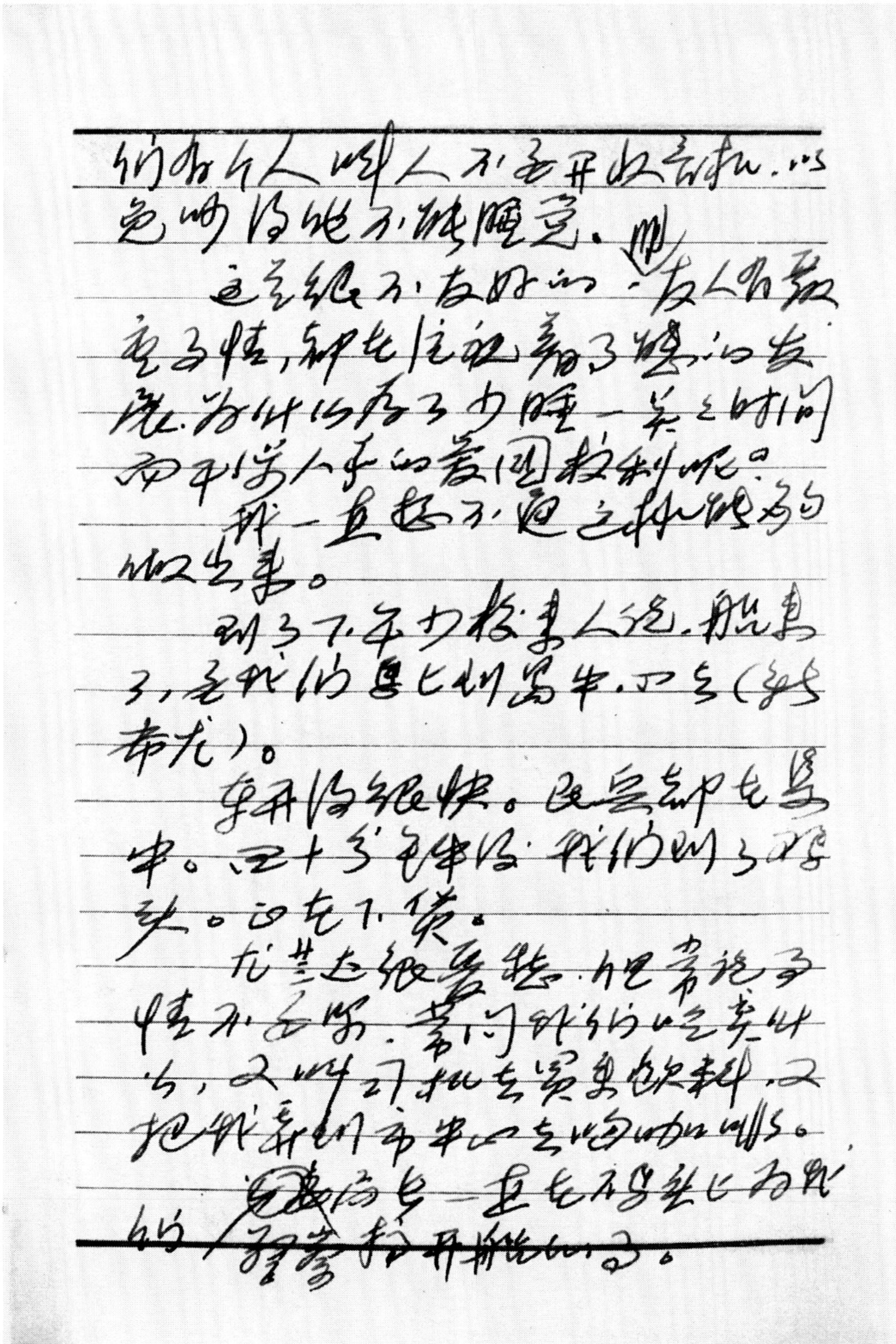
们有个人叫人不要开收音机，以免吵得他不能睡觉。

这是很不友好的。[illegible]，却[illegible]住在[illegible]。为什么为了少睡一点点时间而伤人家的爱国热忱呢。

我一直想不通这种[illegible]做出来。

到了下午[illegible]来人说，船来了，[illegible]我们[illegible]。卫生（[illegible]布龙）。

车开得很快。[illegible]二十多分钟后，我们到了码头。还在下货。

尤兰达很[illegible]，但常说[illegible]。常问我们吃些什么，又叫司机去买来饮料，又把我们带到市中心去[illegible]。

[illegible]一直[illegible]我们的[illegible]。

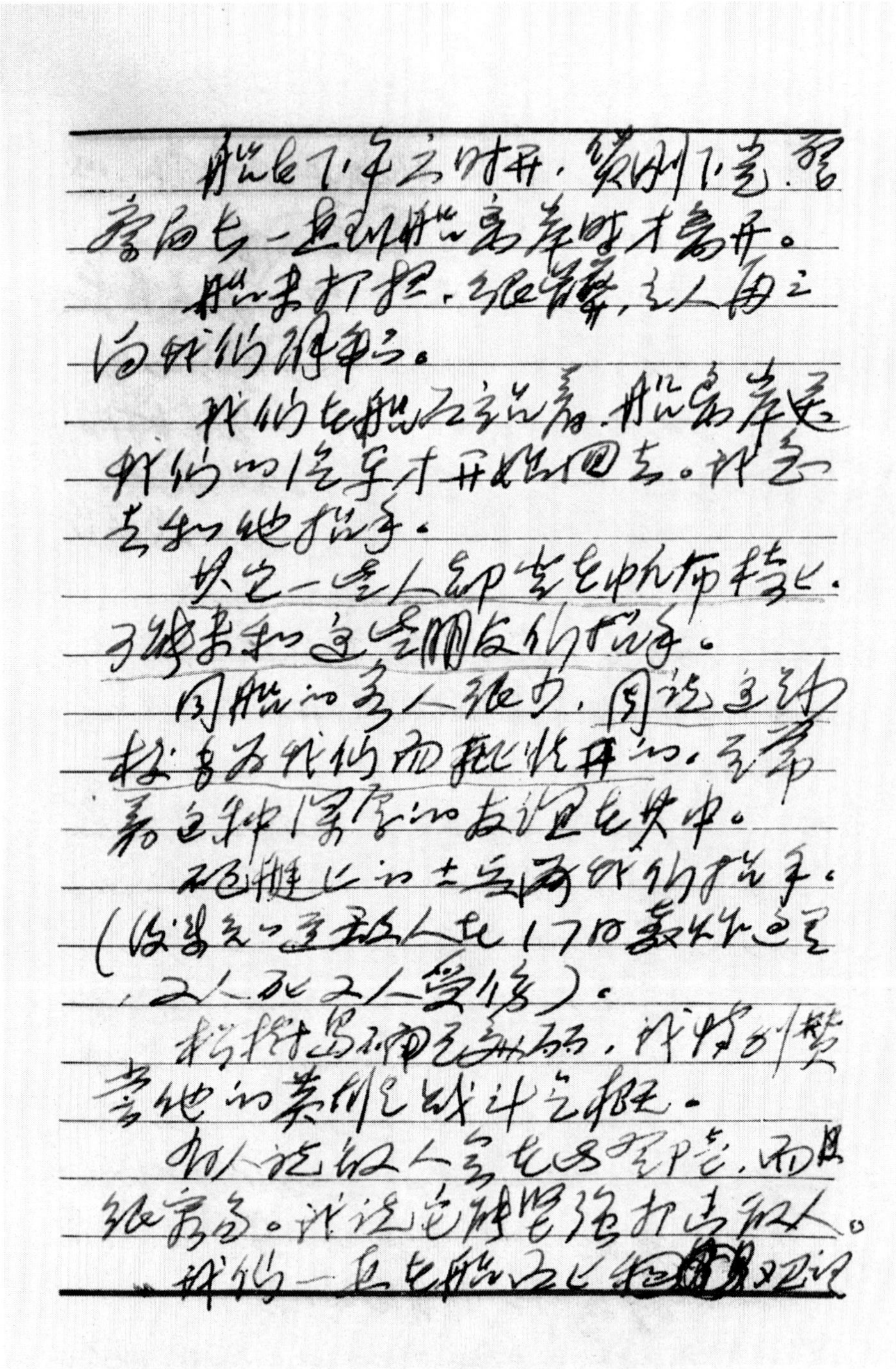

船在下午六时开。贺刚下岸，[illegible]

[illegible]局长一直到船离岸时才离开。

船上打鼓，吹喇叭，工人们

向我们致意。

我们在船[illegible]站着。船离岸后

我们的汽车才开始回去。我急

去和他握手。

其它一些人都坐在帆布椅上，

[illegible]来和这些朋友们握手。

同船的客人很多，同[illegible]这[illegible]

[illegible]为我们而热烈[illegible]的。[illegible]

看这种深厚的友谊在其中。

码头上的工人向我们招手。

（没等到这里工人在17日爆炸[illegible]

2人死2人受伤）。

[illegible]，我特别赞

赏他的[illegible]之概。

有人说这个人[illegible]，而且

很富有。我说它能坚强打击敌人。

我们一直在船上[illegible]

这个宝岛。我们乘的船叫中宝岛。

到哈瓦那大概是七十多海里。

在夜里十一时多才驶到。

船除了几个客人外，两个休假回来的两个空军民兵，余下是船的工作人员和护船民兵。

因为今天忽然风浪，使我们客人晕船呕吐，故有人不要去吃饭，在开过饭三次之后，八时多才去吃饭。这人说是有"三民信"，我们有人很想去吃点东西。这人来告诉，他们手有些不多了，说"我们也有，他说没有"。

我们吃完饭，餐厅就熄灯了，船长不许开灯。

海空无云，但有星星。

我们一直坐在船面上。

有人早已躺在那里睡去，已经很迟，到哈瓦那，还没睡觉，多有人在那里为我们准备

Batabano

的地方。我觉得不懂什么都由我们的领导者决定。

大概是十一时多从码头出发，有一部人先睡了，有人大不高兴。但大阁太已托那部车子为我们叫车来。

车子来来时，什么也不了解，反正有人不高兴。

走了不远，车子来，只有一部，六个人挤一起回哈瓦那。又不高兴：“为什么不多派一部”。

但主人还是叫我们在Batabano喝了甘蔗水才正式上路。

到哈瓦那差不多两点钟，尤其第五线，则又对外友协职员做了车费叫一女医务院门司机送我们回旅馆。

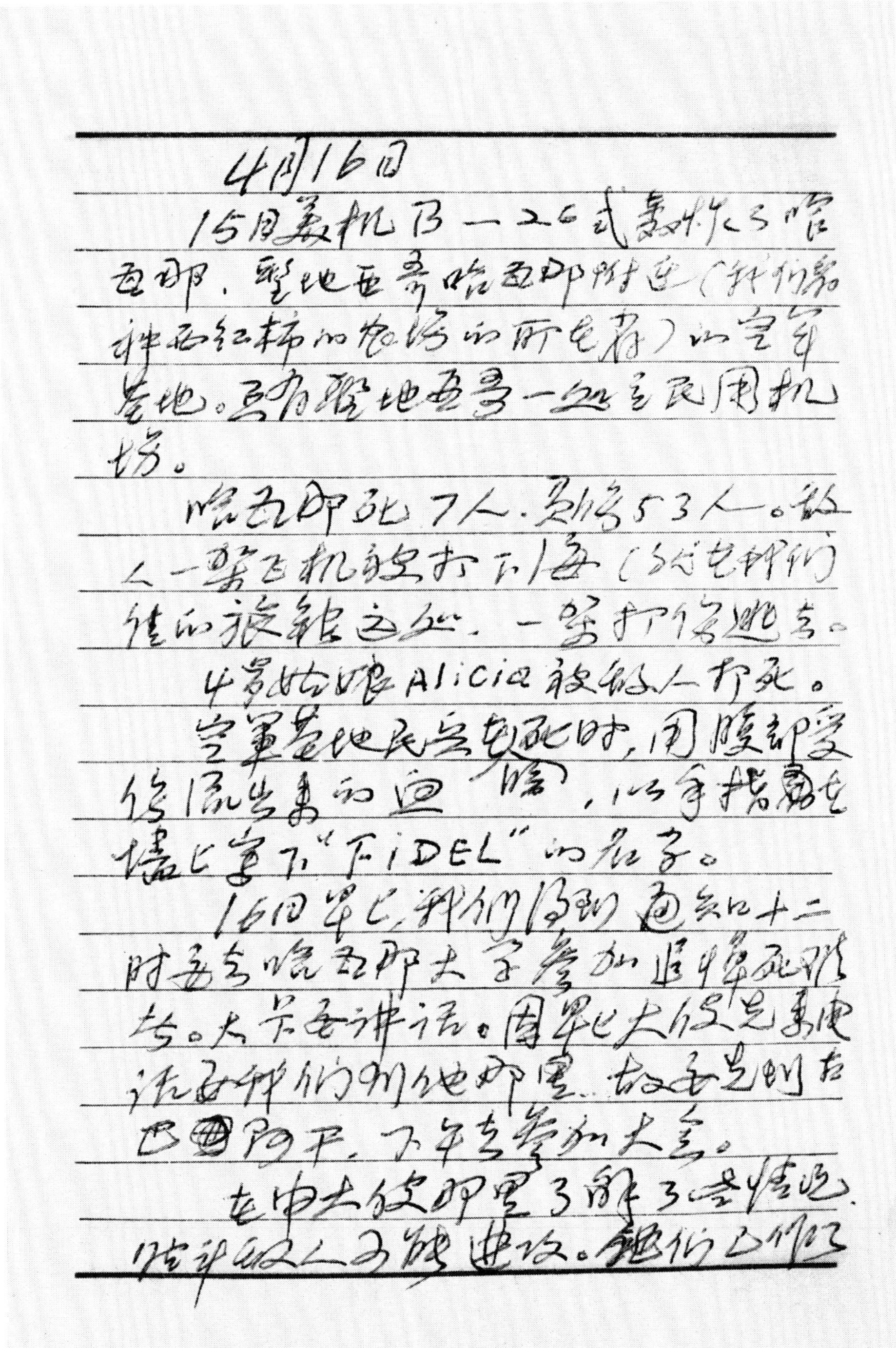

4月16日

15日美机B—26式轰炸了哈瓦那，圣地亚哥哈瓦那附近（我们种西红柿的农场所在地）的空军基地。另有圣地亚哥一些民用机场。

哈瓦那死7人，受伤53人。敌人一架飞机被打下海（这是我们住的旅馆之外），一架打伤逃去。

4岁姑娘Alicia被敌人打死。

空军基地民兵在死时，用腹部受伤流出来的血，以手指在墙上写下"FIDEL"的名字。

16日早上，我们得到通知十二时去哈瓦那大学参加追悼死难者。大兵要讲话。因早上大使馆来电话要我们到他那里，故去见到古巴同志。下午去参加大会。

在中大使那里了解了当时情况。估计敌人可能进攻。要我们工作告假宿。在那里吃了午饭，已听到大会快要开始。

我们随车绕道到哈瓦那大学。当地陪同司机告诉我们说大会在总统府的北广场举行。

路上已开始戒严，只有一辆车被准许车辆通过。快到广场的地方，已经有很多民兵和人向广场走去的民兵。我们同一些中国人跟着走向到了广场。

广场是个十字街口，临时用架子搭起主席台。

我们找到对外协会的人，但知道已经没法上主席台。

大会已在那里，总统也在那里。看到了纪廉和阿蒙斯。还看到了人群中的两个中央委员们在看台，一旁那些中国的一个叫什么书记。他们穿着卡其军服，头戴军帽的武装的对的勇敢的青年的战士们

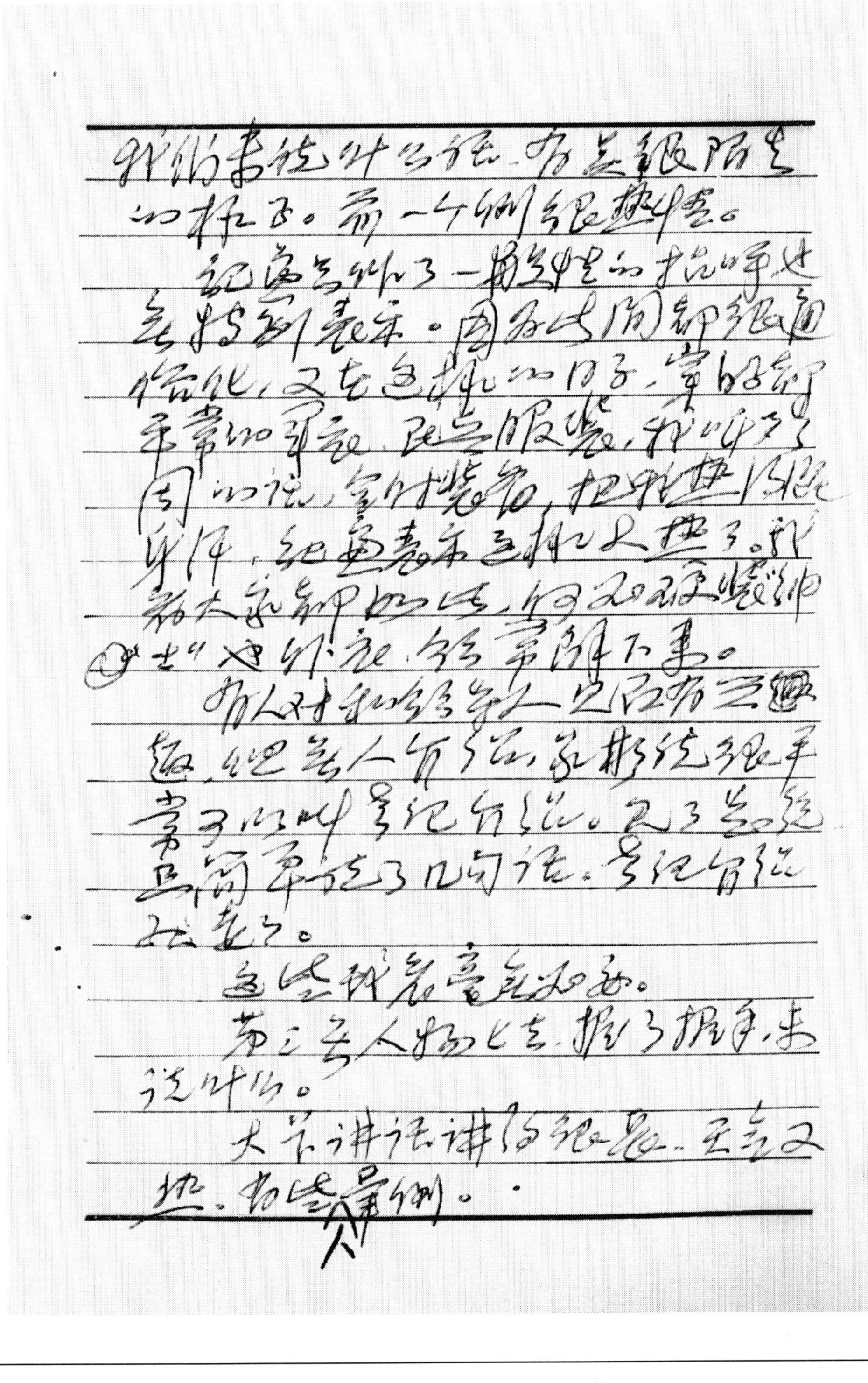

我们来谈什么话。乃是银阳生
的样子。前一个侧影很整齐。
纪念堂作了一般性的招呼，这
是特别亲善。同我们间都很通
情况，又在这样的日子，当时都
平常的可能，也是眼光，我们大了
同的话，当时情况，把我来的服
身体，把过去这样大概了。我
们大家都如此，何况这些情况
出的这件事，会给第一个下手。
有人对我的纪念馆也说出有些奥
秘，他是个人有个话，家都说得很平
常了的时候纪念馆话。后来这样
是同学说了几句话。纪念馆话
的意见。
这些我是毫无知觉。
第二号人物是去，握了握手，来
说什么。
大家讲话讲得很长，又
热，有些晕倒。

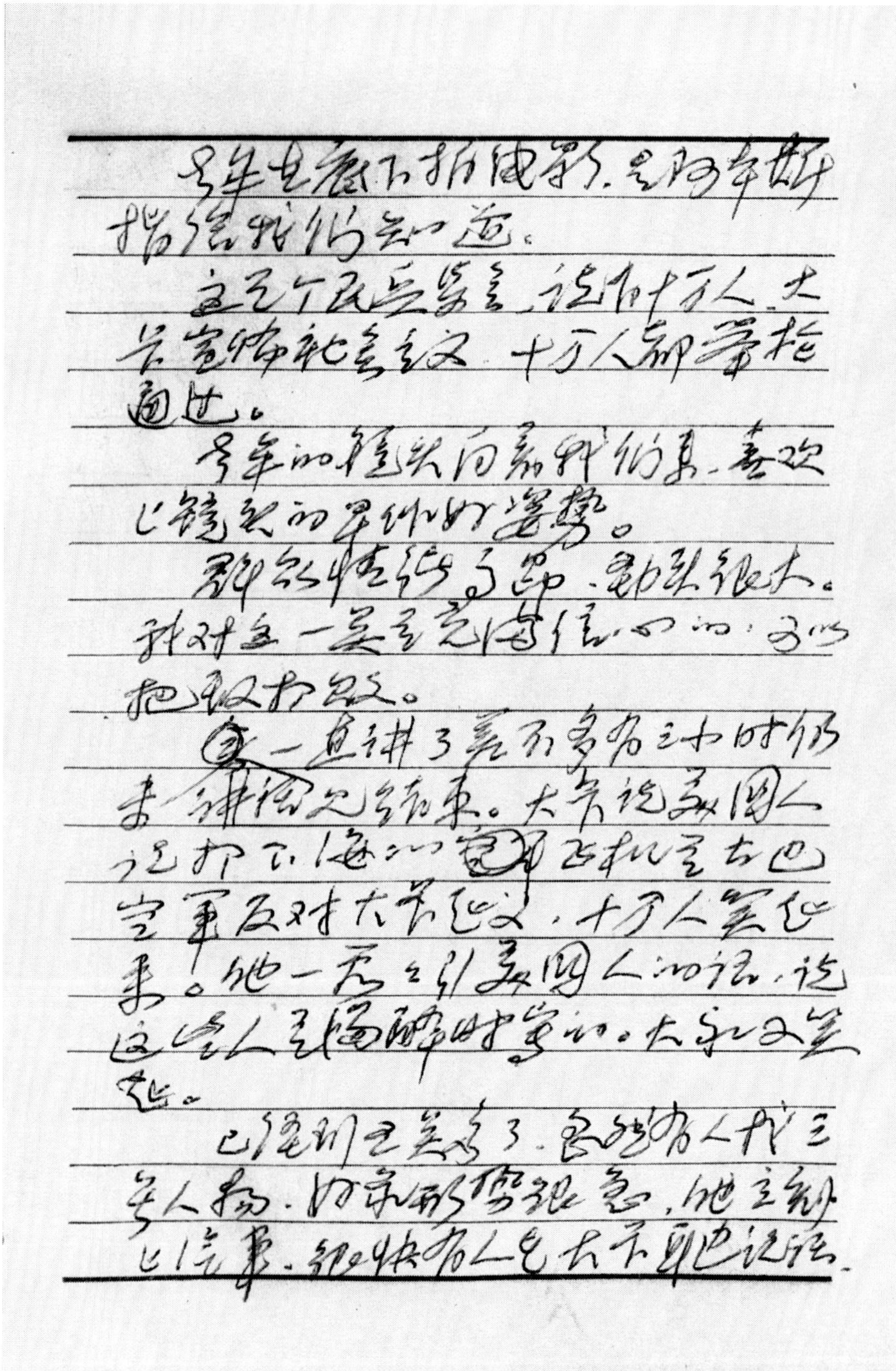

亏朱生在下指挥部。会场青年[illegible]指给我们去的道。

这是个民兵学生，说有十万人，大会宣读社会主义。十万人都举枪通过。

青年的姑娘向我们来，喜欢已经来的军队好姿势。

那些情绪好了吗，劲头很大。我对这一点是完全信心的，所以把我打起。

卡一直讲了差不多有三小时仍未讲结束。大家说美国人说打下[illegible]的飞机是古巴军事反对大[illegible]议，十万人笑起来。他一再引美国人的话，说这些人是隔离时当的。大家又笑起。

已经到了三点多了。宾馆有人找三个人物，情况都很急，他主动已经走。很快有人已去下面通话。

讲话暗结束，她们每天也坐镜事是了。

拿报了。比较和我们熟悉的中美洲，工作有敌人阴险。

傍晚时争的日报，她在城前。古巴都在练[illegible]动。

4月17日[redacted]

星期一。今天该去办理18日起飞的手续。但是这天，整个已经呈战时状态。街道都是着沙袋，广播不停地宣布民兵集合的命令。

抢时间发新闻，把古巴对付封锁的报写了一篇长文章，拿到新华社，但那时[illegible]敌人在中部、古巴[illegible]、帝龙三处登陆。以我前线新闻是报道要的。[illegible]这种[illegible]

重要的东西了）。

到古巴航空公司，如不是中国人根本进不去，都是民兵守卫。明天飞机不能飞，什么时候飞不知道。

秘书处已经打听，我们是十日的KLM飞机，只是为了去荷兰和大人物会见，这一点安排不妥了。原来想个4月只有两次了，以后推到的飞机是十日和十八日。

但也好，可以多看到英勇人民的斗争。这是个很好的机会。

回到了旅馆HOTEL ROSITA DE HORNEDO，碰见龙兰达。她说请我参加旅馆的大会。周和苏联朋友去买东西，我就和她去参加。

我们到的印象，担心美国侵略古巴的战争已经开始。对外友协会长夏素拉宫请了我们在自己的家人和友协工作人员的战时组织上去找代表们会谈。（指挥部）

他曾带了几朵鲜花。

各国客人都主张支持古巴人民的反美斗争。

萧基特们三次讲话的，我与代表团的几个人讲话。每我讲到中国人民一定支持古巴人民时大家就主动对中国的支持感谢。我也表示坚决拥护政府的一切措施，无论你们做什么都可以。我们"让敌人流血出去，不让敌人活着出去！古巴万岁！"结束讲话。大家又热烈鼓掌。

坐在我前面的阿……去世了，很多人都过来握手。

今日大会选出我和树岛被表扬。

下午……已经去了，大使叫我们去，介绍了情况，问我们要不要搬到他那里住。

对待这次的会，个别人作讨论

最重。我们不是正规军，几十万的正规军，只是进行游击。古巴的正规军和装备精良的（约）二十万民兵（一般的有一百万），是可以击败敌人的。

敌人如果登陆来，这件最重要的了，但也是件好事，人民可以学到锻炼，不再是所必要的。我们自己找的东西，以而相信而加强国力更是现实。

有个别人开始时以为是估计错误的，他们是传统的，我是完全同意他们的意见，总是能够以击败敌人。大使讲了他的意见，我们是完全对的。

谈到我们过去对外战争很艰难时，同志们提出好，理由可以我们同大问还清明。我们学习了好多思想性的：它最重要的时刻，中国人民是伟大的、勇敢的。不一定

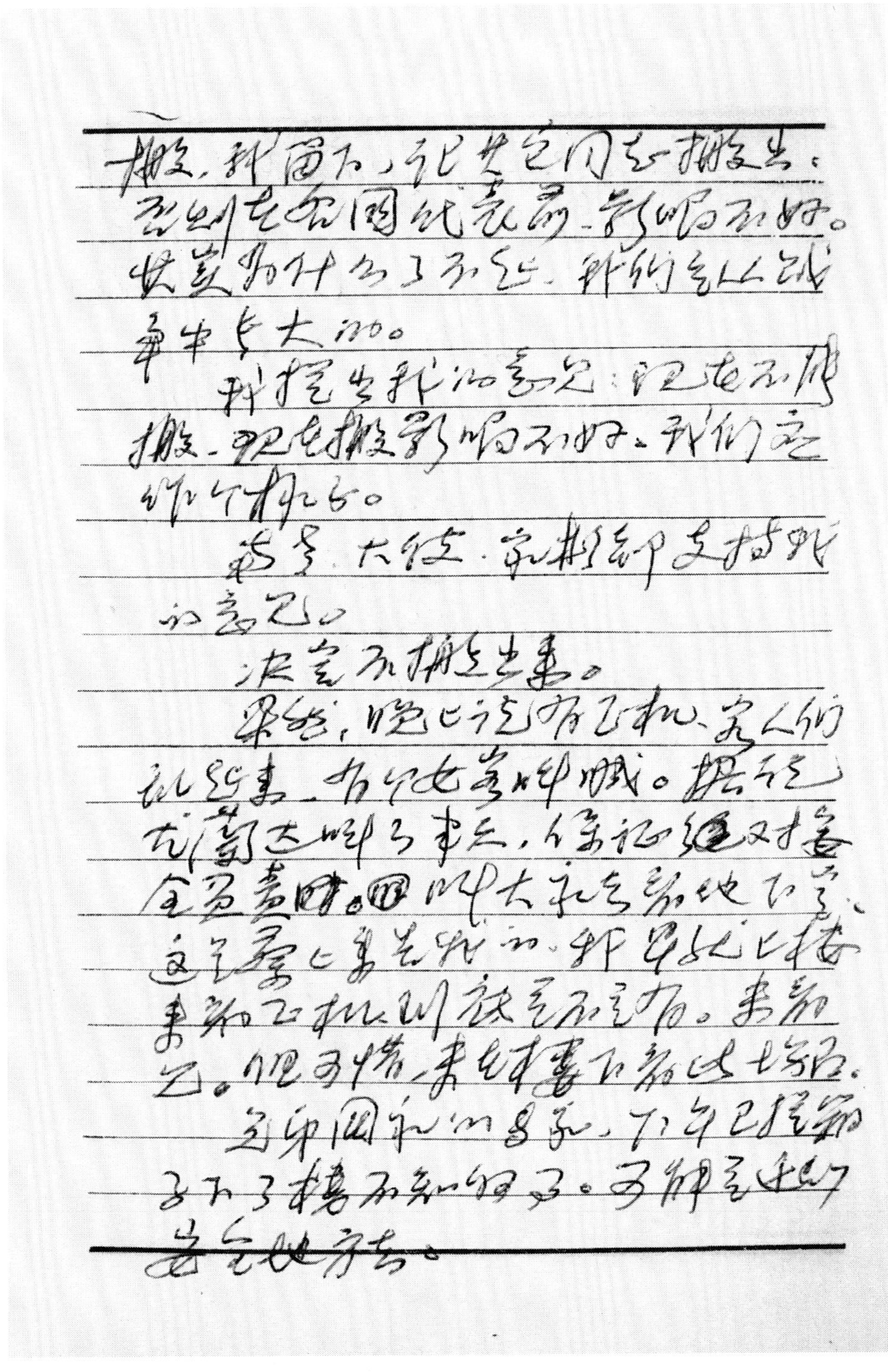

在古巴未取得胜利之前，我们不能离开，也不应离开。我想应该这么说。我们跟他们是在患难中有条件而不须走掉。

晚上看了敌机轰炸敌人的空袭情况，说敌人离哈市46公里。个别人情绪很急，说大使来把妇女儿童撤走，估计可能会出现。我说不能信，要看情况，到什么地方。敌人的话是吓唬的。要去看嘛，果然是美国的广播。

人，需要在斗争的考验中才能认识[illegible]的。

我给大家作动员，钱多并不可怕，讲了一些过去的故事。他们很爱听的。我觉得这人也是这样比较不错。

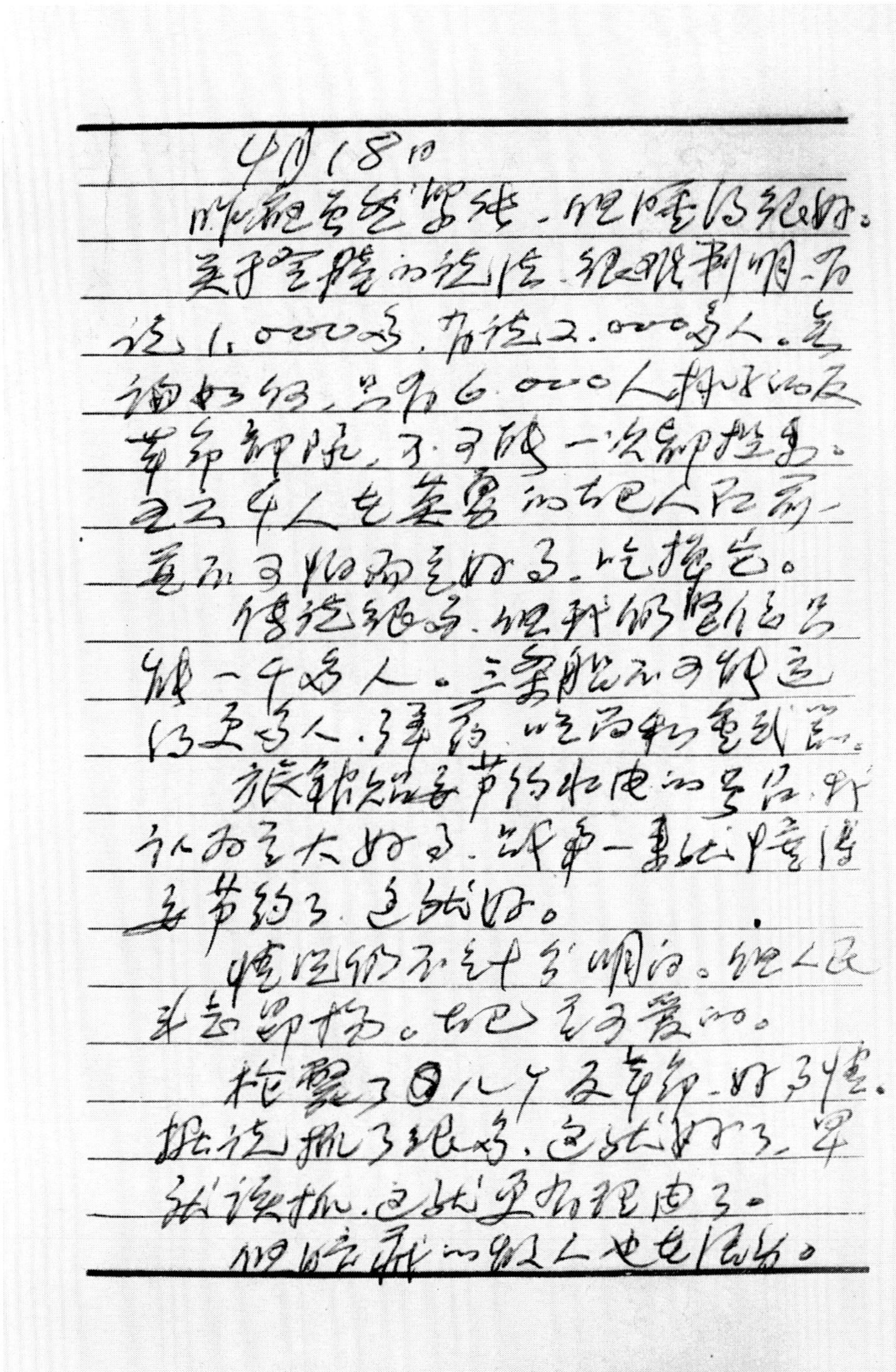

4月18日

昨晚古巴广播，但听得很好。

关于登陆的谣传，很难判明。有说1,000多，有说2,000多人。无论如何，只有6,000人携带的反革命部队，不可能一次都登上。这么半人也是要与古巴人民打一番，不可想象是好了，吃掉它。

传说很多，但我们得到的报告一千多人。三条船不可能运这么多人。猜想吃掉的要到家。

旅馆的服务节约水电的号召，我认为是太好了。战争一来就应该节约了，这就好。

情况仍不是十分明白。但人民斗志昂扬。古巴是可爱的。

检验了自己几个反革命，好可惜。据说抓了很多，这就好了。早就该抓，这就更有理由了。

但听说我的敌人也在活动。

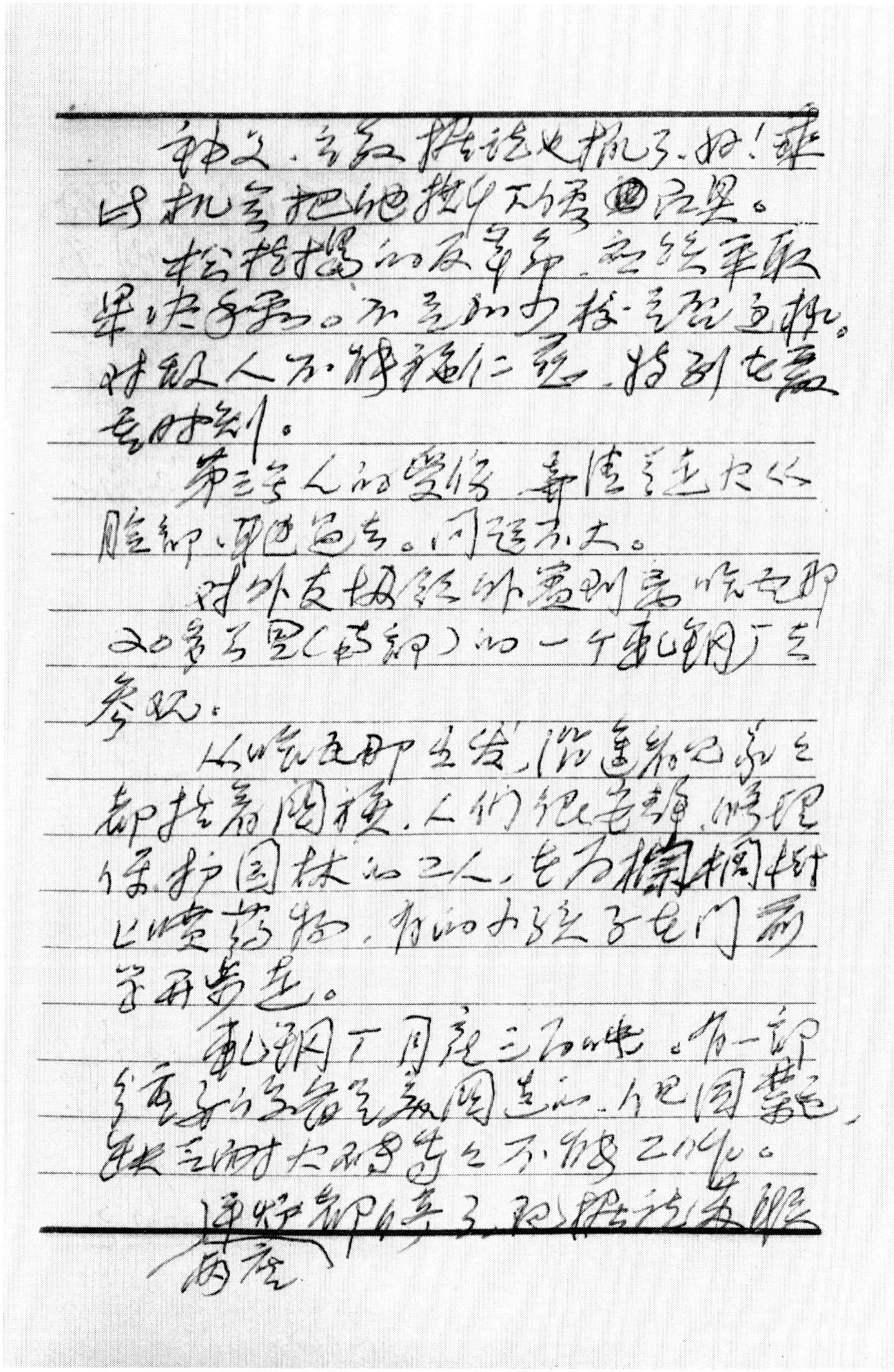
补充。玄奘推诿也批了。好！乘时机会把他推入大饭店里。

松指揭的反革命，应该采取坚决手段。不应如当校主张主机。对敌人不能手软仁慈，特别在严重时刻。

第三号人的爱信，每周三送去大以脸部，眼也包去。问题不大。

对外友协组织外宾到离哈瓦那20多公里（西部）的一个轧钢厂去参观。

从哈瓦那出发，沿途各地乡镇都挂着国旗，人们很安静，修理保护园林的工人，在为棕榈树上喷药物，有的小孩子在门前学开步走。

轧钢厂月产三万吨。有一部分原子设备是从国外进口的，但因封锁，缺乏零件太多，所以不能工作。

平炉都停了，所以推说该服病房

为他们去旅馆。

我问工会负责人，古巴能否找到耐火原料，他说可能有。我告诉他我们用土法，烧出很好的耐火砖。

他们都只靠外援（有些已经从人家运来），对自力更生不容易接受这样的理论。他们对参加建设学校的中国工人送的锦旗很感兴趣，说是中国和古巴友谊。

此厂的鼓风机站，是用汽油发电。出的钢锭是用在建筑用的，钢坯是苏联来的。

生产钢锭的工房，工人搞了些技术改革，工作快了。我觉得为了他们这一点，我就有意识的谈到这样的，主要是自力更生的意思。

这个厂子规模不算大，但参观的时间很长。

最有意思的是此次和同志

人家據說他們的远征军已经距离玉那以南46公里的地方。而我們究竟是到西面哪个地方去参观访问。我们在车上说也未曾问个字又笑。

对外友协是有意地不事先通知家人去哪里参观的。这是个好主意，可不使家人发生疑问。

我们住的旅館，晚上要行灯火管制。这是很必要的。但整个城市没有这样做。旅館的做法也很有意思，前後门守警报，每到一天黑就不开灯。使得我晚上好睡觉了。

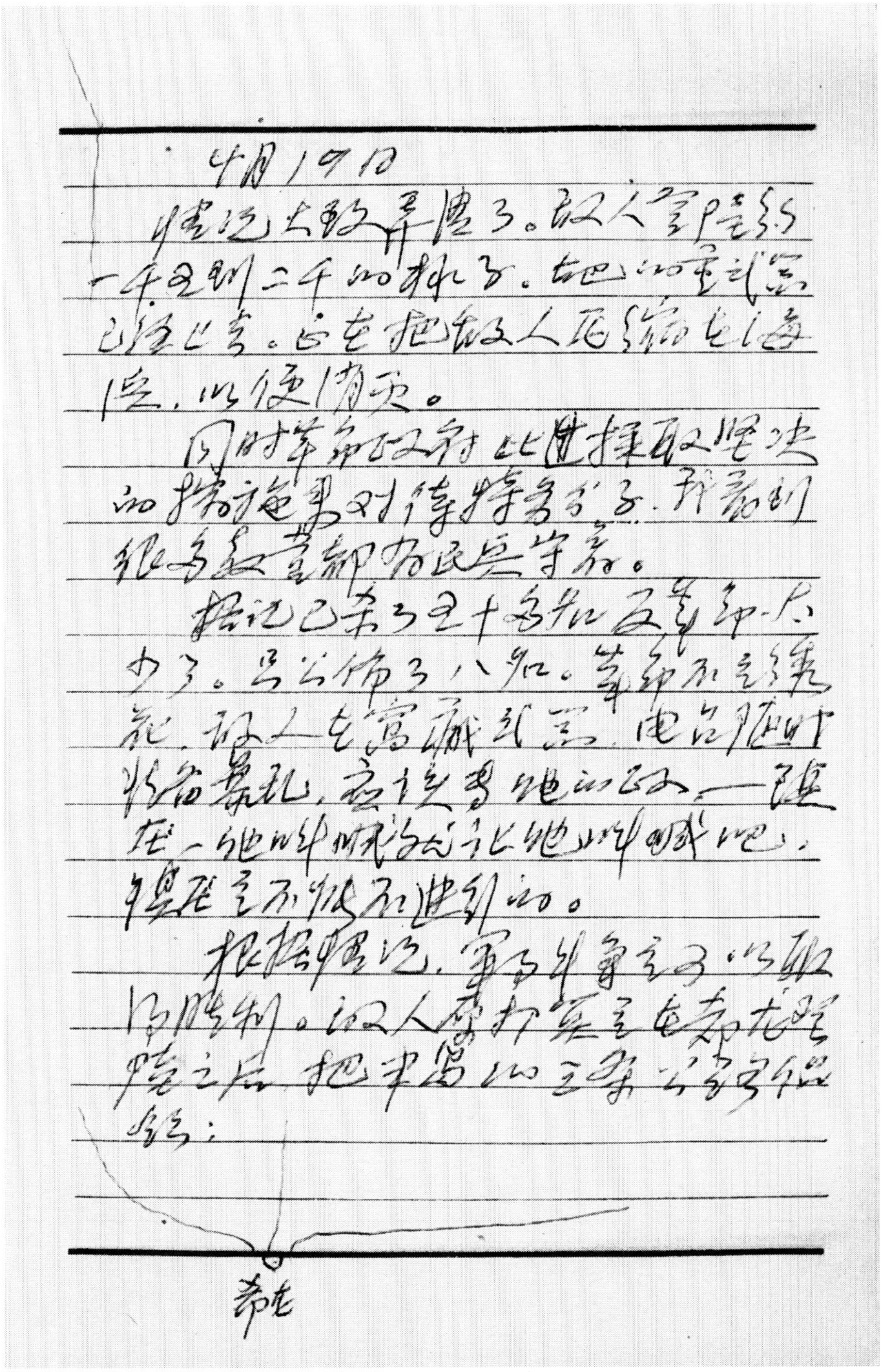

4月19日

据说大致弄清了。敌人空降约一千五到二千的样子。他们的武器已经丢光。正在把敌人压缩在海滩，以便消灭。

同时革命政府对此也采取坚决的措施来对付特务分子。我看到很多权贵都为民兵守着。

据说已抓了五十多名反革命分子。只公布了八名。革命不会饶恕，敌人窝藏武器，电台随时准备暴乱，应该与他们的政府一道，在一起呐喊，给他们呐喊吧，但是还不能和世界的。

根据情况，军事斗争更有可能取得胜利。敌人原打算在吉龙滩登陆之后，把出路的三条公路守住组织：

希龙

和美帝国主义的建筑、工程（如公路、机场）在那里变成为反革命政府要取得美国和拉美反动国家政府的承认，诱骗他们来反对古巴革命。同时，敌人在进行多宗湖地区和奥大利半岛地区不断骚扰。

敌人调动民兵去大批地控制他们那边去，同时常来认识熟悉，以便监督这些人。

敌人首先想办开辟机场的地点、位置，以便空军飞机起落。

敌人修了许多公路，其它都是山地和森林，只有这条公路可以开汽车行驶，其它地方是无法通过的。敌人确实控制了这片地区的情况。

海上，古巴是无法封锁的，制空权也不到。

应当说明敌人这一套计划很周密。

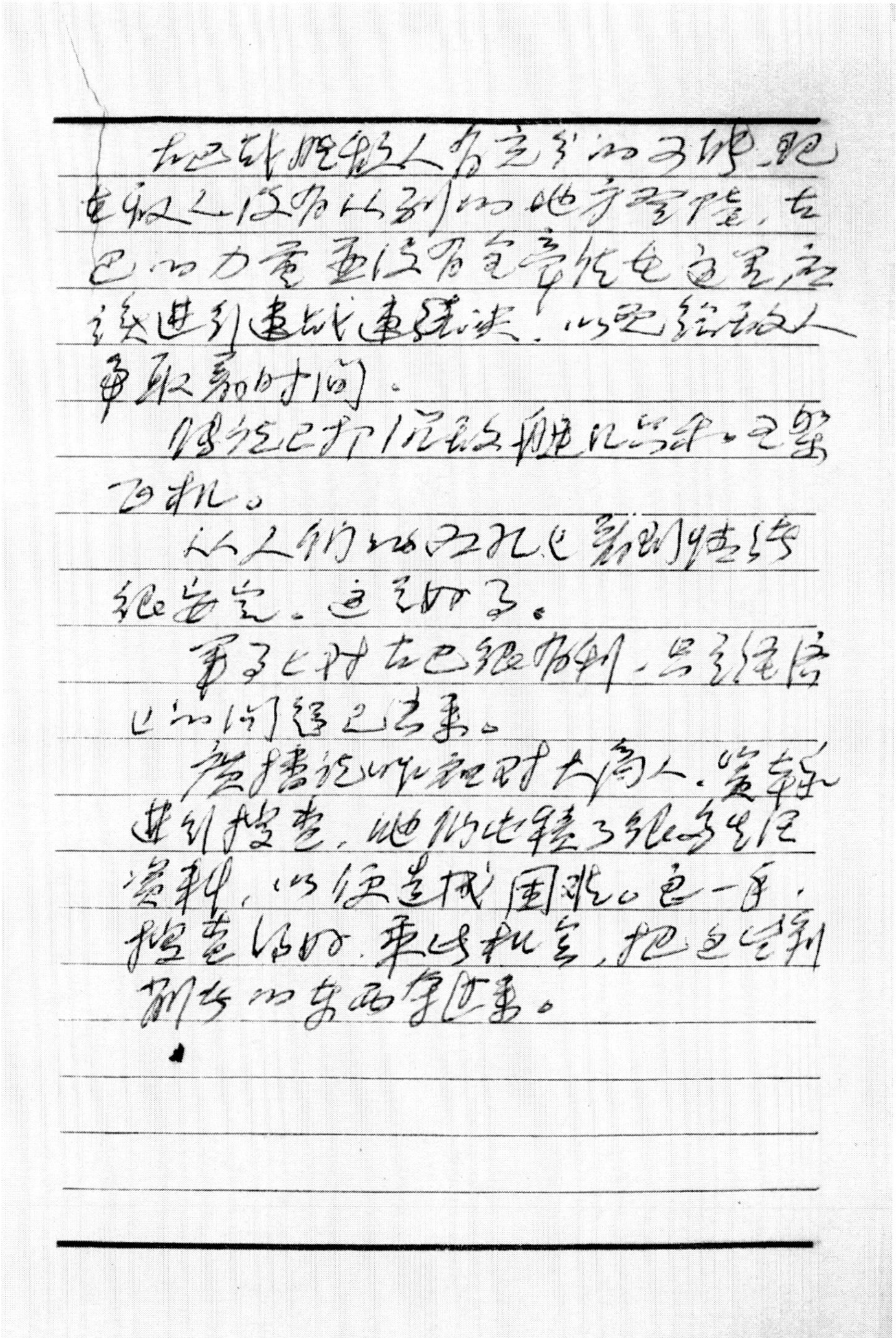

古巴能胜敌人者主要的是时间。趁敌人没有从别的地方登陆，古巴的力量还没有完全集中起来，应该进行速战速决！以免给敌人争取到时间。

据说已打沉敌舰几只和七架飞机。

从人们的面孔上看到情绪很安定。这是好的。

第三日时古巴很有利，只是侵略的战斗已结束。

广播说昨天对大商人、资本家进行搜查，他们也藏了很多生活资料，以便造成困难。这一手，搜查结果，乘此机会，把这些剥削的东西拿出来。

4月20日

服务员高兴地告诉我们说：广播说已打下了五架飞机和九条船。

我想就在这一二天内解决这批敌人。

友协告诉我们要去听大会讲话，随后又问我们到不到前线去。

到前线去是我们的理想，我们立刻答应，但要新闻记者证明，我有一张，他们两人没有。我们去了很多处打电话说了半天，楼下的人告诉了：部长拒绝我们。

其实，只有一两人有记者证。

我们一[illegible]印象，立即出发。

我们估计在八日到，后他九日从[illegible]回来的经过去去。

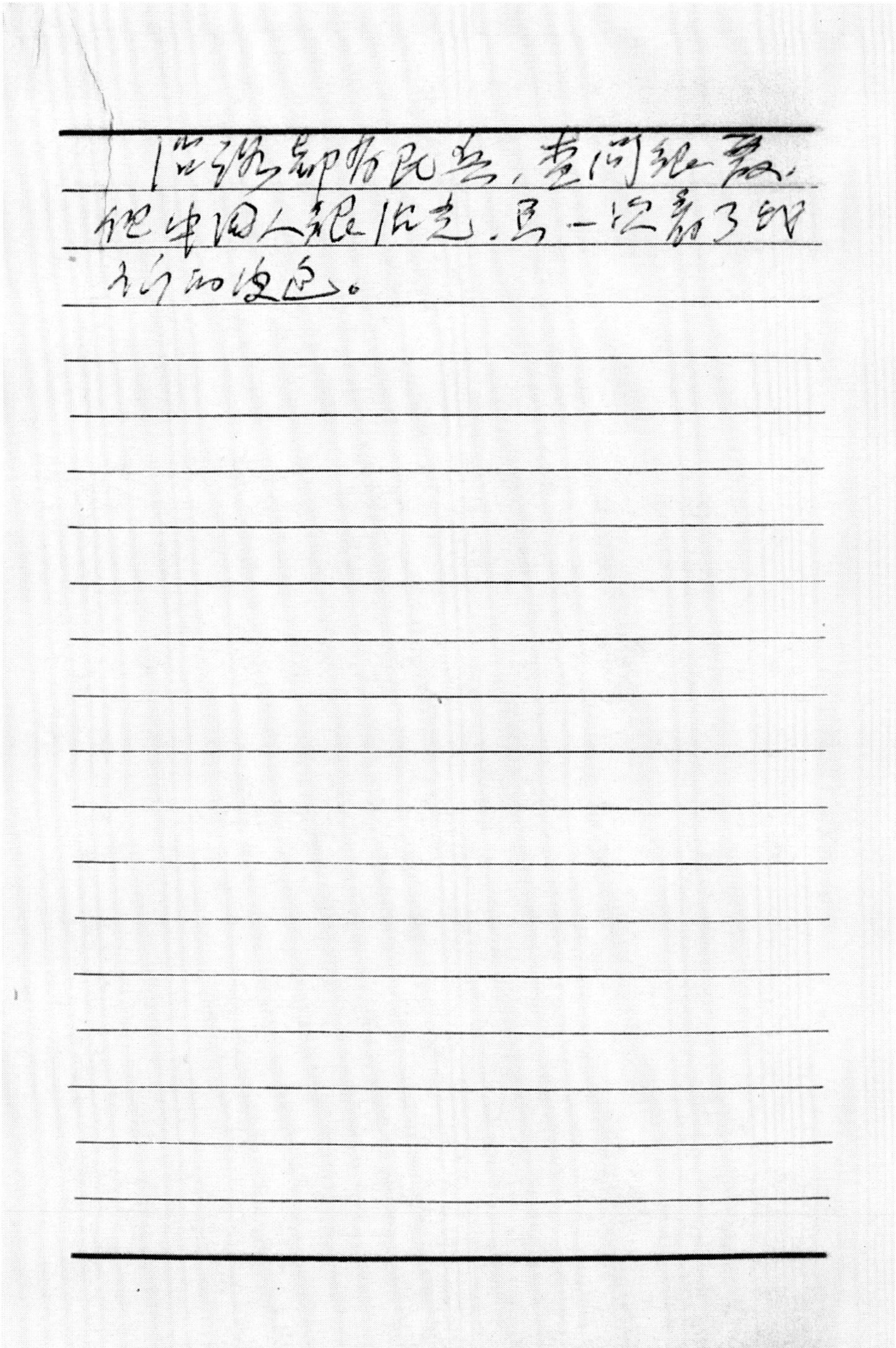
随从部分民意，查问组长，把中国人跟出去。另一定着了解不了的消息。

~~Hatuey HATA~~ Hatuey（阿托埃依）

古巴印地安人的领袖，即被西班牙殖民主义者最后杀死的一个。他认为见鬼天堂有西班牙，他决不忏悔而堕入地狱。现古巴自制的啤酒瓶红纸以他的像为标志。

《缅因号》事件发生于1898年。1961年5月1日，古巴人民把在海边纪念碑的帝国鹰拆下来，准备加国家门塞新一只和平鸽，（毕加索作）。以重建这个纪念碑。（新华社9日哈瓦那电）

格瓦拉率领的一支队伍在拉斯维亚斯打了巴蒂斯塔的一列军火车，消灭了敌人，据此决定了古巴起义革命的一九五九年元旦胜利。

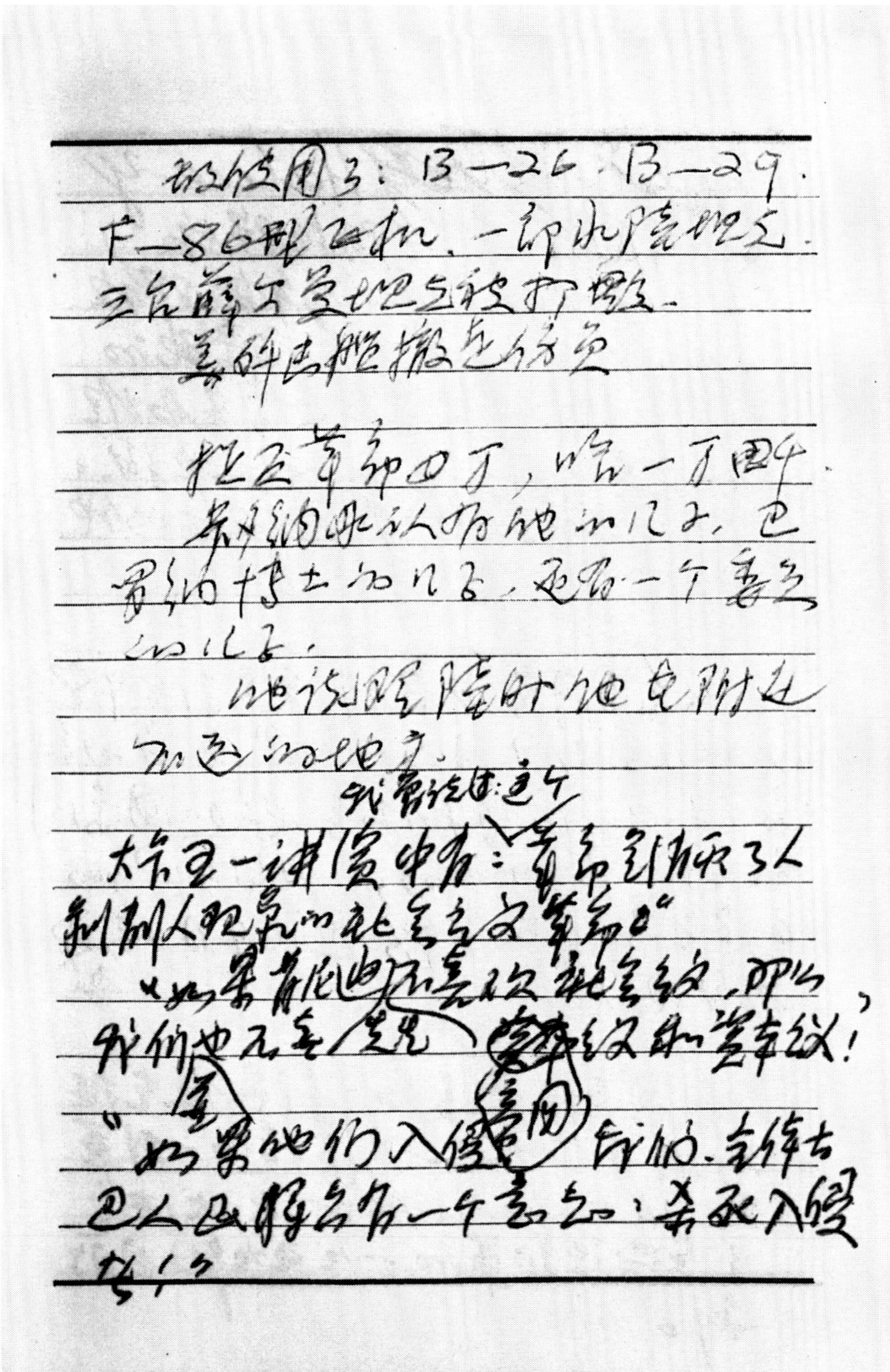

敌侦图3：B—26、B—29、
F—86型飞机、一部水陆两栖飞机、
三台萨尔瓦多地区被打散。
美舰出港搬走货物

探望菲德尔了，喝一下咖啡。
菲德尔承认有他的儿子，但
罗纳博士的儿子，还有一个喜爱
的儿子。
他说登陆时他在附近
不远的地方。
我曾注意过这个
大会里一讲演中有："革命剥削了人
剥削人的社会主义革命"
"如果肯尼迪不喜欢社会主义，那么，
我们也不喜欢帝国主义和资本主义！
"如果他们入侵我国，全体古
巴人民将会有一个声音：杀死入侵
者！"

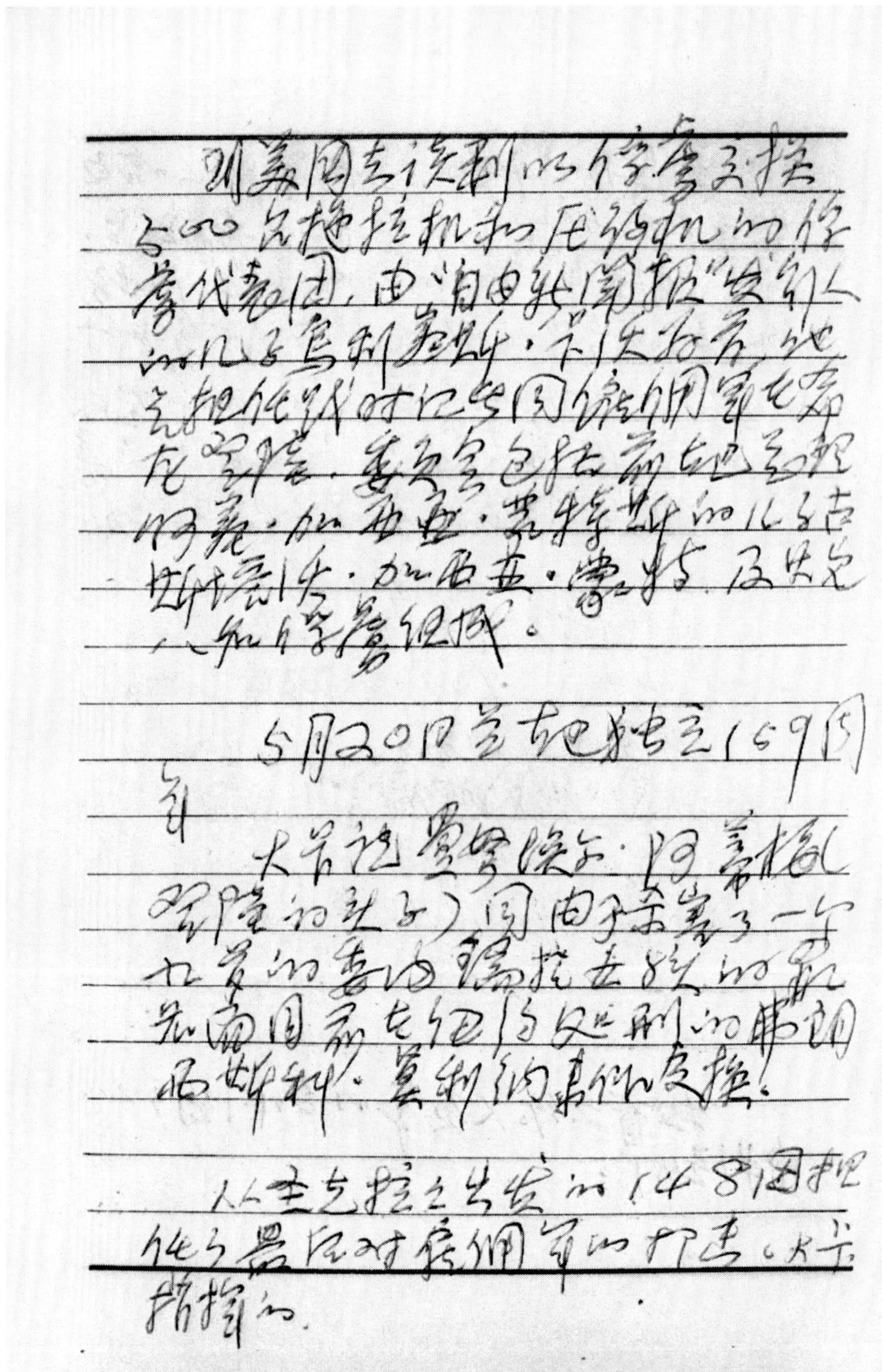

到美国去谈判的俘虏交换500台拖拉机和压路机的俘虏代表团，由"自由新闻报"发行人的儿子乌利塞斯·卡沃为首，他是想作战时从美国舰艇第七舰在登陆。委员会包括前古巴总理的孙子，加西亚·蒙特斯的儿子古斯塔沃·加西亚·蒙特斯及其他八名俘虏组成。

5月20日是古巴独立59周年

5/21

大学诗歌会晚会，阿莱格利亚（秘鲁的老头子）同由于写了一个九首的奏鸣曲，拉丁美洲的最先前国家古巴自由胜利的萌芽西班牙……

从圣克拉拉出发的148团把他们最后对庞纲军的打击，火力指挥的。

五月三日上午九时三十分钟，从哈瓦那乘古巴航空公司飞机赴布拉格。

十时四十分钟到了哈马兰机场，加油和修备发电机用了三个多小时，两点三十分才从那里起飞。直接圣玛利亚，由哈马兰加油而不到百慕大，是因美国控制不给古巴飞机加油。

到圣塔玛利亚岛（亚速群岛）是夜里十一点。起飞是两点三十分。

四日到布拉格。1点5分飞至哈瓦那（上午八点）时间，布拉格时间［下午］一点［三十分］，［三十分］经过巴黎上空。

[illegible]工作人员拿的是中国红旗[illegible]。

回来找塞斯（报纸总指挥）

在危地马拉看相当多新华社的印刷品。

也尼加拉瓜也照发。多德魔扎看到现象。

Norma Carrasco（诗人）
Av. Aguilas 441-C
México 20 D.F.
Mexico.
电话 48-11-39.
墨西哥诗人，现在墨西哥大学文学院学习，革命学生组织会员。

86局6731转22分机（中联部六处，找郑祥鹏）林之原的电话

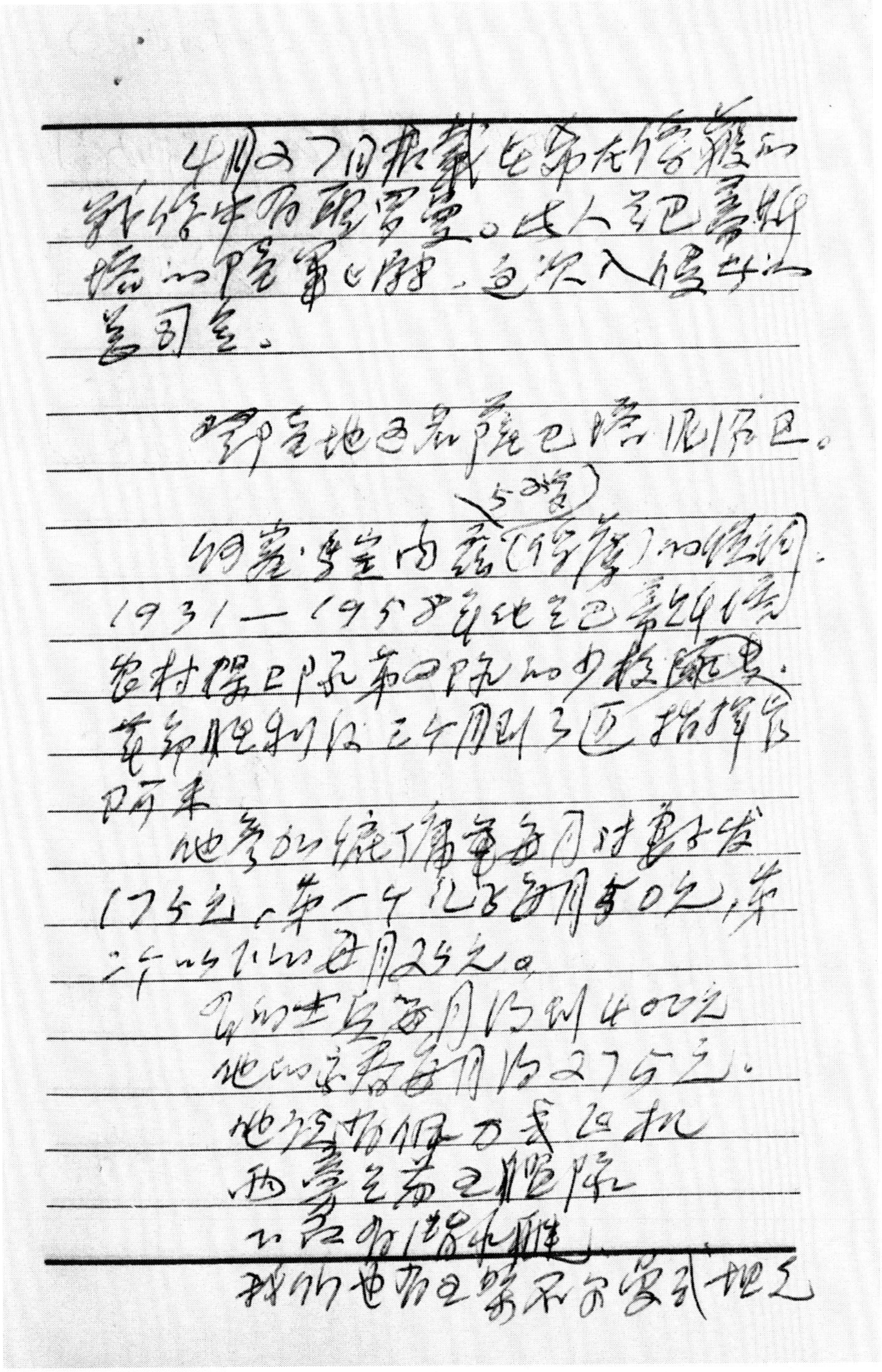

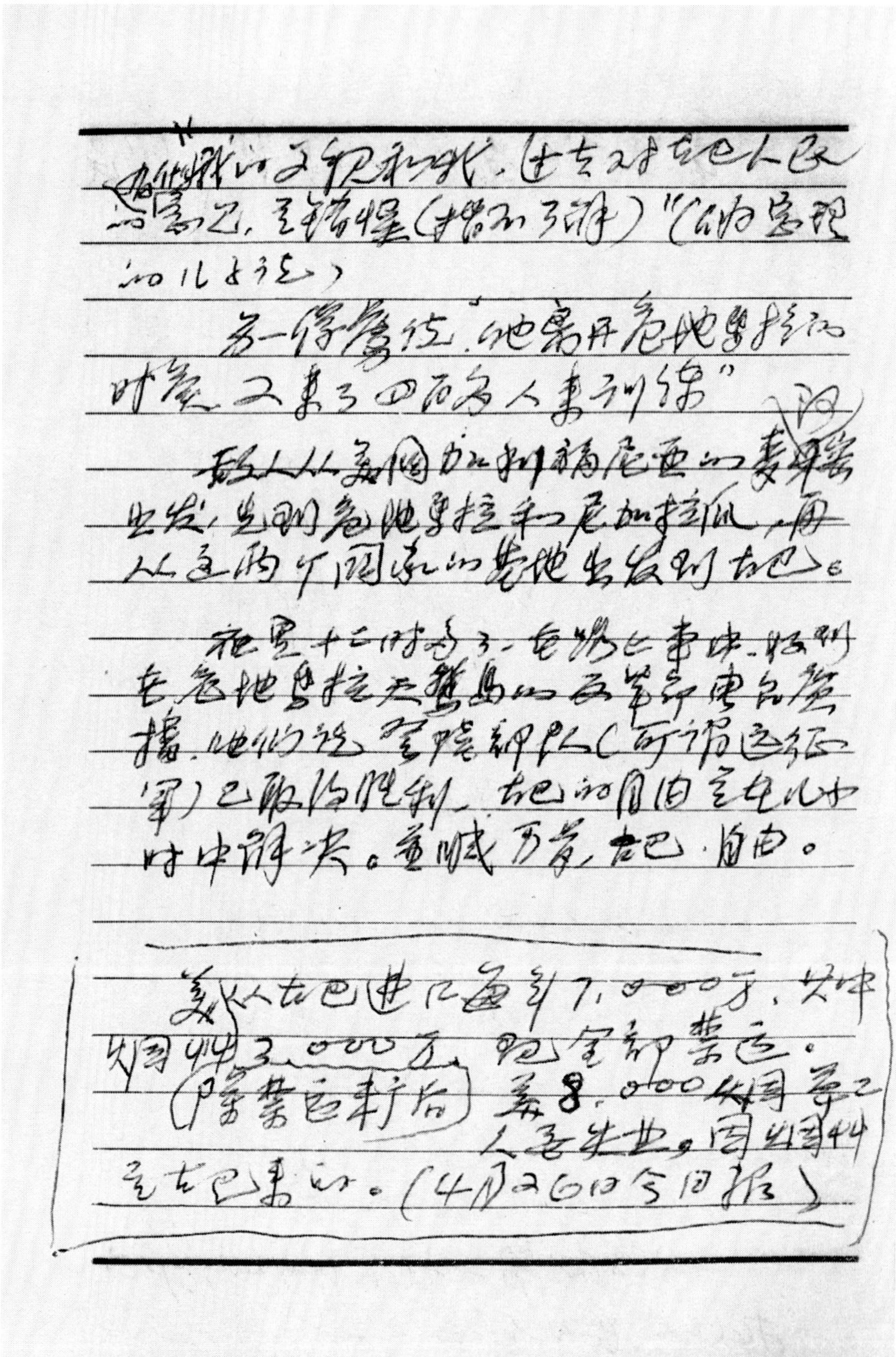

我们的分组和地点，但古巴对古巴人民的忠诚，至诚恳（诚和可靠）"（以为是理的儿子说）

第一俘虏说："他离开危地马拉的时候，已来了四百多人受训练"

敌人从美国加利福尼亚的麦……出发，先到危地马拉和尼加拉瓜，再从这两个国家的基地出发到古巴。

夜里十二时多了，电视上来电，播到在危地马拉天鹅岛的反革命电台广播，他们说：雇佣部队（所谓远征军）已取得胜利，古巴的自由在几小时中解决。并喊万岁，古巴，自由。

美从古巴进口每年7,000万，其中烟叶3,000万，现全部禁运。（除禁运雪茄后）美8,000烟草工人要失业。因此烟叶至古巴来订。（4月26日今日报）

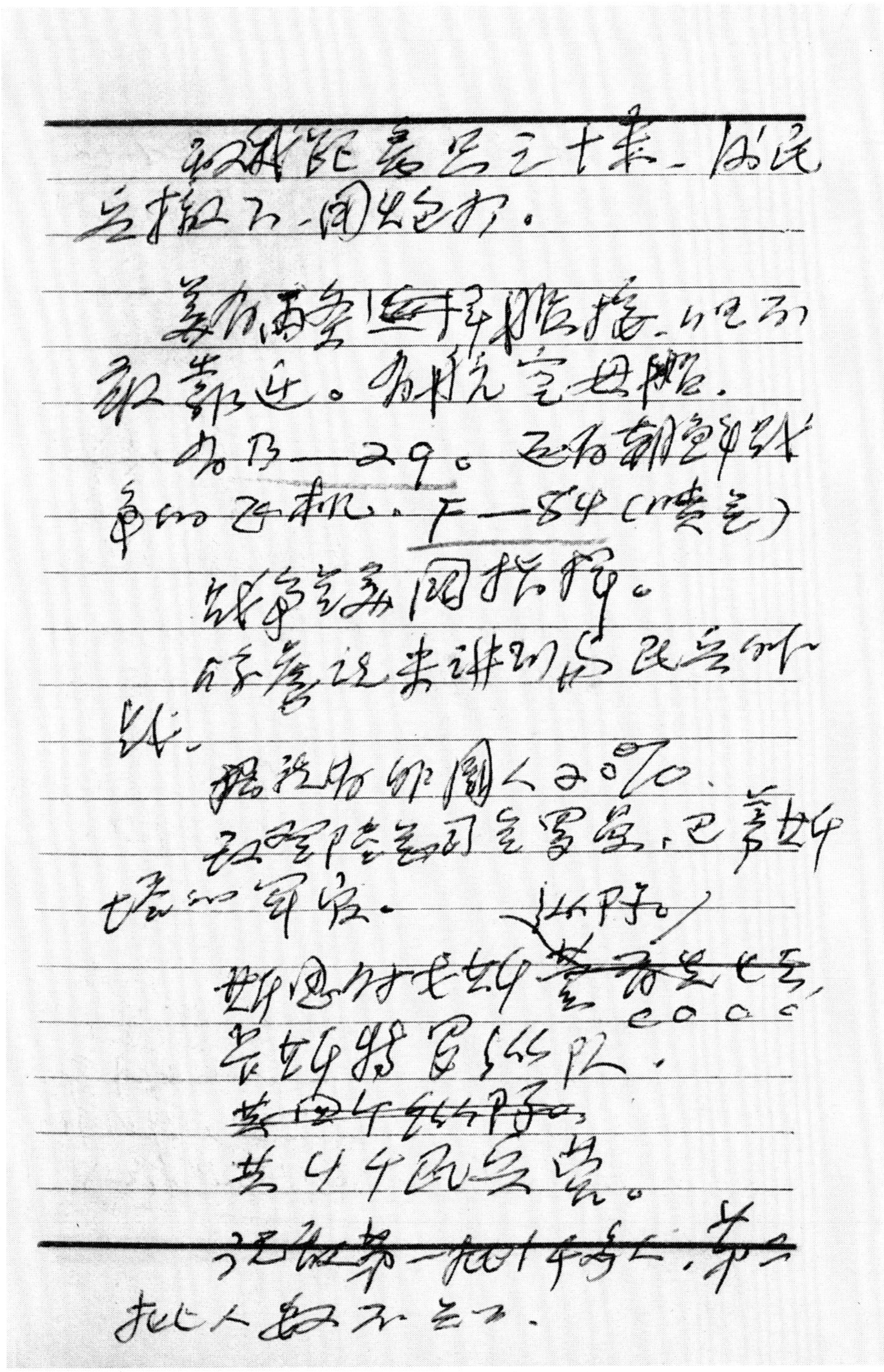
敌机距离只三十米，但民兵拒不同出炮打。

美有两艘驱逐舰，但它不敢靠近。有航空母舰。

有B—29。还有朝鲜战争的飞机。F—84（喷气）

战争是美国指挥。

卡斯说来讲到的民兵作战。

据说伤的俘虏人20%。

敌军除美国的军官、巴蒂斯塔的军官。

~~斯恩斯长处美国七百~~

是蒂斯塔将军的队。

~~共四个战斗营~~

共4个民兵营。

记得第一批俘虏后，第二批人数不会了。

敌人有三次大队的主要活动了，他就地打枪。

民兵不重讲技术，能出来去冲，他们有刺刀，另手拉冲锋枪。

要把屋炸得了很多民兵。

敌人管警戒的当家，从尾巴拉瓜，差他兵拉去。

丛林中有毒蛇虫，毒蚊子。

你去说的儿子会不了战斗的，当来的。讲的到二十多年前的事。

三把也是自己的，人们在两锅口，他们不够用，来拼战斗。

民兵生产是敌人用大炮搞，民兵那么能自己打。

去去过的地方。

俘虏中，有的穿着红色或黄色好料子做的衬衣和其它东西，可能是什么了完。其它都穿着棕色衣服。

在老挝的民兵（战士）现在的老兵常回去的，射机来它来。回去代148号前线去后，把他老，他的女好去找到他。

阿老去十六日晚上到这了，不能上岸，因为去糖人下水摸，阿老去的有五个民兵，死了一票，四个妇女一个小孩，因为不能领船来。

现回到船，打完西瓜，打算史一下。

又一位打听，他说他的律师被捕，他先到过了哈瓦那。

据闻机场办公和国家银行的玻璃都打破。房东指给我们的主任也被捕后逃出。

在路上看到新闻记者人员被打伤不少的担架。

到帝龙的路上，一些林里的市民欢欣，士兵们沿公路筑了阵地、战壕，炮兵准备好炮，还有机枪，都是背海向着丛林。他们一面手指峰，一面叫我们的车快走。

在一个路上，战士告诉我们不要碰两旁的河堤，那里有地雷。有几部大车刚才特别注意了不少。要知道是谁安的地雷。有好几部车都翻了

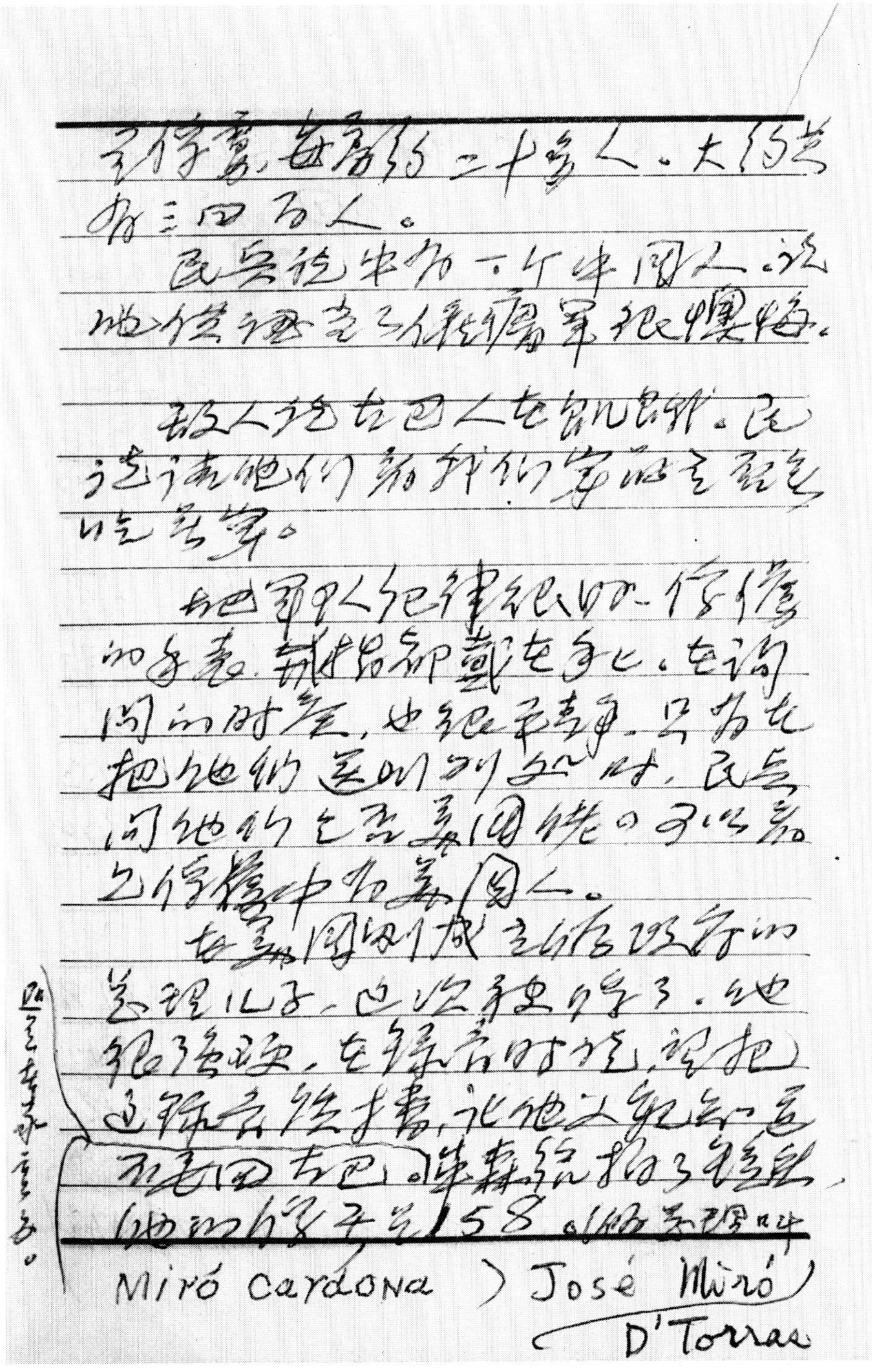
主持审查每房约二十多人。大约共
有三四百人。
民兵说中有一个中国人。说
他信徒参加雇佣军很懊悔。
敌人把古巴人在飢饿中。民
兵请他们告诉他们家的来信
吃些菜。
古巴军队纪律很好。俘虏
的手表、戒指都戴在手上。在询
问的时候，也很平静。只有在
把他们送到外面时，民兵
问他们是否美国佬？可以看
出俘虏中有美国人。
在美国刚成立的古巴政府的
总理儿子，也被俘了。他
很强硬，在录音时说，把
这录音给我，让他父亲知道
不要回古巴。……
他的俘虏号158。他父亲叫
Miró Cardona) José Miró
D'Torrae

一年前

~~在公义[illegible]报道。~~

以郭隆地出发了四个营

基沿[illegible]打开中的东岸。

希龙：

船载着又一、4只舰艇在海

上，

昨天打沉八号。

另一艘舰

昨天上午8时打到下午3时

民兵已到前线已四天未吃饭，

他们说不要紧，可以不吃。他用

子弹打敌人，他指弹药记。

那天在拉高大会上明确指明

多讨人的儿子和十四岁的孩

子都在希龙打仗。

我们住过的那排房子都

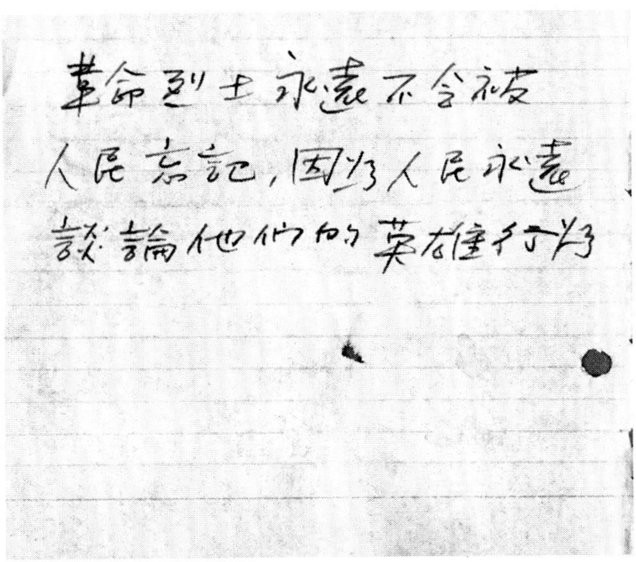
革命烈士永遠不会被
人民忘記，因为人民永遠
談論他们的英雄行为

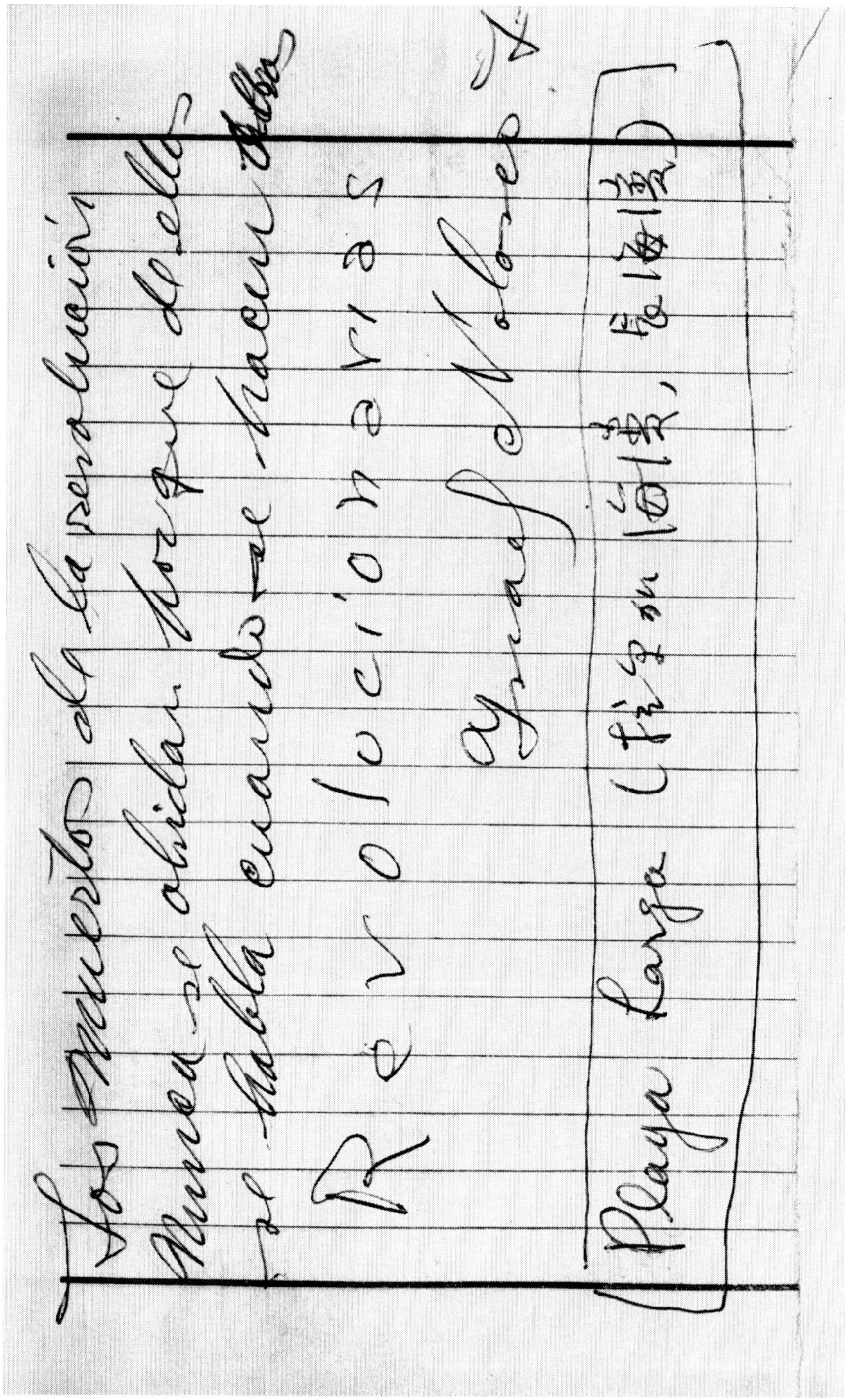
Los muertos de la revolución
nunca se olvidan porque de ellos
se habla cuando se hacen
Revolucionarias
Playa Larga

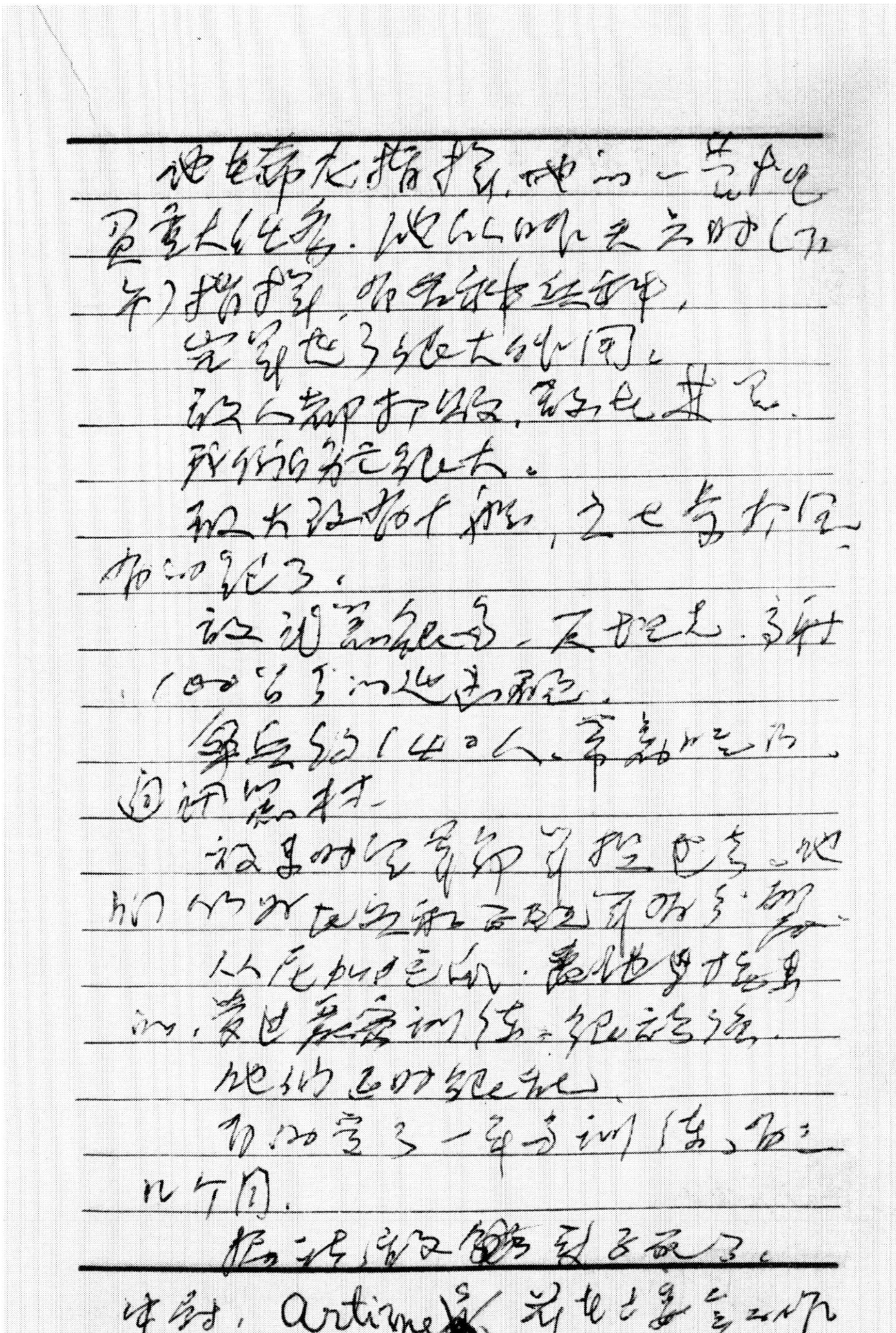
他是师长指挥，他的一些人也
受重大伤亡。他从哪儿来，当时（五
年）指挥，[illegible]。
它坚持了很长时间。
敌人都打败，[illegible]。
我们的牺牲很大。
敌方伤亡很大，[illegible]
[illegible]了。
敌人[illegible]，[illegible]
1000[illegible]
[illegible]1400人，[illegible]
[illegible]村。
敌人[illegible]。他
们[illegible]
人人[illegible]
[illegible]训练[illegible]。
他们[illegible]。
[illegible]了一年多训练，[illegible]
几个月。
[illegible]了。
中尉，Artime[illegible]

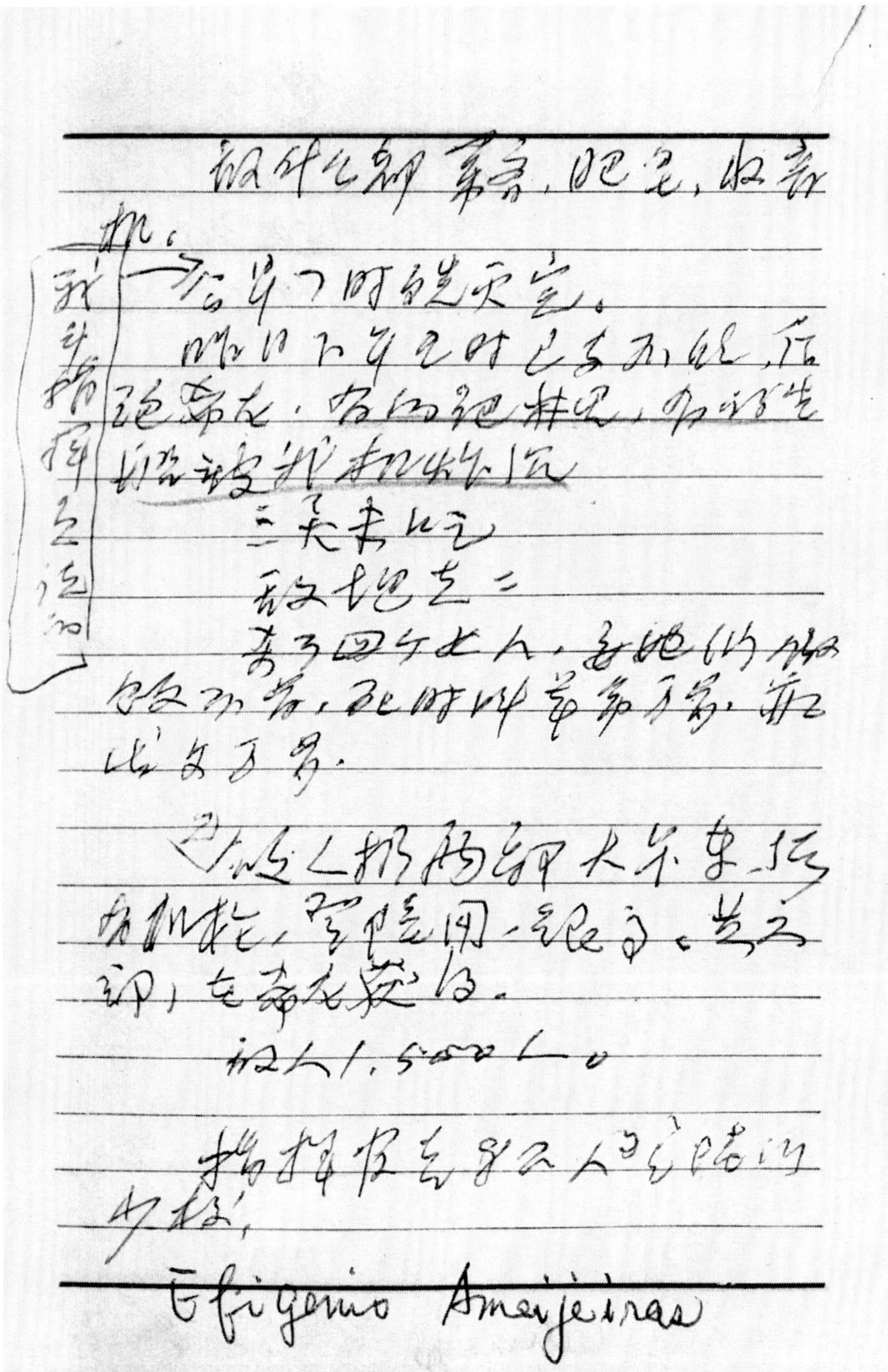
的什么都[illegible]，肥皂，收音机。
[illegible]时[illegible]定。
昨日下午[illegible]时[illegible]
[illegible]
[illegible]
[illegible]
[illegible]四个女人，[illegible]
[illegible]
[illegible]
四[illegible]
[illegible]
[illegible]
[illegible]人1,500人。
指挥[illegible]人[illegible]
少校，
Efigenio Ameijeiras

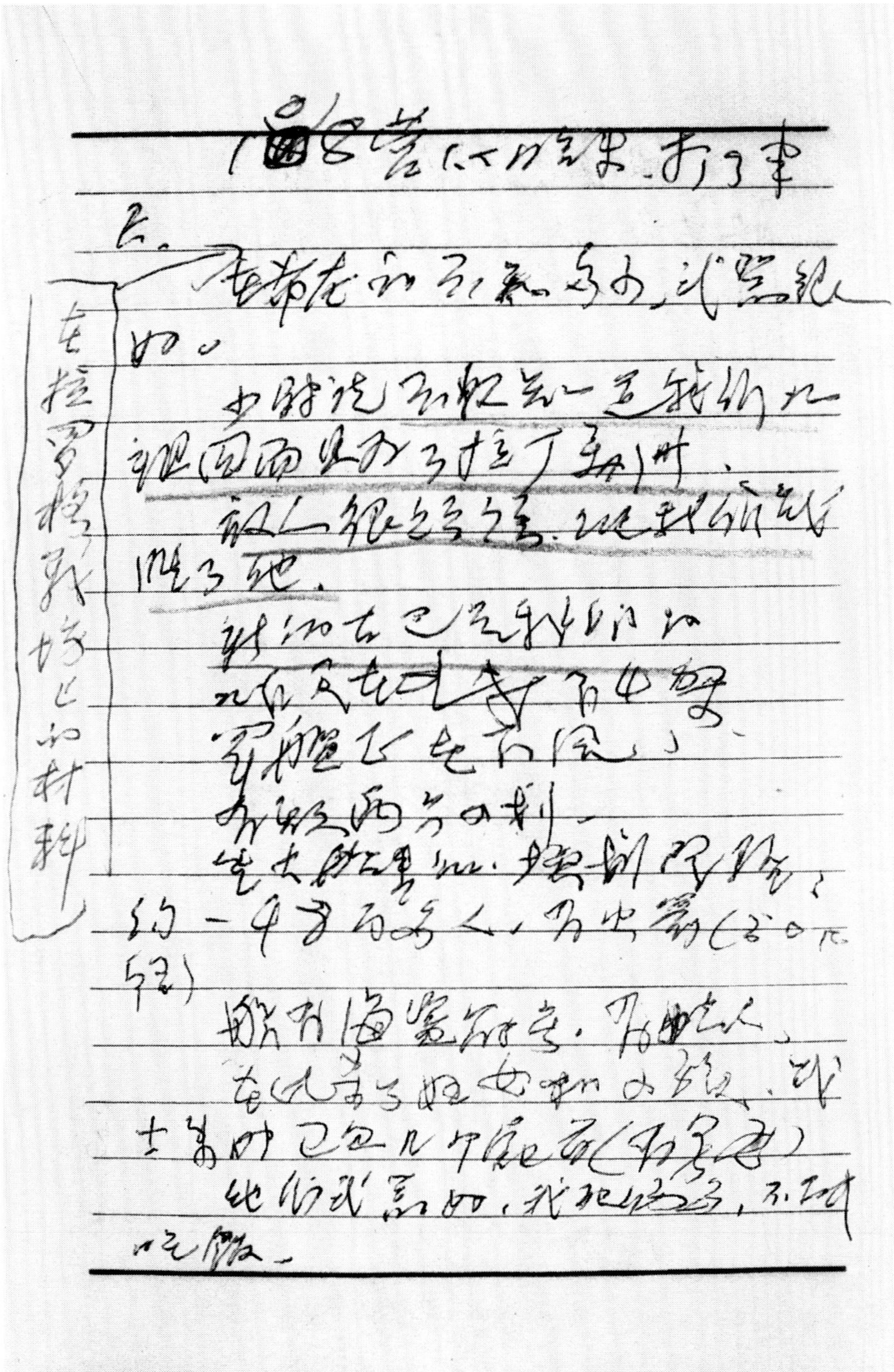

被捕的青年拉普费斯说：

被人家当了人质，以前曾当过喽啰。在他家中的一个教堂，自己不知道他已来了，敌人来了，他很后悔。

飞机是美帝巴蒂斯塔部队的B-26，飞行员一死，一捕。昨天（19日）上午六时半，飞机被击落了。三人被打死（三死），活的，飞机三人死（1人系美国人，死的是古巴人。

4枚高射炮打下。击落4架飞机。一架打中起火，掉下，死了飞行员。

一家八人在轰炸中，被飞机炸死。

民兵说，美帝国主义打不倒。不会阻挡我们的事业，问候毛主席。

18日晚。

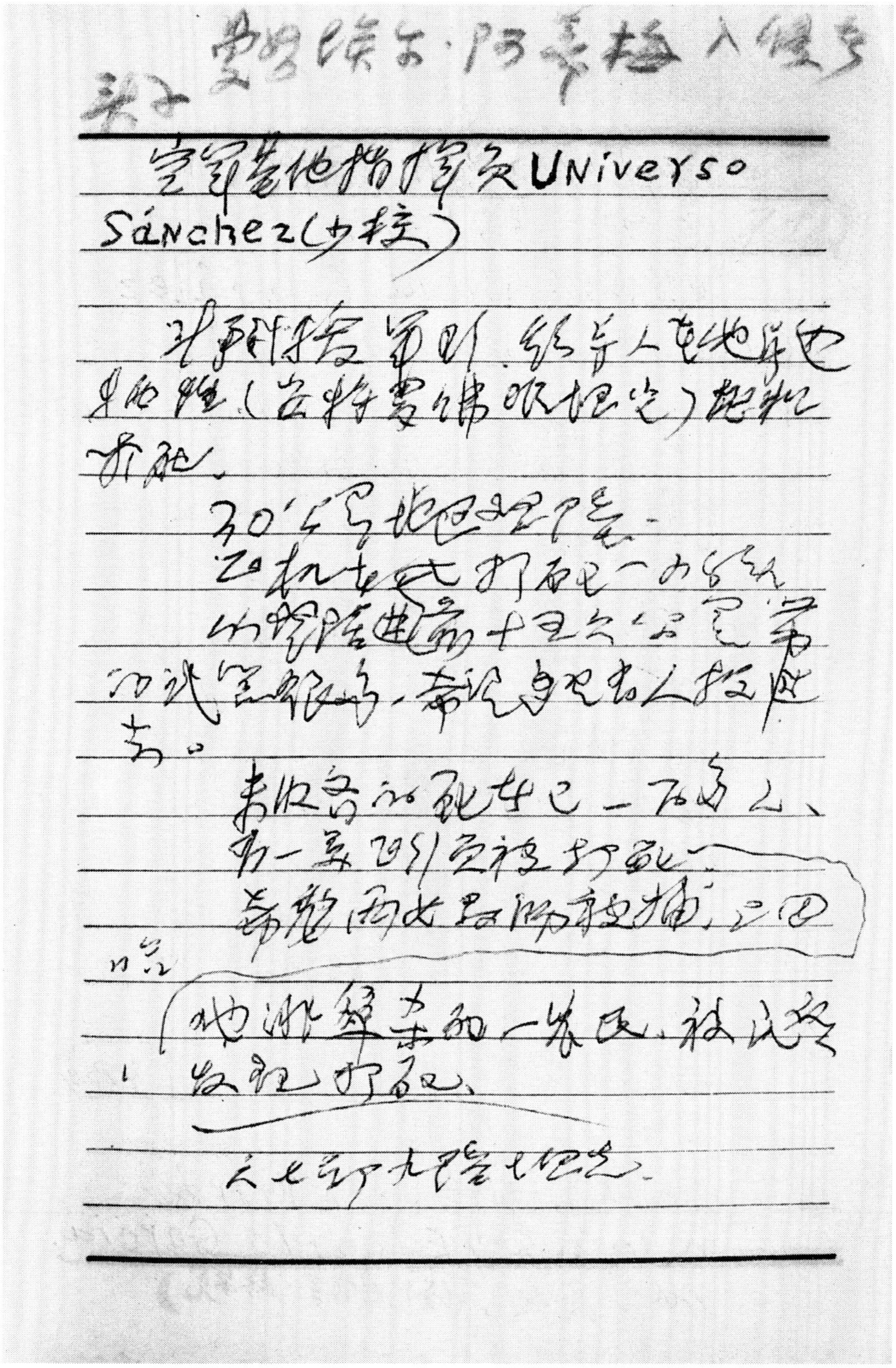
Universo
Sánchez（少校）

4月十五日美机轰炸的罪行：

死7人，伤53人

烈士姓名Alicia González Claro被机枪打死在街上。母亲将手帕伏体哀哭。(Elvia Claro)

空军基地一个民兵，在临死时(弹中腹部)以手蘸着自己的血写下"FIDEL"(菲德尔)在墙上。这扇墙现在保存着菲德尔。报上(照片)写着这几句话：

"他是青年

在他的手中将一块新的土地来来打开。

他是穷人

他体会过饥饿和骨瘦如柴时所伴的滋味。(此句难译)

他是爱国的

他和英雄时他说是一个[illegible]。

四月十五日遇害。

他为了祖国流血被枪弹打死

他的名字叫Eduardo García，

他是民兵。(埃杜阿尔多·加尔西亚)

我们要：民兵捣毁一切来
犯和平本来作战、装备、铁库、高射
、坦克、钢丝

认打大规模、收世。

科布雷纳（岛中心）人口
8,000人。

模范哥斯达、大卡〔？〕地区
多个回古巴、的22日。

登陆舰、1千多人登陆、二十多辆
坦克、

战果 打沉三登陆舰、三架飞机
击毁二十八人在一辆坦克、已消灭

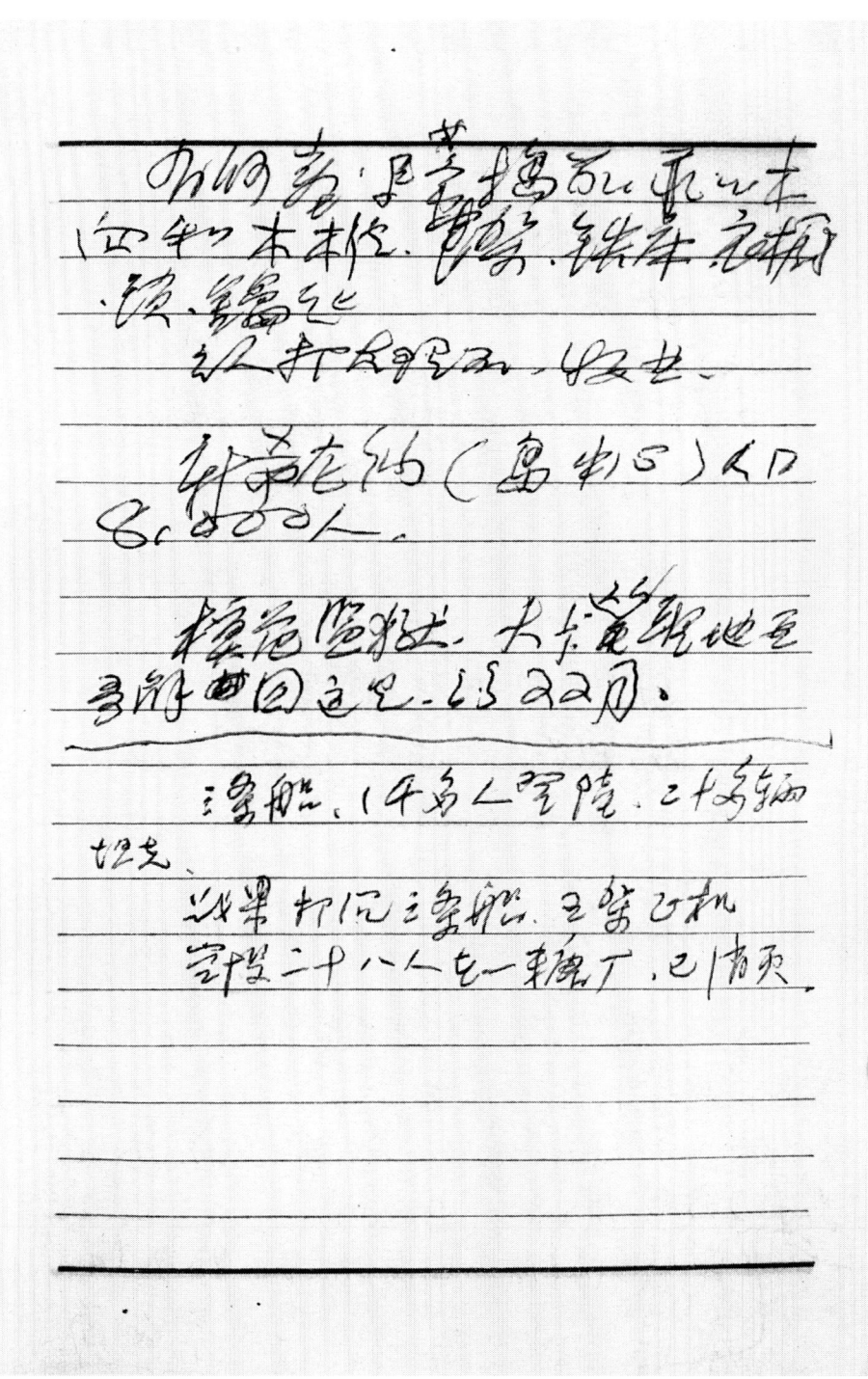

1万24人

346万平方里

三个地主人一个美国人占了所有的土地，而美国人占了一半，面积之大如此。

所有农场都由国家来管理，但收入不一样，有好有差。

刚成立小农协会，由国家贷款买机器，这些农户都很高兴。

（记他的话，他87岁）

何塞·里蒙在哈瓦那被捕过，1870.10月下旬到12月18日坐牢，因哈瓦那的[illegible]释放。

主人何塞·马利亚·索尔达

José María Sorda

Gizabella Generosa Catalan

希尼贝亚·赫内罗莎·卡他兰

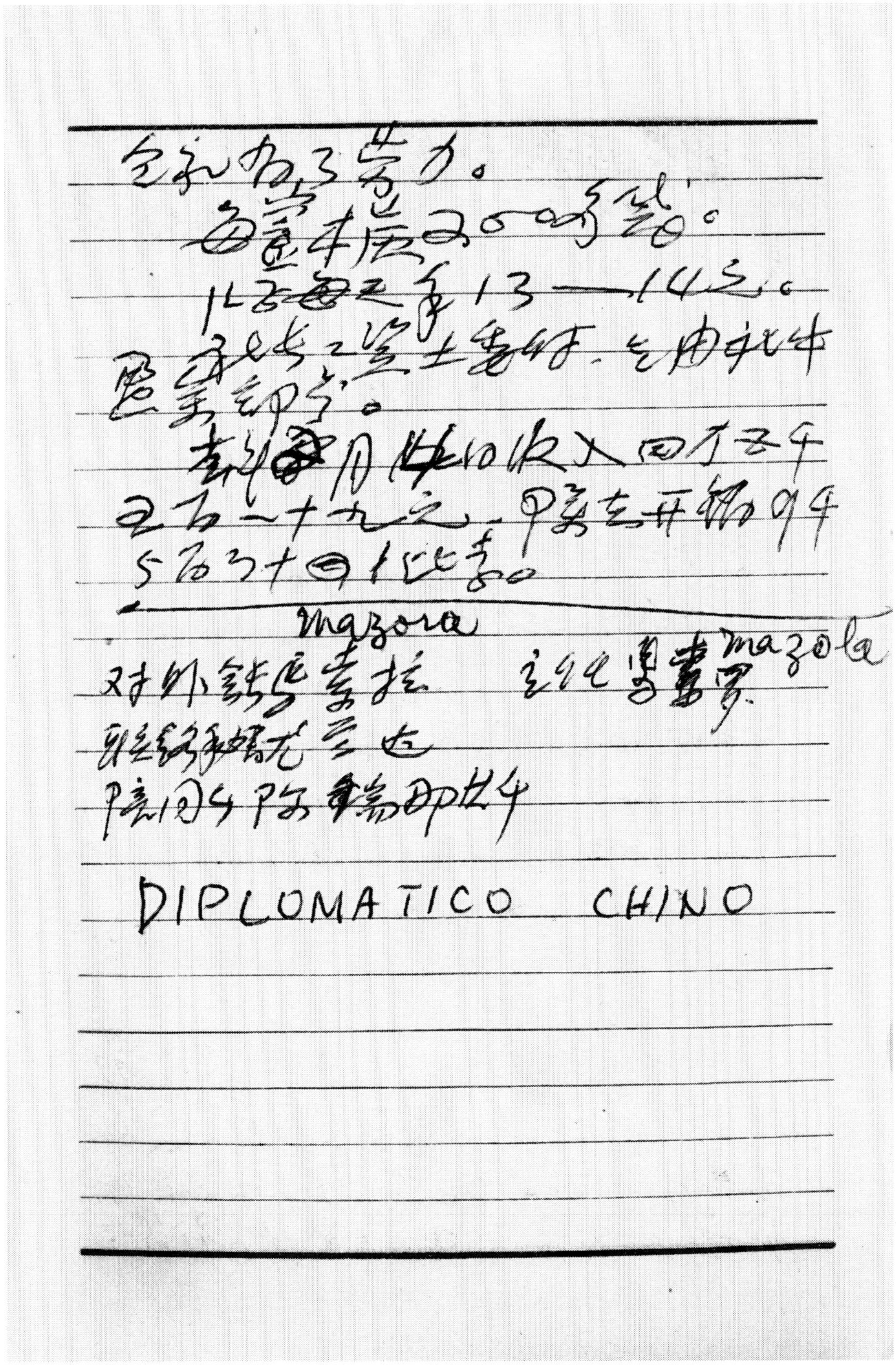
13—14
mazora
mazola
DIPLOMATICO CHINO

比索。医疗免费。

祖给300个比索（不对，印别的10元）

又说平均工每天七—八元，但两季不能工作。

社长收入较由，每月105元，工作人员70多元。已减至120元

[illegible]去了资老笔等。

以前每天只4—5毛。

〃 〃 庄园主叫[illegible]

费尔南德斯（Miguel Fernandez）

又拖拉机7部，卡车2部，私人的。[illegible]30台拖拉机。

[illegible]平房。3台（[illegible]）

一个老人，七十二岁，以前

[illegible]

[illegible]比索，110人。

[illegible]

何塞·巴依斯牛，哈瓦那地区

何塞埃·巴依斯（当地的人名

合作社（朱木村四峰木层）

以前很难通过，每天二一次公共汽车，现在多了。

有300多人劳动，劳动按工种，有一百多比索一个月，这个是森林。

[illegible]

低产的有一些劳动、土地未多、土地很大。

有10——20——50比索一天，至少有4.5个，几个人一组的工里做，很多人可家用有16个，一般的家用8个。

巴什社长说前几地下工作的。

这是个代表管理，三个代表是公社的书记、工会、投资的土委。

从前是一片荒园之地。

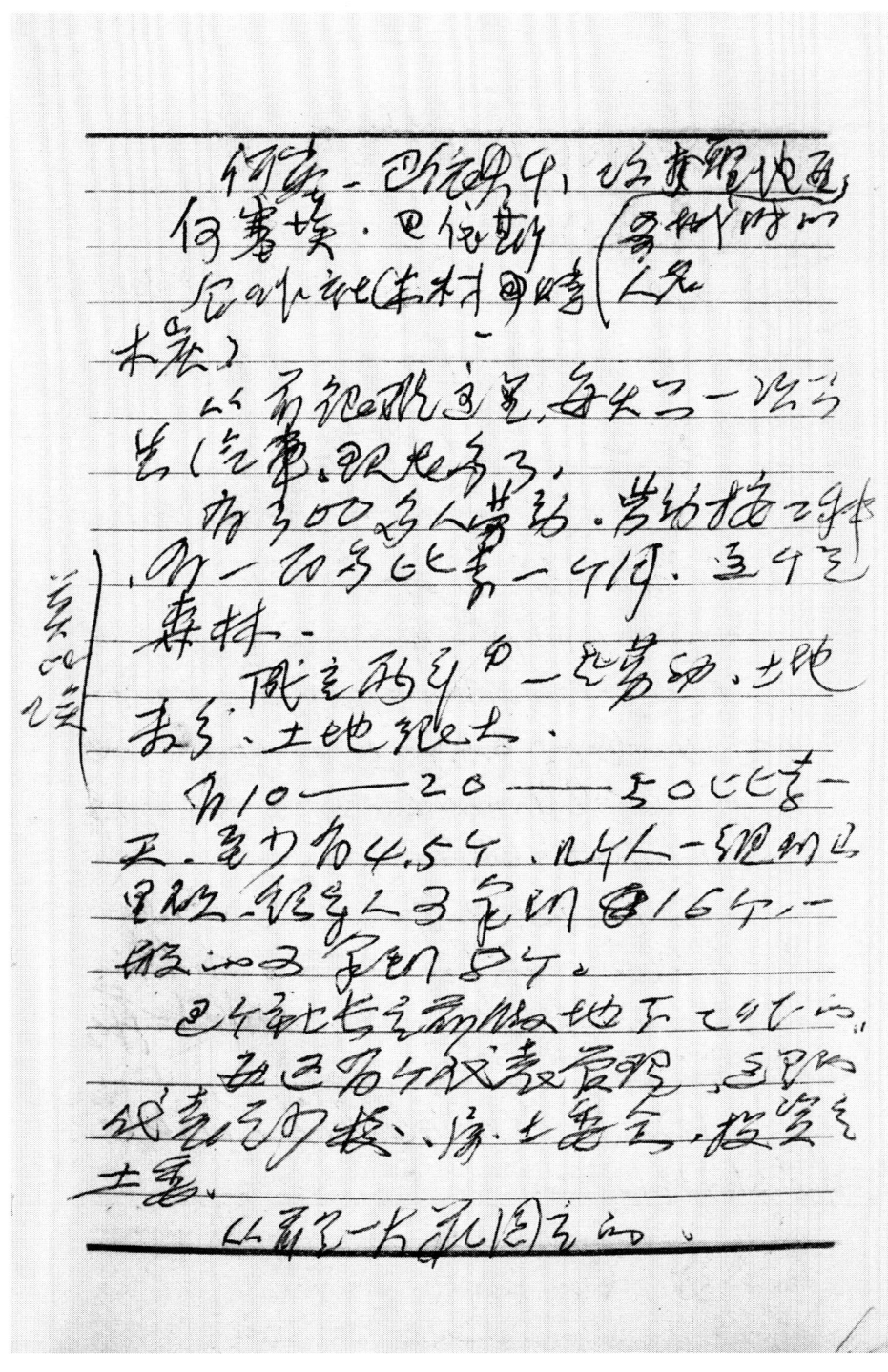

SOROA 游览区。
(温泉)

4月7日　Guamá(印第安地名)

自古巴解放,1960年开辟此地区,按印地安人旧居形式修建的游览区,有许多很好的塑像,雕刻和制品。(古阿纳)

GUAMA是第一个起来反对西班牙人的领袖,争取解放的第一个行动。在15□□年战死。后来起来反西班牙的人很多,全部牺牲,许多部落也被他们杀光。

19世纪初考古学家在此发现印地安人居住的旧遗址,三十一个,很像古迹,现在陈列于博物馆。

同时发现他们的石器,有许多是陶制的。

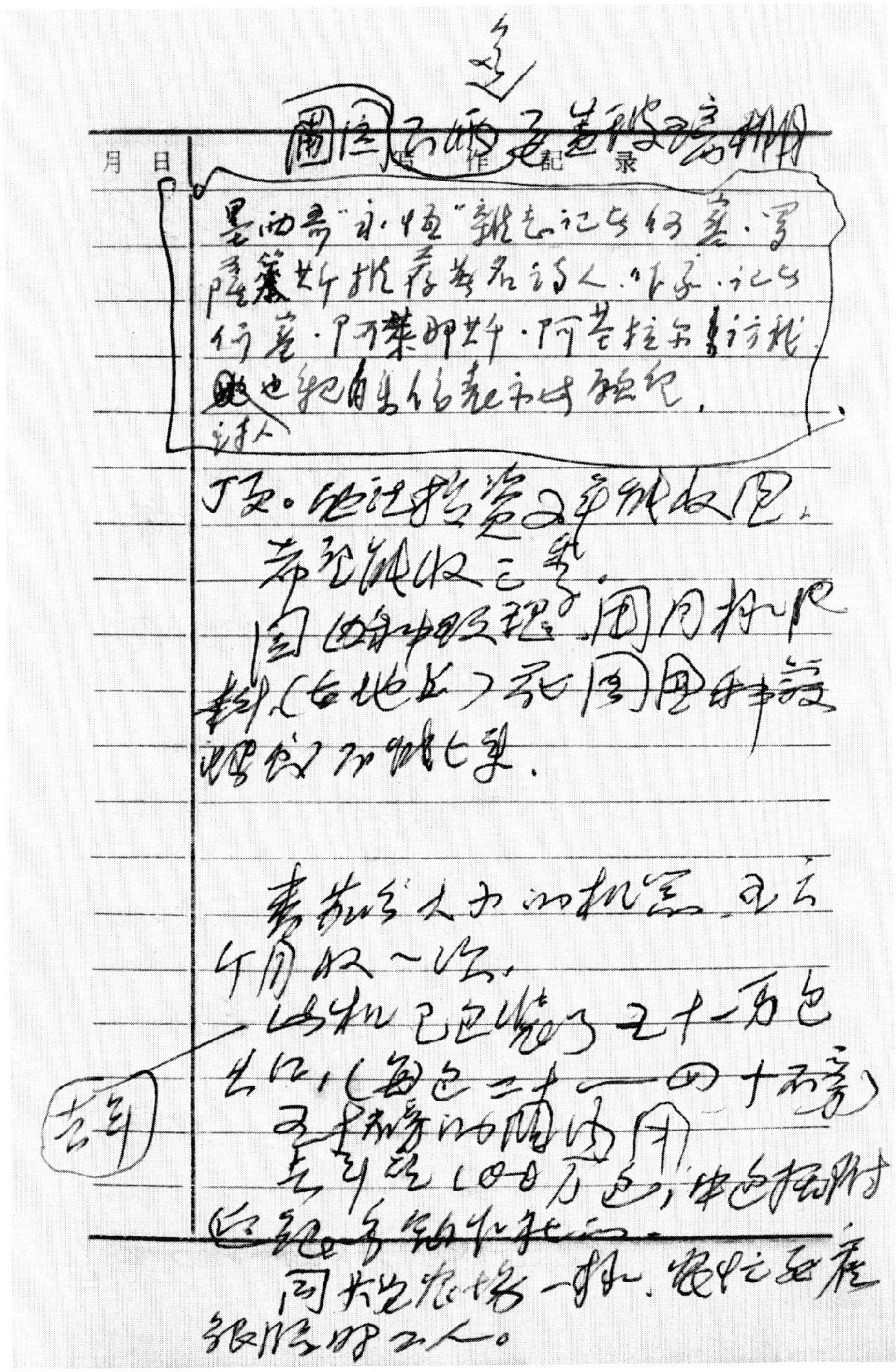
月 日
工 作 記 录
墨西哥"永恒"杂志记者何塞·罗
隆塞斯推荐著名诗人、作家、记者
何塞·阿莱耶斯·阿基拉尔[illegible]
[illegible]
古巴
银行的工人。

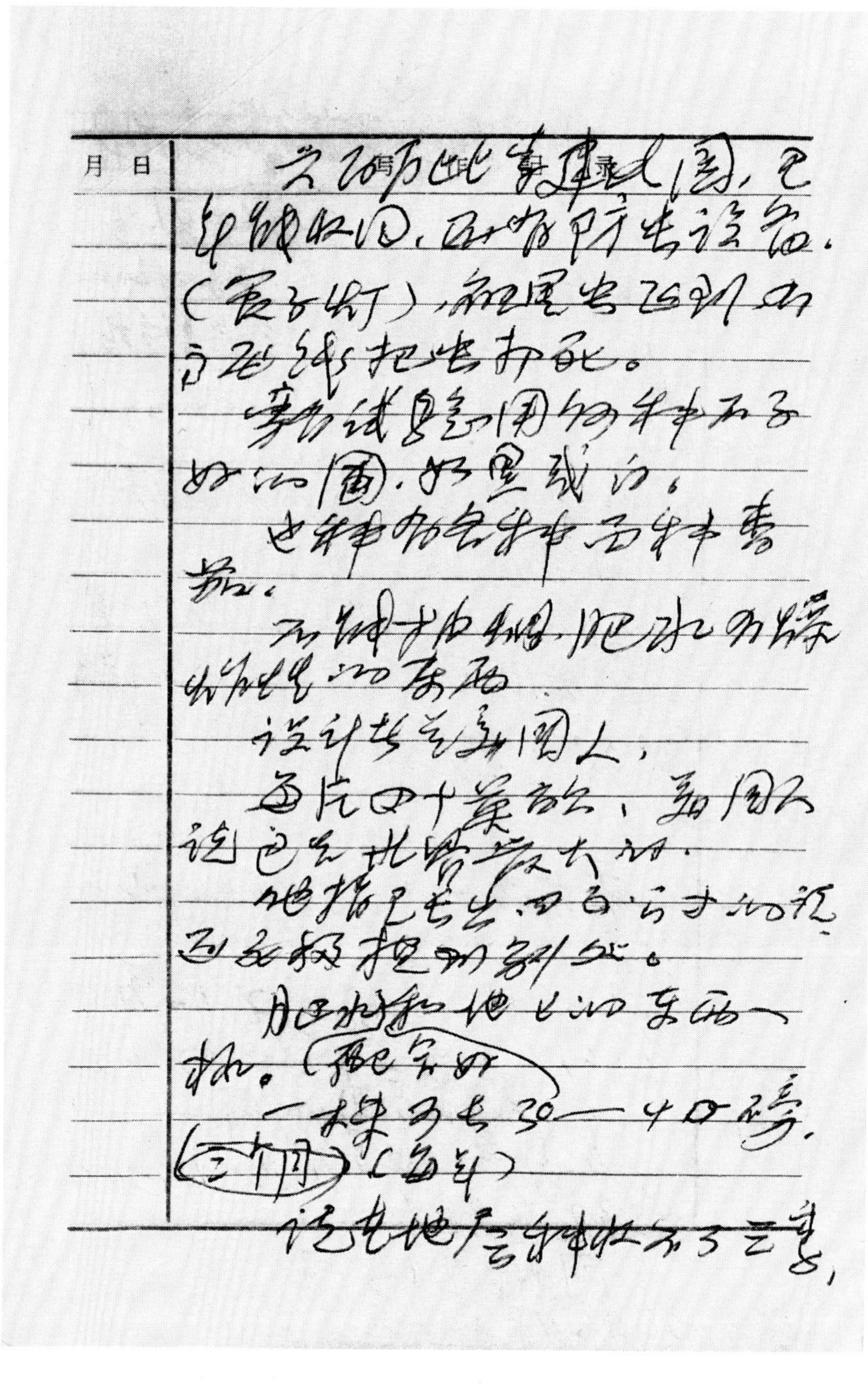
月 日

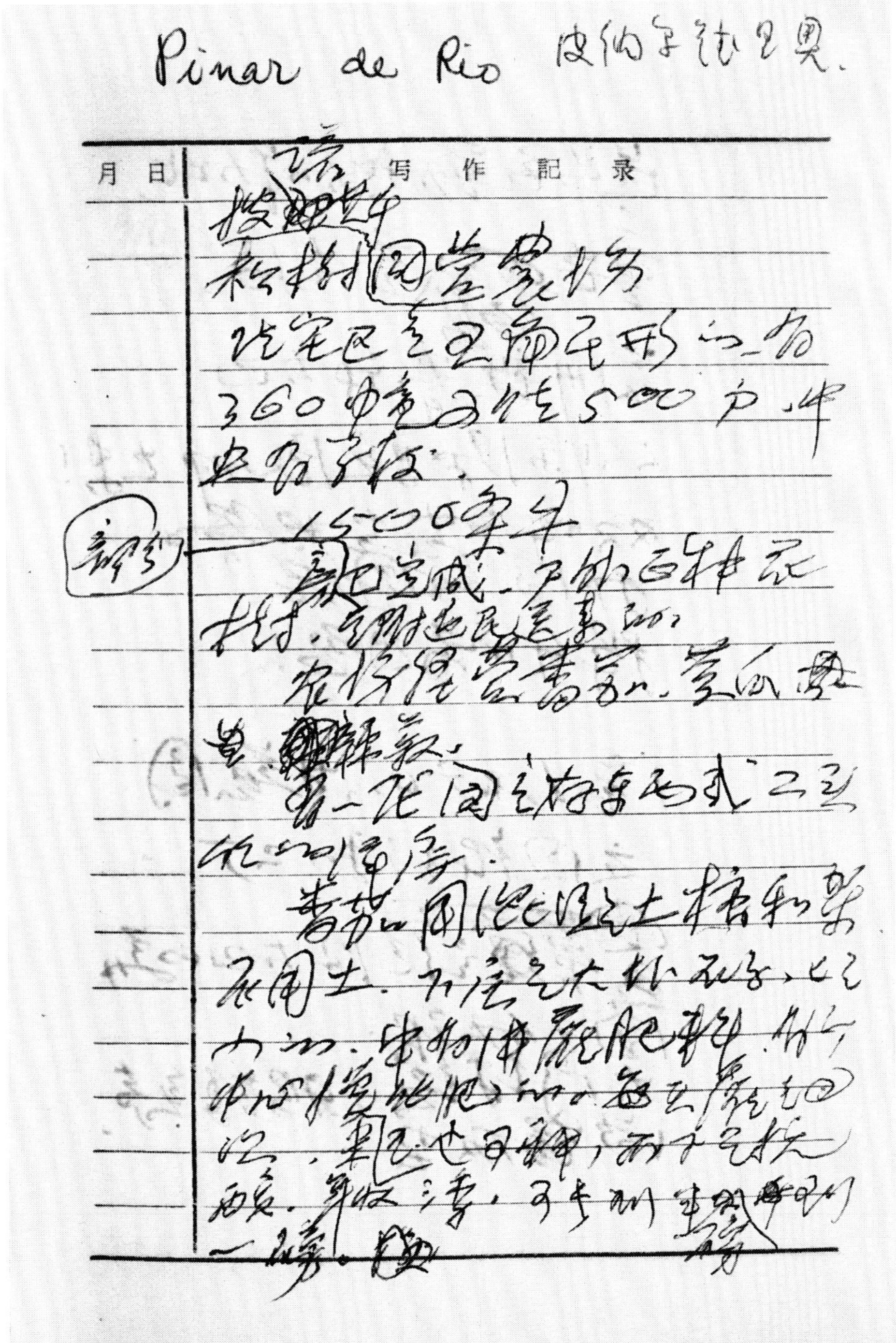
Pinar de Rio 皮纳尔德尔里奥.

月日 | 写作記录

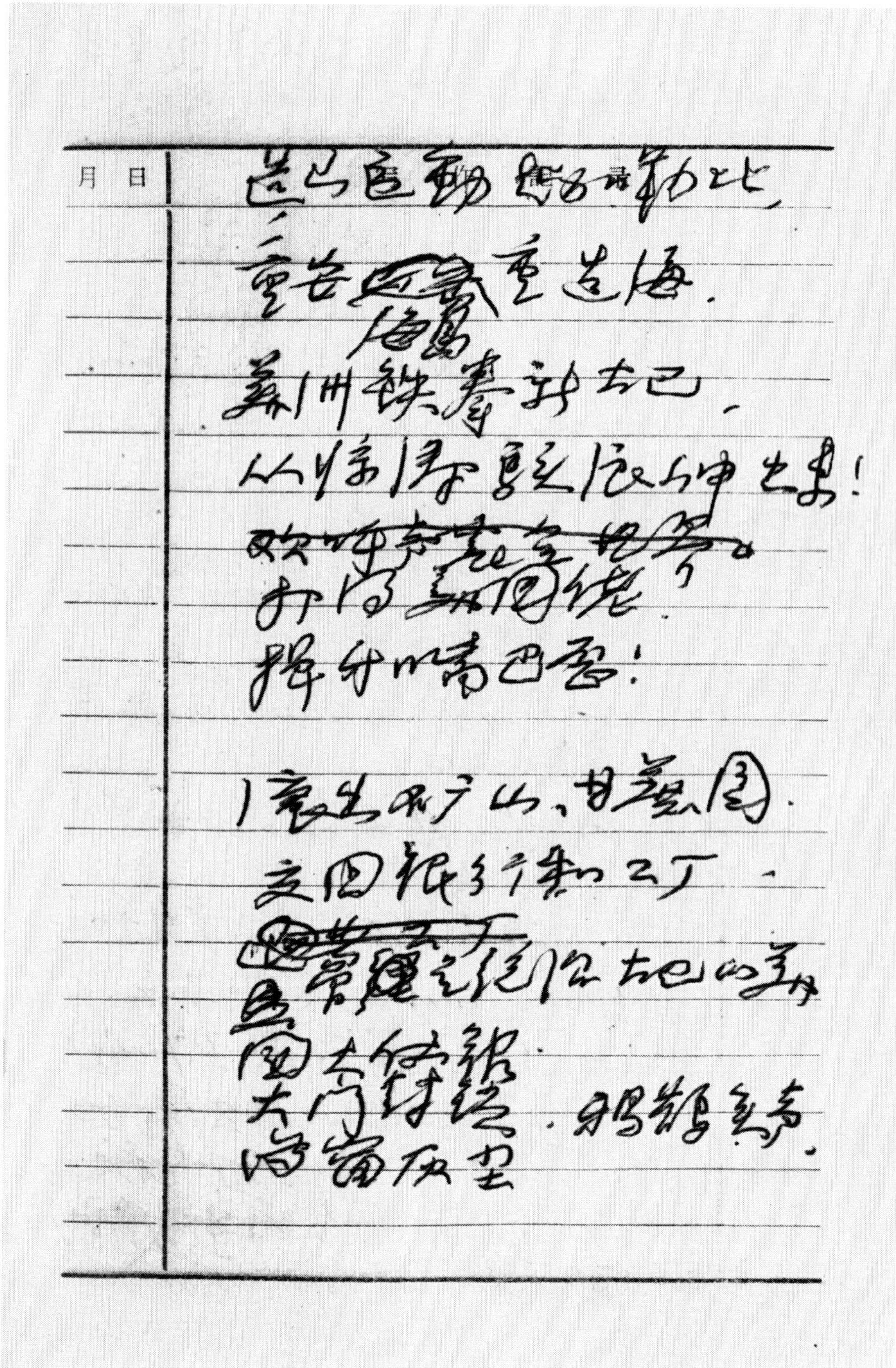

月　日

[illegible]加勒比，
重[illegible]重送海。
美洲铁拳新古巴，
从[illegible]殖民[illegible]出来！
~~欢呼[illegible]~~
打[illegible]新[illegible]
挥手[illegible]西[illegible]！

[illegible]广山、甘蔗园。
交回银行和工厂。
~~[illegible]~~
[illegible]古巴的[illegible]
国[illegible]
大门[illegible]。[illegible]
[illegible]

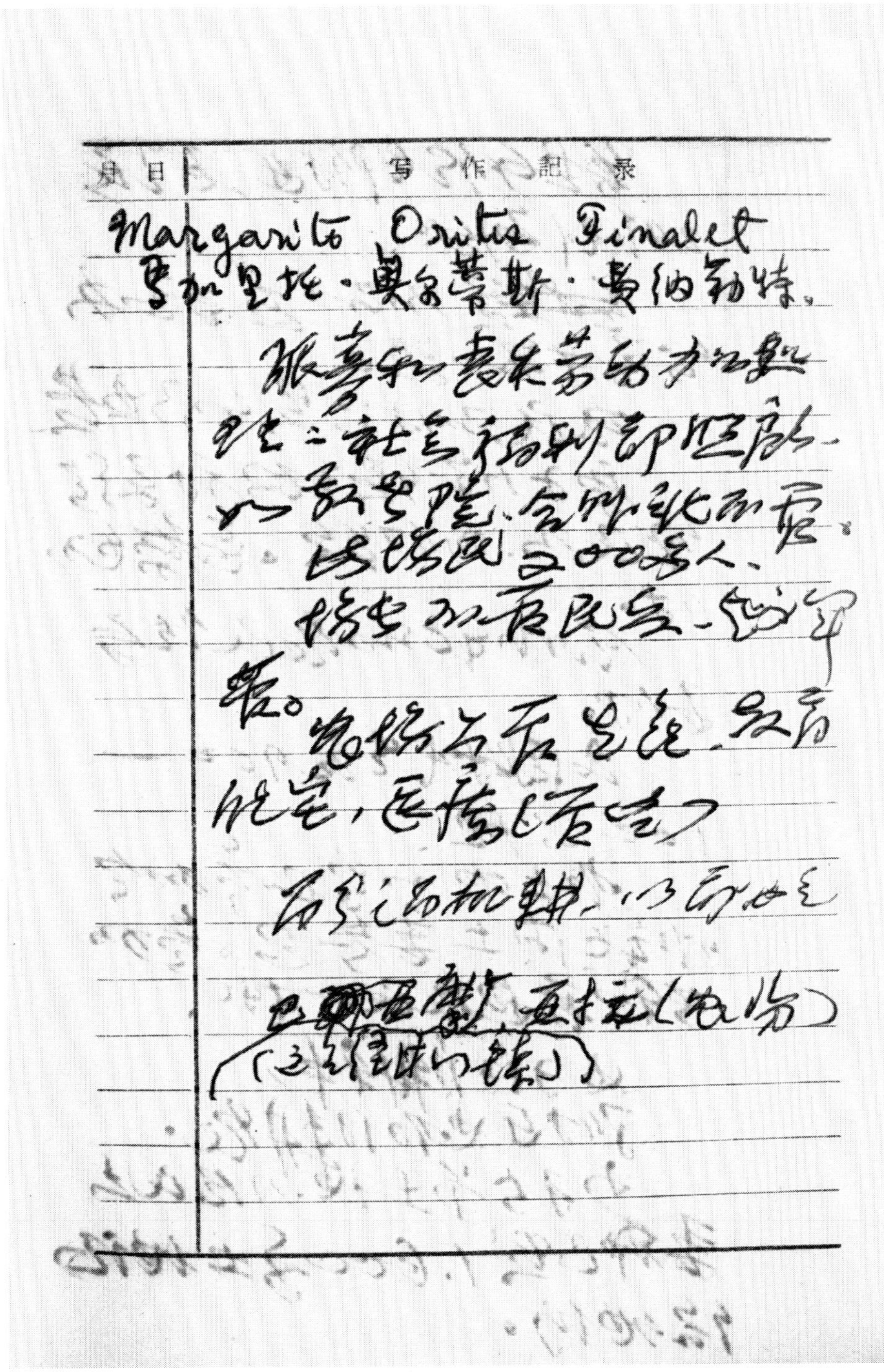
月日 | 写作記录
Margarito Oritis Finalet
马加里托·奥尔蒂斯·费纳勒特。
[illegible]
[illegible]
[illegible]
[illegible] 2000多人。
[illegible]
[illegible]
[illegible]
[illegible]
[illegible]
[illegible]

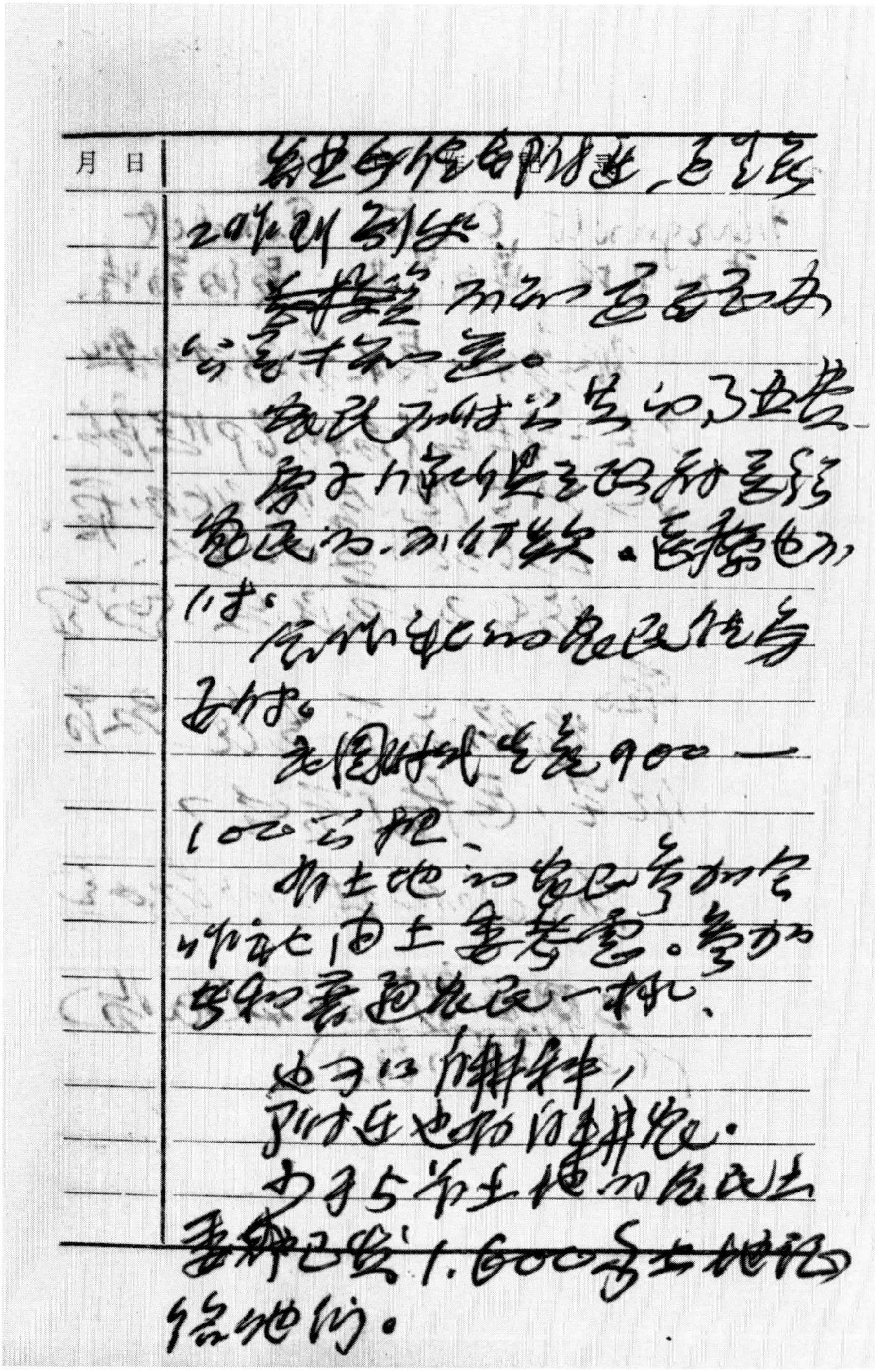

月 日

经过每次价格的调整，已使农

20%利润增加

（某某）不知道是否真正会

分到土地一些。

农民不付房租了，在农

房子也都是建的新房子给

农民的，不付租钱。医药也不

付。

合作社的农民住房

不付。

全国的城市最高900—

1000公担。

有土地的农民参加合

作社，由土委会。参加

的和普通农民一样。

也可以自耕种，

耕种在土地的自耕农。

少于5卡土地的农民去

年已发1.600卡土地证

给他们。

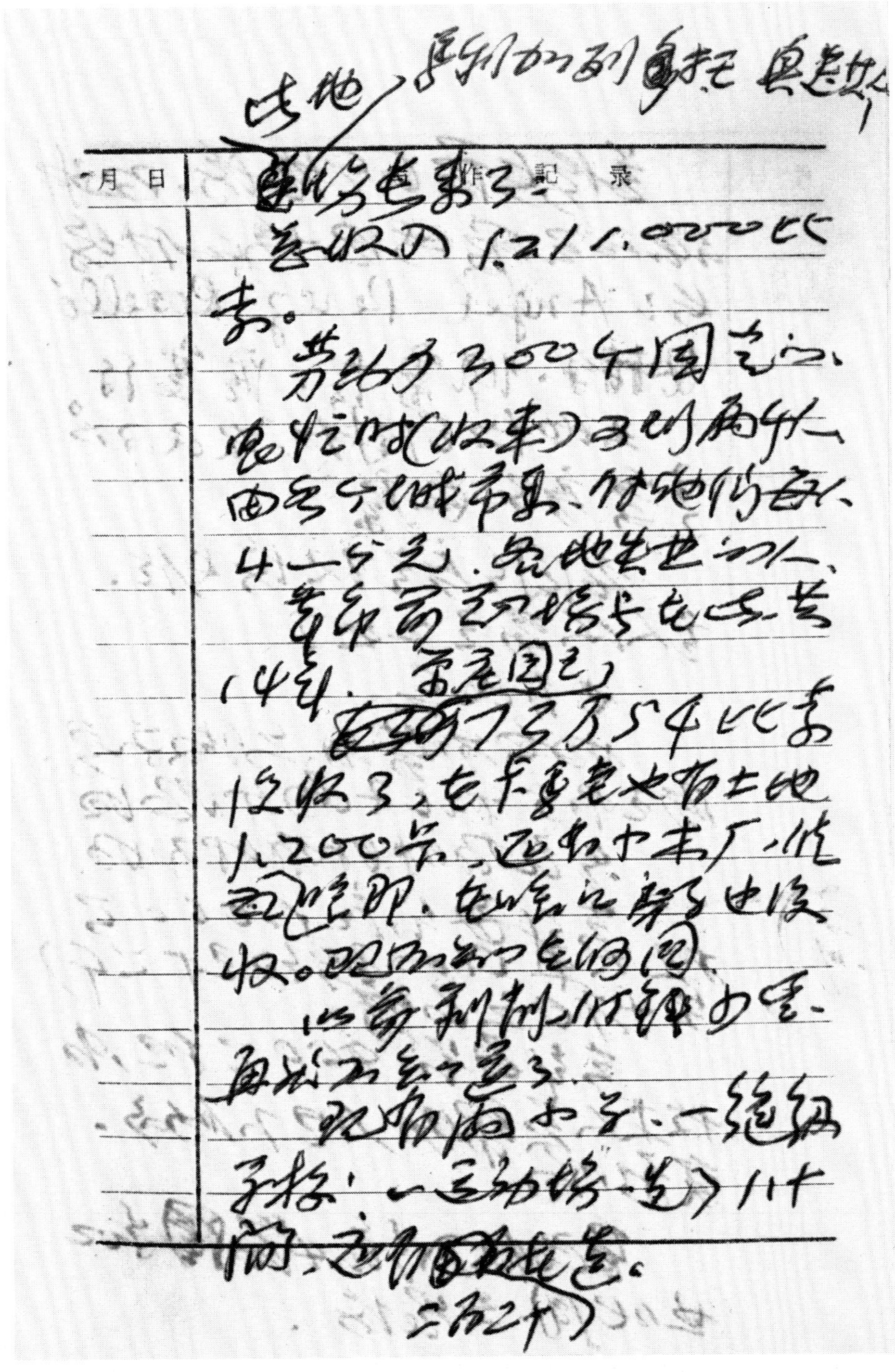
月 日
工作記录

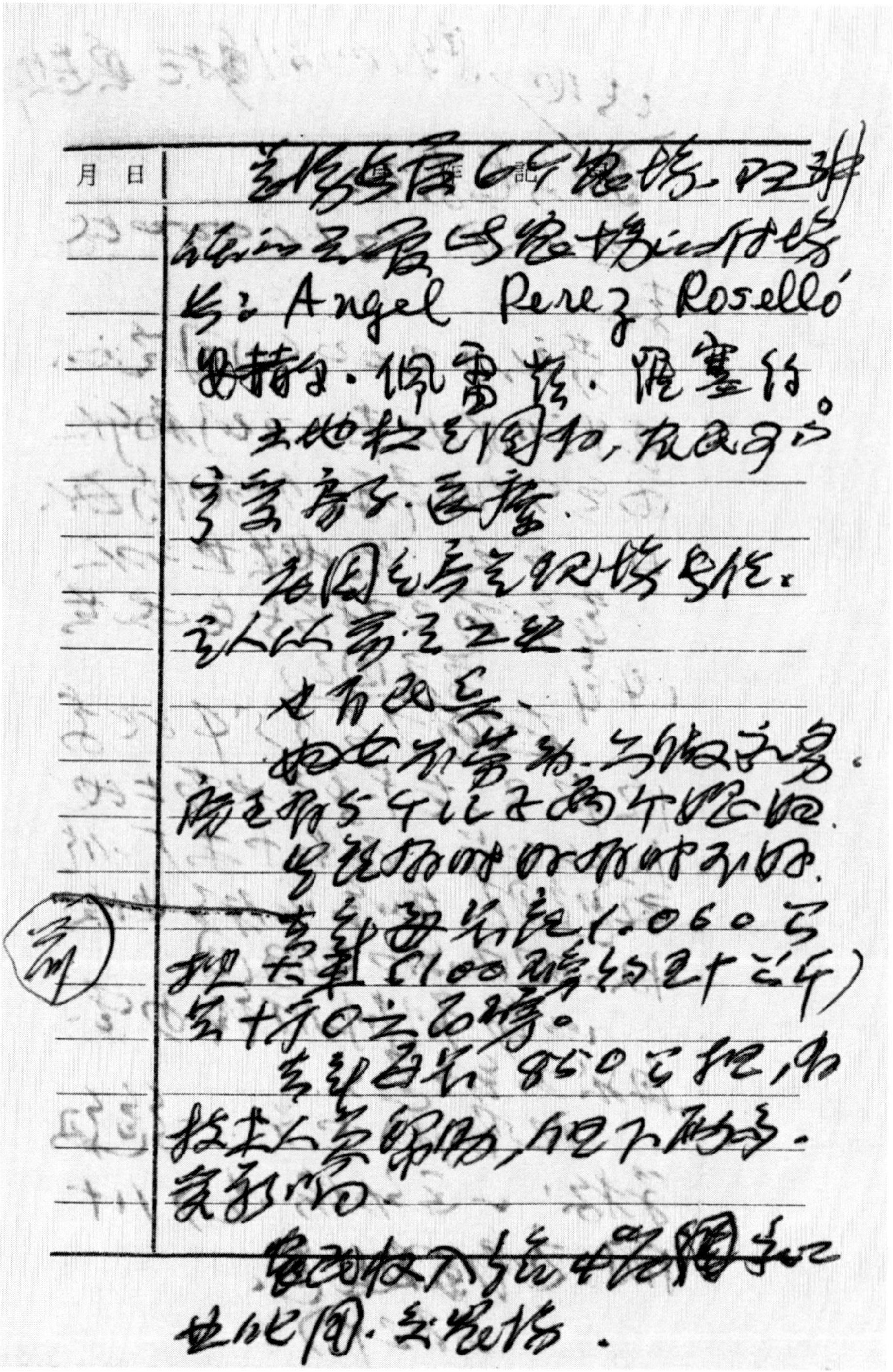

月 日

[illegible]

[illegible]

[illegible]：Angel Perez Roselló

安赫尔·佩雷斯·罗塞约。

土地都已国有，[illegible]

有学校、医疗。

[illegible]

[illegible]

也有民兵、

[illegible]

[illegible]

[illegible]

[illegible]1.060[illegible]

[illegible]（100磅约五十公斤）

[illegible]

[illegible]850[illegible]

技术人员帮助，但不能多。

[illegible]

[illegible]

[illegible]

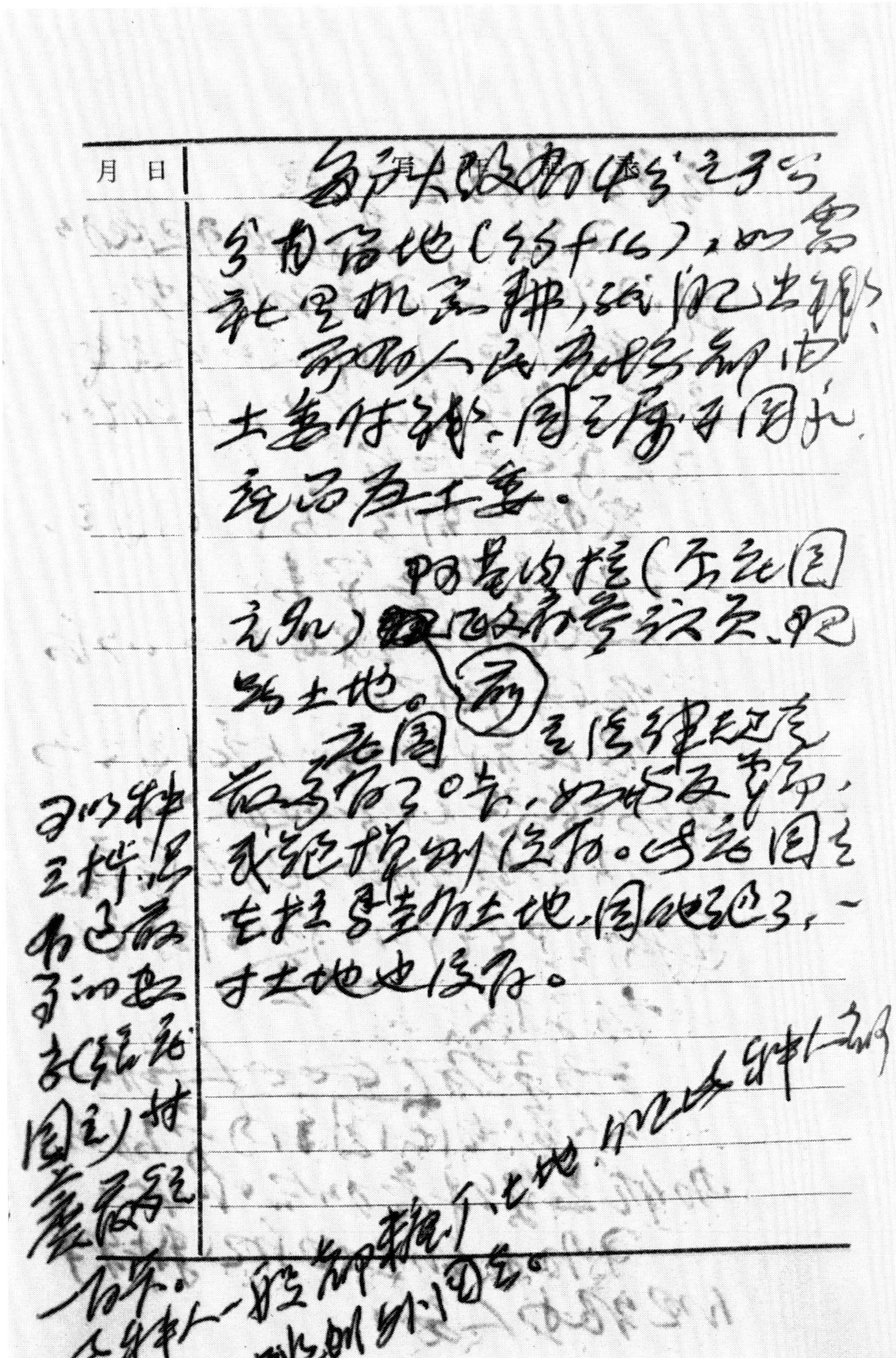

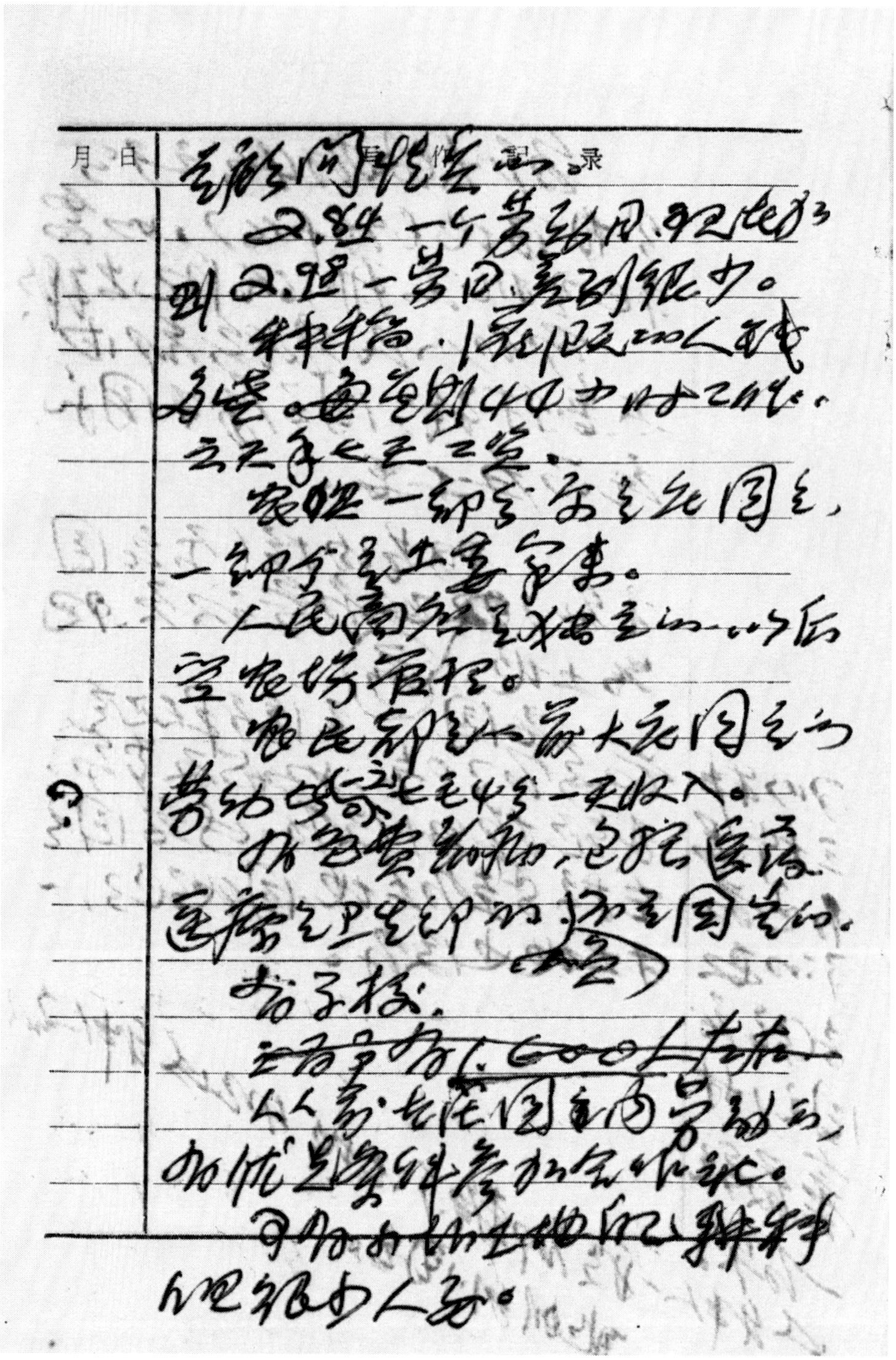
月 日
記录

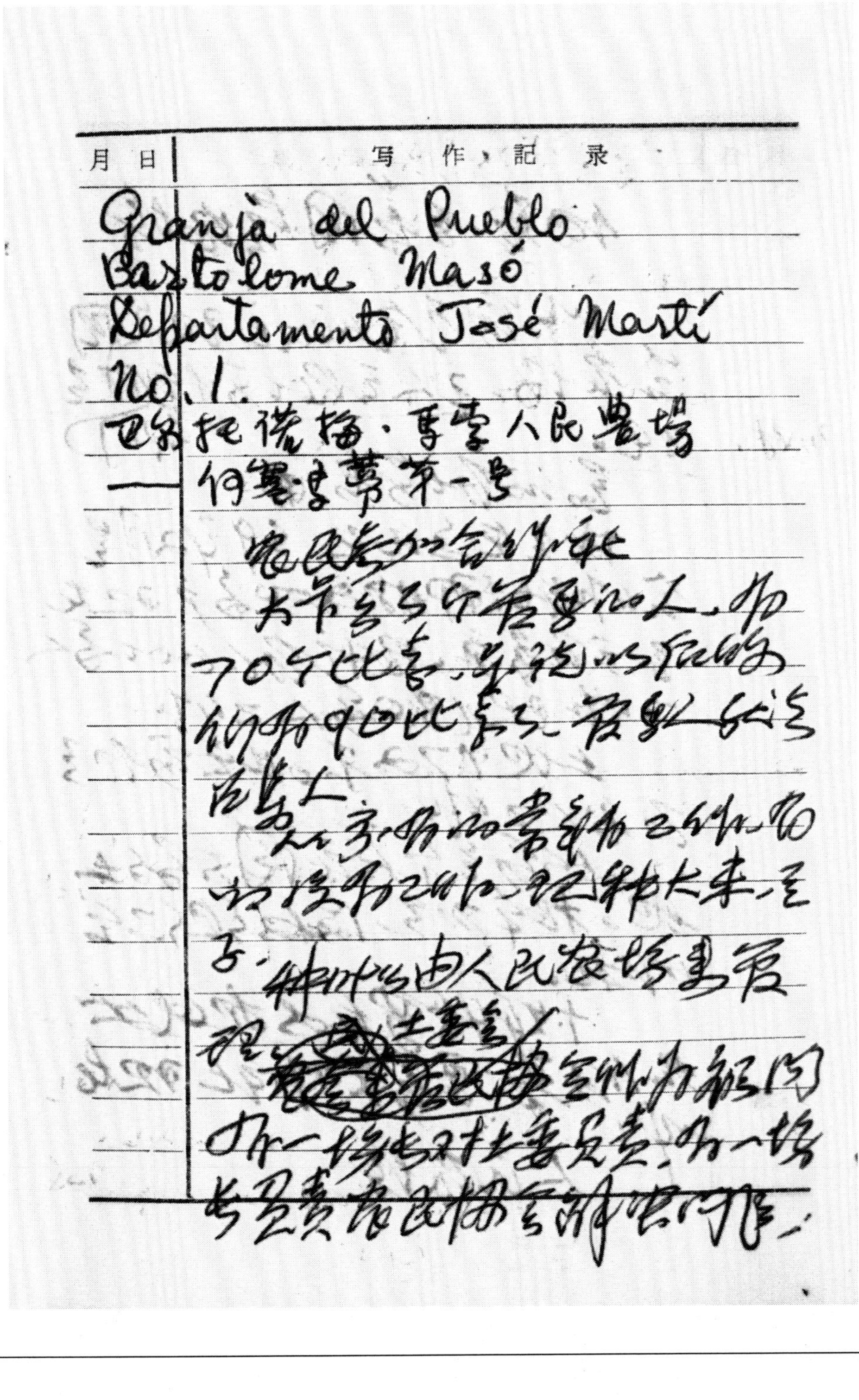

月 日 | 写作記录

Granja del Pueblo
Bartolome Masó
Departamento José Martí
No. 1.

巴尔托洛梅·马索人民农场
何塞·马蒂第一号

农民参加合作社
大部分是个体户的人。有
70个比索，[illegible]
[illegible]90比索了。[illegible]
[illegible]人
人家，有的有牛有马[illegible]
[illegible]
子。种什么由人民农场来管
理。土委会[illegible]
[illegible]一场长对土委负责，另一场
长负责农民协会的工作。

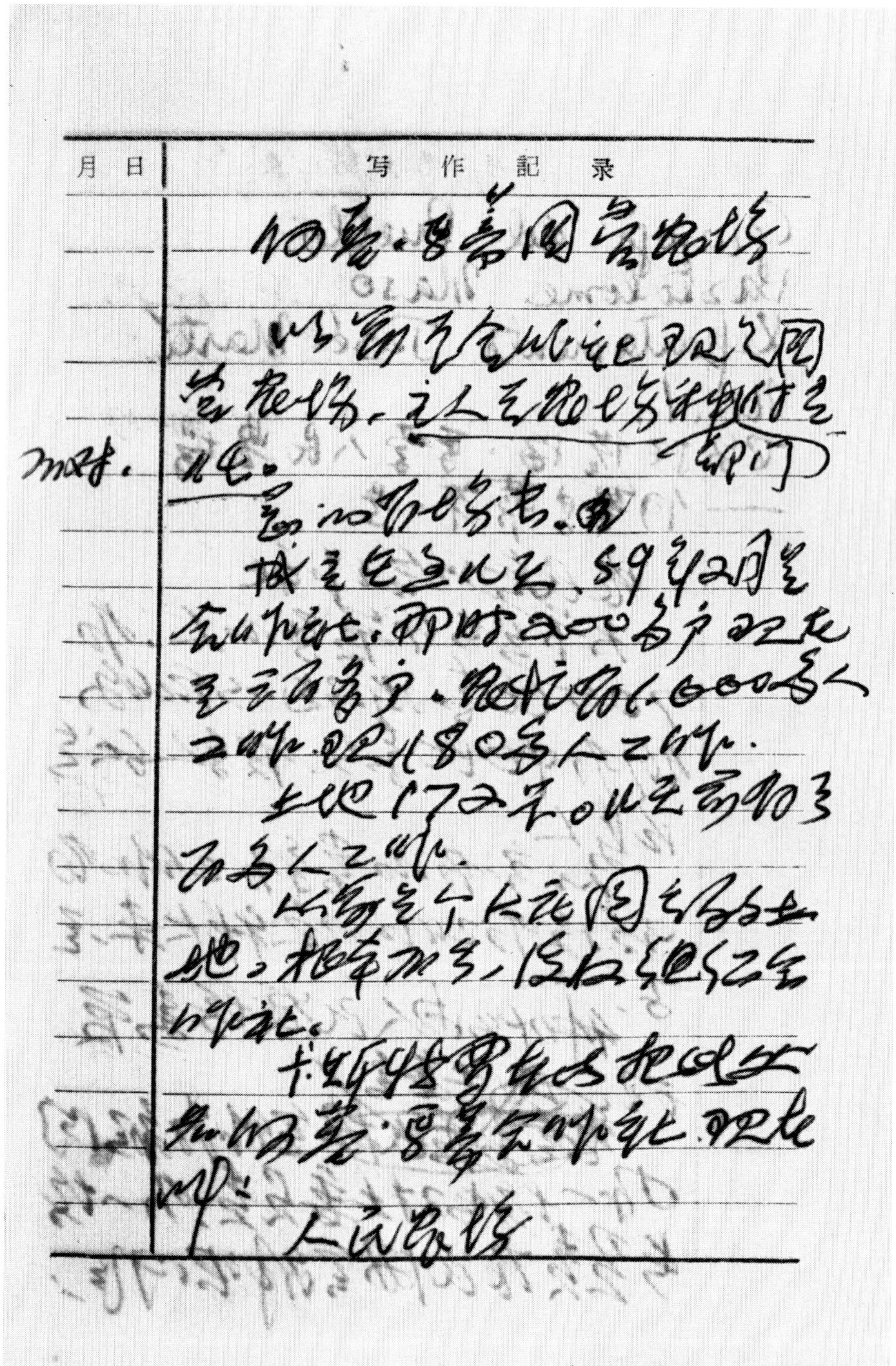

月 日	写 作 記 录
	何塞·马蒂国营农场
	[illegible]合作社，现在是国营
	农场。[illegible]
3月9日	[illegible]
	[illegible]
	[illegible] 59年12月是
	合作社。那时200多户，现在
	三百多户。现在有1,600多人
	工作，现有180多人工作。
	土地172[illegible]
	[illegible]多人工作。
	[illegible]个大庄园[illegible]
	地，[illegible]合
	作社。
	卡斯特罗[illegible]
	为何塞·马蒂合作社，现在
	叫：
	人民农场

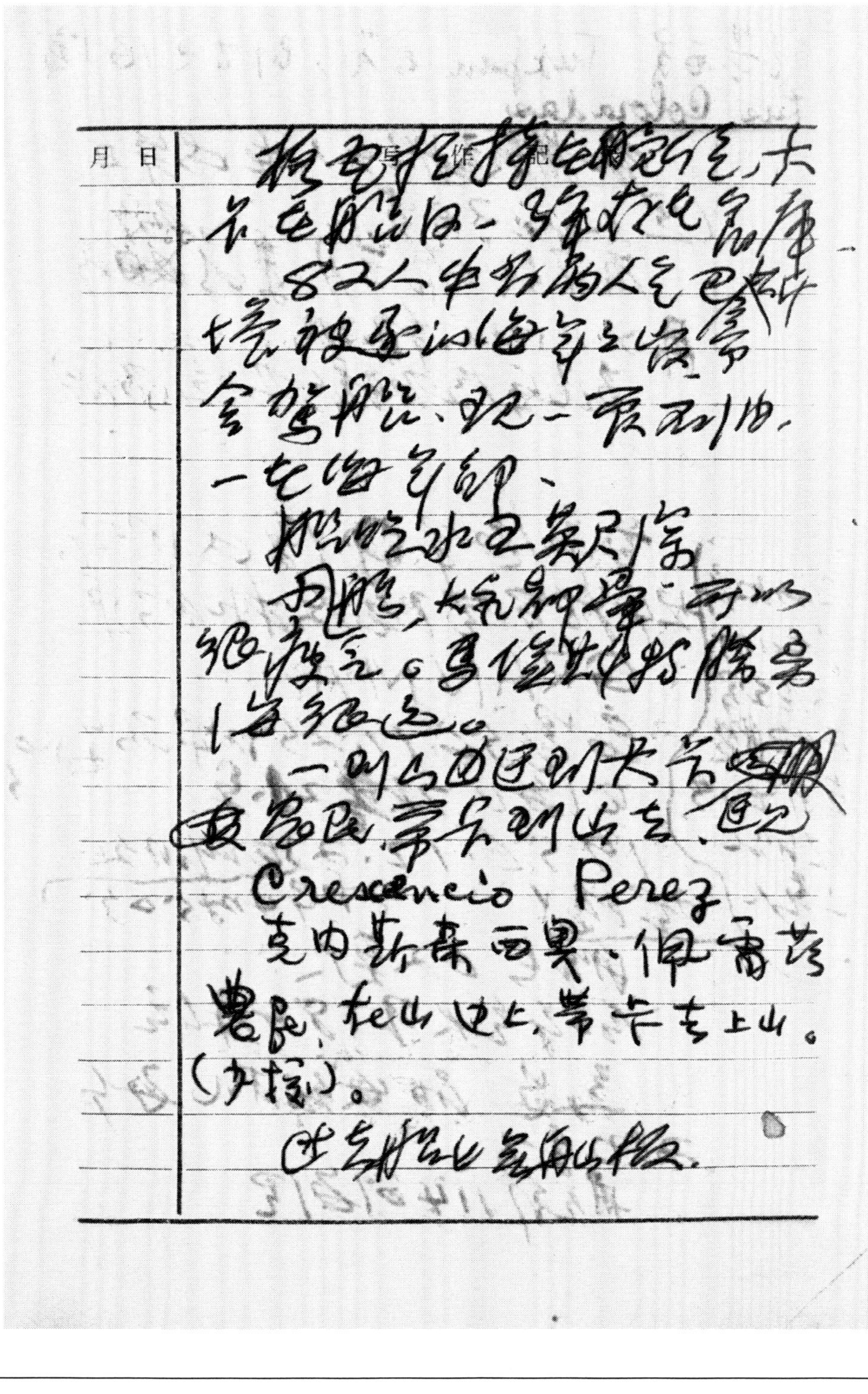
月 日
Crescencio Perez
克内斯森西奥、佩雷兹
（少校）。

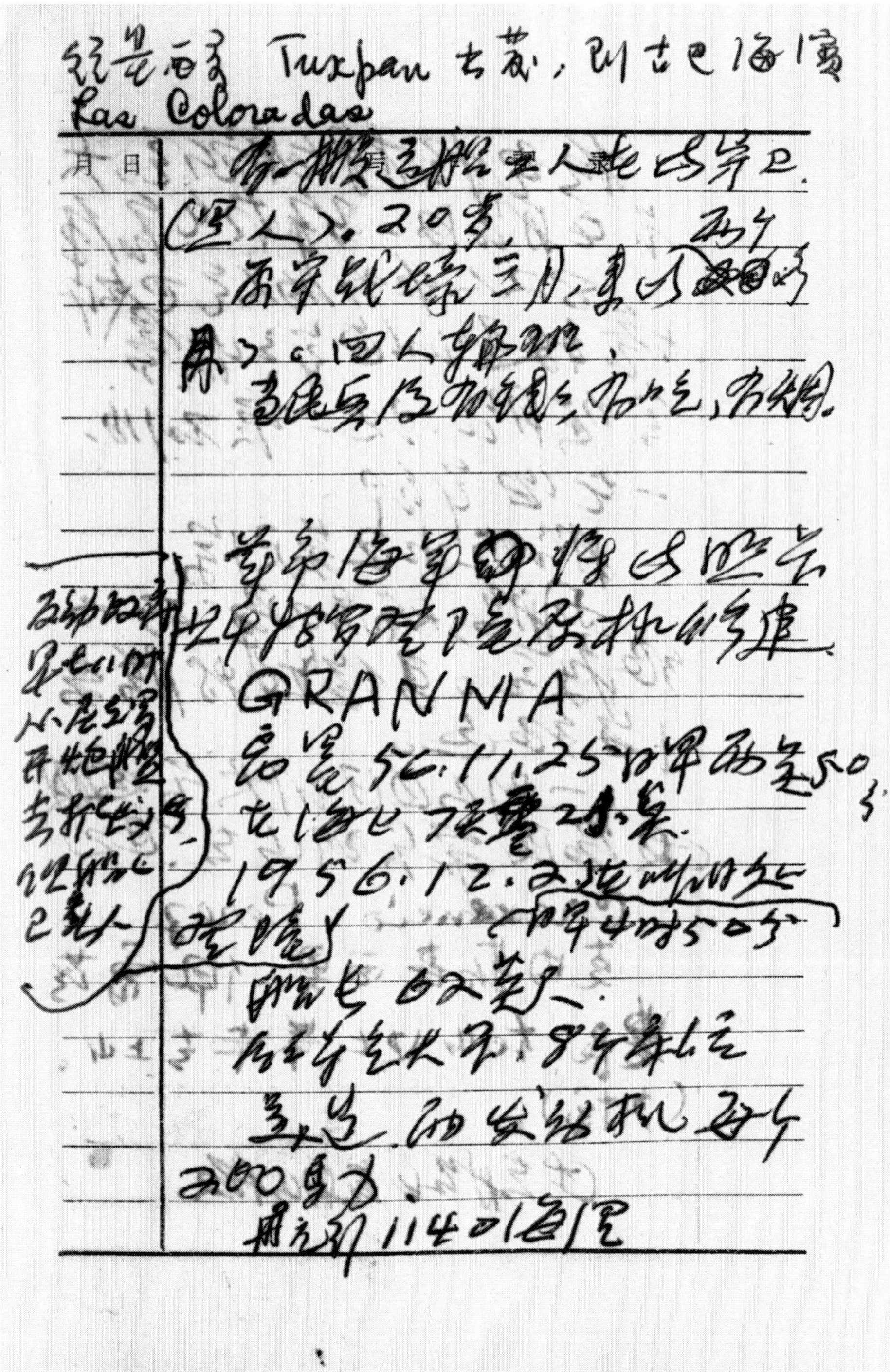

[illegible] Tuxpan [illegible]，到古巴海滨 Las Coloradas

[illegible]

（黑人）。20岁 两个

[illegible]

[illegible]

[illegible]

[illegible]

GRANMA

启程 56.11.25 日早两点50分

在海上7天零2小时

1956.12.2 [illegible] 4时50分

登陆

船长 [illegible] 英尺

[illegible]

[illegible]

[illegible]

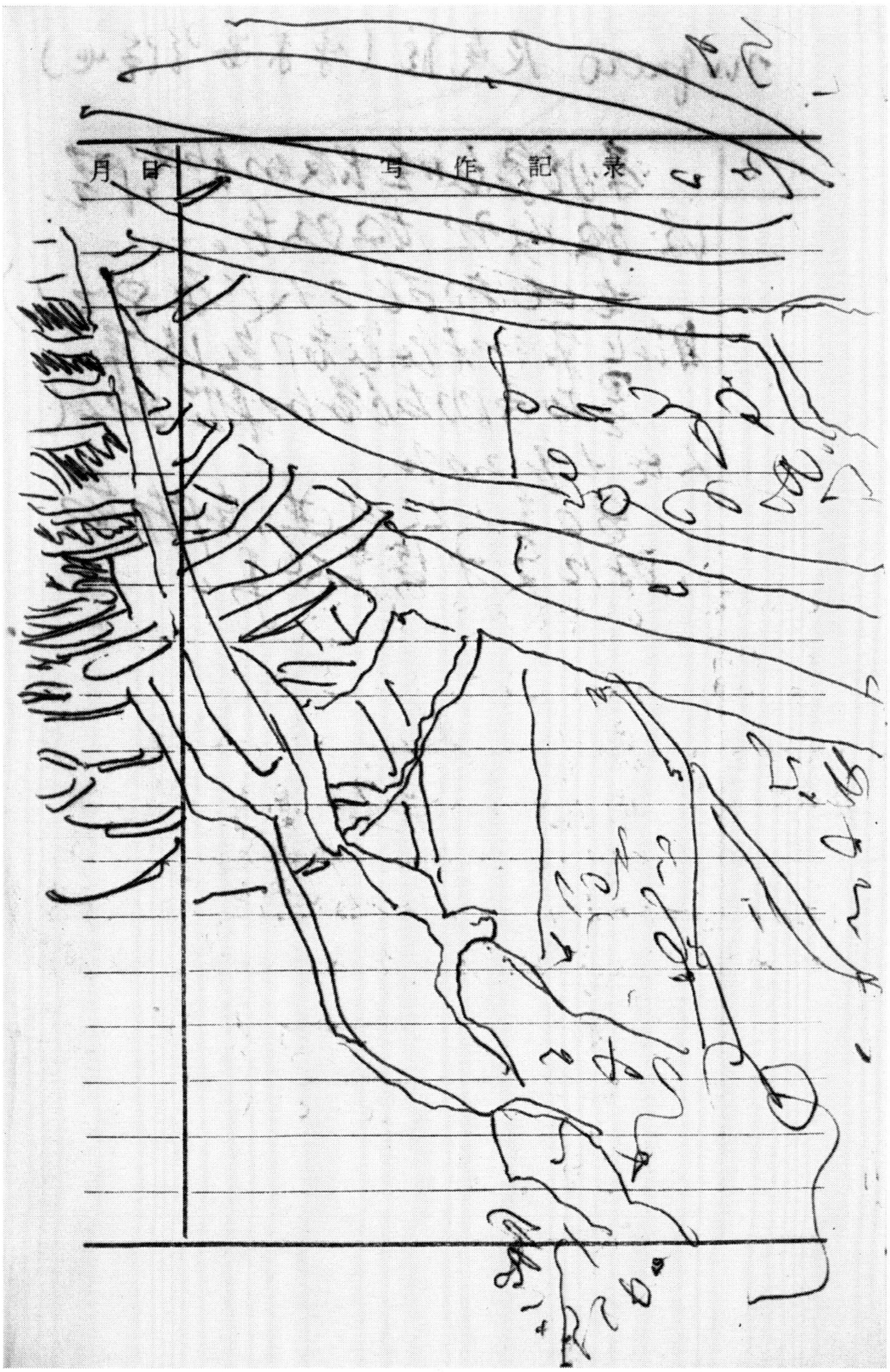
月 日
写作記录

Miquero 尼克罗（卡斯特罗登陆地）

月　日

卡斯特罗乘坐格拉玛号登陆后，被发现，被打散。

在此打死二人（原82人）

船上带的粮食都丢掉，

墨西哥购买的格拉玛号船，80人

人在上岸二日后。

80多人从此进，都打散，

只有几个才集合起来。

自由，从火焰中诞生。

自由的古巴[illegible]。

[illegible]的飞机，[illegible]

[illegible]的[illegible]

从 Las Boladoras 打

出来！

长

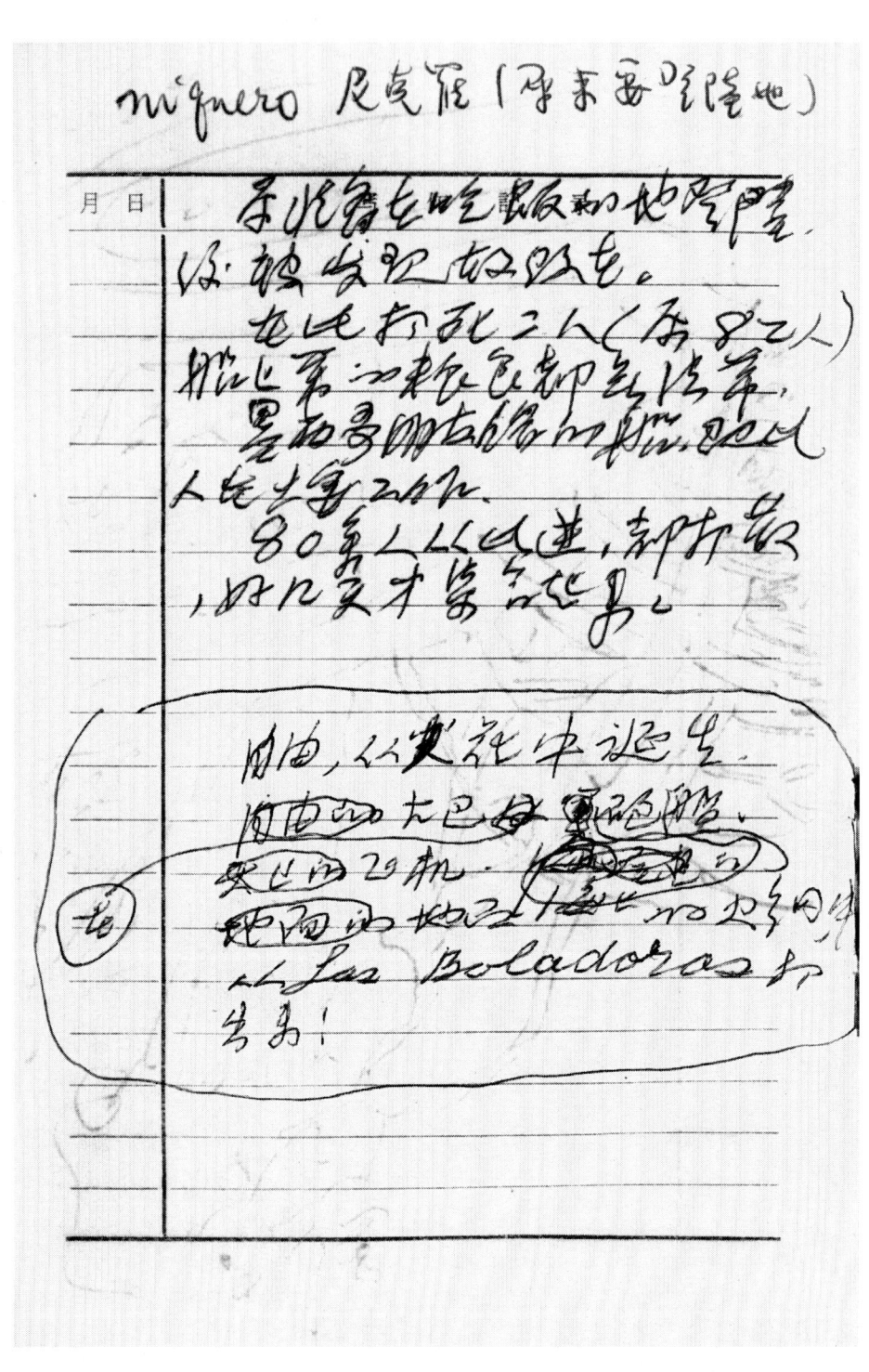

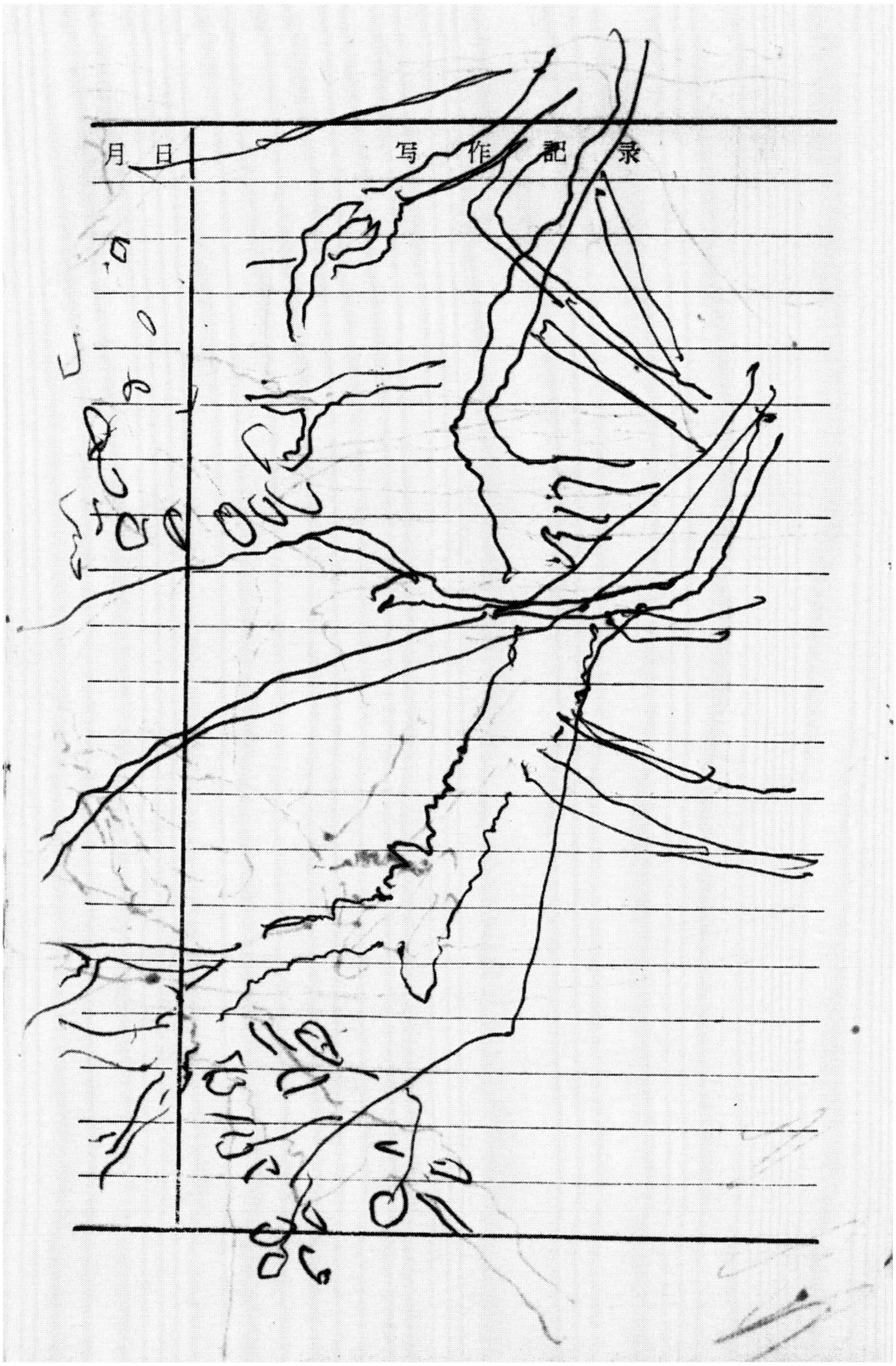
月 日
写 作 記 录

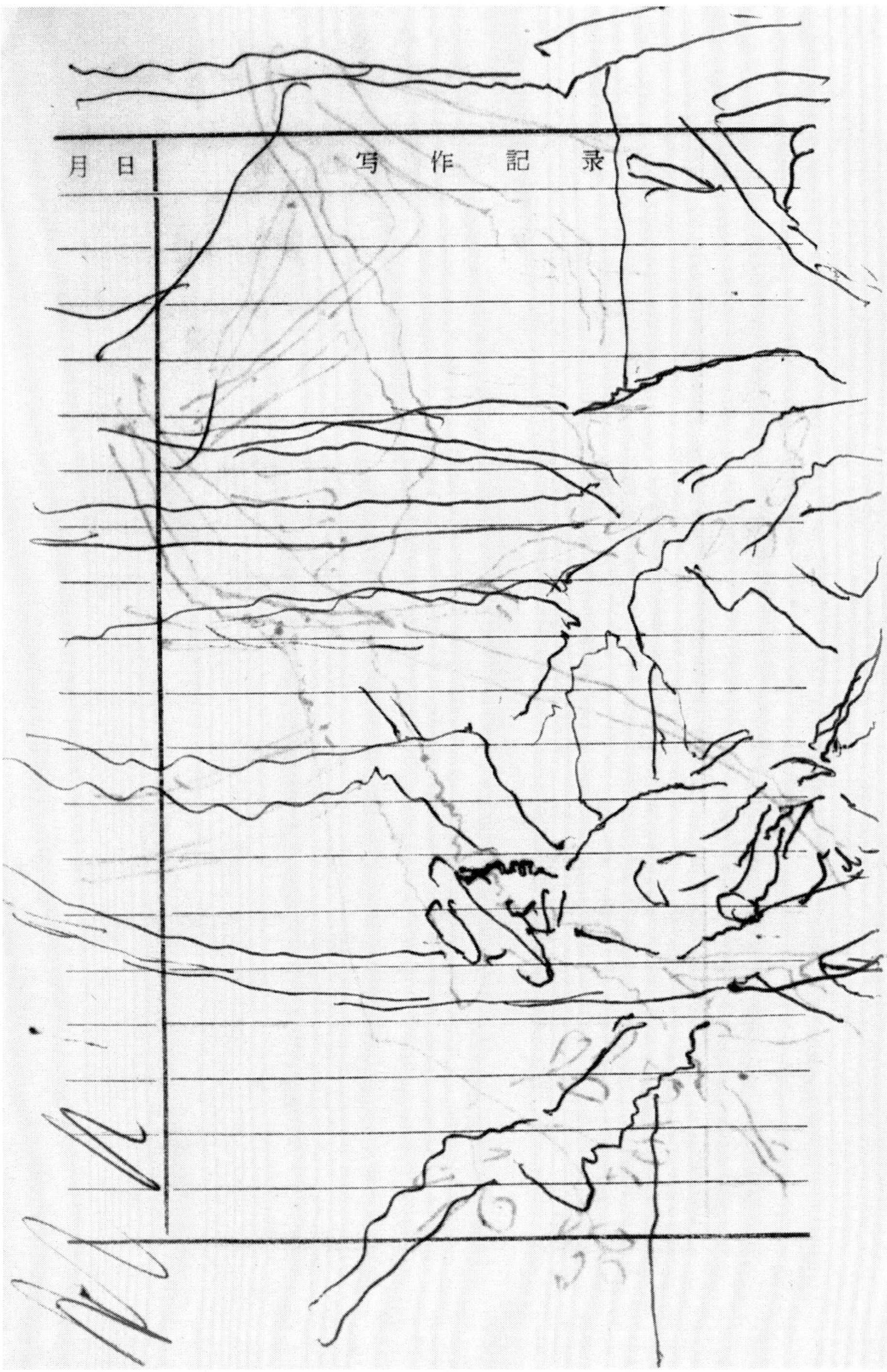
月 日
写 作 記 录

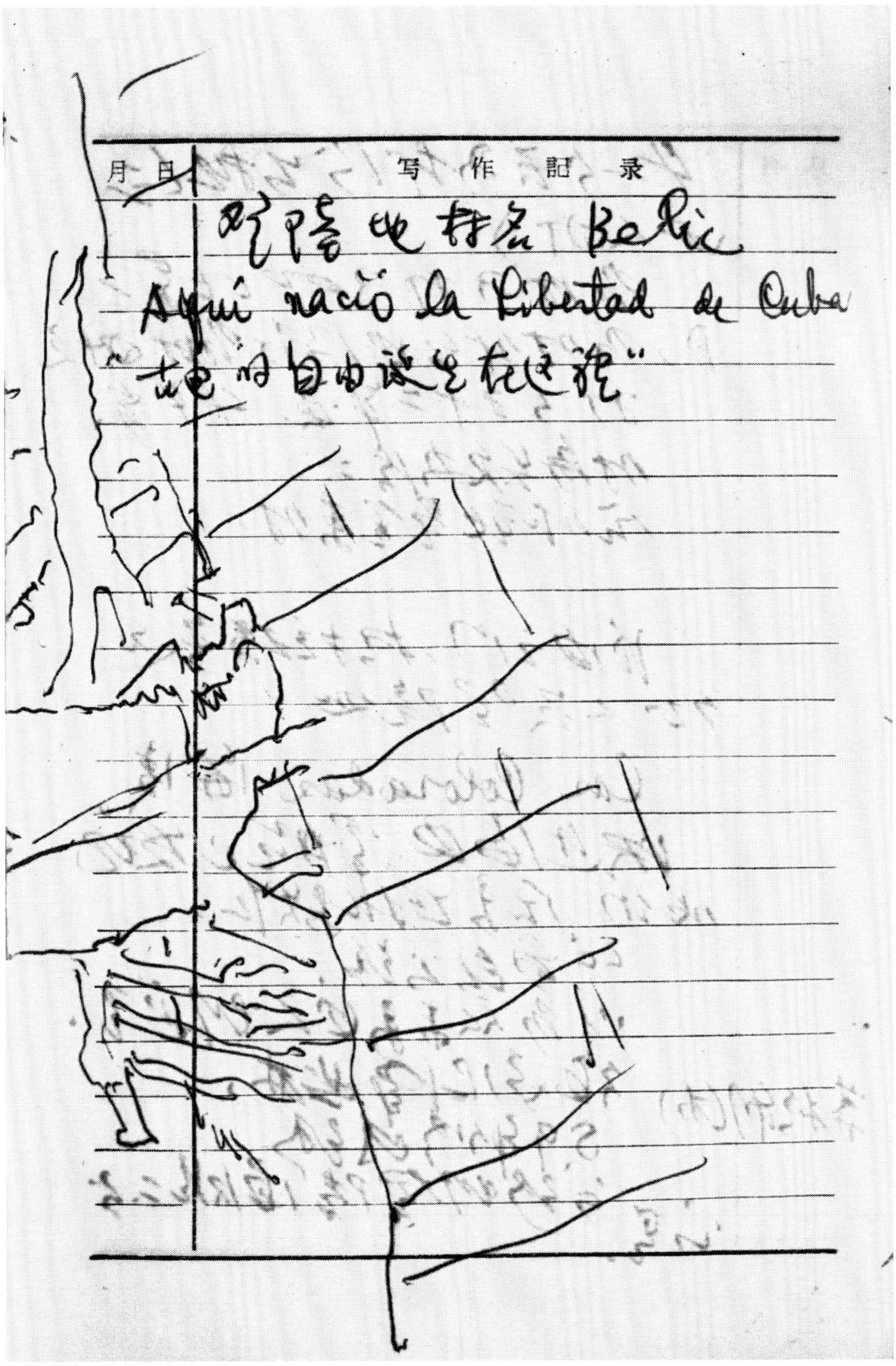
月 日
写 作 記 录
Belic
Aquí nació la Libertad de Cuba
"古巴的自由诞生在这里"

月 日

每一个营团打仗的指挥（三四人打）

有时可打2000比多一日，有时什么也没有，有时有时之打了三十二年多，44岁，

对角类似故居：

定作就是宣传素材，

渡海之门，格拉玛号之登陆人员登陆处

Las Coloradas 海滨。

附近海边，当时已发现船的，后来飞机轰炸了。

以前是公路，

以前从未有过人到过这里。

很多红树林，

蒂格利（市） 59年修的公路

公路两旁阴阳海岸二公里。

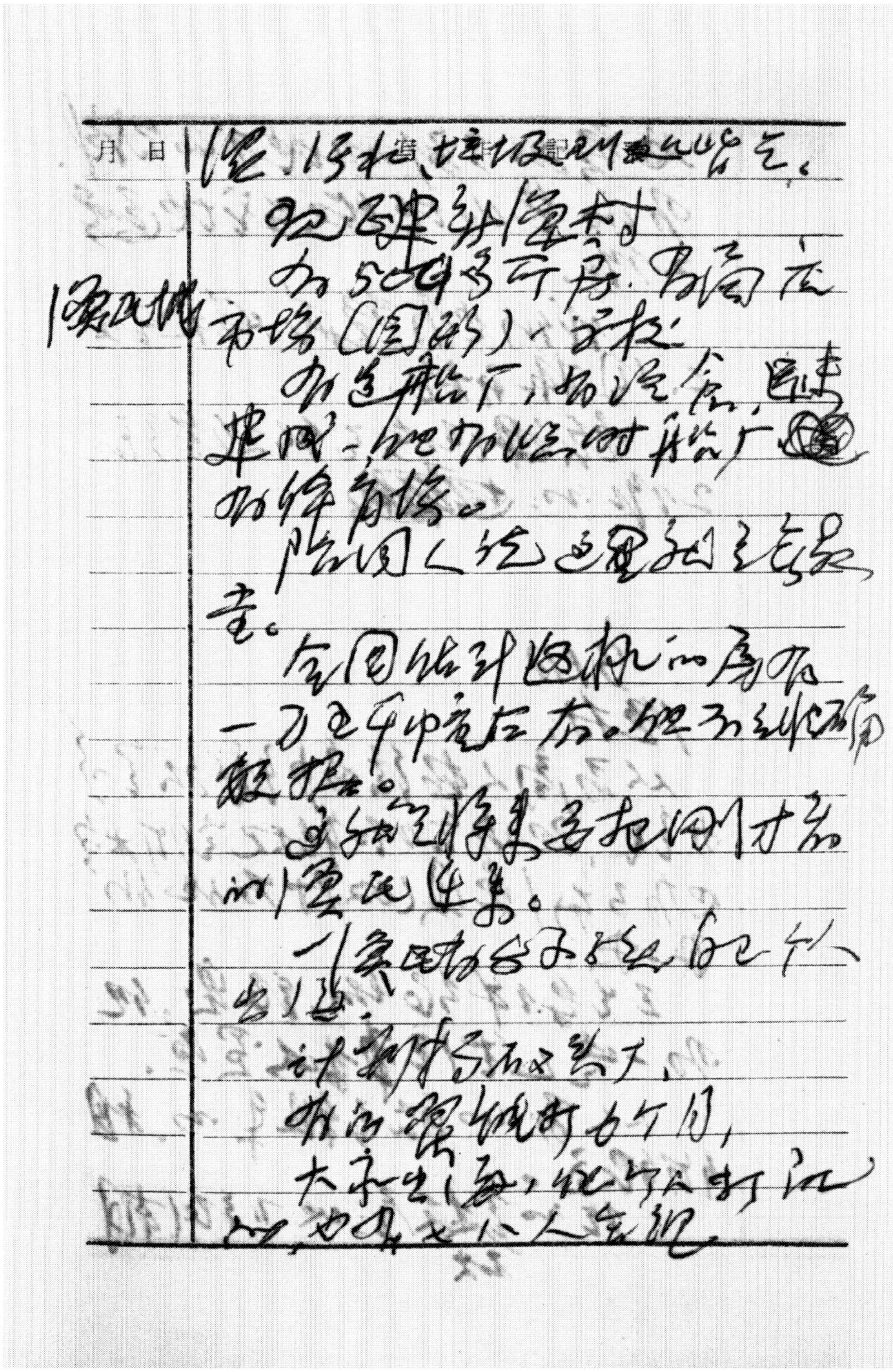

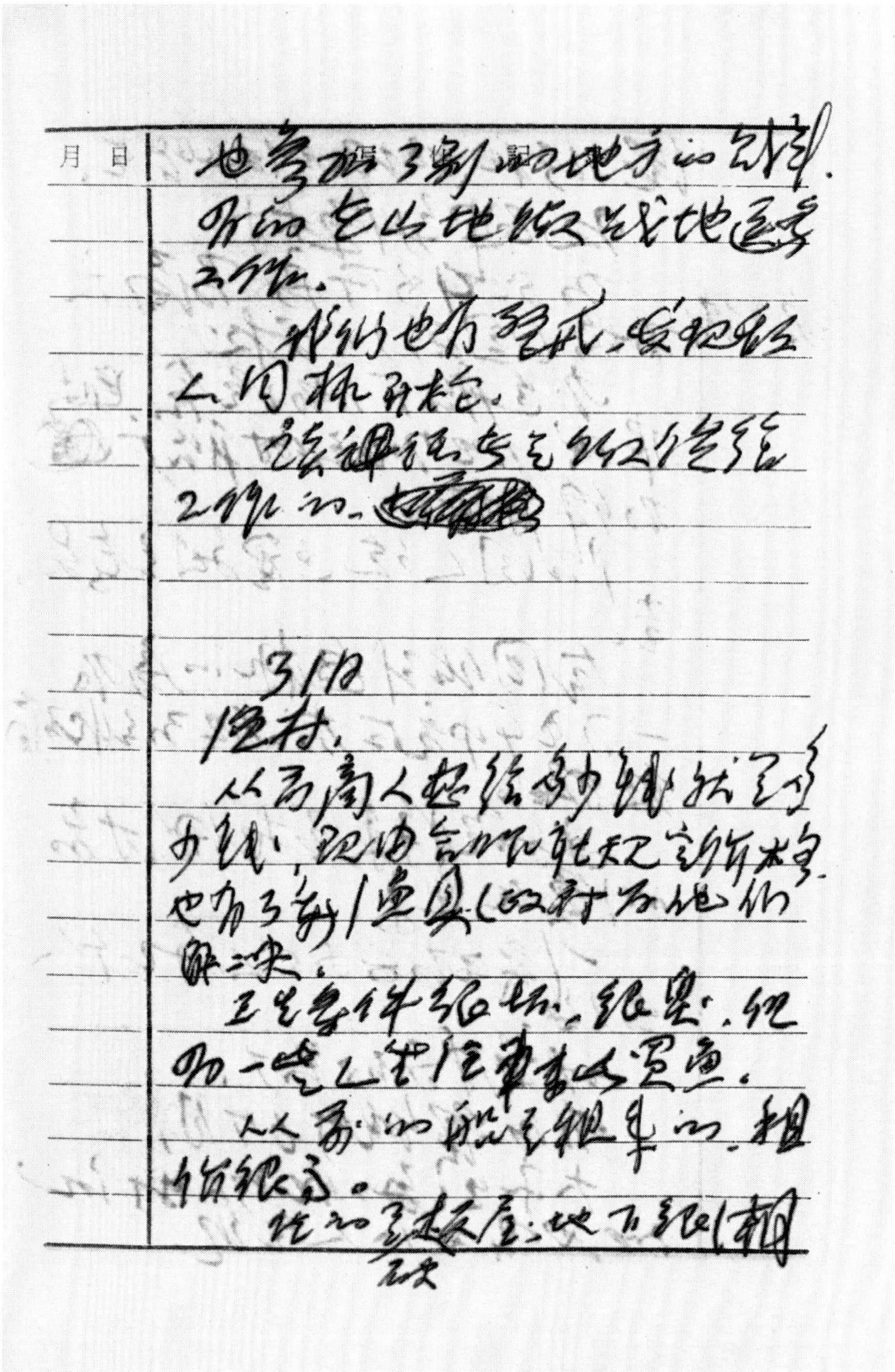

月 日

也参观了别的地方的合作社。
开始是[illegible]地[illegible]地医务
工作。
我们也有[illegible]，要把[illegible]
[illegible]。
[illegible]
2[illegible]的。[illegible]

3月1日
渔村。
从前商人[illegible]多少钱就是多
少钱，现由合作社规定价格，
也有了新渔具（政府为他们
解决）。
卫生条件很坏，很黑，很
多一些人生活在[illegible]。
人人家的船是很[illegible]的，[illegible]
[illegible]。
[illegible]地下[illegible]

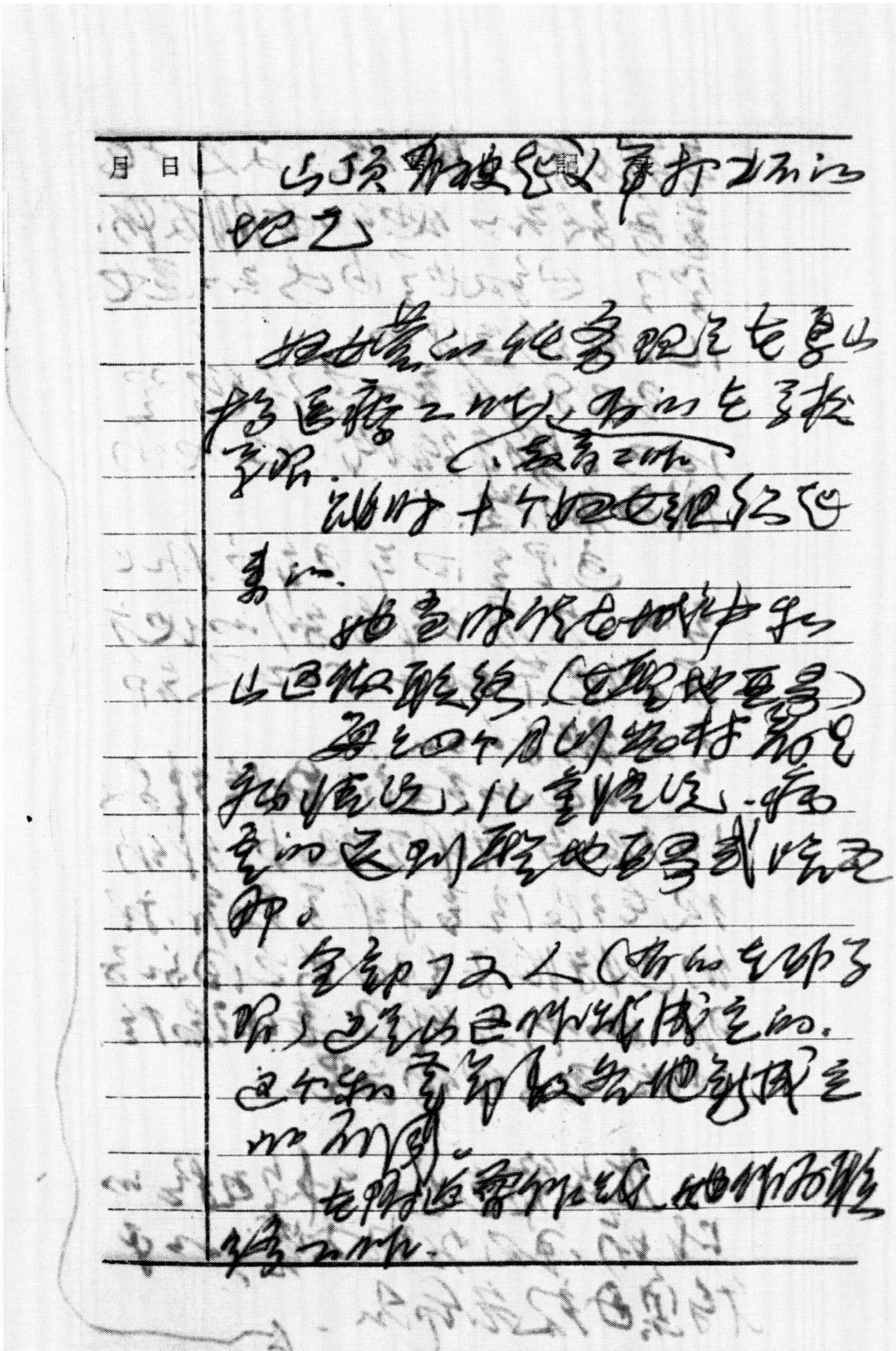

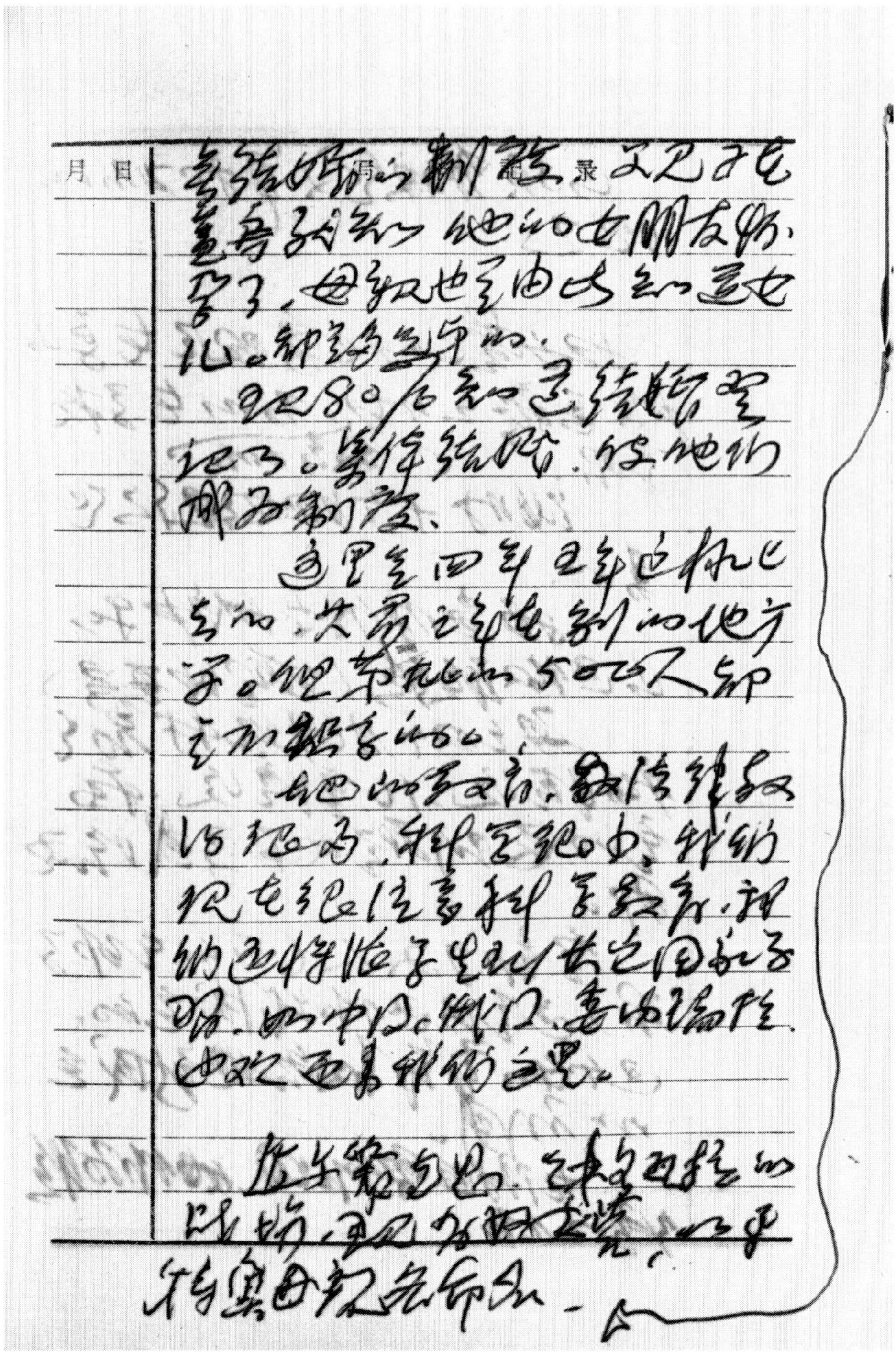

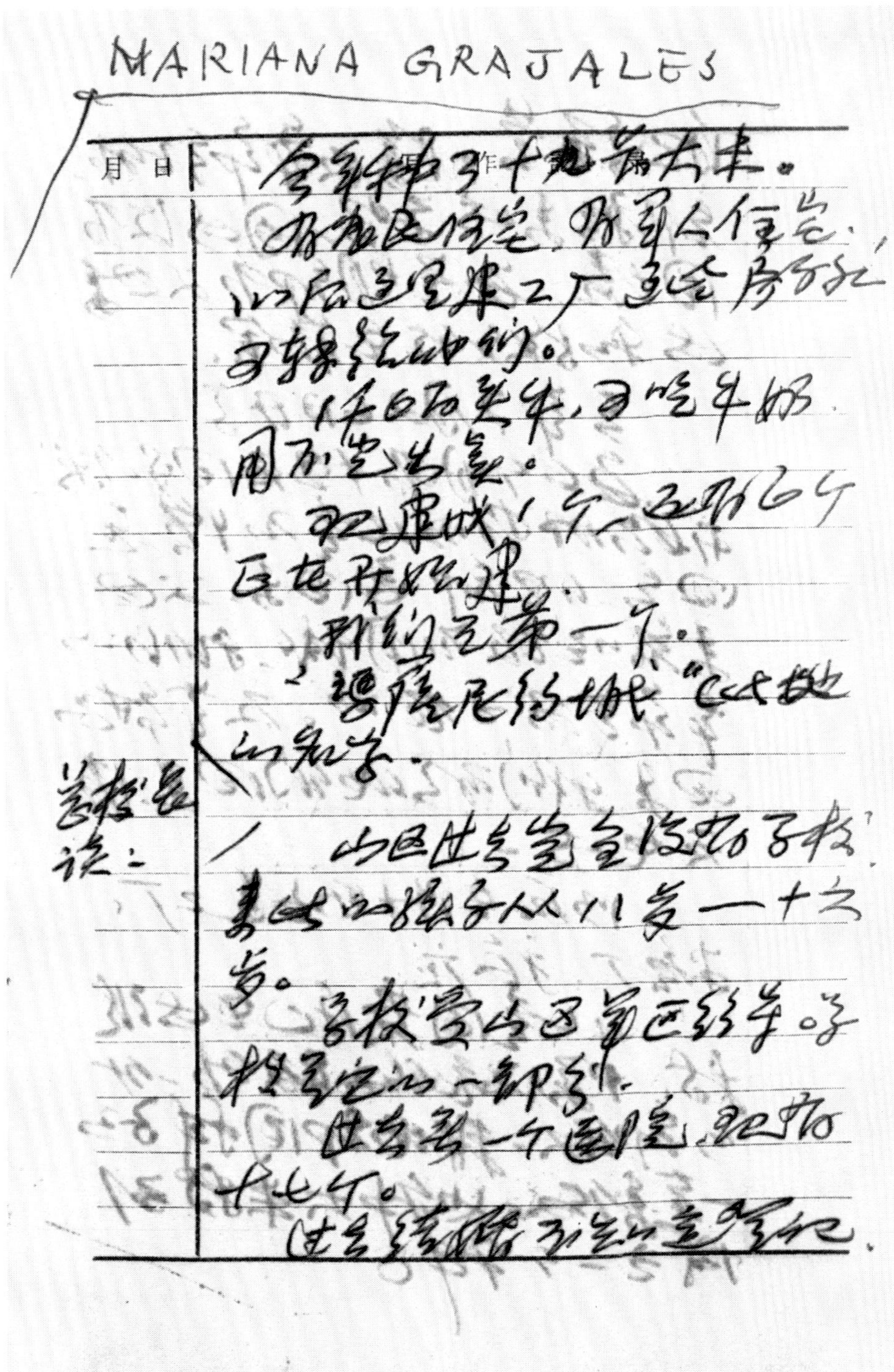
MARIANA GRAJALES

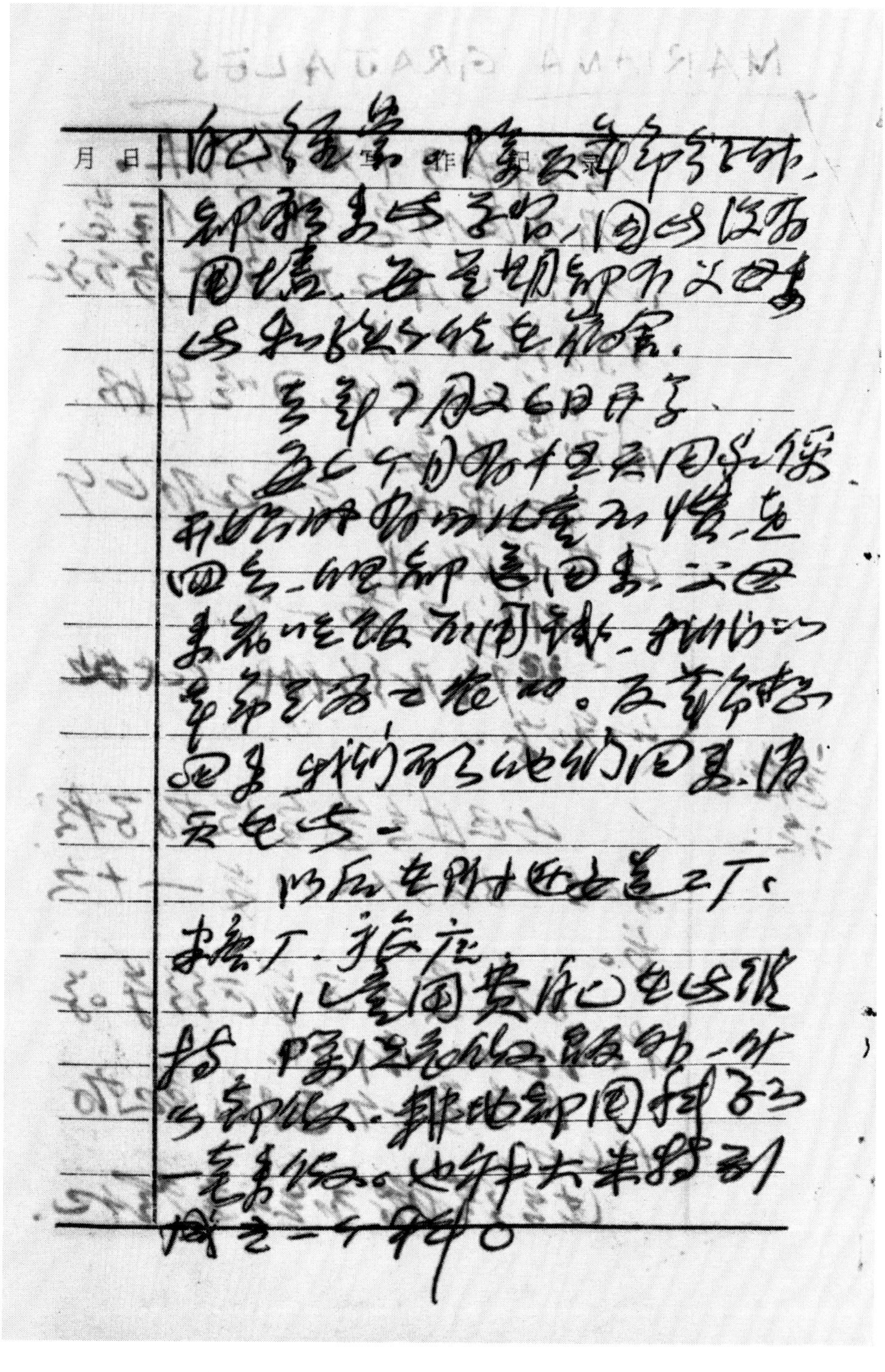

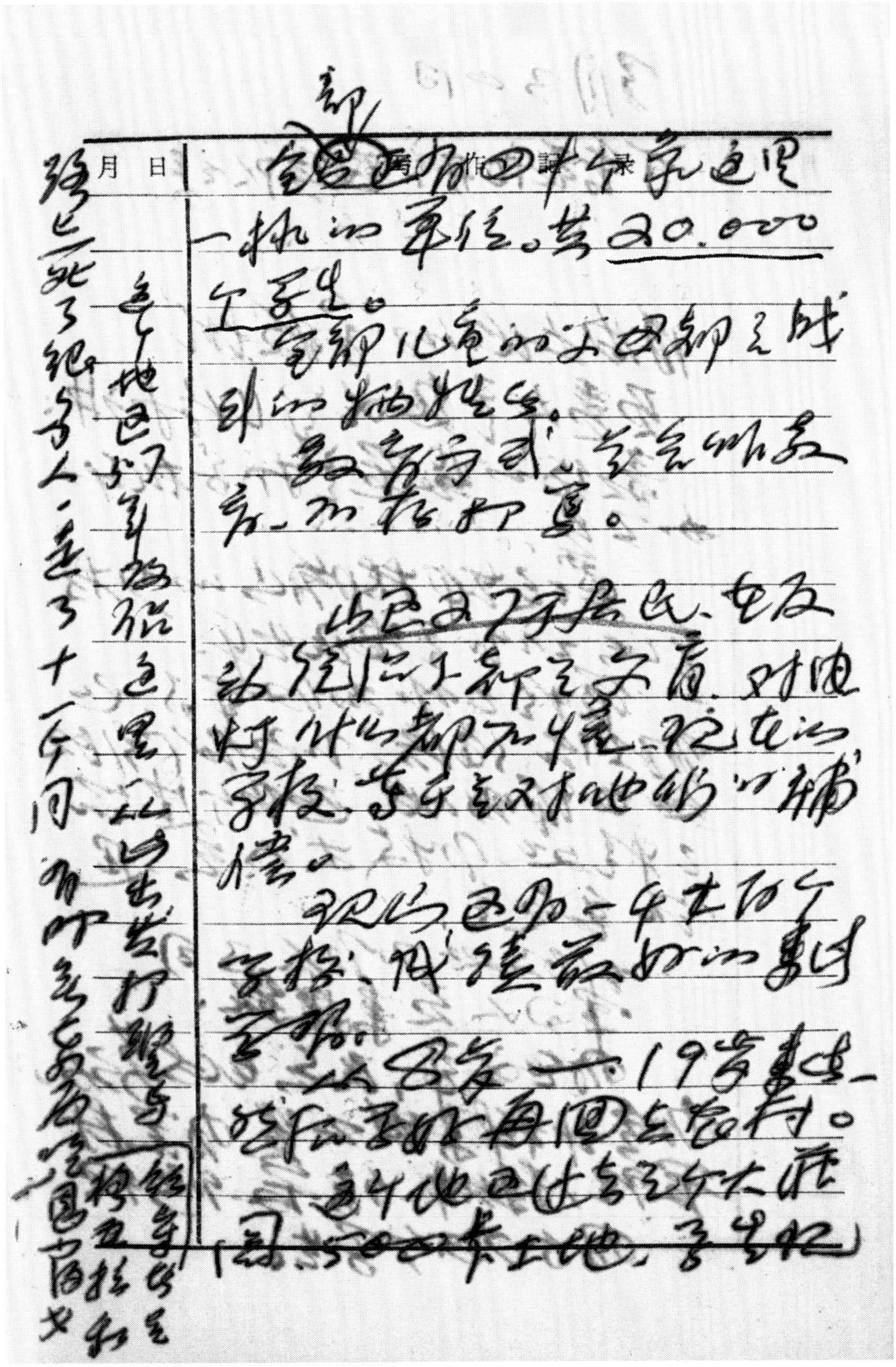

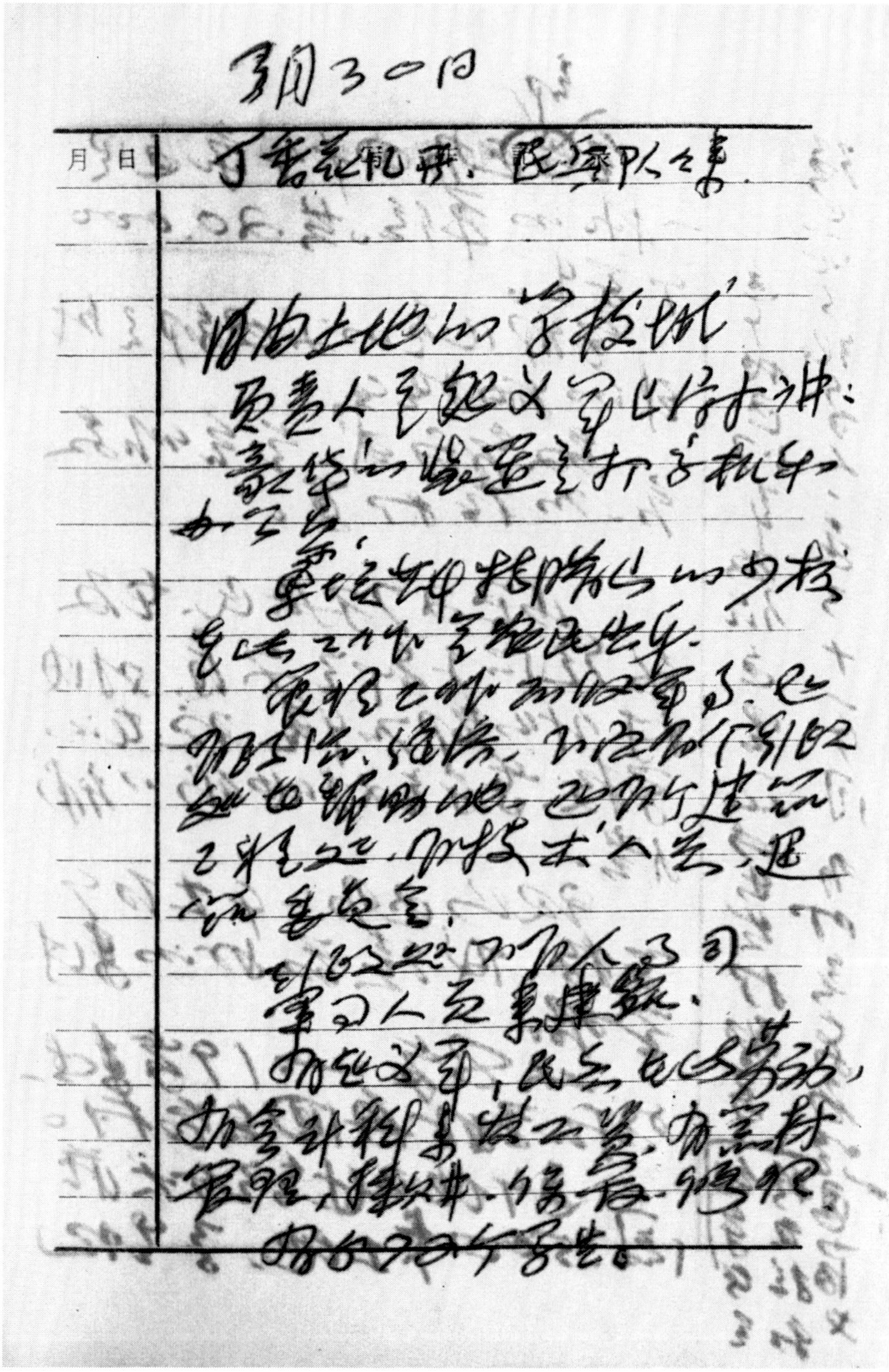

3月30日

月 日

[illegible]

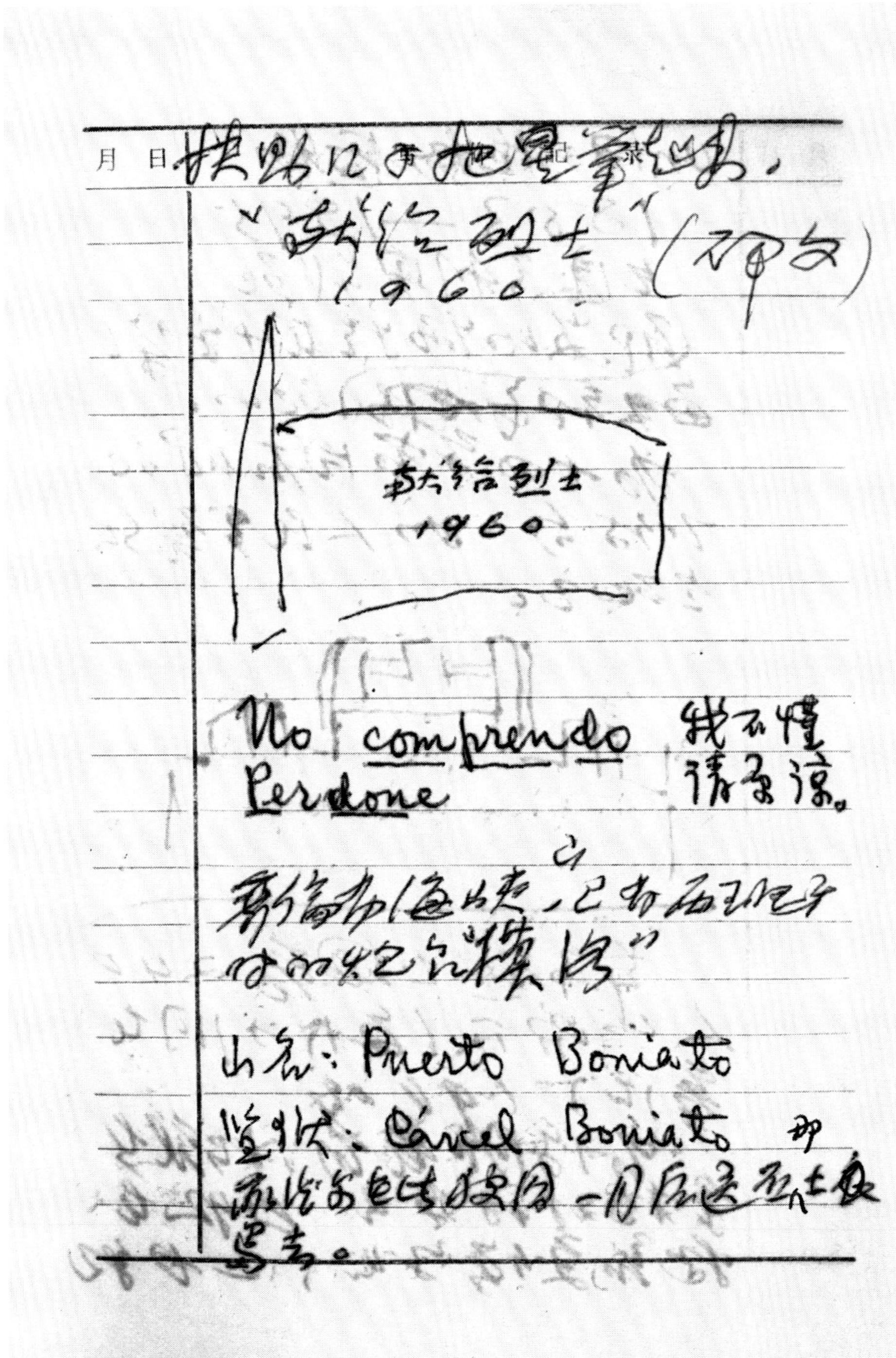

月　日 供明记事地图要记此书。

献给烈士（碑文）
1960

献给烈士
1960

No comprendo 我不懂
Perdone 请原谅。

新编古巴历史，已有西班牙对照的地名"模范"

山名：Puerto Boniato
监狱：Cárcel Boniato
流放者自出狱后一月后送至那士兵营去。

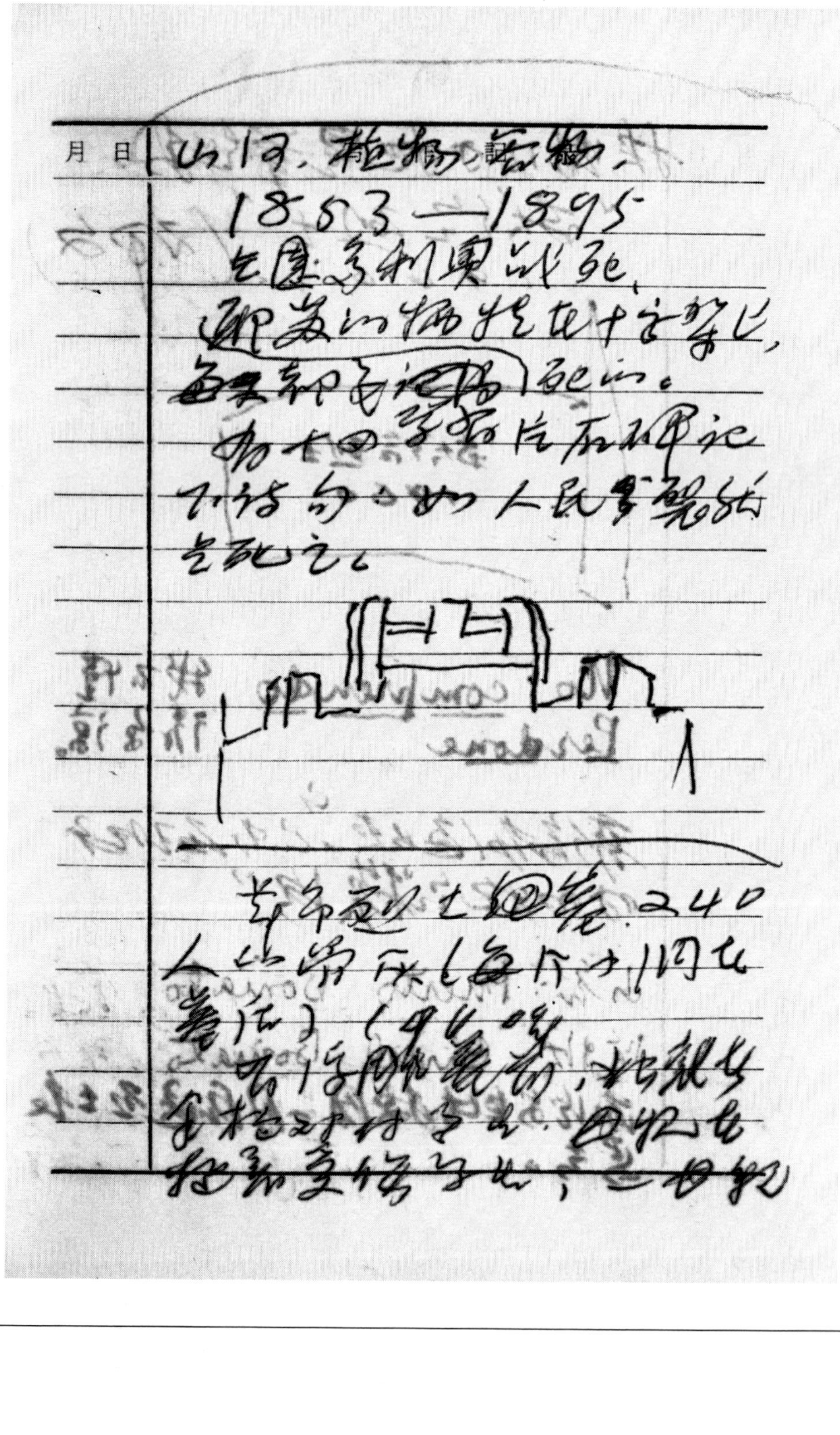
月 日
1853—1895
240

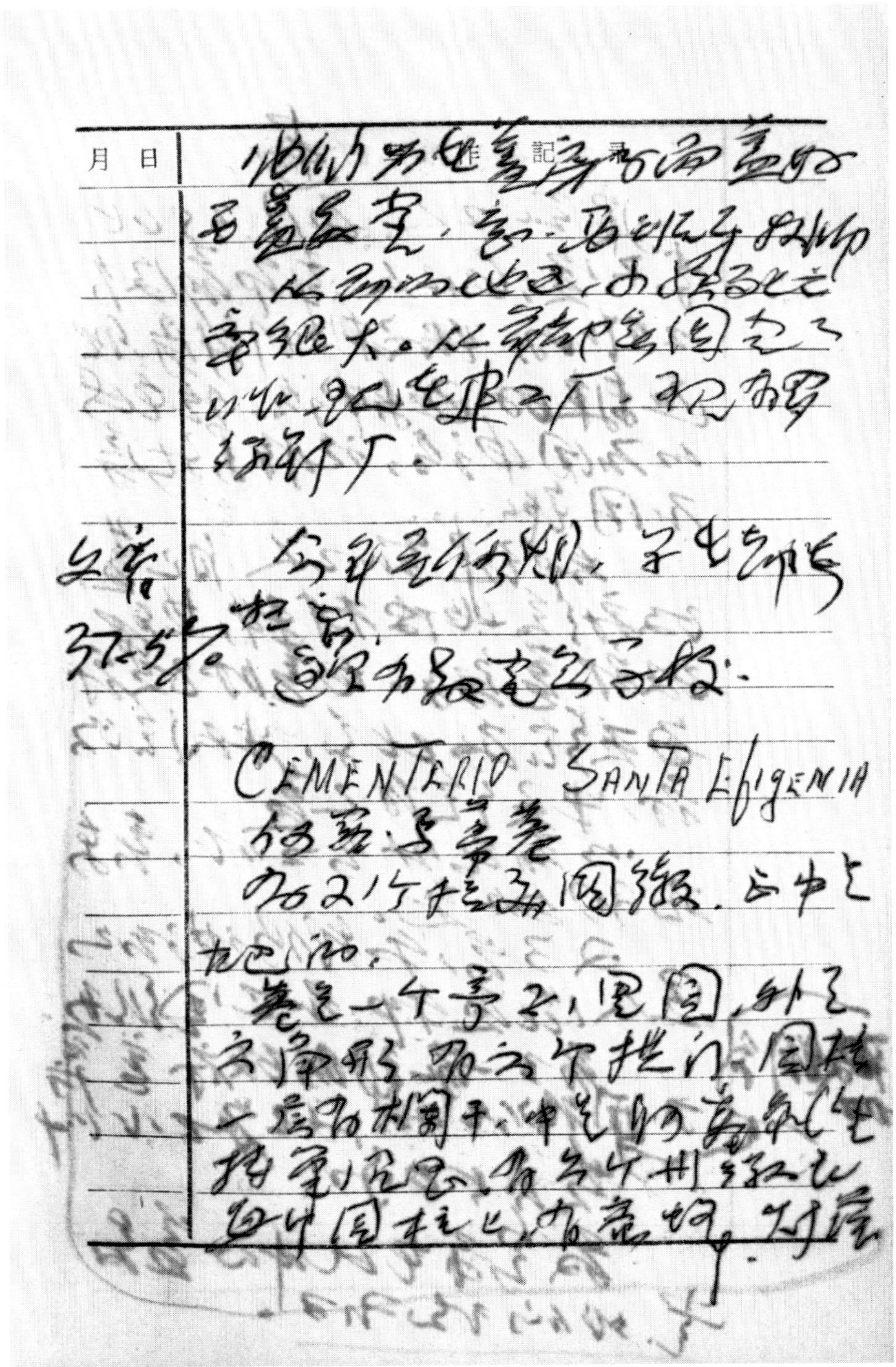
月 日
工作記录
CEMENTERIO SANTA EFIGENIA

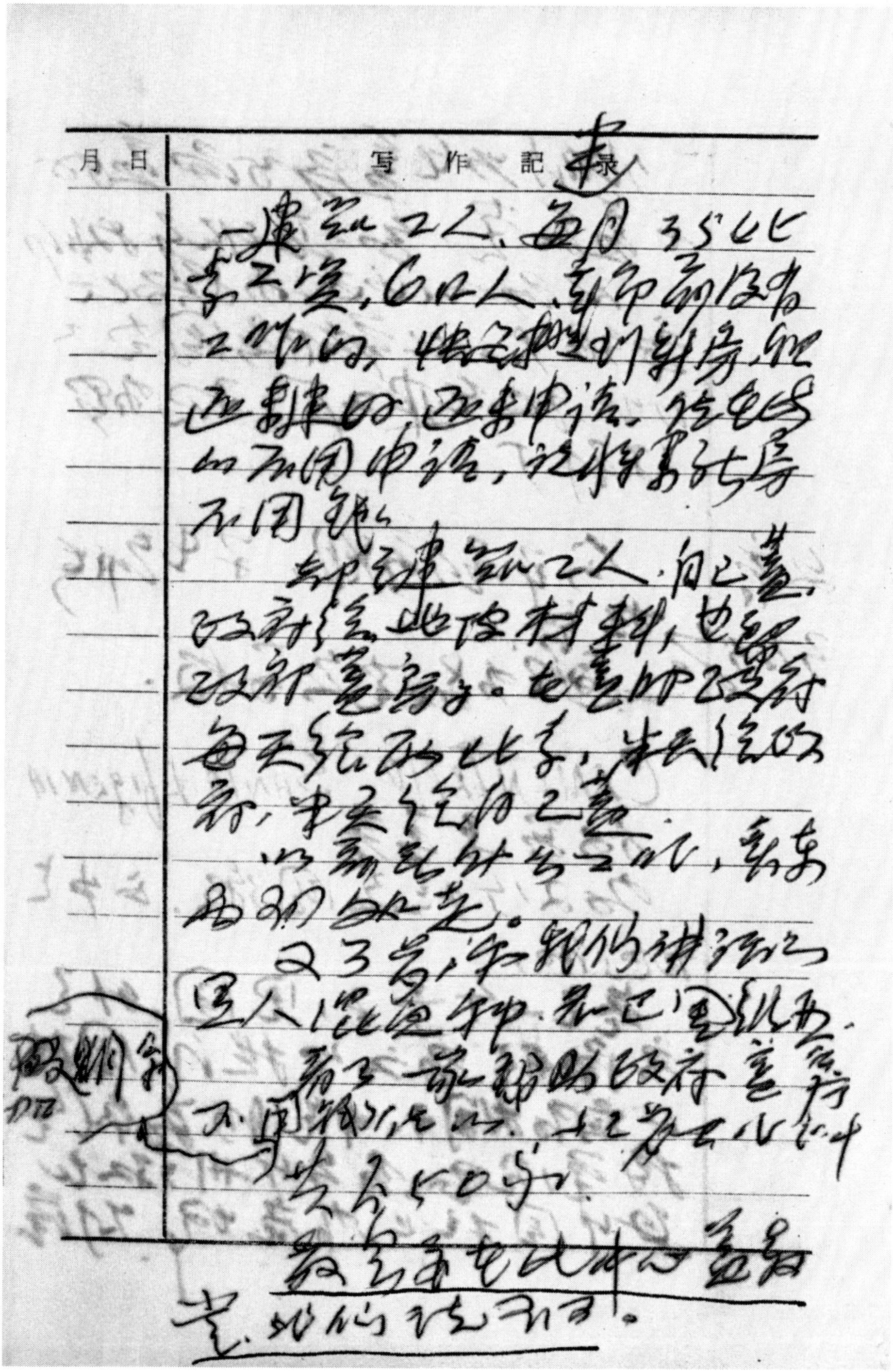
月 日
写 作 記 录

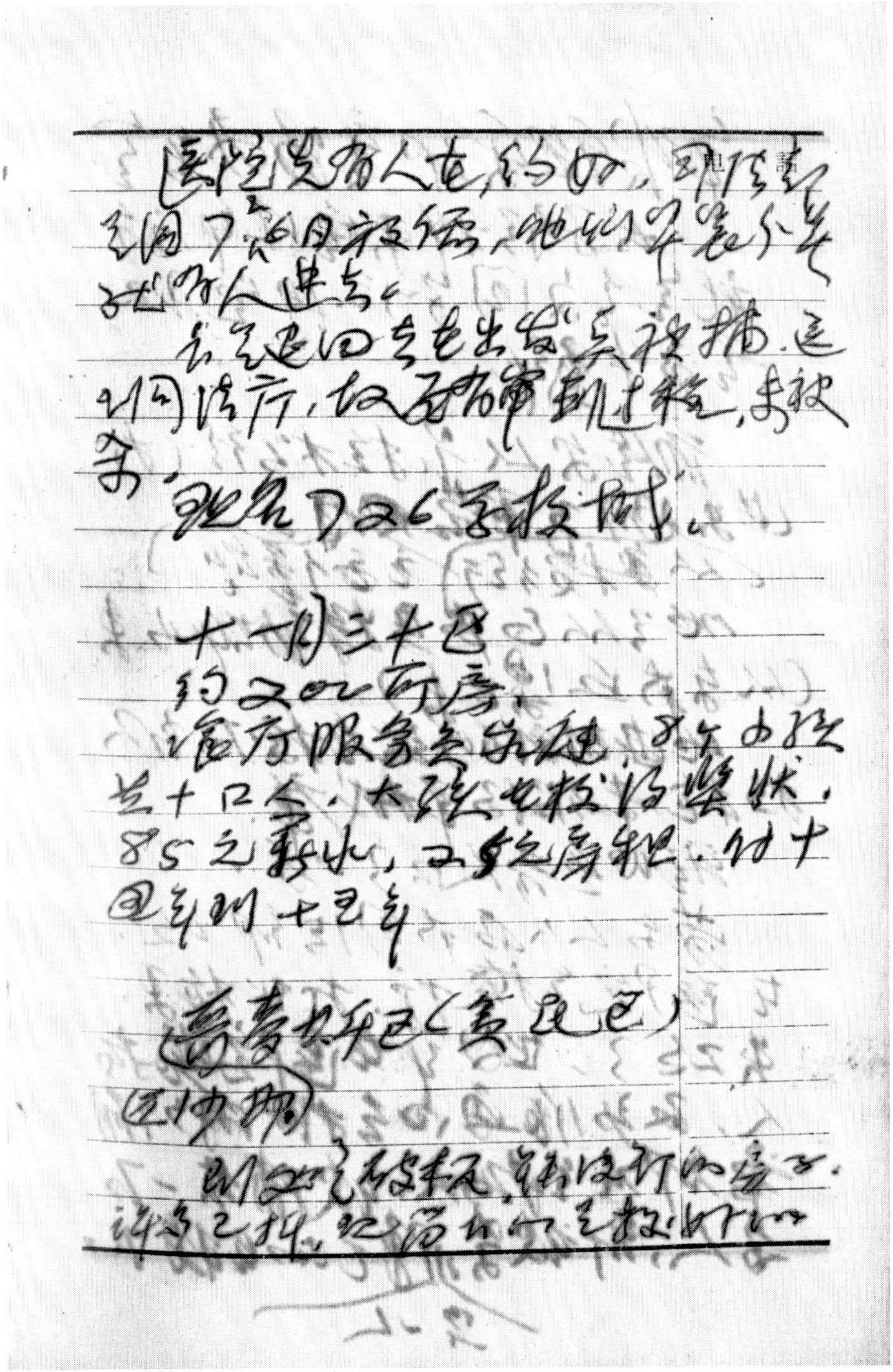

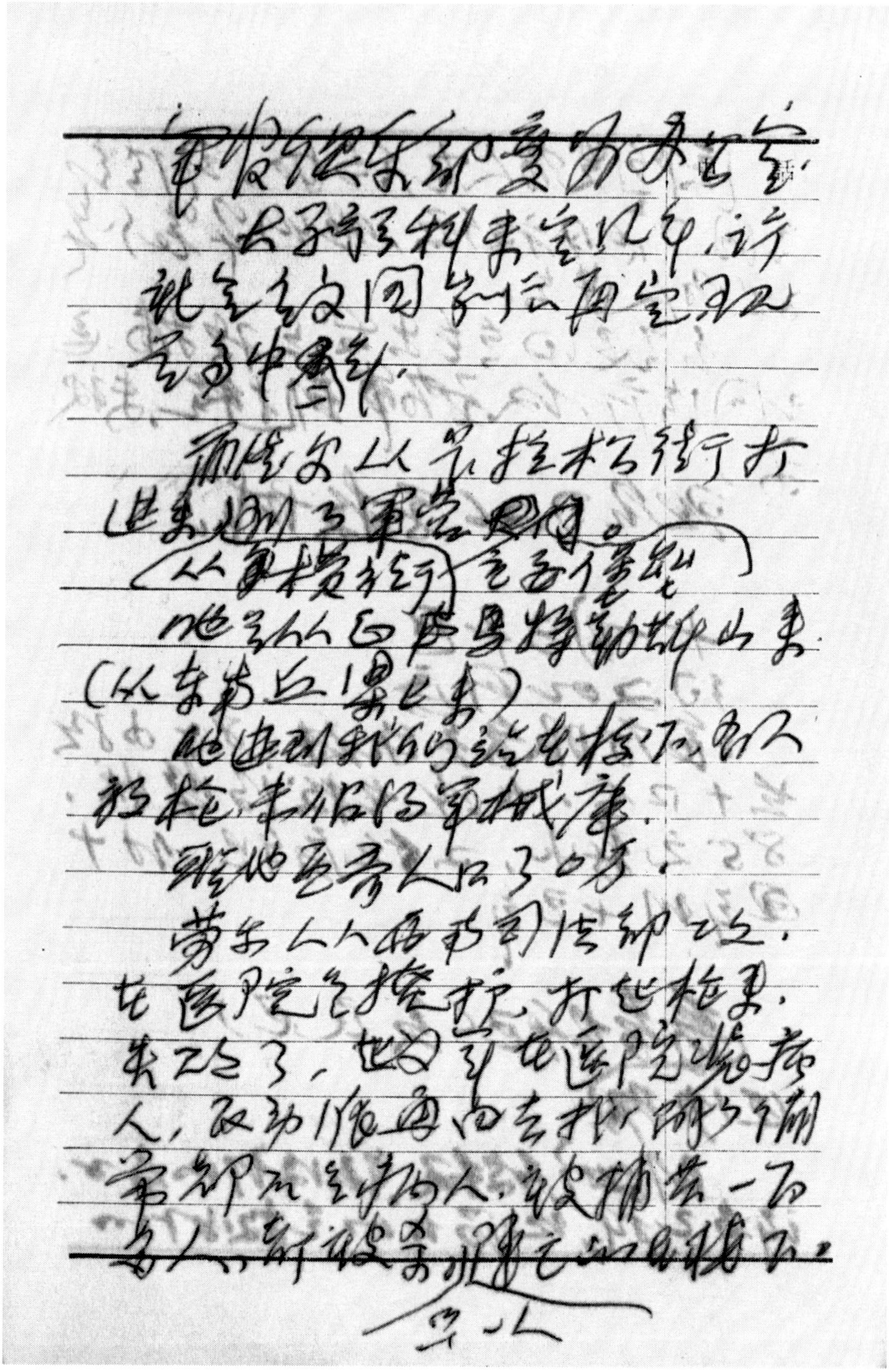

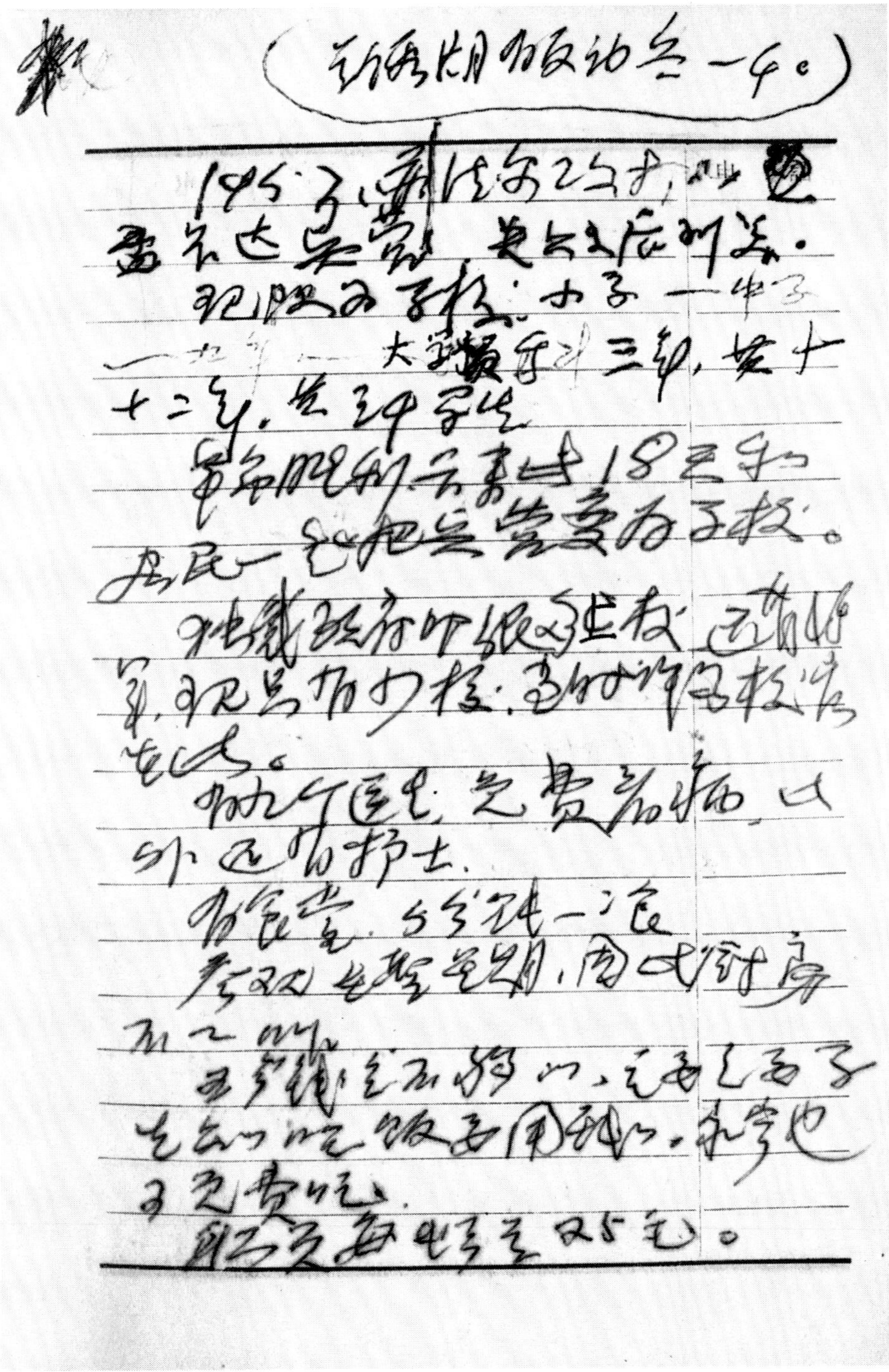
[illegible]

一九五[illegible]

[illegible]

把兵营变为学校：小学一中学[illegible]

[illegible]三年，要十二年。[illegible]学生

[illegible]18[illegible]

[illegible]一起把兵营变为学校。

[illegible]

[illegible]免费[illegible]

[illegible]外还有护士。

有食堂。[illegible]一顿

[illegible]

[illegible]

[illegible]免费吃。

[illegible]。

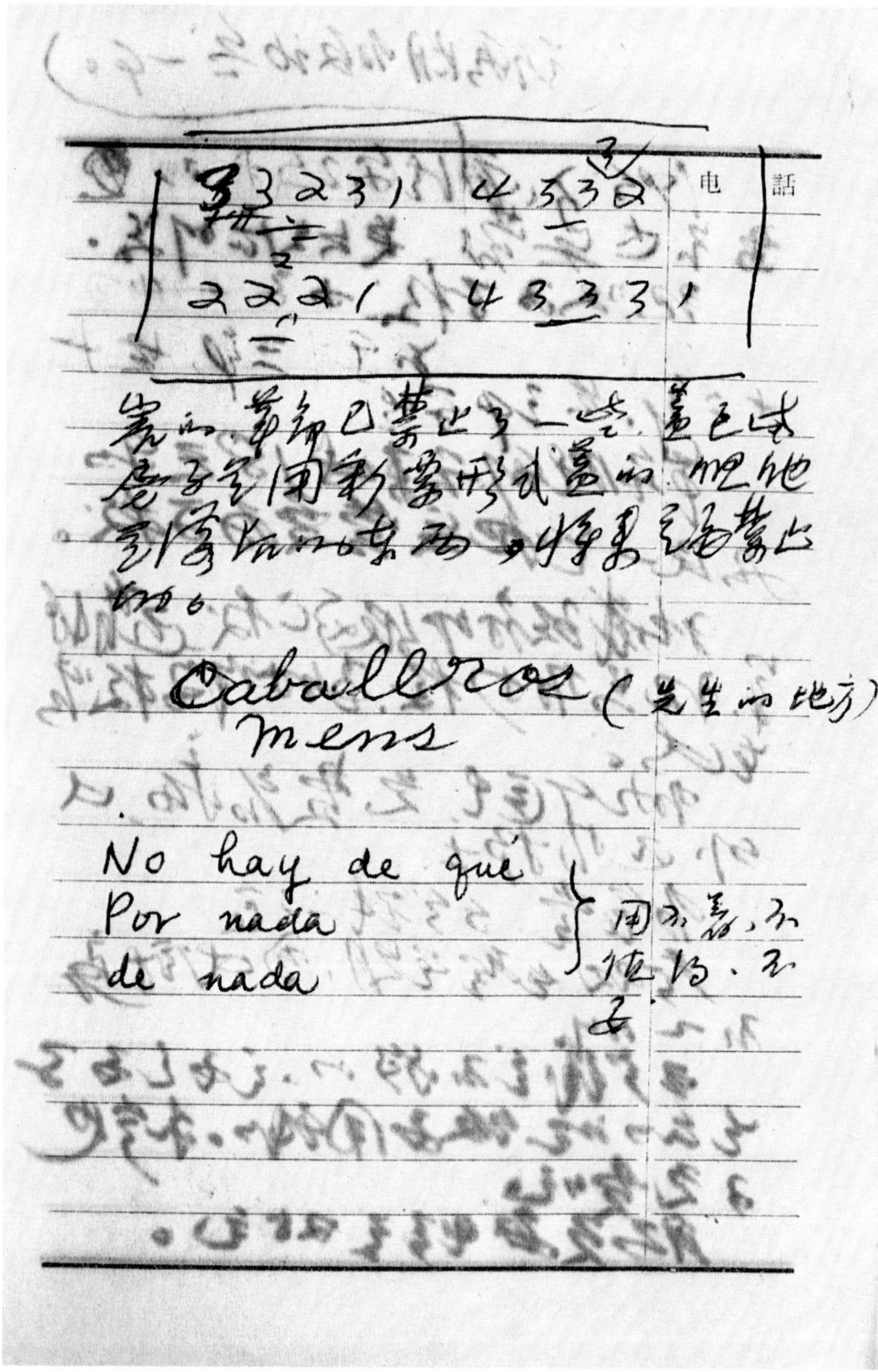

电話

22231 4332

2221 43331

美的节目已禁止了一些，并已成为宣传新党形式意的，把他宣传性的东西，将来已经禁止的。

Caballeros（先生的地方）

Mens

No hay de qué
Por nada
de nada

用不着，不值得，不客

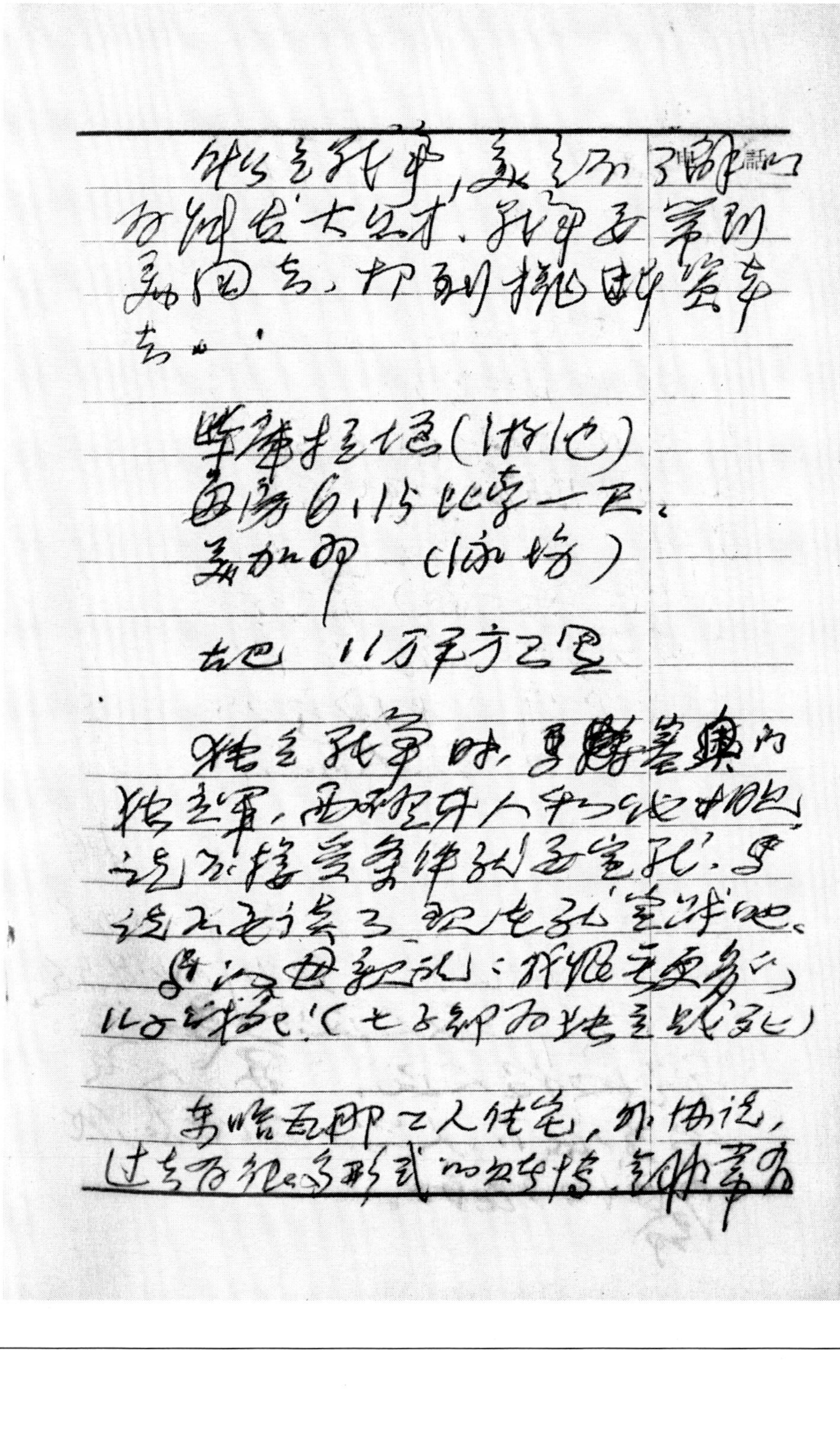
古巴 11万平方公里

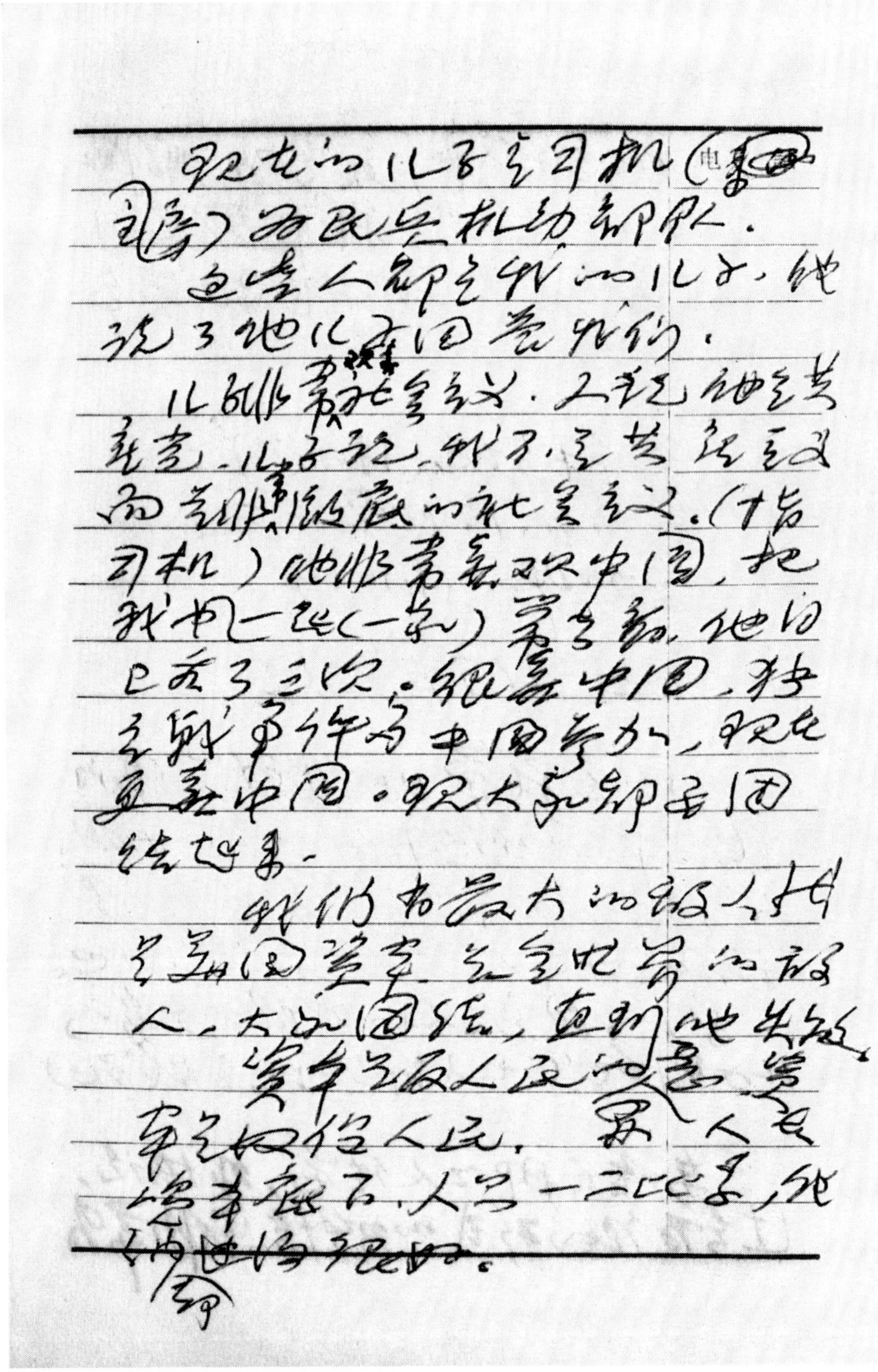

现在的儿子是司机（电影放映）为民兵机动部队。

这些人都是他的儿子。他说了他儿子回答我们。

儿媳非常欢迎社会主义。人说她是共产党。儿子说，我不是共产党主义，而是拥护健康的社会主义。（指司机）他非常喜欢中国，把我们一张（一家）照了相。他们已去了三次。很喜欢中国。特别是战争中作为中国参加，现在更喜欢中国。现在大家都要团结起来。

我们有最大的敌人，是美国资本主义，它是世界的敌人，大家团结，直到他失败。

资本主义反人民的。资本家是压迫人民，要人民总是在底下，人口一二比多，他们的世界很好。

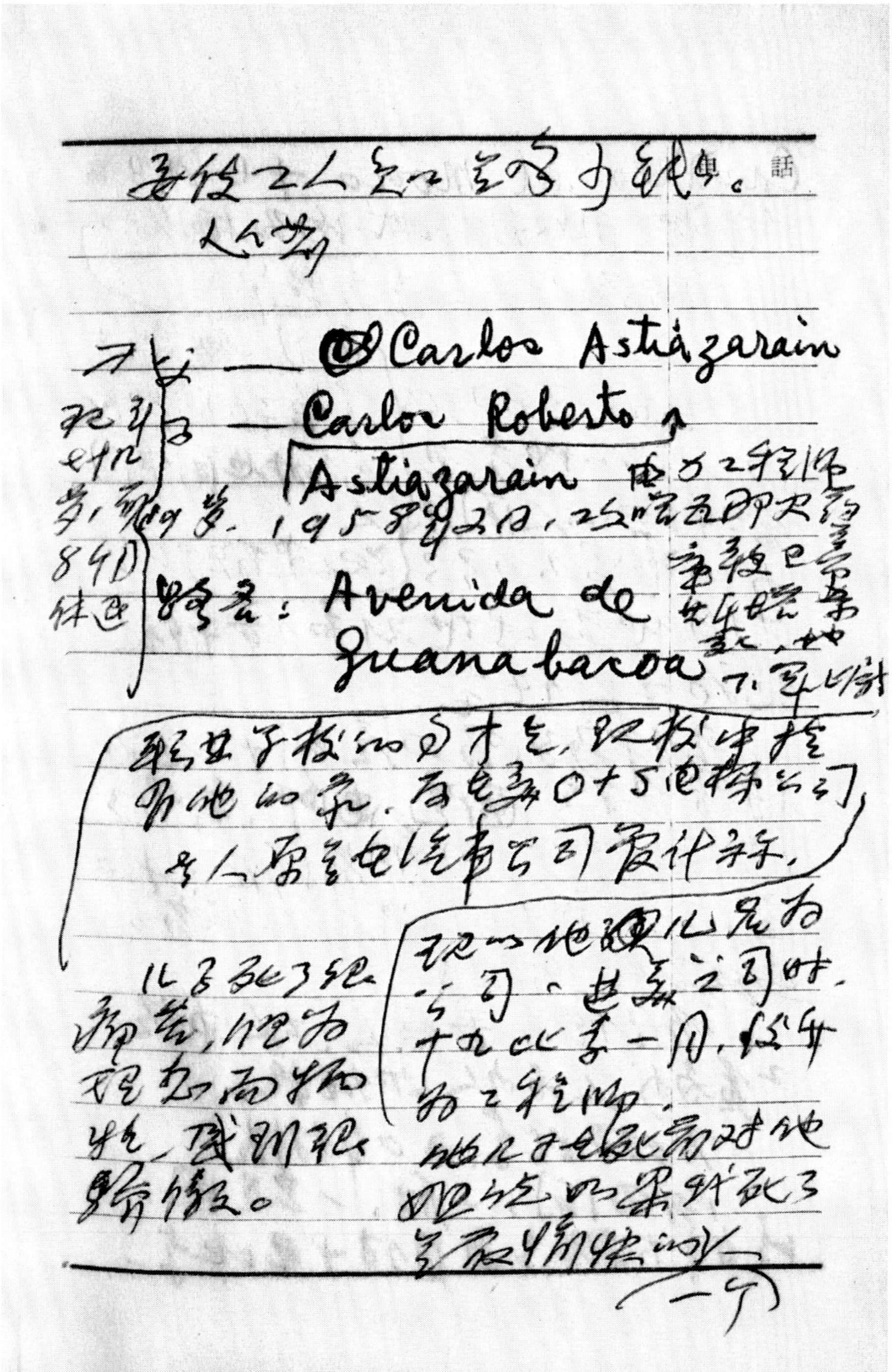

Carlos Astiázarain

Carlos Roberto

Astiazarain

1958

Avenida de Guanabacoa

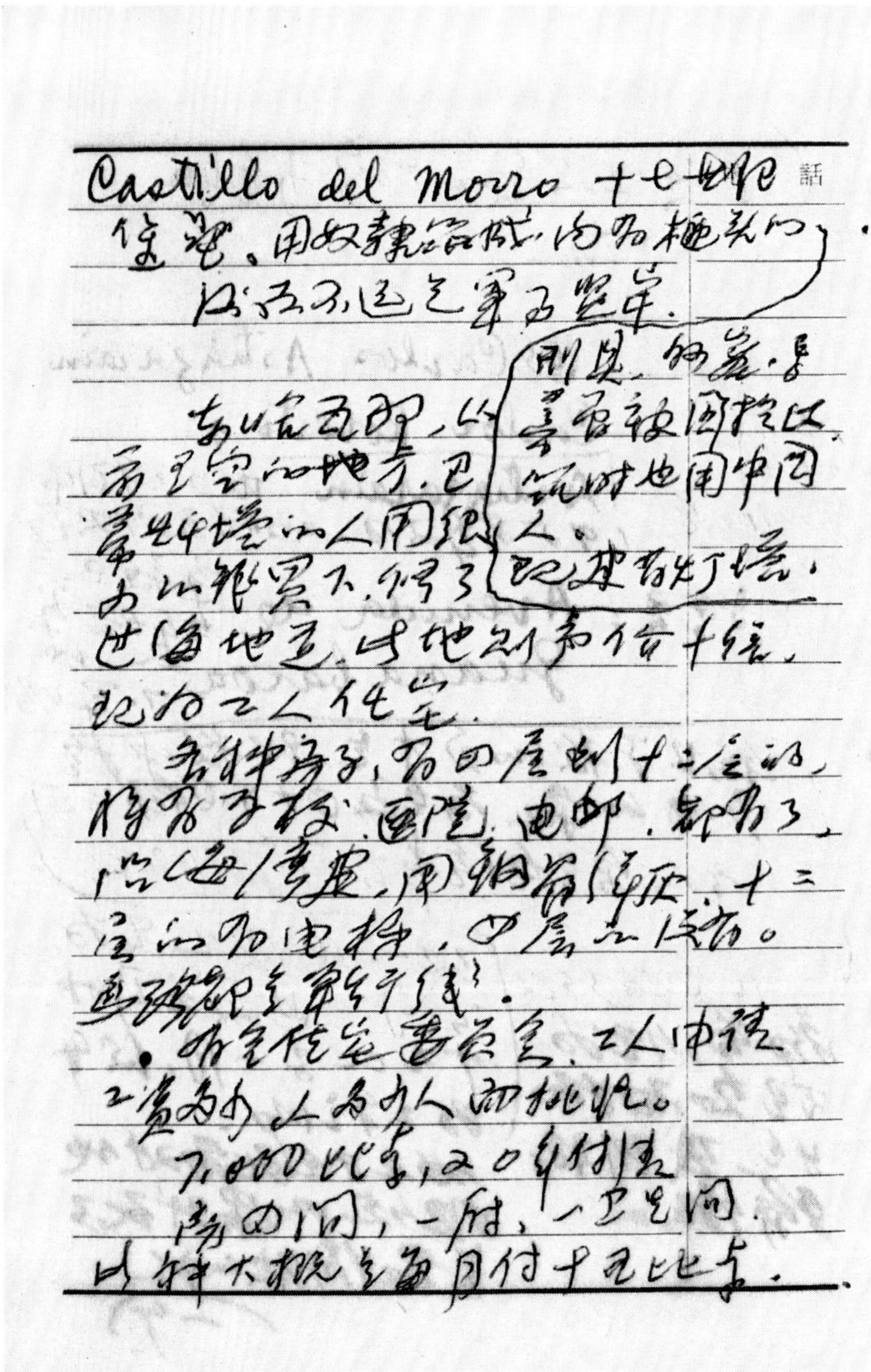

Castillo del Morro 十七世纪筑起，用奴隶砌成，内有极美的……不过是军事堡垒。

别具一格的建筑。革命前被用作监狱，旧时也关中国人。现建有灯塔。

东哈瓦那，以前是空的地方，但革命后修建的人民住宅，大的很，不得了。过海地道，比地铁有十倍。现为工人住宅。

各种房子，有四层到十二层的，楼有学校、医院、邮电，都有了。临海傍岸，用钢筋混凝土，十二层的有电梯，四层无电梯。马路都已经修好了。

分配住宅委员会，工人申请，工会与工人委员会批准。

7000比索，20年付清，房四间，一厨，一卫生间。此种大概是每月付十五比索。

日记摘要与标引

（1961 年 2 月 26 日—1961 年 5 月 4 日）

墨西哥日记

007　2 月 26 日出发，在机场与李季、刘白羽谈创作。

009　2 月 27 日在莫斯科机场发现护照未打钢印。到布拉格再到瑞士。

011　2 月 28 日到瑞士办护照。

015　3 月 1—2 日经里斯本—圣塔马利亚—库拉索（换飞机）—哥伦比亚—巴拿马—圣约瑟—危地马拉—墨西哥。

022　3 月 3—8 日保卫世界和平大会。

050　3 月 9—13 日在墨西哥城周边参观，与各方人士交流。

071　3 月 14—20 日卡德纳斯陪同各代表团到墨西哥地理中心和卡斯特罗的老家参观。

104　3 月 21 日回到墨西哥城，为准备告别酒会而各种为难。

109　斗牛。（内容接 070）

117　墨西哥政治情况。（125—117 倒记）

126　墨西哥与美国关系。（137—126 倒记）

138　巴拉圭女诗人发言。

139　秘鲁代表发言。

140　墨西哥鹰蛇传说，画家克拉拉和李维特，古堡雕塑，李季委托找人，金字塔。

146　侨情。

147　参观总统府、最高法院。

149　卡德纳斯沿途介绍墨西哥历史文化。

164　3月22日下午遇墨西哥电话业罢工。

165　3月23日参观天文台、金字塔。

165　3月24日告别酒会，卡德纳斯发言。

166　3月25日参观美术宫。

167　3月26日上午飞古巴。送行人员名字。

古巴日记

178　3月26日下午到哈瓦那，与申健大使见面，晚参加一个宴会。

188　3月27日参观东哈瓦那工人住宅新区。晚参加学生集会，大卡演讲3小时。

192　3月28日到东方省圣地亚哥访问。

194　3月29日参观大卡被捕的地点、何塞·马蒂墓和“七·二六”运动烈士墓。在旅馆看到群众集会，扫盲用中国制造的煤气灯。

200　3月30日参观马埃斯特腊山脚的学校城、女兵营。

206　3月31日参观渔村。

214　4月1日参观格拉玛号远征人员登陆处，有速写。

217　4月2—3日无活动。

218　4月4日参观农场、水产馆、何塞·马蒂纪念塔和“古巴的控诉”展览。

222　4月5日到大使馆开会，参观西班牙时代的海边炮台。

228　4月6日参观哈瓦那大学。参加古中友协招待会。

230　4月7日到沼地改良田地区旅行，游览多宝湖。

241　4月8日参观合作社，拜会古巴对外友协。

243　4月9日分别与哈瓦那大学教授、文化局长午餐、晚餐。

244　4月10日使馆参赞陪同参观国家公园。感到古巴的经济发展有问题。

4 月 11 日与南汉宸同志深入谈话。晚南老告别宴会,格瓦拉致辞。

252　4 月 12 日晚文化界宴会。在新华社外遇炸弹事件。

254　4 月 13 日参观国立图书馆。

256　4 月 14 日飞松树岛。参观何塞·马蒂、菲德尔被囚监狱,与民兵营集会,游览沙滩。

269　4 月 15 日早哈瓦那机场被炸,下午改乘船回哈瓦那。

275　4 月 16 日参加十万民兵集会,大卡演讲。

279　4 月 17 日哈瓦那已是战时状态。代表中国代表团在旅馆临时措施发布会上发言。向大使建议留在旅馆。

285　4 月 18 日参观钢铁厂。晚灯火管制。

289　4 月 19 日记录战报。

292　4 月 20 日到吉隆滩战场采访。

298　4 月 20 日战地采访记录。(314—298 倒记)

297　5 月 3 日飞布拉格。

5 月 4 日飞经巴黎。

294　回国后的古巴报道摘录。

315　在古巴的战前访问记录。

本书所选阮章竞先生的文艺工作笔记,是他 1961 年 2 至 5 月作为中国作家代表团成员,赴墨西哥参加拉美保卫世界和平大会的日记。

阮章竞 1959 年 10 月在完成作为包钢一号高炉建设指挥部成员的任务后 *,回到北京。12 月 8 日至 1960 年 1 月 3 日参加全国文化工作会议时,受邀担任中国作家协会党组成员、《诗刊》第一副主编。本次出访就是在这个岗位上。

在阮章竞留下的 90 余册笔记中,只有 1945 年 6 月 8 日至 8 月 15 日的《乡间

* 包钢一号高炉于 1959 年 9 月 25 日开炉炼铁,10 月 15 日周恩来亲临剪彩,高炉指挥部完成使命。

纪事》*前半部和1961年的《访问拉美日记》可称为“私人日记”。前者记录的是在晋东南一个闭塞山村里单人独马开展的群众工作，后者记录的却是在国际范围进行的民间外交活动。虽有时空背景的巨大跨度，阮章竞的心理活动却在这两种日记中都得以呈现。

例如抗战题材长篇小说《山魂三部曲》的创作，是阮章竞纠结一生的难点、痛点。而正是这次出访时，前来送行的李季的一句话，令他在36年后仍感痛楚：“我参加过一次中国作家协会的关于创作的谈话，有两位领导人听了我仍想写战争题材之后，一位厌烦地说：‘又是写战争！’但我不动摇，仍要写这部包括人民解放战争在内的长篇小说。”**

当年在拉美，中国被视为民族独立解放的榜样，接待人员把对中国的尊敬，化为对代表团的热情接待。当时的外交工作还处于诸如社会关系少且了解不深、翻译人员少且水平有限的状态，情况不明、交流不畅成为常态。阮章竞在待人接物上，以人之常情，与人为善，保持警惕又处变不惊，作为对待这一陌生任务的基本态度。

在异国他乡，阮章竞如同在国内一样，充满对底层民众的同情关爱。他会为安抚遭冷落者而留出时间陪其聊聊，会与找到代表团的普通华侨认真谈话；坚持深入到墨西哥银矿的作业面去，到硝烟尚未散尽的吉隆滩战场去；他会为不能争取到送给墨西哥司机一份小小的中国礼物而懊恼，为能与其他国家代表一同留在受到战争威胁的哈瓦那旅馆中而兴奋。除了到前线去的特殊待遇会使他骄傲，其他带有沙文主义色彩的特殊待遇反使他心中不安。在作者看来，外交就是与对中国友好的外国人交朋友，保持本色就是他的原则。

代表团在墨西哥的主要工作是统战，而在古巴遭遇美军轰炸和雇佣军登陆等重大国际事件，却让作者重温了战争年代的战斗激情。尽管作者倾心于墨西哥数

---

* 此日记见阮援朝编：《阮章竞太行山笔记手稿四种（上）》，中华书局，2017年。

** 1997年《霜天》出版时，作者写了创作谈《我为什么写〈霜天〉》，发表在《中国艺术报》1998年1月2日第三版。

百年的艺术创造成果，对墨西哥争取民族独立所经受的苦难感同身受，但最终，是战士的情怀令他在古巴写下了诗集《四月的哈瓦那》*。

在中国古巴建交55周年（1960—2015）时，《四月的哈瓦那》中西文对照本出版。古巴驻中国大使白诗德在序言中说："我认为，阮章竞寒微的出身：出生在孙中山的故乡，少年辍学，以艺术为武器投身反对外国侵略的斗争等诸多因素，使他得以对古巴革命的必要性和重要性有更深刻的理解。尽管他对古巴的访问短暂而紧张，但他经历了决定古巴人民命运的关键而重大的时刻，天意又让他成为其中某些时刻的一个活跃而独一无二的见证人。"

阮援朝

2023年2月3日

* 阮章竞：《四月的哈瓦那》作家出版社，1964年。收入诗歌近30首。

四月的哈瓦那

四月的哈瓦那 *

目　录

* 作者于 1961 年 3 月 26 日至 5 月 3 日到古巴访问，其间经历了 4 月 15 日开始的“猪湾事件”。此间及回国后创作的古巴题材诗歌，结集为《四月的哈瓦那》（作家出版社 1964 年 2 月版、五洲传播出版社 2015 年 9 月中西文对照版）。

　　埃杜尔多·赫尔克

　　火的天罗

　　四月十六日

　　热风吹沸哈瓦那

科奇诺斯湾颂（9首）

　　哈瓦那之夜

　　黎明早潮震海城

　　等待

　　沿着战车的轮辙行

　　长海滩

　　赞英雄

　　血随着电波向全国飞

　　吉隆道上

　　海献凉风浪献花

要视察么？请到美国去！

自由古巴诞生地

拉斯哥罗拉达斯，
海水深又蓝。
海滨有座大丛林，
林木根子长。

长根盘盘从海底，
盘出海面似摇篮。
密叶繁枝如翅膀，
左右张开在蓝海岸。

早来大浪晚来波，
浪涛日夜在唱歌，
像怀孕的母亲在等待，
快要诞生的新婴儿。

一九五六年，
十二月二日，
自由的胎儿蹬动了，
阴云笼罩的加勒比！

风急浪大涛声怒，

海水天空分不开，
刚脱衣胞的新古巴，
掀开骇浪站起来！

八十二人肩擦肩，
挤在格拉玛游艇，
冒着炮火载运着——
拉丁美洲新生的鹰。

飞机似秃雕，
狂啸掠过黑云头。
军舰似鲨鱼，
张牙尾追浪峰后。

巴蒂斯塔的刀斧手，
抡刀狂叫在海边，
要把刚生的新古巴，
剁烂在海岩岸。

海岩岸，海岩岸，
新生的古巴在呐喊，
胎毛未干衣未穿，
你能忍心做屠夫的肉砧板？

最甜的岛屿最苦的海呀，
拉丁美洲的亲姐妹，
噙着眼泪望着你——

第一只雄鹰的母亲——加勒比！

保护雏鹰的翅膀在哪里？
迎接自由的摇篮在哪里？
浪涛推着格拉玛，
推向拉斯哥罗拉达斯。

绿色的翅膀遮住天，
躲过弹雨再起程；
红色的摇篮在海滩，
理好羽毛再远征。

一个波浪去，
一个波浪来，
呼儿叫子的鸟乱飞，
屠夫纵火在丛林外！

背着大海面对着火，
夜黑林深难迈步，
难迈步，从海、从火、从荆棘，
朝前踏出一条路！

一个脚印一滴血，
染红了树根溅红了叶。
海唱悲歌浪献花，
海风嚎哭着战死者！

自由的古巴从海里诞生，
英雄们保护着出丛林！
比利村旁的茅屋里，
灯前点名再前进。

路崎岖，道坎坷，
看胆小的沙石滚下坡！
十二双脚七条枪，
领着自由进山壑。

从此马埃斯特腊，
披着朝霞在进军，
熔钢铸造的新古巴，
如今耸立加勒比海心！

拉斯哥罗拉达斯，
绿色的丛林蓝色的海，
自由的古巴从这里，
提着长剑打出来！

绿色的拉斯哥罗拉达斯，
白浪撒欢喷丛林，
丛林树根都烙着：
永不褪色的红脚印！

1961 年 4 月写于圣地亚哥
8 月改于北京

歌赞古巴民兵

紫色的丁香丛丛开，
像朝云朵朵升蓝海。
弹袋束腰枪在手，
女民兵，列队走过来。

青青的棕榈耸云霄，
似万杆战旗迎风飘。
银光飞闪矮树后，
男民兵，在海岩挖战壕。

天连大海海连天，
人民团结如一人，
三千公里海岸线，
三千公里铁长城。

呼呼的松涛咆哮的海，
像钢水沸腾在熔炉膛，
时时刻刻在准备，
浇死侵犯的美国狼！

红红的太阳升海天，
觉醒的人民练兵勤，
不靠“上帝”靠自己，
拿枪保卫生存权！

1961 年 4 月于圣地亚哥

阿托埃依祭 *

太阳落蓝海，
怒云红似血。
绿浪排空喷白雪，
奔腾咆哮声激烈。

灭绝一族生命灭不了名，
绞死一族人民绞不死心，
阿托埃依临死的话，
万世永生不绝音。

五百多年前，
晚潮扑海滨，
古巴最后的一批印第安，
最后的一滴血流尽！

残箭留在棕榈干，
风吹箭翎声凄惨。
不沉的羽冠在海上飘，

* 发表在《人民日报》1961年8月20日第7版。

浪涛戴着撼岩岸。
只有阿托埃依一个人，
受伤被俘虏，
捆在炮车边。

海盗的长剑血淋淋，
染污了青山和绿野。
眼泪流干河水枯，
岛屿长千里，尽是炮车辙。
水上的茅寮树上的家，
浓烟冲天吐火舌。

听不到，独木船头的划水声，
只听到，海湾岩下水呜咽，
听不到，芒果树林的摇篮曲，
从此后，歌声永断绝。
亲爱的民族谁还在？
谁还在？谁还在？
问天、问地、问苍海，
不尽的腥风滚滚来！

阿托埃依眼要迸了，
阿托埃依胸要破了，
问天、问地、问苍海，
西班牙人算什么？
如果它们也算人，

怎能以杀人来取乐？
怎么从船上爬下来，
全是腥臭的蚂蟥、喝血的蛇！

看绿树不留一片叶，
青草不留半寸根，
绞绳套在脖子上，
圣洁的天堂敞开门——
神甫的秃顶光油油，
不知是涂上了什么油？
看他的黑袍软柔柔，
不知是什么皮制造？
手上的黄金十字架，
遮住抽搐的两排牙，
不知他刚才吃了什么肉，
塞住牙缝不舒服。

“天堂的大门为你开了，
阿托埃依，你把头低下来！
你一呼一吸都有罪，
天父还是会宽恕你。
最后的一个印第安呀，
忏悔吧，免得入地狱！”
绞绳轔轔紧一阵，
慈悲的神甫念《圣经》；
绞绳沙沙松一阵，

神甫嗡嗡劝“忏悔”声。
阿托埃依,阿托埃依,
天旋地转,眼花耳又鸣,
周围像飞过
阵阵大苍蝇——

“你每根汗毛都有罪,
天父会可怜饶恕你。
最后的一个野蛮人呀,
忏悔吧,免得入地狱！”

大风要起云在飞,
大浪要来水在扬。
阿托埃依,阿托埃依,
唾沫喷在《圣经》上:
“我不问天堂住着鬼,
我不问天堂住着神,
我只问天堂有没有
从西班牙去的人？”

“罪恶！罪恶！野蛮人呀,
罪恶使你多愚蠢！
天堂怎能会没有
善心善肠的西班牙人！
无知、愚蠢的印第安呀,
天父还是能饶恕你。

忏悔吧，可以进天堂，
不忏悔，只好入地狱！”

大风起天边，
吹动了绞刑台，
大浪如群山，
忽然躬起在大海。
阿托埃依，阿托埃依，
声音连心心连血，
从绞绳套子里迸出来：

“印第安人跟西班牙，
活着不能共一天，
死了不能共一地。
西班牙人能进天堂？
我永远不忏悔，
情愿入地狱！”

最后的一颗印第安人心，
从绞绳迸出冲上天，
血喷晚云变怒云，
从此晚云似烈焰！
声音从天劈大海，
化为浪涛在海上奔，
咆哮怒吼喷白沫，
撼海岸，触天云，

除非海枯地球毁，
永远不绝音！

1961年5月

光明灯*

我沿着大海到处旅行，
黄昏路过一个农村，
风微浪细月色好，
忽然听到唱歌声。

开会？不像开会，
游行？不似游行，
万岁中国，万岁毛泽东！
百盏提灯照亮村。

灯下村街街上歌，
家家迎接提灯人，
像元宵月下的荷灯会，
流进家家茅屋门。

我靠着村头的椰树干，
望着临街窗吐明。
村外阁阁蛙鸣乐，

* 此诗发表在《作品》1963 年 2 月号。

村里一片读书声。

我继续沿着海旅行，
村村听到这歌声：
“美国同我们最近，
抢我们的东西杀我们的人！
中国同我们最远，
支持我们帮助我们！
古巴人人要识字，
中国送来光明灯！”

1961 年 3 月 31 日于圣地亚哥

马埃斯特腊山麓下*

马埃斯特腊山麓下，
每株椰树留着斑斑的弹痕。
顺着峡谷而下的山风，
吹来当年战斗的鼓声。

这条光荣的山道，
踏满光荣的脚迹，
从山下上去是七条步枪，
从山上涌下是万杆红旗。

没有武装的人民，
用敌人的武装武装了自己。
没有自由的拉丁美洲，
在这里开出第一块自由的土地。

马埃斯特腊山麓下，
留着一辆美国的坦克车，
山风吹着被打穿的钢甲，

* 发表在《解放军文艺》1963 年 2 月号。

日夜哀哭，呜呜咽咽！

这条光荣的山道，
烙印着英雄的奇迹：
在这里按着美国纸老虎，
拔掉了它的坦克牙齿！

这辆被拔掉牙齿的坦克，
告诉被压迫者一条真理：
不管帝国主义有什么牙齿，
反正都是可以拔掉的！

1961年4月3日在奥连特道中

忆松树岛（3 首）*

白海滩

皮诺斯，松树岛，
白浪、蓝海、绿色的山。
中国的大米古巴的糖，
糖拌米饭共午餐。
一条心，一根肠，
同甘苦，共患难；
同在炮兵的观测所，
笑看天边的海盗船。

松树岛，皮诺斯，
蓝海上，白云飞。
浓郁的古巴酒，
明亮的中国杯，
酒芬芳，杯光美，
照见心肝照见肺；
向着风浪举起来，

* 发表在《人民文学》1962 年 10 月号。

同欢同笑共同醉！

我喜看古巴黎明的海，
绿浪、红日、金浮云。
你喜看中国早晨的天，
正飞向边疆的小鹰群。
我们挽臂谈种稻，
我们挨肩谈冶金。
你心和我心，
事事心相印。
眼前海大天无边，
中国、古巴却多么近。

皮诺斯，海中的红玛瑙，
海盗心中的金银岛。
我对着壁上的铁嵌画，
不禁哈哈大笑洒了酒：
那些追求黄金的殖民者，
那些掠夺珠宝的大海盗，
在互相火并，互相争斗，
互相杀戮在这海滩头！
断腿折臂，腹破肠流，
波涛葬尸首！
这些帝国主义的老祖宗，
留下的形象是多么丑！

皮诺斯，松树岛，
海阔、天宽、阳光多。
古巴的天热风也热，
古巴的友情情更热，
初见如同老相识，
春天重逢松树岛。

白海滩，浸声欢，
战友情，谈不完，
上车追太阳，
同到黑海滩。

黑海滩

皮诺斯，松树岛，
英雄剑穗的红玛瑙。
你在惊涛中放光，
你在骇浪里闪耀。
山上的松声海上的浪，
像万马奔腾松林道，
使人想起马埃斯特腊
黎明出击的前进号。

绿坡山花香溢路，
蓝海渔船风满帆。

皮诺斯，蓝海岸，
别有风光的黑海滩：
似黑天鹅绒的沙滩上，
赤脚的渔女在拾海蚌，
白浪多情从海涌来，
殷勤献上梨花瓣。

绿树荫下听浪语，
黑沙滩头看鹰飞翔。
搂着肩膀齐步走，
谈人民革命求解放。

你问我：
第一杆红旗从雾海，
跃过赣江上井冈山。
我问你：
十二个人举着火炬，
映红奥连特峰峦。

我们没有靠神仙，
你们没有求帝王；
我们靠步枪加小米，
你们靠着七条枪，
领导人民闹革命，
把瘟神魔鬼赶下海洋！
心相似，路相同，

抱肩笑向海歌唱——

我听《“七·二六”颂歌》，
你听《在太行山上》。
“我们是红色的战士”，
用两国语言一起唱。

风推大海海扬浪，
革命的战歌随风飘扬。
回头笑看松林道，
民兵营火山连山；
晚霞里，新月下，
晚操的喇叭震岩岸！

怀念

皮诺斯，松树岛，
英雄剑穗的红玛瑙，
你在绿浪中放光，
你在蓝海里闪耀。
你对着美国的兵舰扎军营，
你对着美国的枪口上晚操，
你每天向海空吹起了
拉丁美洲的黎明号。
向着海盗的黑舰影，

昂起擦亮的海防炮！

皮诺斯，松树岛，
白浪、蓝海、绿色的山；
虽然离别已一年半，
水光仍在我心间。
劲厉的海风吹不散
我心上欢笑的白海滩！
任性的浪涛也淘不去
我心上欢歌的黑海滩！
每当海上的乌云起，
每当海上的浪声闹，
我在枕边就想起了，
松林、营火、步兵号！

1962 年 10 月

古巴沼地行*

绿色的丛林青青的草，
静静的沼林鸟声好，
柔枝掩映新公路，
母牛喂子百花洲。

萨帕塔，沼泽区，
黑土肥沃青草绿，
革命之前曾经是：
绿树严封的黑地狱！
春风不来日不照，
颗粮不长长鳄鱼。

每年干季九十天，
路通炭夫泪如雨，
运出木炭烤乳猪，
富翁的情妇，
膘满肉肥愁得要死，
美容院门如流水，

* 发表在《北京文艺》1963 年 2 月号。

吃药打针求腰细。

一年木炭换几袋面，
饿男瘦女笑容起，
半饱能添几滴血？
不够草蚊一夜吸！

窑火越欢人越瘦，
烤干炭夫的骨髓油，
丛林越黑火越红，
窑旁夜夜锻斧头，
等着浓云压压的海，
卷起黎明的大风暴！

黎明的《“七·二六”之歌》，
领着暴风进半岛，
根深蒂固的庄园制，
连根带叶被推倒，
不见天日的沼林区，
砸碎铁铐挥起手，
接来合作社红旗，
升起丛林和海边洲，
右手拿枪左手提斧，
在丛林砍出新大道：

这边盖房子，

那边盖学校，
变沼泽地区为良田，
让稻花香满海边洲。
恶树在钢锯牙下断，
穷根在铁铲口下死，
让嫩如黄油的新谷芽，
明天长满这处女地。

萨帕塔，沼泽区，
你转眼将成稻花的海！
茅屋门前的棕树下，
摇篮已飞出新歌来：

未见过五谷的丛林鸟，
快乐地飞去又飞回。
拍着浪花带着浪珠，
飞得这样轻，飞得这样快？
我的黑宝宝呀，
妈妈告诉你：
因为这里很快就成稻海！

未见过五谷的丛林鸟，
快乐地飞去又飞回。
庄园主老爷的皮鞭子，
永远不会落在我们的背！
我的黑宝宝呀，

妈妈告诉你：
很快绿风吹过稻香来！

多宝湖边花*

一

多宝湖，
多宝湖，
蓼花红似火，
芦花白如雾。
印第安人曾在这里，
绿水青萍上搭茅屋，
儿歌咿咿涟漪笑，
月光静静撒满湖。

多宝湖边花，
朵朵有泪痕。
湖边老树的桠杈上，
绞绳留下千道纹。
殖民将军升官快，
多宝湖上无活人：
茅屋成灰烬，

* 多宝湖位于古巴南部的拉斯委拉斯省，是一处旅游胜地。

湖水血染浑，
吃奶的乳牙全砸碎，
儿歌绝，鬼火随风滚！

多宝湖，
多宝湖，
殖民主义的火和剑，
何曾把多宝湖折服？
印第安人用血和泪，
冲成湖形似人头颅！
愤怒的眼睛如喷火，
复仇的牙齿咬着须，
支流滔滔似怒发，
临阵迎风在飘拂！

多宝湖，
多宝湖，
五百多年来，
青草萋萋无道路。
谁曾带来一盏灯，
拨开青草照黑土？
只有流星落海空，
一闪擦过多宝湖。

二

多宝湖，
多宝湖，
蓼花红似火，
芦花白如雾。
朝阳从大海升起来，
春风吹绿湖边树，
英雄的“七·二六”军旗，
似金色云影飘满湖。

多宝湖边花，
朵朵红似火。
开垦良田的铁铧犁，
翻开沉睡的黑泥土。
阁阁蛙声欢，
油油湖水绿，
水上重新竖木桩，
按照原形搭茅屋，
儿歌的咿呀随月光，
夜夜在银波上飞舞。

多宝湖，
多宝湖，
百花洲里的绿珍珠，
一个有大无畏精神的好民族，

把爱情播在这黑泥土。
不曾屈服过的多宝湖，
水比哪代都更碧绿，
像头发后掠的支流水，
似昂向晨风在飘舞。
水榭楼台放眼望，
艳阳天，新开的路，
跑过撒欢的黄牛犊。

1961 年 4 月 10 日

椰林挺立烈火中 *

美国的火箭炮，
烧死了海边草，
高高不屈的椰子树，
挺立在火中烧。
炮浪摧不折，
烈火烧不焦！

一队雇佣军，
好似饿狼群，
爬过丛林爬过沟，
偷偷地冲进村。
锅盖和碗盘，
落满爪子印。

美国的大炮弹，
掀掉了屋檐板，
四个妇女和一个小孩，
被围在流血的刺刀前！

* 此诗的素材来自作者在猪湾事件（又称吉隆滩战役）尚未结束时的战地采访。

饿坏的雇佣军，
眼球暴红筋。

“快去煮咖啡，
快去炸牛排！”
唾沫、脏话从牙缝，
一齐往外喷出来。
好像这一叫，
古巴已吓碎了。

美国的燃烧弹，
烧焦了矮树林，
高高不屈的椰子树，
挺立在火中烧。
刺刀砍不倒，
火烧色更娇：

“咖啡早准备，
牛排早炸好，
都在民兵的弹匣里，
定叫你们盛个饱！
滚回海滩去！”
回身拿扫帚。

四个女公民，
挺立刺刀前，

语言压倒千门炮，
声音震海海怒漩：
“要古巴，不要美国佬！
拿枪的孩子们，向前进！”

不屈的椰子树，
挺立在烈火里，
手无寸铁的妇女们，
抱着孩子站着死！
血花喷出窗，
古巴的炮声隆隆起！

1961 年 4 月 20 日

母亲呐喊遍丛林 *

夜半海风声怒吼，
椰枝沙沙响在海滨，
大炮隆隆压不住，
似母亲的声音起丛林。

无窝的小鹰在火中飞，
一个孩子扑进椰林，
快得像支小火箭，
追着一个雇佣军。

猛力夺过冲锋枪，
一脚把敌人踏在地，
敌人发抖喊“饶命”，
又喊“妈妈”又哭泣！

夜风吹着椰树枝，
像妈妈摸着孩子的头。
孩子举起敌人的枪，

* 此诗的素材来自作者在猪湾事件尚未结束时的战地采访。

对准敌人的胸膛口：

“你还知道喊‘妈妈’，
我妈妈刚死在你的手，
这支打死我妈妈的枪，
我要用它报妈妈的仇！”

夜半海风声怒吼，
椰枝沙沙指向海滨：
“不让敌人活着逃！”
母亲的呐喊遍丛林。

1961 年 4 月 20 日从吉隆滩回来时写的

四月的哈瓦那（6首）*

清晨的哈瓦那

一九六一年四月
十五日清晨。
加勒比海，风平浪静，
碧波绿漪笑盈盈。
朝霞还未出大海，
染紫白云层。

丛丛绿树树树花，
轻轻的白浪浪淘沙，
长空晨星静静看
藏在花中的哈瓦那。

* 1961年4月15日，美国空军突然轰炸哈瓦那机场，造成平民伤亡。此组诗发表在《人民文学》1961年12月号。

在空对地导弹下

鱼潜海底，海鸥惊，
空中惯贼出云层，
美国的空对地导弹，
震醒了清晨的海边城！

椰树落叶，路灯灭，
房倒墙坍梁柱折，
摇篮着火奶瓶飞，
哈瓦那，在流血！

绿叶成灰青枝焦，
蓓蕾炸碎嫩芽死！
四岁的姑娘阿莉加，
血染被单肠坠地，
五一节日的新服装，
埋在碎砖破瓦里！

楼窗喷火，楼梯断，
母亲抱儿在火中转：
“救救孩子，起义军！”
火中跳荡着母亲的心！

埃杜尔多·赫尔克*

油棕挺立炸弹下，
民兵飞跃炮火中。
埃杜尔多·赫尔克，
准星朝着天移动。

饥饿，摆脱才两年多。
腰杆，直起才两年多。
世世代代只有他，
昂头骑马进大庄园，
欢呼土地断枷锁。
大风暴中舞瓦刀，
笑看美国星条旗，
像风卷的黄叶离海岛！

椰林、桔树、花岗岩，
从小陪着他长成人。
受气流泪渗进土，
土地从来不叫酸苦；
挨打流血倒地上，
土地从来不嫌他脏；
痛苦的过去托着他，
欢乐的今天托着他，

* 古巴驻华大使的序言中译为：埃杜尔多·加西亚·德尔加多。

这座生他养他的长海岛，
清晨大早在挨轰炸！

脚下的岛屿在颤动，
头上的飞机在俯冲。
瞄准欺人太甚的美国佬，
从天空打到地狱中！

路边的油棕弹满身，
青青的枝叶落街边，
埃杜尔多·赫尔克，
腹部中弹血如泉！

打残油棕打不残心，
卷心绿叶似长剑，
亭亭耸立炸弹里，
高高直指蔚蓝天。

自由红花在血里开，
埃杜尔多·赫尔克，
从颤动的土地再站起来，
最后的一枪打上天，
告别亲爱的共和国！

他手蘸鲜血在门板*上，
写下英雄名字“菲德尔”！

红色的珊瑚海礁石，
成群站立大海心。
恼得发紫的晨空上，
复仇的怒火烧红了云！

火的天罗

严惩空中强盗！
古巴革命起义军，
高射炮弹打红了海上天！

严惩空中强盗！
哈瓦那城的民兵营，
高射机枪打红了海上天！

紫霞、金云、蓝天，
情愿打成马蜂窝，
不让空中强盗逃跑掉！

用枪、用炮、用烈火，

* 作者原文是“墙上”。新华社当年驻哈瓦那记者庞炳庵核实，应是代表团翻译的误译。现从庞说改为“门板上”。

往天撒上张火天罗，
打死烧焦美国佬！

四月十六日

愤怒的海风卷潮来！
泼上岩岸，卷上大街！
人群涌上哈瓦那大学
古巴母亲的铜像来。
“恨我没有第八个儿子，
为祖国的自由而战死！ *”
这句英雄母亲的话，
像不灭的火焰照着古巴。

哈瓦那城下半旗，
哀钟沉沉慢慢起。
浅蓝的棺材雪白的花，
盖着无辜的被杀者。
雪白的鲜花青青的叶，
母亲心似钝刀切！

只见下颚在抽搐，

* 这是古巴第二次独立战争时，民族英雄马西奥将军母亲说的话。她的七个儿子都为古巴的独立而战死。

只见牙咬手帕撕成穗。
不能吻别吻青枝，
棺前落花片片碎！

自由的岛屿，打不沉！
站起来的人民，吓不倒！
棺材的玻璃窗孔中，
每个无辜的被杀者，
紧握着拳头，
倒竖着眉毛！

热风吹沸哈瓦那

热风吹沸哈瓦那，
送殡的队伍涌涌来。
敢说古巴无一兵？
敢说古巴被炸碎？

看！哥伦布公墓前*，
领袖们身旁，
民兵十万，
枪枝十万，

* 作者原文是“卡德纳斯广场上”。经新华社当年驻哈瓦那记者庞炳庵核实，应是代表团翻译不熟悉哈瓦那地理所致的误译。现从庞说改为“哥伦布公墓前”。

钢铁臂膀十万双，
旗帜十万杆！

民兵十万，
枪枝十万，
像钢铁森林
忽然高耸插云端！

蓝天、绿海、花似雾，
今天才看见：
是海上的真明珠！
加勒比海水可枯，
拉丁美洲第一块
自由的土地，
永远不让路！

钢铁臂膀十万双，
旗帜十万杆，
像风吹怒浪
忽然拔海卷天上！
飞机封住天，
军舰锁断海，
封天断海锁不住
古巴的前进路！
向前！向前！战歌起：
“谁要不愿意，

就请吃药泻肚子！”*

广场旗海浪滔滔，
举枪回答美国佬！
鸦雀无声的教堂前，
女民兵，横枪在放哨，
等待蛇群出洞口！
小巷、街头、人行道，
黑人的小孩子，
托着木棒在练兵操！

古巴的首都外，
两千公里的大海岸，
两千公里在磨钢刀，
七百万人民振臂呼：
来吧，美国佬！

1961 年 4 月下旬写于哈瓦那
1961 年 10 月改于北京

* 这是古巴非常流行的群众歌曲，歌词大意是：“向前！向前！我们一定要走社会主义，谁要不愿意，就请吃药泻肚子！”——作者注

科奇诺斯湾颂（9首）*

哈瓦那之夜

旗影逐渐远了，
浪声逐渐停了，
整天沸腾的加勒比海，
扬起夜风吹满城。

我靠着窗台看哈瓦那，
街灯在绿树里闪耀，
楼台下面的马蹄兰，
半开半闭在睡觉。

夜里的海城静悄悄，
浪纹在海堤下笑。
哈瓦那，你多像出火的纯钢剑，
试露了锋芒藏进鞘！

---

* 1961年4月16日，美国支持的雇佣军在吉隆滩登陆，古巴人民奋勇抗击侵略。17日作者在下榻招待所古巴对外友协组织的情况通报会上，代表中国发言，以“让敌人活着进来，不让敌人活着出去！古巴万岁！”结束发言，并在20日前往战地采访。此组诗发表在《人民文学》1962年10月号。

带咸味的海风阵阵吹，
我的心思随风遍岛飞，
一会儿飞到了东方省，
前几天漫游的古炮台。

树叶悄悄和花说话，
浪花轻轻给沙洗澡，
炮群静静地昂着身，
等待要来的大风暴！

我忽然飞渡南海峡，
登上闪光的松树岛，
“卢蒙巴营”在繁星下，
蹚过清溪进堑壕。

我一会儿飞到萨巴塔，
再访丛林的烧炭夫，
炉火照天锤声紧，
他们正在重锻开山斧！

心思随风上高山，
俯看茫茫的千里路，
椰枝沙沙在夜雾里，
似战马扬鬃等擂鼓！

光芒灼灼的新古巴，

拉丁美洲的先行旗，
我长夜不睡望着你，
为你编歌写证词：

让敌人活着爬上来，
不让活着逃出去！
让每块海岸的白沙滩，
变为敌人的乱葬区！

黎明早潮震海城

黎明早潮震海城，
海鹰拍浪浪飞腾，
海霞如火照红天，
哈瓦那，响起了动员令：

长滩、吉隆在战斗！
革命的民兵们！
来总部报到，
亲爱的第一八四营！

黎明早潮震海城，
海鹰拍浪浪飞腾，
海霞如火照红天，
哈瓦那，响起了动员令：

科奇诺斯在流血！
革命的民兵们！
祖国需要你，
英勇的第一百一十营！

黎明早潮震海城，
海鹰拍浪浪飞腾，
海霞、战旗红如火，
战歌、军鼓似雷霆！

早潮掀海鹰飞腾，
怒浪如山在海上行，
浪花喷溅的海滨路，
车在前进人在奔！

等待

战鼓声，
震海城，
白头兵，
发返青，
只恨此身是客人！
我只好站在海堤上，
眼送征旗盖野云。

征旗远，
海天青，
白云净，
浪声平，
百花含香喷行人。
我走在明朗、坦荡的海城里，
远听吉隆的大炮声。

大街上，
旗招展，
小巷里，
歌昂扬，
橙子闪红在绿枝上。
桥头看见女民兵，
横枪监视着礼拜堂。

过林荫，
进厂门，
红炉火，
青又纯，
铁屑花里见真情：
枪在砧旁锤在手，
又是工人又是兵。

出城南，

走千村，
甘蔗花，
连天云，
蔗农挽袖立田埂：
每双眼里喷着火，
照红把把镰刀刃！

老和少，
女和男，
七百万，
坚如钢，
按剑站在战马旁：
远远听着吉隆滩，
丈夫、儿子斩豺狼！

海天青，
白云净，
海风细，
浪声平，
百花含香喷行人。
我远望路上的战车辙，
等待飞报凯旋的马蹄声！

沿着战车的轮辙行

战云没散烟没消，
我沿着战车的轮辙行。
战友何须通行证，
只听沿路欢呼：中国人！
中国人民感谢你，
英雄古巴的骨肉情！

战云没散烟没消，
我沿着战车的轮辙行。
弹坑、焦土、碎瓦上，
剑光组成凯旋门。
被烧毁的蔗田田埂边，
笑谈如何捉伞兵！

战云没散烟没消，
我沿着战车的轮辙行。
绿洲不见白鹭飞，
另有风光更解恨：
美国的坦克底朝天，
在浓烟滚滚的火里焚！

长海滩

萨巴塔，
长海滩，
绿树、白沙、紫岩岸，
七天之前我曾来此地，
和炭夫握手问平安。
我曾赞美花儿好，
新居民点鸟声欢。
七天之后我又来，
科奇诺斯蓝海湾。

弹痕满树，炮洞满墙，
新居民点半成炭，
第一所初级小学校，
塌墙压碎了嫩花坛！

罪证重重，血迹斑斑，
蓝海风怒浪如山，
攀山上天又落海，
冲击着半沉的破军舰！

萨巴塔，
长海滩，
科奇诺斯蓝海湾！
我亲眼看见你从烈火中，

把敌人打得真够惨!
人工热孵的小王朝,
在滩头捣成稀巴烂!

萨巴塔,
长海滩,
科奇诺斯蓝海湾!
遍地炮坑炸弹片,
何曾损你的好容颜?
我沿着英雄的脚迹走,
听浪涛弹奏英雄赞!

赞英雄

风卷残烟过海天,
堑壕里,白沙烙着红血印。
血印引我又听到,
震撼清晨的怒潮音;

四月十七日黎明,
天溟溟,海沉沉,
沙滩只有海螃蟹,
成群结队在游行。

苍鹰,在岩洞看云飞,

民兵，在堑壕听海语，
流星拖着光尾巴，
悄悄出现匆匆去。

黑云、阴风天边涌，
水鬼、蛙人海底来，
烟里的老鸟逃命急，
火中的幼鸟叫声哀！

炮声震海，弹片横飞，
硝烟弥漫，火势猖狂，
硝烟弥漫的堑壕里，
挺立着二十二面铁胸膛！

浅滩卡车登陆艇，
载着强盗靠近滩，
军舰推来的骇浪峰，
千座万座卷上岸！

萨巴塔，萨巴塔，
沼地恶草根才拔，
初见阳光的处女地，
第一批谷种正吐芽！

初生的谷芽嫩如玉，
初长的芽根正得时，

能让脚下的蓝海岸，
变成地狱的门坎石？

骇浪峰，推上岸，
跳过堑壕闯后方，
换班走过的路两旁，
是绿野花树，蔗园糖厂！

狂风暴，火舌怒，
正向纵深开辟死亡路。
烈焰烤焦的脊梁后，
有父母妻儿、学校、幼苗圃！

不能后退，只有抗击，
二十二支步枪在一起，
拦住火箭，顶住弹雨，
挡住坦克的钢牙齿！

岸打塌，岩轰毁，
二十二颗红心打不碎！
鲜血溅红了发报机，
血随着电波向全国飞！

血随着电波向全国飞

血随着电波向北飞，
飞进马坦萨斯城，
刚毕业的民兵重集合，
提枪跑步出营门，
高呼抵抗美国佬，
面向火云急行军！

血随着电波向东飞，
飞进斯恩富戈斯，
英雄的斯恩富戈斯纵队，
像怒雷隆隆过沼地，
怒吼包围美国佬，
面向浓烟在飞驰！

血随着电波向内地飞，
飞进首都哈瓦那，
试过锋芒的复仇剑，
拔出横在军旗下：
无情地惩办美国佬！
剑光起，喇叭震天涯。

吉隆道上

我告别英雄在堑壕前，
顺着沙滩的红脚印，
穿过没扫除的地雷区，
继续向吉隆滩前进。

疏疏朗朗的海边树，
像绿纱帷幕绿珠帘，
透出的大海蓝英英，
浪纹笑得多么甜。

科奇诺斯蓝海湾，
我会见了多少英雄汉：
有庄稼人，有泥瓦工，
有船工、水手、打铁匠。

永忘不了那位老民兵，
他为我招来个少年郎：
不满十四岁，
乳牙刚换完，
可是三天三夜忍着渴，
三天三夜忍着饥，
三天三夜在一起，
突击、冲锋，冲锋、突击！
那被荆棘刮破的小脸蛋，

那被海风吹皱的小嫩嘴，
使我话从心里喊出来：
古巴呀，你笑得多么美！

多少父子英雄，
多少好汉兄弟，
冲锋在一起，
杀敌在一起，
为祖国的自由独立，
流血在一起！

这样的人民这样的兵，
问谁能把它打赢？
看杀人发家的美国佬，
这回在古巴折了本。
两年准备在三天半，
全军覆没鬼吹灯！

海献凉风浪献花

海献凉风浪献花，
沿路油棕披海霞，
硝烟散尽沙滩白，
我又到吉隆来作客。

旧游地,新战场,
天如昨日宽,
海如昨日广。
七天之前在晓色里,
拦波桥头看朝阳,
紫雾蒙蒙海茫茫,
点数白帆在雾里航。
如今又在晚霞里,
点数打沉的断桅樯!

我爱看出炉的熔钢水,
什么色彩都没有它美。
我爱看云层飞出的电,
什么光亮也没有它纯。
我爱你炮烟熏黑了脸、
弹洞满衣襟、
烈日晒红的古巴人!

心如海水清,
肝胆照见人,
万里长风吹满袖,
高歌大笑立海滨。

旧游地,蓝海滨,
战后风光多动人:
沙滩白,红霞艳,

笑声、蓝海、金浮云。
敌人登陆的蹄迹上，
又盖上溃败逃跑的赤脚印！

海献凉风浪献花，
“七·二六”旗帜真潇洒。
我住过的房前青草坪，
残兵败将头低耳耷拉！
丧魂失魄眼歪斜，
装模作样声悲切，
可是手上的金戒指，
胸前的十字架，
沾满了古巴妇女儿童的血！

火云汹涌蓝海上，
怒浪摇撼蓝海岸，
夜雾网着雇佣军，
被押送后方受审判！

我向海借歌向浪借花，
向每天的朝阳借红霞，
献给科奇诺斯蓝海湾，
感谢英雄的萨巴塔！

请晴阳献虹霓作绶带，
请夜空献星光作勋章，

授给科奇诺斯蓝海湾，
这块英雄海岸的夜空上！

海献颂歌浪献花，
向英雄们告别在海之涯！
我沿着缀满星章的海上天，
穿过浪花撒起的白羽纱，
奔向灯火辉煌立海上，
五一盛装的哈瓦那！

1961 年 4 月下旬写于哈瓦那
1962 年 9 月改于北京

要视察么？请到美国去！

要视察么？
为什么要到古巴来呢？
古巴代代遭受美国的侵害，
现在美国的军舰还封锁着海。
视察应该到美国去，
不是到被侵略的古巴来！

要视察么？
为什么不到美国去呢？
你那里，有的是原子弹、氢弹，
你那里，到处是进攻性武器，
你那里，是威胁世界和平
最大最危险的导弹基地！

要视察么？
不准到古巴来！
古巴，她的主权和钢剑，
是一根脐带的双胞胎，
谁敢用指头蘸蘸舔一舔，
谁就要在钢剑底下成肉醢！

要视察么?
请到美国去吧!
到美国的走卒国家去!
到包围着古巴的美国基地去!
那里,有成百成千个发射台,
有成百成千支进攻性武器!

要视察么?
应该到美国去!
威胁和平的根源,在那里,
发动战争的基地,在那里!
要视察,不是到古巴来,
而是到美国去!

1962年11月6日夜

《四月的哈瓦那》（中西文双语版）* 序言

古巴共和国驻华大使　白诗德

今年5月，我从我们使馆的“老黄牛”——文化专员安娜贝·玛丽尼奥·洛佩斯处，听说了要出版中国著名诗人、作家和画家阮章竞1961年写的《四月的哈瓦那》诗集这个好主意。诗集作者1961年3月26日至5月3日访问了古巴。这使我想起了1961年4月雇佣军入侵吉隆滩事件爆发时，中国政府指示其驻哈瓦那大使馆“坚决保卫使馆，与古巴人民同生死共患难”。

古巴人民的好朋友阮章竞——可惜我们无缘相识，不仅与其他许多中国朋友一样与古巴人民同生死共患难，而且还通过他的诗歌领略了一个小国的文化精髓。这个小国1959年获得最终独立，并在距美国180公里的地方建立了社会主义，尽管邪恶的帝国理论和地理宿命论认为这绝无可能。

对于我们民族英雄何塞·马蒂来说，最美的词是祖国，另外一个几乎和这个词一样美的就是友谊。没有友谊，我们今天见证这本《四月的哈瓦那》西班牙文版的发行也就无从谈起。

很多符号给整整一代中国人和古巴人留下了印记。我高兴地回忆起在扫盲运动中所用的中国笔记本、铅笔和煤油灯：很多中国朋友都会用地道的西班牙语呼喊“要古巴，不要美国佬”的口号；两国间互换留学生——其中一些人今天也来了；中国人作词作曲的歌曲《美丽的哈瓦那》；还有从上世纪60年代开始出口到中国市场的古巴糖；等等，不胜枚举。

这些符号在阮章竞的诗集中俯拾皆是，让我们回忆起古中两国共产党和政府

---

* 本书为五洲传播出版社“中古经典互译出版项目”的六本书之一。

之间顺畅的沟通、交流、相互支持和友谊，两国人民相互同情、心心相印。

我认为，阮章竞寒微的出身——出生在孙中山的故乡，少年辍学，以艺术为武器投身反对外国侵略的斗争等诸多因素，使他得以对古巴革命的必要性和重要性有更深刻的理解。尽管他对古巴的访问短暂而紧张，但他经历了决定古巴人民命运的关键而重大的时刻，天意又让他成为其中某些时刻的一个活跃而独一无二的见证人。

我指的是 1961 年 4 月 15 日美国制造的 B-26 飞机，对古巴三座机场狡猾而罪恶的狂轰滥炸，这是雇佣军入侵的前奏。次日，菲德尔·卡斯特罗总司令在牺牲战友的遗体前，宣布古巴革命的社会主义性质。4 月 17 日，美国招募、武装、训练和护航的雇佣军入侵吉隆滩，并遭到迎头痛击。4 月 19 日，武装起来的人民在 72 小时之内经过流血牺牲取得了胜利。正如古巴革命领袖菲德尔·卡斯特罗指出的那样，这一事件代表了“帝国主义在美洲的首败”，此后“拉美人民稍微自由了一点儿”，美国在我们地区不可战胜的神话终被打破。

1961 年 4 月的壮举归功于决心不惜一切代价反抗侵略、捍卫年轻的革命政权的英雄儿女，归功于以菲德尔·卡斯特罗·鲁斯总司令为首的古巴领导人正确的军事指挥，总司令总是能够准确地预测敌人的行动，并亲自指挥战斗。

我们年轻的炮手和民兵体现了英雄主义精神；4 月 15 日轰炸造成的死亡和痛苦凝聚成一句话：哈瓦那在流血！受害者中包括民兵埃杜尔多·加西亚·德尔加多，他在牺牲前的瞬间用自己的鲜血写下了“菲德尔”这个词，这些在阮章竞不朽的充满乐观主义精神的诗篇中都有精彩的反映，这也提醒我们，历史不能被遗忘。

阮在那些不幸的夜晚将他的思想献给了古巴，并用他的诗句记录了所发生的一切，他焦急地等待着胜利的消息，仿佛他也是古巴人民的一员，他还去了吉隆滩，问候了战士们。

毫无疑问，古巴的旖旎风光和古巴人民对中国的深情厚谊让诗人阮章竞为之倾倒。波涛轻轻地拍打着沙滩，宛如歌声和微笑，令他心旷神怡，他承认古巴清晨的大海是他的最爱。他对大海所使用的形容词体现了他的心情，时而汹涌澎湃，时而风平浪静。同样，他也能够体会到古巴人民的团结和英雄主义精神，他对扫盲运动的描述形象而生动："村里一片读书声"。此外，他还感受到了古巴和中国间的亲密关系，以及他在诗句中所描述的真挚友情，尽管两国相距遥远。

在我们纪念古中建交55周年，以及诗集的作者亲历的中国人民抗日战争胜利70周年的时刻，没有比出版这部诗集的中文和西班牙文版更好的礼物了。我想借此机会深切感谢无数亲爱的中国朋友们，如作者的女儿阮援朝、不知疲倦的陈红娣、亲爱的老朋友庞炳庵、各位翻译、我们一直合作的五洲传播出版社、中国作家协会、欧美同学会拉美分会以及其他许多人士，感谢你们为促成这一必要而及时的工作所作出的宝贵贡献。

2015年8月

北京

重读《四月的哈瓦那》*

曹彭龄　卢章谊

从《文艺报》上看到，1961年4月著名诗人阮章竞访问古巴时创作的诗集《四月的哈瓦那》,于2015年9月28日中古建交55周年纪念日之际首次推出中文、西班牙文对照版的报道,颇感振奋。忙打开书柜门,在存放诗集那一格里翻找,耳边似乎又响起当年流行的有关古巴歌曲的旋律:“当我离开可爱的故乡哈瓦那,你想不到我是多么的悲伤……”啊,这是19世纪西班牙作曲家依拉蒂尔创作的抒情歌曲《鸽子》,曲调缠绵、优美。紧跟着又变成激昂慷慨的:“美国佬要侵略站立起来的古巴,他们别想能得逞呀,古巴不是危地马拉！Cuba yes，Yangkee no！”这首名叫《要古巴,不要美国佬》的歌,是1960年哥伦比亚青年阿莱汉德罗·戈麦斯为在古巴召开的拉美第一届青年代表大会创作的,迅即走红整个拉丁美洲,并传遍全世界。不论歌词是用哪种语言唱的,那最后一句响彻五大洲的口号“要古巴,不要美国佬！”都是用英语喊出的。当年走在北京胡同里,常可碰到戴红领巾的孩童,一边唱歌,一边喊着“Cuba yes，Yangkee no”,向学校走去……终于在一本本珍藏的诗集中,找到了这本人民文学出版社1964年2月出版的诗集《四月的哈瓦那》。摩挲着那已经泛黄的书页,就像见到久违的老友般兴奋。阮老这一首首激情澎湃的诗歌,又把我们带回上世纪五六十年代,亚、非、拉美反对新、老殖民主义,争取民族独立解放斗争风起云涌、蓬勃发展的时代……特别难能可贵的是,阮老在创作这部诗集时,不时沿袭他的著名长诗《漳河水》中早为中国读者熟知并喜爱

* 2015年10月—11月拟于葫芦岛与北京,刊于《世界文化》2016年第4期。

的“漳河小曲”式的民歌体,来阐述他的见闻与感触,这让我们感到分外亲切,也一下子拉近了我们与古巴,那个遥远国度之间的距离。

古巴是北美加勒比海北部墨西哥湾中的岛国,除有“墨西哥湾之钥”的古巴岛外,还包含萨瓦纳、卡马圭、科罗拉多斯、王后花园及卡纳雷奥斯等5个群岛。古巴的名称源于泰诺语“Coabana”,意为“肥沃之地”。它除盛产烟叶之外,还盛产蔗糖。然而,继1494年6月西班牙航海家哥伦布的船队抵达皮诺斯岛,宣布它为西班牙的领地,1510年西班牙又派远征军占领古巴之后,古巴这个“世界上最甜的国家”的印第安原住民,被西班牙殖民者惨无人道地迫害、杀戮,成了“世界最苦的人民”。阮老在《阿托埃依祭》与《多宝湖边花》中,对这段悲惨历史有深刻描述。阿托埃依是16世纪西班牙入侵古巴时,当地印第安部族一位与西班牙殖民者进行殊死抗争的族长。因伤被俘后,西班牙牧师捧着《圣经》,苍蝇似地在他耳边嗡嗡嘤嘤:“天堂的大门为你开了,阿托埃依,你把头低下来！你一呼一吸都有罪,天父还是会宽恕你。最后的一个印第安呀,忏悔吧,免得入地狱！”阿托埃依却大义凛然地回答:“我不问天堂住着鬼,我不问天堂住着神,我只问天堂有没有,从西班牙去的人？……印第安人跟西班牙,活着不能共一天,死了不能共一地。西班牙人能进天堂？我永远不忏悔,情愿入地狱！”阿托埃依,古巴最后一个印第安人就这样从容就义。“血喷晚云变怒云,从此晚云似烈焰！声音从天劈大海,化为浪涛在海上奔,咆哮怒吼喷白沫,撼海岸,触天云,除非海枯地球毁,永远不绝音！”多宝湖是古巴最大的淡水湖,位于古巴岛西南萨巴塔沼泽地带。相传16世纪初西班牙殖民者占领古巴后,疯狂杀戮印第安人及阿土耶人等原住民,他们被迫将金银财宝投入湖中。自那以后,此湖便得名“特索罗湖”,意译“多宝湖”。湖面积约16平方公里,呈椭圆形,状似人头。湖水顺着几条弯曲的溪流注入大海,宛如人头上飘拂的银丝,蔚为奇观。阮老写道:

> 多宝湖,多宝湖,蓼花红似火,芦花白如雾。印第安人曾在这里,绿水青萍上搭茅屋,儿歌咿咿涟漪笑,月光静静撒满湖。多宝湖边花,朵朵有泪痕。湖

边老树的椏杈上，绞绳留下千道纹。殖民将军升官快，多宝湖上无活人：茅屋成灰烬，湖水血染浑，吃奶的乳牙全砸碎，儿歌绝，鬼火随风滚！多宝湖，多宝湖，殖民主义的火和剑，何曾把多宝湖折服？印第安人用血和泪，冲成湖形似人头颅！愤怒的眼睛如喷火，复仇的牙齿咬着须，支流滔滔似怒发，临阵迎风在飘拂！……

古巴革命胜利后，多宝湖被开辟成旅游胜地。阮老前往参观时，多宝湖已一改昔日的荒凉景象。他热忱地讴歌道：

……开垦良田的铁铧犁，翻开沉睡的黑泥土。阁阁蛙声欢，油油湖水绿。水上重新竖木桩，按照原形搭茅屋，儿歌咿呀随月光，夜夜在银波上飞舞。……不曾屈服过的多宝湖，水比哪代都更碧绿，像头发后掠的支流水，似昂向晨风在飘舞。水榭楼台放眼望，艳阳天，新开的路，跑过撒欢的黄牛犊。

实际上，500多年来，古巴人民反抗西班牙殖民主义斗争从未停止过。1790年何塞·安东尼奥·阿明领导的农奴起义，更揭开了古巴人民反对西班牙占领，争取民族独立解放的序幕。1868、1895年又先后爆发了两次独立战争。后来被选作古巴国歌的《巴亚莫之歌》："快起来，上战场，巴亚莫的勇士们，听那嘹亮的号角已经吹响……"正是在1868年古巴独立战争中诞生的。巴亚莫是古巴格拉玛省省会——当年起义军的出发地。它的词曲作者皮德罗·费圭雷多虽然在战争中牺牲了，但这首歌却像加勒比海不息的波涛一样，为一代代起义者传唱。

世界各地风起云涌的独立运动，大大削弱了西班牙、葡萄牙、英国、法国等老牌殖民主义国家的势力，而早就对西班牙统治下的古巴、波多黎各、菲律宾等垂涎欲滴的美国等新殖民主义者也乘虚而入。它先以1亿美元的价码向西班牙购买古巴宗主权遭拒，继而于1898年2月以派往古巴护侨的军舰"缅因号"在哈瓦那港爆炸为借口，对西班牙采取了军事行动，即"美西战争"。它实际上是帝国主义列强重新瓜分殖民地的战争，也是美国向南美与亚洲扩张的开始。1902 年 5 月，在美国扶持下成立了“古巴共和国”，从此，古巴便由美国扶持的傀儡政府统治，古巴人民依旧过着贫困的生活。1934 年巴蒂斯塔发动军事政变上台后，古巴更陷入军事独裁统治之下，老百姓的贫苦生活比之西班牙殖民统治时有过之无不及。古巴人民反对独裁，争取解放的起义与斗争更此起彼伏。特别是 1952 年当巴蒂斯塔再次发动军事政变，妄图再次延续其独裁统治时，古巴人民更忍无可忍。在亚洲、非洲、拉丁美洲风起云涌，一浪高过一浪的民族独立解放斗争浪潮激励下，1953 年 7 月 26 日，以卡斯特罗为首的 150 余名古巴革命青年，袭击了奥连特省会圣地亚哥东北的蒙卡达兵营。由于实力悬殊，起义被残酷镇压，却由此揭开了古巴人民反对巴蒂斯塔独裁统治，武装夺取政权的序幕。卡斯特罗等起义领导者被捕入狱，并于 1955 年被流放墨西哥。然而，在国内外反对声浪的压力下，巴蒂斯塔政府被迫宣布对卡斯特罗等起义领袖实行“大赦”。在“七·二六”精神鼓舞下，卡斯特罗等一批流亡墨西哥的古巴青年，于 1955 年 5 月正式成立了“七·二六”运动组织，同年 11 月底，在“七·二六”运动组织领导下，卡斯特罗、切·格瓦拉等 83 名流亡墨西哥的爱国青年，搭乘“格拉玛”号游艇，于 12 月 2 日抵达古巴拉斯哥罗拉达斯这片野藤、荆棘遮天蔽日，人迹罕至的海滩，而他们面对的却是巴蒂斯塔军队的炮艇和士兵的围追堵截，他们企图将起义者“剁烂在海岩岸”！阮老在《四月的哈瓦那》这本诗集开篇的这首《自由古巴诞生地》，以及《马埃斯特腊山麓下》等诗中，用他细腻、生动的诗的语言，形象地描述了古巴革命的艰苦历程。我们看到起义者一刻也没有迟疑，一边抗击一边向密林深处前进：“背着大海面对着火，夜黑林深难迈步。难迈步，从海、从火、从荆棘，朝前踏出一条路！ ……”当他们重新聚集时，只剩下 12 个人，7 支枪。他们揩干了血迹，祭奠了战友，又义无反顾地继续向马埃斯特腊山前进，在那里开辟了根据地，并不断发展壮大。经过近 3 年的努力，起义者们终于在“七·二六”运动的领导下，于 1959 年 1 月 1 日一举推翻了巴蒂斯塔军事独裁统治，取得了古巴革命的胜利……

古巴革命胜利具有划时代的意义。它无异于在原本就不平静的国际社会平地炸响一声惊雷，极大地鼓舞了亚洲、非洲、拉丁美洲正蓬勃兴起的民族独立解放运动，也敲响了新老殖民主义的丧钟，更是给一直觊觎着古巴的巴蒂斯塔军事独裁统治的后台老板美国以当头棒喝。美国在当时国际舆论压力下，被迫承认古巴临时政府，但它绝不甘心在古巴的失败。自 1960 年起，美国中央情报局即策划"猫鼬行动"，在佛罗里达州与多米尼加、危地马拉、洪都拉斯等地招募与训练古巴流亡分子；同年 8 月又策动"美洲国家组织"在哥斯达黎加首都圣约瑟召开外长会议，通过了妄图扼杀古巴革命与拉美民族独立解放运动的《圣约瑟宣言》。不料，卡斯特罗领导下的古巴革命政府对美国的恐吓毫不畏惧，针锋相对地在哈瓦那举行了百万人参加的"全国人民大会"，并通过《哈瓦那宣言》，指出美国操纵下通过的《圣约瑟宣言》是美帝国主义对古巴革命与拉美国家拥有的民族自决权与尊严的粗暴侵犯。这越发激怒了美国新殖民主义者。1961 年 1 月美国宣布与古巴断交，并将其招募与培训的 1500 余名古巴流亡分子，组成包括步兵、重炮、空降、摩托化等多兵种的代号为"2506 突击队"的雇佣军，准备随时对古巴实施"猫鼬行动"。4 月 15 日清晨，身在哈瓦那的阮老，亲身经历了美国军用飞机的空袭："椰树落叶，路灯灭，房倒墙坍梁柱折，摇篮着火奶瓶飞，哈瓦那，在流血！……四岁的姑娘阿莉加，血染被单肠坠地，五一节日的新服装，埋在碎砖破瓦里！"目睹了机枪射手、民兵埃杜尔·多·赫尔克，不顾"脚下岛屿在颤动，头上飞机在俯冲。瞄准欺人太甚的美国佬，从天空打到地狱中！"虽然他"腹部中弹血如泉"依旧"从颤动的土地上再站起来，最后的一枪打上天！"4 月 16 日清晨，"哈瓦那城下半旗，哀钟沉沉慢慢起。浅蓝的棺木雪白的花，盖着无辜的被害者。雪白的鲜花青青的叶，母亲心似钝刀切！"人群抬着遇难者的棺木，涌向哈瓦那大学。那里有一座 1895 年古巴第二次独立战争的民族英雄马西奥将军母亲的铜像，她的七个儿子都在战争中牺牲，她说："恨我没有第八个儿子，为祖国的自由而战死！"英雄母亲的话，像不灭的火焰激励着古巴人民前仆后继，为维护祖国独立而战斗。人们向英雄的母亲宣誓："自由的岛屿，打不沉！站起来的人民，吓不倒！"市中心哥伦布公墓前，卡斯特罗与十万军民集会誓师。阮老见证了这盛大场面："钢铁臂膀十万双，旗帜十万杆，像风吹怒浪，忽然拔海卷天上！”他赋诗赞道：“飞机封住天，军舰锁断海，封天断海锁不住，古巴前进的路！”对美国佬大规模的入侵，古巴人民更严阵以待，“两千公里的大海岸，两千公里在磨钢刀，七百万人民振臂呼：来吧，美国佬！”来吧，美国佬！古巴人民早已料到，空袭哈瓦那，只是它干涉古巴的前奏。果然，4 月 17 日凌晨，美国训练的这 1500 余名雇佣军，在美海、空军的协同下，多批次轮番向古巴科奇诺斯海湾（或称“猪湾”)大举进攻，开始实施他们策划已久的“猫鼬行动”。

作为抗日战争时期一直坚持在太行山抗击日寇的老战士、老诗人的阮老对美国的强盗行径，怎能不感同身受，义愤填膺：“战鼓声，震海城，白头兵，发返青。”他多想和十万古巴军民一起，奔赴科奇诺斯海滩，痛击美国佬的雇佣军啊！但他毕竟是古巴请来的中国客人，在主人再三说服下，他只好默默叹息一声：“只恨此身是客人！”“……我长夜不睡望着你，为你编歌写证词：让敌人活着爬上来，不让活着逃出去！让每块海岸的白沙滩，变为敌人的乱葬区！”他日盼夜盼，终于等到了“飞报凯旋的马蹄声”！在阮老强烈要求下，他甚至来不及办“通行证”，便被破例允许去前方。阮老多兴奋啊！他一路走，一路看，一路歌吟。把所见所闻，所思所感，统统化作一首首激情澎湃的诗行：“战云没散烟没消，我沿着战车的轮辙行。战友何须通行证，只听沿路欢呼：中国人！中国人民感谢你，英雄古巴的骨肉情！战云没散烟没消，我沿着战车的轮辙行。弹坑、焦土、碎瓦上，剑光组成凯旋门。被烧毁的蔗田田埂边，笑谈如何捉伞兵！……绿洲不见白鹭飞，另有风光更解恨：美国的坦克底朝天，在浓烟滚滚的火里焚！”阮老的这些诗句，看似信手拈来地融入了眼前的景象，恰恰显示了老诗人的睿智、机敏，举重若轻地抓住典型，把握机遇的高超技能。他终于来到一周前刚刚造访过的科奇诺斯湾，看到的却是：“弹痕满树，炮洞满墙，新居民点半成炭，第一所初级小学校，塌墙压碎了嫩花坛！罪证重重，血迹斑斑，蓝海风怒浪如山，攀山上天又落海，冲击着半沉的破军舰！……科奇诺斯蓝海湾！我亲眼看见你从烈火中，把敌人打得真够惨！人工热孵的小王朝，在滩头捣成稀巴烂！”沿着科奇诺斯湾的长滩、吉隆滩一路走，一路看，一路采访，一路歌吟。他赞颂过为了保卫身后的父母妻儿、蔗园糖厂，面对悄悄爬上海岸的水鬼、蛙人，以及跟进的军舰、登陆艇，坚守在第一线堑壕里，寸土不让，最后全部光荣牺牲的22位古巴士兵。他采访过民兵、蔗农、泥瓦工、水手、船工、打铁匠，以及不满14岁的少年。他像当年抗日战争时期在太行山一样，熟悉并深爱着那儿的乡亲们一样，深爱着古巴这些普通百姓："我爱看出炉的熔钢水，什么色彩都没有它美。我爱看云层飞出的电，什么光亮也没有它纯。我爱你炮烟熏黑的脸、弹洞满衣襟、烈日晒红的古巴人！"唯有如此，他才会满怀深情地像描述《漳河水》中荷荷、苓苓、紫金英那三位漳河边的妇女一样，描述他遇到的那位不满14岁古巴少年：

> ……永忘不了那位老民兵，他为我招来个少年郎：不满十四岁，乳牙刚换完，可是三天三夜忍着渴，三天三夜忍着饥，三天三夜在一起，突击，冲锋，冲锋，突击！那被荆棘刮破的小脸蛋，那被海风吹皱的小嫩嘴，使我话从心里喊出来：古巴呀，你笑得多么美！

美国中央情报局策划的原方案，是让他们训练的这1500余名雇佣军在美海、空军配合下，抢占科奇诺斯湾的滩头阵地后，一面向纵深发展，一面迅速修建临时机场，让在迈阿密的古巴流亡政府官员飞抵古巴并发电向美求援，为美正式干预制造"体面的"口实。然而，他们显然大大低估了卡斯特罗领导下的古巴军民捍卫他们前仆后继，好不容易才获得的独立、自由的信念与决心。美雇佣军自登陆的那一刻起，便受到古巴军民，包括老人、妇女、儿童用步枪、砍刀、石头、棍棒拼死抵抗，没容他们站稳脚跟，便陷入十万古巴军民的汪洋大海。经过三天激战，美国佬精心策划的"猫鼬行动"便以失败告终。正如阮老诗中所说："看杀人发家的美国佬，这回在古巴折了本。两年准备在三天半，全军复没鬼吹灯！……"

拉丁美洲素有美国"后院"之称，"猫鼬行动"的失败，给拉美各地蓬勃发展的民族解放运动以莫大的鼓舞。为孤立古巴，消除古巴革命的影响，防止"后院"再次“起火”，1962年1月，美国再次纠集“美洲国家组织”，通过将古巴排除该组织的决议，并开始对古巴实施前所未有的，持续了半个多世纪的封锁、禁运与全面制裁，却一直未能征服它眼皮子底下的这个“弹丸小国”。直至2015年7月20日，美、古两国分别在对方首都重开使馆，两国中断54年之久的外交关系才正式恢复。

《四月的哈瓦那》或许算不上阮老最有影响力的作品。记得1999年8月我们同阮老谈起这本诗集时，阮老摇头笑笑：“那书不值一提。”他说：“因为出访时间短，而访问期间又突遇美军机轰炸和雇佣军入侵，更多的是想着将看到的真实情况和切身感受尽快赶写出来，没工夫细打磨。因而难免有些诗显得拉杂、空泛，缺乏艺术感染力……”然而，当今天我们重新翻阅这本诗集时，仍被阮老那一行行炽热的诗句所感动。除前面提到的，阮老在创作这种国外题材的诗时，仍时时采用他熟悉，也为中国读者喜闻乐见的民歌体，读来朗朗上口，意深、韵美、情浓，却又浅显易懂。没有丝毫的洋腔洋调，生涩聱牙感。正体现着他一贯强调的：“要时时想着读者”。在他1982年出访意大利时创作的组诗《意大利之歌》等诗中，也同样保持着这种风格。老诗人朱子奇在《世纪诗人阮章竞》一文中说：“不是所有的人都要写民歌，但民歌是个丰富的资源。我把他的诗和苏格兰的大诗人彭斯去比较。……章竞同志的作品也都变成民歌在民间流传，都分不出哪是文人创作，哪是民间的东西了。……阮章竞同志给我们做出了榜样。”用民歌体写作，是阮老诗歌创作的特色。而用中国读者熟悉并喜爱的中国民歌体，尝试创作国外题材的诗歌，《四月的哈瓦那》无疑同样是有益的范本。更主要的是，阮老此访是在亚、非、拉美民族独立解放运动风起云涌，新生的古巴刚刚摆脱新、老殖民主义统治不久，而访问期间又突遇美军机轰炸和雇佣军入侵，身为经历过抗日战争的“白发兵”和老诗人的阮老，毫不犹豫地负起一位老战士的责任。他不顾年高体弱与连日奔波的疲惫，“长夜不眠”，时刻关注事态发展，急于将“看到的真实情况和切身感受尽快赶写出来”。在得到许可之后，来不及等候“通行证”，便迅速奔赴战地，边采访，边写作，“没工夫细打磨”。而正是这些“没工夫细打磨”的耿直、朴素，一如阮老本人的那一行行炽热的诗句，恰恰突显了这位老诗人、老战士，在当年那遍及亚洲、非洲、拉丁美洲的“一处处奴隶奋起，一顶顶王冠落地”的民族独立解放运动风起云涌的大时代中的坚韧的个性与担当精神。诗中传递的从加勒比海、从古巴爆出的那一声声惊雷，依然会在我们心中引起强烈的共鸣……

曹彭龄，祖籍河南卢氏，1961 年毕业于北京大学东方语言文学系。1962 年应征入伍，从事军事外交工作，历任我国驻叙利亚、黎巴嫩、伊拉克及埃及大使馆副武官、武官，少将军衔。1995 年 12 月退休后曾任中国国际战略协会高级顾问、中国——阿拉伯友好协会及阿拉伯文学研究会理事。卢章谊，新华社高级记者。